AF150252

**Newport Prince**
Love You

Carrie A. Cullen

CARRIE A. CULLEN

# Newport Prince

## LOVE YOU

Roman

FSC
www.fsc.org
MIX
Papier aus ver-
antwortungsvollen
Quellen
Paper from
responsible sources
FSC® C105338

Dieser Titel ist auch als E-Book erschienen.

Bibliografische Information der Deutschen Nationalbibliothek:
Die Deutsche Nationalbibliothek verzeichnet diese Publikation in der
Deutschen Nationalbibliografie; detaillierte bibliografische Daten sind
im Internet über http://dnb.dnb.de abrufbar.

© 2019 Carrie A. Cullen (Pseudonym)
Impressum: Nadine Fritz
Erich-Kanebley-Hoff 2b
21629 Neu Wulmstorf, D

Umschlag / Covergestaltung: Catrin Sommer
www.rausch-gold.com

Bildmaterial: Shutterstock, Bildnummer 1042619062

Herstellung und Verlag: BoD-Books on Demand, Norderstedt

ISBN 978-3-7347-4452-5

Für Mama.

## Kapitel 1 - Ava

»Oh Gott, ich bin so aufgeregt! Hoffentlich merkt niemand, dass wir noch keine achtzehn sind. Wie sehe ich aus? Ist mein Lippenstift verschmiert?« Lilly rutschte nervös auf dem Autositz hin und her. »*A v a !*«

Ich zuckte zusammen, weil sie plötzlich anfing zu schreien und mit dem Finger auf etwas deutete. Vor lauter Schreck trat ich etwas zu heftig auf die Bremse, was für einen peinlichen Reifenquietscher sorgte. »Was ist? Hab ich jemanden überfahren?« Erschrocken blickte ich auf die Straße.

»Quatschkopf! Da vorne ist eine Parklücke.«

Ich verdrehte die Augen und atmete tief durch. »Lilly, hör auf immer so laut zu schreien! Ich dachte schon, ich hätte irgendjemanden über den Haufen gefahren«, grummelte ich. »Spätestens jetzt wissen die Leute, dass hier eine blutige Fahranfängerin hinterm Steuer sitzt.«

Ich brauchte ein paar Anläufe, um den Jaguar meiner Mom in die kleine Parklücke zu bugsieren, ohne die umliegenden Autos zu Schrott zu fahren.

»Okay, jetzt bloß cool bleiben, Ava. Hast du deinen Ausweis dabei? Ach, den hab ja ich.« Lilly kramte in ihrer Minihandtasche und suchte nach den gefälschten Ausweisen, die uns Mason besorgt hatte. Ich wollte lieber nicht darüber nachdenken, woher die kamen.

»Hier, steck ihn in deinen BH. Ich versteh einfach nicht, warum du keine Tasche mitgenommen hast.«

Ich nahm den Ausweis entgegen und steckte ihn zu meinem Handy, das ich ebenfalls im Bustier meines Kleides verstaut hatte. Viel Platz im BH war definitiv ein Vorteil großer Brüste.

Lilly stieg aus dem Wagen und die ersten anerkennenden Pfiffe ertönten. Ich hatte mich mittlerweile daran gewöhnt. Die Jungs fuhren auf Lilly ab. Beine bis zum Himmel, gertenschlank und dazu das blonde lange Haar. Ein Teenagertraum auf zwei Beinen.

Ich checkte mein Make-up im Rückspiegel und atmete noch einmal tief durch, bevor ich ausstieg. Eine Windböe erwischte mein Haar, das mir sofort ins Gesicht wehte. Ich seufzte genervt und entfernte die Strähnen vorsichtig, die auf der dicken Schicht Lippenstift klebten, bevor ich mich zu Lilly umdrehte. In diesem Moment sah ich Mason, dem fast die Augen aus dem Kopf fielen, als er Lilly unverhohlen von oben bis unten musterte. Kein Wunder. Ihr Kleid hätte nicht einen Zentimeter kürzer sein dürfen, es bedeckte so schon kaum ihren Hintern. Ich zupfte automatisch an meinem ebenfalls nicht sehr langen Kleid, ging ums Auto herum und begrüßte Mason. Doch der hatte seine Zunge bereits so tief in Lillys Mund geschoben, dass ich mich fragte, ob er sie beatmen oder auffressen wollte.

Ich wartete etwas abseits, bis die beiden mit ihrer peinlichen Begrüßungsshow fertig waren, als das obszöne Gejohle von der Treppe des Verbindungshauses immer lauter wurde. Verwundert blickte ich zu Lilly und Mason. Mason hatte seine Hand ungeniert unter Lillys Kleid geschoben und griff ihr beherzt an den Hintern. Lilly trug keine Unterwäsche, weil sie befürchtet hatte, dass man den Rand ihres Strings durch das Kleid sehen konnte. Und so präsentierte sie gerade unfreiwillig ihre blanke Kehrseite. Ich räusperte mich laut und als Lilly mich ansah, blickte ich verstohlen auf ihren Hintern. Lilly folgte meinem Blick und als sie bemerkte, worauf ich und alle anderen auch starrten, biss sie sich verlegen auf die Lippe und zuckte mit der Schulter.

Gott, dieses Mädchen war so blind, wenn es um ihren bescheuerten Freund ging.

»Hey Schönheit, nett, dass du meine Süße hergebracht hast.«

Mason hatte mittlerweile bemerkt, dass Lilly nicht alleine gekommen war und ›beglückte‹ mich mit seiner Brechreiz verursachenden Art. Ich konnte den Kerl nicht leiden. Wer nannte die beste Freundin seiner Freundin bitte ›Schönheit‹? Was sollte das? Hatte der überhaupt keinen Anstand?

»Das habe ich nicht für dich getan«, gab ich daher als Antwort zurück und ging an ihm vorbei zu Lilly. Ich griff ihre Hand und zog sie zum Verbindungshaus. »Wehe, du lässt mich hier alleine! Du hast mir versprochen, dass wir nur kurz hierbleiben«, zischte ich ihr leise zu.

Lilly ließ sich nur widerwillig von mir mitziehen. »Jetzt sei doch nicht so eine Spielverderberin, Ava. Wir gucken mal, wie der Abend so wird, okay?«

Und da wusste ich bereits, dass ich mich auf eine lange Nacht einstellen musste. Wenn Lilly so etwas sagte, blieben wir meistens bis in die frühen Morgenstunden und am Ende musste ich sie nach Hause tragen. Ich umklammerte ihre Hand noch fester. »Bitte nicht heute, Lilly. Wir brauchen ewig, bis wir wieder zu Hause sind. Wir haben abgemacht, dass wir zwei, maximal drei Stunden bleiben. Das hast du mir versprochen. Hoch und heilig!«

Lilly verdrehte die Augen und zog eine Schnute. »Ja, mein Gott«, maulte sie mich an. »Drei Stunden. Die muss ich dann ja aber nicht an deinem Rockzipfel hängen. Wenn du mir nur so wenig Zeit gibst, will ich die mit Mason verbringen. Wir sehen uns doch jetzt nicht mehr jeden Tag, seitdem er hier zur Uni geht«, jammerte sie und entzog mir ihre Hand.

Ich blieb frustriert stehen und wartete, bis Mason uns eingeholt hatte. Er legte seinen Arm um Lillys Schultern und betatschte sie dabei ungeniert an der Brust. Das war leider nicht das Widerlichste an der Sache, sondern, dass er mich dabei ansah und mir zuzwinkerte. Ich hatte große Mühe, meine Galle wieder runterzuwürgen, die mir in die Speiseröhre schoss.

Mittlerweile war es drei Uhr nachts und ich hatte Lilly und Mason seit bestimmt einer Stunde nicht mehr gesehen. Genervt ging ich durch das ganze Haus und öffnete jede nicht verschlossene Tür, um nach den beiden zu suchen.

Geplant war eigentlich, dass wir die Party gegen Mitternacht gemeinsam verlassen und zu mir nach Hause fahren würden. Lilly hatte sich jedoch mit Mason irgendeinen Scheiß eingeschmissen und rannte jedes Mal wie ein kleines Mädchen kichernd und gackernd vor mir weg, wenn ich versuchte, sie zum Auto zu ziehen. Zuletzt hatte ich sie draußen im Garten gesehen, als sie sich mit ein paar Freunden von Mason eine Flasche Jägermeister teilte.

Ich durchsuchte gerade das oberste Stockwerk, als sich am Ende des Flures eine Tür öffnete. Das Erste, was ich sah, war das Logo des Footballteams auf dem Ärmel einer Collegejacke. Erleichtert atmete ich aus, weil ich endlich Mason gefunden hatte. Und wo er war, konnte Lilly nicht weit sein. Allerdings wurde meine Hoffnung zunichtegemacht, als nicht Mason, sondern irgendein anderer Footballer aus dem Zimmer kam. Er war deutlich größer als Mason und hatte eine viel massigere Statur. Frustriert schnaubte ich durch die Nase und öffnete die Tür zu meiner Linken. Der Raum war dunkel und leer. Etwas fester als nötig knallte ich die Tür wieder zu und ging zur nächsten. Auch dieses Zimmer fand ich leer vor.

»Kann ich dir helfen?« Der Typ mit der Collegejacke kam zu mir und sah mich neugierig an.

Mir war nicht entgangen, dass er beim Verlassen des Zimmers damit beschäftigt gewesen war, sein Hemd in die Hose zu stecken und den Gürtel zu schließen. Ich wollte gar nicht daran denken, was er da gerade höchstwahrscheinlich getan hatte.

»Nein, danke. Ich komme zurecht.« Ich drängte mich an ihm vorbei und versuchte mein Glück an der nächsten Tür. Diese war verschlossen. Ich klopfte und horchte, ob mir jemand antwortete.

»Da wirst du kein Glück haben.« Leicht amüsiert lehnte sich der Kerl mit der Schulter gegen die Wand und ließ seinen Blick ungeniert an mir herabwandern. Er blieb einen Tick zu lange an meinen Brüsten hängen, aber das kannte ich mittlerweile zur Genüge. Ich schloss die Augen und atmete tief durch.

*Ruhig bleiben, Ava!*

»Und warum nicht?«, fragte ich genervt. Erneut klopfte ich und rief nach Lilly.

»Weil ich zufällig weiß, dass da niemand drin ist.« Der Typ erinnerte sich wohl daran, dass ich auch Augen hatte, und sah mir wieder ins Ge-sicht.

»Woher willst du das wissen? Kannst du durch Wände gucken, oder was?« Ich rüttelte an der Tür. Natürlich hätte Mason abgeschlossen, wenn er mit Lilly allein im Raum gewesen wäre. So wie ich ihn kannte, scherte er sich einen Dreck darum, dass ich nach ihr suchte und sie nach Hause bringen wollte.

Ein kehliges Lachen ließ mich aufblicken.

»Du bist ganz schön bissig. Das gefällt mir.«

Ich gab auf und machte mich auf den Weg zur nächsten Tür. Leider verstand der Kerl nicht, dass ich nicht mit ihm reden wollte, und folgte mir einfach.

Auch das nächste Zimmer war verschlossen. Erneut versuchte ich mein Glück und rief nach Lilly. »Lilly? Bist du hier drin?« Keine Antwort. Ich holte mein Handy aus meinem Bustier und tippte ihre Nummer ein. Ich legte den Kopf in den Nacken und wartete auf ein Freizeichen. Als hätte er mich berührt, spürte ich den Blick des Typen in meinem Ausschnitt. Ich schaute nach rechts und tatsächlich erwischte ich ihn, wie er mir erneut auf die Oberweite starrte. Ich räusperte mich genervt und wartete, bis er seine Augen hob und mich ansah. »Noch nie eine Frau mit Brüsten gesehen?«, fauchte ich giftig. Ich legte all meine Wut und Frustration und den Ärger auf Lilly in meinen Blick und starrte den Typen finster an. Doch er ließ sich nicht im Geringsten von mir einschüchtern. Stattdessen wollte er mir eine Locke aus dem Gesicht streichen. Ich schlug ihm die Hand weg und drehte mich auf dem Absatz um. Auf so eine Nummer konnte ich jetzt echt verzichten. Ich stapfte die Treppe wieder nach unten und ging zurück in den Garten. Vielleicht waren Masons Freunde noch da und konnten mir eventuell verraten, wohin die beiden verschwunden waren. Dabei versuchte ich noch einmal, Lilly zu erreichen. Ich hielt das Telefon an mein Ohr und ließ meinen Blick durch das volle Wohnzimmer schweifen. Überall standen, saßen oder lagen Leute. Ich vermutete, dass es sich bei mir weit und breit um den einzigen Partygast handelte, der weder betrunken noch stoned oder gar Schlimmeres war.

Leider ging wieder nur Lillys Mailbox ran. Ich wartete, bis ihr Willkommenstext vorbei war, und holte Luft. »Lilly Westerfield, wenn du das hier hörst, bist du wahrscheinlich schon tot. Denn, wenn ich dich hier gleich finde, *bring ich dich um!* Das war das letzte Mal, dass ich mit dir auf eine Party gegangen bin. Hörst du? Frag mich *nie wieder*, ob ich dich zu irgendwas begleite!« Frustriert schob ich das Handy zurück in mein Kleid und ging nach draußen. Doch auch hier fand ich weder Lilly noch Mason. Dafür traute ich meinen Augen kaum. Die Parklücke, in die ich das Auto meiner Mom so mühsam gequetscht hatte, war leer. Jemand hatte es gestohlen!

»Fuck! *Fuck!*«, fluchte ich laut.

Meine Eltern würden mich umbringen. Wieso hatte das niemand mitbekommen? Hier draußen waren mindestens genauso viele Leute wie drinnen. Irgendwem musste das doch aufgefallen sein? Ich jammerte leise und suchte nach dem Autoschlüssel, als mir einfiel, dass ich den in Lillys Tasche gepackt hatte.

*Sie wird doch nicht … nein, das würde sie nicht tun!*

Knurrend holte ich mein Handy hervor und wählte wohl zum hundertsten Mal an diesem Abend Lillys Nummer. Es klingelte und ich wartete wieder auf ihre Mailbox. Die würde ihr blaues Wunder erleben!

»Na, wenn das mal nicht die kleine Miss Naseweiß ist.«

Ich schloss beim Klang seiner Stimme automatisch die Augen und legte frustriert den Kopf in den Nacken. Der hatte mir gerade noch gefehlt. Die Welt war so unsagbar groß, warum musste er ausgerechnet auf dem gleichen Kontinent leben wie ich? Dann fiel mir ein, dass niemand davon wusste, dass Lilly und ich heute hier waren. Ihre Eltern dachten, dass wir bei mir einen Filmabend machen würden. Und meine Eltern waren übers Wochenende verreist. *Shit!*

Er besaß sogar die Frechheit, mich anzufassen, und tippte mir ungeduldig auf die Schulter. »Ich wusste gar nicht, dass du ein paar Klassen übersprungen hast und jetzt auf die Uni gehst.«

Ich ließ das Handy sinken und drehte mich langsam um. Spätestens jetzt musste ich mir spontan etwas einfallen lassen, warum ich heute hier war. »Und ich kann bis heute nicht fassen, dass jemand wie du es überhaupt auf die Uni geschafft hat. Seit wann kann man hier Kurse in *Wie werde ich ein Fuckboy* belegen?«, fragte ich in abfälligem Ton. Passend zu meiner Antwort hatte er eine Rothaarige im Arm, die ihn mit herzförmigen Tomaten auf den Augen anstarrte. Ein neuer Würgereiz überkam mich, als ich die beiden vor mir sah.

»Wohnt dein Dealer hier?«

Damit traf er einen wunden Punkt bei mir und das wusste er ganz genau. Ich hätte auf der Stelle losheulen können. Erst schleppte Lilly mich hierher, dann ließ sie mich alleine, dann klaute irgendwer mein Auto und zu allem Überfluss traf ich auch noch auf den Menschen, den ich am allerwenigsten leiden konnte. Lillys zwei Jahre älteren Bruder Aiden.

»Nein, Aiden, der wohnt in Schneehausen bei den Koksbergen. Wie oft soll ich dir das noch sagen?«, antwortete ich und wandte mich von ihm ab. Ich musste dringend Lilly finden und ihr sagen, dass ihr Bruder hier rumhing. Wenn der sie hier sah und mitbekam, dass sie getrunken und sich irgendwas eingeworfen hatte, würde er total ausrasten und mir die Schuld in die Schuhe schieben. Wie immer.

Ich lief gerade die Treppe zum Verbindungshaus hoch, als ich hörte, wie Aiden der Rothaarigen zurief, dass er sie anrufen würde. *Verdammte Axt.* Aiden an den Hacken zu haben, hatte mir jetzt gerade noch gefehlt. Ich verdoppelte mein Tempo und schaffte es, vor ihm im Haus zu sein. Ich steuerte auf die Treppe ins Obergeschoss zu und rannte, immer zwei Stufen auf einmal nehmend, nach oben. Dort angekommen lief ich den Flur entlang und hoffte, dass das Zimmer, aus dem der Typ vorhin gekommen war, noch unverschlossen war. Dort wollte ich mich verstecken und warten, bis sich Lilly endlich bei mir meldete.

Das Zimmer war zum Glück nicht verschlossen und, Gott sei Dank, leer. Ich ließ mich erschöpft auf das Bett fallen und rief Lilly an.

Es konnte nur so sein, dass Lilly und Mason das Auto meiner Mom genommen hatten. Wohin sie damit wollten, war mir allerdings ein Rätsel. Gott, war ich sauer auf sie! Wieso schickte sie mir nicht wenigstens eine Nachricht? Dann hätte ich hier nicht wie blöde suchen müssen und vor allem wäre ich ihrem bescheuerten Bruder nicht über den Weg gelaufen.

Ich rechnete damit, dass ihre Mailbox wieder ansprang, und war überrascht, als ich plötzlich ihre Stimme hörte.

»Ava?«, lallte Lilly in den Hörer.

Scheiße, sie klang total stoned. »Wo zur Hölle steckst du? Hast du das Auto genommen?«, fragte ich wütend und hoffte, dass sie wenigstens noch halbwegs aufnahmefähig war.

»Ava, es tut mir leid. Das wollte ich eigentlich gar nicht. Mason wollte noch etwas zu trinken holen und irgendwie sind wir dann in Newport gelandet.«

»Bitte, *was?* Du bist wieder in Newport? Bist du etwa gefahren?« Ich schloss die Augen und betete, dass sie das, so dicht wie sie war, nicht getan hatte.

»Nein, nicht ich, sondern Mason. Zum Glück hatte ich den Autoschlüssel. Er ist noch nie Jaguar gefahren. Wir hatten so viel Spaß! Mann, das Auto ist verdammt schnell!«

Ich unterdrückte das Bedürfnis, laut loszuschreien, und biss fest in meine Hand. Im gleichen Moment flog die Tür auf und plötzlich stand jemand im Zimmer. Ich konnte nicht erkennen, wer das war, da mich das Licht draußen vom Flur blendete und ich nur eine dunkle Silhouette wahrnahm. Bevor ich etwas sagen konnte, wurde es laut.

»Was soll der Scheiß, Mann? Verschwinde aus meinem Zimmer! Ich hab dir schon gesagt, dass deine Schwester nicht hier drin ist.«

Das Licht im Zimmer wurde eingeschaltet und von der plötzlichen Helligkeit musste ich blinzeln. Ich richtete mich auf und hob meine Hand schützend vor die Augen. Aiden stand mit zu Fäusten geballten Händen vor mir und starrte mich finster an. Konnte der Abend noch schlimmer werden?

»Wo ist sie?«

Schnell drückte ich auf den Aus-Knopf meines Handys. »Zu Hause, Aiden. Wo soll sie denn sonst sein?«, antwortete ich und war erleichtert, dass das nicht einmal gelogen war.

»Verarsch mich nicht! Wo ist Lilly? Ich hab unten nachgefragt, du bist definitiv nicht alleine hergekommen!« Drohend kam Aiden auf mich zu und erwartete eine Antwort von mir. Sein ganzer Körper war angespannt und strömte eine derartige Hitze aus, dass sich kleine Schweißperlen auf meiner Oberlippe bildeten. Na gut, eigentlich kamen die davon, weil Aiden mich böse anfunkelte und ich krampfhaft versuchte, meine eigene Wut zu zügeln.

»Ich frage noch ein Mal: Wo ist meine Schwester?«

Aiden stand jetzt so dicht über mich gebeugt, dass ich seinen Atem auf meinen Lippen spürte. Er wandte den Blick nicht ein einziges Mal von mir ab und ich konnte kleine türkisfarbene Punkte in seiner eisblauen Iris entdecken. War das merkwürdig, dass mir gerade jetzt so etwas auffiel?

»Ey, Mann, lass die Kleine in Ruhe. Sie hat keine Ahnung, wo deine Schwester ist«, mischte sich der Footballer von vorhin plötzlich ein.

Ohne sich von mir abzuwenden, antwortete Aiden ihm. »Ich habe nicht mir dir geredet, Collin. Verpiss dich einfach.«

Ich musste schlucken, als ich die Aggression in Aidens Blick sah. Er schien sich nur mit allergrößter Mühe zusammenreißen zu können. Der Kerl hinter Aiden war nicht klein und sicher nicht schmächtig. Aber gegen Aidens Größe und seinen durchtrainierten Körper hätte er nicht den Hauch einer Chance.

»Jetzt mach mal halblang, klar?«, mischte sich Collin aber trotzdem ein.

*Idiot!*

Aiden schloss die Augen und holte durch die Nase tief Luft. Als hätte er damit seinen unsichtbaren Bann gelöst, konnte ich meinen Blick endlich von ihm abwenden und trat einen Schritt zurück. Ich wollte nicht dazwischengeraten, wenn sich die beiden in die Haare bekamen.

»Was an ›Misch dich nicht ein!‹ hast du nicht verstanden?« Aiden drehte sich um.

Collin versuchte, möglichst unbeeindruckt zu wirken, und straffte seine Schultern. »Die Kleine war die ganze Zeit mit mir zusammen. Sie ist alleine hergekommen. Keine Ahnung, wer das Gegenteil behauptet. Derjenige lügt. Also, es gibt keinen Grund, hier einen Aufstand zu proben. Wenn du ihr nicht glaubst, ruf deine Schwester doch an. Oder guck zu Hause nach. Und jetzt verschwindest du am besten aus meinem Zimmer und lässt uns da weitermachen, wo wir gerade aufgehört haben.«

Aiden hob eine Augenbraue und sah von Collin wieder zu mir. »Dein Ernst, Ava? Du vögelst jetzt mit dem Kapitän des Footballteams? Hast es ja weit gebracht. Von der Highschool-Schlampe zur Uni-Hure. *Wow!*«

Tränen der Scham schossen mir in die Augen, als Aidens bitteren Worte durch den Raum hallten. Doch ehe ich etwas erwidern konnte, verpasste Collin ihm einen Kinnhaken. Der kam so überraschend, dass Aiden keine Chance hatte zu reagieren. Er ging sofort zu Boden und ich hob erschrocken die Hand vor den Mund. Aiden hielt sich den Kiefer und blickte für einen Moment überrascht drein. Doch das änderte sich innerhalb einer Sekunde. Blitzschnell war er wieder auf den Beinen und stürzte sich auf Collin. Ein Gerangel entstand und als Aiden Collin gegen die Wand rammte, fiel eine Lampe von der Kommode und zerbrach in tausend Scherben. Collin war erstaunlich flink, duckte sich unter Aidens Arm weg und stand plötzlich hinter ihm. Er nahm Aiden in den Schwitzkasten, der sich mit Händen und Füßen dagegen wehrte. Mir wurde etwas bange, als Aidens Gesichtsfarbe einen dunkelroten Ton annahm. Ich wollte gerade etwas sagen, als plötzlich Aidens Bruder Daniel in der Tür auftauchte.

15

»Wenn du nicht sterben willst, lässt du ihn jetzt los!«, drohte er Collin und zerrte an dessen Armen. Erst mithilfe von mehreren Leuten aus dem Footballteam gelang es ihm, die beiden zu trennen. Daniel hielt seinen Arm vor Aidens Brust und schob ihn aus dem Raum. »Sie ist es nicht wert«, zischte er und sah mich dabei missbilligend an.

Diese offene Abneigung der beiden mir gegenüber tat so weh, dass ich mich schnell abwandte, bevor sie die Tränen in meinen Augen sehen konnten. *Wenn sie nur wüssten.* Aber ich hatte Lilly mein Wort gegeben.

Nach einer Weile wurde es draußen ruhig und ich konnte Collin hören, wie er jemandem versicherte, dass es ihm gut ging. Dann kam er ins Zimmer zurück und schloss leise die Tür. Ich konnte den Schluchzer, der sich seinen Weg durch meine Kehle bahnte, nicht mehr aufhalten und presste mir die Hand auf den Mund. Tränen der Wut und Enttäuschung brannten in meinen Augen.

»Hey, alles gut? Komm her.«

So widerlich ich Collin am Anfang auch gefunden hatte, in dieser Sekunde war ich ihm dankbar, dass er sich so für mich eingesetzt und sogar Aiden angelogen hatte. Er musste von Mason wissen, wie Lillys Brüder drauf waren, wenn es um ihre Schwester ging.

Collin zog mich in seine Arme und ich ließ still meinen Tränen freien Lauf. »Du kannst gerne hierbleiben, wenn du möchtest. Ich kann bei Mason im Zimmer pennen«, sagte er nach einer Weile.

Ich trat einen Schritt zurück und wischte über mein Gesicht. »Das ist nett, Collin. Ich bin dir wirklich dankbar für das, was du gemacht hast. Vor allem, nachdem ich mich so doof verhalten habe. Aber ich muss nach Hause und Lilly vorwarnen.« Ich nahm mein Handy vom Bett und verließ das Zimmer.

Die Party im Haus war immer noch in vollem Gange. Ich wählte Lillys Nummer und sprach ihr eine Nachricht auf die Mailbox. Hoffentlich hörte sie diese noch ab, bevor ihre Brüder nach Hause kamen. Als Nächstes bestellte ich mir ein Taxi, was frühestens in dreißig Minuten eintreffen sollte. Mir blieb also nichts anderes übrig, als zu warten. Ich wollte aber nicht im Haus bleiben, da ich keine Ahnung hatte, ob Daniel und Aiden sich hier noch irgendwo aufhielten. Den beiden wollte ich auf keinen Fall mehr über den Weg laufen.

Leider hatte ich meine Jacke im Auto gelassen und es war ziemlich kalt draußen. Ich rieb mir mit steifen Fingern über die nackten Arme und als das nichts brachte, beschloss ich, über den Campus zu laufen, um in Bewegung zu bleiben. Als ich an den Parkplätzen vorbeikam, hörte ich plötzlich Aidens Stimme.

»Ich weiß. Wir können sie aber auch nicht hierlassen. Ich kenne das Arschloch. Der wird nichts unversucht lassen.«

»Na und?«, antwortete Daniel. »Sie wollte es doch so!«, fügte er hinzu. »Ich weiß nicht, Mann. Der Typ und sein Freund haben hier einen Ruf. Willst du dafür verantwortlich sein, wenn er sie anpackt?«

»Wenn einer dafür verantwortlich ist, dass sie vergewaltigt wird, dann sie selbst. Sie hat sich schließlich mit diesem Arschloch eingelassen«, antwortete Daniel.

»Was stimmt nicht mir dir? Wie kann so etwas ihre Schuld sein? Wenn, dann ist das Schwein da oben verantwortlich und nicht Ava!«

Mir stockte der Atem. Hatte ich mich verhört oder machte sich ausgerechnet Aiden gerade Sorgen um mich?

»Sorry, du hast ja Recht. Ich meine ja auch nur, dass sie selber Schuld ist, weil sie sich immer wieder auf solche Typen einlässt. Ich versteh einfach nicht, warum Lilly ausgerechnet dieses Miststück als beste Freundin haben muss.«

Daniels Worte trafen mich wie Faustschläge in die Magengrube.

»Ich hab ihr doch auch schon so oft gesagt, dass sie sich neue Freunde suchen soll und dass Ava kein guter Umgang für sie ist. Aber du kennst unsere Schwester. Die ist scheiße stur. Ich bin nur froh, dass sie heute zu Hause geblieben ist und Ava ausnahmsweise mal nicht gelogen hat.«

Und auch Aidens Worte trieften nur so vor Ablehnung und Kälte. Ich hatte genug gehört und ging zurück zum Verbindungshaus.

Ich setzte mich auf der gegenüberliegenden Straßenseite auf einen Mauervorsprung und hatte den perfekten Überblick über das Geschehen vor dem Haus. Ein Mädchen übergab sich gerade hinter einem Busch und ihre Freundin hielt ihr dabei die Haare aus dem Gesicht, als Collin am Treppenvorsprung des Verbindungshauses auftauchte und sich suchend umsah. Er sprach mit einem Typen, der hinter sich auf die Straße zeigte. Suchte er etwa mich? Die Frage beantwortete sich von selbst, als er die Treppe herunterlief und zu mir joggte.

»Hey du. Ich hab dich schon überall gesucht.«

Ich wollte fragen, warum, aber mir klapperten die Zähne vor Kälte so sehr, dass ich keinen Ton herausbrachte.

»Ist dir kalt?«

Ich konnte ein Augenrollen nur mit Mühe unterdrücken.

Sofort zog er seine Jacke aus und legte mir diese um die Schultern. »Hier, nimm die solange. Wieso hast du keine eigene Jacke dabei? Es ist arschkalt hier draußen.«

»Die liegt in meinem Auto und das ist in Newport«, antwortete ich mühsam.

Collin setzte sich neben mich und wollte mir seinen Arm um die Schultern legen, aber ich lehnte mich von ihm weg. Wer wusste schon, was an den Gerüchten dran war, über die Aiden vorhin mit Daniel gesprochen hatte.

»Ich will dich nicht beißen. Komm her.«

»Ist schon gut, Collin. Mein Taxi müsste jeden Moment hier sein. Du brauchst nicht mit mir zu warten.« Ich zog seine Jacke wieder aus, obwohl sie wirklich angenehm warm war.

»Nein, behalt sie an. Ich frier nicht so leicht und du zitterst.«

Ich hielt sie ihm noch ein paar Sekunden hin, aber er schüttelte den Kopf. Collin sah eigentlich auch gar nicht wie ein typischer Vergewaltiger aus. Nicht, dass ich Ahnung davon hatte, wie so jemand aussah. Collin war bisher sehr nett zu mir gewesen. Ich entschied mich, ihm zu vertrauen, und zog seine Jacke wieder an. Mir war wirklich arschkalt. »Danke, Collin.«

»Kein Problem. Wenn du mich lassen würdest, könnte ich dich noch mehr wärmen.« Collin hob seinen Arm über meine Schulter und wartete auf mein Okay. Ich überlegte, ob das klug war, doch schließlich nickte ich. Bis auf das Geglotze auf meine Brüste hatte er sich bisher benommen. Keine Ahnung, was Aiden über Collin gehört haben wollte. Der zögerte jedenfalls nicht und zog mich dicht an sich. Mit den Händen rieb er über meine Arme und schon bald hörte das Zittern auf. Ich zog mein Handy aus meinem Kleid und sah nach der Uhrzeit. Bereits vor über einer Stunde hatte ich das Taxi gerufen.

Collin blickte zu mir. »Ich befürchte, da kommt heute niemand mehr. Und ein Taxi nach Newport kostet ein Vermögen. Wenn du willst, kann ich dich morgen nach Hause fahren. Mein Angebot mit dem freien Zimmer steht noch.«

Ich wollte gerade ablehnen, als plötzlich Aiden neben uns auftauchte.

»Da bist du ja. Los, steig ein, wir bringen dich nach Hause.«

Perplex starrte ich hoch in Aidens Gesicht. Wieso war er immer noch hier? Und warum glaubte er, dass ich ausgerechnet bei ihm und Daniel mitfahren würde?

»Danke, ich habe schon bessere Witze gehört«, sagte ich schnaubend.

»Das war kein Witz. Los, wir wollen nach Hause.«

»Dann fahrt doch einfach!«

Aiden atmete genervt aus und fuhr sich durch die Haare. »Mach es nicht noch komplizierter, als es eh schon ist. Steig jetzt einfach ein und dann bringen wir dich nach Hause.«

Mittlerweile war Daniel mit seinem Wagen vorgefahren und wartete.

»Sagt mal, warum lasst ihr die Kleine nicht in Ruhe? Sie will nicht mit euch fahren. Haut einfach ab!«

Aiden mahlte frustriert mit dem Kiefer und funkelte mich böse an.

Ich saß hier einfach nur auf einer Mauer und dennoch schien ich in seinen Augen wieder einmal alles falsch zu machen.

»Lieber hacke ich mir den Fuß ab, als mit euch beiden in einem Auto zu sitzen«, antwortete ich mit so viel Abneigung in der Stimme, wie ich aufbringen konnte.

»Ich hab's dir gleich gesagt. Steig ein. Es hat keinen Zweck. Lass sie einfach bei dem Idioten, wenn sie es doch unbedingt so will«, mischte sich Daniel ein.

Ich spürte, wie Collin sich neben mir anspannte. »Seht zu, dass ihr Land gewinnt, ehe ich mich vergesse.«

Aiden löste den Blick von mir und sah zu Collin. »Du hattest einmal Glück. Das wird dir kein zweites Mal passieren«, drohte er ihm.

Idiot, der er tatsächlich zu sein schien, ließ Collin mich los und baute sich vor Aiden auf. »Ich brauche kein Glück, um dir die Fresse zu polieren, Westerfield.«

Genau in dieser Sekunde tauchte ein Taxi vor uns auf und der Fahrer stieg aus dem Wagen. »Taxi?«

Ich dankte dem Himmel für das perfekte Timing und stand auf. Dabei zog ich Collins Jacke aus und drückte ihm diese an die Brust. Ich wartete nicht, ob er die Jacke entgegennahm, und ließ einfach los, als ich auf den Taxifahrer zuging. Es war ein älterer Mann mit dickem Bauch, der über seine Hose hing, und leider trug er ein viel zu kurzes Hemd, sodass ich den haarigen Ansatz seiner Speckrolle sehen konnte. Hemmungslos glotzte er mich von unten bis oben an und leckte sich über die fettigen Lippen, als sein Blick an meinem Dekolleté hängenblieb. Jetzt wünschte ich mir, ich hätte Collins Jacke doch nicht ausgezogen. Seine kleinen Schweinsaugen quollen fast über, als er sich den Schweiß von der Stirn wischte und sofort wieder auf meine Oberweite starrte. »Hast du das Taxi gerufen?«, fragte er, ohne mir dabei in die Augen zu sehen.

Ich war versucht, Nein zu sagen, da ich mir plötzlich nicht mehr so sicher war, ob ich in sein Taxi einsteigen und mich mindestens eine halbe Stunde lang seinen gierigen Blicken aussetzen wollte.

Aiden tauchte auf und stellte sich vor mich, sodass er dem Taxifahrer den Blick auf mich versperrte. »Sie braucht kein Taxi«, verkündete er.

Fassungslos blieb mir der Mund offenstehen. Wie kam er dazu, meine einzige Chance nach Hause zu kommen zunichtezumachen? Wie groß konnte der Hass auf mich noch sein? Ich hatte weder ihm noch seinem Bruder und erst recht seiner Schwester jemals etwas getan. Meine Wut auf ihn, der Frust wegen Lilly und der ganze Ärger wegen dieses katastrophalen Abends rumorten in meinem Magen und sorgten für Bauchschmerzen. Mir platzte bald der Kragen, wenn ich noch länger in seiner oder Daniels Gegenwart blieb. »Geht's eigentlich noch? Wieso mischst du dich überall ein? Kümmere dich um deinen eigenen Scheiß und lass mich endlich in Ruhe!« Ich stapfte an ihm vorbei und streifte ihn dabei mit meiner Schulter. Ich legte all meine Kraft hinein und freute mich diebisch, als er zur Seite stolperte.

Der Taxifahrer grinste mich lüstern an und wanderte mit seinen Augen erneut über meine Brüste zu meinen Beinen und blieb dann bei meinen schwarzen High Heels hängen. Ich schloss die Augen und betete, dass der Typ mich wirklich direkt nach Hause bringen und nicht irgendwo am Straßenrand anhalten und sich über mich hermachen würde. Ich zog mein Handy aus dem Kleid und tippte die Nummer des Notrufs ein. Sollte er etwas Derartiges versuchen, bräuchte ich nur schnell auf den Wählbutton tippen. Sicher war sicher.

Ich stieg in das Taxi und ließ mich in den Sitz fallen. Es stank zwar, aber es war wenigstens warm. Sofort entspannten sich meine Muskeln und ich wartete, dass der Typ ebenfalls einstieg und mich endlich nach Hause brachte. Als nichts passierte, öffnete ich die Augen und sah nach draußen. Sowohl Aiden als auch Collin standen drohend vor dem Taxifahrer und redeten auf ihn ein. Ich ließ die Scheibe runter und rief nach draußen. »Sir, können wir endlich losfahren?«

Der Fahrer sah nur kurz zu mir und dann schnell wieder zu Aiden und Collin. Ich konnte hören, wie Collin ihm drohte. »Wenn du ihr auch nur ein Haar krümmst, reiß ich dir den Sack auf, verstanden?«

Der Taxifahrer schluckte nervös und fuhr sich durch sein lichtes Haar. »Ich habe nicht vor, irgendwas zu machen«, antwortete er und drehte sich um.

Doch Aiden packte ihn am Arm und beugte sich zu ihm runter. »Du fährst sie direkt nach Hause. Keine Umwege, keine Tankstopps oder Reifenpannen, klar? Bekomme ich mit, dass sie in einer halben Stunde nicht zu Hause ist, kriegen wir beide ein Problem.«

Gott, ich verstand einfach nicht, warum er sich ständig in meine Angelegenheiten einmischen musste. Und warum tat er mit einem Mal so, als würde es ihn kümmern, wenn mir etwas passierte? Vor einer Stunde war es ihm und seinem Bruder noch halbwegs egal, ob Collin mich vergewaltigen würde oder nicht.

Schließlich ließ Aiden den Fahrer los, der sich beeilte, in sein Taxi zu springen. Er knallte die Tür zu und fuhr sofort los. Erst als er auf die große Kreuzung bog, entspannte er sich langsam und fragte schließlich, wohin er mich bringen sollte. Ich gab ihm meine Adresse und ignorierte seine Blicke, die er in den Rückspiegel warf. Ich war plötzlich hundemüde und meine Augenlider wurden bleischwer. Aber ich musste wach bleiben, denn ich traute diesem Typen ebenfalls nicht wirklich über den Weg.

»Miss?«

Ich schreckte hoch. Shit, ich war doch eingeschlafen. Panisch blickte ich nach draußen und atmete erleichtert aus, als ich das Einfahrtstor zu meinem Haus erkannte. Ich zückte meine Kreditkarte, um den Fahrer zu bezahlen, doch dieser schüttelte den Kopf.

»Schon erledigt.«

Fragend sah ich durch den Rückspiegel in seine Augen. »Wie, schon erledigt?«

»Der Typ an der Uni hat für dich bezahlt.«

Collin? Wann war das denn passiert? Kopfschüttelnd stieg ich aus dem Taxi und bedankte mich beim Fahrer. Trotz seiner unangenehmen Gafferei hatte er mich tatsächlich einfach nur nach Hause gebracht. Als ich das Tor hinter mir schloss, hätte ich schwören können, Daniels weißen Mercedes gesehen zu haben. Waren mir die beiden etwa bis hierher gefolgt? Ich wollte mir darüber jetzt keine Gedanken mehr machen, zog erschöpft die Schuhe aus, und lief den langen Weg zum Haus barfuß weiter. Aber dann fiel mir siedend heiß ein, dass Mason gerade bei Lilly war. Wenn es sich wirklich um Daniels Auto gehandelt hatte, bedeutete dies, dass Daniel und Aiden auf dem Weg nach Hause waren. Ich musste sie dringend warnen.

»Hallo?«, krächzte Lilly verschlafen in den Hörer.

»Lilly, ist Mason noch bei dir?«

»Weißt du, wie spät es ist? Wieso rufst du zu solchen Unzeiten an?«, maulte sie.

»Aiden und Daniel sind auf dem Weg nach Hause. Sieh zu, dass Mason verschwindet.«

Sofort war Lilly hellwach und sorgte dafür, dass Mason mit dem Auto meiner Mom zu mir kam.

»Ich hätte Zeit. Soll ich eben vorbeikommen und dir einen blasen?«
Ich hatte das Telefon auf laut gestellt und auf meiner Brust abgelegt,
während ich mit der Fernbedienung das Programm nach einem Film
durchsuchte. »Heute nicht. Ich brauche eine Pause, damit ich wieder zu
Kräften komme«, antwortete ich monoton. Ich hatte keinen blassen
Schimmer, wer das Mädchen war, das gerade bei mir anrief. Aus dem
Augenwinkel sah ich, wie sich Daniel auf die Faust biss, um nicht laut
loszulachen.

»Bist du dir sicher? Ich brauche auch nicht lange.«

Gott, was würden ihre Eltern denken, wenn sie das hören könnten?
Daniel gestikulierte wild, dass sie auch gerne ihm zu Diensten sein könnte, doch ich reagierte nicht auf ihn.

»Hey, sei mir nicht böse, aber ich muss noch eben meine Granny anrufen. Ich hab's ihr versprochen. Ich melde mich bei dir.« Ich legte auf
und sperrte die Nummer in meiner Kontaktliste. Leider hatte ich den
Überblick verloren, wer alles meine Nummer hatte. Hin und wieder gab
es solche Anrufe.

»Alter, warum gönnst du den Spaß dann nicht wenigstens mir?« Daniel stöhnte laut und warf sich aufs Bett.

Es war Fluch und Segen, sich das Studentenzimmer mit dem eigenen
Bruder teilen zu müssen. Wir hätten theoretisch auch jeden Tag herfahren können, aber unsere Eltern bestanden darauf, dass wir das Campus-
leben voll auskosteten und hatten uns in dieses Minizimmer gesteckt.

Daniel hatte schon drei Jahre hinter sich. Für mich hatte die Studen-
tenzeit gerade erst begonnen. Im Gegensatz zu meinem Bruder wusste
ich noch nicht, welches Hauptfach ich wählen sollte. Ich besuchte also
alle möglichen Kurse und lernte dabei unweigerlich ständig neue Mädchen kennen. In den ersten Wochen war das noch ganz lustig, aber mein
Dad drängte mich dazu, mich endlich auf das Wesentliche zu konzentrieren, sonst würde er mir meinen geliebten Porsche wegnehmen.

»Weil wir uns ein Zimmer teilen und ich keine Lust habe, dabei zuzugucken, wie dir hier jemand einen bläst?!«, antwortete ich und zappte weiter.

»Musst du ja auch nicht. Ich würde natürlich eine Socke an die Tür hängen.«

Ich zog meine Socke aus, die ich schon den ganzen Tag und auch beim Eishockeytraining getragen hatte, und warf sie ihm zu. Glücklicherweise landete sie genau in Daniels Gesicht, der angewidert aufschrie, als der Duft der weiten Welt seine Synapsen erreichte. »Du widerliches Arschloch! Was soll das?« Daniel erhob sich von seinem Bett und stürmte auf mich zu.

Genau in dem Moment fing mein Handy erneut an zu vibrieren. Er war schneller als ich und nahm den Anruf entgegen. »Baby, ich habe es mir anders überlegt. Mein Schwanz ist seit dem Telefonat ganz hart. Er ist zwar nicht so groß wie der meines Bruders, aber trotzdem kannst du mich glücklich machen.«

Ich verdrehte die Augen, als Daniel mit kindlicher Stimme nun so tat, als sei er ich. Auch, wenn er drei Jahre älter war, war ich ihm größentechnisch weit voraus. Ich war mir fast sicher, dass er eigentlich ein Mädchen hätte werden sollen, und zog ihn damit regelmäßig auf. Ich griff erneut nach der Fernbedienung und startete den Film, den ich uns ausgesucht hatte. Heute war der letzte Unitag vor den Semesterferien und wir wollten später noch zu einer Abschlussparty. Ab morgen hatte ich dann endlich wieder mein eigenes Zimmer bei uns zu Hause.

Daniel verstummte plötzlich und ich konnte deutlich die Stimme unserer Schwester hören, die in den Hörer schrie. Sie schien wohl mal wieder in Schwierigkeiten zu stecken. Ich schaltete den Fernseher aus und zog meine Socke wieder an, während Daniel versuchte, Lilly zu beruhigen und herauszufinden, wo sie war.

Als der Name Ava fiel, stöhnte Daniel laut und ballte die Hand zur Faust. »Meine Fresse, Lilly! Wie oft haben wir dir schon gesagt, dass du dich nicht mehr mit dieser Ava treffen sollst!«

Ich schnappte mir meine Autoschlüssel und wartete an der Tür auf Daniel. »Wohin?«, fragte ich, als er sich seine Schuhe anzog.

»Avas Haus.«

Ich hatte Ava seit der Party im Verbindungshaus vor vier Wochen nicht mehr gesehen und ich war mehr als glücklich über diese Tatsache.

An diesem Abend war ich kurz davor gewesen, meine Beherrschung zu verlieren.

»Was ist passiert?«

»Keinen Plan, Mann. Lilly hat nur geheult. Irgendwas ist mit Ava und ihrem Freund. Würde mich nicht wundern, wenn die Mistkuh Lilly den Freund ausspannen wollte.«

»Hey, Schwachmat, wo ist meine Schwester Lilly?« Daniel schnappte sich den erstbesten Idioten, der uns über den Weg lief, als wir die Auffahrt zu Avas Elternhaus hochgingen.

»Woher soll ich wissen, wer deine scheiß Schwester ist?«

*Blöder Fehler.* Noch ehe der Penner wusste, wie ihm geschah, hatte ihm Daniel eine Ohrfeige verpasst.

»Rede ich so über deine Mutter? Nein! Also redest du so auch nicht über meine Schwester! Haben wir uns verstanden?«

Völlig verdattert nickte der Bubi schnell und sah zu, dass er Land gewann.

Wir kamen zum Haupteingang und ich musste zugeben, dass mich der Anblick des Hauses sprachlos machte. Ava lebte in einer abgefuckten Villa! Ich hatte keinen Schimmer, was ihre Eltern beruflich machten. Hatte ich die Eltern überhaupt schon einmal gesehen? Ava war erst vor einem Jahr hergezogen. Neue Leute fielen hier eigentlich immer sofort auf.

Die große schwarze Haustür stand offen, sodass wir ungehindert eintreten konnten. Ich sah mich in dem riesigen Foyer um und mein Blick blieb am überdimensionalen Kronleuchter hängen, der einen Durchmesser von mindestens zwei Metern haben musste. Er war der absolute Blickfang, wenn man ins Haus kam. Als Nächstes fiel mir die Treppe auf, die zu beiden Seiten in das obere Geschoss führte. Der Handlauf war schwarz und glänzte, als wäre er mit Klavierlack überzogen. Wir gingen auf den Durchgang zu, der genau mittig unterhalb der Treppe lag und fanden uns in einem Flur wieder. Von hier aus ging es links in die Küche. Dahinter lag ein weiterer Flur, doch dort waren alle Türen geschlossen. Rechts von uns befand sich ein großes Esszimmer, in dem ein ellenlanger Tisch stand. Beim ersten Überfliegen zählte ich mindestens zehn Stühle auf jeder Seite. Das Design war auch hier in schwarz-weiß gehalten. Weißer Marmorboden mit dunklen Möbeln.

»Hast du eine Ahnung, was die Eltern von dieser Ava beruflich machen? Fuck, hier sieht's aus wie in einem Schloss«, sagte Daniel und sah sich kopfschüttelnd um. Er drehte sich zum Wohnzimmer, aus dem ohrenbetäubend laute Musik dröhnte. »Los, lass uns Lilly suchen und schnell von hier verschwinden.«

Die Musik war so laut, dass man sein eigenes Wort kaum verstand. Überall waren Kids, hielten rote Becher in den Händen und fühlten sich wie die ganz Großen. Der Gedanke, dass meine Schwester hier irgendwo betrunken rumhing, ließ mein Blut wallen. Fucking Ava Prince. Dieses Mädchen bedeutete nur Trouble.

Daniel drehte als Erstes die Musik leiser. Sofort ertönten laute Buhrufe und Pfiffe, was Daniel allerdings nicht interessierte. Er sah zu mir und deutete mit dem Finger zu einer weiteren Treppe, die ebenfalls ins Obergeschoss führte.

Ich nickte und stieg die geschwungene Treppe nach oben. Dort kam ich zu einer Empore und konnte sowohl ins Foyer als auch in das Wohnzimmer gucken. Der Ausblick war gewaltig. Fenster, die bis zum Boden reichten, gaben die Sicht auf die Bucht frei. Selbst jetzt im Dunkeln konnte man das Meer sehen. Ich stellte mir vor, wie gigantisch dieser Blick bei Tag war und wie viel Glück jemand hatte, der direkt an der Küste wohnte und jeden Tag aufs Meer schauen konnte. Allerdings war ich nicht hier, um die Aussicht zu genießen, weshalb ich mich wieder abwandte.

Zuerst ging ich nach rechts in einen langen, breiten Flur. Auch hier standen überall Skulpturen und riesige Gemälde hingen an den Wänden. Ich hatte zwar keine Ahnung von Kunst, aber mittlerweile war ich davon überzeugt, dass das hier alles Originale sein mussten. Avas Eltern schienen ziemlich viel Kohle zu haben. Wieso hatte ich noch nie von denen gehört?

Ich wurde abgelenkt, als vor mir eine Tür aufging und mir ein Pärchen entgegenkam. Sie sahen ziemlich derangiert aus und es war offensichtlich, was sie gerade gemacht hatten. Das Mädchen senkte schnell den Blick, als sie mich entdeckte, und ich ging kopfschüttelnd an den beiden vorbei.

Nach und nach öffnete ich alle Räume und war jedes Mal erleichtert, dass ich Lilly nicht bei irgendetwas in flagranti erwischte. Nachdem ich die sechs Zimmer auf dieser Seite gecheckt hatte, ging ich zurück zur Empore, um auf der anderen Seite weiterzusuchen. Fuck, das Haus glich eher einem Hotel als einem Wohnhaus.

Ich staunte nicht schlecht, als ich eine weitere Treppe entdeckte, die wohl zum Dachgeschoss führen musste.

»Aiden, ich hab sie. Los, lass uns abhauen«, rief Daniel nach oben.

Erleichtert drehte ich mich auf dem Absatz um und lief wieder nach unten.

Ich fand Daniel und Lilly draußen vor der Tür. Lilly heulte immer noch, sodass wir kein Wort von dem verstanden, was sie uns sagen wollte.

»Hey, jetzt beruhig dich erst mal und hol Luft«, redete Daniel auf Lilly ein.

Unsere Schwester war jedoch viel zu aufgewühlt und faselte immer wieder etwas von Ava.

»Lilly, hast du irgendwas eingeschmissen?«, wollte Daniel wissen.

Lilly hielt für einen Moment die Klappe und sah sich ängstlich um. Und da, im Lichtschein der Laterne, meinte ich, einen dunklen Schatten auf ihrer Wange erkannt zu haben. Ich hob meine Hand und wollte mir das Ganze genauer ansehen, doch Lilly lehnte sich weg und drehte den Kopf zur Seite.

»Halt still!«, motzte ich, als ich ihr Kinn umfasste. Ich drehte ihr Gesicht zum Licht und da sah ich es. Ihre Wange war eindeutig gerötet. Sofort kochte mein Blut hoch.

Daniel sah erst zu mir und dann zu Lilly. Als er erkannte, worauf ich starrte, brüllte er sie an. »Wer war das?«

Lilly kauerte sich zusammen und fing an zu wimmern.

Daniel packte sie an den Schultern und schüttelte sie. »Sag mir sofort, wer das war! Ich schwöre dir, ich ziehe hier jeden verdammten Wichser raus und bringe ihn um, bis du mir gesagt hast, wer das war!«

Lilly fing wieder an zu weinen. Mir war schon fast egal, wer ihr das angetan hatte. Meine Wut richtete sich auf Ava, die einfach zuließ, dass unsere Schwester sich zum einen besinnungslos trank und zum anderen von irgendeinem Schwein angepackt wurde.

Daniel redete auf Lilly ein und irgendwann fiel der Name Mason. *What the fuck?!* Was machte unsere Schwester mit diesem Arschloch? »Bring sie zum Auto, ich bin gleich wieder da.« Daniel übergab mir Lilly und lief zurück zum Haus.

Ich half ihr über den vereisten Weg zurück zum Einfahrtstor. »Was ist passiert? Was hat er getan?«, fragte ich, als ich neben ihr auf den Rücksitz kletterte und den Arm um sie legte. Nur die Tatsache, dass ich meine kleine Schwester sicher bei mir hatte, hielt mich davon ab, hinter Daniel herzugehen und das Schwein zu suchen, das ihr das angetan hatte.

»Mason und ich hatten Streit. Und dann hab ich mit ihm Schluss gemacht, weil ich das nicht mehr will. Ständig glotzt er anderen Mädchen hinterher. Sogar vor Ava macht er keinen Halt.« Sie lallte stark und hatte Mühe, ihre Augen aufzulassen.

Ich war stolz auf meine Schwester, weil sie sich nichts gefallen ließ und das Arschloch gleich abserviert hatte. »Hat er dich angepackt?«, fragte ich leise.

Sie ließ die Augen geschlossen, schüttelte aber den Kopf. Frustriert biss ich die Zähne aufeinander.

»Lilly, sag mir die Wahrheit. Ich gehe sonst Daniel hinterher.«

»Nein, bitte nicht. Bleib hier.« Sie griff in meinen Pullover und ich zog sie an mich.

»Was ist passiert?«, fragte ich erneut und es kostete mich große Mühe, dabei ruhig zu bleiben. Im Gegensatz zu Daniel wusste ich nämlich, dass man mit Lilly unendliche Geduld haben musste, damit sie einem etwas erzählte.

»Ich hab ihn mit einer anderen gesehen und zur Rede gestellt. Er hat alles abgestritten. Als mich diese Schlampe dann ausgelacht hat, bin ich auf sie losgegangen. Leider war sie schneller als ich und hat mir eine Ohrfeige verpasst. Ich hab ihr aber noch ein Büschel Haare rausgerissen und sie im Gesicht gekratzt.«

Erleichtert ließ ich mich in den Sitz fallen. Stolz überkam mich, weil Lilly sich von niemandem verarschen ließ. »Das hast du gut gemacht, Pumpkin. Vielleicht sollte ich dir bei Gelegenheit aber mal zeigen, wie du dich richtig verteidigst, damit so etwas nicht noch einmal passiert«, sagte ich und strich vorsichtig über den Fleck auf ihrer Wange.

Lillys Kopf lag auf meiner Schulter und dann hörte ich ein leises Schnarchen. Die Kleine war völlig fertig und in meinen Armen eingeschlafen. Wenige Minuten später kam Daniel zurück und sprang in den Wagen.

»Und?«, hakte ich nach.

»Es war nicht Mason, sondern irgendeine Schlampe, die Lilly den Freund ausspannen wollte. Hab ihm trotzdem eine Abreibung verpasst und ihm klargemacht, dass ich ihn umbringe, wenn er sich Lilly noch einmal nähert. Der Typ war völlig stoned. Keine Ahnung, ob er überhaupt mitbekommen hat, dass er auf die Fresse gekriegt hat.« Daniel startete den Wagen und fuhr uns nach Hause. »Ich hab die Kabel der Anlage aus der Wand gerissen und den Scheißgören gesagt, dass sie jetzt nach Hause gehen sollen.«

»Gut gemacht, Alter.«

»Diese Ava kann froh sein, dass sie mir nicht über den Weg gelaufen ist.«

Zustimmend nickte ich und zog meine Schwester noch dichter an mich. Wo war ihre *beste* Freundin heute, als Lilly sie gebraucht hatte?

Als wir in unsere Garage fuhren, weckte ich Lilly. »Hey, Pumpkin, aufwachen. Wir sind zu Hause.«

Daniel öffnete die Tür und half mir, Lilly aus dem Auto zu tragen. Er hob sie in seine Arme und ich schloss die Tür auf. Hoffentlich schliefen unsere Eltern schon.

»*Ava!*« Lilly öffnete plötzlich die Augen und sah sich panisch um.

»Du bist zu Hause, Pumpkin. Entspann dich.« Daniel sprach leise mit ihr und trug sie die Treppe zu ihrem Zimmer hoch.

»Nein, warte. Ich glaube, er hat ihr was getan.« Lilly regte sich immer mehr auf und zappelte in Daniels Armen, sodass er sie schließlich runterließ.

»Beruhig dich, Lilly. Ich hab mich schon um Mason gekümmert. Alles ist gut.«

Doch Lilly ließ sich nicht beruhigen. »Nein, du verstehst nicht. Er hat Ava geschlagen!«

Mein Kopf schnellte zur Seite und ich starrte Lilly fassungslos an. Mason hatte Ava geschlagen?

»Wann?«, fragte ich.

»Sie ist dazwischengegangen, als ich mich mit der Tussi geprügelt habe und Mason hat Ava weggeschubst. Sie hat sich den Kopf an der Tür angeschlagen. Gott, sie hat geblutet!« Lilly blickte erst mich und dann Daniel flehentlich an.

Mein Körper fing an zu vibrieren. Ich konnte Gewalt gegen Mädchen, mochten sie noch so unausstehlich sein, absolut nicht leiden.

»Dann hat er sie ja nicht geschlagen, sondern sie hat sich den Kopf gestoßen. Das wird schon nicht so schlimm gewesen sein. Komm, ich bring dich ins Bett.«

Doch Lilly entzog Daniel die Hand und kam auf mich zu. »Er hat sie an den Haaren hochgezogen und ihr mit der Faust ins Gesicht geschlagen. Du musst mir glauben, Aiden!«

Ich spürte, wie mein Blut anfing, heiß durch meine Adern zu wallen, als ich mir die Szene in Avas Haus vorstellte. Ich sah zu Daniel, der regungslos dastand und abwog, was an der Geschichte dran war. Mir war es aber ganz egal, ob Lilly übertrieb oder vielleicht etwas falsch verstanden hatte. Ich lief bereits wieder nach unten und schnappte mir meine Autoschlüssel.

Ich bekam nichts von der Fahrt zur Avas Haus mit. Ich war blind vor Wut und wild entschlossen, diesem Arschloch den Garaus zu machen. Einerseits, weil er vor den Augen meiner Schwester mit einer anderen Schlampe rumgemacht und andererseits, weil er ein Mädchen geschlagen hatte. In einem Punkt stimmte ich Daniel zu: Es musste endgültig Schluss damit sein, dass Lilly sich mit Ava traf. Das Mädchen bedeutete nur Ärger und sie zog Lilly immer tiefer mit hinein. Ich würde mir also nach Mason noch Ava vorknöpfen müssen, um ihr unmissverständlich klarzumachen, dass sie sich künftig von unserer Schwester fernzuhalten hatte.

Als ich den Weg zum Haus hochlief, kamen mir vereinzelt betrunkene Partygäste entgegen, die den Heimweg antraten. Mason war nicht unter ihnen. Ich hoffte, dass sich das Arschloch noch irgendwo im Haus aufhielt. Ich scheuchte die Kids auf, die noch im Wohnzimmer herumlungerten und jagte sie aus dem Haus. Dann machte ich mich auf die Suche nach Mason. Im Erdgeschoss war niemand mehr, also suchte ich im ersten Stock. Gleich hinter der ersten Tür fand ich das Arschloch und seinen Kumpel, den Wichser Collin. *Fun-fucking-tastisch!* Ich ließ meinen Nacken kreisen, spannte meine Arme an und ballte die Hände zu Fäusten. Die beiden hatten noch nicht mitbekommen, dass ich im Raum stand. Zu sehr waren sie damit beschäftigt, das Mädchen, welches von ihnen auf dem Bett lag, in alle möglichen Körperöffnungen zu ficken. Meine Wut erreichte ein bisher unerreichtes Level und ich konnte nur mit Mühe meine bebenden Gliedmaßen stillhalten. Das war das Mädchen, das Lilly den Freund ausgespannt hatte. Deutlich zu erkennen an der dicken Schramme auf der Wange.

Ich zog Mason von dem Mädchen weg. Erschrocken schrie sie auf, doch ich kümmerte mich erst einmal um Mason. Ich schleuderte ihn auf den Boden und verpasste ihm einen kräftigen Faustschlag. Mason wehrte sich nicht, sondern hob lediglich schützend die Arme vor sein Gesicht. Der Typ musste irgendwas geschmissen haben, weshalb er so träge reagierte. Schade, ich hatte mich auf einen richtigen Fight gefreut. Als Mason mich lallend anflehte, ihn in Ruhe zu lassen, ließ ich meine Faust gegen seinen Schädel krachen und traf seine Schläfe. Bewusstlos kippte das Arschloch zur Seite und blieb reglos liegen.

Dann kümmerte ich mich um Collin, der schon dabei war, seine Klamotten zusammenzusuchen. Das Mädchen hatte sich die Decke bis ans Kinn gezogen und schrie mich an. Ich achtete nicht auf sie, sondern packte Collin im Nacken und rammte ihm mein Knie in den Magen. Keuchend brach er zusammen und hielt sich die Arme vor den Bauch. Ich holte noch einmal aus und verpasste ihm einen kräftigen Schlag gegen seinen Unterkiefer. Collin schrie vor Schmerz auf und fiel auf den Rücken. Mehr passierte nicht. Verfickte Scheiße. Das war zu einfach.

Das Mädchen war mittlerweile aufgesprungen und kniete neben Mason auf dem Boden, der langsam wieder zu sich kam und sich den Ärmel seines Shirts gegen die blutende Lippe hielt. Ich bebte noch immer vor Wut und musste meine Aggression irgendwie loswerden. Ich beugte mich zu Mason und zog ihn an der Kehle wieder hoch. Keuchend und würgend kam er mühsam auf die Beine. Ich zog mir Mason so dicht vors Gesicht, bis sich unsere Nasen beinahe berührten. »Wo ist sie?«, knurrte ich leise.

Er zuckte mit den Schultern. »Woher soll ich wissen, wo sie ist? Das ist doch deine Schwester!«

Ich verstärkte den Griff um seinen Hals und Mason japste nach Luft.

»Falsche Antwort, Arschloch! Redest du in Zukunft noch einmal schlecht von meiner Schwester oder kommst auch nur in ihre Nähe, bringe ich zu Ende, was ich heute angefangen hab, verstanden?« Ich spürte, wie Mason versuchte zu schlucken, als meine Drohung bei ihm ankam. Er nickte kurz. »Gut. Und jetzt will ich wissen, wo Ava ist.« Da Mason mit mir auf Augenhöhe war, entging mir nicht, dass sich seine Pupillen vor Schreck für eine Sekunde weiteten. Der Scheißkerl hatte Panik. Vielleicht war ja wirklich etwas an Lillys Story dran. Er blickte nervös von mir zu Collin, der auch langsam wieder auf die Beine kam und sich stöhnend die rechte Wange hielt. Ich rüttelte Mason kurz und zwang ihn damit, wieder mich anzusehen. Ich hob erwartungsvoll eine Augenbraue.

»Keine Ahnung, Mann. Die war vorhin noch unten im Wohnzimmer. Ich hab sie danach nicht mehr gesehen. Ich war die ganze Zeit hier oben mit Melissa und Collin, ich schwör, Alter.«

Ich ließ meinen Kopf nach vorn schnellen und als meine Kopfnuss ihn völlig unvorbereitet traf, schrie Mason vor Schmerz auf. Zufrieden sah ich, wie Blut aus seiner Nase schoss. Heulend hielt er sich die Hände vors Gesicht. Diese Melissa schrie mich an und versuchte, mir ins Gesicht zu schlagen. Ich fing ihre Hand in der Luft ab und drückte sie wieder nach unten. Warnend sah ich sie dabei an und als sie ihren Arm langsam entspannte, ließ ich sie los und verließ das Zimmer.

Ich durchsuchte die restlichen Räume, konnte aber Ava nirgendwo finden. Als ich aus dem Elternschlafzimmer kam, sah ich, wie Collin und Mason sich gegenseitig stützten und Melissa ihnen hinterherlief.

Ich ging zurück ins Erdgeschoss und suchte im Hauswirtschaftsraum und sogar in der Garage nach Ava. Das Haus schien jedoch leer zu sein. Draußen war es eiskalt. Ich bezweifelte, dass Ava irgendwo im Garten war, suchte aber dennoch das Grundstück ab. Nichts.

Ich stand wieder in der Küche und wusste nicht, wo ich noch hätte suchen sollen. Unschlüssig, ob ich nicht einfach nach Hause fahren sollte, sah ich mich ein letztes Mal um. Das Haus versank im Chaos. In der Küche stand der Kühlschrank offen und im Ofen lag eine verkohlte Pizza. Die Arbeitsfläche war vollgestellt mit leeren Flaschen, Pappbechern und Resten von Chips und Tacos. Ich wollte nicht an Avas Stelle sein und das hier alles aufräumen müssen. Andersherum geschah es ihr ganz recht. Selbst Schuld, wenn sie eine Party schmiss.

Ich wollte gerade aus der Tür gehen, als ich meinte, ein Geräusch aus dem oberen Stockwerk gehört zu haben. Ich schloss die Tür wieder und ging zurück zur Treppe. Da hörte ich es wieder. Irgendjemand wimmerte. Ich rannte die Treppe hinauf und suchte noch einmal in jedem Zimmer. Aber ich fand nichts. Alle Räume waren leer. Ich ging zurück zur Empore und sah die Treppe zum Dachboden rauf. Hatten sich vielleicht irgendwelche Kids da hoch verirrt und noch nicht mitbekommen, dass die Party vorbei war? Ich ging nach oben und öffnete die Tür. Überrascht stellte ich fest, dass sich hier oben ein riesiges Zimmer befand, das sich über die gesamte Fläche des Haupthauses erstreckte. Das musste dann wohl Avas Zimmer sein. Ich machte das Licht an und sah mich im Raum um. Der Fußboden war bedeckt mit einem dicken weißen Teppich. An der rechten Wand stand ein großes weißes Himmelbett vor dem Fenster. Auf der linken Seite befand sich ein weißes Sofa und an der Wand hing der größte Flachbildfernseher, den ich je in meinem Leben gesehen hatte. Gleich neben der Tür stand Avas Schreibtisch und ein großes Regal nahm die gesamte Stirnseite des Zimmers ein. Zu meiner Überraschung war es über und über mit Büchern gefüllt. Ich ging zum Fenster bei ihrem Bett und sah auf das Grundstück herunter. Ava war auch nicht in ihrem Zimmer. Hatte ich mich vielleicht nur verhört? Doch dann hörte ich das leise Wimmern erneut. Ich ging auf eine halbgeschlossene Tür zu, die entweder zu ihrem Ankleidezimmer oder zum Bad führen musste. Ich schob die Tür auf und plötzlich schoss ein schwarzes Etwas auf mich zu und knurrte mich böse an.

Ich hatte mit allem gerechnet, aber nicht mit einem Hund. Erschrocken war ich einen Schritt zurückgewichen und blickte nun in die dunklen Knopfaugen eines schwarzen Labradors. Erleichtert atmete ich aus und musste über mich selbst lachen, weil ich mich so erschrocken hatte.

»Hey Buddy, alles gut. Ich tu dir nichts. Ich bin nur auf der Suche nach deinem Frauchen.« Ich ging langsam in die Hocke und hielt dem Hund meine Hand hin. Misstrauisch beäugte er mich. Ich verhielt mich ganz still. Nach einem Moment hob er die Nase, um meinen Geruch aufzunehmen. Ich bewegte mich nicht und ließ ihn weiter schnüffeln. Er musste entschieden haben, dass ich keine Gefahr bedeutete, und stürmte plötzlich auf mich zu. Ungestüm rannte er mich über den Haufen und ich fiel auf den Boden. Ich fing laut an zu lachen und der Hund nutzte die Gelegenheit und schleckte mir mit seiner nassen Zunge quer übers Gesicht. »Hey, nicht so wild, Buddy.« Ich kraulte ihn hinter den Ohren. »Wie kann es sein, dass so eine Kratzbürste wie dein Frauchen einen so netten Hund wie dich hat, hm?«

Als hätte er verstanden, dass ich von Ava sprach, sprang er plötzlich auf und lief zurück ins Badezimmer. Dabei fing er wieder laut an zu wimmern. Ich folgte ihm. Vermutlich hatte er Durst und im Bad stand sein Wassernapf. Wie konnte sie einfach ihren Hund über Nacht hier allein lassen? Was war, wenn er mal musste oder, wie jetzt, Durst hatte? Doch mein Frust über Ava und ihr unverantwortliches Benehmen lösten sich binnen Sekunden in Luft auf. Als ich das Licht im Bad einschaltete, blieb mir die Luft weg. Ava lag bewusstlos auf dem Fußboden ihres Bades. Neben ihr lag ein Handtuch mit Blutspuren.

»What the fuck?«, keuchte ich. Ich lief sofort zu ihr und fiel auf die Knie. Vorsichtig schob ich ihre Locken zur Seite und fluchte laut, als ich ihr geschwollenes Gesicht sah. »Ava? Kannst du mich hören?«, sagte ich laut, doch sie reagierte nicht. Scheiße, wie lange lag sie hier schon?

Ich zückte mein Handy und wählte den Notruf. Die Frau am anderen Ende versicherte mir, dass ein Rettungswagen binnen zehn Minuten hier sein würde. Ich beschloss, Ava nach unten zu bringen, damit die Sanitäter nicht mit ihrer ganzen Ausrüstung nach oben laufen mussten.

Vorsichtig fuhr ich mit den Armen unter ihre Knie und Schulterblätter und hob sie sachte hoch. Ihr Kopf rollte zur Seite. »Shit.« Ich stellte ein Bein auf den Rand der Wanne und stützte ihr Gewicht auf meinen Oberschenkel, als ich ihren Kopf sanft gegen meine Schulter bettete. Dann legte ich meinen Arm wieder unter ihre Knie und trug sie ins Erdgeschoss. Ihr Hund wich uns dabei nicht einen Millimeter von der Seite. Er leckte ihre Hand, die nun schlaff herunterhing und wimmerte pausenlos. »Das hast du gut gemacht. Ich besorge dir morgen auf jeden Fall den größten Knochen, den ich finden kann.«

Ich saß mit Ava auf dem Schoß im Wohnzimmer und wartete auf die

Sanitäter. Ich hatte die Haustür offengelassen, sodass sie direkt ins Haus kommen konnten. Ava hatte ihr Bewusstsein noch immer nicht wiedererlangt. Vielleicht war sie auch einfach betrunken und merkte gar nichts von ihren Verletzungen. Ich wusste nicht, ob ich ihr das wünschen sollte. Ihr Hund lag mir zu Füßen und ließ mich nicht aus den Augen.

Nach einer Weile fiel mir ein angenehmer Duft auf. Suchend sah ich mich nach der Quelle um und stutzte, als ich realisierte, dass es Ava war, die so gut roch. Ihr Duft erinnerte mich an Kirschen, süß und fruchtig. Ihre Haare kitzelten mich unter dem Kinn, doch das Gefühl war komischerweise keineswegs unangenehm. Ihre Locken fühlten sich sogar ausgesprochen weich an. Ich hatte bisher immer an das struppige Haar eines Borstenschweins denken müssen, wenn ich es gesehen hatte. Umso überraschter war ich nun, dass es sich schon fast wie Samt anfühlte.

Ava stöhnte leise. Besorgt sah ich in ihr Gesicht, doch sie rührte sich nicht.

»Wo bleiben nur diese scheiß Sanitäter?«, fragte ich ihren Hund, der aber nur schwanzwedelnd zu mir aufsah.

Plötzlich regte sich Ava in meinen Armen. Sie stöhnte erneut und öffnete ganz langsam ihre Augen.

Ein Schlag durchfuhr mich und ich holte erschrocken Luft. Was zur Hölle war das gerade? Ich konnte nicht wegsehen. Mein Blick war wie gebannt auf sie gerichtet. Die Farbe ihrer Iris war einzigartig. Hellblau, so wie der Himmel eines eiskalten Wintermorgens. Sekundenlang sahen wir uns an und ich spürte, wie mein Herz immer schneller schlug. Ava runzelte die Stirn und kniff nach einer Weile fragend die Augen zusammen. Ihre Hand wanderte zur Schwellung unter ihrem Auge. Ich umfasste ihr Handgelenk und schüttelte den Kopf. Ich wollte nicht, dass sie sich wehtat.

»Collin?«, fragte Ava leise und sofort fing mein Blut wieder an zu brodeln.

Wie konnte sie nach allem, was heute passiert war, jetzt ausgerechnet nach diesem Arschloch fragen? Ich schwieg, während sie ihren Blick nun auf mich richtete. Als sie erkannte, in wessen Armen sie lag, weiteten sich ihre Pupillen und sie versuchte sofort, sich aufzurichten. Wieder schüttelte ich den Kopf und hielt sie davon ab.

»Was soll das? Was machst du hier?«, fragte sie wütend. Durch das

Sprechen schien sich ihre Wunde geöffnet zu haben und ein kleines Rinnsal Blut tropfte aus ihrer Nase. Ava hob erneut ihre Hand, um das Blut wegzuwischen, und zuckte heftig in meinen Armen zusammen, als sie dabei ihre Nase berührte. »Au!«, keuchte sie laut und Tränen schossen in ihre wunderschönen Augen.

Moment! *Wunderschöne Augen???* Wo kam das auf einmal her?

Ava zappelte in meinen Armen und ich ließ sie aufstehen. Sofort brachte sie Abstand zwischen uns und brav, wie ihr Hund war, folgte er ihr sofort. Ich blieb auf dem Sofa sitzen und wartete auf ihre nächste Reaktion. Ich rechnete damit, dass sie mich sofort rausschmiss. Doch dazu kam es nicht, denn auf einmal standen zwei Sanitäter in der Haustür und nahmen sich sofort ihrer an. Ava blickte überrascht zu mir und ich zuckte nur mit den Schultern.

»Ich brauche keinen Arzt! Es tut mir leid, dass sie extra hergekommen sind, aber mein ...«, sie stoppte und atmete tief durch, bevor sie weitersprach. »Aiden hat überreagiert. Mir geht es gut.« Ava versuchte, das Ganze nur halb so schlimm aussehen zu lassen. Sie hatte noch nicht in den Spiegel gesehen, denn sonst hätte sie selbst erkannt, wie lächerlich ihre Aussage angesichts ihres geschundenen Gesichtes klang.

Der Sanitäter sah es wohl genauso und erklärte ihr, dass sie mit *dem* Gesicht dringend in ein Krankenhaus musste. Der Satz klang so witzig, dass ich sofort lachen musste. Böse funkelte Ava mich deshalb an und ich biss mir augenblicklich auf die Unterlippe, um das Grinsen zu unterbinden.

Widerwillig ließ sich Ava von den Sanitätern nach draußen begleiten. »Diego, du bleibst schön hier. Ich bin gleich wieder zurück«, sagte sie zu ihrem Hund, der sich prompt neben die Tür legte und seinen Kopf auf die Vorderpfoten sinken ließ. Dann sah sie mich wieder böse an und wartete darauf, dass ich das Haus ebenfalls verließ.

Zögernd stand ich auf und folgte ihr nach draußen. Ava schloss die Tür und aktivierte die Alarmanlage. Danach folgte sie den Sanitätern zum Rettungswagen. Ohne sich von mir zu verabschieden oder sich zu bedanken, stieg sie ein und der Wagen fuhr los.

*Wunderschöne Augen???* Ich schüttelte den Kopf über mich selbst und machte mich auf den Weg nach Kingston.

## Kapitel 3 - Ava

Die Ärzte im Krankenhaus bestanden darauf, dass ich die Nacht zur Beobachtung blieb. Mein Gesicht wurde geröntgt und mir wurde mitgeteilt, dass ich noch einmal mit einem *blauen Auge* davon gekommen war. Es war nichts gebrochen, nur stark geprellt.

Es war bereits vier Uhr nachmittags, als ich endlich entlassen wurde. Lilly, die heute Morgen kurz zu Besuch war, hatte angeboten, mich später mit ihrem Dad abzuholen. Doch ich entschied mich dazu, mir lieber ein Taxi zu rufen.

Die Fahrt nach Hause dauerte über eine Stunde, da die Straßen vereist waren und es stark schneite. Als der Taxifahrer endlich am Einfahrtstor hielt, wollte ich nach meiner Kreditkarte greifen, doch außer meinem Handy hatte ich nichts dabei. »Shit«, fluchte ich laut.

Der Taxifahrer drehte sich zu mir um. »Kein Geld?«, fragte er genervt.

Da es gerade zu meiner Laune passte, antwortete ich giftig: »Sieht das Haus so aus, als hätte meine Familie kein Geld?«

Der Taxifahrer sah an mir herunter und sein Blick blieb einen Moment zu lang an meinem Dekolleté hängen. Mein Frust steigerte sich immer weiter. Ich räusperte mich laut und als der Fahrer ertappt wieder in meine Augen sah, bedeutete ich ihm, dass er die Auffahrt hochfahren sollte.

Ich klingelte und erwartete, dass unsere Haushälterin mir öffnete. Die Tür ging auf und ich wollte schnell reinlaufen, um Geld zu holen, doch ich blieb wie angewurzelt stehen. Mir klappte der Mund auf. Denn vor mir stand nicht Magdalena, sondern Aiden Westerfield. Der hatte mir gerade noch gefehlt. »Tschüss!«, knurrte ich und ging an ihm vorbei in die Küche, wo das Glas mit den 1-Dollar-Scheinen stand. Ich fischte eine Handvoll davon heraus und ging zurück. Ich gab dem Taxifahrer exakt 134 Dollar und keinen Cent Trinkgeld. Ich sah ihm dabei zu, wie er das Geld zählte, und als er mich wegen seines nicht vorhandenen Trinkgeldes ansah, schmiss ich zufrieden die Tür ins Schloss.

»Auf Nimmerwiedersehen!«, trällerte ich. Ich drehte mich um und wollte gerade nach Diego rufen, als plötzlich Aiden wieder vor mir stand. Und neben ihm saß mein Hund, der seinen Lieblingsball im Maul hielt.

Was zur Hölle ging hier vor? Diego hatte eigentlich eine Heidenangst vor Männern. Wieso hockte der jetzt entspannt neben dem Staatsfeind Nr. 1 und hechelte glücklich? Ich zog die Augenbrauen tief nach unten und sah meinen Hund böse an. »Verräter!«, zischte ich und machte auf dem Absatz kehrt. »Du kennst ja den Weg nach draußen«, rief ich über meine Schulter, als ich mich auf den Weg in mein Zimmer machte. Ich brauchte jetzt dringend ein heißes Bad, danach etwas zu essen und mein Bett. Ich war bis auf die Knochen durchgefroren. Ich zog mir das Kleid über den Kopf und ließ es einfach auf der Treppe liegen. Magdalena würde sich später darum kümmern. Als Nächstes folgten BH und Stringtanga. Splitterfasernackt stieg ich die letzten Stufen zu meinem Zimmer hinauf und ließ im Bad Wasser in die Wanne einlaufen. Ich zog meinen flauschigen Bademantel über und ging zurück in mein Zimmer, um mir einen frischen Schlafanzug zu holen. Erschrocken schrie ich auf, als ich Aiden auf meinem Bett sitzen sah. »Was zur Hölle, Aiden? Verschwinde hier! *Hau ab!*«, brüllte ich ihn an.

*Um Gottes willen! Hatte er mich etwa nackt gesehen? War er direkt hinter mir gewesen, als ich mich auf der Treppe ausgezogen hatte?* Meine Gedanken rasten durch meinen Kopf und währenddessen saß er weiter seelenruhig auf meinem Bett und kraulte Diegos Ohren. Was für einen Voodooscheiß hatte er mit meinem Hund veranstaltet? »Diego, komm hierher!«, befahl ich ihm. Treue Seele, die er war, gehorchte er und trottete zu mir rüber. Ich sah wieder zu Aiden und deutete mit düsterer Miene zur Tür. *»Raus!«*

Aiden hob beschwichtigend die Hände. »Ich wollte nur wissen, wie es dir geht und …«

»Mir geht's gut. Und jetzt verzieh dich!«, fiel ich ihm ins Wort und hielt meinen Arm weiter Richtung Tür ausgestreckt.

Zögerlich stand Aiden auf und ging auf mich zu. Leider drang er dabei in meinen persönlichen Bereich ein und blieb viel zu dicht vor mir stehen. Ich hatte keine andere Wahl, als den Kopf in den Nacken zu legen, um ihm ins Gesicht sehen zu können.

*Arschloch!*, dachte ich, so laut ich konnte. Vielleicht konnte er die Message ja in meinen Augen lesen, wenn er sie so schon nicht verstand. Doch Aiden war anscheinend nicht nur besonders scheiße, sondern auch noch ungemein beschränkt. Er hob seine Hand und umfasste mein Kinn. Ich zuckte sofort zurück, aber er hielt mich mit der anderen Hand am Arm fest. Ich wünschte, ich hätte sagen können, dass er grob war und dass seine Hände sich rau und widerlich anfühlten, doch zu meinem Bedauern musste ich feststellen, dass das Gegenteil der Fall war. Federleicht hielt er mein Kinn in einer Hand und auch mein Handgelenk umschloss er sanft und vorsichtig. Er drehte mein Gesicht zum Licht und besah sich meine Verletzung genauer. Ich unterdrückte den Drang, meine Augen zu schließen und starrte stattdessen auf einen Punkt unterhalb seines Kinns. Ich konnte sehen, wie sich seine Kiefermuskeln immer mehr anspannten, je länger er auf mein Gesicht blickte. Sollte mal einer aus diesem Kerl schlau werden. Mir wurde es irgendwann zu blöd und ich entzog ihm mein Gesicht. Langsam senkte er seine Hand an seine Seite und ich drehte mich von ihm weg.

»Bitte geh jetzt.« Ich wartete seine Antwort nicht ab, sondern ging in mein Bad und schloss die Tür hinter mir ab. Es dauerte einen Moment, ehe ich meinen Puls wieder unter Kontrolle hatte. Die Stellen meines Körpers, die Aiden berührt hatte, brannten, als hätte er sie mit Benzin übergossen und angezündet. Es würde mich nicht wundern, wenn er irgendwelche teuflischen Superkräfte besaß und ich später im Schlaf in Flammen aufging.

Mit zittrigen Fingern schloss ich die Tür nach einer halben Stunde wieder auf und spähte vorsichtig in mein Zimmer. Zu meiner großen Erleichterung war Aiden verschwunden. Diego lag in seinem Hundebett auf dem Rücken, hatte alle viere von sich gestreckt und träumte bestimmt von Bacon und Käse. Als er mich hörte, drehte er sich um und stand langsam auf. Er streckte sich, gähnte einmal herzhaft und trabte freudig auf mich zu.

»Hey Buddy, ich hab dich vermisst.«

Als Antwort schleckte er mir einmal übers Kinn.

»Iiiih, du Ferkel. Wer weiß, wo du heute wieder überall rumgeschnüffelt hast.« Ich tupfte mir im Bad seinen Sabber mit einem nassen Tuch vorsichtig aus dem Gesicht und ging anschließend runter in die Küche.

Ich war total ausgehungert und hoffte, dass Magdalena irgendwas Leckeres gekocht hatte.

Diego bellte freudig. Wahrscheinlich dachte er, dass ich jetzt mit ihm Gassi gehen würde. Aber heute musste es reichen, wenn ich ihn nur in den Garten ließ. Ich wollte möglichst schnell essen und dann in mein Bett verschwinden. Ich steuerte automatisch auf die Terrassentür zu, um Diego rauszulassen, aber von dem war weit und breit nichts zu sehen. Komisch. Vielleicht war Magdalena noch da. Sie fütterte ihn immer heimlich mit Bacon, was es fast unmöglich machte, ihn von ihr wegzubekommen.

»Magda, bist du noch da?«, rief ich, als ich am unteren Treppenabsatz ankam. Ich hörte Geräusche aus der Küche. Sie musste also wirklich noch im Haus sein. Vielleicht wollte sie sich wegen des Chaos von gestern Abend beschweren, von dem man jetzt absolut nichts mehr sah. Ein Vorteil, wenn die Eltern Personal hatten, das sich um alles kümmerte. Als ich allerdings die Küche betrat, verschlug es mir erneut den Atem.

»Aiden?«

Warum war er immer noch hier?

»Wo ist Magdalena?«, wollte ich wissen und drehte mich suchend um.

Aiden blickte von Diego auf, der mal wieder vor ihm saß und ihm seinen Ball hinhielt. Er sah dabei kein bisschen schuldbewusst aus, immer noch hier zu sein.

»Hast du kein Zuhause? Bei mir kannst du jedenfalls nicht bleiben«, murrte ich, weil er mich echt sauer machte. Ich ging an ihm vorbei zum Kühlschrank und holte die Milchkaraffe heraus. Dann öffnete ich den Schrank über der Spüle und suchte nach dem Kakao. Bedauerlicherweise hatte Magdalena mal wieder umgeräumt und die Packung stand nun ganz hinten. Ich stellte mich auf Zehenspitzen und versuchte, an die Packung zu kommen. Vergebens. Frustriert grummelte ich und wollte mir gerade den Tritt holen, als ich plötzlich Aiden hinter mir spürte. Ich bekam sofort eine Gänsehaut und zog den Kopf ein. Er trat nah an mich heran und griff nach der Packung Kakao im Schrank. Dabei streifte er mich mit seinem Arm an der Schulter und sofort fing die Stelle an zu brennen. Jetzt war ich endgültig davon überzeugt, dass er böse Superkräfte hatte.

Aiden stellte den Kakao vor mich auf die Arbeitsfläche und trat wieder einen Schritt zurück.

»Hmpf«, machte ich leise und holte mir eine Tasse aus dem anderen Schrank. Hier hatte Magdalena Gott sei Dank alles beim Alten belassen, sodass Aiden nicht wieder den Helden spielen musste. Ich goss mir Milch ein und löffelte Kakaopulver in die Tasse. Aiden fing leise an zu kichern und ich funkelte ihn böse an. »Probleme?«, fragte ich und rührte meine Milch um.

Er hob kurz die Hände und schüttelte grinsend den Kopf.

»Gut, dann kannst du ja jetzt verschwinden.« Ich versuchte erneut, ihn aus dem Haus zu bekommen. Doch Aiden machte keine Anstalten, endlich zu gehen. Stattdessen ließ er sich auf einem der Barhocker an der Küchentheke nieder und beobachtete jeden meiner Schritte.

Ich versuchte, so gut es ging, ihn zu ignorieren. Vielleicht half das und es würde ihm irgendwann zu blöd werden hier nur rumzusitzen und mich zu beobachten. Ich stellte meine Tasse in die Mikrowelle und kaute auf meinem Daumennagel. Was wollte er immer noch hier?

Während sich meine Milch erwärmte, schaute ich im Kühlschrank nach, was Magdalena gekocht hatte. Mein Magen fing an zu knurren und mir lief das Wasser im Mund zusammen, als ich die grüne Schüssel im untersten Fach entdeckte. Diese Schüssel bedeutete eigentlich nur eines: *Mac and Cheese*. Mein absolutes Lieblingsessen. Niemand machte es besser als Magdalena. Ich stellte die Schüssel auf die Arbeitsfläche und holte mir einen Teller aus dem Schrank. Stets bewusst, dass Aiden mich beobachtete. Ich versuchte es weiter mit Ignoranz. Ich füllte mir eine riesige Portion auf, die ich im Leben nicht schaffen würde, aber meine Augen waren gerade größer als mein Magen. Den Rest würde ich dann eben morgen essen. Als meine Milch heiß war, stellte ich die Nudeln in die Mikrowelle. Diego hatte anscheinend das Essen gerochen und stand jetzt sabbernd neben mir. »Hast du schon gegessen, Buddy?«, fragte ich und kraulte ihm den Kopf.

Diego fing an, auf der Stelle zu tänzeln und sich um die eigene Achse zu drehen. Wenn es ein Wort gab, das er verstand, dann war das *Essen*. Ich lächelte ihn an und ging in die Speisekammer, die hinter der Küche lag. Dort holte ich seine Futterportion und stellte sie ihm hin. Ich lehnte im Türrahmen und sah ihm beim Fressen zu. Es dauerte keine vier Sekunden, da stand er wieder schwanzwedelnd vor mir und sah mich glücklich an. »Satt?«, fragte ich lachend.

Diego lief zurück in die Küche und ich säuberte seinen Napf, den ich anschließend zurück ins Regal stellte. Ich drehte mich um und knallte gegen Aiden, der auf einmal im Türrahmen stand. »Au!«, keuchte ich schmerzerfüllt. Natürlich war ich mit der Nase gegen seinen Arm gestoßen und sofort zog ein stechender Schmerz durch mein Gesicht. Ich hielt mir die Hand unter die Nase, um das Blut aufzufangen, das anderenfalls auf den Boden getropft wäre.

»Scheiße, Ava, das wollte ich nicht«, fluchte Aiden leise. Er packte mich an der Schulter und bugsierte mich zum Waschbecken in der Küche. Dort öffnete er den Wasserhahn und griff nach einem Handtuch. Dies tränkte er mit kaltem Wasser und hielt es mir vorsichtig unter die Nase. Als Nächstes zog er meine Hände unter den Strahl und versuchte, mir das Blut von meinen Händen zu waschen, aber auch gleichzeitig das Handtuch an meine Nase zu halten.

Ich zog meine Hände aus dem Becken und richtete mich auf. Ich war stinksauer und mir reichte es jetzt. »Das wäre alles nicht nötig gewesen, wenn du einfach nach Hause gegangen wärst!«, motzte ich ihn an.

Was wollte der überhaupt hier? Er saß doch sowieso nur rum und sagte keinen Ton. Das konnte er auch zu Hause bei sich machen. Dieses Schweigen war mir tausendmal unangenehmer, als die sonstigen Beleidigungen, mit denen er mich bedachte.

»Ich komme schon klar, Aiden. Geh endlich!« Ich spürte, wie erneut Blut aus meiner Nase tropfte und hielt aus Reflex meinen Kopf in den Nacken.

»Nicht!« Sofort kam Aiden wieder auf mich zu. »Das hat man vielleicht früher so gemacht, aber heute weiß man, dass das lebensgefährlich ist«, erklärte er mir. Aiden legte seine Hand in meinen Nacken und drückte meinen Kopf sanft, aber bestimmt nach vorne.

Ich konzentrierte mich dieses Mal ganz bewusst auf die Stelle, die seine Hand berührte und *Zack!,* sofort fing meine Haut an zu brennen. Irgendwas stimmte mit Aiden ganz gewaltig nicht.

»Bist du jetzt auch noch Arzt oder was?« Ich schob ihn von mir weg und trat ein paar Schritte zurück. »Bitte, kannst du nicht einfach gehen?«, flehte ich ihn dieses Mal an. Vielleicht klappte es ja, wenn ich ihm die Ohren volljammerte.

Doch Aiden schnappte sich meinen Kakao und den Teller aus der Mikrowelle und ging aus der Küche.

»Hey, das ist meins!«, protestierte ich.

Er ging ungerührt weiter. Ich folgte ihm. Was hatte er jetzt schon wieder vor? Entsetzt stelle ich fest, dass er direkt in mein Zimmer hochging. »Aiden, was soll das? Gib mir mein Essen wieder!«, rief ich laut.

Er war wirklich bescheuert, wenn er glaubte, er könnte sich mit mir anlegen, wenn ich hungrig war. Atemlos erreichte ich die oberste Stufe, stapfte in mein Zimmer und sah, wie er gerade mein Essen und den Kakao auf dem kleinen Tisch vor dem Sofa abstellte. Dann setzte er sich und klopfte auf den Platz neben sich. Ich hatte eigentlich vorgehabt, im Bett zu essen.

»Setz dich und iss«, forderte er mich auf.

Ich beäugte ihn misstrauisch. Was führte er im Schilde? Bei Aiden wusste man nie, was als Nächstes passierte. Ich musste auf der Hut sein.

Mein Magen knurrte wieder und erinnerte mich daran, dass ich den ganzen Tag noch nichts gegessen hatte. Schließlich siegte mein Hunger. Vorsichtig trat ich um das Sofa herum und ließ mich langsam darauf nieder. Aiden zog sein Knie an, schob ein Bein unter seinen Körper und machte es sich so richtig bequem. Seinen Arm legte er ausgestreckt auf die Rückenlehne und wenn er gewollt hätte, hätte er mich mit der Fingerspitze an der Schulter berühren können. Nicht, dass mir ein einziger Grund einfiel, warum er das hätte tun wollen.

Ich wartete einen Moment, ob etwas passierte. Aber Aiden blickte mich einfach nur munter an.

Ich kniff die Augen zusammen. »Was soll das werden, wenn es fertig ist? Hast du irgendwas in mein Essen gemischt oder K.-o.-Tropfen in den Kakao getan?«

Aiden schnaubte verächtlich und schüttelte den Kopf. »Iss einfach, Ava. Du hast Hunger. Ich kann deinen Magen bis hierhin knurren hören.«

Und als hätte mein Magen ihn verstanden, antwortete er mit einem lauten Gluckern. Zufrieden schob Aiden einen Mundwinkel nach oben und nickte auffordernd in Richtung meines Tellers. Ich war wirklich ausgehungert. Vielleicht bräuchte ich erst eine Stärkung, bevor ich mich um Aiden kümmern konnte. Ich blies vorsichtig über meinen Kakao, nahm einen Schluck und verbrannte mir prompt die Zunge.

Aiden entging dies nicht und er nahm mir die Tasse aus der Hand. »Vorsichtig. Iss doch erst mal, dann kann dein Kakao in der Zeit etwas abkühlen«, sagte er leise. Er stellte meine Tasse wieder zurück auf den Tisch und schob den Teller näher zu mir ran.

Ich kam mir vor wie ein Kleinkind. Und so reagierte ich dann auch gleich. Ich verschränkte die Arme vor der Brust und schob beleidigt die Unterlippe vor. Aiden schaute amüsiert zu mir und wartete, dass ich etwas sagte.

»Ich trinke immer erst meinen Kakao!«, antwortete ich patzig. Seufzend griff er nach der Tasse. Empört wollte ich ihn davon abhalten, doch er drängte mich mit seinem Arm zurück. Aiden hob die Tasse an seine Lippen und ich rechnete schon damit, dass er jetzt meinen Kakao trank. Stattdessen blies er vorsichtig über die dampfende Oberfläche.

Ich war sprachlos. Was war nur mit dem alten, dem unausstehlichen Aiden passiert? Der, der mich eigentlich nicht leiden konnte? Ich war beinahe gerührt von dieser Geste.

Er nickte wieder zu meinem Teller und ich folgte seinem Blick. Eigentlich war es mir völlig schnurz, ob ich den Kakao vorher oder nachher trank. Ich wollte nur nicht, dass ausgerechnet er mir irgendwas vorschrieb. Grummelnd griff ich nach der Gabel, die er neben den Teller gelegt hatte, und schaufelte mir eine Ladung Nudeln in den Mund. Leider waren auch diese verdammt heiß und ich musste mit offenem Mund kauen, um das Essen abzukühlen. Aiden fing erneut leise an zu lachen, doch als ich ihn böse anfunkelte, konzentrierte er sich wieder auf meinen Kakao.

»Blödmann«, grummelte ich.

Ich schaffte vielleicht gerade mal ein Viertel dessen, was ich mir auf den Teller geladen hatte. Selbst für den Kakao war ich jetzt zu satt. Aiden hatte die ganze Zeit einfach schweigend neben mir gesessen und mir zugesehen.

»Ist das irgendwie dein Fetisch? Leuten beim Essen zuzusehen?«, fragte ich ihn, als ich mit geschlossenen Augen in den Kissen lag und mir den Bauch rieb.

»Darüber muss ich mal nachdenken. Kannst du eben noch mal kurz ein paar Nudeln essen?«, fragte er mich mit einem Schmunzeln in der Stimme.

Ich öffnete ein Auge und schielte genervt zu ihm. Aiden sah mich direkt an. Für einen Moment verhakten sich unsere Blicke und ein nervöses Ziehen stieg von meinem Magen auf. Wahrscheinlich war ich einfach zu vollgefressen. Ich unterbrach den Blickkontakt und sah zu meinem Bett. Ich konnte es förmlich nach mir rufen hören. Doch um mich jetzt vom gemütlichen Sofa wegzubewegen, war ich einfach zu müde und träge. Aiden musste meinen Blick bemerkt haben, denn auf einmal stand er auf und beugte sich über mich.

Ich presste mich in die Kissen, als er seine Arme unter meinen Rücken und die Knie schob. »Was wird das? Fass mich nicht an! Lass mich los!«, keifte ich laut. Ich wehrte mich mit Händen und Füßen, doch gegen Aiden hatte ich einfach keine Chance.

Er hob mich entschlossen hoch und trug mich zu meinem Bett, so als wöge ich nichts. Vorsichtig legte er mich ab und ging um das Bett herum. Ich beobachtete ihn misstrauisch mit zusammengekniffenen Augen.

Er hob meine Tagesdecke an und legte die rechte Seite des Bettes für mich frei. »Leg dich hin. Du musst todmüde sein.«

Ich bewegte mich keinen Zentimeter. »Du hast mir doch irgendwas ins Essen gemischt, richtig?«

Aiden verdrehte die Augen und deutete auf die Seite des Bettes, die er für mich freigemacht hatte. Zufällig genau die Seite, auf der ich immer schlief. Aber das konnte er ja nicht wissen.

»Leg dich einfach hin, Ava. Ich tu dir schon nichts.«

»Warum gehst du nicht endlich nach Hause, Aiden? Wir können uns doch nicht einmal ausstehen! Schon vergessen?«

Aiden spannte den Kiefer an und schloss für einen Moment die Augen. Dann atmete er tief durch. Für den Hauch einer Sekunde huschte ein gequälter Ausdruck über sein Gesicht, der aber genauso schnell wieder verschwand. »Du solltest jetzt schlafen. Hat man dir irgendwelche Medikamente gegeben? Soll ich sie dir holen?«

Als hätte ich ihn eben nicht zum tausendsten Mal aufgefordert, endlich zu verschwinden, benahm er sich weiter so merkwürdig. Er war schon fast nett zu mir. Da ich aber wusste, dass Aiden mich hasste, musste ich ihm weiterhin einen Schritt voraus sein. Er hatte irgendwas vor. »Nein, ich bin ja aber auch nicht schwer verletzt. Du kannst jetzt wirklich gehen. Ich komme eben mit nach unten. Ich muss die Alarmanlage sowieso noch einschalten.« Ich erhob mich wieder und ging zu meiner Tür. Da hörte ich Aiden hinter mir schnauben und mit ein paar großen Schritten hatte er mich eingeholt.

»Was wird das, wenn es fertig ist?« Seine Stimme klang wütend. Er umfasste mein Handgelenk und hielt mich fest.

Verdutzt blickte ich in sein zorniges Gesicht. *Was war sein Problem?* Ich hatte jetzt wirklich die Schnauze voll. »Lass. Mich. Los!« Ich wand mich aus seinem Griff und verschränkte die Arme vor der Brust. »Fass mich nie wieder an! Verstanden?« Ich klemmte mir mein Handgelenk unter die Achsel und versuchte, das Kribbeln auf meiner Haut zu verdrängen. *Blöde Superkräfte!*

»Geh endlich nach Hause!«, sagte ich und drehte mich um. Dieses Mal ließ er mich aus dem Zimmer gehen. Unten angekommen programmierte ich die Alarmanlage und stellte mich neben die Tür. Es dauerte einen Moment, aber schließlich hörte ich Aiden ebenfalls die Treppe herunterkommen. Ich verschränkte die Arme wieder vor der Brust und wartete, dass er endlich ging. Ich konnte nicht sehen, was er tat, da ich mit dem Rücken zu ihm stand.

»Wo sind deine Eltern?«

Aidens tiefe Stimme sorgte für eine Gänsehaut bei mir. Sie klang wie die Stimme von Frankensteins Monster oder wie diese Thrash Metal Sänger, die unverständliches Zeugs in die Mikrofone brüllten. Einfach in höchstem Maße unangenehm. »Geht dich nichts an«, antwortete ich.

»Wann kommen sie zurück?«

Er wollte es einfach nicht verstehen. Ich musste wohl deutlicher werden. Wütend drehte ich mich zu ihm um. »Für dich zum mitschreiben: Geh. Nach. Hause!«

Aiden blieb direkt vor mir stehen. Sein dunkelbraunes Haar stand in alle Richtungen. Er hatte diese dämliche Angewohnheit, sich ständig mit den Fingern durch die Haare zu fahren, wenn er gestresst, oder mal wieder wegen irgendwas sauer war. Es sah einfach beknackt aus.

Ich vermied es, in seine Augen zu sehen. Dieses kalte, blasse Blau ließ mein Blut jedes Mal zu Eis gefrieren. Vielleicht war er von Dämonen besessen? Das könnte auch dieses gruselige Brennen auf meiner Haut erklären, wann immer er mich berührte.

»Lassen sie dich oft alleine?«, fragte er leise und neigte den Kopf leicht zur Seite.

Was bildete er sich eigentlich ein? Einerseits stellte er mich als den schlimmsten Menschen auf der Welt dar, machte mir immer wieder deutlich, was er von mir hielt, und andererseits tat er jetzt so, als interessierte er sich für mich?! Das konnte nur ein abgefuckter Plan sein, den er mit Daniel ausgeheckt hatte.

»Letzte Warnung: Verschwinde!«, drohte ich ihm.

Aiden kam noch einen Schritt auf mich zu. »Sonst was?«, forderte er mich heraus.

»Sonst hetz ich dir Diego auf den Hals!«

Das ließ Aiden laut lachen. »Ihn da?« Grinsend sah er zu Diego, der mit offenem Maul und heraushängender Zunge neben ihm saß, und tätschelte ihm den Kopf.

Ich war selbst überrascht, dass Diego, der Männern gegenüber immer äußerst misstrauisch reagierte, so entspannt in Aidens Nähe war. Ich hob den Blick und sah Aiden dieses Mal direkt an. »Ja, ihn da. Du hast drei Sekunden.«

Aiden schien auf Nervenkitzel zu stehen. Denn er rührte sich nicht ein Stück. Im Gegenteil, er hockte sich neben Diego und wuschelte ihm durchs Fell. »Ich glaube nicht, dass Diego dir hier eine große Hilfe sein wird. Nicht wahr, Buddy?«

Diego hechelte ihn fröhlich an. *Noch.*

»Drei.«

Aiden fing breit an zu grinsen.

»Zwei.«

Er kraulte Diegos Ohren und flüsterte ihm etwas zu, was ich aber nicht verstand.

»Eins.«

Erwartungsvoll sah Aiden mich an.

»Stellen!«, befahl ich Diego und deutete mit der Hand auf Aiden.

Diego ging sofort in Habachtstellung und baute sich bedrohlich vor

Aiden auf. Mit gefletschten Zähnen und angespannter Rute ließ er ihn nicht mehr aus den Augen.

Befriedigt sah ich Aidens überraschtes Gesicht. Wo eben noch dieses dämliche Grinsen zu sehen war, stand nun leichte Verunsicherung. Langsam und ruhig erhob er sich. Diego knurrte tief aus der Kehle und stellte sich breitbeinig vor Aiden. Jede Faser seines Körpers war angespannt. Ich genoss das Gefühl, Aiden zum allerersten Mal verunsichert zu haben. Zufrieden pfiff ich einmal und Diego kam rückwärtsgehend an meine Seite und blieb dicht neben meinem linken Bein stehen. Den Blick ständig fixiert auf Aiden.

Dachte ich eben noch, dass ich Aiden endlich eingeschüchtert hatte, weil er für eine Sekunde verunsichert war, wurde ich jetzt wieder überrascht, als er plötzlich anfing zu lachen. »Wie ich sehe, hast du schon jemanden, der auf dich aufpasst.«

Fragend sah ich ihn an. Hatte er etwa gehofft, dass *er* hier den Beschützer spielen könnte? Aiden musste wirklich denken, dass ich total beschränkt war. »Ja, habe ich. Tschüss, Aiden!« Ich hielt die Tür ein Stück weiter auf und dieses Mal verschwand er tatsächlich aus dem Haus. Er drehte sich noch einmal um, aber ich warf die Tür ins Schloss und schaltete die Alarmanlage auf Nachtbetrieb. Automatisch fuhren die Rollläden herunter und die Bewegungsmelder an den Türen und Fenstern im Erdgeschoss schalteten sich ein.

Ja, meine Eltern ließen mich alleine. Aber das war mehr als in Ordnung.

Dieses Mädchen brachte mich total aus der Ruhe. Und ich verstand nicht einmal, warum das so war. Ich konnte sie wirklich nicht leiden. So gar nicht. Ich wollte auch nicht ihr Freund sein oder ständig in ihrer Nähe abhängen. Trotzdem hatte sie mir leidgetan, als ich sie gestern Nacht bewusstlos in ihrem Badezimmer gefunden hatte. Wäre ich nicht gekommen, wer weiß, was mit ihr passiert wäre. Sie hatte keine Geschwister und ihre Eltern trieben sich wer weiß wo rum. Fuck, Mann, sie war erst sechzehn und ganz auf sich allein gestellt! Was waren das für Eltern, die sich einen Dreck um ihr einziges Kind scherten? Auch wenn ich oft genervt war von meinen Eltern, weil sie uns ständig zwangen, gemeinsam etwas zu unternehmen, hatte ich wenigstens Eltern, die sich um mich sorgten. Ich verstand langsam, warum sie ständig auf Partys war. Sie hatte einfach Schiss, allein zu sein. Und die fehlende Liebe kompensierte sie, indem sie mit irgendwelchen Typen in die Kiste stieg. Oder gleich mit einer ganzen Footballmannschaft. Ich konnte in einem gewissen Maße nachvollziehen, warum jemand wie Ava Drogen nahm. Sie wollte das Gefühl verdrängen, allein zu sein. Zum Kotzen war es allerdings, dass sie meine Schwester da mit reinzog. Ich musste mit Lilly sprechen. So konnte es einfach nicht weitergehen.

»Pumpkin, schläfst du schon?« Ich öffnete die Tür zum Zimmer meiner Schwester und betrat den Raum.

Lilly lag auf ihrem Bett und zappte sich durch das TV Programm. »Wie wär's mit Anklopfen?«, fragte sie, ohne zu mir aufzublicken.

Ich stellte mich vor den Fernseher und sah sie an. »Wozu anklopfen? Hast du Angst, dass ich dich beim Barbie spielen erwische?«

»Haha, sehr witzig. Geh aus dem Bild, ich guck gerade was.« Lilly wedelte mit der Fernbedienung und versuchte, an mir vorbei zu schauen.

»Du hast gerade im Speedtempo die Kanäle durchgezappt. Also suchst du noch.«

»Aiden, geh aus meinem Zimmer!«, jammerte Lilly und erinnerte mich stark an Ava.

Oh man, ich hatte tatsächlich den ganzen Tag in Avas Haus verbracht. Es wunderte mich, dass bei mir noch keine Anzeichen von Krätze zu sehen waren. Okay, das war vielleicht etwas fies, und ich war mir sicher, dass Diego keine Flöhe oder Zecken hatte. Obwohl ich nichts von Ava hielt, schien sie zumindest ein Herz für ihren Hund zu haben und sich gut um ihn zu kümmern.

»Ich habe eine Frage an dich.«

Lilly atmete genervt aus. »Die kannst du auch von da drüben stellen. Du musst dabei nicht vor meinem Fernseher stehen.« Lilly stand auf und zerrte an meinem Arm, was ich nicht einmal wirklich spürte. Sie war so federleicht und von Sport hielt sie absolut gar nichts. »Geh. Hier. Weg!«

Als Nächstes versuchte sie es mit Schieben. Ich tat ihr den Gefallen und machte einen Schritt nach hinten. Damit hatte Lilly allerdings nicht gerechnet und stürzte ins Leere. Ich fing an zu lachen und Lilly boxte mich auf den Arm.

»Hey, Rocky Balboa. Was soll das werden, wenn's fertig ist?« Ich umfasste ihre Oberarme und schmiss sie aufs Bett.

Grunzend landete sie auf dem Rücken und schnaubte durch die Nase.

»Was willst du hier? Geh Daniel nerven, oder ruf eine von deinen Tussis an. Aber lass mich in Ruhe!«

Ihr Kommentar mit den Weibern traf einen unangenehmen Nerv, denn eigentlich sollte sie gar nicht wissen, was ich in meiner Freizeit machte. Ich hatte noch nie eine von ihnen mit nach Hause gebracht. Das hob ich mir für die Richtige auf. Und ich war noch lange nicht bereit für diese bestimmte Frau. Erst wollte ich mein Leben voll auskosten.

»Ich muss mit dir reden«, verkündete ich und lehnte mich mit der Schulter an die Wand.

Lilly verdrehte die Augen und setzte sich ans Kopfteil ihres Bettes.

»Wenn es wieder darum geht, warum ich mit Ava befreundet bin: Das ist meine Sache! Ich muss dich oder Daniel nicht um Erlaubnis bitten, mit wem ich befreundet sein darf. Ihr habt absolut keine Ahnung, wer Ava wirklich ist. Sie ist nämlich der beste und stärkste und mutigste Mensch, den es auf der Welt gibt!«

Das bezweifelte ich stark. Mir fielen mindestens 7,63 Milliarden andere Menschen ein, die noch *weit* vor Ava kamen.

Lilly hatte etwas gefunden, das sie interessierte und starrte auf den Fernseher.

»Was ist mit Avas Eltern? Wo sind die eigentlich die ganze Zeit?«, fragte ich meine kleine Schwester.

Lilly löste den Blick vom Fernseher und sah mich misstrauisch an. »Warum willst du das wissen?« Sie kniff bei der Frage die Augen zusammen und erinnerte mich wieder ein wenig an Ava, die mir doch tatsächlich unterstellt hatte, K.-o.-Tropfen in ihren Kakao gemischt zu haben.

Ich zuckte mit den Schultern und versuchte, möglichst gleichgültig zu wirken. Die meisten Weiber hatten eine gruselige Fähigkeit, in Köpfe zu gucken und alles zu sehen, was man dachte. Lilly war eine von ihnen. Wobei, ich hatte ja nichts zu verbergen. »Ich hab mich nur gewundert, wo die gestern Abend waren, als bei ihr im Haus alles aus dem Ruder gelaufen ist. Wie kommt es, dass sie ständig bei sich Partys veranstaltet? Stört das ihre Eltern gar nicht?«

Lillys Antwort kam äußerst zögerlich. »Die sind im Urlaub.«

»Und wann kommen die zurück?«

Jetzt war Lillys Neugier geweckt. »Wieso stellst du so merkwürdige Fragen über Ava?«

»Das ist nicht merkwürdig. Das sind berechtigte Fragen.«

»Warum?«, fragte Lilly mich mit hochgezogenen Brauen.

Ich rieb mir mit der Hand über den Kopf und presste sie dann in meinen Nacken. »Vielleicht hast du es schon vergessen, aber ich musste für deine Freundin gestern Nacht einen Rettungswagen rufen, weil sie bewusstlos in ihrem Badezimmer lag. Wäre ich nicht gewesen, läge sie da vielleicht jetzt noch!«

Lilly sah mich mit zur Seite geneigtem Kopf an. »Hätte ich dir aber vorher nicht gesagt, dass Mason ihr was getan hat, hättest du nie davon erfahren.«

»Hast du aber! Und das war auch gut so. Vielleicht wäre sonst noch Schlimmeres mit ihr passiert.«

Plötzlich machte Lilly etwas, womit ich absolut nicht gerechnet hatte. Sie fing an zu grinsen.

»Was?«, fragte ich leicht irritiert.

Lilly schüttelte nur den Kopf und grinste weiter blöd.

»Warum grinst du so dämlich? Was ist? Was hab ich gesagt?«

»Nichts. Und doch alles.«

Was für eine Scheiße sollte das jetzt wieder bedeuten?

»Was? Ich versteh dich nicht! Was hab ich gesagt?«, hakte ich noch einmal nach.

Lilly hatte Mühe, ein ernstes Gesicht zu machen. »Sie kommen einen Tag vor ihrem Geburtstag wieder«, sagte sie schulterzuckend.

Und das war wann? Ich hatte keine Ahnung, und ich hatte auch keine Lust mehr, Lilly noch mehr über Ava zu fragen. Womöglich dachte sie, dass ich mich für ihre Freundin interessierte.

Ich war müde und genervt und brauchte dringend eine Mütze voll Schlaf, da ich mittlerweile seit fast 30 Stunden auf den Beinen war. Wortlos verließ ich Lillys Zimmer und ging in den Keller, wo ich mein eigenes Reich hatte, wenn ich zu Hause und nicht in der Uni war. Mein altes Zimmer hatte sich Lilly unter den Nagel gerissen und aus ihrem Zimmer hatten unsere Eltern ein Gästezimmer gemacht. Daniel war der Einzige, der sein Zimmer auf dem Dachboden behalten hatte.

Ich schlief unruhig und hatte wilde Träume, aus denen ich immer wieder erwachte. Als ich wieder einmal hochschreckte, rollte ich mich genervt auf die Seite und griff nach meinem Handy, um nach der Uhrzeit zu sehen. Dabei entdeckte ich drei Nachrichten von einer unbekannten Nummer. Avas Name schoss mir als Erstes in den Sinn. Vielleicht hatte das Mädchen doch so etwas wie Anstand und wollte sich bei mir für die Hilfe bedanken. Ich entsperrte das Handy und tippte auf die erste Nachricht. Mein Atem und mein Herz waren noch immer leicht aus dem Takt wegen meiner Träume.

**Unbekannt: Hey Aiden, was machst du heute noch? Hast du vielleicht Lust auf einen Film bei mir? Meine Mitbewohnerin ist nicht da.**

Für einen Moment war ich enttäuscht, dass die SMS nicht von Ava war. Dann ärgerte ich mich über mich selbst, weil ich enttäuscht war. Was zur Hölle stimmte nicht mit mir? Warum war ich enttäuscht, wenn dieses Biest sich nicht bei mir bedankte? Nichts anderes konnte man von so jemandem erwarten. Ich spürte, wie ich immer wütender wurde. Was war los mit mir? Warum dachte ich jetzt auf einmal ständig an sie?

Warum geisterte sie mir die ganze Zeit im Kopf rum? Ich zwang mich, alle Gedanken an Ava zu verdrängen und öffnete die zweite Nachricht.

**Unbekannt: Ich lege den Schlüssel für die Eingangstür hinter die Mauer an der Treppe. Du wirst dich sicherlich an sie erinnern. Ich hätte Lust, zu wiederholen, was wir dort gemacht haben ;-) PS: Zimmer 5 F. Kimberley**

Scheiße, jetzt wusste ich wieder, um wen es sich handelte. Sie war mir bei einer Party im Sorority Haus der Studentinnen den ganzen Abend lang hinterhergelaufen. Ich hatte diese Party mit meinem besten Freund Steven, der übers Wochenende in Newport war, besucht. Wir sahen uns nicht mehr so oft, seit er in New York studierte. Doch Steven vergnügte sich irgendwann mit einem Mädchen und mir blieb nichts anderes übrig, als mich mit Kimberley zu beschäftigen. Ich konnte mich wirklich kaum noch an die Party oder das, was hinterher gelaufen war, erinnern. Ich wusste nur noch, dass wir angefangen hatten, draußen auf der Treppe rumzumachen. Aber ob es eine gute Nummer war, konnte ich heute nicht mehr sagen. Kimberley war eine von vielen. Völlig bedeutungslos. Ich löschte die dritte Nachricht ungelesen und warf das Handy aufs Bett neben mich. Ich drehte mich auf die Seite und versuchte, wieder einzuschlafen. Doch sobald ich meine Augen schloss, sah ich sie: Ava. Stöhnend drehte ich mich wieder auf den Rücken. Ich sah erneut auf die Uhr. Es war erst elf. Ich hatte gerade mal zwei Stunden geschlafen und war trotzdem kein Stück müde. Genervt schlug ich die Decke zurück und ging ins Bad, um zu pissen. Als ich mir die Hände wusch, blickte ich in den Spiegel. Ich sah fertig aus. Vielleicht würde eine Dusche helfen. Ich zog mir das Shirt über den Kopf und erhaschte dabei einen merkwürdigen Duft. Ich hielt mir das Shirt unter die Nase und atmete tief ein. Es roch noch immer relativ frisch, obwohl ich es die ganze Zeit über getragen hatte. Aber da war noch etwas. Kirsche? Shit! Mein Shirt roch nach Ava! Sie hatte ewig in der Badewanne gelegen. Wahrscheinlich hatte sie irgend so ein widerliches Parfum aufgetragen, was Männer anzieht oder so. Das musste der Grund dafür sein, warum ich mich in ihrer Gegenwart so merkwürdig verhalten hatte, und warum ich jetzt nicht schlafen konnte. Sie hatte mich mit ihrem Gestank verhext. Angewidert warf ich das Shirt in den Wäschekorb und stieg in die Dusche. Ich ließ das heiße Wasser über meinen Nacken laufen und genoss das Gefühl auf meinen angespannten Muskeln. Ich öffnete die Augen, um nach meinem Shampoo zu greifen, und musste überrascht feststellen, dass ich einen Ständer hatte. Ich war nicht einmal angeturnt. Nicht, dass ich sonst irgendwelche Hilfsmittel, wie Pornos oder so, benötigte, aber es gab in diesem Moment absolut keinen Reiz. *Ava und ihr verschissenes Parfum!* Ich drehte das heiße Wasser ab und wusch mich mit eiskaltem Wasser. Doch auch nach der kalten Dusche wollte mein Schwanz einfach keine Ruhe geben. Ich dachte kurz darüber nach, mir einen runterzuholen, aber ich befürchtete, dass ich dann wieder an Ava denken musste. Und das wollte ich auf jeden Fall vermeiden.

Ich zog eine neue Jeans und ein Shirt aus dem Schrank. Dann steckte ich mein Handy sowie Kondome in die Tasche und verließ das Haus.

Draußen schneite es und die Straßen waren arschglatt. Ich brauchte über eine Stunde, um nach Kingston zu kommen. Als ich endlich am Sorority Haus ankam, war es fast ein Uhr nachts. Ich hatte keine Ahnung, ob der Schlüssel noch dort lag, wo Kimberley ihn hinterlegen wollte. Wenn nicht, konnte ich immer noch zu meiner und Daniels Studentenbude fahren. Ich hatte allerdings Glück. Ich griff nach dem Schlüsselbund und schloss die Tür auf. Es war stockdunkel im Haus. Die meisten Mädchen waren während der Winterferien zu Hause. Nur einige wenige, darunter Kimberley, verbrachten die Feiertage hier. Eigentlich war das ziemlich traurig, wenn man ausgerechnet an Weihnachten alleine war. Sofort kam mir wieder Ava in den Sinn, die in ihrem trostlosen nicht geschmückten Haus saß und niemanden bei sich hatte. Shit, ich dachte schon wieder an sie! Ich schüttelte den Kopf über mich selbst und lief mit zusammengepressten Lippen die Treppe hinauf zu Zimmer 5 F.

»Du kannst gerne über Nacht bleiben. Stephanie kommt erst übernächste Woche wieder. Wir haben also sturmfrei.« Kimberley hatte ihren nackten, verschwitzten Körper über meinen gelegt und küsste sich einen Weg meinen Hals hinauf. Als sie mein Kinn erreichte, streckte ich den Kopf automatisch nach oben. Ich wollte nicht, dass sie mich mit ihren

Lippen berührte. Nicht, dass ich generell etwas gegen das Küssen gehabt hätte, aber heute war mir irgendwie nicht danach. Ich hatte einfach keinen Bock auf Kimberley irgendwo in der Nähe meines Gesichts. Sie wollte mein Kinn zu sich ziehen, doch ich drehte mich von ihr weg und stand auf.

»Hey, was ist? Was machst du?«

Ich zog mir meine Boxershorts wieder an und stieg in meine Jeans.

»Du kannst gerne hierbleiben, Aiden«, säuselte sie.

Ich schüttelte den Kopf. »Sorry, so etwas mache ich nicht.«

»Was machst du nicht?«

Ich zog mein Shirt über den Kopf und steckte das Handy zurück in die Hosentasche. »Bei irgendwelchen Mädchen übernachten.«

Die Antwort schien Kimberley nicht sonderlich zu gefallen. Mir war's egal.

»Was heißt hier, bei *irgendwelchen* Mädchen? Ich bin doch nicht irgendein Mädchen! Wir hatten gerade dreimal hintereinander Sex!«

Bei dem Gedanken daran wurde mir ganz anders. Ja, wir hatten dreimal hintereinander gefickt. Das hatte ich auch noch nicht erlebt. Nicht in einer Nacht. Aber es war irgendwie … ich war wie ausgehungert und spürte bereits, dass mein Schwanz noch mehr wollte. Ich wusste nicht, was mit mir nicht stimmte. Vielleicht war ich krank? Ganz bestimmt war ich krank. Sonst wäre mir das heute Abend nicht passiert. Ich hatte wirklich alles versucht, aber als ich Kimberley fickte, sah ich die ganze Zeit Ava vor mir. Scheiße, irgendwas stimmte ganz gewaltig nicht mit mir! Ich schnappte meine Jacke und Schuhe und verschwand, so schnell ich konnte, aus ihrem Zimmer. Kimberley rief mir noch irgendwas hinterher, aber da war ich bereits auf dem Weg zu meinem Auto.

*Scheiß verschissene Ava Prince!*

Am nächsten Morgen wurde ich von meinem Handy geweckt. Ohne aufs Display zu schauen, ging ich ran. »Wer stört?«, krächzte ich in den Hörer. Ich war total groggy. Die ganze Nacht hatte ich mich von einer Seite auf die andere gewälzt und versucht einzuschlafen. Das letzte Mal schaute ich um sechs aufs Handy.

»Hey Beauty, was geht?«

Es war Steven.

»Nicht jetzt, Alter.« Ich legte wieder auf und drehte mich um. Doch mein Handy klingelte sofort von Neuem. »Was?«, fragte ich genervt.

»Schwing deinen süßen Arsch aus dem Bett. Ich hab uns Tickets für das Spiel besorgt.«

Ich stöhnte in mein Kissen. »Keinen Bock, Mann. Ich hab kaum geschlafen und bin völlig fertig.«

»Hab schon gehört. War's eine sehr anstrengende Nacht für dich?« Was wollte der Arsch von mir? »Wovon redest du?« Es hatte keinen Sinn. Steven würde mich sowieso nicht mehr schlafen lassen. Ich setzte mich auf und rieb müde über meine Augen.

»Kimberley hat Stephanie angerufen und erzählt, was für einen Marathon du mit ihr veranstaltet hast.«

Ich schloss gequält die Augen, als Steven mich an gestern Nacht erinnerte. Das war ein Fehler und hätte mir nicht passieren dürfen. Ich musste noch ihre Nummer sperren, damit sie mich nie mehr anrufen konnte.

»Keinen Plan, wovon du redest.«

»Aaah, ich verstehe. So gut, hm?«

»Was willst du, Wichser?« Ich suchte auf dem Boden neben meinem Bett nach einer vollen Flasche Wasser.

»Ach komm schon. Ist doch nicht schlimm, wenn man eine Tussi zweimal klarmacht. Ist mir mit Steph auch passiert.«

Ich trank die Flasche leer und warf sie anschließend mit einem gezielten Wurf in den Mülleimer.

»Und wo wir gerade beim Thema sind: Wir gehen heute Abend mit den Jungs noch ins Blue Pearls.«

Eigentlich war ich immer für so etwas zu haben, aber nicht heute. »Grüße an die Jungs. Aber ich bin raus.«

Steven war für einen Moment still. »Was ist los, mein Freund? So kenn ich dich gar nicht. Bist du krank?«

Unweigerlich dachte ich an Avas giftiges Parfum, was mir ganz offensichtlich den Verstand vernebelt hatte. Nicht nur, dass ich permanent an sie denken musste, jetzt nahm sie mir auch noch die Lust, mich mit meinen Jungs zu treffen. *Das* konnte ich absolut nicht akzeptieren. *Fick dich, Ava!*

»Weißt du was? Ich bin dabei. Hol mich ab. Ich will nicht, dass mein Baby nachher alleine am Hafen steht.«

»Yeah, ich wusste, auf meinen Bruder ist Verlass. Ich hol dich in zehn Minuten ab.«

»Warte, was? Ich dachte, wir gehen heute Abend?« Hatte ich was verpasst?

»Alter, es *ist* Abend! Loverboy hat wohl den ganzen Tag geschlafen, was?!«

*What the fuck?* Ich nahm das Handy vom Ohr und schaute auf die Uhrzeit. Tatsächlich, es war bereits sieben. Ich hatte den ganzen Tag verschlafen. Warum zur Hölle fühlte ich mich dann, als hätte ich gerade mal nur eine Stunde gepennt? »Gib mir fünfzehn, ich muss noch duschen.«

»Geht klar, Pussy.«

»Was auch immer.«

Steven stand mit dem Rücken an sein Auto gelehnt und telefonierte, als ich aus dem Studentenwohnheim kam. Ich ging um das Auto herum und stieg ein.

Nach wenigen Minuten stieg auch Steven dazu und startete den Motor. »Hab dich vermisst, Beauty.«

Ich verdrehte die Augen und lehnte mich mit geschlossenen Augen an die Kopfstütze. Selbst die eiskalte Dusche hatte meine Sinne nicht wirklich wecken können. Jetzt war ich nicht nur müde, sondern mir war auch noch arschkalt. Beste Voraussetzungen, um mindestens für zwei Stunden in der Eishalle zu hocken. Von meinem Dauerständer mal ganz abgesehen. Ich war kurz davor, den Fucker abzubinden.

»Kimberley hört gar nicht mehr auf, von eurer Nacht zu reden. Erzähl mir alles! Bis ins kleinste Detail!«

Ich stöhnte und blickte aus dem Fenster.

Irritiert sah er mich an und nickte. »Okay, verstanden. Ich kapier nur nicht, warum du plötzlich so ein Geheimnis aus einer Tussi machst.«

»Mach ich nicht.«

Skeptisch blickte er mich an. »Sieht mir aber ganz danach aus.«

»Denk, was du willst.«

»Alter, hat's dich etwa erwischt?«

»Bist du bescheuert? Natürlich nicht!«

Steven war für einen Moment ruhig und konzentrierte sich anscheinend auf den Verkehr. Es hatte mal wieder geschneit. Ich blickte aus dem Seitenfenster und strengte mich an, nicht an diese eine Person zu denken. Aus dem Augenwinkel sah ich, wie Steven mich beobachtete, als wir an einer roten Ampel standen. Ich drehte meinen Kopf zu ihm. »Was? Verliebst du dich gerade in mich?«, fragte ich genervt.

Steven fing an zu grinsen. »Alter, ich liebe dich schon seit meiner Geburt.«

Das ließ mich gegen meinen Willen schmunzeln. Scheiße, ich vermisste dieses Arschloch. Es wurde Zeit, dass er endlich wieder zurückkam. Oder ich sollte vielleicht doch noch einmal über die Uni in New York nachdenken.

»Ich dich auch, Bro«, seufzte ich.

»Woohoo!« Steven sprang von seinem Sitz auf und riss beide Arme in die Höhe, als das Team der Uni gegen die Gäste aus Providence 4:1 gewann. »Scheiße Mann, ich geb einen aus!«

Nicht, dass er nicht schon den ganzen Abend lang die Getränke spendiert hatte.

Wir drängelten uns mit den anderen Zuschauern aus der Hockeyhalle und liefen zurück zum Auto. Währenddessen checkte Steven seine Nachrichten. »Geile Sache, Josh und Carter sind auch dabei. Damit wären wir vollzählig. Der Abend wird heftig werden. Mal sehen, was für eine Scheiße Matthew dieses Mal wieder abzieht.«

Ich musste grinsen, als ich an Matthews großes Ding im letzten Sommer zurückdachte.

Wir veranstalteten eine nette spontane Party am Strand und es gab eine Menge Alkohol. Joshua und Matthew hatten sich den ganzen Abend lang aufgezogen, wer von ihnen bisher den größten Scheiß abgezogen hatte.

In der Nähe unserer Party saß eine Gruppe Mädchen, die sich ebenfalls ein kleines Lagerfeuer angezündet hatten. Es war offensichtlich, dass sie unsere Aufmerksamkeit wollten. Immer wieder kamen mal zwei oder drei von ihnen unter falschem Vorwand zu uns. Doch es gab diesen Ehrenkodex bei uns in der Clique und der hieß: *Tussi-freie-Zone*. Wir sahen uns nur noch selten und dann wollten wir die wenige Zeit, die wir zusammen hatten, voll ausnutzen. Wir hatten einige Mühe, uns die Mädchen vom Hals zu halten. Irgendwann kam Matthew auf die Idee, die Gruppe zum Nacktbaden zu überreden und wenn alle im Wasser waren, sollte Josh die Klamotten von ihnen im Sand vergraben. Es war ein großartiger Spaß. Nicht nur die kostenlose Tittenshow, sondern die Gesichter hinterher, als wir uns anzogen und die Mädchen registrierten, dass jemand ihre Sachen geklaut haben musste. Wir hatten zugesehen, schnellstmöglich zu verschwinden, und waren ins Blue Pearls gefahren. Was niemand mitbekommen hatte, war, dass sich Matthew ein komplettes Outfit geklaut hatte und später in High Heels und Minikleidchen ins Blue Pearls spaziert kam. Ich musste noch nie in meinem Leben so hart lachen, wie an diesem Abend. Er hatte es voll durchgezogen und das Kleid den ganzen Abend getragen.

Das erste Mal seit Tagen war mir zum Lachen zumute. Gott, es tat gut, dass meine Jungs in der Stadt waren.

Lilly war schon den ganzen Tag bei mir. Wir lagen in meinem Bett und guckten eine Liebesschnulze nach der nächsten. Dabei aßen wir die restlichen Nudeln von gestern. Magdalena hatte sonntags ihren freien Tag und somit hatten wir das Haus ganz für uns alleine. Ich stand auf und ging ins Bad. Als ich zurück in mein Zimmer kam, telefonierte Lilly. Ich hatte keine Ahnung, wer dran war, also setzte ich mich dicht neben sie und hielt mein Ohr an ihr Telefon.

»… und dieser Matthew ist auch da. Es wird Zeit, dass wir den Jungs einen Denkzettel verpassen und sie dafür bezahlen, was sie letzten Sommer mit uns gemacht haben …«

Ich konnte die Stimme am anderen Ende nicht einordnen und legte mich wieder ins Bett.

Lilly kaute auf ihrem Fingernagel und hörte aufmerksam zu. »Ich weiß nicht, Susan. Eigentlich machen Ava und ich einen Filmabend. Ava geht es nicht so gut und ich denke, es ist besser, wenn wir heute zu Hause bleiben.« Sie lauschte für einen Moment. »Nee, sie hat nur ein Veilchen im Gesicht. Sieht nicht so schön aus«, antwortete Lilly auf Susans Frage. Lilly blickte mich für eine Sekunde an und schüttelte dann den Kopf. »Nein, natürlich nicht! Sie ist … gegen ihre Badezimmertür gelaufen. Wenn sie keine Brille trägt, ist sie blind, wie ein Maulwurf.«

Ich war Lilly dankbar, dass sie nicht überall herumerzählte, was tatsächlich passiert war. Vor allem Susan konnte nichts für sich behalten.

»Ich weiß nicht. Nein, ich denke wir bleiben lieber hier«, antwortete Lilly und klang plötzlich nicht mehr ganz so überzeugt.

Mir schwante Böses.

»Vielleicht. Mit genug Schminke könnte das was werden«, sagte Lilly und betrachtete mein Gesicht.

Oh no! Lilly zog tatsächlich in Erwägung, doch noch auszugehen. Ich konnte es an ihrer Nasenspitze ablesen. Energisch schüttelte ich den Kopf.

Doch Lilly war in Gedanken schon einen Schritt weiter. »Okay. Ich frag sie mal. Das Gesicht von Matthew würde ich zu gerne sehen.«

Eine Stunde und eintausend ›Nein, auf keinen Fall!‹ später stand ich fertig angezogen in meinem Bad und wartete, dass Lilly ihr Werk beendete und mein geschundenes Gesicht mit einer Tonne Make-up vollschmierte.

»Tada, fertig! Bis auf die kleine Beule deutet nichts mehr auf die Schwellung hin.«

Ich besah mir mein Gesicht im Spiegel und musste zugeben, dass es ihr tatsächlich gelungen war, das violette Veilchen wegzuschminken. Gott sei Dank sah es schon nicht mehr ganz so schlimm aus wie noch gestern. Ich hatte meine Wange die ganze Nacht lang gekühlt und heute Morgen war von der Schwellung schon fast nicht mehr zu sehen.

»Wenn du auch sonst nichts kannst, aber damit kennst du dich wirklich gut aus«, neckte ich Lilly und stieß sie mit der Schulter an.

»Na, vielen Dank auch! Pah, dir verpass ich noch mal ein zweites Ich.«

Damit spielte sie auf ihre Schminkkünste an, wenn wir uns auf Partys mogelten, die erst ab achtzehn waren.

»Ach, komm schon. Du weißt, wie ich das meine«, beschwichtigte ich gleich.

Lilly bürstete ihre langen blonden Haare und zog sich dann eines meiner schwarzen Kleider an. Da sie knapp zehn Zentimeter größer als ich war, wurde somit aus einem harmlosen Kleid ein sehr aufreizendes Minikleid.

»Wie sehe ich aus?« Lilly stand vor dem Spiegel und sah mich an.

»Warum willst du da heute unbedingt hin?«, fragte ich sie zum hundertsten Mal.

Lilly seufzte tief und drehte sich anschließend wieder zu mir. »Schon wieder? Wir haben das doch jetzt schon eine Million Mal besprochen.« Genervt verließ Lilly mein Bad und setzte sich mit ihrem Handy aufs Sofa.

Ich folgte ihr und setzte mich neben sie. »Nach allem, was am Freitag passiert ist, willst du wieder ausgehen? Was ist, wenn Mason auftaucht? Oder Melissa?«

»Glaub mir, das wird nicht passieren«, antwortete sie mehr als überzeugt.

»Das kannst du nicht wissen, Lilly.« Ich befürchtete, dass sie wieder schwach werden könnte, wenn sie Mason über den Weg lief. Er verarschte sie seit dem Beginn ihrer ›Beziehung‹ und zu allem Überfluss besorgte er auch die Drogen, die sie sich dann zusammen einschmissen.

»Glaub mir, ich weiß es ganz genau. Der wird in nächster Zeit nirgendwo mehr auftauchen.«

Misstrauisch sah ich sie an. »Wie kommst du denn darauf? Nur, weil du mal wieder Schluss gemacht hast? Das hat ihn die letzten Male auch nicht aufgehalten, doch wieder auf deiner Matte zu stehen.«

Argh, sie machte mich verrückt! Wie konnte sie nur so blind sein und immer wieder auf diesen Typen reinfallen?

»Weil Aiden dafür gesorgt hat«, antwortete Lilly und tippte wieder auf ihrem Handy herum.

Für den Hauch einer Sekunde erhöhte sich mein Puls bei der Erwähnung seines Namens. Aber ich war mir sicher, dass das lediglich mit meiner Abneigung gegen ihn zu tun hatte. »Was hat er gemacht?«, fragte ich möglichst desinteressiert.

Sie sah immer noch auf ihr Handy, als sie mir antwortete, und tippte weiter irgendeine Nachricht an wen auch immer. »Er hat ihm eine Abreibung verpasst und ihm zu verstehen gegeben, dass er mich und auch dich in Zukunft in Ruhe lassen soll«, antwortete sie abwesend.

Ungläubig riss ich die Augen auf. »Was hab *ich* denn damit zu tun?«, fragte ich entgeistert.

Lilly sah zu mir auf. »Na, weil er dich vielleicht krankenhausreif geprügelt hat?!«

»*Was?*« Ich schüttelte den Kopf. »Mason soll mich geschlagen haben?«

»Ich habe es gesehen, Ava!«

»Was hast du gesehen?«

»Na, wie er dich zuerst geschubst und dann geschlagen hat.«

»Er hat mich nicht geschlagen«, antwortete ich irritiert.

»Und woher kommt dann das da?«, fragte sie und zeigte auf mein Veilchen.

»Das war Melissa. Mason hat sie sogar davon abgehalten, weiter auf mich loszugehen. Er hat mir nichts getan, Lilly.«

Lilly wurde etwas blass und sah mich skeptisch an. »Bist du dir sicher?

Ich mein, ich kann mich nicht mehr an alles erinnern, aber ich bin mir ziemlich sicher, dass ich gesehen hab, wie er zugeschlagen hat.«

»Ja, bin ich. Ich will Mason nicht in Schutz nehmen, Gott bewahre, aber er hat mir nichts getan. Er hat mich nur zur Seite geschubst.«

Ich mochte mir gar nicht vorstellen, was Aiden mit Mason angestellt hatte.

»Oh no!«

Fragend sah ich sie an. »Was?«

»Dann ist es meine Schuld, dass Aiden Mason zusammengeschlagen hat!«

Ich verdrehte die Augen. »Glaub mir, es ist völlig egal, ob er es meinetwegen oder deinetwegen getan hat. Verdient hat er es allemal«, antwortete ich und stand wieder auf. »Kommst du? Ich lass Diego eben noch schnell raus.«

Gemeinsam standen wir an der Terrassentür und sahen Diego dabei zu, wie er in die Luft sprang, und versuchte, Schneeflocken zu fangen. Wir mussten laut lachen, weil er so herrlich doof dabei aussah.

»Er liebt Schnee. Ganz im Gegensatz zu mir«, seufzte ich.

»Ich kann mir gut vorstellen, dass du deine alte Heimat vermisst.«

»Ja, vor allem das Wetter. Das ganze Jahr über Sommer, es ist immer warm und dabei nicht so fürchterlich schwül wie hier an der Ostküste. Und es gibt keinen Schnee«, antwortete ich verträumt.

Ich trauerte meiner alten Heimat immer noch hinterher. Ich war in San Diego geboren, aufgewachsen und dort zur Schule gegangen. Mein Dad hatte Downtown seine Kunstgalerie und meine Mom leitete eines der größten Auktionshäuser an der Westküste. Und ich hatte das perfekteste Leben überhaupt. Während eines Sommerurlaubes hier an der Ostküste hatte sich meine Mom schließlich in Rhode Island verliebt und mein Vater kaufte ihr letztes Jahr dieses Haus. Das letzte Haus, in dem wir alle zusammen leben würden. Ich schluckte schwer und vertrieb die dunklen Gedanken, die sich in meinen Kopf schleichen wollten. Ich fütterte Diego, programmierte die Alarmanlage und ging mit Lilly in die Garage.

»Bist du sicher, dass du selbst fahren willst, oder wollen wir uns nicht doch lieber ein Taxi rufen?«, fragte Lilly erneut, als wir uns unsere Wintermäntel anzogen.

»Ich bin mir sicher. Und ich bin mir im Übrigen auch sicher, dass ich überhaupt keine Lust habe, auszugehen.«

»Ach, Ava, sei keine Spielverderberin.« Das wird lustig! Du kennst Matthew zwar nicht, aber glaub mir, du willst dabei sein, wenn die Mädels ihm nachher einen Denkzettel verpassen.«

Der Türsteher des Blue Pearls begrüßte Lilly mit Vornamen und obwohl ich mir ziemlich sicher war, dass er wusste, dass wir noch längst keine achtzehn waren, ließ er uns ohne Ausweiskontrolle durch. Wir drängelten uns durch die Menschenmassen und brauchten einen Moment, bis wir Susan und die anderen Mädchen fanden. Sie hatten einen der begehrten Tische im hinteren Teil des Blue Pearls ergattern können. Ich kannte Susan nur flüchtig und hatte sie bisher ein paar Mal in der Schule gesehen. Die anderen drei Mädchen am Tisch kannte ich gar nicht.

»Hey, Girls!«

»Hi, Lilly! Wie geht's dir?« Susan umarmte Lilly und küsste sie abwechselnd auf beide Wangen.

»Super. Ich bin schon tierisch gespannt, was gleich passiert. Wo sind sie?« Suchend sah sie sich um.

Ich folgte ihrem Blick, erkannte jedoch nicht wirklich irgendjemanden. Es war ziemlich dunkel hier hinten.

»Das ist übrigens meine beste Freundin Ava. Ich weiß nicht, ob ihr euch schon kennt.«

Susan schüttelte den Kopf. »Nur vom Sehen. Hi, Ava.«

Ich hob die Hand und sah einmal in die Runde.

»Das sind Mira, Lynn und Trisha.«

Ich nickte den Mädchen zu und setzte mich neben Lilly, die bereits die Cocktailkarte aufgeschlagen hatte. So viel zu meiner Hoffnung, dass Lilly vielleicht mal einen Abend lang nichts trank.

Natürlich galt hier im Blue Pearls, wie auch in anderen Läden, das Jugendschutzgesetz. Alkohol wurde nur an Erwachsene ab 21 ausgeschenkt. Doch es gab Tage, an denen wurde nicht so genau darauf geachtet, wer die Getränke bestellte und wer sie letztendlich zu sich nahm. Lilly kannte eine Unmenge an Leuten und sie fand immer jemanden, der ihr einen Drink kaufte.

»Ich glaube, ich hol mir einen Dirty Devil. Will noch jemand etwas?«, fragte sie in die Runde. Doch alle hatten bereits ein Getränk vor sich stehen. »Du auch nicht, Ava?«, wollte sie von mir wissen.

Ich sah sie mit hochgezogenen Augenbrauen an. »Ich muss vielleicht fahren?!«, gab ich als Antwort und rollte mit den Augen.

»Siehst du, deswegen wäre es besser gewesen, wenn wir uns ein Taxi genommen hätten. Dann hätte ich mit meiner besten Freundin zusammen einen Cocktail trinken können.«

Es hatte keinen Zweck. Manchmal fragte ich mich, warum Lilly noch nie aufgefallen war, dass ich nie trank. Ich vertrug Alkohol nämlich nicht besonders gut. Nur einen Schluck zu viel und ich stand Halleluja singend auf der Theke und reiherte mir spätestens eine Stunde später die Seele aus dem Leib.

»Dann nicht. Ich hol mir aber einen Drink. Fangt nicht ohne mich an!«, warnte sie die anderen. Lilly zückte ihren gefälschten Ausweis und drängelte sich durch die tanzende Masse an die Bar.

Trisha klappte einen kleinen Schminkspiegel auf und malte sich ihre eh schon roten Lippen noch einmal nach. Schmatzend verteilte sie den Lippenstift und rückte ihr üppiges Dekolleté zurecht. Sie sah thailändisch aus mit ihren mandelförmigen, dunklen Augen, den ausgeprägten Wangenknochen und dem rabenschwarzen Haar. Außerdem war sie sehr aufreizend angezogen. Sie trug ein tief ausgeschnittenes Pailletten-oberteil und einen ziemlich kurzen und engen Lederrock. Dazu hatte sie Overknee Stiefel und Netzstrumpfhosen an. Ein bisschen zu viel von allem, wenn man mich nach meiner Meinung gefragt hätte.

Ich sah mich wieder um und beobachtete die Menschen auf der Tanzfläche. Es lief ganz annehmbare Musik. Ich hörte, wie die Mädchen auf Trisha einredeten und ihr Anweisungen gaben. Offensichtlich sollte sich Trisha an diesen Matthew ranschmeißen, ihn irgendwie zu den Toiletten bekommen und dort verführen. Was daran jetzt so spektakulär sein sollte, war mir allerdings ein Rätsel. Trisha hörte jedenfalls aufmerksam zu und versuchte, sich alles zu merken. Ohne ein Wort zu sagen, stand sie auf, kippte den Shot herunter und straffte die Schultern.

»Go, Girl!«, feuerten sie die anderen drei an.

Gerade als Trisha in der Menge verschwand, tauchte Lilly wieder auf. Sie hielt ihren Cocktail in der Hand und als ich sie ansah, gab sie mir irgendwelche kryptischen Zeichen, die ich aber nicht verstand. Sie bewegte ihre Lippen in Zeitlupe, damit ich irgendwas davon ablesen konnte, was aber nicht funktionierte. Als sie am Tisch ankam, tauchte direkt hinter ihr niemand geringeres als ihr bescheuerter Bruder Aiden auf. Jetzt konnte ich mir denken, was sie mir hatte sagen wollen. Sofort lief es mir heiß und kalt den Rücken herunter.

*Warum?*, fragte ich mich. *Warum musste er ständig überall dort auftauchen, wo ich war?* Aidens Blick huschte über den Tisch und als er mich entdeckte, fixierte er mich mit seinen eiskalten Augen. Seine Brauen waren zusammengezogen und sein Mund sah so aus, als hätte er auf eine Limette gebissen.

Erleichtert stellte ich fest, dass wieder alles beim Alten war. Der Aiden von gestern hatte mir eine schlaflose Nacht beschert. Ich hatte die ganze Zeit versucht, hinter sein merkwürdiges Verhalten zu kommen.

*Warum musste er sich den ganzen Nachmittag in meinem Haus aufhalten und wie war er überhaupt erst reingekommen?* Das wären meine ersten Fragen an Aiden gewesen. Aber dann hätte ich mit ihm reden müssen und das war vielleicht Teil seines perfiden Plans.

»Wie ich sehe, ist wieder alles beim Alten«, sagte Aiden, als Lilly mir den Cocktail vor die Nase stellte und sich neben mich setzte.

Mir entging seine Wortwahl natürlich kein bisschen. Das Gleiche hatte ich soeben noch gedacht. Vielleicht sollte ich mich an einen Exorzisten wenden und nach den typischen Merkmalen einer besessenen Person fragen. Gedankenlesen war bestimmt eine der teuflischen Kräfte, um andere Personen in den Wahnsinn zu treiben.

Ich sah zum Cocktail, dann zu Lilly, die mich unschuldig anguckte und wieder zu Aiden. »Jepp, wie immer. Tschüss, Aiden!«, verabschiedete ich ihn und drehte mich weg.

»Wo ist Trisha?«, frage Lilly, als sie Trishas verlassenen Stuhl bemerkte.

»Die ist nur mal eben an die Bar gegangen«, antwortete Susan zwinkernd.

Lilly fing an zu grinsen und ich fragte mich immer noch, was daran jetzt so aufregend sein sollte, diesen Matthew auf der Toilette zu verführen. Ich beugte mich zu Lilly und flüsterte ihr ins Ohr. »Was soll denn dann noch passieren?«

Lilly stieß mir ihren Ellenbogen in die Seite und schielte nach links. Ich folgte ihrem Blick und zuckte zusammen, als ich Aiden entdeckte. Dieser Typ war schlimmer als Tapetenkleister. Was wollte er jetzt schon wieder? Bei seiner Schwester den ganzen Abend auf dem Schoß sitzen und aufpassen, dass sie keinen Blödsinn machte? Als Antwort auf meine unausgesprochene Frage setzte er sich auf den verwaisten Stuhl mir gegenüber und lehnte sich zurück. Seinen Arm legte er lässig über die Lehne von Lynns Stuhl und ließ mich dabei nicht eine Sekunde aus den Augen. Er musste sie wohl berührt haben, denn sie drehte sich böse funkelnd zu ihm um und wollte gerade etwas sagen. Doch ihr blieben die Worte offensichtlich im Hals stecken, als sie Aiden erkannte. Sofort senkten sich ihre Lider, ein gekünsteltes Schmunzeln schob sich auf ihre Lippen und sie zwirbelte eine Haarsträhne um ihren Finger.

*Würg!* Mir kam es fast hoch, als ich Lynn dabei zusah, wie sie Lillys dämlichen Bruder anflirtete. Fehlte nur noch, dass sie anfing zu sabbern.

In einem anderen Leben auf einem anderen Planeten zu einer anderen Zeit hätte ich Aiden vielleicht auch schön gefunden. Seine große Statur, die dunklen Haare, seine eisblauen Augen und die Grübchen auf seiner Wange, wenn er mal lachte (was sehr, *sehr* selten vorkam), konnten für eine Sekunde darüber hinwegtäuschen, wer er wirklich war, nämlich Satans Brut in menschlicher Gestalt. Zum Glück hatte ich Aiden allerdings durchschaut und konnte somit durch seine hübsche Hülle hindurch in seine schwarze Seele sehen. Das Einzige, was mich noch aus der Ruhe brachte, waren seine fiesen Kommentare in meine Richtung. Ich musste mir einfach ein noch dickeres Fell zulegen und dafür sorgen, dass er mich nie wieder anfasste. Das war leider etwas Neues, was mich nervös machte: Seine Superkräfte, mit denen er meine Haut verbrannte, wann immer er mich berührte.

Aidens Augen huschten wieder zu mir. Ich legte all meine Abneigung gegen ihn in meinen Blick. Seine Augen blitzten amüsiert auf und er schob einen Mundwinkel nach oben. Langsam beugte er sich zu Lynn und flüsterte ihr etwas ins Ohr, ohne dabei jedoch den Blick von mir zu lassen. Ich konnte sehen, wie er sie mit seinen Lippen beinahe am Ohr berührte und drehte angewidert den Kopf zur Seite. Wenn er ihr jetzt hier vor allen Leuten am Tisch die Zunge ins Ohr schob, müsste ich wirklich kotzen.

Ich stand auf und beugte mich zu Lilly, die von der Zungenshow ihres Bruders nichts mitbekam, weil sie angestrengt zur Bar schaute. »Ich geh mal eben aufs Klo.«

»Hm?«, machte Lilly und ich wiederholte, was ich eben gesagt hatte. Sie hob nur kurz die Hand und nickte, ohne mich anzusehen. »Ja, ja. Ist gut«, sagte sie.

Ich drängelte mich durch die Tanzwütigen zur Bar, um mir noch ein Wasser zu holen. Das Glas trank ich in einem Zug leer und knallte es zurück auf die Theke. Dann machte ich mich auf den Weg zu den Toiletten, die sich im Untergeschoss befanden.

Als ich im Anschluss zurück zur Treppe ging, sah ich Tristan, der mit einem Jungen in der Ecke stand und leise sprach. Sofort stieg mein Puls. Ich schob die Ärmel meines Kaschmirpullovers hoch und straffte die Schultern, bevor ich auf die beiden zuging. Ich kannte den Jungen aus der Schule. Er war ein Jahr jünger als Lilly und ich und hatte damit noch viel weniger hier verloren. »Was machst du hier, Tristan?«

Erschrocken zuckten beide zusammen und drehten sich zu mir um. Mir entging nicht, dass Tristan versuchte, möglichst unauffällig seine Hand hinter dem Rücken zu verstecken. Der andere Junge schaute mich panisch mit großen Augen an.

»Verschwinde, bevor ich die Bullen rufe«, zischte ich ihm zu. Ich konnte gar nicht so schnell gucken, wie er mich beim Wort nahm und nach oben rannte.

»Sieh mal einer an. Ava Prince. Was kann ich heute für dich tun?« Tristan steckte sich etwas in die hintere Hosentasche und verschränkte die Arme anschließend vor der Brust. Er lehnte sich an die Wand und winkelte sein Bein an.

»Wenn ich dich noch einmal dabei erwische, wie du jemanden Drogen verkaufst, zeige ich dich an! Verstanden?« Wut und Hass zogen brennend durch meinen Körper. Tristan ging auf Lillys alte Schule und gehörte dort zum Footballteam der Highschool. Er grinste süffisant und begaffte mich von Kopf bis Fuß. Als er wieder an mir aufsah, blieb er an meinem Dekolleté hängen. Ich trug einen schwarzen, hochgeschlossenen Pullover und es war dunkel hier unten. Eigentlich konnte man nicht wirklich etwas erkennen. Er leckte sich trotzdem über die Lippen und sah mir lüstern ins Gesicht. Ich spürte, wie ich anfing, vor Wut zu zittern.

»Warum so zornig? Ich habe dir doch überhaupt nichts getan. *Noch* nicht zumindest«, fügte er leise hinzu.

Ich ballte die Hände zu Fäusten. »Sieh zu, dass du Land gewinnst, sonst …«

Tristan stieß sich von der Wand ab und machte einen Schritt auf mich zu. Bedrohlich beugte er sich über mich und kam mir mit seinem Gesicht gefährlich nahe. »Sonst *was*, Ava?«, flüsterte er.

Ich roch seinen faulen Atem und rümpfte angewidert die Nase. Tristan hob seine Hand und strich mir mit dem Finger über die Wange und weiter an meinem Hals hinab. Ich wollte ihm nicht das Gefühl geben, dass er mich einschüchtern konnte, und blieb regungslos stehen. Als sein Finger über mein Schlüsselbein strich und er noch weiter nach unten wanderte, hob ich meine Hand, um ihm den Finger nach hinten zu biegen. Doch plötzlich schob mich jemand an der Hüfte zur Seite. Erschrocken schnappte ich nach Luft und bekam gerade noch mit, wie Aiden Tristan an der Kehle packte und mit Wucht gegen die Wand schleuderte. Keuchend atmete Tristans aus und sah sich panisch um.

»Nimm deine dreckigen Finger von ihr!«, knurrte Aiden tief und gefährlich.

Feigling, der er war, hob Tristan entschuldigend die Hände. »Sorry, Alter. Ich wusste nicht, dass sie zu dir gehört«, krächzte er.

Aiden rammte ihm die Faust in die Seite und ließ dann von ihm ab. Tristan fiel stöhnend auf die Knie und hielt sich die schmerzenden Rippen. Aiden drehte sich zu mir und sah mich besorgt an. Ich schüttelte nur den Kopf, um ihm zu bedeuten, dass nichts passiert war. Aiden sah mich noch einen Moment prüfend an, ehe er sich wieder umdrehte und Tristan am Kragen seiner Jacke hochzog.

»Merk dir eins: Ganz egal, wer hier zu wem gehört, du lässt die Finger von ihr oder irgendeiner anderen. Haben wir uns verstanden?«, drohte er ihm.

Tristan nickte nervös und sein Blick huschte zur Treppe.

»Vertickst du noch mal an irgendwen Drogen, komm ich dich besuchen. Und glaub mir: Das willst du nicht!« Aidens Stimme war bedrohlich leise und zitterte vor Wut.

»Ja, Alter. Ist klar. Sorry. Kommt nicht wieder vor.« Tristans Stimme hingegen zitterte vor Angst.

Aiden hob erneut die Faust und ließ sie auf Tristans Gesicht niederkrachen. Ich kniff die Augen zusammen und wartete, dass Tristan vor Schmerz aufschrie. Tatsächlich gab es einen dumpfen Knall und Tristan holte erschrocken Luft. Ich öffnete vorsichtig ein Auge und erkannte, dass Aiden mit der Faust direkt neben Tristans Kopf in die Wand geschlagen hatte. Er wollte ihn wohl nur einschüchtern, was ihm definitiv gelungen war. Tristan sah aus, als wollte er gleich anfangen zu heulen.

»Ist klar, Mann. Message angekommen«, jammerte er.

Doch Aiden ließ ihn noch nicht gehen. Lange funkelte er ihn böse an und schließlich sprach er durch zusammengepresste Zähne. »Entschuldige dich bei ihr!«

Tristans Blick huschte zu mir. »Sorry, Ava!«, platzte es sofort aus ihm heraus.

Aiden zog Tristan noch ein Stück näher an sich ran. »Kommst du noch ein einziges Mal in ihre Nähe oder fasst sie jemals wieder an, breche ich dir alle Knochen, klar?«

Aidens kompletter Körper war angespannt. Ich konnte durch den Stoff seines dunklen Shirts sehen, wie seine Muskeln an der Schulter zuckten, als er die Hände immer wieder zu Fäusten ballte.

»Ich hab doch gar nichts gemacht, Mann. Ich wollte sie nur ein bisschen aufziehen.«

Aiden packte Tristan wieder am Hals und drängte ihn zurück an die Wand. »Ich rede nicht von eben!«

Verwirrt blickte ich zu Aiden, der mit dem Rücken zu mir stand. »Aiden, so schlimm war es jetzt auch wieder nicht. Lass ihn einfach gehen. Ich denke, er wird deine Message verstanden haben«, versuchte ich, die Situation etwas zu entschärfen.

Aiden drehte den Kopf und funkelte nun mich böse an.

*Wie bitte?* Was hatte ich denn jetzt schon wieder falsch gemacht? Gott, ich verstand diesen Kerl einfach nicht.

Aiden wandte sich wieder Tristan zu und beugte sich zu ihm. Aiden war ungefähr einen halben Kopf größer als Tristan und so verschaffte er sich noch mehr Respekt. »Ich rede von letztem Jahr, Arschloch!«

Sofort weiteten sich meine Augen. Panisch sah ich zu Tristan, der über Aidens Schulter fragend zu mir sah. Ich schüttelte den Kopf und hoffte, dass Tristan verstand, was ich von ihm wollte. »Bitte!«, flüsterte ich ihm wortlos zu.

»Sieh sie nicht an, Wichser! Sieh sie *nie* wieder an!«, brüllte Aiden. Tristan unterbrach unseren Blickkontakt sofort und sah wieder in Aidens Gesicht.

*Heilige Scheiße!* Hoffentlich machte Tristan jetzt keinen Fehler. Wenn er schlau war, würde er wissen, dass die Wahrheit jetzt böse für ihn ausgehen könnte. Wenn Aiden schon so aggressiv reagierte, weil er dachte, dass es um mich ging, sollte er sich denken können, wie er reagieren würde, wenn es um seine Schwester ging.

Gott sei Dank nickte Tristan und schluckte, bevor er sprach. »Geht klar, Alter. Sorry, Ava, ehrlich, es tut mir leid«, stotterte er.

Ich nickte kurz und wischte mir die schweißnassen Hände an meiner Jeans ab. Aiden ließ Tristan endlich los und wandte sich zum Gehen.

Tristan atmete erleichtert aus und lehnte sich mit geschlossenen Augen gegen die Wand. Noch immer hielt er sich die Rippen, die Aiden getroffen hatte.

Aiden bekam mit, wie ich mir nervös die Hände rieb und sah mir ins Gesicht. Für einen Moment erwiderte ich den Blickkontakt und versuchte, möglichst normal zu wirken. Aidens Blick brannte sich in mich und ich konnte förmlich die Aggression und pure Wut hinter seiner Iris aufflackern sehen. Er war so groß und hatte diese dunkle Aura, dass mir für eine Sekunde die Luft wegblieb.

Ich versuchte zu schlucken, aber mein Hals war plötzlich staubtrocken. Ich hatte keine Ahnung, was auf einmal in Aiden gefahren war, doch dieser drehte sich auf dem Absatz um und rammte Tristan völlig unvorbereitet die Faust ins Gesicht. Schmerzerfüllt jaulte Tristan auf und hielt sich die Hände vors Gesicht.

Ich wollte nach ihm sehen, doch Aiden zog mich die Treppe nach oben. Ich blickte zurück und sah noch, wie sich Tristan auf die Seite fallen ließ und zu einem Ball zusammenkrümmte. Wenn ich nicht genau gewusst hätte, wozu Tristan in der Lage war, hätte er mir leidgetan. Aber in diesem Fall war ich mehr als befriedigt, dieses Schwein endlich am Boden zu sehen.

Ich stolperte, weil ich nicht nach vorne sah, und fiel mit den Knien auf eine Stufe.

Aiden fluchte laut und packte mich an den Oberarmen, um mir aufzuhelfen. »Hast du dir wehgetan?«, wisperte er leise. Wieder sah er mich so komisch an.

Ich wollte etwas erwidern, spürte aber, dass mein Hals immer trockener wurde, und schüttelte stattdessen den Kopf. Ich stieg die nächste Stufe nach oben und bemerkte, dass Aiden stehen geblieben war. Er schloss für eine Sekunde gequält die Augen und atmete tief durch. Als er sich über den Kopf rieb, sah ich seine blutende Hand und die geschwollenen Knöchel. Er hatte sich verletzt, als er gegen die Wand geschlagen hatte. Ohne nachzudenken griff ich danach und Aiden zuckte erschrocken zusammen.

»Was machst du da?«, fragte er, ohne jedoch seine Hand aus meiner zu ziehen.

Ich besah mir die Wunde, die zum Glück nicht groß war, und strich vorsichtig mit den Fingern über seine geschwollenen Knöchel. »Tut das weh? Kannst du die Finger bewegen?«, fragte ich und hob den Blick.

Aiden sah mir direkt in die Augen. »Nein und ja«, antwortete er leise. Er bewegte seine Finger und drückte kurz meine Hand.

Sofort schoss ein Stromschlag durch sie hindurch und meine Haut fing Feuer. Ich riss meine Hand erschrocken zurück und versteckte sie hinter meinem Rücken. Mit weit aufgerissenen Augen blickte ich zu Aiden. Er und seine Superkräfte. Konnte er mich nicht wenigstens warnen, bevor er das machte?

»Entschuldige«, flüsterte er und sah auf den Boden.

War er von meiner Reaktion enttäuscht oder was hatte ich da eben in seinem Blick gesehen? Merkwürdigerweise gefiel mir der Gedanke nicht, dass er enttäuscht sein könnte. Immerhin hatte er mir gerade mal wieder aus der Patsche geholfen.

»Du kannst von Glück sprechen, dass die Hand nicht gebrochen ist. Wir sollten dir Eis besorgen und vorher die Wunde reinigen.« Abwartend sah ich ihn an.

Aiden blickte mir tief in die Augen und ich zwang mich nicht wegzusehen. Mit jeder Sekunde, die verstrich, erhöhte sich mein Herzschlag. Ich wagte noch nicht einmal zu blinzeln. Ich hatte keine Ahnung, wie viel

Zeit vergangen war, als plötzlich ein Pärchen an uns vorbei eilte und der Typ mich versehentlich anrempelte. Ich wurde nach vorne geschubst und wäre wahrscheinlich die Treppe heruntergestürzt, wenn Aiden nicht gewesen wäre.

»Oh, sorry!«, rief der Typ noch, ehe er mit der Tussi an der Hand zu den Toiletten lief.

Doch ich hörte gar nicht mehr richtig hin. Ich nahm nur noch das Rauschen meines Blutes in meinen Ohren wahr.

Aiden hatte mich aufgefangen und hielt mich dicht an sich gedrückt. Meine Hände lagen auf seinen Oberarmen und ich spürte jede noch so winzige Regung seiner Muskeln. Meine Füße schwebten in der Luft und unsere Gesichter waren nur Zentimeter voneinander entfernt. Aiden atmete unregelmäßig und ich spürte seinen Herzschlag in meiner Brust. Oder war es mein Herzschlag in seiner Brust?

Keiner von uns sagte ein Wort. Wir blickten uns einfach nur in die Augen. Irgendwann ließ mich Aiden wieder runter, hielt dabei aber die ganze Zeit Blickkontakt. Als ich wieder auf meinen eigenen Füßen stand, sah ich weiter in sein Gesicht und musste meinen Kopf dafür in den Nacken legen. Wieder öffnete jemand die Tür und kam die Treppe herunter.

Für einen Moment erhellte das Licht der Bar unsere Gesichter und Aidens Blick huschte zur Schwellung unterhalb meines Auges. Er hob die Hand und streichelte sanft mit seinem Daumen über die Stelle. Dabei zogen sich seine Augenbrauen zusammen. »Tut es noch sehr weh?«, wollte er wissen und sah mich wieder an.

Ich musste schlucken und schüttelte den Kopf. Es war ein unbeschreibliches Gefühl, ihm so nah zu sein. Überall brannte meine Haut, Gänsehaut folgte jeder seiner Berührungen und das eiskalte Blau seiner Augen wirkte sich plötzlich unfassbar beruhigend auf mich aus. Aidens Duft durchströmte jede Zelle meines Körpers. Ich hätte am liebsten mein Gesicht in seine Halsbeuge gelegt und tief eingeatmet. Meine Hand kribbelte und ich unterdrückte den Drang, meine Finger über seinen Körper wandern zu lassen. Gott, was war nur plötzlich mit mir los? Ich wollte den Blick senken und mich von ihm losmachen, aber nichts tat sich. Ich war wie gelähmt. Als hätte mein Körper die Kontrolle über meinen Geist übernommen und entschied jetzt, was als Nächstes passieren sollte.

Noch immer kreiste Aidens Daumen über meine Wange. Dann hob er seine andere Hand und umfasste mein Gesicht. Als ich seine warme trockene Haut auf meiner spürte, konnte ich nicht anders und schloss die Augen. Ganz leicht neigte ich den Kopf und legte mein Gesicht in seine Hand. Mein Puls kletterte immer höher und mein Atem kam unregelmäßig. Aidens rechte Hand wanderte zu meinem Hals und schließlich umfasste er meinen Nacken. Mit dem Daumen strich er mir über den Unterkiefer und dann über meine Lippen. Überrascht von dieser Geste öffnete ich meine Augen und sah Aiden wieder an. Schon fast gequält erwiderte er meinen Blick. Ich konnte sehen, wie ein Wirbelsturm hinter seinen schönen Augen tobte. Eine Sekunde später neigte er den Kopf und öffnete seinen Mund ganz leicht. Mein Blick fiel auf seine Lippen und mir wurde überall warm. Als seine Zungenspitze hervorblitzte, um seine Unterlippe zu befeuchten, reagierte mein Körper von allein. Ich kam ihm entgegen und presste meinen Mund auf seinen.

Wie ein Feuerwerk explodierte alles in mir. Aidens Mund war weich und geschmeidig und als ich merkte, dass er den Kuss mit sanftem Druck erwiderte, rieselte ein warmer Schauer über meinen Rücken. Ich zitterte am ganzen Leib. Aiden umfasste mein Gesicht fester, neigte meinen Kopf vorsichtig nach hinten und öffnete seinen Mund. Mit der Zunge fuhr er über meine Unterlippe. Sein Atem strömte in mich und ich atmete seufzend ein. Mein Herz schlug immer aufgeregter gegen meine Rippen. Aidens Zunge drang zwischen meine Lippen und kreiste ganz langsam um meine. Wohlige Hitze wanderte von meinem Mund durch meinen Körper und landete in meinem Bauch. Als hätten sich eine Million Schmetterlinge darin versammelt, kitzelten sie mit dem Schlag ihrer Flügel meine Bauchdecke von innen. Es war ein unbeschreibliches Gefühl. Ganz von allein reagierte meine Zunge auf Aiden und streichelte sanft über seine. Aiden brummte tief in seiner Brust und drängte mich dicht an die Wand. Ich spürte jeden Zentimeter seines Körpers und trotzdem wollte ich ihm noch näher sein. Ich glitt mit meinen Händen unter seine Arme und streichelte über seinen Rücken. Ich spürte, wie sein Körper anfing zu beben. Ich griff in sein Haar im Nacken und zog ihn näher zu mir. Unser Kuss wurde immer fordernder, immer ungeduldiger. Ich konnte nicht genug bekommen von seinen Berührungen, seinem Duft und seinem Geschmack. Aidens Finger wanderten meinen Hals herab. Er fuhr zärtlich an meinem Busen entlang und landete auf meiner Hüfte. Dort spannte er die Hand und zog mich noch dichter zu sich. Ich stöhnte leise, als ich spürte, dass Aiden erregt war. Mein Herz sprang mir fast aus der Brust und ich war einerseits überfordert, aber gleichzeitig auch völlig klar. Minutenlang küssten wir uns, als wären wir zwei Ertrinkende und bräuchten die Luft des anderen zum Atmen. Es war unbeschreiblich. Aidens Hand wanderte über meine Hüfte zu meinem Rücken und dort streichelte er zärtlich über mein Kreuz. Ich fuhr mit flachen Händen über seine breite Brust nach unten zu seinem Bauch und spürte jede Erhebung seines durchtrainierten Bodys. Auch Aidens Finger tasteten wieder über meinen Körper und als er an meinem Hintern ankam, packte er fest zu. Ich stöhnte laut und drängte mich gegen ihn.

Plötzlich ertönte lautes Geschrei unter uns und kurz darauf brüllte jemand: »*Was zur Hölle ist falsch mit dir?*«

Aiden ließ sich nicht ablenken und vertiefte stattdessen den Kuss. Er nahm meine Unterlippe zwischen seine Zähne und biss sanft hinein. Als der Schmerz kam, strich er mit der Zunge sanft über die pochende Stelle. Ich war mir sicher, dass ich jeden Moment zu einer Pfütze am Boden zerfloss, wenn er so weitermachte.

Doch dazu sollte es nicht mehr kommen. Schallendes Gelächter folgte dem Gebrüll und dann brach Hektik auf der Treppe aus. Ich öffnete die Augen. Der Typ von vorhin rannte die Treppe zurück nach oben und wurde von zwei Mädchen verfolgt. Die eine hielt eine kleine Kamera in die Höhe und filmte das ganze Spektakel.

»Hey Ava«, grüßte mich Trisha mit erstaunlich tiefer Stimme.

Aiden löste seine Lippen nun von meinen und sah jetzt ebenfalls zum Geschehen. Der Typ und Trisha verschwanden durch die Tür und plötzlich war es wieder still auf der Treppe. Ich hörte Aidens schweren Atem und hatte selbst Mühe, meinen Puls wieder unter Kontrolle zu bringen. Ich schloss die Augen und legte den Kopf gegen die Wand. Langsam kehrte mein Verstand zurück und mir wurde bewusst, was ich gerade getan hatte.

Oh mein Gott! Ich hatte mit Lillys Bruder rumgeknutscht! Mit Aiden.

Den ich übrigens absolut nicht leiden konnte, und er mich doch eigentlich auch nicht?!

Fuck. *Fuck!* Wieso war ich jetzt doch auf ihn reingefallen? Warum zur Hölle hatte es sich so unbeschreiblich gut angefühlt? Warum war mir nicht schlecht geworden?

Mist. Ich war am Arsch. Ich hatte zugelassen, dass er mich kleinkriegte. Ich stöhnte leise und kniff meine Augen zusammen. *Warum hatte ich das getan?*

Aiden streichelte noch immer mit seinem Daumen über meine Wange. Ich war *so was* von am Arsch! Er hatte es geschafft, dass ich für einen Moment meine Beherrschung verloren hatte und bekommen was er wollte: mich zu demütigen. Ich konnte mir schon bildlich vorstellen, wie er mich mit diesem Kuss vor den anderen aufziehen und sich über mich lustig machen würde. Die Freundin seiner kleinen Schwester stand auf ihn und hatte ihn rangelassen. Verdammt, warum war ich nur so dumm gewesen?

»Hey, alles gut?«, unterbrach Aiden meine panischen Gedanken mit erstaunlich sanfter Stimme.

Ich öffnete ein Auge und sah vorsichtig zu ihm. Ich konnte nichts von dem sehen, was ich ihm eben in meinem Kopf unterstellt hatte. Stattdessen blickte er mich besorgt an. Konnte das sein? Ich war endgültig verwirrt und brauchte sofort Abstand und frische Luft. Überhaupt war das alles zu viel für mich. Ich stieß ihn zurück und rannte, so schnell ich konnte, die Treppe hoch und blieb erst stehen, als ich aus dem Blue Pearls trat. Die kalte Winterluft verschlug mir für eine Sekunde den Atem, doch ich genoss die beißende Kälte auf der Haut. Schneller konnte mein Verstand nicht wieder zu sich kommen.

# Kapitel 6 - Aiden

Was zur Hölle war hier gerade passiert? Ich stand immer noch auf der Treppe und starrte auf die Stelle, an der Ava eben noch gestanden hatte. Ungläubig fuhr ich mit den Händen über mein Gesicht und raufte mir die Haare. What. The. Fuck? Mein Körper war voll mit Adrenalin und meine Muskeln vibrierten unaufhörlich. Ich setzte mich auf die Treppenstufe und verbarg mein Gesicht in meinen Händen.

Ich hatte Ava geküsst. Ava. *Fucking.* Prince! Die Freundin meiner kleinen Schwester. Das nervigste, schrecklichste und wunderschönste und aufregendste Mädchen, das ich kannte. Aber trotzdem. Warum hatte ich das getan? Warum war ich ihr hierher gefolgt? Warum war ich nicht einfach bei meinen Jungs geblieben, als ich Lilly an der Bar entdeckt hatte?

»FUCK!«, platzte es aus mir heraus. Es war doch klar, dass sie Lilly losschicken würde, um ihr Alkohol zu besorgen. Ich wollte sie zur Rede stellen, doch als sie mich am Tisch erst böse angefunkelt und dann einfach ignoriert hatte, fühlte ich mich herausgefordert.

Ich wollte mir und auch ihr beweisen, dass sie mir egal war und meine Träume von letzter Nacht absolut nichts zu bedeuten hatten. Sie war dermaßen eingebildet und arrogant. Sie hatte es bisher noch nicht einmal für notwendig gehalten, sich bei mir für meine Hilfe zu bedanken. Ohne mich läge sie noch heute hilflos in ihrem Badezimmer.

Ich wollte warten, bis sie von der Toilette zurückkam und sie weiter triezen, ihr Unbehagen bereiten. Es machte mir einen Höllenspaß, sie in die Enge zu treiben. Je bedrängter sie sich fühlte, desto bissiger wurde sie. Doch sie kam und kam nicht zurück. Ich wurde nervös. Traf sie sich etwa mit einem Typen? Machte sie womöglich in diesem Moment mit irgendwem rum? Mir gefiel der Gedanke nicht, dass irgendjemand sie anfasste. Nicht, nachdem sie gerade erst so verletzt worden war. Und im Grunde hatte sie niemanden, der auf sie aufpasste. Sie lebte, verfickte Scheiße noch mal, alleine in einem halben Schloss und niemand kümmerte sich um sie. Was war, wenn ihr da unten irgendein perverses Schwein auflauerte und sich über sie hermachte?

Ich wartete noch eine Minute und dann hielt mich nichts mehr. Als ich die Treppe zu den Toiletten herunterlief, konnte ich schon Avas zornige Stimme hören. *»Sieh zu, dass du Land gewinnst, sonst …«* Sie klang wie eine Raubkatze, die gerade ihre Krallen ausfuhr, weil man ihr zu nahe getreten war. Doch als ich die unterste Stufe erreichte und sah, wie sich ein Typ über sie beugte und ihr gefährlich nahe kam, sah ich rot. Heiße Wut überkam mich und ich wollte Blut sehen. Deswegen konnte ich das Schwein am Ende auch nicht einfach so davonkommen lassen.

Es gab Gerüchte. Gerüchte, dass Ava im vergangenen Jahr eine Wette verloren und in einer Nacht mit der halben Footballmannschaft der Highschool geschlafen hatte. Tristan war einer von ihnen. Und er war womöglich derjenige, der Ava mit Stoff versorgte, den sie im Zimmer unserer Schwester versteckte, damit ihre Eltern nichts davon erfuhren.

Ich war hin- und hergerissen, was ich von ihr halten sollte. Als sie mir auf der Treppe in die Arme fiel und ihr Duft in meine Nase stieg, kamen ganz andere Gefühle in mir hoch. Gefühle, die ich mir nicht erklären konnte. Ich war eigentlich todsicher, dass ich sie hasste. Okay, vielleicht nicht *hasste*, das war zu krass. Aber ich mochte sie und ihre affektierte Art nicht. Warum nur musste sie das hübscheste und aufregendste Mädchen weit und breit sein? Warum zur Hölle entsprach jeder Millimeter an ihr meiner absoluten Traumfrau?

Gedanken, die ich noch vorhin unter der Dusche hatte, ploppten wieder hoch. Bilder von ihrem Gesicht, ihren großen Brüsten und ihrem prallen Arsch. Wenn sie ging, dann schwang sie ihre Hüften aufreizend von links nach rechts und machte mich damit schier wahnsinnig. Dann dieses Gesicht. Klare, zarte Haut, blaue Augen, die so kristallklar wie ein Bergsee waren, volle Wangen, die meistens leicht gerötet waren, weil sie entweder wütend oder aufgebracht war, wenn ich auf sie traf. Und dann war da ihr Mund. Fuck, diese Lippen sorgten für Träume, die ich nicht haben sollte. Nicht haben *durfte*. Sie waren voll, kirschrot und so verdammt weich. Ich schluckte und schüttelte den Kopf. Ich musste aufhören, mir Ava bildlich vorzustellen. Doch leider machte mein Unterbewusstsein weiter und ich sah Ava hinter meinen geschlossenen Lidern. Klein, kurvig und mit den abgefucktesten Locken, die es gab. Sie machten dieses kleine Paket komplett. Ich hatte bisher angenommen, dass sie immer geschminkt war. Aber seit gestern wusste ich, dass sie selbst ungeschminkt perfekt aussah. Noch perfekter als heute Abend, wo sie sich ihr hübsches Gesicht mit Schminke zugekleistert hatte. Mir war klar, dass es jetzt kein Zurück mehr gab. Wir hatten uns geküsst. Die Frage, die sich jetzt stellte, war: Wie sollte es weitergehen? Und wollte ich überhaupt weiterführen, was ich da begonnen hatte? Richtigerweise war es allerdings Ava, die mich zuerst geküsst hatte. Klar, ich hätte es jederzeit abbrechen können. Doch sobald ihre Lippen auf meinen lagen und ich ihren Geschmack in mich aufgenommen hatte, war es vorbei. Ich wollte mehr und mehr von ihr. Sie war betörend.

Selbst als Matthew an uns vorbeilief, war mir egal, dass er uns sah. Mir war egal, ob es jemanden störte. Ich wollte es. Und ich hätte auch nicht aufhören können. Es war Ava, die unseren Kuss schließlich beendete. Als ich nach dem Kuss die Augen öffnete und sie ansah, bemerkte ich sofort den Schutzschild in ihrem Blick. Und dann verschwand sie. Sie war einfach so gegangen! Hatte ihr der Kuss etwa überhaupt nichts bedeutet?

Ein komisches Gefühl überkam mich und dann wurde mir langsam aber sicher bewusst, was passiert war. Das Weib, das Matthew hinterhergelaufen war, hatte eine Kamera in der Hand gehalten. Shit, Ava musste das ganze Ding irgendwie geplant haben. Sie hatte darauf abgezielt, dass ich ihr aufs Klo folgte. Was war ich nur für ein dämlicher Idiot! Langsam wandelte sich meine Verwirrung in Wut. Wut auf mich selbst, aber vor allem auf Ava. Ich war auf ein kleines sechzehnjähriges Mädchen reingefallen! Wahrscheinlich saßen sie jetzt alle oben am Tisch und lachten sich tot. Dieses Video musste verschwinden, bevor sie es meinen Jungs zeigen konnte.

Ich sprang auf und nahm immer zwei Stufen auf einmal. Als ich zum Tisch der Mädchen blickte, sackte mein Magen nach unten. Natürlich hatten sie ihre Köpfe zusammengesteckt und lachten. Ich suchte nach Ava, konnte sie aber nirgendwo entdecken. Ich spannte meinen gesamten Körper an, um meine Wut zusammenzuhalten, und stakste auf die Gruppe zu, als mich jemand am Arm festhielt. Ich sah in das Gesicht meines besten Freundes, der Tränen in den Augen hatte und sich vor Lachen kaum noch halten konnte.

*Ja, ich habe ein Mädchen geküsst, obwohl wir einen Kodex für solche Abende hatten. So what?!*, dachte ich genervt.

Ich blickte meine Jungs nacheinander zornig an und wollte ihnen zu verstehen geben, dass ich jetzt keine Lust auf dumme Sprüche hatte. Allerdings sah ich einen mies gelaunten Matthew am Tresen sitzen, der den Kopf auf die Arme gestützt hatte. Josh, Lucas und Carter hingegen lachten sich halbtot. Jetzt verstand ich nur noch Bahnhof. Was war so lustig daran, dass ich mit Ava rumgemacht hatte?

»Alter, das musst du einfach sehen!« Steven konnte kaum sprechen, weil er so heftig lachte. Er hielt mir eine Kamera vor die Nase und spielte das Video ab.

Zuerst konnte man rein gar nichts erkennen, weil es so verwackelt war. Doch dann tauchte Matthew im Bild auf. Er stand mit einer Tussi in der Toilettenkabine und bekam nicht mit, dass er gefilmt wurde. Es ging heftig zur Sache. Er hatte ihr das Oberteil heruntergezogen und lutschte gerade an ihren Titten. Irgendwann ging Matthew auf die Knie und zog ihr den Rock aus. Breit grinsend blickte Matthew auf und schob ihr schließlich den Slip nach unten. Man konnte auf dem Video schon vor Matthew sehen, was an dem Ganzen nicht stimmte. Doch in Echtzeit bemerkte Matthew es erst später. Nämlich in dem Moment, als er den Blick wieder senkte. Statt einer Muschi fand er allerdings einen halberigierten Schwanz vor. Die Tussi war ein Typ! Eine Transe.

Ich war zwar eigentlich gerade überhaupt nicht in der Stimmung für Scherze, doch ich spürte, wie sich meine Mundwinkel nach oben bogen.

Matthew riss den Kopf wieder in die Höhe und starrte dann geradewegs in die Kamera. Hier wurde das Video auf Zeitlupe gestellt und man sah, wie sich Matthews Gesichtsausdruck von purer Geilheit in blankes Entsetzen wandelte. Nach dieser Sequenz lief das Video wieder normal weiter und man sah noch, wie Matthew aus der Kabine stürmte und auf der Treppe ein weiteres Mal gegen mich stieß.

Mir stockte für eine Sekunde der Atem, als ich mir dabei zusah, wie ich Ava im Arm hielt und sie küsste. Shit, allein dabei zuzusehen, wie wir rummachten, ließ meinen Schwanz nervös zucken. Avas Augen waren geschlossen und ihre Hände in meinen Haaren vergraben. Man konnte uns zum Glück nicht richtig erkennen, mich schon gar nicht, weil ich mit dem Rücken zur Kamera stand.

»Alter, hast du das gesehen? Ich kann nicht mehr. Diese Ladies haben einen Orden verdient. Fuckingtastisch!«

Josh wischte sich noch immer Tränen aus den Augen und auch ich bekam das Grinsen nicht mehr aus dem Gesicht. Der Einzige, der keinen Spaß hatte, war Matthew. Er leerte seine Bierflasche und stand auf, um zu gehen.

»Ah, komm schon, Mann, das war lustig!«, versuchte Carter ihn umzustimmen.

Doch Matthew war jetzt nicht mehr nach Spaß. Wütend schob er Carter von sich und rief ihm etwas zu. Lucas und Josh waren sofort auf den Beinen und zogen die zwei auseinander. Auch Steven und ich stellten uns zwischen die beiden.

»Hey, das ist doch nur ein bisschen Fun gewesen, Matthew. Komm schon. Du hast die Alte nackt nach Hause fahren lassen!«, versuchte Lucas ihn zu beruhigen.

Ich gab Steven ein Zeichen. Es wurde Zeit, dass wir hier verschwanden.

Draußen riss sich Matthew los und ging ein paar Schritte von uns weg. Dann drehte er sich auf der Stelle um und brüllte los: »*Ich hätte beinahe einen Schwanz in meinem Gesicht gehabt!*« Anschließend trat er gegen den erstbesten Gegenstand, der ihm in die Quere kam.

»Ja, Mann. Aber soweit ist es ja nicht gekommen. Das war auch bestimmt nicht das Ziel des Ganzen«, beschwichtigte Josh. »Die wollten nur eine Revanche für die Strandaktion. Und mal ehrlich: Die Idee war großartig!«

»Der Typ hatte einen Ständer! Der war angegeilt. Das war kein Spaß!«, schrie Matthew uns an.

Wieder fingen Carter und Steven laut an zu lachen. Matthew warf böse Blicke in die Runde, die allerdings an uns allen abprallten.

Joshua traf dann den Nagel auf den Kopf. »Was hast du überhaupt mit einer Tussi auf dem Klo zu suchen? Du weißt, dass dich das einen Hunderter kostet.«

Matthews Kopf schnellte in die Höhe. »Am Arsch! Der Kodex gilt für Weiber, nicht für Typen!«

»Dann eben 50 Dollar«, schaltete sich Lucas ein.

»Ihr seid doch krank! Nicht einen verfickten Dollar werde ich zahlen!«

»Das war deine Idee mit der Kohle. Aiden und ich mussten auch schon dreimal zahlen«, beschwerte sich Steven.

Matthew hob den Blick bei der Erwähnung meines Namens. »Wo wir gerade bei unserer Beauty Queen sind«, sagte er und sah mich an. »Okay, ich zahle die Hälfte, Aiden die andere.« Triumphierend fing er an zu grinsen.

Die Köpfe der Jungs drehten sich zu mir.

»What the fuck? Du? Schon wieder?«, fragte Lucas und schubste mich zur Seite.

»Natürlich! Der Typ auf dem Video. Das warst du, nicht wahr?«, fragte Steven.

Shit. Ich hatte gehofft, so davonzukommen. Ich zuckte mit der Schulter und blickte zur Seite.

»Aiden, Aiden, Aiden«, seufzte Steven. »Was sollen wir nur mit dir machen, damit du endlich deine Finger von den Weibern lässt? Hässlicher geht schon mal nicht. Fetter könnten wir dich aber machen. Und wo wir gerade beim Thema sind: Ich hab Kohldampf. Lasst uns was essen gehen.«

So schnell, wie sich alle aufgeregt hatten, beruhigten sich meine Jungs auch wieder. So waren wir eben. Deswegen mochte ich diese Pisser.

Als wir zum Parkplatz gingen, wanderten meine Gedanken zurück zu Ava. Wenn das Ziel dieses Videos die Rache an Matthew war, konnte das nur bedeuten, dass der Kuss zwischen Ava und mir echt war. Ein merkwürdiges Gefühl überkam mich.

Steven schloss sein Auto auf und stieg ein. Ich blickte zurück zum Blue Pearls und dabei fiel eine dunkle Silhouette auf, die neben dem Seiteneingang stand. Ava? Ich kniff die Augen zusammen und erkannte sie tatsächlich. Sie stand ohne Jacke draußen und lehnte mit dem Rücken an der Wand. Um sich vor der Kälte zu schützen, hatte sie ihre Arme um ihre Mitte geschlungen. Warum ging sie nicht einfach wieder rein? Hier draußen war es arschkalt.

»Hey, wird das heute noch was? Steig ein, ich hab Hunger!«, beschwerte sich Steven.

Ohne wirklich darüber nachzudenken, beugte ich mich zu ihm runter. »Fahr ohne mich. Ich hab schon gegessen.«

Mit offenem Mund starrte Steven mich an. »Alter, dein Ernst?«, fragte er ungläubig.

Ich nickte und schmiss die Wagentür zu.

Ich wartete, bis Steven endlich losfuhr und ging dann über den Parkplatz zu Ava. Sie hatte ihre Augen geschlossen. Doch als ich näher kam, hob sie ihren Kopf und sah direkt in meine Richtung. So, als hätte sie gespürt, dass ich mich ihr näherte. Sobald sie mich erkannte, stieß sie sich von der Wand ab und ging eilig zurück in die Bar. Ich erhöhte mein Tempo und folgte ihr.

Drinnen hielt ich Ausschau nach einem Kopf voller dunkler Korkenzieherlocken. Doch es war dermaßen überfüllt, dass ich sie nicht finden konnte. Ich ging um die Tanzfläche herum, dorthin, wo meine Schwester mit ihren Freundinnen saß. Als Erstes fiel mir das blonde Haar von Lilly ins Auge, dann erkannte ich dieses Mannsweib und die zwei anderen Freundinnen. Erleichtert atmete ich aus, als ich neben Lilly Ava entdeckte. Ich musste mit ihr reden. Ich wollte wissen, was da vorhin zwischen uns passiert war und was sie darüber dachte.

Ich bereitete im Kopf gerade vor, was ich ihr sagen wollte, als ich sah, wie jemand meiner Schwester einen Cocktail vor die Nase setzte. What the fuck? Auf keinen Fall würde ich zulassen, dass meine kleine Schwester Alkohol trank. Lilly nahm das Glas in die Hand und hob es sich gerade an den Mund, als ich an den Tisch trat. Panisch weiteten sich ihre Augen und sie ließ das Glas langsam wieder sinken.

Ich funkelte sie böse an und schüttelte meinen Kopf. »Los, zieh deine Jacke an, wir fahren!«

Sofort färbte sich Lillys Gesicht dunkelrot. »Bist du irre? Ich fahr doch nicht nach Hause. Mom und Dad wissen, dass ich hier bin. Und außerdem schlafe ich heute bei Ava!«, motzte sie laut.

Ich packte sie am Arm und zog sie zu mir hoch. »Ich habe gesagt, dass wir jetzt nach Hause fahren! Da kannst du Mom und Dad gerne erzählen, was du hier gemacht hast. Und wenn du es ihnen nicht erzählen möchtest, werde ich es machen!«

Wütend schob sie mich von sich. »Du Arsch! Ich hab doch gar nichts gemacht! Was willst du ihnen erzählen? Dass ich an Avas Cocktail genippt habe?«, pöbelte sie weiter.

Ich wusste, dass meine Schwester mich anlog. Ich roch den Alkohol in ihrem Atem und sah, wie viel Mühe es sie kostete, sich zusammenzureißen. Meine Schwester war angetrunken.

Wütend sah ich zu Ava, doch die hatte den Blick auf ihre Hände auf dem Tisch geheftet. Dann überlegte ich, ob ich vorhin bei unserem Kuss Alkohol bei ihr geschmeckt hatte. Ich konnte aber mit absoluter Gewissheit sagen, dass sie überhaupt nichts getrunken hatte. Sie hatte nach süßem Honig und frischen Beeren geschmeckt. Es war berauschend und ich hatte nicht genug von ihr bekommen können. Aber das zählte in diesem Moment nicht. Ich verdrängte die Gedanken an unseren Kuss und widmete mich wieder meiner Schwester. »Pack deine Sachen, wir fahren!«, knurrte ich erneut.

»Aiden, ich hab nichts gemacht! Das ist Avas Cocktail! Stimmt doch, Ava oder?«

Alle Blicke richteten sich nun auf das wunderschöne Mädchen mit den süßen Locken.

Ava schloss für eine Sekunde die Augen und überlegte wohl, was sie sagen sollte. Dann holte sie tief Luft und sah mich emotionslos an. »Ja, Aiden, das ist mein Cocktail. Deine Schwester wollte nur mal kosten. Ich hab ihr schon gesagt, dass es ihr nicht schmecken wird, aber sie wollte es trotzdem probieren. Jetzt hast du sie ja davor bewahrt und alle können sich wieder entspannen«, antwortete sie monoton.

Zufrieden blickte mich meine Schwester an und zog an ihrem Arm. Dieses Mal ließ ich sie los.

So, so. Ava log also für meine Schwester. Interessant. Bisher hatte ich immer gedacht, dass es andersherum war. Ich musste wissen, ob ich wirklich richtig lag. »Dann trink ihn aus!« Ich nickte zum Cocktailglas und blickte wieder in Avas Gesicht.

Für einen Moment sah sie mich verwirrt an. »Was?«, fragte sie.

Ich stützte meine Hände auf den Tisch und beugte mich soweit zu ihr runter, bis wir auf Augenhöhe waren. »Ich habe gesagt: Trink. Ihn. Aus!«, wiederholte ich langsam Wort für Wort.

Lilly schob mich vom Tisch weg und setzte sich wieder neben ihre beste Freundin. »Aiden, was soll der Scheiß? Lass uns endlich in Ruhe!«

Ich stellte mich mit vor der Brust verschränkten Armen neben den Tisch und sah weiter Ava an, die meinen Blick trotzig erwiderte. »Los, beweis mir, dass Lillys Story wahr ist. Trink deinen Cocktail, Babe.«

Ava funkelte mich böse an, als ich sie Babe nannte. Ich hatte keine Ahnung, wo das herkam, aber es hörte sich in meinen Ohren richtig an. Ava kniff die Augen zusammen und griff nach dem Glas. Ich sah, wie Lilly ihr erschrocken einen Blick zuwarf und den Kopf schüttelte. »Das musst du nicht machen, Ava! Aiden ist ein Arsch. Lass ihn einfach denken, was er will.«

Doch Ava schien entschlossen zu sein. Sie hob das Glas an ihre Lippen und nippte an der roten Flüssigkeit. Zufrieden mit sich stellte sie das Glas wieder ab und leckte sich über die Unterlippe. Als ihre Zunge dabei aufblitzte, zuckte es sofort in meiner Jeans. Ich biss die Zähne aufeinander und mahlte mit dem Kiefer, bis ich mich wieder unter Kontrolle hatte.

Lilly sah wütend zu mir. »Zufrieden? Fein, dann kannst du ja jetzt gehen.«

Ich ging um den Tisch herum und stellte mich neben Ava. Sie sah mich jetzt nicht mehr an, sondern starrte stur geradeaus. Die anderen Mädchen hatten die Szene gebannt beobachtet und blickten erwartungsvoll zu mir. Ich lehnte mich zu Ava und raunte ihr ins Ohr: »Trink ihn aus!«

Sie drehte ihren Kopf in meine Richtung und ihr Haar kitzelte mich dabei unterm Kinn. Ich hielt den Atem an, um bei klarem Verstand zu bleiben. Ihr Duft war einfach berauschend.

»Spinnst du jetzt total?«, schaltete sich Lilly wieder ein.

»Lass gut sein, Lilly«, sagte Ava und griff nach dem Cocktail. Mit fünf großen Schlucken leerte sie das Glas und stellte es mit einem lauten Knall auf den Tisch zurück. Danach wischte sie sich mit dem Handrücken über den Mund und stand auf.

Ich folgte ihren Bewegungen mit den Augen und bekam nur am Rande mit, wie die Mädchen applaudierten und Ava bewundernde Worte zuriefen.

Scheiße, das war verdammt heiß! Ich richtete mich wieder auf und rieb mir mit der Hand über den Kopf. Ich war kurz davor, meine Zurückhaltung zu verlieren.

Ava stapfte davon und steuerte auf die Bar zu. Holte sie sich jetzt etwa gleich den nächsten Drink?

Meine Schwester sah wütend zu mir, aber ich blickte noch zorniger zurück. Als sie erkannte, wie ernst es mir war, ließ sie sich zurück in ihren Stuhl fallen. Ich schob ihr das Glas rüber, welches eben noch vor Ava gestanden hatte. Ich war mir jetzt ziemlich sicher, dass es sich dabei um Wasser handelte. Beleidigt fing Lilly an zu schmollen und schaute mich nicht mehr an.

Ich drehte mich um und suchte Ava. Da auch sie nun Alkohol getrunken hatte, sollte sie auf keinen Fall mehr selbst fahren. Ich wollte ihr den Autoschlüssel abnehmen und sie und Lilly nach Hause bringen.

Ich entdeckte sie schließlich am anderen Ende der Bar, gleich neben dem Eingang. Sie stand neben einem Kerl, der sich stark bemühte, mit ihr ins Gespräch zu kommen. Ava reagierte jedoch nicht auf ihn, sondern versuchte stattdessen, die Aufmerksamkeit des Barkeepers auf sich zu lenken. Der Typ ließ nicht locker und fasste ihr sogar ins Haar. Ava lehnte sich zurück und fauchte ihm etwas entgegen. Mein Beschützerinstinkt sprang sofort an und ich machte mich auf den Weg zu den beiden. Niemand fasste Ava ungefragt an. Ich musste ein paar Leute aus dem Weg schubsen, um schnellstmöglich zu ihr zu gelangen. Als ich schließlich hinter den beiden stand, beugte sich der Typ gerade zu ihr runter, um ihr etwas ins Ohr zu flüstern. Ich packte ihn am Unterkiefer und drückte sein Gesicht von ihr weg.

»Was soll das, Arschloch?«, brüllte er und baute sich vor mir auf. Zu spät bemerkte er, dass er einen Kopf kleiner war als ich. Er reckte das Kinn dennoch in die Höhe.

Ich hob eine Augenbraue und durchbohrte ihn mit meinem Blick. Es dauerte vielleicht drei Sekunden, bis der Loser den Schwanz einzog und sich verpisste. Zufrieden damit, dass ich nicht wieder erst handgreiflich werden musste, setzte ich mich auf seinen Stuhl und blickte zu Ava. Doch ich konnte weder Erleichterung noch Dankbarkeit in ihren Augen sehen.

»Was ist dein Problem, Aiden?«, fragte sie mich wütend. Ihre Stimme knurrte sogar ein wenig, was sie noch niedlicher machte. Sie war wie eine wilde ungezähmte Raubkatze.

»Du brauchst nur Danke zu sagen.« Ich zwinkerte sie an und sah amüsiert, wie sie diese Geste noch mehr in Rage brachte.

»Wofür soll ich mich bedanken? Dass du mir die Chance auf freie Getränke genommen hast?« Sie spuckte mir die Worte geradezu vor die Füße.

»Du warst angewidert von dem Arschloch. Das konnte man zehn Meilen gegen den Wind riechen.«

Trotzig schob sie ihre Unterlippe vor. »Na und? Solange ich nichts für meine Getränke bezahlen muss.«

»Ich glaube nicht, dass du dir dein Wasser nicht selbst leisten kannst. Zumal du hier noch nicht einmal dafür bezahlen musst.« Herausfordernd blickte ich in ihre himmelblauen Augen. Sie wusste, dass ich sie ertappt hatte und das schien ihr nicht zu gefallen.

»Ich trinke nicht nur Wasser.«

»Ach, nicht?«

»Nein!«

»Dann war das also wirklich Lillys Wasser und dein Cocktail?«

»Ganz genau.«

»Fein, dann lass uns doch noch einen Drink bestellen und auf die Wahrheit anstoßen. Wenn du möchtest, entschuldige ich mich dann auch für meine voreiligen Schlüsse.«

Ava zuckte gleichgültig mit den Schultern. »Von mir aus«, antwortete sie trotzig.

Ich rief dem Barkeeper meine Bestellung zu und binnen einer Minute standen zwei Vodka auf Eis vor uns. Ava starrte eine Sekunde zu lang auf ihr Glas und ich sah, wie sie nervös schluckte. Ich grinste in mich hinein. Das könnte noch lustig werden. Vielleicht war das heute sogar ihr erster Vodka überhaupt. Gut, dass ich dabei war und auf sie aufpassen und sie rechtzeitig stoppen konnte.

Ich hob mein Glas und hielt es zwischen uns in die Luft. Mit zittriger Hand griff Ava ebenfalls nach ihrem Glas und stieß es gegen meins. Ich ließ meinen Blick nicht von ihr, als ich den Drink auf ex trank. Sie hatte mich genauestens beobachtet und setzte das Glas ebenfalls an ihre Lippen. Sie schloss die Augen, legte den Kopf in den Nacken und kippte den Vodka in einem herunter.

Shit! Ich rutschte auf meinem Hocker hin und her und versuchte, eine bequemere Position für meinen Schwanz zu finden, der wieder angefangen hatte, sich zu rühren.

Ava knallte das Glas auf den Tisch und sah mich erwartungsvoll an.

»Was ist? Möchtest du noch einen?«, fragte ich mit hochgezogener Braue. Ich sollte aufpassen, dass sie es langsam anging. Sonst würde ihr am Ende noch schlecht werden.

»Ich warte auf deine Entschuldigung.«

Ich grinste und rieb mir übers Kinn. Okay, ich hatte es ihr versprochen. Ich legte mir die Hand aufs Herz und richtete mich auf. »Es tut mir vom Grunde meines Herzens und aus tiefster Seele leid, dass ich voreilige Schlüsse gezogen habe. Nimmst du meine Entschuldigung an?«

Ava überlegte nicht eine Sekunde, sondern schüttelte verneinend ihre Lockenpracht.

Fragend blickte ich sie an. »Was? Wieso nicht?«, wollte ich wissen.

»Das war keine Entschuldigung. Du nimmst mich nur auf den Arm. Netter Versuch, aber nein Danke!«, sagte sie und stand wieder auf.

Mein Arm schoss vor, als Ava mit ihrem Schuh am Stuhl hängenblieb und nach vorne fiel. Dabei streifte ich mit der Hand ihre Brust und sofort fing mein Arm Feuer. Als ich mir sicher war, dass Ava wieder Halt hatte, ließ ich sie los. Ohne ein weiteres Wort verschwand sie in der Menge. Ich blieb sitzen und rieb mir über das Brustbein. Fuck, das war nicht gut.

Etwas später am Abend konnte ich Ava und meine Schwester dabei beobachten, wie sie alles und jeden in Grund und Boden tanzten. Sie machten die verrücktesten Dancemoves und sobald sich ein Typ ihnen näherte, sprang ich auf die Beine. Doch jedes Mal schoben sie die Kerle zur Seite und fielen sich lachend in die Arme. Ich hatte Ava noch nie so ausgelassen erlebt. Die ganze Anspannung und die angestrengte Haltung, die sie sonst stets mit sich trug, waren von ihr abgefallen. Ich wollte eigentlich schon längst nach Hause, doch ich konnte nicht gehen, solange Lilly und Ava noch hier waren. Die Freundinnen der beiden waren bereits gegangen und hatten mir die Jacken und Taschen von Ava und Lilly gegeben. Ich hatte mir als allererstes Avas Autoschlüssel eingesteckt, um zu verhindern, dass sie selbst nach Hause fuhr.

»So allein? Haben deine Jungs endlich bemerkt, was für ein Loser du bist?«

Mein Bruder tauchte mit seinen Kumpels auf und ließ sich auf dem Barhocker neben mir nieder. Ich zeigte ihm den Mittelfinger und trank einen Schluck von meinem Wasser.

»Was hast du da?« Daniel griff nach meinem Glas und probierte. Irritiert stellte er das Glas zurück auf die Theke. »Wasser? Was ist los mit dir? Probleme? Willst du reden?«

Ich schob Daniels Hand von meiner Schulter und sah zurück zur Tanzfläche. Er folgte meinem Blick und als er unsere Schwester und Ava, die gerade ausgelassen zu einem Song tanzten, entdeckte, sprang er auf.

Ich griff nach seinem Arm und hielt ihn zurück. »Lass sie einfach.«

Ungläubig sah er mich an. »*Lass sie einfach?* Du siehst schon, was unsere Schwester da für eine Show veranstaltet? Guck dir mal die Typen an, wie die Lilly anglotzen!« Fassungslos blickte Daniel von mir zu den Mädchen und wieder zurück.

»Ich hab alles im Griff. Komm runter«, versuchte ich, ihn zu beruhigen.

Er sah mich mit offenem Mund ungläubig an. »Was hat das zu bedeuten?«, wollte er wissen.

Ich erzählte ihm in groben Zügen, was er wissen musste. Nämlich, dass ich Lilly den ganzen Abend über nur noch Wasser gegeben hatte und Ava diejenige war, die betrunken war.

Paul, Daniels Kumpel, kam irgendwann zu uns und klopfte mir auf die Schulter.

»Was gibt's?«

»Lilly möchte, dass du mal eben zu den Toiletten runterkommst.«

Mein Kopf schnellte zur Tanzfläche. Doch ich konnte dort weder Lilly noch Ava ausmachen. Sofort sprang ich auf und Daniel folgte mir automatisch.

Paul hielt Daniel am Arm fest. »Schon gut, Alter. Mit deiner Schwester ist alles in Ordnung. Es geht irgendwie um ihre Freundin.«

Lilly wartete bereits am Treppenabsatz auf mich. Nervös spielte sie mit ihren Haaren. »Ava geht's nicht gut, Aiden. Sie ist jetzt schon eine Weile auf dem Klo und will einfach nicht rauskommen.«

Ich ließ meine Schwester stehen und lief zu den Toiletten. Ich klopfte gegen die einzig verschlossene Tür und wartete, dass Ava antwortete.

»Sie macht nicht auf. Und ich hab sie schon eine Weile nicht mehr gehört.«

»Wie lange ist sie schon dadrin?«, fragte ich und klopfte wieder an die Tür.

»Keine Ahnung. Zehn Minuten vielleicht?«

»Hat sie gekotzt?«, fragte ich Lilly.

Lilly kaute nervös auf ihrer Unterlippe und nickte. Hoffentlich war Ava nicht an ihrem Erbrochenen erstickt.

»Geh zur Seite«, mahnte ich meine Schwester und trat gegen die Tür. Ava saß auf dem Boden vor der Toilette und ihr Kopf ruhte auf ihrem Arm. Erbrochenes lag im Klo. Ich betätigte die Spülung und forderte Lilly auf, mir feuchte Tücher zu bringen. Gott sei Dank atmete sie.

»Meinst du, sie hat eine Alkoholvergiftung?«, fragte Lilly ängstlich.

Ich bezweifelte, dass es an dem einen Cocktail und dem Vodka lag. So geringe Mengen sorgten eigentlich nicht für eine Vergiftung. Sofort schnürte es mir die Kehle zu, als ich daran dachte, dass sich Ava vorhin mit Tristan getroffen hatte. Vielleicht hatte sie bei ihm irgendwas gekauft und sich eingeschmissen?

»Nimmt Ava Drogen?«, fragte ich Lilly, während ich Ava mit dem nassen Tuch vorsichtig über den Mund wischte.

»Natürlich nicht!«, antwortete sie wie aus der Pistole geschossen.

»Wehe, du lügst mich an, Lilly! Ich muss das wissen, weil ich sie ansonsten jetzt ins Krankenhaus bringe.« Ich sah zu meiner Schwester und wartete auf ihre Antwort.

Lilly fing an zu weinen und schüttelte den Kopf. »Nein, Ava nimmt keine Drogen. Eigentlich trinkt sie auch nie. Das war heute das erste Mal, dass ich sie überhaupt etwas trinken gesehen habe.« Lilly vergrub ihr Gesicht in den Händen und fing leise an zu schluchzen.

Ich hob Ava vorsichtig hoch. Sie stöhnte und ich wartete einen Moment, ob sie sich noch einmal übergeben musste. Doch sie ließ ihre Augen geschlossen und blieb weiter ohne Bewusstsein.

»Es tut mir so leid. Ich hätte es nicht so weit kommen lassen dürfen. Ich wollte doch nur, dass …«

Ich funkelte Lilly böse an. »Geh und such Daniel und dann lass dich nach Hause fahren. Wir reden morgen.« Ich trug Ava raus und als ich an der Treppe ankam, lief uns auch schon Daniel entgegen.

»Was für eine Scheiße ist hier los?«, rief er zornig. Als er Lillys tränenverschmiertes Gesicht sah und dann die bewusstlose Ava in meinen Armen, schrie er mich an. »Warum kümmerst du dich um dieses Miststück? Lass sie da liegen und bring unsere Schwester nach Hause! Ich dachte, du hast alles im Griff? Einen Scheiß hast du im Griff!«

»Nicht jetzt, Daniel«, sagte ich mahnend und wollte mich an ihm vorbeidrängen. Ava musste schnellstmöglich von hier weg.

Daniel hielt mich am Arm fest. »Ist das dein Ernst? Dir ist diese Schlampe wichtiger als unsere Schwester?«, fragte er mit so viel Abneigung in der Stimme, dass ich mich wieder mal fragte, warum er eigentlich noch krasser drauf war als ich.

Hätte ich Ava nicht in den Armen gehalten, hätte ich mich auf meinen Bruder gestürzt. Zum Glück schaltete sich Lilly ein und erklärte Daniel, was los war. Ich öffnete umständlich die Tür und musste Ava in meinen Armen neu positionieren. Nicht, dass sie schwer war, aber ein bewusstloser Körper war wie ein nasser Sandsack. Ihr Kopf und ihr linker Arm hingen schlaf herunter. Ich hörte, wie Daniel jetzt unsere Schwester anschrie, doch ich ging einfach weiter.

Gott sei Dank ließ sich das große schwarze Einfahrtstor mit dem gleichen Code öffnen wie Avas Haustür. Ich hatte mir die Zahlen gemerkt, als Ava sie in das Tableau eingegeben hatte, bevor sie mit dem Rettungswagen ins Krankenhaus gebracht worden war.

Als ich ins Haus kam, stand Diego an der Treppe und knurrte mich mit gesträubten Nackenhaaren an. »Hey Buddy, alles gut. Ich hab dein Frauchen hier. Komm her, sieh selbst.« Ich trat die Tür mit dem Fuß zu und ging zu Diego, um ihm Ava zu zeigen. Er schnüffelte an ihr und leckte schließlich einmal quer über ihr Gesicht. Ava rührte sich kein Stück. Ich sah in ihr wunderschönes Gesicht und entdeckte die Schwellung unter ihrem Auge. Warum musste sie ausgerechnet gleich heute wieder losziehen? Warum gönnte sie sich und ihren Verletzungen keine Pause?

Diego wimmerte. Er war es sicher nicht gewohnt, dass sie ihn nicht begrüßte, wenn sie nach Hause kam.

»Ist gut, Buddy. Sie schläft nur«, versuchte ich ihn zu beruhigen.

Als Antwort schleckte er nun auch mir übers Kinn. Ich lachte kurz und brachte Ava dann nach oben in ihr Zimmer.

Vorsichtig legte ich sie in ihr Bett. Anschließend zog ich ihr die Schuhe aus und deckte sie zu. Leise setzte ich mich auf ihre Bettkante und beugte mich über sie. Ihr Atem ging ruhig und gleichmäßig. Ihre Haut war ganz blass und unter den Augen war ihre Schminke verschmiert. Sie musste geweint haben. Ich ging ins Bad und befeuchtete ein Handtuch mit warmem Wasser. Vorsichtig wischte ich ihr, so gut es ging, das Make-up aus dem Gesicht. Nach und nach kam die echte Ava zum Vorschein. Die Stelle unterhalb ihres Auges sparte ich aus. Ich wollte ihr nicht wehtun und sie damit womöglich wecken. Sie schien das Schlimmste hinter sich zu haben und schlief nun hoffentlich ungestört ihren Rausch aus. Ich ging zu ihrem Sofa, um ebenfalls die Augen für einen Moment zu schließen. Doch kaum lag ich, fing Diego an zu winseln. Ich hob den Kopf und er rannte sofort zur Tür. »Na, komm. Ich lass dich raus«, sagte ich und ging mit ihm in den Garten.

Zurück im Haus rannte Diego schnurstracks in die Speisekammer, die hinter der Küche lag. Er hatte wahrscheinlich noch nichts gefressen. Ich füllte seinen Napf und säuberte hinterher gleich wieder alles. Danach schaltete ich die Alarmanlage ein und ging mit Diego im Schlepptau zurück zu Ava.

Ich fand ihr Bett leer vor. Und aus ihrem Badezimmer kamen Geräusche. Ich klopfte an die Tür. »Ava? Ist alles okay bei dir?«, fragte ich und lauschte.

»Geh weg«, rief Ava schwach, gefolgt von einem Würgegeräusch.

Sofort öffnete ich die Tür und eilte zu ihr.

Ava kniete vor der Toilette und musste sich schon wieder übergeben. Was hatte sie bloß alles getrunken? Sie hielt sich mit einer Hand die Haare im Nacken zusammen und mit der anderen Hand stützte sie sich auf der Klobrille ab. Eine Haarsträhne hatte sich gelöst. Ich hockte mich neben sie und strich ihr die Haare aus dem Gesicht. Sie würgte von Neuem, aber außer Galle kam nichts mehr aus ihr heraus. Keuchend ließ sie sich neben der Toilette auf den Boden sinken und lehnte sich mit geschlossenen Augen gegen die Wand. Ihre Haut war kalkweiß und auf der Stirn hatten sich kleine Schweißperlen gebildet.

»Geht's besser?«

Sie öffnete die Augen und sah mich mit glasigem Blick an. »Geh nach Hause, Aiden.«

Fast musste ich über ihren schwachen Versuch, mich wieder einmal aus dem Haus zu jagen, lachen. Tatsächlich konnte ich ein amüsiertes Schnauben nicht verhindern.»Ja, ist klar. Komm mit, du Schnapsdrossel, ich bring dich zurück ins Bett.« Ich griff unter ihre Achseln und zog sie behutsam auf die Beine. Als ich mich bückte, um sie in meine Arme zu heben, wich sie mir aus und schwankte stattdessen zu ihrem Waschbecken. Fragend ging ich mit und stützte sie beim Gehen.

Kraftlos lehnte sie sich gegen ihren Waschtisch und versuchte, nach ihrer Zahnbürste zu greifen. Nach dem zweiten erfolglosen Versuch half ich ihr. Ich nahm die Bürste, drückte etwas Zahnpasta darauf und gab sie ihr in die Hand. Sie konnte kaum stehen, aber Zähneputzen musste jetzt sein. *Vorbildlich, Miss Prince.*

Immer wieder rutschte sie mit der Bürste ab und beschmierte sich ihr Kinn und den Pullover mit Zahnpasta. Seufzend nahm ich ihr die Bürste schließlich wieder aus der Hand und erntete sofort ihren genervten Blick. Nicht, dass sie ihre Augen auf irgendwas fokussieren konnte, aber sie versuchte es trotzdem.

Gott, wie sie da so vor mir stand. Ihre vollen Locken umfingen ihr zartes Gesicht, ihre Haut war beinahe komplett Make-up-frei und ihr Kinn vollgeschmiert mit Zahnpasta. Sie konnte kaum aufrecht stehen, hatte aber immer noch genug Scharfsinn, mich böse anzufunkeln.

»Mund auf!«, forderte ich sie auf.

Skeptisch blickte sie mich an, machte aber schließlich, was ich von ihr verlangte. Vorsichtig fing ich an, ihre Zähne zu putzen. Ava schloss die Augen, was sie aber sofort wieder ins Wanken brachte. Ich drehte sie mit dem Rücken zum Waschtisch und stellte mich breitbeinig vor sie, sodass ihre Beine zwischen meinen gefangen waren.

Als ich der Meinung war, dass ich jeden Zahn gründlich geputzt hatte, gab ich ihr einen Becher mit Wasser und Ava spülte brav ihren Mund aus. Dann brachte ich sie zu ihrem Bett und schlug die Decke zurück. Gerade wollte ich sie auffordern, sich hinzulegen, als sie anfing, sich auszuziehen. Ich erstarrte. Umständlich zog Ava erst den einen, dann den anderen Arm aus ihrem Pullover und schob ihn sich langsam über den Kopf. Stück für Stück legte sie dabei ihren Oberkörper frei und ich hielt die Luft an. Unter ihrem Pullover trug sie nämlich lediglich einen schwarzen Spitzen-BH. Heilige Scheiße! Hatte sie etwa vergessen, dass ich noch da war? Ich wollte nicht, dass sie ausrastete, und drehte mich daher um. Es raschelte und dann flog eine Socke an mir vorbei.

Plötzlich japste Ava nach Luft und rief erschrocken: »Uuups!« Ich drehte mich sofort um und sah gerade noch, wie sie von ihrer Bettkante auf den Boden plumpste. Sie war beim Versuch, ihre zweite Socke auszuziehen, umgekippt und erst aufs Bett und dann auf den Boden gefallen. Einen Moment sah sie mich mit großen Augen an und dann fing sie an zu kichern.

»Mann, Mann, Mann.« Seufzend hielt ich ihr meine Hand hin. Erstaunlicherweise griff sie gleich danach und motzte nicht erst noch rum. Ich half ihr wieder auf die Beine. Noch immer kicherte sie und ich konnte meinen Blick nicht von ihren vollen Brüsten nehmen, die sich neckisch über den Rand ihres schwarzen BHs wölbten. Es war der erotischste Anblick, den ich je gesehen hatte.

»Meine Augen sind hier oben!«

»Ich weiß«, antwortete ich, ohne den Blick von ihrem Dekolleté zu nehmen. Es sah so verboten heiß aus, dass ich nicht wegsehen konnte.

Ava griff mir unters Kinn und hob meinen Kopf nach oben. Widerwillig folgten meine Augen und ich sah wieder in ihr Gesicht. Der Anblick war nicht minder schön.

»Es ist unhöflich, jemanden beim Reden nicht anzusehen!« Ava lallte, während sie mich belehrte.

Ich fand sie immer niedlicher und musste lächeln, als sie vor mir stand, mit dem Finger auf mich zeigte und dabei von links nach rechts schwankte. »Ich rede doch gar nicht«, antwortete ich amüsiert.

Sie verdrehte die Augen und wandte sich um. Ihre Haare reichten ihr bis zum Steiß und ich hätte jetzt gerne in ihre Locken gegriffen und ihren Kopf zu mir gedreht. Ich musste sie einfach ansehen. Ihre blauen Augen sehen.

Doch Ava knöpfte sich jetzt die Hose auf und versuchte, sich diese auszuziehen, wobei sie wieder ins Schwanken geriet und beinahe umfiel. Ich machte einen Schritt nach vorn und umfasste ihre nackte Taille. Ihre Haut war angenehm warm und weich und ließ meine Fingerspitzen kribbeln. Am liebsten hätte ich sie gepackt und fest an mich gepresst. Aber das wäre nicht fair. Ava war betrunken und ich wollte ihre Situation auf keinen Fall ausnutzen. Nicht, wo wir uns gerade annäherten und sie mich nicht alle fünf Minuten aus dem Haus jagen wollte. Sie gab schließlich auf und ließ sich aufs Bett fallen.

Da lag sie nun. Ein Bein war nackt, das andere steckte noch in der Jeans. Ich nahm ihren Fuß in die Hand und zog an ihrer engen Jeans, um diese über ihre Ferse zu bekommen. Als mir das gelungen war, ging der Rest wie von selbst. Ich schmiss die Hose auf den Boden und sah wieder zu Ava. Jetzt lag sie nur in Unterwäsche bekleidet auf ihrem Bett und sah mit schweren Lidern zu mir auf. Fuck, sie trug passend zu ihrem BH einen schwarzen Spitzenstring, der mehr als erahnen ließ, was sich darunter verbarg. Ich schluckte und sah einen kurzen Moment an die Decke, um mich zu sammeln. Mein Schwanz war damit ganz und gar nicht einverstanden und sendete ein Signal nach dem nächsten. Doch ich ließ mich nicht von ihm lenken.

Ava rutschte ein Stück nach oben und griff nach ihrer Decke. Schnell half ich ihr und deckte sie zu, ohne genauer auf ihren fast nackten Körper zu sehen. Sie schloss die Augen und drehte sich auf die Seite.

Ich setzte mich wieder auf die Kante des Bettes und blickte zu ihr. Sie sah aus wie ein Engel. Ein sehr betrunkener Engel, aber immer noch verdammt niedlich. Und sexy.

Nach einer Weile ging ihre Atmung ruhig und gleichmäßig, sodass ich mir sicher war, dass sie schlief. Ich konnte nicht anders und beugte mich über sie und drückte ihr einen Kuss auf die Stirn. »Schlaf gut, Engel«, flüsterte ich leise. Auch mir fielen die Augen nun beinahe zu. Ich stand auf und ging in ihr Bad. Ich suchte in den Schubladen nach einer neuen Zahnbürste und tatsächlich hatte sie einige davon in petto. Ich zog mich anschließend bis auf die Boxershorts aus und ging zu ihrem Sofa. Diego lag in seinem Körbchen neben Avas Bett und schien ebenfalls wieder zu schlafen. Da es hier keine Decke gab, wollte ich mir die Zweitdecke von Avas Bett holen, doch als ich diese unter ihr wegzog, rührte sie sich und fing leise an zu stöhnen. Ich wartete einen Moment, dann hörte ich plötzlich ihre Stimme.

»Bleib«, flüsterte sie in die Dunkelheit.

Ich erstarrte. Ungläubig sah ich zu ihr und versuchte zu erkennen, ob sie wach war oder vielleicht nur träumte.

»Geh nicht«, sagte sie dann und ich erkannte, dass ihre Augen geöffnet waren.

Ich musste mich erst räuspern, um meine Stimme wiederzufinden. »Ich gehe nicht weg, Ava. Ich schlafe auf dem Sofa. Ruf mich, wenn du etwas brauchst, okay?«

Sie sah mich weiter mit ihren großen blauen Augen an und schüttelte den Kopf. »Bleib hier. Bei mir.«

Mein Puls schoss in die Höhe. Ihre Hand kam unter der Decke hervor und griff zaghaft nach meiner. In meiner Brust tobte plötzlich ein Sturm und nahm mir die Luft zum Atmen. *Wollte sie etwa ... war sie sich sicher?* Ich musste Gewissheit haben.

»Ich bin auf dem Sofa. Du musst nur rufen«, sagte ich daher erneut und deutete hinter mich.

Ava schüttelte ganz leicht den Kopf. »Nein, ich will, dass du hier bei mir bleibst«, wisperte sie.

Immer noch ungläubig sah ich sie an. Mein Herz schlug nun laut und wild in meiner Brust. Ava umfasste meine Hand und zog daran. Ein unmissverständliches Zeichen, oder? Zögerlich legte ich mich neben sie. Eine Weile sahen wir uns einfach nur an.

Dann merkte ich, dass sie zitterte. »Ist dir kalt?«, wollte ich wissen, doch Ava schüttelte den Kopf. »Leg deine Füße zwischen meine Beine, dann wird dir schneller warm.« Ich rückte näher und weil Ava sich nicht rührte, schlüpfte ich mit unter ihre Decke.

Sie versteifte sich augenblicklich und sah mich mit großen Augen an. Ich griff um ihre Hüfte und zog sie näher zu mir. Wir berührten uns nun von Kopf bis Fuß und es war das unbeschreiblichste Gefühl, das ich je erlebt hatte. Schließlich schob sie ihre eiskalten Füße zwischen meine Waden und ich zuckte zusammen, als ihre kalte Haut auf meine erhitzte traf. Nach einer Weile entspannte Ava ihre steifen Glieder und langsam aber sicher schmiegten sich unsere Körper nahtlos aneinander. Ihr Kopf lag unter meinem Kinn. Ihre Hände ruhten auf meiner Brust und ich hatte meine Arme fest um ihren Rücken geschlungen. Kein Blatt hätte mehr zwischen uns gepasst. Ich drückte ihr einen Kuss auf den Scheitel und schloss die Augen.

## Kapitel 7 - Ava

Als ich am nächsten Morgen aufwachte, brauchte ich einen Moment, um mich an die Ereignisse des vergangenen Abends zu erinnern. Ich hatte wahnsinnigen Durst. Mein Mund war wie ausgetrocknet. Der fahle Geschmack auf meiner Zunge sprach Bände. Stöhnend rieb ich mir über die Stirn. Nicht nur hatte ich nach ewigen Zeiten mal wieder Alkohol getrunken, sondern nicht wenig noch dazu. Und ... oh Mist ... meine Erinnerungen ploppten immer schneller in mein Gedächtnis. Ich hatte ausgerechnet mit Aiden getrunken! Ich zog mir die Decke über den Kopf. Meine Wangen wurden heiß, als ich an gestern Abend zurückdachte. Ein komisches Gefühl grummelte in meinem Bauch und ich hielt mir die Hände vor die Augen. Wenn ich darüber nachdachte, was Aiden nun von mir hielt, wurde mir schlecht. Bestimmt lachte er sich in diesem Moment mit Daniel darüber schlapp, dass ich schwach geworden war. Ich war am Arsch. Aber so was von. Ich konnte den Spott und Hohn der beiden bereits hören.

Das Vibrieren meines Telefons ließ mich vor Schreck zusammenfahren. Ruckartig setzte ich mich auf und warf die Decke zurück. Mein Herz raste und ich brauchte einen Moment, um mich zu beruhigen. Ich griff nach meinem Handy und sah, dass Lilly mir geschrieben hatte.

**Lilly: Sry :( Auf einer Skala von 1 bis 10: Wie sauer bist du? LVU4AVA**

Ich musste tatsächlich einen Moment darüber nachdenken, was ich ihr antworten sollte.

**Ava: Nicht mehr messbar. Aber mach dir keine Gedanken, ich bin ja selbst schuld.**

Ich legte das Handy zur Seite und wollte ins Bad, als es jedoch anfing zu klingeln. Es war Lilly.

»Hey«, flüsterte sie zurückhaltend.

»Hey.«

»Wie geht's dir?«

»Besser als ich verdiene.«

»Ava, es tut mir so so so leid! Ehrlich. Ich wollte nicht, dass es eskaliert.«

Ich seufzte. »Ist schon okay, Lilly. Niemand hat mich gezwungen, den Cocktail zu trinken.«

»Doch, mein bescheuerter Bruder!«

Bei der Erwähnung von Aiden stolperte mein Herz für eine Sekunde. Ich ärgerte mich über mich selbst, weil ich so auf ihn reagierte. Warum konnte er mir nicht einfach egal sein und mich völlig kalt lassen?

»Blödsinn. Ich hätte auch einfach Nein sagen können«, antwortete ich Lilly, um sie zu beruhigen.

»Aber das hast du nicht. Und das ist alles nur meine Schuld. Ich weiß, dass du das für mich gemacht hast und ich weiß nicht, wie ich das je wiedergutmachen soll.«

»Du musst überhaupt nichts wiedergutmachen«, antwortete ich. Aber sie könnte endlich anfangen, besser auf sich aufzupassen. Und das sagte ich ihr auch. »Ich weiß, dass wir das Thema jetzt schon hundertmal besprochen haben, aber ich denke wirklich, dass du weniger trinken solltest. Es kommt nichts Gutes dabei raus. Sieh dir die letzten Male an, was alles passiert ist. So kann es nicht weitergehen, Lilly, du musst endlich damit aufhören.«

Am anderen Ende der Leitung war es eine Weile still. Ich wusste, dass Lilly nicht gerne über die Ereignisse sprach, die sie dazu veranlassten, so viel zu trinken oder zu Drogen zu greifen.

»Du hast ja recht«, hauchte Lilly kraftlos in den Hörer.

Sofort zog sich mein Bauch zusammen. »Ich bin immer für dich da, das weißt du doch«, flüsterte ich.

Lilly antwortete nicht, dafür hörte ich sie leise schniefen.

»Hey, Süße, nicht weinen! Es tut mir leid. Ich wollte nicht, dass du jetzt weinst.«

Zitternd holte Lilly Luft. »Ich werd einfach nicht damit fertig. Jedes Mal, wenn ich die Augen schließe, sehe ich ihn. Wie er …«, Lilly schniefte erneut.

Ich unterbrach sie. Ich wollte nicht, dass sie jetzt daran dachte, was passiert war. »Wir schauen nur nach vorne, nicht zurück, okay? Niemals zurück!«, wiederholte ich, was ich ihr schon unzählige Male gesagt hatte. »Wir können nicht ändern, was passiert ist, aber wir können dafür sorgen, dass uns das Vergangene nicht zerbricht. Wir lassen es nicht zu. Denn das ist es, was sie erreichen wollen. Dass wir daran zerbrechen. Aber wir sind stark. Gemeinsam schaffen wir das. Hörst du, Lilly? Gemeinsam! Du und ich! Ich bin immer für dich da. *Immer.*« Ich schluckte und spürte den Kloß im Hals, der mir das Atmen schwer machte. Eine Träne rollte still und heimlich über meine Wange.

»Es ist so verdammt schwer«, weinte Lilly leise.

»Ich weiß, Süße, ich weiß. Aber wir lassen sie nicht gewinnen! Niemals!«

»Du bist das Beste, was es in meinem Leben gibt. Ich wüsste nicht, was ich ohne dich machen würde.«

»Darüber musst du dir ja aber auch überhaupt keine Gedanken machen. Denn ich klebe an dir wie Kleister!«

Lilly atmete hörbar tief durch. »Ich hab dich lieb.«

»Ich dich auch«, antwortete ich aus tiefstem Herzen.

»Willst du heute vielleicht herkommen? Aiden scheint nicht zu Hause zu sein und Daniel ist mit Paul nach Boston gefahren und kommt erst übermorgen wieder.«

Aiden, oh Gott. Wie hatte ich nur so dumm sein können? Ich wünschte mir nichts mehr, als das Ganze irgendwie rückgängig zu machen. Ich konnte ihm nie wieder unter die Augen treten. Das würde er mir ewig aufs Brot schmieren und sich bis in alle Zeit darüber lustig machen.

»Ich weiß nicht«, antwortete ich zögerlich.

»Komm schon. Ich hab Hausarrest und darf nicht raus.«

Diese Neuigkeit überraschte mich. »Warum das denn?«, hakte ich nach. Hatte ich gestern irgendwas verpasst? Ich hatte doch Lillys Cocktail getrunken, um Aiden von ihr abzulenken. Hatte der Arsch seinen Eltern trotzdem erzählt, dass Lilly getrunken hatte? Das würde zumindest zu ihm passen.

»Erinnerst du dich nicht mehr?«, fragte sie mich etwas verwundert.

»Nicht so richtig«, gab ich ehrlich zu.

Tatsächlich waren meine Erinnerungen ziemlich verschwommen. Ich erinnerte mich noch an den Cocktail und an den Drink an der Bar. Danach hatte ich mit Lilly getanzt und war irgendwann zu Hause. Aber wie ich das geschafft hatte, war mir ein Rätsel. Ich überlegte intensiv, aber mir wollte es partout nicht einfallen. Wahrscheinlich hatte Lilly uns ein Taxi bestellt. Oh nein, das würde ja bedeuten, dass Moms Auto noch vorm Blue Pearls stand. Und draußen schneite es. Ich würde ewig brauchen, um das Auto freizuschaufeln. Bei der Kälte war das kein Vergnügen. Nicht, dass irgendetwas bei Schnee und Kälte mit Vergnügen zu tun gehabt hätte.

»Echt nicht? Du kannst dich an nichts erinnern?«, fragte mich Lilly noch einmal.

»Doch, natürlich erinnere ich mich. Vielleicht nicht mehr an alles, aber das Wichtigste ist noch da.«

»An was erinnerst du dich denn noch?«

Ich hatte jetzt keine Lust, ihr alles zu erzählen, was ich gestern gemacht hatte. Ich wollte es so schnell wie möglich vergessen. »An das, was ich wissen muss. Jetzt lenk nicht ab, sondern erzähl mir, was dein bescheuerter Bruder deinen Eltern erzählt hat.«

»Aiden hat gar nichts erzählt. Aber wo wir gerade beim Thema sind: Weißt du zufällig, wo er ist?«

Diese Frage warf mich etwas aus der Bahn. Hatte sie vielleicht etwas von dem Kuss erfahren? Hatte es schon die Runde gemacht? Ich schluckte nervös. »Woher soll ich wissen, wo dein bescheuerter Bruder ist?«

»Ich weiß nicht. Vielleicht hat er es dir ja gestern erzählt?«

Gut, dass Lilly mich nicht sehen konnte. Ich war mir sicher, dass ich knallrot geworden war. So fühlte es sich jedenfalls an. »Ich wüsste nicht, warum er mir irgendwas erzählen sollte. Abgesehen davon hätte ich auch nicht zugehört, wenn er es mir gesagt hätte.«

»Ich dachte nur. Immerhin hat er dich gestern nach Hause gebracht. Hätte ja sein können, dass er irgendwas erwähnt hat.«

Mir blieb die Luft weg. *Aiden* hatte mich nach Hause gebracht? Mir wurde bewusst, dass es eine gewaltige Lücke in meinem Gedächtnis gab. Warum zum Teufel erinnerte ich mich nicht mehr daran? Angestrengt dachte ich nach, aber da war rein gar nichts.

»Ava, bist du noch da?«, fragte Lilly.

Ich schloss für einen Moment die Augen, um mich zu sammeln. Ich durfte mir nicht anmerken lassen, dass mich das Thema panisch werden ließ. »Ja, ich bin hier. Keine Ahnung, wo der ist. Hier jedenfalls nicht. Ich denke, er hat mich nur abgesetzt und ist dann weitergefahren.«

»Du *denkst*, er hat dich abgesetzt? Du erinnerst dich also nicht wirklich?«, hakte Lilly skeptisch noch einmal nach.

Gott, woher sollte sie auch wissen, wie sich Alkohol bei mir auswirkte? Sie hatte mich ja noch nie betrunken erlebt.

»Ja, doch, ein wenig«, log ich. »Er hat mich abgesetzt und ist dann verschwunden. Entschuldige, dass ich nicht noch gefragt habe, wohin er fährt. Du weißt, was Aiden von mir hält. Ich war einfach nur froh, endlich von ihm weg zu sein.« Das war nicht gelogen. Ich konnte ihn wirklich nicht ausstehen!

»Hm, komisch. Dann muss ich ihn wohl doch noch einmal anrufen. Mom und Dad wüssten nämlich auch gerne, wo er ist. Er sollte Dad beim Tannenbaumkauf helfen und er geht einfach nicht an sein Telefon.«

»Wahrscheinlich liegt er wieder mal bei irgendeiner Tussi im Bett und hat Besseres zu tun, als sich um seine Familie zu kümmern.«

»Ja, das könnte sein. Also, kommst du her?«

Ich überlegte, ob ich irgendwas anderes zu tun hatte, aber mir fiel nicht wirklich etwas ein. Lillys Geschichtsaufsatz konnte bis nach den Ferien warten und meine Eltern kamen erst nächsten Dienstag nach Hause. Bis dahin hatte ich noch ausreichend Gelegenheit, Weihnachtsgeschenke zu besorgen. »Ja, warum nicht. Gib mir ein bisschen Zeit. Ich muss erst richtig wach werden und duschen. Und mein Auto holen. Das steht noch vorm Blue Pearls.«

»Alles klar. Ruf an, wenn du auf dem Weg bist.«

»Okay.«

Ich stand nach der Dusche vor dem Waschbecken und rubbelte mir die Haare trocken. Dabei fiel mein Blick auf die Zahnbürste, die neben meinem Becher lag. Verwundert nahm ich sie in die Hand und begutachtete sie ausgiebig. Wo kam die denn her? Das war eine von meinen Gästezahnbürsten, die ich in meiner Schublade aufbewahrte, falls Lilly mal hier schlief und keine dabei hatte. War ich so betrunken, dass ich meine nicht gefunden und mir stattdessen eine von denen genommen hatte? Da ich mich nicht mehr erinnern konnte, schmiss ich sie in den Müll und griff nach meiner Zahnbürste.

Ich ging in die Küche, wo Magda gerade mein Frühstück vorbereitete. Der Bacon brutzelte in der Pfanne und verströmte einen so herrlichen Duft, dass mir das Wasser im Mund zusammenlief.

Magda sah auf, als ich mich auf einen Barhocker an der Kochinsel setzte. »Guten Morgen, Ava. Wie geht es dir heute?« Freundlich sah sie mich über den Rand ihrer Brille an.

»Ganz okay. Ich hab tierischen Durst. Haben wir noch Orangensaft?« Ich wollte aufstehen, doch Magda schüttelte den Kopf.

»Bleib sitzen, Liebes. Ich mach schon.« Sie holte den Karton Orangensaft heraus und nahm ein Glas aus der Vitrine. »Bitteschön«, sagte sie, als sie mir das Glas hinstellte. »Möchtest du Rührei oder Bagel zum Frühstück?«

»Bagel, bitte. Oder doch lieber Rührei.« Mein Magen knurrte bei der Aussicht auf Futter und ich hätte ein halbes Rind verdrücken können. »Ach egal, ich nehme beides. Bagel und Rührei.«

Magda schmunzelte und holte die Eier aus dem Kühlschrank. Ich wunderte mich, weil Diego nirgends zu sehen war. Hatte sie ihn vielleicht in den Garten gelassen? Ich stand auf und ging durchs Wohnzimmer zur Terrasse. Doch ich konnte Diego nicht finden. Ich öffnete die Tür und pfiff laut. Normalerweise kam er dann immer angeschossen. Aber es war weit und breit nichts von ihm zu sehen. Jetzt wurde ich langsam unruhig. Da ich mich nicht daran erinnern konnte, wie ich nach Hause gekommen war, konnte ich auch nicht sagen, ob ich die Tür versehentlich offengelassen hatte und Diego vielleicht rausgelaufen war. Mir wurde heiß und kalt und ich lief schnell zurück in die Küche. »Magda, wo ist Diego?«, fragte ich mit rasendem Herzen.

Ruhig rührte sie weiter in der Schüssel und sah mich mit einem merkwürdigen Ausdruck an. Ich zog die Augenbrauen zusammen und wartete.

»Dein Freund ist mit ihm unterwegs.«

Ich stutzte. *Freund?* »Welcher Freund?«, hakte ich nach.

»Der junge Mann, der neulich schon einmal hier war«, erklärte sie und zwinkerte mir zu.

Collin war der einzige Freund von mir, den Magda je gesehen hatte.

Aber der würde niemals herkommen, um mit Diego rauszugehen. Und vor allem würde Diego im Leben nicht freiwillig mit ihm mitgehen. Außerdem hatte er mir noch am Freitag erzählt, dass er mit seinen Eltern über Weihnachten nach Aspen fliegen würde. Wieder wurde mir komisch, als ich an die zweite Unwahrscheinlichkeit dachte. Aber dass Aiden am Samstag hier war, konnte sie eigentlich nicht wissen. Andererseits war er schon im Haus, als ich nach Hause gekommen war. Irgendwer musste ihn also reingelassen haben. Mist, ich mochte nicht einmal daran denken.

»Wer soll das gewesen sein?«, fragte ich und hielt den Atem an. Es konnte nur Aiden sein. Diego schien Aiden jedenfalls zu mögen. Was mir ein absolutes Rätsel war.

»Lillys Bruder.«

Bäääm! Da hatte ich meine Antwort. Und sie gefiel mir überhaupt nicht. Nein, ganz und gar nicht. Wie weit wollte er es noch treiben? Hitze stieg in meine Wangen und ich ballte die Hände zu Fäusten. Magdalena schmunzelte hingegen verträumt und ich wollte mir am liebsten den Finger in den Hals stecken. Jetzt schmiss er sich schon an unsere Haushälterin ran? Erst mein Hund und jetzt Magdalena? Was kam als Nächstes? Boah, ich spürte, wie langsam Wut in mir hochstieg.

»Wie lange ist er schon unterwegs?«, fragte ich und versuchte mit allergrößter Mühe, dabei ruhig zu bleiben.

Magdalena sah auf die Uhr. »Gleich eine Stunde. Er müsste jeden Moment zurück sein.«

Und wie auf Kommando hörte ich die Tür in der Garage. Ich stand auf und stapfte in den Flur. Ich rechnete damit, dass mir Diego jeden Moment entgegenkam und überall seine nassen Pfotenabdrücke hinterließ, aber stattdessen hörte ich Aiden leise mit ihm reden. Ich lief um die Ecke und holte gerade Luft, doch ich erstarrte, als ich Aiden sah, der vor Diego kniete und ihn mit einem Handtuch abtrocknete. Diego drehte den Kopf in meine Richtung. Sichtlich außer Atem ließ er seine Zunge raushängen und hechelte mich fröhlich an. Er wollte zu mir, um mich zu begrüßen, doch Aiden hielt seine Pfote fest.

»Hey, Buddy, warte einen Moment.« Aiden sah zu Diego und fuhr erschrocken zusammen, als er mich entdeckte. »Oh scheiße! Du hast mich erschreckt!«

»So geht es mir auch jedes Mal, wenn ich dich sehen muss«, konterte ich.

Aiden sah mich eine Sekunde lang prüfend an und widmete sich dann wieder dem nassen Diego. Das Lächeln, das seinen Mund umspielte, entging mir dabei nicht.

»Was ist so komisch?«, fragte ich und legte meine ganze Abneigung gegen ihn in meine Stimme.

Aiden schüttelte nur den Kopf und ließ sich Zeit, Diego zu säubern. Als er fertig war, stand er auf. Das Handtuch hielt er noch in den Händen. »Jetzt lauf los und hol dir dein Frühstück. Das hast du dir verdient, Buddy«, sagte er zu *meinem* Hund, der sofort aufsprang und fröhlich wedelnd in die Küche verschwand.

»Guten Morgen, Ava. Wie geht es dir heute?« Aiden strahlte mich an und das gruselte mich mehr als tausend hungrige Zombies vor meiner Haustür.

Böse funkelte ich zurück. »Was machst du so früh hier? Warum bist du überhaupt hier?«

Gemächlich zog er sich die Schuhe aus, dann die Jacke und schmiss das Handtuch über die Heizung.

»Was soll das werden, wenn es fertig ist?«, fragte ich genervt.

Seelenruhig ging er ins Haus. Fassungslos folgte ich ihm.

»Magdalena hat mich zum Frühstück eingeladen. Ist das nicht nett von ihr?«, rief er über seine Schulter und ging schnurstracks in die Küche.

»Ja, das ist *nicht* nett von ihr! Und außerdem interessiert es mich auch gar nicht, wen meine Haushälterin einlädt. Das hier ist *mein* Haus und *ich* entscheide, wer hier frühstückt. Und *du* gehörst bestimmt nicht zu den Leuten, die hier Frühstück bekommen!«, rief ich empört.

Aiden ging einfach weiter.

Magdalena war mit Diego in der Speisekammer und gab ihm sein Frühstück. Sie folgte Aiden mit den Augen und als sie mich sah, lächelte sie mich an.

Pah, wie kam die da nur drauf? Ich plusterte mich noch mehr auf und als ich in die Küche kam, wusch sich Aiden gerade die Hände. »Sag mal, geht's noch? Gibt's bei euch zu Hause etwa kein Wasser und

Seife?« Ich blieb neben Aiden stehen und stemmte die Hände in die Hüften.

Doch den Arsch interessierte das herzlich wenig. Er trocknete sich in aller Ruhe die Hände und setzte sich schließlich auf den Barhocker, auf dem ich eben noch gesessen hatte. Noch immer stand ich neben dem Waschbecken, als Magdalena zurück in die Küche kam und sofort anfing zu lächeln.

»Hungrig?«, fragte sie doch allen Ernstes *ihn* und nicht mich! Mir stand der Mund offen, als sie den Bacon aus der Pfanne auf zwei Teller verteilte. Aus der anderen Pfanne löffelte sie Rührei und mir entging nicht, dass sie auf einen der Teller deutlich mehr auffüllte. Wenn sie diesen jetzt Aiden gab, würde ich ausrasten.

Der Arsch saß auf meinem Hocker und wirkte mehr als zufrieden mit sich. *Mein* Hund saß neben ihm. *Meine* Haushälterin strahlte ihn an. Und er? Er glotzte *mich* an. Was für ein selbstverliebter eingebildeter Blödmann!

»So, hier, bitteschön.«

Ich funkelte Magda, so finster ich konnte, an, aber sie hatte nur Augen für Aiden. Und natürlich hatte sie ihm den volleren Teller vor die Nase gestellt. *Unfassbar!*

Aiden grinste dämlich und bedankte sich überschwänglich bei Magda für das Frühstück. Er lud sich Rührei auf seine Gabel und hob diese zu seinem Mund. Dieses Mal wünschte ich mir, dass ich diejenige mit den Superkräften wäre. Dann hätte ich ihm einen Blitz in den Schädel gejagt, damit ihm das dämliche Grinsen verging.

»Ava, setz dich doch, bevor es kalt wird«, forderte Magda mich auf. Sie sah mich an und als sie meinen eiskalten Blick in Aidens Richtung bemerkte, schaute sie verwundert zu ihm.

Aiden erwiderte ihren Blick und zuckte mit den Schultern. Dann schob er sich genüsslich *mein* Rührei in den Mund. »Wenn sie keinen Hunger hat, esse ich ihre Portion. Das schmeckt nämlich köstlich«, nuschelte Aiden mit vollem Mund.

Fehlte nur noch, dass ihm die Hälfte dabei wieder rausflog. Aber der hatte so eine große Klappe, der hätte sich auch ein halbes Schwein auf Toast quer reinschieben und dabei das Alphabet fehlerfrei aufsagen können.

»Ava, ich fahre gleich in die Stadt, um schon einmal mit den Einkäufen für die Feiertage anzufangen. Brauchst du noch etwas?« Magdalena tat so, als würde sie nicht mitbekommen, dass mir Aidens Anwesenheit mehr als unrecht war. Stattdessen verschwand sie in den Flur und zog sich ihren Wintermantel an. Sie kam kurz zurück in die Küche und sah mich fragend an.

»Nein, ich brauche nichts«, knurrte ich und taxierte weiter Aiden. *Vielleicht einen Rausschmeißer, der Aiden vor die Tür setzte.*

»Gut, dann bis heute Nachmittag. Ich denke, dass ich so gegen vier zurück sein werde. Viel Spaß euch beiden.« Fröhlich winkte sie, wobei sie wieder nur Aiden ansah und dabei ein kleines bisschen rot wurde. Dann verschwand sie und wenig später hörte ich ihr Auto wegfahren.

»Du solltest wirklich mal hiervon probieren. Es schmeckt fantastisch.«

Ich wollte ihn ignorieren, aber dann antwortete leider mein Bauch, indem er laut knurrte.

Aiden legte den Kopf schief und schob einen Mundwinkel nach oben.

»Nun komm schon. Ich beiß dich auch nicht, versprochen.«

Ich hatte wirklich Hunger. Aber für nichts in der Welt würde ich mich hier neben Aiden setzen. Ich ging zur Kochinsel und sofort erhellte sich Aidens Gesicht. Der Arsch hatte wieder irgendwas geplant, oder weshalb grinste der sonst so dämlich? Ich griff nach meinem Teller und dem Glas und ging damit aus der Küche. Zufrieden hörte ich, wie Aiden verdutzt nach Luft schnappte. Aber ich wartete nicht, was er zu sagen hatte.

Ich ging mit meinem Frühstück in den Wintergarten. Diesen Ort im Haus liebte ich am allermeisten. Von hier aus konnte man nämlich auf die Bucht blicken. Ich stellte mein Frühstück auf das kleine Tischchen neben dem Sofa und holte mir eine Decke, in die ich mich einwickelte. Kuschelig warm setzte ich mich in die weichen Kissen und griff nach meinem Teller. Der Himmel war wolkenverhangen und es schneite unaufhörlich. Doch hier drinnen konnte mir das Wetter schließlich nichts und ich genoss den Ausblick.

»Hier bist du.«

Ich hatte mir gerade einen Streifen Bacon in den Mund geschoben, als Aiden auftauchte und sich neben mir in die Kissen fallen ließ. Er hatte die Frechheit besessen, sich sein restliches Frühstück mitzunehmen. Ich blickte ihn von der Seite an.

»Shit, der Ausblick ist fantastisch! Warum hast du mir nie von diesem Raum erzählt?«

»Weil du hier absolut nichts verloren hast!« Ich trank einen großen Schluck Orangensaft und widmete mich meinem Rührei. Dabei fiel mir auf, dass Magda den Bagel vergessen hatte. Ich schloss die Augen und legte den Kopf in den Nacken. Verdammt! Ich stellte den Teller zur Seite und schob die Decke von mir.

»Was machst du jetzt schon wieder?«, fragte Aiden, als ich aufstand.

»Geht dich nichts an«, antwortete ich gereizt.

»Ava, jetzt warte doch mal. Du musst nicht immer weglaufen. Ich komme sowieso hinterher. Und hier ist es doch wirklich nett. Ich verspreche dir, ich sage nichts mehr. Frühstücke doch erst mal. Du musst am Verhungern sein.«

Mit zusammengezogenen Augenbrauen sah ich ihn böse an. Was zur Hölle war sein Plan? Wieso versuchte er auf einmal nett zu wirken? Diese Seite an ihm war wirklich gruselig. Er beherrschte sie fast perfekt. Wenn ich ihn nicht besser gekannt hätte, hätte ich sie ihm wahrscheinlich abgenommen. Ich ging um das Sofa herum und Aiden sprang sofort auf.

Er hielt mich am Arm fest und sah mir direkt in die Augen. »Bleib. Bitte«, sagte er mit sanfter Stimme. »Ich meine es wirklich so. Ich sage ab jetzt kein Wort mehr, versprochen.«

Mit sachtem Druck wollte er mich zurückdrängen. Doch ich schob seine Hand von meinem Arm und ging in die Küche.

»Was habe ich dir eigentlich getan?«

Seine Frage ließ mich in der Bewegung innehalten. Das konnte jetzt nicht sein Ernst sein, dass ausgerechnet *er* mir diese Frage stellte?!

# Kapitel 8 - Aiden

Im selben Moment, als die Worte meinen Mund verließen, wurde mir bewusst, wie bescheuert es klang, dass ausgerechnet ich so etwas zu ihr sagte. Natürlich hatten Ava und ich eine gewisse Vorgeschichte. Es lief von Anfang an nicht gut. Ich erinnerte mich noch genau an unser erstes Aufeinandertreffen. So, als sei es erst gestern gewesen. Lilly ging zu der Zeit auf die öffentliche Highschool. Sie wollte unbedingt mit ihren Freundinnen zusammenbleiben und hatte bei unseren Eltern einen riesigen Aufstand geprobt, bis sie ihr schließlich erlaubt hatten, auf diese Schule zu gehen. Anfangs lief es ganz gut. Sie war eine gute Schülerin, es gab keinerlei Ärger und Daniel und ich hatten als große Brüder wenig zu tun. Das änderte sich, als Lilly eines Tages total verheult zu Hause auftauchte und eine neue Freundin im Schlepptau hatte. Ava.

Ich müsste lügen, wenn ich behaupten würde, dass ich Ava von der ersten Sekunde an nicht gemocht hatte. Irgendwas an ihr hatte sofort meine Neugier geweckt. Als Erstes waren mir natürlich ihre wilden Locken aufgefallen, die in großen Wellen über ihren Rücken fielen und ganz bis zu ihren Hüften reichten. Sie war viel kleiner als Lilly und hatte einige Kurven mehr. Ihr Blick war damals genauso kühl und abweisend wie in diesem Moment. Ich konnte meinen Blick nicht von ihren vollen, kirschroten Lippen nehmen. Gedanken, die ich nicht hätte haben dürfen, durchfluteten mein Hirn und ich hatte Mühe, vor meiner Schwester cool zu bleiben. Lillys Freundinnen waren für mich generell tabu. Nicht, weil meine Schwester das so wollte, sondern weil ich nichts mit kleinen Mädchen anfangen konnte.

Aber anders als bei den meisten Mädchen, schien ich damals auf Ava überhaupt keinen Effekt zu haben. Sie hatte meinen abcheckenden Blick mit einem Kopfschütteln quittiert. Diese Reaktion auf mich war mir völlig neu.

Erst als Ava Lilly tröstend einen Arm um die Schultern legte, konnte ich meinen Blick von ihr loseisen und widmete ich mich meiner kleinen Schwester. Lilly wollte mir nicht erzählen, warum sie heulte. Ava erklärte mir daraufhin, dass es wohl irgendein Missverständnis gegeben hatte, was aber mittlerweile geklärt war.

Ich erfuhr, dass Ava neu in Newport war und künftig auf die St. George's Privatschule gehen würde, auf die ich zu dieser Zeit selbst noch ging. Mehr gab sie aber nicht von sich preis. Und mehr wollte ich hinterher auch nicht mehr von ihr wissen. Das Leben meiner Schwester änderte sich von diesem Tag an nämlich um 180 Grad.

Lilly drängte unsere Eltern, die Schule wechseln und ebenfalls auf die St. George's gehen zu dürfen. In der Schule gab es schnell Gerüchte um Ava und Lilly. Sie schmissen angeblich heimlich Partys bei Ava zu Hause, wo es reichlich Alkohol und Drogen geben sollte. An sich hätte es mir egal sein können, was Ava machte, aber sie zog meine Schwester da mit rein. Eines Tages fand Daniel eine Tüte Gras in Lillys Zimmer. Sie schwor uns, dass es Ava gehörte und ihre Eltern nicht mitbekommen durften, dass sie das Zeug rauchte. Als ich Ava daraufhin in der Schule zur Rede stellte, bestätigte sie mir, ohne mit der Wimper zu zucken, dass es ihr Gras war. Daniel und ich versuchten fortan mit allen Mitteln, Lilly von Ava fernzuhalten. Doch je mehr wir uns anstrengten, desto bockiger wurde unsere Schwester. Unsere Eltern ahnten nicht, dass Ava schlechter Umgang für Lilly war. Ganz im Gegenteil, sie liebten Ava abgöttisch. Weil sie so gebildet und höflich und hilfsbereit sei. Und weil sie aus gutem Hause kam. Am liebsten hätte ich meine Eltern schon damals geschüttelt, um ihnen die Augen zu öffnen.

Seit vergangenem Wochenende kamen mir jedoch immer mehr Zweifel, ob Daniel und ich die Situation mit Ava und Lilly tatsächlich immer richtig eingeschätzt hatten. Je mehr Zeit ich mit Ava verbrachte, desto abwegiger wurde mein erster Eindruck von ihr. Sie schien ganz und gar nicht das Partygirl zu sein, für das ich sie immer gehalten hatte.

Eine Sache wusste ich zumindest sicher: Ich hatte immer mehr das Bedürfnis in ihrer Nähe zu sein. Vielleicht lag es daran, dass sie völlig allein in diesem absurd großen Haus wohnte und offensichtlich niemanden hatte, der sich um sie kümmerte. Ja, sie hatte Magdalena, die für sie kochte und den Haushalt schmiss. Aber was war mit ihren Eltern? Wie kamen sie dazu, eine Sechzehnjährige mutterseelenallein zu lassen? Was wäre, wenn ihr etwas zustieß? Ihr war ja bereits etwas zugestoßen! Wenn ich mich nicht um sie gekümmert hätte, wer weiß, was noch alles geschehen wäre?

Fuck! Ich wusste einfach nicht mehr, was richtig und was falsch war. Führte sie mich nur an der Nase herum? Wenn ja, was wollte sie damit bezwecken?

Mir war klar, dass der erste Schritt von mir ausgegangen war. Aber, verdammt, *sie* hatte *mich* gestern zuerst geküsst!

Seit gestern Nacht, als sie mich gebeten hatte, sie nicht allein zu lassen, konnte ich nicht mehr klar denken. Sie so nah bei mir zu haben, hatte irgendetwas mit mir gemacht. Ich verstand es selbst nicht.

Noch immer stand Ava mir zugewandt im Durchgang des Wintergartens und funkelte mich wütend an. Ich konnte in ihren sturmumwölkten Augen sehen, dass sie keinen blassen Schimmer hatte, was gestern Nacht in ihrem Zimmer geschehen war. Und das war okay für mich. Ich wusste ja schließlich selbst nicht, was das alles zu bedeuten hatte. Ich sah ihre Verwirrung. Sie wollte einerseits nicht, dass ich hier war. Das hatte sie mehr als einmal deutlich gesagt. Andererseits tat sie nicht wirklich etwas dafür, dass ich ging. Sie hätte Lilly anrufen können, oder meine Eltern. Aber sie tat nichts dergleichen. Und das gab mir … ja, was eigentlich? Hoffnung? Wenn ja, Hoffnung worauf? Sie hätte sich zumindest mittlerweile mal bei mir bedanken können. Aber das tat sie nicht. War sie so stur? Seit ein paar Tagen war ich ausschließlich nett zu ihr. Gut, *fast* ausschließlich. Doch sie reagierte weiterhin reserviert und distanziert. So, als wäre ihr das alles nicht aufgefallen. Aber hey, *sie* hatte mich verdammt noch mal zuerst geküsst! Das hatte sie auch ganz bestimmt nicht vergessen. War es ihr vielleicht unangenehm?

»Ist das nicht offensichtlich?«, spuckte Ava mir die Worte entgegen und riss mich aus meinen Gedanken. Sie verschränkte die Arme vor der Brust und kaute vor Wut auf der Innenseite ihrer Wange.

Ich antwortete mit einer Gegenfrage, deren Antwort mich brennend interessierte. »Warum hast du mich gestern geküsst?« Auffordernd blickte ich sie an und deswegen entging mir auch nicht, dass sich ihre Pupillen einen Moment panisch weiteten. Sie rang nach Worten, ihre Lippen öffneten und schlossen sich, aber kein Ton kam aus ihr heraus.

Ich ging einen Schritt auf sie zu. »Ava, warum hast du mich gestern geküsst?«, fragte ich erneut. Ich musste es einfach wissen.

Sie wand sich und wich immer weiter zurück. Ava mal sprachlos zu sehen, das war mir neu. Sonst hatte sie immer eine zynische Antwort parat. Ich ging noch einen Schritt auf sie zu. Mein Puls nahm langsam Fahrt auf. Ich wollte sie unbedingt herausfordern, eine Reaktion von ihr erhalten. Ich wollte eine Antwort haben. Ich musste wissen, warum sie den ersten Schritt gemacht hatte. Ava wäre aber nicht Ava, wenn sie einfach so meine Frage beantwortet hätte. Sie drehte sich auf dem Absatz um und ging zurück in die Küche. So so, die Kleine wusste nicht, was sie sagen sollte.

Ich folgte ihr. Ava stand vor der Spüle, die Hände auf die Arbeitsfläche gestützt, und ihr Kopf hing kraftlos nach vorn. »Also?«, hakte ich nach und lehnte mich an die Kochinsel.

Sie zuckte zusammen und sah mich erschrocken über ihre Schulter hinweg an. »Hör auf, dich so anzuschleichen!«, pöbelte sie.

»HA!«, lachte ich laut. »Ich glaube, das Gleiche hast du vorhin mit mir auch gemacht«, antwortete ich und erinnerte sie an den Moment, als ich gerade Diego die Pfoten getrocknet hatte.

»Das ist mein Haus! In meinem Haus kann ich erschrecken, wen ich will!«

»Ach, ist das deine Art von Anmache? Erst küssen, dann erschrecken?« Ich sah sie auffordernd an und wartete gespannt auf ihre nächste bissige Antwort. Und sie ließ mich nicht lange warten.

»Ich würde mir lieber den Mund zunähen, als ausgerechnet *dich* anzumachen!«, fauchte sie. Sie drehte sich wieder weg und ging zum Backofen.

Ich stieß mich von der Kochinsel ab und stellte mich dicht neben sie. Heimlich atmete ich ihren betörenden Duft ein, der mir meine Sinne vernebelte. »Warum hast du mich gestern geküsst? Hattest du etwa kein Nähgarn dabei?« Ich beugte mich tief zu ihr und flüsterte ihr die Worte ins Ohr.

Ava zog die Schulter hoch und drehte sich von mir weg.

Aha! Dachte ich es mir doch. Ganz so gleichgültig war Madam nämlich nicht. Ich wollte rausfinden, wie weit ich sie noch reizen konnte. »Warum, Ava? Es ist eine einfache Frage, auf die es eine einfache Antwort gibt.«

Aber sie sagte nichts mehr. Stattdessen schnappte sie sich einen Bagel und stapfte zurück in den Wintergarten. Ich konnte nicht mehr aufhören zu grinsen und folgte ihr. Genau wie Diego.

Ava ließ sich auf das Sofa fallen und zog ihren Teller wieder zu sich heran. Sie war wohl zu aufgebracht und schaffte es nicht, ihren Bagel in der Mitte aufzuschneiden. Seufzend setzte ich mich neben sie und nahm ihr das Messer und den Bagel aus der Hand. Wieder funkelte sie mich zornig an.

»Hier, bitteschön.« Ich legte die beiden Bagelhälften auf ihren Teller zurück und behielt das Messer bei mir. Sicher war sicher.

Ava senkte den Blick und murmelte ein so leises ›Danke‹, dass ich lieber noch einmal nachfragte.

»Wie war das? Kannst du das noch einmal wiederholen? Nur damit ich sicher sein kann, dass doch ein Funken Anstand in dir steckt.« Ich lehnte mich zu ihr und hielt mir die Hand ans Ohr.

»Blödmann!«, rief sie laut.

Ich schnappte mir ihren Teller und hielt ihn in die Luft.

»Hey, gib mir mein Frühstück zurück!« Ava streckte die Arme nach ihrem Teller aus.

»Nur, wenn du dich bedankst!«

»Das hab ich gerade gemacht! Jetzt gib mir mein Essen!«

»Ich habe nichts gehört außer ›Blödmann‹. Keine Ahnung, in welcher Sprache das ein Danke ist, aber definitiv in keiner, die ich kenne.« Ich entwickelte langsam Spaß daran, Ava zu triezen.

»Du kannst ja auch nur Idiotisch und Dämlich sprechen.« Ava stand auf und stellte sich vor mich. Sie griff nach ihrem Teller, doch ich hielt ihn von ihr weg.

»Ich spreche noch viel mehr Sprachen. Zickig, Trotzig und Stur, um nur einige von ihnen zu nennen.«

»Aiden, hör jetzt auf und gib mir mein Essen!« Ava stampfte mit dem Fuß auf und das war so niedlich, dass ich anfangen musste zu grinsen. Das ließ sie noch böser dreinblicken. Sie kräuselte ihre Lippen und biss sich auf die Wangeninnenseite. Gott, das war ein Anblick. Ava stand über mich gebeugt, ihr Ausschnitt war dicht vor meinem Gesicht und es kostete mich all meine Selbstbeherrschung, nicht auf ihre Brüste zu starren. »Sag Danke!«, forderte ich sie erneut auf.

»Pft, im Leben nicht! Gib mir mein Essen, sonst …«

»Sonst was, Ava? Küsst du mich sonst?«, unterbrach ich sie mit einem Schmunzeln.

»Sonst hetz ich dir Diego wieder auf den Hals!«, antwortete sie, ohne auf meine Anspielung einzugehen.

Ich wusste, dass Diego irgendwie abgerichtet war. Aber ich war mir ziemlich sicher, dass sie ihn mir nicht wirklich auf den Hals hetzen würde. Irgendwas war da zwischen ihr und mir und ich wollte rausfinden, was genau das war.

»Sag einfach nur ›Danke, Aiden, dass du mir schon wieder geholfen hast‹ und du kriegst dein Frühstück.« Ich sah in ihr Gesicht und zog die Unterlippe ein, um das fette Grinsen zu unterdrücken, welches an meinen Mundwinkeln zog.

Ich rechnete damit, dass Ava noch etwas erwiderte, doch stattdessen beugte sie sich blitzschnell vor und griff erneut nach dem Teller. Um nicht mit dem Gesicht in ihrem Ausschnitt zu landen, lehnte ich mich nach hinten und ließ versehentlich den Teller fallen. Ava stürzte nach vorn und ich konnte sie gerade noch auffangen, bevor sie gegen mich krachte. Ava landete auf meinem Schoß. Ich hatte meine Arme um ihren Oberkörper geschlungen und presste sie dicht an mich. Erschrocken sah sie zu mir. Die Wut war aus ihrem Gesicht verschwunden, genauso wie mein Grinsen. Mit wild klopfendem Herz blickte ich in ihr wunderschönes Gesicht und blieb an ihren himmelblauen Augen hängen. Sekunden vergingen und niemand von uns rührte sich. Mein Puls schlug immer höher und je länger ich sie in meinen Armen hielt, sie spürte, ihren Duft einatmete, desto drängender wurde das Bedürfnis, sie zu küssen.

Als hätten wir uns abgesprochen, kamen wir uns im selben Moment entgegen und krachten mit den Lippen aufeinander. Sofort tobte ein Wirbelsturm durch mich hindurch und ich zog sie noch dichter zu mir. Ava umfasste meinen Nacken und öffnete ihre Lippen. Sie leckte zaghaft über meine Unterlippe und als ich Luft holte, drang sie in meinen Mund ein. Ihr süßer Geschmack verteilte sich über meine Zunge und ich wollte sofort mehr von ihr. Ich musste sie noch näher spüren. Ich fasste um ihre Taille und hob sie ein Stück hoch. Ava ahnte, was ich vorhatte. Sie erhob sich und setzte sich rittlings auf meinen Schoß. Sofort presste sie ihre Lippen wieder auf meine und vertiefte unseren Kuss. Sie umfasste mein Gesicht mit ihren zarten Händen und strich mir mit den Daumen über meinen Unterkiefer. Die Geste war so schön und kam so unerwartet, dass ich leise seufzte. Ich wanderte mit den Fingern ihren Rücken entlang zu ihren Hüften und griff sachte in ihr weiches Fleisch. Ihr dicker Pullover war mir ein Hindernis. Vorsichtig fuhr ich mit den Händen unter den Bund und berührte ihre nackte Haut. Sie war so warm und weich, dass es mich große Mühe kostete, nicht fest zuzupacken. Ich löste für eine Sekunde meine Lippen von ihren und stöhnte leise auf. »Gott, Ava, du bist wahnsinnig sexy.« Ich legte meine Hände um ihren Po und presste sie dicht auf meinen Schoß. Mein Schwanz jubelte und ich rieb mich an ihrer warmen Mitte.

Ava schnappte nach Luft. Sie krallte ihre Finger in meine Haare und neigte meinen Kopf nach hinten, um unseren Kuss zu vertiefen. Sie war betörend. Ich schob meine Hände wieder unter ihren Pullover und wanderte ihren Rücken hinauf bis zu ihren Schulterblättern. Nach einigen Minuten löste Ava ihre Lippen von meinen und lehnte sich zurück. Fragend runzelte ich die Stirn und dann griff sie um den Bund ihres Pullovers und zog sich diesen aus. Bewundernd sah ich sie einen Moment lang an. Sie trug einen einfachen weißen BH, der absolut nichts Aufregendes an sich hatte. Aber die Tatsache, dass Ava ihn trug und wie sie ihn ausfüllte, ließ mich für eine Sekunde die Augen schließen. Ich atmete tief durch und mahnte meinen Schwanz, sich zusammenzureißen.

Als ich meine Augen wieder öffnete, blickte ich direkt in Avas himmelblaue Augen. Ihre sonstige Arroganz war Verunsicherung gewichen und sie sah genauso verloren aus, wie ich mich fühlte. Sie verstand offensichtlich selbst nicht, was hier gerade mit uns passierte.

Mit meinen Fingerspitzen fuhr ich sanft über ihre Taille und spürte, wie sie sich dabei leicht wand. Sie war ziemlich kitzlig. Fuck, mein Schwanz zuckte erneut und drückte schmerzhaft gegen den Reißverschluss meiner Jeans. Ich versuchte, unsere Position etwas zu verändern, um ihm mehr Platz zu verschaffen. Dafür rutschte ich weiter an den Rand des Sofas und ließ mich tiefer in die Kissen fallen. Ava presste ihren Körper dicht an meinen und ich spürte durch den dünnen Stoff meines T-Shirts ihre steifen Nippel auf meiner Brust. Ich stöhnte erneut und schloss die Augen, um mich zu konzentrieren. Sie machte mich wahnsinnig. Bevor ich meine Augen wieder öffnete, fühlte ich Avas Lippen auf meinen. Ich konnte nicht genug bekommen von ihren Küssen. Sie fuhr mit ihren Händen über meine Brust runter zu meinen Bauch und tauchte mit ihren Fingern unter mein Shirt. Ich wollte alles von ihr spüren. Aber dazu würde ich es heute nicht kommen lassen. Aus irgendeinem unerfindlichen Grund wollte ich diese Situation mit Ava nicht ausnutzen. Ihre weichen Lippen wanderten über meinen Kiefer bis zu meinem Ohr und ich spürte ihren heißen Atem, als sie mir über das Ohrläppchen leckte. Sofort schoss mein Schoß vor und ich drückte mich fest an sie. Ich war kurz davor in meine Boxershorts zu kommen. Wie ein verfickter Anfänger. Aber, *fuck!* Ich konnte es einfach nicht kontrollieren. Alles an Ava war heiß und trieb mich an den Rand des Wahnsinns. Ihre Lippen saugten sich an meiner Haut fest und ich spürte, wie sie mit ihrer Zungenspitze über meine pochende Ader am Hals fuhr.

»Gott, Ava, du musst damit aufhören«, stöhnte ich.

Ich sollte vernünftig sein. Sie von mir herunterheben, aufstehen und gehen. Aber da hatte ich die Rechnung ohne Ava gemacht. Sie verschränkte unsere Finger miteinander und strich mit ihrer Nase an meinem Hals entlang. Als ihre Lippen wieder über meinen schwebten, blickte sie mich einen Moment lang einfach nur an. Ich war hypnotisiert von ihren magischen Augen und konnte nicht wegsehen. Langsam senkte sie ihren Mund und fing an, mich mit kleinen Küssen zu necken.

Ich überließ ihr die absolute Kontrolle. Sie saß auf mir, sie hielt meine Hände in ihren, sie entschied, wie wir uns küssten. Mit Leichtigkeit hätte ich sie packen und auf das Sofa werfen können, doch es turnte mich unbeschreiblich an, dass sie es anscheinend genauso sehr wollte wie ich.

Das tiefe Stöhnen, das aus ihrer Kehle drang, als ich den Kuss vertiefte und ihre Zunge in meinen Mund sog, war so verdammt sexy und heiß, dass sich meine Eier zusammenzogen und ein erster Lusttropfen aus meiner Eichel drängte. Ich war mir sicher, dass Ava mich allein mit ihren verführerischen Küssen zum Orgasmus bringen konnte.

»Wenn du so weitermachst, komme ich gleich«, raunte ich ihr atemlos zu, damit sie etwas Tempo rausnahm.

Aber teuflisch wie sie war, schien sie das nicht zu interessieren. Sie machte ungerührt weiter und wanderte mit ihren Lippen über mein Kinn zurück zu meinem Mund.

Ich hatte die Augen geöffnet, weil ich sie ansehen wollte. Ihre waren hingegen geschlossen. »Sieh mich an«, forderte ich sie auf. Avas leicht geöffneter Mund schwebte über meinem und sie war ebenso atemlos wie ich. Aber ihre Augen waren noch immer geschlossen. Ich entzog ihr meine Hand und umschloss damit ihr Kinn. »Mach deine Augen auf. Sieh mich an.« Dieses Mal gehorchte sie. Langsam hob sie ihre Lider und als sie ihren Blick auf mich richtete, seufzte mein Herz und schlug sofort noch aufgeregter. »Du bist unbeschreiblich schön«, flüsterte ich leise.

Avas Gesichtsausdruck wurde weicher und statt einer Antwort, senkte sie ihren Kopf und benetzte meine Lippen wieder mit ihren feuchten Küssen. Ich konnte nicht genug bekommen. Ich legte meine Hände auf ihre nackten Schulterblätter und drückte sie an mich. Dieses Mal küssten wir uns ohne Unterbrechung. Unsere Zungen tanzten umeinander. Mal langsam, dann ungeduldig und hungrig. Und je intensiver unser Kuss wurde, desto mehr ließ sie ihre Hüften auf meinem Schoß kreisen. Mein Schwanz wurde immer härter und bettelte danach, endlich aus der engen Jeans befreit zu werden. Ich versuchte gerade, ihn mit der Hand neu zu positionieren, als Ava mir plötzlich dazwischen griff. Sie fummelte am obersten Knopf meiner Jeans und als sie ihn geöffnet hatte, zog sie vorsichtig den Reißverschluss nach unten. Perplex schaute ich in ihr zauberhaftes Gesicht. Ihre Lippen waren von unseren Küssen ganz rot und geschwollen, ihre Wangen erhitzt, die Augen lustverhangen.

»Bist du dir sicher?«, fragte ich. Doch Ava schüttelte den Kopf. Was sollte das jetzt bedeuten? Ich wollte nichts überstürzen und gab mich völlig in ihre Hände. Ich würde nur das machen, wozu sie bereit war.

Mein Schwanz seufzte erleichtert, als er den engen Saum der Jeans verließ und sich am Bund meiner Boxershorts rieb. Ich war so scharf, dass ich sicher war, sofort zu explodieren, falls Ava mich auch nur versehentlich mit der Hand streifen sollte. Doch sie hatte gar nicht vor, in dieser Richtung weiterzumachen. Stattdessen wanderte sie unter mein T-Shirt und erforschte meinen Körper.

Ich erhob mich und legte meine Hände in ihren Nacken. Mit der Zunge fuhr ich von ihrem Schlüsselbein über ihre Halsbeuge hinauf zu der Stelle unterhalb ihres Ohres. Ich schloss meine Lippen über ihrer süßlich schmeckenden Haut und saugte sanft an ihr. Ich war mir nicht sicher, ob sie ein Problem mit Knutschflecken hatte, aber der Gedanke, dass *ich* sie markiert hatte, trieb meine Erregung an die Grenze des Erträglichen.

Avas Bewegungen wurden immer intensiver. Sie zog mein Gesicht wieder zu sich und tauchte mit ihrer Zunge in meinen Mund. Wild kreisten unsere Zungen umeinander und unsere Hüften ahmten unsere Bewegungen nach. Wir waren beide völlig atemlos und ich spürte, dass ich jeden Moment kommen würde. Ich konnte es nicht mehr aufhalten. Ava kam mir im wahrsten Sinne des Wortes zuvor. Sie löste ihre Lippen von meinen, warf den Kopf in den Nacken und keuchte laut. Dann fing sie an zu zittern und kam mit einer solchen Gewalt, dass ihr ganzer Körper bebte.

Ich streichelte über ihre Taille, presste meine Finger fest in ihre Hüften und sah bewundernd in ihr Gesicht. Das war der verfickt erotischste Anblick meines Lebens. Ich spürte, wie mein eigener Orgasmus mich übermannte. Krampfhaft hielt ich die Augen offen. Ava in völliger Ekstase zu sehen, ließ mich selbst über den Rand treten und ich ergoss mich stöhnend in meine Boxershorts. Ich konnte den Blick dabei nicht von Ava nehmen, die mit leicht geöffneten Lippen, roten Wangen und geschlossenen Augen ihren Höhepunkt erlebte. Ich wollte in ihre Augen blicken, wenn sie diese wieder öffnete. Ich musste sehen, was sie fühlte, was sie dachte. Es dauerte einen Moment, bis sie ihren Kopf nach vorne fallen ließ und schwer atmend versuchte aufzustehen.

»Hey, bleib hier.« Ich legte meine Hand gegen ihre Wange und wartete, bis sie mich wieder ansah. Sie öffnete langsam ihre Augen und für einen Moment blieb die Zeit stehen, als sich unsere Blicke verbanden.

»Das war … unbeschreiblich. Fuck, Ava, du bist atemberaubend«, sagte ich und meinte jedes Wort.

Ava sah verlegen zur Seite.

Ich legte einen Finger unter ihr Kinn und hob es an. Zögerlich blickte sie wieder zu mir. »Ich meine es ernst, okay?« Ich zog ihr Gesicht zu mir und legte meinen geschlossenen Mund auf ihren. Nervös kaute sie auf ihrer Unterlippe. Mit dem Daumen zog ich an ihrem Kinn, bis sie ihre Lippe freigab. Sanft drückte ich mehrere Küsse auf ihre Lippen. Ich konnte nicht aufhören. Sie war so verfickt sexy, dass ich spürte, wie es sich in meiner Hose erneut regte. Bevor das aber passieren konnte, musste ich dringend zur Toilette.

»Was dagegen, wenn ich mal eben dein Bad benutze?« Schief grinsend sah ich zu meiner Shorts und sie folgte meinem Blick. Ava riss die Augen weit auf und dann schoss Röte in ihre ohnehin schon erhitzten Wangen.

»Was, überrascht dich das etwa?«

Sie senkte die Lider und atmete zitternd ein.

»Fuck, wenn du so schaust, will ich das hier sofort wiederholen. Aber vorher muss ich unbedingt zur Toilette.« Ich beugte mich vor und gab ihr noch einen zärtlichen Kuss. Ich war süchtig nach ihren Lippen. Ich hob sie an der Hüfte hoch und setzte sie vorsichtig neben mir ab. Dann stand ich auf und ging in das kleine Bad neben dem Eingang, um die Sauerei in meiner Hose zu beseitigen.

Ich fühlte mich wie der verfickt glücklichste Bastard auf der Welt.

*Oh. Mein. Gott!* Was war hier gerade bitteschön passiert? Ich hatte schon wieder mit Aiden rumgemacht! Und dieses Mal hatte ich mich so sehr mitreißen lassen, dass wir beinahe miteinander geschlafen hätten!

Ich vergrub mein Gesicht in den Händen und versuchte, meine außer Kontrolle geratene Atmung wieder in den Griff zu bekommen.

Diegos Schmatzgeräusche hinter mir holten mich aus meinen Gedanken. Er hatte den heruntergefallenen Teller entdeckt und verputzte gerade mein Frühstück. Hunger hatte ich jetzt eh nicht mehr. Ich brauchte erst einmal einen klaren Kopf.

»Mist«, fluchte ich leise. Jetzt hatte ich Aiden noch einen Grund gegeben, sich mit Daniel und seinen Freunden über mich lustig zu machen. Ich musste hier weg. Sofort sprang ich auf und rannte die Treppen nach oben. Ich lief direkt in mein Bad und zog mich bis auf die Unterwäsche aus. Ich fühlte mich fürchterlich. Alles roch nach Lust und Erregung. *Und ihm.*

Ich wollte gerade die Dusche starten, als ich Aidens schweren Schritte auf der Treppe hörte.

»Ava? Was ist los?« Ohne zu Klopfen riss er die Tür auf und blieb außer Atem auf der Türschwelle stehen. Sein Gesicht verdüsterte sich augenblicklich.

Wusste ich es doch. Es ging ihm nur um sein komisches Spiel mit Daniel. Sie wollten mich fertig machen. Tränen der Wut und Scham schossen mir in die Augen und ich wandte den Blick von ihm ab. Diese Freude wollte ich ihm nicht auch noch bereiten.

»Ava?« Sofort war Aiden bei mir und nahm mich in den Arm. »Komm her. Was ist? Ist dir wieder schlecht? Musst du dich übergeben?«, fragte er und klang dabei schon fast besorgt. Er legte seine Hand um mein Kinn und hob es sachte an.

Unsere Blicke trafen sich und ich wünschte, ich hätte sagen können, dass ich dabei absolut nichts empfand. Oder zumindest nicht das, was ich neuerdings fühlte, wenn es um ihn ging.

»Warum bist du weggelaufen?« Mit dem Daumen strich er mir über die Wange. Er ließ wider Erwarten seinen Blick nicht ein einziges Mal über meinen halb nackten Körper wandern.

Ich wollte nicht, dass er mich so verletzlich sah. Ich war nach dem Vorfall auf dem Sofa noch zu durcheinander. Der Orgasmus hatte mich völlig unvorbereitet getroffen. Ich hatte nicht damit gerechnet. Ich wusste nicht, dass man nur allein vom Küssen kommen konnte. Und Aidens Küsse waren wie eine Droge, von der ich immer mehr wollte. Je länger er mich geküsst hatte, desto mehr spürte ich dieses Brennen in mir. Diese Gier nach mehr. Mehr von Aiden.

»Hey, schau mich an«, forderte er mich mit sanfter Stimme auf.

Ich konnte nicht anders und sah wieder zu ihm.

Seine Stirn war in Falten gelegt, als er mich ansah. Noch immer strich er mir über die Wange. »Ist alles in Ordnung? Oder habe ich dir irgendwie wehgetan?«

Wenn ich bloß wüsste, was das alles zu bedeuten hatte.

»Du musst mir sagen, wenn ich etwas falsch gemacht habe. Bitte, Ava, sag irgendwas.« Aiden zog mich zu sich und legte seine Arme um meinen Rücken.

Für eine Sekunde hielt ich die Luft an, als mir bewusst wurde, dass ich mich genau an der Stelle befand, an der ich gestern unbedingt hatte sein wollen. Mein Gesicht lag in Aidens Halsbeuge. Meine Lippen waren nur Millimeter von seiner Haut entfernt und ich atmete seinen herrlichen Duft ein. Aiden legte seine Wange auf meinen Kopf und zog mich noch fester an sich. Minutenlang standen wir einfach nur da. Meine Arme hingen schlaff an meinem Körper herunter. Ich traute mich nicht, mich zu bewegen. Insgeheim hätte ich meine Arme auch gerne um seine Taille gelegt und mein Gesicht an seinen Hals geschmiegt. Er roch so unwiderstehlich. Es war nicht nur sein Aftershave, was so duftete. Er roch nach Seife und Waschmittel und *Aiden*. Es war eine himmlische Mischung.

»Du zitterst. Komm mit und leg dich zurück ins Bett. Dann wird dir wieder warm.« Aiden ließ mich los und ich hätte beinahe protestiert, konnte aber in letzter Sekunde meine Klappe noch halten.

Überrascht sah ich, dass er nicht rausging, sondern nach meinem Morgenmantel griff, der am Haken hinter der Tür hing. Ohne seine Augen über meinen Körper wandern zu lassen, hielt er mir den Mantel auf.

Ich folgte seiner Aufforderung und ließ meine Arme in die weichen Ärmel gleiten. Aidens Hände ruhten einen Moment auf meinen Schultern, ehe er sich kurz räusperte und mir dann die Tür aufhielt.

Ich ging zurück in mein Zimmer und steuerte direkt auf mein Bett zu. Obwohl ich lange geschlafen hatte, war ich plötzlich wieder hundemüde. Ich fühlte mich wie ausgelaugt. Ich kroch unter die kalte Bettdecke und wünschte mir, ich hätte meinen Schlafanzug und die dicken Socken angezogen, die mir meine Mom gestrickt hatte. Aber die Sachen lagen alle im Bad, wo ich sie achtlos auf den Boden geworfen hatte.

»Du musst am Verhungern sein. Ich hole dir schnell etwas zu essen. Bleib genau da, wo du bist.« Aiden stützte sich mit den Armen neben meinem Kopfkissen ab und beugte sich langsam zu mir herunter.

Mit weit aufgerissenen Augen sah ich ihn an. Was hatte er vor?

»Lauf nicht wieder weg, okay?«, flüsterte er leise. Seine Lippen berührten meine dabei ganz leicht.

Abermillionen Ameisen krabbelten von meinem Mund zu meinem Hals und runter in meinen Bauch. Das mussten wieder irgendwelche Superkräfte von ihm sein. Nur diese waren viel angenehmer als die Elektroschocks, die er mir sonst verpasste.

»Okay?«, wiederholte Aiden und gab mir einen hauchzarten Kuss auf die Oberlippe.

Ich schluckte und nickte kurz.

»Ich bin in einer Minute wieder da. Und dann sollten wir reden.«

Wieder küsste er mich. Dieses Mal auf die Unterlippe. Meine Lippen brannten und ich war mir sicher, dass mein Gesicht in Flammen stand. Zögerlich stand er auf und ging aus dem Zimmer.

Ich atmete die Luft aus, die ich unbewusst die ganze Zeit angehalten hatte. Was war bloß mit mir und erst recht mit Aiden los? Wieso gingen wir uns plötzlich nicht mehr an die Gurgel, sondern an die Wäsche? Oh Gott, wenn ich daran dachte, was wir unten im Wintergarten getan hatten, wurde mir ganz anders. Warum hatte ich mich derart gehen lassen? Das musste noch eine Form von Aidens Superkräften sein. Er konnte sich irgendwie unwiderstehlich machen. Mit seinem blöden Duft und den eisblauen Augen und den Grübchen, wenn er mal lachte. Er hatte mich mit seinem guten Aussehen verhext und jetzt nutzte er meine Schwäche für ihn schamlos aus.

*Schwäche für ihn?*?? Ich hatte doch keine Schwäche für den idiotischen Bruder meiner besten Freundin! Ja, er sah wirklich gut aus. Und meine Güte hatte der einen Körper. In meinen Fingern spürte ich noch immer jede einzelne Erhebung seiner verdammt aufregenden Bauchmuskeln. Seine Haut war überraschend weich und zart, aber darunter verbargen sich etliche Stunden harten Trainings auf dem Eis. Aiden war ein begnadeter Hockeyspieler. Ich fuhr relativ regelmäßig mit Lilly zu seinen Spielen und mir verschlug es noch immer jedes Mal den Atem, wenn ihm ein gegnerischer Spieler in die Quere kam. Aiden spielte wie eine losgelassene Kanonenkugel und metzelte jeden nieder, der sich ihm in den Weg stellte.

Und genau so fühlte ich mich gerade. Aiden hatte mich völlig überrannt mit seinem schiefen Grinsen und seinem nervigen Gerede. Und seiner neuesten Unart, sich ständig in meinem Haus aufzuhalten.

Diego hob den Kopf, als von unten Geräusche zu hören waren und sprang aus seinem Körbchen. Da hatten wir es. Sogar meinen Hund hatte Aiden um seine bösen Finger gewickelt. Und wie er das geschafft hatte, war mir wirklich ein Rätsel. Mein Handy klingelte. Das war bestimmt meine Mom, die mir hoffentlich endlich mitteilte, wann sie und Dad am Dienstag in Boston landen würden. Das Handy lag auf meinem Schreibtisch und ich nahm den Anruf an, ohne vorher aufs Display zu sehen.

»Hey, Mom!«

»Mom?«, antwortete nicht meine Mom, sondern Lilly.

»Ach, du bist es.«

»Na, das klingt ja nett.«

»Sorry, so meinte ich das nicht. Ich dachte nur, du wärest meine Mom. Die wollte noch anrufen.«

»Hast du deswegen deinen Knackarsch noch nicht zu mir bewegt?«

Mir blieb einen Moment lang die Luft weg. Wenn ich Lilly den wahren Grund für meine Verspätung erzählen würde, würde sie wahrscheinlich vor Schreck tot umfallen. Ich musste mir eine gute Ausrede einfallen lassen.

»Ich bin noch mal eingeschlafen«, behauptete ich.

»Und ich warte hier seit Stunden auf dich!«, jammerte Lilly.

Ich blickte auf meine Uhr und stellte fest, dass es schon fast drei war.

Wo war nur die Zeit geblieben? Ach ja richtig, unten im Wintergarten. Ich schluckte. »Sorry, aber ich war wirklich total müde.«

»Du hättest wenigstens anrufen oder texten können. Ich hab uns Pizza bestellt, die jeden Moment hier sein müsste. Also, schwing deinen heißen Hintern ins Auto und komm endlich her! Und falls du Aiden unterwegs findest, bring ihn gleich mit. Mom und Dad machen sich langsam Sorgen, weil er sich immer noch nicht gemeldet hat. Niemand weiß, wo der steckt.«

Genau in diesem Moment tauchte Aiden auf und hielt ein Tablett in den Händen. Bevor er etwas sagen konnte, klatschte ich ihm meine Hand auf den Mund, damit Lilly nicht mitbekam, dass er bei mir war.

»Was war das?«, fragte Lilly prompt.

»Das? Da war eine … fette häßliche Spinne auf meinem Bein. Die hab ich platt gemacht.«

Aiden hob fragend eine Augenbraue und ich flüsterte ihm Lillys Namen zu.

»Iih, Spinnen. Ist sie tot? Hast du sie erwischt?«

»Jepp.«

»Gott sei Dank! Spinnen gehen gar nicht. Also, wann kommst du?«

Ich sah Aiden an, der mich ansah und noch immer das Tablett mit meinem Frühstück in der Hand hielt. Ich sollte das hier beenden, solange ich es noch konnte. Es würde nie und nimmer gut ausgehen. Irgendwann würde Lilly wieder in Schwierigkeiten geraten und mich vorschieben. Und da ich ihr versprochen hatte, ihr Geheimnis für immer zu hüten, sollte ich auf keinen Fall mit ihrem Bruder anbändeln. Das würde mit ziemlicher Sicherheit in einer absoluten Katastrophe enden.

»Gib mir zehn Minuten. Ich muss mich noch umziehen.« Kaum hatte ich die Worte ausgesprochen, sah ich, wie Aidens Schultern nach unten sackten und sein Lächeln verrutschte. Er schien enttäuscht zu sein. Aber davon durfte ich mich nicht beirren lassen. Es war besser so. Und wer weiß, welche Absichten Aiden im Hinblick auf mich tatsächlich verfolgte.

»Spitze. Bis gleich, Süße«, trötete Lilly fröhlich in den Hörer.

»Bis gleich«, antwortete ich ihr nicht einmal halb so enthusiastisch und blickte auf den Boden.

Als ich mein Handy zurück auf den Schreibtisch legte, wandte sich

Aiden von mir ab und knallte das Tablett auf den Tisch vor meinem Sofa. »Du gehst?«, fragte er und hatte dabei fast wieder diesen kalten Ton erreicht, in dem er normalerweise mit mir sprach.

Ich seufzte. Der echte Aiden war eben nie weit weg. Ich zog den Gürtel meines Morgenmantels enger und straffte die Schultern, bevor ich in mein Bad ging. »Das war Lilly. Wir waren verabredet. Ich hätte schon längst bei ihr sein sollen«, antwortete ich und sammelte meine Klamotten vom Boden auf. Ich schob die Tür vom Bad etwas zu, doch schon eine Sekunde später stand Aiden in der Tür und hielt sie weit auf.

»Und du gehst jetzt einfach so? Nach allem, was heute zwischen uns passiert ist?«, fragte er und funkelte mich böse an.

Mein Herz fing wieder an zu rasen. Ich atmete tief ein und versuchte, so neutral wie möglich zu klingen. »Aiden, wir haben ein bisschen rumgemacht. Mehr nicht. Das hat doch nichts zu bedeuten.« Ich drehte mich von ihm weg und ließ meinen Bademantel auf den Boden fallen. Dann stieg ich in meine Jeans und zog mir den warmen Pullover wieder an.

Aiden riss mich am Arm zu sich rum. »Ein bisschen *rumgemacht?* Willst du mich verarschen?«, knurrte er.

Ich musste schlucken, als mich sein eiskalter Blick traf. Aiden war richtig sauer. Aber warum? Hatte er geplant, dass heute noch mehr zwischen uns passieren sollte? Wollte er aufs Ganze gehen? Plötzlich war ich verunsichert, warum er so reagierte. Hatte er sein Ziel etwa noch nicht erreicht? Gab es wirklich einen Plan, den er verfolgte? Wenn ja, dann war es höchste Zeit, dass ich hier verschwand. Ich hatte es viel zu weit gehen lassen. Damit war jetzt und hier Schluss. Ich zog meinen Arm aus seinem Griff und ging aus dem Bad. Im Vorbeigehen nahm ich mein Handy und lief die Treppe nach unten.

»Ava! What the fuck?«, rief Aiden mir hinterher, als ich schon fast unten war.

Ich beeilte mich, in meine Winterstiefel zu schlüpfen, und griff gerade nach meinem Mantel, als Aiden mich einholte. Er stellte sich dicht vor mich und versperrte mir den Weg zur Garage.

»Lass mich durch, Aiden!«, forderte ich ihn auf. Doch natürlich bewegte er sich kein Stück.

»Nicht, bevor wir darüber gesprochen haben!«

»Worüber sollen wir denn sprechen? Wir haben rumgemacht und das war's.«

»Wow! Wenn das mal nicht ein Schlag in die Eier ist, dann weiß ich es auch nicht.« Zornig verzog er den Mund und sah mich kopfschüttelnd an.

»Warum willst du da unbedingt mehr reininterpretieren?«

»Weil da *mehr* war!«, antwortete er, ohne mit der Wimper zu zucken.

Ja, wenn es nach mir ging, war da wahrscheinlich mehr. Aber solange ich nicht wusste, was hinter seinem merkwürdigen Verhalten steckte, wollte ich nicht einen Schritt weitergehen. Und ich war mir sicher, dass Typen wie Aiden sich nicht von heute auf morgen einfach so änderten.

»Ach, komm schon, Aiden. Wir wissen doch beide, wie das bei dir läuft. Du musst unbedingt jedes Mädchen klarmachen, das dir über den Weg läuft. Danach verlierst du das Interesse und lässt sie alle eiskalt fallen. Aber weißt du was? Ich bin keines von diesen Mädchen. Und ich werde *nie* eine von ihnen sein. Ich bin für eine Sekunde schwach geworden. Das wird mir kein zweites Mal passieren. Sei froh, dass es so ausgeht und nicht erst noch richtig hässlich wird.«

Ich versuchte, mich an ihm vorbeizuschieben, doch Aiden stellte sich einfach wieder in den Weg. Genervt sah ich hoch in sein Gesicht und erwartete, dass er mich böse anfunkelte. Doch stattdessen breitete sich langsam wieder das blöde schiefe Grinsen aus. »Wieso grinst du jetzt so blöd?«, fragte ich irritiert.

Er brachte mich völlig aus dem Konzept. Ich hatte mich auf einen weiteren Streit eingestellt. Doch Aiden bohrte seine Zähne in die Unterlippe und zuckte lediglich mit der Schulter. Verdammt. Warum sah er so unverschämt heiß aus, wenn er das tat? Ich schnaubte und drängte mich an ihm vorbei. Dieses Mal ließ er mich gewähren.

Ich ging in die Garage und öffnete die Fahrertür des Jaguars. Als ich im Auto saß und den Schlüssel im Zündschloss drehen wollte, griff ich ins Leere. Verwirrt sah ich nach unten. Ich ließ eigentlich immer den Schlüssel stecken, wenn ich nach Hause kam. Mein Magen sackte ab und ein ungutes Gefühl überkam mich. Hatte Aiden mich etwa gestern mit dem Jaguar meiner Mom nach Hause gebracht? Natürlich, sonst würde der Wagen jetzt ja noch vorm Blue Pearls stehen. *Oh Gott.*

Als hätte er meine Gedanken gelesen, tippte er gegen die Scheibe. Genervt drehte ich meinen Kopf und sah den Schlüssel von seinem Zeige-finger baumeln. »Suchst du den hier?«, fragte er süffisant.

Ich machte kurz die Augen zu und atmete tief ein, um nicht die Be-herrschung zu verlieren.

»Wenn du ihn wiederhaben willst, musst du ihn dir holen.« Aiden schloss die Hand um den Schlüssel und ging zurück ins Haus.

War mir doch egal. Dann fuhr ich eben mit dem Mercedes von mei-nem Dad. Das war bei dem Schnee draußen vielleicht auch die sicherere Alternative. Der Jaguar war eigentlich mehr für trockene Sonnentage, wenn man ohne Verdeck fahren konnte. Ich fuhr ihn nur so gerne, weil er ein Automatikgetriebe hatte und der Mercedes eine Gangschaltung. Ich kam mit dem Schalten noch nicht so gut klar. Ich stieg aus und lief zum anderen Wagen. Aiden fing an zu lachen, weil ich auch im Merce-des keinen Schlüssel vorfand. Finster schaute ich zu ihm. Er lehnte in der Tür und grinste vor sich hin. Wütend stapfte ich auf ihn zu und mit je-dem Schritt, den ich auf ihn zuging, erhellte sich sein Gesicht. Als ich di-rekt vor ihm stehen blieb und die Hand nach dem Schlüssel ausstreckte, sah er mich mit leicht geneigtem Kopf an.

»Ich höre?«

»Gib mir den Schlüssel!«, zischte ich durch zusammengebissene Zäh-ne.

»Na, na. Warum denn so unfreundlich? Noch habe ich gar nichts gemacht.«

»Gib mir jetzt endlich den Schlüssel, verdammt! Ich habe keine Lust auf deine Spielchen!«, motzte ich ihn an.

»Geht mir genauso!«, antwortete er ebenso genervt.

Seine Stimmungsschwankungen verursachten mir Kopfschmerzen.

»Warum machst du es so verflucht kompliziert?«, wollte ich von ihm wissen.

Aiden schwieg für ein paar Sekunden und schien ernsthaft über meine Frage nachzudenken. Was hätte ich dafür gegeben, nur ein einziges Mal in seinen dicken Schädel blicken zu können. Was ging darin wohl so vor? Nicht sonderlich viel, vermutete ich.

»Du bekommst den Schlüssel«, sagte er und blickte mir wieder in die Augen, »wenn du mir hier und jetzt sagst, dass dir das, was zwischen uns passiert ist, völlig egal ist.«

Ich schluckte. Doch bevor er mein Schweigen irgendwie falsch interpretieren konnte, antwortete ich hastig:»Es ist mir völlig egal!«

Aiden kniff für eine Sekunde die Augen zusammen und dann schoss er urplötzlich nach vorne, griff in meinen Nacken und zog mich zu sich. Ohne Vorbereitung presste er seinen offenen Mund auf meinen. Unsere Lippen verschmolzen augenblicklich miteinander und als seine Zunge ohne Umschweife in meinen Mund glitt, schaltete mein Gehirn auf Autopilot. Seufzend krallte ich meine Hände in sein Shirt und drängte mich dicht an ihn. Mit den Händen streichelte ich über seine angespannten Brustmuskeln und fuhr seinen Hals hinauf. Wie von alleine griffen meine Finger in sein Haar im Nacken und ich lehnte meinen ganzen Körper gegen seinen. Aiden neigte seinen Kopf und vertiefte unseren Kuss. Ich berauschte mich an seinem Geschmack. Ich leckte über seine Zunge und spürte, wie sich Aidens Körper anspannte. Mit einer Hand hielt er mich im Nacken und seine andere Hand wanderte über meinen Rücken zu meinen Po, wo er fest zupackte. Ich stellte mich auf Zehenspitzen, um ihm noch näher zu sein.

Aiden drehte sich um und presste mich gegen die Wand. Mit seinem Knie drängte er meine Beine auseinander und dann spürte ich seine harte Erregung, die er gegen meine Körpermitte drängte. Hilflos keuchte ich in seinen Mund. Ich kratzte mit meinen Fingernägeln über seinen Nacken und umfasste sein Gesicht. Ich spürte, wie sich sein Kiefer bewegte, als er mich küsste. Ich verlor mich völlig in ihm und vergaß, worum es noch vor wenigen Minuten ging.

Genauso schnell, wie es passierte, hörte es wieder auf. Aiden beendete den Kuss und lehnte sich mit seiner Stirn gegen meine. Ich sah ihn an. Mit geschlossenen Augen rang er nach Luft. Als er seine eisblauen Augen schließlich nach einer Weile öffnete und meinen Blick erwiderte, verschlug es mir den Atem. Aiden war ein Mysterium für mich. Wo kam diese Leidenschaft plötzlich nur her?

»Lügnerin«, flüsterte Aiden und ließ mich atemlos zurück.

Mist, ich war am Arsch. Irgendwie war es ihm gelungen, durch meine mühsam aufgebaute Schutzmauer zu dringen.

Ich lehnte immer noch an der Wand und versuchte, mein rasendes Herz unter Kontrolle zu bekommen, als Aiden in den Jaguar stieg und den Motor startete. Er fuhr die Scheibe runter.»Kommst du jetzt?«

Grummelnd ging ich zum Auto. Dabei fiel mir ein schwarzer Schatten in der Tür auf. Diego! Den armen Kerl hätte ich fast vergessen. Ich ging zurück und hockte mich vor meinen Hund. Ich hatte ihn in letzter Zeit stark vernachlässigt und bekam ein schlechtes Gewissen. »Hey, Süßer. Es tut mir leid, dass ich so ein schlechtes Frauchen bin. Ich verspreche dir, dass ich ganz schnell wieder zurück bin, und dann machen wir einen laaangen Spaziergang im Schnee. Okay, Buddy?« Ich knuddelte ihn und drückte ihm einen dicken Schmatzer auf die Schnauze.

Diego sah mich mit traurigen Augen an und ich wollte es mir beinahe anders überlegen. Doch in diesem Moment ging die Seitentür auf und Magdalena erschien voll beladen mit Einkäufen in der Garage. Sofort hob Diego den Kopf und bellte sie freudig an.

»Buen Perro! Inmediatamente te dan un trozo de jamón!«

Ich verstand zwar nicht alles, aber das Wort *Jamón* war nicht nur Diego ein Begriff.

Magdalena sah von mir zu Aiden und lächelte mich verschwörerisch an. »Viel Spaß euch beiden!«

*Pah!*

»Bis bald, Magdalena. Dein Rührei war fantastisch!«, brüllte Aiden übertrieben freundlich aus dem Auto.

Ich verdrehte die Augen und ging zur Fahrerseite.

»Ja, bitte?«, fragte Aiden und hob erwartungsvoll eine Braue.

»Ich fahre!«, erklärte ich ihm.

»Ich glaube nicht.«

»Aiden, steig jetzt endlich aus!«, jammerte ich. Er hatte doch bekommen, was er wollte.

»Im Leben nicht. Wenn du meine Schwester nicht noch länger warten lassen möchtest, solltest du jetzt einsteigen.«

Es war zwecklos. Ich atmete einmal tief durch und ging wütend um das Auto herum. Mit mehr Wucht als notwendig schmiss ich die Tür zu und schnallte mich an. Doch Aiden fuhr noch immer nicht los. Zornig sah ich zu ihm und mir verschlug es wieder den Atem. Aiden sah einfach total *happy* aus. Als wäre er der glücklichste Mensch auf Erden. Ich ertrug das nicht und sah schnell aus dem Fenster.

Aiden lachte leise und fuhr dann endlich los. »Du bist das anstrengendste und sturste Mädchen, das ich kenne.«

»Gern geschehen. Und gleichfalls!« Ich verschränkte die Arme vor der Brust.

Wieder lachte er. »Nur, dass ich mir ziemlich sicher bin, kein Mädchen zu sein.«

Ich schüttelte Kopf und blickte wieder nach draußen. »Allerdings. Denn sonst könntest du kein blöder, nerviger und unausstehlicher Arsch sein.«

»Du meintest wohl *unwiderstehlicher* Arsch.«

»Träum weiter, Aiden.«

»Oh, das werde ich, mein Engel.«

*Engel?* Perplex sah ich zu ihm. Doch Aiden blickte nach vorne und konzentrierte sich auf den Verkehr. Hatte er mich gerade wirklich Engel genannt? Ich ging nicht auf seine Provokation ein, denn das war der einzige Grund, warum er mich so genannt hatte. Da war ich mir absolut sicher. Und ich ließ mich nicht mehr von ihm reizen. Ich war einmal ... ja, gut, *dreimal* schwach geworden. Das würde mir nie wieder passieren.

Als wir wenig später in Aidens Straße bogen, überlegte ich, wie ich Lilly erklären sollte, warum ausgerechnet ihr bescheuerter Bruder das Auto meiner Mom fuhr. Die würde sich sofort etwas dabei denken und mir die Hölle heiß machen. Nein, das konnte ich nicht auch noch ertragen. Es reichte mir schon, dass Aiden mir nicht mehr von der Pelle rückte.

»Aiden?«

»Hm?«, antwortete er gedankenverloren.

»Könnte ich wenigstens bei euch auf den Hof fahren? Ich will Lilly nicht erklären müssen, warum du das Auto fährst und wie es dazu gekommen ist.«

»Mir ist egal, was sie davon hält. Du musst ihr ja nichts erzählen.«

»Bitte, Aiden. Ich hatte die letzten Tage genug Drama«, flehte ich ihn an.

Seufzend fuhr er rechts ran. Man konnte kaum etwas erkennen, so dicht wirbelten die dicken Schneeflocken um uns herum. Es war nicht nur verdammt kalt, sondern auch noch verdammt stürmisch draußen. Grauenhaft.

Aiden sah mich einen Moment lang schweigend an.

»Bitte. Du durftest doch schon herfahren. Lass mich wenigstens den

Rest fahren. Ich will das einfach nur schnell hinter mich bringen. Ich bin müde und will wieder ins Bett, aber …«

»Dann lass uns wieder umdrehen«, unterbrach er mich. »Ich hab nichts dagegen. Wir schnappen uns Diego und machen den versprochenen Spaziergang mit ihm. Danach können wir uns Filme ansehen oder wir gehen in den Wintergarten und ich mache den Kamin an« Aiden griff nach meinen Händen. »Scheiße, Ava, die sind ja eiskalt!« Er hob meine Hände an seinen Mund und blies warme Luft auf meine kalten Finger.

Mit offenem Mund verfolgte ich, was er tat, und sah fassungslos dabei zu, wie er sich klammheimlich ein Stück der Mauer klaute, die ich um mein Herz errichtet hatte.

»Komm her.« Aiden zog mich an den Händen zu sich.

Ich wusste, was er vorhatte und tat absolut rein gar nichts, um es zu verhindern. Ganz sanft legte er seine Lippen auf meine. Dieser Kuss war völlig anders. Er war ruhig und zärtlich und beinahe schon liebevoll.

Als Aiden von mir abließ, küsste er meine Nasenspitze und lehnte sich ein Stück zurück. Ich öffnete die Augen und tauchte direkt in seinen eisblauen intensiven Blick ein. Mein Bauch kribbelte und mein Herz geriet aus dem Takt. Ich konnte nicht verhindern, dass sich ein kleines Lächeln auf meine Lippen stahl. Aiden erwiderte das Lächeln und strich mir mit den Fingern zärtlich über die Wange. Dann stieg er aus und lief um das Auto herum. Er hielt mir die Tür auf und sprang in den Wagen, als ich auf dem Fahrersitz Platz nahm.

Die Straßen waren vereist und durch den dichten Schnee konnte man kaum etwas erkennen. Das Auto von Avas Mom fuhr ganz okay, aber es war nicht wirklich für dieses Wetter gedacht. Da wir jedoch nur noch wenige hundert Meter von meinem Zuhause entfernt waren, war ich damit einverstanden, dass sie die letzten Meter selbst fuhr. Ich konnte ihren Einwand auch ein Stück weit nachvollziehen. Ich wusste selbst noch nicht, was ich meiner Familie sagen sollte, wenn wir gleich zusammen bei uns auftauchten.

Ava parkte den Wagen neben dem Porsche meines Dads. Sie atmete tief durch und schloss für eine Sekunde die Augen.

»Hey, ist alles in Ordnung?«, fragte ich sie und griff nach ihrer Hand. Ich musste sie einfach berühren. Das Verlangen wuchs mit jeder Sekunde, die ich in ihrer Nähe war. Ava öffnete ihre himmelblauen Augen und sah mich an. Ich erkannte sofort die Nervosität in ihrem Blick. »Mach dir nicht so viele Gedanken«, sagte ich. »Niemandem wird irgendwas auffallen. Du hast mich zufällig aufgegabelt und dankenswerterweise mitgenommen, weil es so fies schneit. Das muss denen als Antwort reichen, sofern sie überhaupt fragen. Okay?«

Ich legte meine Hand auf ihre Wange und strich zärtlich über ihre weiche Haut. Mein Herz machte einen Satz, als sie mir ein winzig kleines Lächeln schenkte. Sie fing langsam an, mir zu vertrauen, und das Gefühl war unbeschreiblich. Ich beugte mich vor und gab ihr einen Kuss auf ihre verführerischen Lippen. Triumphierend stellte ich fest, dass sie mir entgegenkam. Sofort wollte ich mehr und den Kuss vertiefen. Doch plötzlich riss sich Ava los und sah panisch aus dem Fenster. Ich folgte ihrem Blick und bemerkte dann ebenfalls das Auto, das gerade neben uns anhielt. Der Pizzabote brachte das Essen. Ava wischte sich über den Mund und stieg hastig aus. Ich hingegen leckte über meine Lippen und genoss ihren Geschmack auf meiner Zunge. Gott, wie gerne wollte ich jetzt alles von ihr kosten. Ich würde mir ganz viel Zeit nehmen und Ava an den Rand des Wahnsinns treiben. Jeden Zentimeter ihrer zarten Haut mit Küssen bedecken, ihre Haut schmecken, ihren ganz eigenen Duft einatmen. Shit, mein Schwanz fing an sich aufzurichten. Ich musste aufhören, solche Gedanken zu haben, wenn ich nicht alleine mit ihr war. Ich atmete tief durch und folgte Ava, die bereits auf dem Weg zur Haustür war.

Lilly riss die Tür auf und begrüßte Ava so stürmisch, als hätten sie sich seit ewigen Zeiten nicht mehr gesehen. »Hi, Süße. Shit, siehst du fertig aus! Geht's dir denn besser?«, wollte Lilly wissen und sah Ava von Kopf bis Fuß an.

Diese nickte lediglich und ließ sich von Lilly ins Haus ziehen. Der Pizzajunge stand an der Tür und glotzte den Mädels hinterher.

Seufzend griff ich nach meinem Portemonnaie und zückte einen Zwanziger. »Reicht das?«, fragte ich ihn, aber der Typ hatte nur Augen für Ava und Lilly, die im Hausflur standen. Ava bückte sich, um ihre Stiefel auszuziehen und dem Pizzaboy fielen seine kleinen hässlichen Glubschaugen beinahe aus dem Kopf. »Behalt den Rest.« Ich drückte ihm den Schein an die Brust und schob ihn gleichzeitig aus der Tür. Im ersten Moment war er leicht irritiert und dann scheinbar genervt, weil ich ihm die Sicht auf die Mädchen versperrte. Wütend starrte ich ihn an und es dauerte ungefähr drei Sekunden, bis er kapierte, dass ich sein Geglotze auf meine Schwester und Ava nicht duldete. Ich schmiss die Tür ins Schloss und drehte mich mit der Pizza in der Hand zu den Mädchen um.

»*Wo bist du gewesen?*« Mom kam aus der Küche und lief schnurstracks auf mich zu. An ihrem verkniffenen Mund konnte ich erkennen, dass sie dieses Mal wirklich sauer war. Ich hatte vorhin erst gesehen, dass sie etliche Male versucht hatte, mich zu erreichen.

»Hey, Mom.« Ich stellte die Pizza auf dem kleinen Tisch neben der Tür ab und öffnete meine Arme. Ich wirbelte sie einmal im Kreis, und als ich sie wieder absetzte, drückte ich ihr einen Kuss auf die Wange. Ich wusste, wie man sie schnell wieder runterkochte. »Sorry, kommt nicht wieder vor. Mein Akku war alle«, flüsterte ich ihr ins Ohr und ließ sie wieder los.

Einen Moment lang sah sie mich missmutig an, aber dann wurde ihr Blick schnell weich. Sie strich mir über die Wange und lächelte. »Ich hab mir wirklich Sorgen gemacht, Liebling. Niemand sollte bei diesem

Wetter unterwegs sein. Wie bist du überhaupt hergekommen? Carter hat deinen Wagen vorhin hergebracht.«

Ich konnte hören, wie Ava hinter mir nervös einatmete.

»Die Jungs und ich sind gestern bei Steven versackt. Carter hat sich den Porsche ausgeliehen und ich hab mich zu Fuß auf den Weg gemacht. Ava hielt plötzlich neben mir an und hat mich das letzte Stück mitgenommen.« Ich zeigte hinter mich auf Ava und Lilly.

Erst jetzt bemerkte meine Mom, dass Ava da war. Sofort ließ sie mich los und ging zu Ava, um sie zu begrüßen.

»Ava, Liebes, wie schön, dass du hier bist. Wie geht es dir? Du hättest wirklich nicht bei diesem Wetter fahren sollen.« Meine Mom nahm Ava in den Arm und drückte sie herzlich.

»Wem sagen Sie das, Mrs. Westerfield. Aber Ihre kleine teuflische Tochter hat darauf bestanden und mich den ganzen Tag terrorisiert. Außerdem war die Fahrt hierher zum Glück nicht so schlimm.« Ihr Blick huschte für den Hauch einer Sekunde zu mir. Schon wieder setzte mein Herz einen Schlag aus, als sie das tat.

»Ich habe dir schon so oft gesagt, dass du mich Angela nennen sollst. Bei Mrs. Westerfield fühle ich mich immer so alt.«

»Ich werde es in Zukunft berücksichtigen«, versprach Ava.

»Ach, das sagst du jedes Mal. Du bist einfach zu gut erzogen. Ganz anders als meine Rasselbande hier. Wie geht es deinen Eltern? Wann kommen sie noch zurück?«

»Dienstag.«

»Nächsten Dienstag erst? Ein Tag vor Weihnachten? Das ist aber sehr spät. So schafft ihr es doch gar nicht, alles in Ruhe vorzubereiten.«

»Mom! Hör auf, Ava zu nerven. Ihre Eltern werden sich das schon gut überlegt haben. Wir essen in meinem Zimmer.« Lilly griff nach dem Pizzakarton und zog Ava mit sich.

Ohne mich noch einmal anzusehen, folgte sie ihr nach oben.

»Ist alles in Ordnung, Liebling?«

Ich zuckte zusammen, als Mom plötzlich wieder neben mir stand und nach meinem Arm griff. Ich löste den Blick von der Stelle, an der Ava eben noch gestanden hatte und sah zu meiner Mom. »Ich bin nur müde. Ich hau mich für eine Stunde aufs Ohr.« Ich drückte ihr noch einen Kuss auf die Wange und ging runter in mein Zimmer.

Eine Weile lag ich einfach nur auf dem Bett und starrte an die Decke. Dabei geisterte Ava mir die ganze Zeit im Kopf herum. Zwei Stockwerke über mir saß sie in diesem Moment vermutlich auf Lillys Bett und aß gemeinsam mit ihr Pizza. Vielleicht sahen sie einen Film. Mochte Ava überhaupt die gleichen Filme wie meine Schwester? Langweilte sie sich? Hatte sie genug gegessen? Wollte sie lieber wieder nach Hause? Wie spät war es überhaupt? Ich sah auf die Uhr. Es war gerade erst sechs. Wir waren jetzt seit knapp zwei Stunden hier. Das sollte doch reichen für Pizza und Tussigelaber. Ich könnte hochgehen und Ava anbieten, sie auf dem Weg zu Steven nach Hause zu fahren. Da war doch eigentlich nichts dran? Schließlich schneite es immer noch heftig und bei dem Wetter sollte wirklich niemand mehr Auto fahren. Da musste ich meiner Mom einfach recht geben. Das Problem war allerdings Lilly. Die würde den Braten sofort riechen. Verdammt. Wieso hatte ich Avas Handynummer nicht? Dann hätte ich ihr jetzt schreiben können, dass ich sie nach Hause bringen würde. Ich konnte nicht weiter einfach nur im Bett liegen. Ich machte hundert Liegestütze und malträtierte meinen Boxsack für eine Weile. Doch auch danach fühlte ich mich kein Stück besser. Ich beschloss, eine heiße Dusche zu nehmen.

Gerade als ich aus dem Bad kam, hörte ich draußen ein Auto starten und wegfahren. Sofort rannte ich zum Kellerfenster und versuchte etwas zu erkennen. Doch der Wind hatte Schnee gegen das Fenster geweht und so konnte ich rein gar nichts sehen. »Verfickte Scheiße«, fluchte ich.

Hastig zog ich mich an. Ich schnappte mir meine Wagenschlüssel und mein Handy und rannte die Treppe nach oben. Ich riss die Tür auf und knallte beinahe mit Lilly zusammen, die auf dem Weg in die Küche war. In der Hand hielt sie den Pizzakarton sowie zwei leere Gläser.

»Ey! Pass doch auf, Idiot! Beinahe hätte ich die Gläser fallen gelassen«, pöbelte Lilly und ging einen Schritt zur Seite, damit sie nicht gegen die Tür knallte.

Ich hatte jetzt keine Zeit für ihr Gemotze. Ich wollte nur schnell hinter Ava herfahren, um sicherzugehen, dass sie heil nach Hause kam. »Sorry«, rief ich über meine Schulter und lief zur Tür.

»Jetzt siehst du mal, dass es lebensgefährlich ist, wenn man Geschwister hat.«

Ich drehte den Kopf, um zu sehen, mit wem sie sprach, und blieb abrupt stehen. Ava stand direkt hinter Lilly und hatte die Augen auf mich gerichtet. Alles in mir kam zum Stillstand. Meine Nerven beruhigten sich augenblicklich und mein Herz machte einen zufriedenen Seufzer.

»Was glotzt du so dämlich?«, fragte Lilly. Sie war sichtlich irritiert. Ava löste den Blick von mir und sah auf den Boden. Lilly bekam davon nichts mit, weil Ava hinter ihr stand.

»Und warum hast du es so eilig? Hat etwa diese hässliche Rothaarige von letzter Woche schon wieder angerufen?«

Ich stand noch immer an der Tür und blickte zu Ava. Ihr Haar war nach vorn gefallen, sodass ich ihr Gesicht nicht mehr sehen konnte. Lilly drehte sich kurz zu Ava und sah dann wieder mich an.

Ich musste was sagen. »Nicht, dass es dich irgendetwas angehen würde, aber da es dich so brennend interessiert: Ich bin mit einem Schwarzhaarigen verabredet. Er hat Hunger und will unbedingt mit mir essen gehen.« Ich hoffte, dass Ava verstand, wen ich damit meinte. Doch sie blieb weiter hinter Lilly stehen.

»Lucas?«, fragte Lilly.

Ich schüttelte den Kopf.

»Welcher Freund soll das sonst sein? Kenn ich den?« Lilly überlegte und drehte sich dann mit einem Achselzucken zu Ava um. Sofort senkte Ava den Blick.

»Du musst nicht jeden meiner Freunde kennen.«

»Mir doch egal, mit wem du deine Zeit verbringst. Solange es nicht wieder irgendeine Tussi ist. Es ist langsam an der Zeit, dass du dir mal eine richtige Freundin zulegst. Du wirst nicht ewig so jung und halbwegs gutaussehend bleiben. Und sie wird eine Zeit lang brauchen, sich an deinen merkwürdigen Charakter zu gewöhnen. Fang lieber jetzt an, nach der Richtigen zu suchen.«

Da war ich gerade dabei.

»Wieso steht die Tür sperrangelweit offen? Es ist kalt!« Meine Mom kam aus dem Wohnzimmer und deutete auf die offene Haustür.

»Aiden ist auf dem Weg nach draußen«, antwortete meine Schwester für mich.

»Na bitte, dann mach schnell, bevor es noch kälter hier drinnen wird. Und vergiss bitte nicht wieder, dass du morgen mit Dad den Tannenbaum besorgen wolltest. Sei also rechtzeitig wieder hier. Okay, Liebling?«

Ich sah noch einmal zu Ava, die jetzt jedoch Lilly in die Küche folgte. Verdammt.

»Hab noch was unten vergessen«, murmelte ich und schmiss die Tür wieder zu.

»Kinder, Kinder. Wo habt ihr nur alle euren Kopf?« Meine Mom verschwand wieder im Wohnzimmer und ich stand noch eine Weile unschlüssig im Flur.

Ich ging schließlich zurück in mein Zimmer. Mein Handy vibrierte und sofort fing mein Herz an zu rasen. Hatte sich Ava vielleicht meine Handynummer besorgt? Hastig zog ich es aus der Tasche und ging ran. Es war leider nur Steven.

»Was gibt's?«

»Ich vermiss dich, Beauty. Ich muss dich unbedingt wiedersehen. Kommst du vorbei? Sagen wir in einer halben Stunde? Ich zieh mir auch was richtig Heißes an, versprochen.«

»Heute nicht, Mann.« Ich hatte Wichtigeres zu tun.

»Was? Willst du mich verarschen?«, fragte Steven perplex. »Was ist los mir dir? Du lässt uns gestern einfach sitzen und jetzt schon wieder? Buddy, ich bin nur bis Silvester hier!«

Ich strich über mein Gesicht und schloss die Augen. Fuck! Warum musste auf einmal alles so scheiße kompliziert sein?

»Hat das vielleicht irgendwas mit der Kleinen von gestern zu tun?«, wollte Steven wissen.

Sollte ich ihm von Ava erzählen? Immerhin war er mein bester Freund. Wir redeten eigentlich über alles. Aber das mit Ava war etwas komplett anderes.

»Bin in fünf Minuten da«, antwortete ich schließlich.

»So will ich das hören, Beauty«, raunte Steven in den Hörer.

»Fick dich.«

Shit. Mir gefiel der Gedanke überhaupt nicht, dass Ava allein durch dieses Wetter zurück nach Hause fahren musste. Mir kam eine Idee. Ich steckte das Telefon zurück in die Hosentasche und ging ins Wohnzimmer zu meinen Eltern.

»Dad?«

Mein Vater lag auf dem Sofa und las Zeitung. »Ja, mein Sohn?«
»Könntest du vielleicht Ava nach Hause fahren? Es schneit immer
noch.«

Eigentlich hätte ich sie mitgenommen, weil ich eh noch zu Steven
wollte, aber die Mädchen sind noch oben und ich will nicht stören, muss
aber los und deswegen wollte ich fragen, ob du das übernehmen
kannst.« Ich holte tief Luft und verfluchte mich, weil ich plötzlich so nervös war.

Mein Dad sah über den Rand der Zeitung zu meiner Mom und ich
folgte seinem Blick. Sie trug ein geheimnisvolles Lächeln auf den Lippen.
Was sollte das jetzt wieder bedeuten?

Ich sah zurück zu Dad. »Und? Kannst du? Es wäre viel sicherer bei
dem Wetter. Sie ist mit dem Cabrio ihrer Mom hier und ich bin mir
nicht sicher, ob da überhaupt Winterreifen drauf sind. Ihr wollt doch
nicht, dass ihr etwas passiert, oder?« Ich wusste, dass meine Eltern Ava
abgöttisch liebten, und daher konnten sie nicht wollen, dass ihr etwas zustieß.

Mom wandte sich an Dad und nickte. »Darüber habe ich auch schon
nachgedacht. Du solltest sie fahren, Cary, wenn sie soweit ist. Ich denke,
das wäre auch im Sinne ihrer Eltern.«

HA! Wenn ich nicht lachte. Bisher hatte es ihre Eltern einen Scheiß
interessiert, was mit ihr war.

»Du kannst sie jetzt nicht mitnehmen? Geh doch eben hoch und frag
nach. Dann muss ich mich nicht erst wieder umziehen.«

»Ich kann nicht, Dad. Ich muss los. Geht das jetzt oder nicht?«

»Fahr ruhig, Liebling. Dein Dad macht das schon.« Meine Mom
zwinkerte mir zu und wandte sich an Dad. »Du kannst doch in den Sachen bleiben, Schatz. Ava wird es nicht stören, dass du nur Jogginghosen
trägst.«

»Danke, Mom.« Ich beugte mich über das Sofa und gab ihr einen
Kuss auf den Scheitel.

»Gern geschehen. Ich werde Ava sagen, dass es dein Vorschlag war.
Das wird sie sicher freuen.«

Mir stockte für einen Moment der Atem. Wenn ich jetzt protestiert
hätte, hätte ich meiner Mom einen Grund für Spekulationen gegeben.
Stattdessen antwortete ich möglichst gleichgültig. »Was auch immer. Bis
morgen.«

»Wir fahren hier um neun los, Aiden! Sei also rechtzeitig hier. Morgen ist der letzte Tag, und wenn wir noch einen halbwegs guten Baum bekommen wollen, müssen wir früh da sein!«

»Neun? Das ist ja mitten in der Nacht!«

»Wenn du dich nicht, wer weiß wo, rumgetrieben hättest, hätten wir unseren Baum jetzt bereits und du könntest morgen ausschlafen. Aber so …«

Ich rollte mit den Augen und ging zur Haustür.

»Sei pünktlich, sonst gibt es dieses Jahr keine Geschenke!«, rief Dad hinter mir her.

Gott, ich war doch keine fünf mehr.

Ich ging in die Garage und stieg in mein Baby, einen schwarzen Porsche 996. Das Geschenk meiner Eltern zu meinem bestandenen Highschool-Abschluss und dem Sportstipendium an der Universität. Carter hatte den Wagen dankenswerterweise für mich aus Kingston abgeholt. Ich startete den Motor und verdrängte für einen Moment den ganzen Stress. Wobei es ja nicht wirklich Stress war. Dafür fühlte es sich einfach zu gut an.

»Hey, Beauty Queen, wie nett, dass du dir Zeit für das Fußvolk nimmst.« Steven begrüßte mich an der Tür und hielt mir eine Flasche Bier entgegen.

Ich griff danach und nahm einen großzügigen Schluck. »Ist niemand da?«, fragte ich und sah durch das Haus.

»Qualitytime.« Steven schmiss die Tür zu und ging in die Küche.

»Wo sind deine Eltern?«, wollte ich wissen und warf meine Jacke über das Treppengeländer.

»Auf irgendeiner Charity Gala in Boston. Die kommen erst morgen wieder. Wir haben also sturmfrei. Ich hab uns literweise Stoff besorgt. Die Jungs kommen auch gleich.« Steven zwinkerte mir zu und steckte den Kopf in den Kühlschrank.

»Die Jungs kommen doch?«

Fuck, das bedeutete, dass ich hier erst mal nicht so schnell wegkommen würde.

»Alter, was ist los mit dir? Du bist echt schräg drauf.« Steven hielt eine große Glaskaraffe in der Hand, in der irgendeine rote Flüssigkeit schwappte.

»Was ist das?«, wollte ich wissen, um ihn von seiner Fragerei abzulenken.

»Die gute hausgemachte Bowle. Wir müssen nur noch den Vodka dazumischen und dann kann die Party steigen.« Steven stellte die Karaffe auf die Arbeitsplatte und schüttete eine komplette Flasche Vodka dazu. Danach füllte er zwei Gläser und überreichte mir eines davon. »Auf die alten Zeiten, Cheers!«

Ich stellte mein Bier zur Seite und nahm das Glas entgegen. Wenn ich das jetzt auch noch trank, konnte ich später auf keinen Fall mehr fahren. Ich tat also nur, als würde ich einen Schluck nehmen, und stellte das Glas zurück auf den Tresen. Ich musste mir irgendwas einfallen lassen, wie ich den Inhalt unbemerkt wegkippen konnte.

»Matthew und Carter haben übrigens noch ein paar Mädchen eingeladen. Und sie bringen Pizza mit.«

Andere Weiber? Fuck, darauf hatte ich jetzt überhaupt keinen Bock.

»Wie kommt's?«, fragte ich und versuchte, mir nicht anmerken zu lassen, wie wenig ich jetzt hier sein wollte.

»Die haben wir gestern bei Betsy's Burger kennengelernt. Es war echt lustig. Schade, dass du nicht mehr dabei warst. Josh war so voll, der ist beim Pissen eingeschlafen und mit der Fresse voran in den gelben Schnee geflogen. Hier.«

Steven hielt mir sein Handy vors Gesicht und ich scrollte durch die Bildergalerie. An der einen oder anderen Stelle musste ich tatsächlich lachen.

»Wie lief es bei dir gestern noch? Haben sich die fünfzig Mäuse wenigstens gelohnt? Wer ist die Kleine überhaupt?«, fragte Steven urplötzlich.

Es war klüger, wenn ich ihm nicht allzu viele Infos gab. »Keine Ahnung. Irgendeine Freundin von Lilly.« Ich nahm die Bierflasche und leerte sie.

»Und? Komm schon, Mann, lass mich nicht so hängen! Erzähl, was habt ihr noch gemacht?«

»Nichts. Ich hab nur dafür gesorgt, dass sie und meine Schwester sicher nach Hause gekommen sind«, log ich.

Steven stand vor mir und sah mich mit offenem Mund an.

»Sie ist eine Freundin von Lilly. Mit denen fang nichts an«, antwortete ich und rollte mit den Augen.

»Du bist also nicht noch mit zu ihr?«, fragte Steven skeptisch.

»Wieso sollte ich?«

»Was ist mir dir los?«

Langsam irritierte Steven mich und ich hatte keinen Bock darauf, dass es den ganzen Abend jetzt so laufen sollte. »Was soll schon mit mir sein? Ich hab sie nach Hause gebracht und das war's.«

»Dein Ernst? Du weißt, dass du mit mir über alles reden kannst.«

»Spielen wir jetzt Mädchentratsch, oder was?« Genervt ging ich ins Wohnzimmer, wo ich nach der Fernbedienung griff und mich ins Sofa fallen ließ. Ich legte die Füße auf den Tisch und schaltete den Sportkanal an.

Steven folgte mir wenig später und hielt mir eine neue Flasche Bier vor die Nase. Ich griff danach und stellte sie auf den Boden neben das Sofa. Das quittierte Steven mit hochgezogenen Augenbrauen.

»Shit, Alter!«, platzte es aus ihm heraus.

»Was? Du fängst an mir auf die Eier zu gehen!«

»Ich glaub, das ist eine Premiere.« Er beugte sich vor und öffnete meine Bierflasche. Er hielt sie mir wieder hin und ich griff schließlich danach. Steven stieß mit mir an, verweilte aber mit der Flasche vor seinem Mund. Dann schüttelte er den Kopf und nahm einen großen Schluck.

»Was ist eine Premiere?«, hakte ich nach.

»Dass du mich anlügst.«

»Wann habe ich dich angelogen?«

Was war plötzlich sein Problem? Ich beobachtete ihn, während er gedankenverloren auf den Fernseher starrte.

»Ich hab mit Lilly telefoniert, wusstest du das?« Steven drehte den Kopf und sah mir direkt in die Augen.

Fuck, ich war am Arsch.

»Sie hat sich Sorgen gemacht, weil du nicht nach Hause gekommen bist. Deswegen hat sie mich angerufen.«

Ich hob die Flasche an meine Lippen und nahm noch einen Schluck. Wenn Steven und Lilly telefoniert hatten, wussten beide, dass ich gelogen hatte. Wieso hatte Lilly nichts gesagt, als ich behauptet hatte, die Nacht bei Steven verbracht zu haben?

»Ich hab mir gestern schon gedacht, dass da irgendwas komisch ist. Du hast uns noch nie wegen einer Tussi sitzen lassen. *Warten* lassen, okay, aber noch nie sitzen lassen.«

Ich schloss die Augen und legte meinen Kopf gegen das Sofapolster. Ich konnte die dummen Sprüche der anderen schon jetzt hören. Von uns hatte noch nie einer eine feste Freundin. Nicht, dass Ava meine feste Freundin war. Sie war ja nicht einmal eine normale Freundin. Fuck. Wem wollte ich hier eigentlich etwas vormachen?

»Wissen es die anderen auch schon?« Ich hielt die Augen geschlossen und atmete tief durch.

»Fuck, nein. Niemand hat irgendwas mitbekommen. Nur ich, Buddy. Aber scheiße, Mann. Ich bin echt gekränkt!«

Ich öffnete ein Auge und sah zu ihm.

»Bin ich wirklich so ein schlechter Freund, dass du das Gefühl hast, mich anlügen zu müssen? Dachtest du, dass ich mich über dich lustig machen würde?«

Ich seufzte und rieb mir mit der Hand über den Kopf. »Keinen Plan, Mann. Ich weiß selbst noch nicht, was das ist. Und bevor du fragst: Nein, es ist absolut nichts gelaufen.«

»Nichts?« Skeptisch blickte er mich an.

Ich wollte nicht, dass er erfuhr, was wirklich zwischen mir und Ava passiert war. Das ging nur uns beide etwas an.

Steven wertete mein Schweigen und fing an zu grinsen. »Ich kann dich verstehen. Die Kleine ist echt heiß. Bei der hätte ich auch nichts unversucht gelassen. Die hat ihre Kurven an den richtigen Stellen.«

Sofort kochte mein Blut hoch, als ich Steven so über Ava reden hörte. Ich spannte meine Hand zur Faust, was Steven nicht entging.

»Entspann dich, Beauty. Ich bin keine Konkurrenz. Ich bevorzuge Blondinen.«

»Das ist ja was ganz Neues.« Steven blieb seinem Beuteschema wirklich schon ewig treu.

»Aber dieses Mal ist es anders. Sie ist echt süß.«

»*Süß?*«

So hatte ich Steven noch nie über ein Mädchen reden hören. Er mich allerdings auch nicht.

»Ja, vielleicht stell ich sie dir irgendwann mal vor.«

»Sie hat einen Namen? Es gibt sie also wirklich und nicht nur in deiner kranken Fantasie?«

»Ja, Mann. Die ist echt.«

»Wieso weiß ich davon nichts?«

»Das ist komisch, oder? Du weißt nix von mir und ich nichts von dir. Ich glaube, wir verlieren uns langsam aus den Augen.«

»Blödsinn.«

Wir tranken beide einen Schluck und dann fuhr Steven fort.

»Lilly vermutet was. Ich hab ihr aber nichts erzählt.«

»Was heißt das genau?«, fragte ich mit zusammengekniffenen Augen.

»Dass ich ihr gesagt habe, dass du bei mir bist. Ich konnte mir denken, wo du wirklich warst. Ich hab Lilly beruhigt und behauptet, dass wir versackt sind und du noch pennst. Sie hat mich gebeten, dich nach Hause zu bringen.«

Ich holte aus und verpasste ihm einen festen Schlag auf den Oberarm.

»Fuck, Westerfield! Was soll der Scheiß?«, beschwerte er sich und rieb über seinen Arm.

»Der war fürs Lügen!«

Steven holte aus, doch ich drehte mich schnell zur Seite, sodass sein lahmer Versuch, sich zu revanchieren, ins Leere ging.

»Du könntest dich viel lieber bei mir entschuldigen, weil du so ein verlogenes Arschloch bist. Von alleine hättest du mir nie die Wahrheit gesagt!«

»Richtig. Weil du ein Pisser bist.«

Steven rieb sich noch immer den Arm, als es klingelte.

Ich stand auf und ging zur Tür. »Du bleibst trotzdem meine Nummer Eins«, rief ich über meine Schulter.

Es war halb zwei, als ich unten im Haus Geräusche hörte. Diego riss den Kopf hoch und fing leise an zu knurren. Mit rasendem Puls stand ich leise auf und schlich zur Tür. Im Haus war es dunkel. Die Alarmanlage wäre sofort angesprungen und hätte alle Lichter im Haus eingeschaltet, wenn jemand eingebrochen wäre. Ich versicherte mich jeden Abend penibel, dass sie auch wirklich an war. Deswegen konnte nur jemand im Haus sein, der den Code kannte. Hatte Magdalena irgendwas vergessen? Aber warum sollte sie so spät nachts noch herkommen? Oder waren meine Eltern überraschend schon heute zurück?

Diego fing an zu bellen und schoss aus dem Zimmer. Ich griff nach der Baseballkeule, die neben meiner Tür stand, und ging die Treppe in den ersten Stock runter. Dort schaltete ich das Licht ein und erschrak mich fast zu Tode, als ich Aiden erkannte, der auf dem unteren Treppenabsatz lag und sich von Diego das Gesicht abschlecken ließ.

»Was machst du hier?«, fragte ich wütend. Wie war er schon wieder ins Haus gekommen?

»Hey, mein Engel«, lallte Aiden mit schwerer Zunge.

Shit, der war total betrunken.

»Wie kommst du hier rein?«, fragte ich, weil mich die Antwort wirklich brennend interessierte.

»Durch die Tür. Verrückt, oder?« Aidens Arm fiel schlaff auf den Boden, als er einen erbärmlichen Versuch unternahm, in die Richtung zu zeigen, aus der er gekommen war. Diego stupste Aiden mit der Nase an.

»Hey, Buddy. Sorry, dass ich jetzt erst komme. Wir gehen gleich noch raus, versprochen«, nuschelte er. Diego leckte ihm winselnd übers Ohr.

»Du willst, dass ich aufstehe, Buddy?« Aiden unternahm einen kläglichen Versuch, aufzustehen, und fiel sofort wieder hin.

»Was willst du hier? Wieso bist du nicht nach Hause gefahren?«, wollte ich wissen. Ich versuchte, das nervöse Kribbeln in meinem Bauch zu unterdrücken, welches immer stärker wurde.

»Baby, du stellst immer die gleichen Fragen. Lass dir zur Abwechslung mal was Neues einfallen.«

Mein Herz fing an zu flattern, als er mich Baby nannte. Aiden kroch zum Treppengeländer und versuchte sich daran hochzuziehen. Wieder scheiterte er grandios. Ich konnte es nicht mehr länger mitansehen und ging die restlichen Stufen zu ihm runter. Ich griff nach seiner Hand und half ihm beim Aufstehen.

Als er schließlich stand, lehnte er sich mit seinem kompletten Gewicht auf mich und ich hatte Mühe, nicht in die Knie zu gehen.

Aiden vergrub sein Gesicht in meinen Haaren und nahm einen tiefen Atemzug. »Scheiße, du riechst immer so sexy«, flüsterte er laut.

Plötzlich spürte ich etwas Feuchtes auf meiner Haut. Aiden leckte mit der Zunge über mein Ohrläppchen. Ich zog automatisch die Schulter hoch und lehnte mich von ihm weg. »Was machst du da?«, fragte ich irritiert.

»Bekomme ich keinen Begrüßungskuss?«, hauchte er mir ins Ohr.

»Gott, Aiden, was hast du bitteschön alles getrunken? Du riechst wie eine Schnapsfabrik.« Aidens Atem brachte mich fast um.

»Einen Kuss. Bitte, Baby, nur einen Kuss. Ich werde mich auch benehmen, Ehrenwort.« Aiden versuchte seinen Zeige- und Mittelfinger zu kreuzen und geriet wieder ins Schwanken.

»Das sind mir die Richtigen. Aufs Ganze gehen wollen, aber nicht mal drei Schritte geradeaus laufen können.«

»Davon habe ich nicht gesprochen. Aber ich stehe dir jederzeit zur Verfügung.« Er grinste mich dämlich an und wollte vermutlich zwinkern, wobei er selbst das nicht mehr hinbekam und stattdessen beide Augen zudrückte. Irgendwie war er ganz niedlich, wenn er so tollpatschig war.

»Danke, ich hatte schon bessere Angebote. Soll ich jemanden anrufen, damit du nach Hause kommst?«

»Bin ich das nicht?« Überrascht schaute sich Aiden um und versuchte, seinen Blick auf irgendwas zu fixieren.

»Nope. Du bist, wie auch immer du das schon wieder geschafft hast, in meinem Haus gelandet.«

»Ich bin da, wo ich hinwollte. Können wir jetzt ins Bett? Ich glaub, mir ist schlecht.«

Sofort war ich hellwach. »Musst du kotzen?«, fragte ich und versuchte, seinen Blick auf mich zu lenken.

Doch Aidens Kopf drehte sich von links nach rechts, als suchte er irgendwas. Ich griff um sein Kinn und hielt sein Gesicht fest.»Ist dir schlecht? Musst du zur Toilette?«

»Hinlegen?«, lallte er und zog mich zu sich. Erstaunlicherweise hatte er immer noch enorm viel Kraft.

Ich stemmte mich gegen ihn und als ich mich endlich von ihm losmachen konnte, hielt ich Aiden mit einer Hand fest, während ich mir mit der anderen die Haare aus dem Gesicht wischte.»Du willst dich hinlegen?«, fragte ich.

Aiden nickte. Den würde ich nie und nimmer in mein Zimmer bekommen, geschweige denn in eines der Gästebetten im ersten Stock.

»Komm mit.« Ich legte meinen Arm um Aidens Taille und dirigierte seinen schwankenden Körper in den Wintergarten. Hier war das Sofa groß genug für seinen riesigen Körper und das Gästeklo war nicht weit, falls er wirklich kotzen musste.»Leg dich da hin«, forderte ich ihn auf.

Schwerfällig folgte er meiner Anweisung und ließ sich auf das Sofa fallen. Ich zog ihm die Schuhe aus und stellte sie neben das Sofa. Dann hievte ich seine langen Beine auf das Polster und schob ein Kissen unter seinen Kopf, damit er bequem lag. Er schien bereits eingeschlafen zu sein. Ich kniete mich neben seinen Kopf und stieß ihn sachte an.»Aiden, brauchst du noch was? Soll ich dir einen Eimer holen?«

Aiden öffnete schwerfällig seine Augen und sah mich an. Er schüttelte den Kopf und dann fielen ihm die Augen auch schon wieder zu. Wenige Augenblicke später fing er leicht an zu schnarchen. Ich sah ihn eine Weile im blassen Licht des Mondscheins an. Wie waren wir nur hierher gekommen? Aiden war jetzt den vierten Tag in Folge bei mir. Noch vor einer Woche war allein der Gedanke daran absolut absurd und jetzt musste ich aufpassen, dass ich mich nicht langsam daran gewöhnte, ihn ständig in meiner Nähe zu haben.

Was auch immer zu Aidens Sinneswandel beigetragen hatte, ich war dankbar, dass wir uns nicht mehr ständig fiese Sachen an den Kopf warfen, sondern anscheinend endlich einen Weg fanden, uns überhaupt erst einmal kennenzulernen. Schade, dass das alles so lange gedauert hatte. Denn ich hätte nach unserer ersten Begegnung nie gedacht, dass Aiden und ich uns mal hassen würden. Ich hatte die Blicke bemerkt, die er mir zugeworfen hatte. Umso verwunderter war ich, als er mir nach diesem ersten Treffen nichts als die kalte Schulter gezeigt hatte. Damals, vor etwas über einem Jahr, stand ich unter Schock, als ich Aiden das erste Mal gesehen hatte. Er war riesig und trotz seines jungen Alters schon erstaunlich gut gebaut. Aiden kam direkt aus dem Pool und war noch überall nass. Seine Haare waren verstrubbelt, weil er sich gerade mit einem Handtuch über den Kopf gerieben hatte. Und als ich meinen Blick endlich von seinem Wahnsinnskörper loseisen konnte und in sein Gesicht sah, stockte mir der Atem. Aiden hatte die faszinierendsten Augen, die ich je in meinem Leben gesehen hatte. Seine Iris ist türkisblau und erinnerte mich damals sofort an einen Eisberg unter Wasser. Natürlich fiel mir der krasse Unterschied zwischen ihm und Lilly sofort auf. Sie mit ihrem goldblonden Haar und dem blassen Teint und er das komplette Gegenteil mit dunkelbraunem Wuschelkopf und der sonnengeküssten Haut. Nur die Augen hatten verraten, dass die beiden verwandt waren. Anders als bei Lilly allerdings ließ sein eisblauer Blick einen augenblicklich erstarren. Bei Lilly funkelte immer der Schalk aus ihren Augen. Mir war es peinlich, aber ich fand Aiden wahnsinnig schön. Niemals hätte ich das jemandem erzählt. Ich vermied es, seine Blicke zu erwidern. Denn anders als bei ihm, löste sein Anblick in mir Gefühle aus, die da absolut nicht hingehörten. Wie konnte ich den Bruder meiner Freundin toll finden, obwohl dieser mich total scheiße fand?

Leider sah Aiden mich nach diesem verhängnisvollen ersten Treffen häufig an. Viel zu häufig. Ich litt regelrecht unter Atemnot, wenn ich in seiner Nähe war. Dazu noch seine ablehnende Art mir gegenüber. Er hatte mir regelmäßig Angst gemacht, wenn er mir nur durch seinen Blick gezeigt hatte, was er von mir hielt und wie sehr er mich verabscheute.

Daniel hatte diesen Blick ebenfalls drauf, aber nicht ganz so kalt wie bei Aiden. Dafür war Daniels verbale Abneigung größer. Ihn hatte es nie gekümmert, ob ich hörte, was er sagte. Mir war es oft so vorgekommen, dass er extra darauf gewartet hatte, bis ich in der Nähe war, um sich negativ über mich auszulassen. Ich hatte mir über das vergangene Jahr ein dickes Fell zugelegt und mir war es gelungen, meine anfängliche Begeisterung über Aiden abzulegen, weil ich erkannt hatte, dass Aussehen eben nicht alles war. Denn nicht jeder gutaussehende Typ war gleichzusetzen mit charmant und nett.

Unvorstellbar, wie sich das Blatt jetzt gewendet hatte. Jetzt wünschte ich mir jedes Mal, dass Aiden mich mit seinem Blick festhielt. Er hatte so wunderschöne Augen, dass ich stundenlang in sie hineinblicken wollte. Ich fragte mich ständig, warum sich auf einmal alles um 180 Grad gedreht hatte.

Hier im Wintergarten war es etwas kühler als im Rest des Hauses. Ich wollte nicht, dass Aiden nachts womöglich anfing zu frieren und holte daher aus einem der Gästeschlafzimmer eine dicke Daunendecke. Vorsichtig deckte ich ihn damit zu, ohne ihn zu wecken. Ich hob seinen Kopf, um das Kissen neu zu positionieren, und als Aiden richtig lag, bemerkte ich auf einmal, wie nah ich ihm war. Unsere Gesichter waren nur wenige Zentimeter voneinander entfernt. Obwohl er stark nach Alkohol roch, konnte ich noch einen Hauch von Aidens natürlichem Duft wahrnehmen.

»Schlaf gut, Aiden«, flüsterte ich leise in sein Ohr.

Selbst tief und fest schlafend wandte Aiden sein Gesicht in meine Richtung, sodass sich unsere Münder fast berührten. Mein Puls schnellte augenblicklich in die Höhe und mein Magen schlug einen Salto. Ich konnte nicht anders und stahl mir meinen ersten Kuss. Aiden merkte davon nichts und schlief ruhig weiter. Ich stand auf und flüsterte Diegos Namen, damit dieser wieder mit nach oben kam. Doch mein Hund hob träge den Kopf und als er sah, dass ich ging, ließ er den Kopf schläfrig wieder sinken. »Verräter!«, flüsterte ich. Doch insgeheim war ich froh, dass er bei Aiden blieb. Er würde sofort merken, wenn etwas nicht stimmte, und würde sich bemerkbar machen.

Ich stieg die Treppen wieder hoch und ließ meine Zimmertür sperrangelweit offen, damit ich mitbekam, falls mit Aiden irgendwas war. Ich schlief trotz meines stark klopfenden Herzens recht schnell wieder ein.

»Sch … schlaf weiter«, flüsterte es leise hinter mir.

Ich zuckte zusammen, als Aiden seinen Arm unter mein Kissen schob und sich dicht hinter mich legte. Draußen war es noch dunkel und ich hatte keine Ahnung, wie spät es war. Ich spürte Aidens Lippen unterhalb meines Ohres, als er mir einen Kuss gab und mich dann an der Hüfte zu sich zog. Sein Atem roch jetzt nach frischer Minze, so als hätte er gerade Zähne geputzt.

»Wie spät ist es?«, fragte ich und drehte mich zu ihm um. Aiden sah in meine Augen und sofort schob sich sein Mundwinkel nach oben. Er hob die Hand und strich mir eine Haarsträhne aus dem Gesicht. Dabei fuhr er mit dem Zeigefinger weiter und berührte meine Lippen. Langsam beugte er sich vor und gab mir einen sanften Kuss. »Es ist noch mitten in der Nacht«, flüsterte er leise und küsste mich noch einmal.

»Warum bist du dann wach?«

Er lächelte schief und zog mich enger zu sich, sodass ich mit dem Gesicht in seiner Halsbeuge lag. Mein neuer geheimer Lieblingsort. »Ich hab dich vermisst«, antwortete er und drückte mich fest an sich. Wieder stahl er einen kleinen Stein aus meiner Mauer und warf ihn weit, weit weg. »Lass uns weiterschlafen«, murmelte Aiden und war wenig später wieder eingeschlafen.

Ich kam mir vor wie in einem Traum. Das Gefühl, wieder in Aidens Armen zu liegen, war einfach zu schön. Es musste ein Traum sein. Also schloss ich ebenfalls schnell die Augen und genoss den Traum, der sich verdammt echt anfühlte.

Feuchte Küsse weckten mich nur einen gefühlten Moment später. Ich öffnete die Augen und sah in die schwarzen Knopfaugen meines geliebten Hundes. »Bah. Diego, du Ferkel! Geh runter«, rief ich und schob ihn vom Bett. Ich trocknete mir das Gesicht mit meinem Ärmel und vernahm ein leises Lachen hinter mir. Verdutzt drehte ich mich um und sofort verschlug es mir den Atem.

Aiden saß nur in Boxershorts gekleidet auf meinem Bett und zog sich gerade seine Socken an. Es war also doch nicht nur ein Traum. Aiden war wirklich gestern Nacht zu mir gekommen.

»Guten Morgen. Ich war wohl nicht schnell genug, um der Erste zu sein, der dir einen Kuss gibt.« Seufzend stand er auf, kam um das Bett herum auf meine Seite und setzte sich neben mich.

Mein eben noch schlummerndes Herz war mit einem Schlag hellwach und fing an, aufgeregt gegen mein Brustbein zu trommeln. Ich fürchtete, dass Aiden das hören könnte, und zog mir die Decke fest unters Kinn.

»Was wird das, wenn es fertig ist?«, fragte er und stützte sich mit den Armen links und rechts neben meinem Kissen ab.

Schüchtern sah ich hoch in sein Gesicht und zuckte mit den Achseln. Aiden zog die Decke wieder ein Stück nach unten. Ich verfolgte ihn mit den Augen, als er sich langsam herunterbeugte und mir einen Kuss auf die Lippen hauchte.

»Guten Morgen, Ava.«

Aiden musste schon wieder Zähne geputzt haben, denn er roch nach frischer Minze. Um so bewusster wurde mir, dass ich das noch nicht getan hatte, und versteckte meinen Mund wieder unter der Decke.

»Morgen«, murmelte ich, was Aiden zum Lachen brachte.

»Du kannst dich nicht vor mir verstecken, das solltest du doch mittlerweile wissen.« Wieder zog er an der Decke und schob sie dieses Mal bis unter meine Achseln. Mit beiden Händen stützte er sich auf die oberen Enden, sodass ich darunter gefangen war. Wieder kam er mir mit dem Gesicht entgegen, doch dieses Mal legte er seine Lippen auf die Stelle unterhalb meines Ohrs und wanderte küssend meinen Unterkiefer entlang bis zu meinem Mund. Ich holte nicht ein einziges Mal Luft und erstarrte vollständig zur Salzsäule. Aiden rieb seine Nase an meinem Hals und atmete tief ein. Dann hob er seinen Kopf und sah mich einen Moment lang selig lächelnd an. In meinem Körper erwachten alle Ameisen, Schmetterlinge und Herzkasper auf einmal und es fühlte sich an, als würde ich vibrieren. Wie machte er das nur?

»Ich würde liebend gern hier bei dir im Bett bleiben, aber ich muss nach Hause und mit Dad den Weihnachtsbaum besorgen.«

Stimmt, da war ja was. Ich blickte auf die Uhr auf meinem Nachttisch und sah, dass es schon kurz vor neun war.

Aiden folgte meinem Blick und lächelte wieder. »Kann ich nachher wiederkommen?«, fragte er und wirkte tatsächlich ein wenig nervös.

»Als könnte ich entscheiden, ob du herkommst oder nicht«, antwortete ich kopfschüttelnd.

Aidens Augen fingen an zu funkeln. »Stimmt. Aber ich frage dich dennoch: Darf ich nachher wiederkommen?«

Es war fies, wenn er mich solche Sachen fragte und dabei nur wenige Zentimeter von meinem Gesicht entfernt war. Wie sollte ich da einen klaren Gedanken fassen? »Hast du nichts Spannenderes zu tun, als ständig hier rumzuhängen?«

Aiden rollte mit den Augen. »Ich komme wieder, sobald ich mit Dad fertig bin.« Er gab mir noch einen Kuss und stand auf, um seine restlichen Klamotten anzuziehen.

Ich beobachtete ihn verstohlen dabei und konnte den Blick nicht von seinem nackten Oberkörper wenden. Sein Shirt glitt langsam über seine goldene Haut nach unten. Als es am Bund seiner Jeans ankam, seufzte ich leise. Er hatte wirklich einen fantastischen Körper. Aiden fing wieder an zu lachen und ich sah ertappt hoch in sein Gesicht.

»Gefällt dir, was du siehst?« Er zwinkerte mir zu und ich lief knallrot an. Das ließ Aiden laut loslachen und ich zog mir die Decke über den Kopf. Ich spürte, wie sich die Matratze unter mir senkte, als er sich wieder neben mich setzte und die Decke wegzog. »Das muss dir nicht peinlich sein, Baby. Mir geht's genauso.« Aiden fuhr mit dem Zeigefinger am Saum meines Schlaftops entlang und berührte dabei die Schwellung meiner Brüste. Seine Berührung hinterließ eine brennend heiße Spur auf meiner Haut und ich presste die Lippen fest aufeinander, um nicht irgendein peinliches Geräusch von mir zu geben. Aiden folgte seinem Finger mit den Augen und biss sich dabei auf die Unterlippe. Er sah so unsagbar sexy aus, wenn er das machte. Ich rekelte mich unter der Decke. Seine Augen blitzten auf, als er meine Reaktion auf seine Berührung bemerkte und ich blickte erschrocken in sein Gesicht. Ich sollte wirklich dringend an meiner Selbstbeherrschung arbeiten!

Langsam löste sich seine Lippe und er grinste mich wieder an. Ich musste schlucken, als er sich erneut zu mir beugte und mich küsste. Er verweilte mit seinen Lippen auf meinem Mund und flüsterte leise: »Du machst es mir verdammt schwer zu gehen.« Dann erhob er sich und ging zur Tür.

Diego folgte Aiden und himmelte ihn an. Ich verdrehte die Augen wegen meines blöden Hundes, der seine Zuneigung nicht ein Stück versteckte.

»Was hatte es eigentlich mit dem Baseballschläger auf sich?«, fragte Aiden amüsiert.

»Was?«

»Wolltest du mich bewusstlos schlagen, falls ich schnarche?«

Jetzt fiel es mir wieder ein. Ich hatte die Keule gestern Nacht mitgenommen, als ich dachte, es seien Einbrecher im Haus. »Hat doch funktioniert oder nicht?«, antwortete ich, was ihn wieder zum Lachen brachte.

»Das erklärt meine Kopfschmerzen. Und ich dachte schon, ich hätte einen Kater.« Aiden zwinkerte mir zu und verschwand durch die Tür.

Wie wollte er überhaupt nach Hause kommen? Er war doch gestern nicht etwa noch gefahren? »Aiden?«, rief ich und sprang aus dem Bett.

»Ja?« Er kam zurück und stutzte, als er mich auf sich zulaufen sah. Automatisch öffnete er seine Arme, doch ich blieb ein Stück vor ihm stehen. Aiden seufzte und kam mir den letzten Meter entgegen. Er zog mich in seine Arme und ich ließ ihn. Für eine Weile hielt er mich einfach nur fest und ich genoss heimlich das Gefühl von Geborgenheit.

»Ich beeil mich, versprochen«, wisperte er und drückte mir einen Kuss auf den Scheitel.

»Du bist doch gestern nicht mehr selbst gefahren, oder?« Ich lehnte mich zurück und sah in seine müden Augen.

Aidens Gesichtsausdruck wurde ganz weich und er strich mir über die Wange. »Carter hat mich gefahren.«

Das war, wenn ich mich richtig erinnerte, der große Dunkelhaarige mit dem Cap und den Tattoos.

»Und wie willst du jetzt nach Hause kommen? Wo ist dein Auto?«, wollte ich wissen.

»Das steht vor der Tür. Steven hat es hergebracht.«

»Oh. Okay. Dann ist ja gut.« Ich wollte mich aus der Umarmung lösen, doch Aiden verstärkte seinen Griff hinter meinem Rücken. Er neigte den Kopf und sah mich lächelnd an.

»Was ist?«, fragte ich nervös.

»Nichts«, antwortete er und grinste immer breiter.

Ich wollte mich wegdrehen, aber Aiden zog mich wieder zu sich und hielt mich fest.

»Es fühlt sich nur einfach großartig an, wenn du dir Sorgen um mich machst.«

Ich schluckte. Ich musste *dringend* an meiner Selbstbeherrschung arbeiten. »Ich mache mir keine Sorgen um dich. Ich war nur besorgt, dass du vielleicht, ohne es zu merken, irgendeine Katze überfahren haben könntest.« Ich spürte, wie Aidens Körper bebte, als er still lachte.

»Katzen?«

Ich nickte.

»Draußen? Bei dem Wetter?«

Ich zuckte mit den Achseln.

»Ist klar, Baby. Sorry, aber ich muss jetzt wirklich los. Sonst bekomme ich keine Weihnachtsgeschenke.« Er hob mein Kinn mit dem Zeigefinger an und drückte mir einen allerletzten Kuss auf die Lippen. Irgendwie war er verdammt gut im Küssestehlen. Oder ich eben verdammt schlecht im Widerstehen.

Diego rannte hinter Aiden her und bellte aufgeregt, weil er bestimmt dachte, dass er mit ihm Gassi gehen würde. Ich lehnte mich gegen die Wand neben der Tür und versuchte zu verstehen, was hier gerade mal wieder passiert war. Ich hörte die Haustür zuschlagen und wenige Sekunden später fing Diego an zu winseln. »Oh Mann, Diego«, seufzte ich und ging ins Badezimmer.

»Deine Eltern haben angerufen und erzählt, dass sie am Dienstag um acht landen.«

»Ich weiß, ich hole sie vom Flughafen ab.«

»Du solltest nicht alleine fahren, Liebes. Das Wetter ist fürchterlich und es soll noch mehr Schnee geben. Vielleicht kann Piedro dich begleiten. Du solltest ihn anrufen.«

Magdalena bereitete gerade mein Mittagessen zu. Ich hatte mir Roastbeef mit Rosmarinkartoffeln und grünen Bohnen gewünscht. Diego verließ nicht eine Sekunde ihre Seite und folgte ihr auf Schritt und Tritt. Er gab die Hoffnung nicht auf, dass ihr ein Stück Fleisch einfach so zwischendrin runterfiel. Wahrscheinlich würde es das auch, wenn ich nicht hier sitzen würde.

»Ich schaff das schon, Magda. Nach Boston sind es nur eineinhalb Stunden und bei dem Wetter werden auch nicht so viele Leute unterwegs sein. Das ist ein Klacks.«

»Was ist ein Klacks?«

Ich zuckte zusammen, als Aiden plötzlich hinter mir auftauchte und seine Arme um mich legte. Er drückte mir einen Kuss auf die Wange und grinste Magdalena an, die ebenfalls erschrocken zu ihm blickte.

»Hey, Baby«, raunte Aiden und drückte mich an sich. Er legte seinen Kopf auf meine Schulter.

Geschockt blickte ich zu Magdalena, die die Szene mit einem Lächeln auf den Lippen aufnahm, und mich anstrahlte. Wahrscheinlicher war allerdings, dass sie Aiden anstrahlte.

Ich besann mich wieder und drehte mich aus seiner Umarmung. »Wie zur Hölle kommst du immer in mein Haus rein?«

Und warum hatte Diego nicht angeschlagen? Ach ja, mein Hund war ja neuerdings der größte Fan von Aiden. Wie auf Kommando schoss Diego jetzt auf Aiden zu, der in die Hocke ging und meinen Hund herzlich empfing. Diego winselte und hüpfte an Aiden hoch, als hätte er ihn wochenlang nicht gesehen. Ich verdrehte die Augen und sah zu Magdalena. Die glotzte Aiden allerdings genauso verträumt an wie Diego. Ich stöhnte und ging in den Wintergarten. Das war mir einfach zu viel ›Aiden ist der Größte‹.

»Hey, Magda, das riecht mal wieder köstlich. Was kochst du heute?« Ich ging in die Küche und hob den Deckel des großen Bräters an. »Roastbeef mit Rosmarinkartoffeln. Sie liebt es und würde es am liebsten jeden Tag essen. Abwechselnd mit Mac and Cheese.« Magdalena lachte leise in sich hinein und schüttelte den Kopf. Interessant. Beides waren ebenfalls Leibspeisen von mir. Wieder etwas, was wir gemeinsam hatten.

»Ich freu mich schon, davon zu probieren.« Ich lächelte Avas Haushälterin an und bemerkte, wie diese leicht rot anlief.

»Hat Ava dich denn dieses Mal offiziell zum Essen eingeladen oder lädst du dich wieder selbst ein?«, fragte sie mich und rührte in einem anderen Topf die Soße um.

»HA! Als ob das jemals passieren würde. Natürlich lade ich mich selbst ein.«

»Ich denke, sie mag dich.«

Mein Kopf schoss hoch und ich sah zu Magdalena. Doch die machte seelenruhig weiter. Ich lehnte mich gegen die Arbeitsplatte und verschränkte die Arme vor der Brust. »Wie kommst du da drauf?« Ich war mir zwar sicher, dass Ava mich auch mochte, aber Magdalena kannte Ava besser als ich.

»Sagen wir mal so: Das ganze letzte Jahr hat sie sich jeden Tag neue Methoden ausgedacht, dich um die Ecke zu bringen. Und irgendwie hat sie damit vor ein paar Tagen aufgehört. Sie redet eigentlich überhaupt nicht mehr von dir.«

Ich lachte laut los und konnte nicht mehr aufhören. Ich hatte mir das ein oder andere Mal tatsächlich vorgestellt, dass sie mich gedanklich gerade umbrachte, wenn sie mich bitterböse angestarrt hatte. Magdalena stimmte in mein Lachen ein und Diego fing an zu bellen, weil er wahrscheinlich dachte, das sich das jetzt so gehörte. Ich beugte mich zu ihm und wuschelte über seinen Kopf. »Wie lange braucht das Essen?«, fragte ich und sah wieder zu Magdalena.

»Oh, das dauert noch. Bestimmt zwei Stunden«, sagte sie und blickte zur Uhr am Backofen.

Perfekt. Dann hatten wir noch Zeit für einen Spaziergang. »Alles klar. Ava und ich gehen so lange mit Diego raus.«

Magdalena nickte und ich ging mit Diego aus der Küche.

»Aiden?«, rief Magdalena, als ich schon auf dem Weg zur Garage war.

Ich ging wieder zurück und wartete, was sie noch von mir wollte. »Ja?«

»Gib ihr Zeit. Sie vertraut Menschen nicht so leicht. Auch wenn es den Anschein hat, es dauert lange, bis sie jemanden wirklich an sich heranlässt.«

Oh ja. Das bekam ich gerade live zu spüren. Ich war allerdings selbst Schuld daran. »Ich weiß«, seufzte ich. Mittlerweile fragte ich mich jeden Tag, wie ich anfangs von Ava habe schlecht denken können. Sie war überhaupt nicht so, wie ich sie mir vorgestellt hatte. Irgendwann müsste ich mir meine Schwester noch mal vorknöpfen, um zu klären, wie dieser Eindruck überhaupt erst entstehen konnte. Ich bekam nämlich langsam das Gefühl, dass Lilly nicht immer ganz ehrlich zu uns war.

Magdalena hob die Hand und drückte meinen Oberarm. »Du hattest immer nur gute Absichten, Aiden. Deine Schwester ist dir sehr wichtig. Daran ist nichts schlecht. Dass du dich um sie sorgst, ist eine gute Eigenschaft. Mach dir deswegen keine Vorwürfe. Ava ist kein nachtragender Mensch. Also, gib dir Mühe und sie wird es dir nie vorhalten müssen.«

Der plötzlich sehr ernste Tenor unseres Gespräches verursachte mir eine Gänsehaut. Ich schluckte und nickte nur stumm. Ich hatte Magdalena von der ersten Sekunde an gemocht. Sie war im wahrsten Sinne des Wortes die gute Seele des Hauses. Es beruhigte mich sehr, dass Ava so jemanden in ihrem Leben hatte. Wenn schon ihre verkackten Eltern keine Zeit für ihre Tochter hatten.

»Du machst das schon. Was auch immer du gerade tust: Hör nicht damit auf!« Magdalena klopfte mir aufmunternd auf die Schulter und verließ die Küche.

Ich brauchte noch einen Moment, ehe ich mich auf die Suche nach Ava machen konnte.

Ich sah als Erstes im Wintergarten nach ihr und hatte Glück. Sie schien diesen Raum zu mögen. Genau wie ich. Von hier aus hatte man einen fantastischen Blick über das gigantische Grundstück sowie über die Gooseberry Bucht. Es schneite ausnahmsweise mal nicht und die Sonne strahlte vom Himmel. Ich lehnte mich gegen die Wand und beobachtete Ava. Scheinbar gedankenverloren saß sie auf dem Sofa und blickte nach draußen. Sie war unfassbar schön mit ihrem puppenzarten Gesicht, den vollen Wangen, kirschroten, sinnlichen Lippen und den schönsten blauen Augen, die ich je in meinem Leben gesehen hatte. Auf den ersten Blick wirkte sie unnahbar und arrogant, auf den zweiten Blick unschuldig und naiv. Doch wenn man genau hinsah, konnte man in ihren Augen ihre Verletzlichkeit und Unsicherheit erkennen. Aber das war noch nicht alles. Ava war neugierig und klug und hatte etwas an sich, was mich nicht mehr losließ. Es war ihre ganze Art. Gepaart mit ihrem Aussehen, ihrer Stimme und ihrem unvergleichlichen Duft ergab das eine Mischung, die sie für mich unwiderstehlich machte. Plötzlich drängelte sich Diego an mir vorbei und sprang neben Ava aufs Sofa.

»Hey, Diego. Na, ist es dir in der Küche auch zu blöd geworden? Bleib lieber hier bei mir. Dann musst du dir das bescheuerte Gegacker nicht anhören. Wahrscheinlich erzählt Aiden wieder irgendeinen Mist über mich. Und Magdalena wird ihm wahrscheinlich auch noch glauben. Der hat sie ja jetzt schon völlig eingelullt. Genau wie dich, Buddy. Wie konnte das nur passieren, hm? Ich dachte, wenigstens du bist auf meiner Seite?«

Meine gute Laune ebbte wieder ab. Ava hatte wirklich kein gutes Bild von mir. Wenn ich es mir recht überlegte, hatte sie auch allen Grund, so über mich zu denken. Ich war bislang nie nett zu ihr gewesen. Niemals. Und das wirklich Schlimme daran war, dass mir nicht eine einzige Situation einfallen wollte, in der Ava mit dem Stress angefangen hatte. Meistens hatte sie meine wütenden Tiraden einfach hingenommen. Mir wurde ganz schlecht, wenn ich daran zurückdachte, wie oft Daniel auf sie losgegangen war. Er war noch skrupelloser als ich und hatte nie ein Blatt vor den Mund genommen.

»Du kannst aber nicht wirklich etwas dafür. Bei mir hat er es auch irgendwie geschafft. Und mir ist absolut schleierhaft, wie er das gemacht hat.«

Mein Kopf schnellte nach oben und ich starrte ungläubig zu Ava. Sie hatte sich an Diegos Schulter gelehnt und gemeinsam sahen sie nach draußen. Meine Ohren fingen an zu rauschen. Hatte ich das eben etwa richtig verstanden? Ava mochte mich tatsächlich? Mir war plötzlich danach, die Faust in die Luft zu recken und laut ›Yeah!‹ zu rufen. Aber mir war klar, dass das die Stimmung sofort ruiniert hätte. Sie hatte sich extra hierher verzogen, um ihre Ruhe zu haben.

Ich versuchte, das fette Grinsen in meinem Gesicht unter Kontrolle zu bekommen und drehte mich leise um. In der Garage holte ich Diegos Leine und sein Halsband und es dauerte keine drei Sekunden, da kam er um die Ecke gestürmt und bellte mich aufgeregt an.

»Hey, Buddy. Na, Lust auf eine Schneeballschlacht?« Diego bellte als Antwort und ich strubbelte über seinen Kopf. »Na, dann los. Lass uns dein Frauchen einpacken und rausgehen.«

Ich redete extra laut mit Diego, damit Ava mitbekam, dass ich auf dem Weg zu ihr war. Sie drehte sich nicht um, sondern sah weiter stur geradeaus. Ich lächelte in mich hinein. Nein, sie hatte nicht vor, es mir leicht zu machen. Doch ich war mehr als bereit, diese Herausforderung anzunehmen. Ich stellte mich direkt vor sie und versperrte ihr die Aussicht.

»War dein Grandpa Glaser?«, fragte sie sofort genervt.

»Nein, wieso?«

»Vergiss es. Würde es dir vielleicht etwas ausmachen, mir nicht im Weg zu stehen?«

»Eigentlich bin ich hier, um deine Aussicht noch zu verbessern.«

Sie stöhnte und rutschte nach links, um an mir vorbeiblicken zu können. Ich machte ebenfalls einen Schritt zur Seite und stand wieder direkt vor ihr. Mein Herz machte einen Satz, als sie ihr wunderschönes Gesicht hob, um mich böse anzufunkeln. Ich bohrte meine Zähne in meine Unterlippe.

»Kannst du dir nicht ein anderes Haus suchen und da die Bewohner mit deiner Anwesenheit nerven?«

»Eigentlich gefällt es mir hier ganz gut. Ich denke, ich werde noch eine Weile bleiben. Oder was meinst du, Buddy?« Diego hechelte aufgeregt und bellte mich an.

»Nur, falls es dir vielleicht entgangen sein sollte: Mein Hund heißt *Diego* und nicht Buddy!«

»Du nennst ihn auch Buddy.«

»Richtig, weil er *mein* Buddy ist. Er ist ja schließlich auch *mein* Hund!«

Ava war offensichtlich in Streitlaune. Beste Voraussetzung, um ihr eine Lektion zu erteilen, wie weit sie bei mir gehen konnte.

»Los, aufstehen! Wir gehen raus.«

Ungläubig blickte sie mich an.

»Ja, richtig verstanden.«

»Hast du mal rausgeschaut?«, fragte sie schon beinahe fassungslos. Dieses Mal blickte ich fragend aus dem Fenster. Ich drehte mich wieder zu ihr und sah sie achselzuckend an. »Ja, bestes Winterwetter. Schnee, Sonne, klare Luft.«

»Lass dich von mir nicht aufhalten. Vielleicht fällt dir unterwegs ja wieder ein, wo du eigentlich wohnst und du findest den Weg dorthin zurück.«

Ich hockte mich vor Ava und legte meine Hände auf ihre Knie. Sie zuckte leicht, blieb aber sitzen. Ich wartete, bis sie mich ansah, und streichelte über ihre Oberschenkel. »Ist alles in Ordnung? Wir haben eben nicht über dich gelacht. Also, nicht wirklich. Naja, gut. Vielleicht doch. Aber nur ein kleines bisschen.«

Avas Miene verdunkelte sich rapide und bei mir wuchs das Verlangen, sie in den Arm zu nehmen und solange zu küssen, bis die kleine Zornesfalte zwischen ihren Brauen verschwand.

»Aber es war nichts Schlimmes. Ehrenwort.«

Ava rollte mit den Augen. »Das habe ich gestern irgendwie schon mal gehört«, sagte sie und wollte wegrücken.

Ich presste meine Hände hinter ihre Knie, um sie davon abzuhalten. Angestrengt dachte ich darüber nach, was sie gemeint haben könnte. Dann fiel es mir ein. »Na, das habe ich ja wohl auch eingehalten, oder etwa nicht?«, antwortete ich grinsend.

Ava schnaubte verächtlich durch die Nase.

»Hab ich nicht?«, fragte ich. Ich fuhr über ihre Beine und drückte leicht zu, als ich ihre Kniekehlen erreichte. Ava zuckte zusammen und zog die Beine an. Sie war ziemlich kitzlig. Sofort kassierte ich noch einen ihrer bösen Blicke. »Ich wüsste nicht, dass ich mich gestern nicht benommen hätte«, erklärte ich voller Überzeugung. *Hatte ich doch, oder?*

»Woher willst du überhaupt wissen, was gestern passiert ist? Du warst völlig betrunken, als du nach Hause gekommen bist.«

Ava realisierte im selben Moment wie ich, was sie da gerade gesagt hatte. Mit weit aufgerissenen Augen sah sie mich erschrocken an. Mir hingegen erwärmte es das Herz und lauter Jubel brach in mir aus.

»Ich meinte: In mein Haus eingebrochen bist.« Sie verschränkte die Arme vor der Brust und starrte wieder nach draußen.

Ich wollte gerade etwas erwidern, als sie mir abermals ins Wort fiel.

»Mal ehrlich, wie kommst du hier überhaupt immer rein?«

Ich beugte mich vor und gab ihr einen laut schmatzenden Kuss. Ich konnte einfach nicht länger widerstehen. Wenn sie so trotzig guckte und die Unterlippe vorschob, lud es mich regelrecht ein, sie zu küssen. Sie hatte wohl nicht damit gerechnet und ließ mich überrascht gewähren. Ich setzte mich neben sie und zog sie an meine Seite. Wieder ließ sie es zu und meine Brust schwoll vor Freude mehr und mehr an. »Ein Magier verrät nie seine Geheimnisse. Denn sonst wären es ja keine Geheimnisse mehr.«

»Wow! Tiefgründig, Aiden, sehr tiefgründig.« Purer Sarkasmus schwang in ihrer Stimme mit.

»Ich habe sehr lange daran gefeilt, also fasse ich das als Kompliment auf. Los, komm jetzt. Du hast Diego gestern einen langen Spaziergang versprochen. Hat er mir heute morgen selbst erzählt. Sei ein liebes Frauchen und halte deine Versprechen.« Ich stand auf und zog an ihrer Hand.

Widerwillig ließ sie sich hochziehen und landete an meiner Brust. Ich umfasste ihr Gesicht, legte meine Daumen unter ihr Kinn und hob es sachte an. Wenn sie so an mir hochsah, stolperte mein Herz jedes Mal und ein warmer Schauer rieselte durch mich hindurch. Das komische Gefühl in meiner Brust breitete sich mehr und mehr aus. Lange blickten wir uns einfach nur an. Ich wünschte, ich hätte wenigstens für einen kurzen Moment in ihre Gedanken eintauchen können. Ich sah den Sturm, der hinter ihren blassblauen Augen wütete und war mir ziemlich sicher, dass sie ebenfalls etwas für mich empfand. Das spürte ich. Aber Ava war so verdammt dickköpfig. Ich musste mich einfach noch mehr ins Zeug legen, um sie von mir zu überzeugen.

Ava sah, was ich vorhatte und tat nichts, um es zu verhindern. Kurz bevor sich unsere Lippen berührten, schloss sie ihre Augen und lehnte sich in meine Richtung. Unser Kuss fing ganz unschuldig an und ich gab mir große Mühe, nichts zu überstürzen. Ich küsste ihren sinnlichen Mund, nahm ihre Oberlippe sanft zwischen meine Lippen, leckte über ihre Zunge und erforschte ihren Mund. Wir wurden immer vertrauter miteinander und Avas kleinen Japser nach Luft und ihr leises Stöhnen brachten mein Herz zum Stolpern. Ich küsste zum Schluss ihre Nasenspitze und schloss meine Arme fest um ihren Rücken. Ava schmiegte sich an meinen Hals und atmete seufzend ein. Ihre Locken kitzelten mich am Kinn und ich vergrub mein Gesicht in ihren Haaren. Fuck, sie roch unwiderstehlich gut.

Ich hätte sie stundenlang einfach nur in meinen Armen halten können, aber es gab da einen kleinen schwarzen Kerl, der jetzt ungeduldig wurde und sein Recht auf Aufmerksamkeit einforderte. Er drängelte sich von hinten durch meine Beine hindurch und als ich nach unten blickte, öffnete Diego sein Maul und ließ hechelnd seine Zunge heraushängen. Ava folgte meinen Blick und gleichzeitig brachen wir in Gelächter aus. Gott, ich liebte diesen Hund. Aber noch mehr liebte ich den Sound von Avas Lachen. Hingerissen starrte ich sie an. Es war das schönste Lachen auf der Welt. Mein Herz machte wieder diesen komischen Aussetzer und gab noch mehr Platz für Ava frei. Shit, wenn sie so weiter machte … Ich schloss meinen Mund und schluckte schwer. Verwundert, warum ich aufgehört hatte zu lachen, sah sie mich an und augenblicklich verschwand auch aus ihrem Gesicht jeglicher Humor. Ich griff in ihren Nacken und zog sie wieder an mich. Schon fast brutal knallten wir mit den Lippen aufeinander und ich küsste Ava, als wäre sie meine Luft zum Atmen.

»Fuck, wir müssen hier raus, bevor ich mein Wort doch noch breche.« Ich zog sie hinter mir her und gab ihr ihren Mantel. Während Ava ihre Stiefel zuschnürte, zog ich mir meine Boots und die Jacke an und holte meine Mütze aus der Jackentasche. Diego wurde immer ungeduldiger und lief aufgeregt zwischen mir und Ava hin und her. »Geht gleich los, Buddy. Bei Frauen dauert es eben immer etwas länger.«

*Wuff!,* machte Diego und ich fing an zu lachen.

Ava hingegen schnaubte verächtlich. Fragend sah ich sie an, doch sie ignorierte mich. Sie stand auf und wickelte sich einen übertrieben großen Schal um den Hals. Nachdem sie ihre Mütze aufgesetzt und sich ihre Lederhandschuhe angezogen hatte, sah man von ihr nicht mehr ein Stück Haut. Nur einen kleinen Schlitz für die Augen hatte sie freigelassen.

Ich schüttelte den Kopf. »So kannst du absolut nicht rausgehen.«

»Was? Wieso nicht?« Fragend sah sie an sich herunter und dann wieder zu mir.

»Wie soll ich dann das hier machen?« Ich zog sie an ihrem Schal zu mir und drückte das Ding nach unten, um sie zu küssen. Wieder ließ sie es einfach geschehen.

»Niemand zwingt dich, mich zu küssen!«, sagte sie, als ich von ihr abließ und drehte sich auf dem Absatz um.

Auf den Mund gefallen war sie jedenfalls nicht. Schmunzelnd folgte ich ihr durch den Seitenausgang der Garage.

»Ist es nicht herrlich hier draußen?« Ich hatte die Hände in die Hosentaschen gesteckt und blickte in den Himmel.

»Mhm, traumhaft«, antwortete sie ironisch.

»Findest du etwa nicht? Was gibt es Schöneres als Schnee, Sonne und einen blauen Himmel?«

»Strand, Palmen, Hitze?!«, antwortete sie wie aus der Pistole geschossen.

Ah! Ich verstand langsam, was ihr Problem war. »Du bist kein großer Fan vom Winter, was?« Ich stupste sie leicht mit der Schulter an.

»Ich hasse Kälte.«

Ein krasser Gegensatz zu mir. Sollte ich vielleicht anfangen, Strichliste zu führen? Lieber nicht. »Warum dann ausgerechnet Rhode Island?«, fragte ich. »Wir haben ziemlich verlässliche Winter bei uns.«

Ava zuckte lediglich mit den Schultern und blieb still. Wir waren mittlerweile am Lily Pond angekommen, wo heute einiges los war. Der See wurde vor ein paar Tagen offiziell zum Betreten freigegeben und überall waren Menschen. Einige hatten sich ein Feld freigeschaufelt und spielten Hockey. Ich sollte Ava zeigen, wie man Schlittschuh läuft. Vielleicht würde es ihr Spaß machen und sie könnte dem Winter zumindest eine gute Sache abgewinnen. Für mich gehörte Hockey zum Leben und es gab fast nichts, was mir mehr Spaß machte.

»Ich hätte kein Mitleid, wenn das Eis jetzt bricht und die alle erfrieren.«

Ich sah überrascht zu Ava. »Was haben dir die armen Leute getan?«

»Nichts, aber wer so doof ist und sich auf das dünne Eis begibt, hat selbst Schuld, wenn er stirbt.«

Ich fing an zu lachen. »Der See wurde von der Behörde freigegeben, Ava. Wenn also jemand sterben würde, wäre der verantwortliche Beamte schuld.«

Ava schüttelte den Kopf und setzte ihren Weg fort. »Was, bitteschön, ist an Kälte und Schnee so toll? Das habe ich noch nie verstanden«, fragte sie und blieb so abrupt stehen, dass ich ihr beinahe in sie hinein gelaufen wäre.

»Sieh dich um«, sagte ich und deutete mit der Hand nach vorne. »Die Landschaft, die Sonne, der Schnee. Das alles sieht doch fantastisch aus. Die Luft ist klar und rein. Man kann Ski fahren, Snowboarden, Eishockey spielen, Schneeballschlachten veranstalten, Iglus bauen, Schlitten fahren, Weihnachten steht vor der Tür. Ich finde, der Winter ist die schönste Jahreszeit überhaupt!«

»Statt Ski fahren kann man genauso gut Wasserski fahren, statt Snowboarden Wakeboarden, statt Eishockey Inliner laufen, statt Schneeballschlachten macht man eine Wasserbombenschlacht, statt Iglus zu bauen, geht man zelten. Und das Beste daran: Es ist warm, man kann im Bikini am Strand herumlaufen und muss nicht tonnenweise Klamotten anziehen, damit man nicht erfriert und stirbt.«

Ich hatte plötzlich einen furchtbar trockenen Hals. Alles, was ich behalten hatte, war das Bild von Ava im Bikini. Hatte sie noch etwas anderes gesagt? Ich hatte keinen blassen Schimmer. Mein Schwanz und ich stritten gerade, wer das Exklusivrecht auf das Bild von Ava im Bikini bekam. Ich gab mir Mühe, meine leicht außer Kontrolle geratene Atmung in den Griff zu bekommen und versuchte, unauffällig mit den Händen in der Hosentasche meinen Schwanz bequemer zu positionieren. *Fuck!* Warum hatte sie nur damit angefangen?

»Hat es dir jetzt endlich mal die Sprache verschlagen?« Mit hochgezogenen Augenbrauen sah sie mich an.

Ich räusperte mich kurz. »Du kannst auf einem Surfbrett stehen?«, krächzte ich. Erleichtert atmete ich aus und war stolz auf mich, dass ich nichts Anzügliches gesagt hatte.

»Es mag dich vielleicht überraschen, aber ich kann alles fahren, wo Räder drunter sind. Oder eben vorzugsweise Wasser.«

Erstaunt sah ich zu ihr. »Echt jetzt?«

»Jepp.«

Scheiße. Jetzt hatte ich nicht nur Ava im Bikini im Kopf, sondern eine *nasse* Ava im Bikini, die auf dem Surfbrett stand und über die Wellen ritt.

»Wow.« Ich wusste nicht, was ich sagen sollte. Ava hatte sich gerade unwissentlich noch attraktiver gemacht.

»Einen sprachlosen Aiden, *das* nenne ich Wow!«

»Du hast ›Aiden‹ und ›Wow‹ in einem Satz gesagt, das nenne ich *unfuckinfassbar!*« Ich zwinkerte ihr zu und bückte mich, um einen Schneeball zu formen.

Skeptisch beäugte sie mich und im ersten Moment war ich versucht, sie damit zu bewerfen. Da ich nun allerdings eine leise Idee davon hatte, wie Ava den Winter und die damit einhergehende Kälte fand, wollte ich die gute Stimmung nicht versauen. Stattdessen warf ich die Schneekugel für Diego, der dieser hinterherjagte. Sie verschwand in einer Schneeverwehung und Diego sprang wie ein Känguru hoch und tauchte tief in den Schnee ein. Man sah nur noch seinen Hintern und die Rute rausgucken. Ava fing an zu lachen und wieder sah ich fasziniert zu ihr.

»Gott, ich liebe ihn wirklich. Aber manchmal ist er einfach nur saublöd. Typisch Junge halt.«

»Hey, Moment mal! Nicht alle Jungs sind blöd! Und mein Buddy schon gar nicht. Guck, er hat sie sogar gefunden.«

Ava sah zu Diego, der gerade schmatzend auf uns zugelaufen kam und mich aufforderte, noch eine Kugel zu werfen. Ich tat ihm den Gefallen. Wieder schoss er wie ein geölter Blitz davon und sprang in den Schnee.

»Also, gibt es noch mehr verborgene Talente, von denen ich wissen müsste?«, fragte ich Ava und legte meinen Arm um ihre Schulter. Es fühlte sich verfickt großartig an, sie im Arm zu halten.

»Ich kann zehn Pancakes hintereinander essen, ohne mich zu übergeben. Und ich kann meinen Namen blind rückwärts schreiben.«

Ich warf den Kopf in den Nacken und lachte laut los. Fuck, sie war echt witzig.

»Das mit den Pancakes glaub ich dir allerdings nicht.«

»Du willst Beweise?«, forderte sie mich heraus.

»Und ob!«

»Sag mir wann und wo. Du gegen mich.«

»Ich soll mitmachen? Sorry, Baby, aber die Wette wirst du verlieren. Niemand kann mehr Pancakes verputzen als ich.«

»Herausforderung angenommen. Also, wann und wo?« Ava blieb stehen und sah mich auffordernd an.

»Morgen früh. Dein Haus, deine Küche, *meine* Pancakes!«

»Du und kochen? Soll ich nicht lieber Magda bitten, uns welche zu machen?«, fragte sie zweifelnd.

»Hast du etwa Angst, sie könnten dir schmecken?«

Ava rollte mit den Augen und ging wieder weiter. »Du kennst doch Magdas Essen mittlerweile. Niemand macht bessere Pancakes als sie.«

Ich lief ein Stück und blieb vor ihr stehen. »Du hast das Wann und Wo bestimmt, ich bestimme das Wer. Sorry, aber so und nicht anders wird's laufen.«

Ava verzog den Mund und schüttelte den Kopf.

Ich zog sie am Schal dicht zu mir. »Und, kneifst du oder stehst du deinen Mann?«

»Ich bin kein Mann!«, protestierte sie sofort.

Ich schloss die Distanz zwischen uns und nahm ihre Lippen in Besitz. »Glaub mir, Baby, dessen bin ich mir mehr als bewusst«, flüsterte ich und durfte wieder erleben, wie Ava sich mir zuwandte. Ich legte meine Hände um ihr Gesicht und neigte ihren Kopf zur Seite, um den Kuss zu vertiefen.

»Aiden!«

Ich stöhnte und legte den Kopf in den Nacken, als Steven nach mir rief. Warum musste der Pisser ausgerechnet heute hier sein? Langsam öffnete auch Ava die Augen und als sie sah, dass Steven auf uns zukam, wollte sie einen Schritt zur Seite machen. Doch das ließ ich nicht zu und griff nach ihrer Hand. Widerwillig ließ sie sich von mir zum Ufer ziehen, wo Steven und Carter auf Schlittschuhen zu uns gefahren kamen.

»Lass mich los, Aiden!«, zischte Ava hinter mir und versuchte, ihre Hand aus meiner zu befreien.

»Warum?«, fragte ich verwundert.

»Weil da vorne deine Freunde kommen und dich hier mit mir sehen könnten?«, sagte sie, so als hätte es mir unangenehm sein müssen, mich mit ihr sehen zu lassen.

»Ja, und?«, fragte ich deshalb.

»Aiden, *bitte!*«, flüsterte sie jetzt.

Steven war der Erste, der am Ufer ankam. »Hi, ich bin Steven. Und du musst Ava sein.« Steven zog seinen Handschuh aus und hielt ihr die Hand hin.

Ava erstarrte und blickte erst mich, dann Steven an. Schließlich berappelte sie sich und reichte ihm die Hand. »Hi«, antwortete sie schüchtern.

Ich zog sie dicht an meine Seite und legte meinen Arm um sie. Sie sollte nicht das Gefühl haben, dass sie mein kleines Geheimnis war.

»Hey, Pussy«, begrüßte mich Carter und bekam prompt von Steven eins mit dem Hockeyschläger übergebraten.

»Manieren, Miller!«

Carters Blick fiel auf Ava neben mir und sofort bereute er sein loses Mundwerk. »Sorry, Ava. Ich hab nur den Großen gesehen. Der stellt ja alles in seinen Schatten. Ich bin Carter.«

Und dann besann sich auch Carter wieder seiner guten Kinderstube und gab meinem Mädchen die Hand.

*Meinem Mädchen???*

»Hi, Carter.« Avas Stimme gewann langsam wieder an Kraft.

Ich nahm mir vor, meinen Jungs einen Drink zu spendieren, weil sie sich Ava gegenüber halbwegs anständig benahmen.

»Was macht ihr hier? Ist das dein Hund?« Steven zeigte auf Diego, der sich hinter Avas Beinen versteckte und meine Jungs mit Argwohn beobachtete.

»Das ist Diego. Allerdings mag er keine Jungs. Also nicht wundern, wenn er euch nicht begrüßt.«

»Und bei Aiden geht's trotzdem?«, fragte Steven und hockte sich hin, um Diego hinter Ava hervorzulocken.

»Irgendwie schon. Keine Ahnung, was er mit ihm gemacht hat.«

»Also, ich kann mir denken, woran das liegt«, antwortete Carter und hockte sich ebenfalls zu Diego. »Hey, Buddy. Komm doch mal her. Hast du Lust auf Hockey?«

Carter holte einen Puck aus der Tasche und ließ diesen aufs Eis fallen. Diego fixierte sofort die Scheibe und als Carter den Puck mit dem Schläger bewegte, macht er einen Schritt nach vorne. Ava und ich blickten erstaunt zu Diego. Schließlich sprang er auf Carter zu und bellte ihn herausfordernd an.

»Ich glaub, dein Hund mag Hockey. Habt ihr Zeit? Lasst uns doch eine Runde spielen.« Carter fuhr weiter aufs Eis hinaus und Diego folgte ihm.

»Wir haben auch noch ein paar Ersatzschuhe dabei. Wenn du Lust hast, lass uns eine Runde spielen. Für Ava hätten wir einen Stuhl und heißen Rum zum Aufwärmen.« Steven schaute erst mich und dann Ava an.

Fuck, ich liebte meine Jungs. Wir hatten erst gestern Abend über Ava gesprochen und entgegen meiner Befürchtung, hatte sich keiner über mich lustig gemacht.

Ich sah zu Ava, die mich anschaute. Ich hob eine Schulter. »Wir müssen nicht, wenn du nicht möchtest. Wir können auch einfach weitergehen.« Ich überließ ihr die Wahl.

»Du kannst gerne mit deinen Jungs eine Runde mitlaufen.«

»Und du? Was ist mit dir?« Wenn sie jetzt gehen wollte, würde ich mitgehen.

»Ich setze mich solange auf den Stuhl. Diego bekommen wir jetzt sowieso erst mal nicht von Carter weg.« Sie nickte hinter mich, wo Diego aufgeregt Carter anbellte.

»Ich vermute, damit könntest du recht haben.«

»Ist es auch wirklich sicher auf dem Eis? Ich will ungern sterben.«

»Das Eis ist über 20 cm dick. Hier kannst du mit einem Hummer rüberfahren, da bricht nichts ein. Ehrenwort«, versicherte ihr Steven.

Ava blickte kurz zu mir und schüttelte dann den Kopf. Ich musste schmunzeln. Irgendwann würde auch sie noch lernen, dass wir unser Ehrenwort hier sehr ernst nahmen.

»Okay, aber wenn irgendwas knackt oder kracht, schnappe ich mir meinen Hund und bin weg.«

»Geht klar. Brauchst du Hilfe?« Steven hielt Ava die Hand hin, um ihr aufs Eis zu helfen.

Ich schubste ihn zur Seite und griff selbst nach Avas Hand.

»Ich wollte sie dir schon nicht wegnehmen, Alter«, feixte Steven.

»Ich kann das auch ganz gut alleine. Kein Grund für Revierpisserei.« Ava machte einen großen Satz und als sie mit der Hacke auf dem Eis aufkam, rutschte sie weg und kippte nach hinten.

Steven und ich waren sofort zur Stelle und fingen sie auf.

»Scheiße, ist das glatt!«, fluchte Ava laut.

Steven fing an zu lachen, während mein Herz noch erschrocken zitterte. Zum Glück war sie nicht hingefallen.

»Und ich mache mir Sorgen wegen Carters losem Mundwerk. Dein Mädchen kann fluchen, Mann!«

»Ich bin nicht sein Mädchen!«, protestierte Ava sofort und stapfte an uns vorbei.

Ich folgte ihr augenblicklich, um sie aufzufangen, falls sie noch mal ausrutschen sollte.

»Das weiß sie nur noch nicht«, murmelte Steven hinter mir.

Ich war froh, dass ich mir meinen dicken Wollschal umgebunden hatte. Wenn man einfach nur auf dem Eis saß, kroch die Kälte in jede Ritze, und mir war mittlerweile arschkalt. Ich saß mit angewinkelten Beinen auf dem Campingstuhl am Spielfeldrand und beobachtete Aiden und seine Freunde, wie sie mit Diego übers Eis jagten. Ich war anfangs verunsichert, ob Diego sich beim Versuch, den Puck zu fangen, verletzen könnte, aber alle drei achteten ganz besonders auf meinen Hund. Nach einer Weile war Diego allerdings völlig am Ende, sodass Aiden ihn zu mir brachte.

»Diego ist fertig für heute.«

Aiden war mit den Schlittschuhen noch größer und ich musste meinen Kopf weit in den Nacken legen, um ihm ins Gesicht sehen zu können. Die Sonne blendete und ich schirmte meine Augen mit den Händen ab.

»Das denke ich auch.«

»Hier, leg ihn da drauf.« Aiden zog sich seine Jacke aus und breitete sie neben mir auf dem Eis aus.

Entgeistert klappte mir die Kinnlade runter. »Aiden, es ist arschkalt! Zieh deine Jacke wieder an. Diego kann sich auf meinen Schal legen.« Ich fing an, meinen Schal auszuziehen, doch Aiden beugte sich zu mir und legte das lose Ende zurück über meine Schulter.

»Schon gut. Mir ist warm und du siehst aus, als würdest du frieren. Komm her.« Aiden lehnte sich vor und gab mir einen Kuss.

Sein heißer Atem streichelte über meine kalte Haut und als er seine Lippen nach wenigen Sekunden wieder von meinen löste, war mir zumindest oberhalb des Halses wärmer. Okay, nicht wärmer, mir war heiß.

»Jungs!« Aiden erhob sich und brüllte plötzlich laut über den See.

Fragend sah ich zu ihm auf.

»Ava friert. Los, ich brauch eure Jacken.«

»Aiden, das muss nicht sein. Es geht schon. Mir ist nicht so kalt«, zischte ich.

Gott, was sollten Steven und Carter jetzt für einen Eindruck von mir haben? Die dachten bestimmt, dass ich eine verwöhnte Kuh war, die sich ständig über irgendwas beschwerte. Carter kam als Erster bei uns an und hatte schon den Reißverschluss seiner Jacke geöffnet. Steven folgte ihm und zog sich ebenfalls die Jacke aus.

»Hier, Babe.« Carter legte mir seine Jacke über die Schultern und Steven seine über meinen Schoß.

»Besser? Du kannst auch meine Handschuhe haben.« Carter wollte tatsächlich auch noch seine Handschuhe ausziehen.

»Nein! Ist schon gut. So kalt ist mir gar nicht. Ehrlich, Aiden übertreibt maßlos«, murmelte ich peinlich berührt.

»Du hast eiskalte Lippen! Natürlich frierst du!«, erwiderte Aiden empört.

»Wir brauchen die Jacken wirklich nicht. Ich wollte meine sowieso gerade ausziehen«, wollte mir Steven versichern.

»Oder möchtest du gehen?«, fragte mich Aiden zum x-ten Mal.

Seit ungefähr einer Stunde waren wir auf dem Eis und ich hatte mich nicht eine Sekunde gelangweilt. Es machte ehrlich gesagt wirklich Spaß, den Jungs zuzusehen.

»Nein, noch geht's. Und wenn nicht, geh ich einfach. Du musst mich nicht alle paar Minuten fragen. Ich finde den Weg auch ohne dich.«

Ich wusste, dass ich mich Aiden gegenüber schroff verhielt, doch ich war mir immer noch nicht im Klaren darüber, was das Ganze zu bedeuten hatte und ob Aiden es wirklich Ernst mit mir meinte. Natürlich hatte es mich überrascht, dass sowohl Steven als auch Carter anscheinend wussten, wer ich war. Auch diese zwei kamen immer wieder zu mir und erkundigten sich, ob ich etwas bräuchte, ob mir kalt wäre oder ich Durst hätte. Ich musste eingestehen, dass Aidens Freunde wirklich in Ordnung waren. Und das war die größte Überraschung überhaupt. Wie kam ein Blödmann wie Aiden zu so netten Freunden?

Aiden stützte sich mit den Händen auf den Armlehnen ab und zog mich samt Stuhl zu sich. Mit seinen eisblauen Augen fixierte er mich und ich musste automatisch schlucken. Er sah nicht sehr happy aus.

»Ich weiß, dass du den Weg auch ohne mich findest. Aber das heißt noch lange nicht, dass ich dich alleine gehen lasse«, sagte er und drückte mir wieder einen seiner Diebstahlküsse auf die Lippen.

Ich unterdrückte den Seufzer, der jedes Mal entwischen wollte, wenn er das tat.

»Pass schön auf Frauchen auf, Buddy.« Aiden sah von Diego wieder zu mir. »Du solltest ihn bei dir behalten. Jetzt wird's nämlich hässlich.« Diabolisch grinste er mich an und stahl sich noch einen Kuss, bevor er davonbrauste.

Und Aiden behielt Wort. Das Spiel mit Diego war nichts gegen das, was ich dann zu sehen bekam. Die Jungs spielten Einer gegen Einen und abwechselnd stand der Dritte im Tor. Ich sah fasziniert zu und konnte langsam verstehen, warum sie so viel Spaß dabei hatten. Es war ein rasantes, aggressives Spiel mit viel technischer Raffinesse. Man musste perfekte Körperbeherrschung besitzen, um auf dem glatten Eis mit den dünnen Kufen nicht ins Schleudern zu geraten.

Es war beinahe wie beim Surfen. Wenn man die Welle falsch erwischte und keinen richtigen Stand auf dem Brett hatte, begrub sie einen unter sich und man war ihrer rohen Gewalt hilflos ausgesetzt. Es kostet einiges an Mühe und viel Erfahrung, das Surfbrett und die Wellen zu beherrschen. Ich surfte seit meiner frühesten Kindheit und liebte es, auf dem Wasser zu sein. Mein Dad hatte es mir beigebracht und wir hatten uns, so oft wir konnten, an den Strand geschlichen und waren den ganzen Tag auf dem Wasser. Bis meine Mom vor knapp drei Jahren so schrecklich krank wurde und sich unser aller Leben für immer verändert hatte.

Ich spürte, wie meine gute Laune langsam verschwand und das unangenehme Gefühl in meinen Bauch zurückkehrte. Plötzlich wollte ich nichts mehr, als sofort nach Hause zu gehen und mich dort in mein Bett zu verkriechen. Ich stand auf, legte Stevens und Carters Jacken auf den Stuhl und schüttelte meine Beine aus. Durch die dicken Jacken war mir tatsächlich etwas wärmer geworden.

Diego hob seinen Kopf und sah mich neugierig an.

»Komm, es ist Zeit nach Hause zu gehen. Magda dürfte das Essen bald fertig haben.« Ich schnappte mir Diegos Leine und drehte mich zum Spielfeld, um den Jungs Bescheid zu geben, dass ich ging.

Carter stand im Tor und Steven und Aiden rangelten gerade um den Puck. Steven holte weit aus, zielte aufs Tor und rammte dabei versehentlich den Schläger in Aidens Schoß. Schmerzerfüllt jaulte dieser auf und fiel mit den Händen gegen seinen Schritt gepresst zur Seite. Eine Sekunde später schrie auch Carter laut und sackte auf die Knie, die Hände ebenfalls gegen seine Mitte gedrückt.

»Du blöder, verdammter Wichser!«, brüllte Carter. »Du hast mir den scheiß Puck genau in die Eier geschossen!«

Aiden drehte sich auf den Rücken und stöhnte laut. Diego fing an zu winseln und wollte zu ihm. Ich passte nicht auf und hielt die Leine noch in der Hand, als er sich mit einem Ruck losmachte, um zu Aiden zu laufen. Ich verlor das Gleichgewicht und knallte mit dem Rücken auf das harte Eis. Mir blieb augenblicklich die Luft weg.

»AVA!«

Ich hörte Aiden erschrocken aufschreien und nur eine Sekunde später war Steven bei mir und half mir auf. Als ich auf meinen Beinen stand bemerkte er, dass ich keine Luft bekam, und riss meine Arme nach oben.

»Shit! Was ist mir ihr?« Aiden kam angeschossen und Eis flog an uns hoch, als er nur wenige Zentimeter vor mir zum Stehen kam.

»Sie ist ziemlich hart aufgeprallt«, erklärte Steven und sah mir dabei besorgt in die Augen.

Sofort drängte ihn Aiden zur Seite und nahm meine Hände in seine.

Ich machte einen vorsichtigen Versuch und atmete langsam ein. »Es geht schon wieder«, krächzte ich, als auch noch Carter angefahren kam und mich ebenfalls beunruhigt ansah.

»Was ist mir ihr?«

Steven erzählte ihm, was passiert war, als Aiden mich vorsichtig an seine Brust zog.

»Hast du dir wehgetan? Kriegst du gut Luft?« Zärtlich streichelte er mit der Rückseite seiner Hand über mein Gesicht und tastete meine Arme ab.

Ich nahm noch einen tiefen Atemzug und stellte erleichtert fest, dass wieder alles in Ordnung war. Ich schob seine Hände von mir. »Mir geht's gut. Ich bin nur ausgerutscht.«

Trotzig griff Aiden um meine Hüfte und zog mich wieder zu sich. »Lass uns nach Hause gehen. Ich hab sowieso keine Lust mehr«, sagte er und drückte mir einen Kuss auf die Schläfe.

»Ja, aber nur, weil du gerade am Verlieren warst«, spottete Steven und boxte Aiden gegen die Schulter.

»Alter, du hast mir gerade eben die Chance auf Fortpflanzung genommen!« Böse funkelte er Steven an und wandte sich dann wieder zu mir. »Los, lass uns abhauen.« Aiden setzte sich auf den Stuhl, zog die Schlittschuhe aus und schlüpfte in seine bestimmt eiskalten Boots. Doch er verzog keine Miene und hob seine Jacke vom Eis auf.

»Komm schon, Mann, du weißt, dass das keine Absicht war.« Steven kam einen Schritt auf uns zu und sofort stellten sich Diegos Nackenhaare auf.

Aiden fing augenblicklich laut an zu lachen. »Vorsicht, Jenkins. Ava hat ihn irgendwie abgerichtet.«

Steven blickte etwas nervös zu Diego und hob beschwichtigend die Hände. »Sorry, Buddy, ich wollte deiner Ava nichts tun.«

»Ach, der ist doch nicht abgerichtet.« Carter bückte sich und wuschelte ihm durchs Fell. Diego ließ ihn gewähren und gab ihm sogar einen feuchten Schleck übers Gesicht. »Siehst du, der liebste Hund der Welt. Hey, wenn du mal keine Zeit hast, ich hole ihn gerne raus und geh mit ihm eine Runde. Mich scheint er jedenfalls zu mögen.«

Aiden fing an zu kichern, legte aber sofort die Hand an sein bestes Stück. »Fuck, Mann, ich muss gleich mal checken, ob da unten noch alles dran ist.«

»Ich auch. Wieso hast du das gemacht, Pisser?«, fragte Carter an Steven gewandt. Auch Carter hielt sich die Hände gegen den Schoß und funkelte Steven böse an.

»Ich denke, ich weiß jetzt, warum Diego Steven nicht mag«, sagte ich laut und alle drei Köpfe drehten sich zu mir. Ich zuckte mit der Schulter. »Steven ist der Einzige von euch, dessen Eier noch intakt sind.« Ich schnappte mir die Leine und ging mit meinem Hund zurück zum Ufer. Ich musste schmunzeln, als hinter mir lautes Gelächter ausbrach.

»Scheiße, Mann, dein Mädchen ist witzig!«, lachte Steven.

»Ich glaub, ich hab mich auch gerade in sie verliebt«, hörte ich Carter fröhlich japsen.

Mein Herz setzte einen Schlag aus. *Auch in mich verliebt?* Ich redete mir ein, dass das nur eine Floskel war. Aiden konnte unmöglich in mich verliebt sein.

»Hey, warte!«, rief Aiden mir hinterher.

Jedoch ging ich weiter, ohne mich umzudrehen. Es kostete mich viel

Konzentration, auf dem glatten Eis nicht wieder auszurutschen. Ich war mir sicher, dass ich einen großen blauen Fleck am Hintern hatte und der reichte mir fürs Erste.

Aiden holte mich im Nu ein und griff nach Diegos Leine. »Lass mich ihn nehmen. Ich will nicht, dass er dich noch mal umwirft.«

Ich ließ die Leine los. Wenn ich es nicht freiwillig getan hätte, hätte er sie sich sowieso einfach genommen. Bis wir am sicheren Ufer waren, brauchte ich wirklich alle Hände frei, um mich auszubalancieren. Prompt trat ich wieder auf eine rutschige Stelle und riss die Arme hoch.

Aiden fing an zu kichern und hielt mich am Rücken fest. »Eis und du, ihr werdet keine Freunde mehr, was?« Seufzend beugte er sich runter und hob mich in seine Arme.

»Hey, ich kann selbst laufen!«, protestierte ich sofort.

Doch Aiden ließ sich nicht beirren und trug mich den restlichen Weg zum Ufer. Er kam dabei nicht ein einziges Mal ins Straucheln, obwohl er zusätzlich auch noch Diegos Leine in der Hand hielt. Insgeheim bewunderte ich ihn für seine Standfestigkeit und seine Kraft. Er hatte mich jetzt schon ein paar Mal getragen und kein einziges Mal mit der Wimper gezuckt oder auch nur eine Perle Schweiß vergossen.

»Bitteschön!« Aiden strahlte mich an, als er mich absetzte. Er schien sehr zufrieden mit sich zu sein und erwartete offensichtlich eine Belohnung. Da ich ihn aber weder um das eine noch das andere gebeten hatte, nickte ich einfach nur und ging zurück zur Straße.

Aiden holte mich nach nur wenigen Schritten ein und drehte mich zu sich um. »Du hast ein echtes Problem damit, dich bei anderen zu bedanken, oder?« Aiden war sauer. Er hatte die Augenbrauen zusammengezogen und seine Lippen bildeten eine schmale Linie.

»Nein, hab ich nicht!«, widersprach ich. »Ich mag es allerdings nicht, wenn man um Belohnungen regelrecht bettelt.«

»*Bettelt?*«, rief er erstaunt aus.

»Ich hätte den Weg auch ohne dich geschafft!«

»Du bist echt unglaublich, Ava!« Aiden raufte sich die Haare und drehte sich von mir weg. Ich wusste, dass ich übertrieb, aber ich wollte mir jetzt nicht die Blöße geben und klein beigeben.

Aiden drehte sich zurück und sah mich genervt an. »Fein! Weißt du was? Lass es einfach! Ich bin ja selbst schuld, nicht wahr? Ich hätte es ja nicht machen müssen.«

Ich nickte kurz, drehte mich um und ging mit rasendem Herzen zurück nach Hause. Mir war bewusst, dass ich maßlos übertrieben hatte.

»Ich muss um die Belohnung nicht einmal betteln, Ava!«, rief er mir laut hinterher.

Mein Puls schlug höher und meine Schritte wurden länger. Diego trabte mittlerweile neben mir, weil ich immer schneller wurde. Ich hatte keine Ahnung, was auf einmal in mich gefahren war. Ich war zu Hause schon so genervt von ihm gewesen, als er sich mit Magda über mich lustig gemacht hatte. War es seine offensichtliche Erwartungshaltung mir gegenüber? Er forcierte solche Situationen doch nur, damit ich mich bei ihm bedanken musste. Damit er genau das machen konnte, was er jetzt gerade tat.

»Ich nehme mir einfach, was mir zusteht!« Plötzlich packte Aiden mich von hinten und hob mich an der Taille nach oben.

Ich schnappte erschrocken nach Luft, da ich ihn nicht hatte kommen hören. Er wirbelte mich einmal im Kreis und als er mich abstellte, drehte er mich zu sich, umfasste mein Gesicht und krachte mit seinem Mund gegen meinen. Fordernd drängte er meine Lippen auseinander und wollte mit der Zunge in meinen Mund gleiten. Ich wehrte mich. Ich biss die Zähne fest aufeinander und versuchte, meinen Kopf wegzudrehen, doch Aiden hielt dagegen.

»Ich mach genau das, was du tust«, hauchte er an meinem Mund.

Ich hielt die Luft an, damit mich sein blöder Duft nicht einlullte und meinen Entschluss ins Wanken brachte.

»Ich nehme mir einfach, was mir zusteht«, wiederholte er und legte seine Lippen wieder auf meine.

»Ich nehme mir gar nichts, Aiden! Und jetzt lass mich los!« Ich versuchte, seine Hände von meinem Gesicht zu ziehen und mich aus seiner Umarmung zu winden, doch je mehr ich mich wehrte, desto stärker wurde sein Griff.

»Hör auf, sonst tust du dir weh!«, forderte er mich auf.

»Wenn du mich nicht festhalten würdest, müsste ich mir auch nicht wehtun!« Ich spürte die ersten Tränen in meinen Augen und das verstärkte meine Wut auf Aiden nur noch mehr.

»Ich will es aber und du kannst nichts dagegen tun«, wisperte er.

»Bitte, Aiden, lass mich los«, flehte ich kraftlos.

»Nein, Ava.« Aiden hob mein Gesicht an und legte seine geschlossenen Lippen wieder auf meinen Mund. Er verweilte dort für einen Moment und dann lehnte er sich mit der Stirn gegen meine. »Ich kann nicht«, antwortete er atemlos.

Ich sah in sein Gesicht. Seine Augen waren geschlossen.

»Ich will es auch gar nicht mehr«, fügte er leise hinzu und zog mich fest an sich.

Ich legte meine Hände gegen seine Brust und wollte ihn mit aller Kraft von mir stoßen. Doch gegen Aiden war ich chancenlos. Wahrscheinlich merkte er nicht einmal, dass ich mich wehrte. »Was willst du von mir, Aiden? Ist es Rache? Willst du dich an mir rächen?«, rief ich wütend. Die erste Träne rollte über mein Gesicht und ich konnte sie nicht wegwischen, weil Aiden mich so fest umschlang.

»Was?«, keuchte er fassungslos und sah mich an. Als er meine Tränen bemerkte, verzog er gequält das Gesicht und verstärkte seinen Griff um meinen Rücken. »Ich verstehe, warum du so denkst. Und dass du dich deswegen zurückhältst. Es ist meine Schuld. Ich war … nein, ich *bin* ein Arschloch. Und das tut mir leid. Ich werde alles dafür tun, dass du mir glaubst. Ich werde dir beweisen, dass du mir vertrauen kannst.«

Ich bekam kaum noch Luft, doch das war mir gerade egal. Mein Herz schlug bei jedem Wort, das Aiden sagte, heftig gegen meine Rippen und ich schöpfte Hoffnung. Hoffnung, dass er es doch ernst mit mir meinen könnte.

»Lass uns zu dir gehen und dann reden wir in Ruhe, okay?« Aiden sah zu mir runter und ich wischte mir mit der Hand die Tränen aus dem Gesicht. »Ava? Ist das okay?«, fragte er noch einmal. Sein Blick huschte über mein Gesicht und suchte dabei nach einer Antwort in meinen Augen.

Nach unendlichen Sekunden, in denen wir uns tief in die Augen geblickt hatten, tat ich etwas, womit er nicht gerechnet hatte. Ich ging langsam rückwärts von ihm weg. Wenn ich jetzt mit ihm reden würde, in der Verfassung, in der ich mich gerade befand, konnte ich nicht dafür garantieren, dass ich Lillys Geheimnis für mich behielt. Ich war einfach zu aufgewühlt.

»Ava?« Aiden machte einen Schritt auf mich zu, doch ich schüttelte den Kopf. Ich sah die Fassungslosigkeit in seinem Gesicht und sofort zog sich mein Hals zu. »Bitte, Aiden, ich kann nicht«, flüsterte ich heiser. Es war kaum auszuhalten, ihn dort stehen zu lassen. Er ließ die Hände langsam sinken und stand mit hängenden Schultern vor mir. Neue Tränen kündigten sich an und ich drehte mich schnell von ihm weg. »Diego, komm!«, rief ich meinen Hund. Da ich ihn nicht hörte, drehte ich mich noch einmal um. Diego stand zwischen mir und Aiden und guckte verunsichert hin und her.

»Diego, *hier!*«, brüllte ich meinen Hund an, damit er endlich zu mir kam. Mir war bewusst, dass er am allerwenigsten für meine schlechte Laune konnte. Er wollte ebenso wenig weg von Aiden wie ich. Aber es musste sein. Ich hatte es viel zu weit gehen lassen. Diego entschied sich endlich für mich und kam auf mich zugeschossen. Ich griff nach der Leine, die er hinter sich herzog und rannte das letzte Stück zu mir nach Hause.

Ich ließ Diego einfach ins Haus laufen und ignorierte Magdalena, die nach mir rief. Ich stürmte nach oben in mein Zimmer und ließ mich auf mein Bett fallen.

Stundenlang heulte ich in mein Kissen und bemitleidete mich selbst. Magdalena klopfte zweimal an meine Tür, doch ich machte ihr nicht auf. Irgendwann später hörte ich, wie sie die Alarmanlage einschaltete und das Haus verließ. Ich blieb im Bett und starrte mit leerem Blick nach draußen. Passend zu meiner Stimmung hatte es irgendwann wieder angefangen zu schneien. Es war mittlerweile stockdunkel. Ich blickte auf mein Handy, um nach der Uhrzeit zu schauen, und bemerkte mehrere Nachrichten von einer mir unbekannten Nummer. Ich öffnete die erste und holte ergriffen Luft.

**Unbekannt: Ich habe keine Ahnung, was heute passiert ist. Ich hatte das Gefühl, dass wir uns immer näher kommen und dann passiert plötzlich so etwas. Es tut mir so unendlich leid. Einfach alles. Aiden**

Woher hatte er meine Nummer? Er hatte doch nicht etwa Lilly danach gefragt?

**Unbekannt: Ich würde so gerne jetzt bei dir sein und dich einfach nur in meinen Armen halten. Aber ich weiß, dass du das nicht möchtest. Du fehlst mir. Aiden**

Mein Magen zog sich nervös zusammen und ich spürte einen dicken Kloß im Hals.

**Unbekannt: Bitte melde dich wenigstens kurz bei mir. Ich muss wissen, wie es dir geht. Aiden**

Wie hatte es der Blödmann geschafft, sich innerhalb von nur vier Tagen in mein Herz zu schleichen? Noch am Freitag war er für mich der dämlichste Idiot überhaupt. Und jetzt? Jetzt lag ich in meinem Bett, las seine Nachrichten und alles um mich herum roch nach ihm. Im Badezimmer hatte ich die Zahnbürste entdeckt, die er sich einfach zu eigen gemacht hatte. Er hatte sie sogar in den Glasbecher neben meine Zahnbürste gesteckt! Wer machte denn sowas?

Ich schmiss meinen Schlafanzug in die Wäsche und zog mir einen neuen an. Als Nächstes wollte ich mein Bett frisch beziehen, doch als ich das Kissen in die Hand nahm, auf dem Aiden geschlafen hatte, legte ich mein Gesicht dagegen und atmete tief seinen Geruch ein. Verdammt. Jetzt vermisste ich ihn noch mehr. Ich schmiss das Kissen zurück und legte die Tagesdecke über seine Bettseite. Ich würde das Bett morgen abziehen. Dafür hatte ich jetzt keine Kraft mehr. Mein Handy vibrierte und kündigte eine neue Nachricht an. Mittlerweile war es halb eins nachts.

**Unbekannt: Ich kann nicht schlafen. Ich liege die ganze Zeit wach und denke darüber nach, was heute schiefgelaufen ist. Ich vermisse dich. Aiden**

Ich presste mein Handy gegen meine Brust und unterdrückte das Gefühl, erneut losheulen zu müssen. Ich zwang mich, an nichts mehr zu denken, und schlief irgendwann erschöpft ein.

Als ich am nächsten Morgen aufwachte, lag ich auf der Seite, auf der Aiden bisher geschlafen hatte und hielt sein Kissen fest an mich gepresst. Insgeheim hatte ich gehofft, dass er sich wieder über mich hinwegsetzen und einfach herkommen würde. Aber das Bett neben mir war leer. Seufzend stand ich auf und ging in mein Badezimmer.

Diego lag tief schlafend in seinem Körbchen und bemerkte nicht einmal, dass ich nach unten ging. Ich machte mir einen Kakao und zündete den Kamin im Wintergarten an. Eingewickelt in eine dicke Decke nippte ich an der dampfend heißen Schokolade und beobachtete den Sonnenaufgang über der Bucht.

Gegen sieben Uhr hörte ich, wie jemand die Alarmanlage deaktivierte und ins Haus kam. Mein Herz schlug sofort schneller und mein Magen zog sich kribbelnd zusammen. Ich drehte den Kopf und spähte ins Haus. Ich konnte nur einen Teil des Treppenaufgangs erkennen und war gespannt, wer das sein mochte. Für Magdalena war es viel zu früh. Mittwochs kam sie erst mittags, weil sie für eine ältere Dame aus der Nachbarschaft die Einkäufe erledigte. Es konnte eigentlich nur Aiden sein. Und wenn er es war, wusste ich endlich, wie er ins Haus kam. Er musste sich irgendwoher den Code besorgt haben.

Tatsächlich tauchte Aiden im Flur auf. Er zog sich seine Schuhe aus und lief auf Socken die Treppe nach oben. Mein Herz sprang mir fast aus der Brust und ich wagte nicht zu atmen. Er war hier! Er war wirklich gekommen!

Ich blickte noch immer auf die Stelle, an der Aiden eben verschwunden war und bekam nur am Rande mit, dass er nach mir rief. Einige Sekunden später tauchte er mit Diego an den Fersen wieder auf.

Ich erhob mich und ging um das Sofa herum auf den Durchgang zu. Aiden sah sich hektisch um und als er mich entdeckte, blieb er für eine Sekunde wie erstarrt stehen. Ich konnte sehen, wie sich seine Brust erst hob und dann langsam senkte. So, als wäre er erleichtert, mich gefunden zu haben. Ich spürte wieder diese blöden Tränen, die mir die Sicht nahmen, und nestelte nervös am Saum meines Shirts.

Aiden setzte sich langsam in Bewegung und kam auf mich zu. Er sah verunsichert aus und ich hatte ihn so schrecklich vermisst, dass ich ihm das letzte Stück schließlich entgegenlief. Aiden breitete seine Arme aus und ich krachte in ihn hinein. Sofort hob er mich zu sich hoch. Ich griff in seinen Nacken und schlang meine Beine um seine Taille.

»Es tut mir so leid. Ich bin ein Idiot«, flüsterte er heiser.

Er sah müde und erschöpft aus, genau wie ich mich fühlte. Ich streichelte über seine Wangen und wartete, bis er mich ansah. Ohne unseren Blickkontakt zu unterbrechen, lehnte ich mich vor und legte meine Lippen sanft auf seine. Das war der zweite Kuss, den ich mir stahl.

Als ich sie endlich wieder in meinen Armen hielt, löste sich der Knoten in meiner Brust, der mir das Atmen in den letzten Stunden sauschwer gemacht hatte. Ich wäre beinahe umgefallen, als Ava auf mich zulief und mir in die Arme sprang. Ich hatte die ganze Nacht kein Auge zugetan und mich von einer Seite auf die andere gewälzt. Avas Gesichtsausdruck, als sie vom Lily Pond weggelaufen war, ließ mich nicht mehr in Ruhe. Am liebsten wäre ich gestern Abend schon zu ihr gefahren, aber ich wollte sie nicht überrumpeln. Deshalb hatte ich gewartet, bis meine Schwester endlich schlief, um mir Avas Kontaktdaten aus ihrem Handy zu besorgen. Als Ava dann allerdings auf keine meiner Nachrichten reagiert hatte, wurde mir schmerzlich bewusst, dass sie mich tatsächlich nicht sehen wollte. Vermutlich ging ihr das alles zu schnell. Wahrscheinlich war es das angesichts unserer bisherigen Historie auch. Ich redete mir also die ganze Nacht über ein, dass es für uns beide das Beste war, wenn wir es langsam angehen ließen. Als ich heute Morgen schweißgebadet und mit Herzrasen aus einem beschissenen Traum aufgewacht war, konnte ich nicht mehr wegbleiben. Zu echt hatte es sich angefühlt und ich musste Gewissheit haben, dass mit Ava und mir alles wieder gut werden würde.

Und jetzt hielt ich sie nicht nur endlich wieder in meinen Armen, sondern durfte erleben, wie sie das erste Mal die Initiative ergriff, was Zärtlichkeiten betraf. Ava schlang ihre Arme fest um meinen Nacken und küsste mich leidenschaftlich. Mein Magen schlug einen Salto und ich bekam weiche Knie. Vorsichtig ging ich um das Sofa herum und ließ Ava, ohne unseren Kuss zu unterbrechen, langsam in die Polster gleiten.

Ava fuhr mit ihrer Zunge über den äußeren Rand meiner Unterlippe und biss dann sanft hinein. Ein Blitz jagte meine Wirbelsäule hinab und landete direkt in meinem Schwanz. Dieser jubelte und machte sich bereit. Doch das war jetzt nicht der richtige Moment. Ich wollte ihr auf keinen Fall das Gefühl geben, dass ich nur deswegen hergekommen war. Ava legte sofort ihre Beine um meine Hüften, als ich einen Versuch startete, ein Stück von ihr abzurücken, und drängte sich dicht an mich.

Ich löste meine Lippen von ihren und wartete, bis sie mich wieder ansah. Ihre Augen leuchteten auf und sie raubte mir mit ihrem Anblick den Atem. Fuck, wie hatte ich diesen Augen bisher widerstehen können? Ava machte einen kleinen Seufzer und streichelte über meine Oberarme. Sofort bekam ich eine Gänsehaut und schüttelte mich vor Wonne. »Ava, das ist nicht das, was ich von dir möchte. Ehrlich nicht. Ich will dich nur halten.« Sie sah mich mit großen Augen an und ich las die Enttäuschung in ihrem Blick. Gott, wenn sie so schaute, konnte ich für nichts garantieren. Ich küsste ihr süßes Kinn und wanderte mit offenen Lippen hinunter zu der empfindlichen Stelle in ihrer Halsbeuge. Sanft biss ich sie und als Ava anfing laut zu keuchen, saugte ich an ihrer zarten Haut. Sie vernebelte mir alle Sinne mit ihrem Duft. Ich fuhr mit der Zungenspitze zurück zu ihrem Mund und gab ihr einen Kuss auf den Mundwinkel. »Glaub mir Baby, das heißt nicht, dass ich es nicht auch möchte. Ich will es sogar mehr, als du dir vorstellen kannst. Aber nicht so. Nicht heute. Bald, *sehr bald*«, flüsterte ich und gab ihr noch einen Kuss.

Ava streichelte über meine Wange und ich legte mein Gesicht in ihre Hand. Es fühlte sich großartig an, wenn sie mich berührte. Mein ganzer Körper vibrierte und ich konnte nicht genug von ihr bekommen.

»Ich hab von dir geträumt. Es war so echt. Ich konnte dich fühlen, dich anfassen. Wir sind am Strand spazieren gegangen und du hast mir all die Dinge gezeigt, die du schön findest. Ich war so verdammt glücklich. Aber dann bist du verschwunden. Ich hab dich überall gesucht, doch du warst einfach weg. Das hat mir eine Scheißangst gemacht. Als ich aufgewacht bin, musste ich sofort herfahren. Ich konnte nicht mehr wegbleiben. Es ging nicht.« Mein Herz schlug mir bis zum Hals und meine Stimme klang heiser, als ich mich ihr offenbarte.

Ava sah mich mit ihren hypnotisierenden Augen an und dann, ganz langsam, schlich sich ein zauberhaftes Lächeln auf ihre Lippen. Sie beugte sich vor und flüsterte mir ins Ohr: »Ich habe heute auch von dir geträumt.«

Als hätte sie mich in den Bauch geboxt, wich die Luft aus meinen Lungen, und ich ließ mich neben sie auf das Sofa fallen. Ich zog sie so nah an mich heran, bis nichts mehr zwischen uns war, kein Platz, keine Luft, nur noch Ava und ich. Ich schob mein Bein zwischen ihre Oberschenkel, griff nach ihrer Hand, die auf meiner Brust ruhte, und verschränkte unsere Finger miteinander.

Eine Weile sah ich auf unsere verbundenen Hände. Mein Herz schlug jetzt wieder ruhig und regelmäßig und ein tiefer Seufzer drängte sich an die Oberfläche. Ich verlor mich völlig in ihren himmelblauen Augen und eine Welle der Erleichterung überkam mich. Ich hatte meinen Platz gefunden. Ohne überhaupt auf der Suche gewesen zu sein.

Ava streichelte über mein Gesicht. Ich schloss die Augen und genoss die Sensation ihrer Berührung. Zaghaft wanderten ihre Finger über meine Wange und zeichneten die Konturen meiner Lippen nach. Das Gefühl war unbeschreiblich. Es kribbelte an den Stellen, die sie berührte, und ich wollte sofort mehr davon. Plötzlich spürte ich ihren heißen Atem auf meinen Lippen. Überrascht öffnete ich die Augen und erwiderte den Kuss. Ich konnte dabei nicht wegsehen. Der Kuss war unschuldig und trotzdem erwachten alle Sinne in mir. Ich bekam eine Gänsehaut, als sie sich erhob und dabei meinen Arm mit ihrer Brust streifte. Ava beugte sich über mich und ich rutschte mit dem Rücken in die Mitte des Sofas. Ohne unsere Lippen voneinander zu lösen, setzte sie sich auf mich. Mein Penis zuckte und begann anzuschwellen. Eigentlich war es gar nicht gut, wenn sie mir so nah war. Aber gleichzeitig wollte ich sie in diesem Augenblick nirgendwo anders haben. Ich umfasste ihre Pobacken und schob sie ein Stück nach oben. Ava stoppte unseren Kuss und wollte protestieren, doch ich zog sie im Nacken wieder zu mir und verschloss ihre Lippen mit meinen. Eine Hand ließ ich allerdings auf ihrem Hintern und packte fest zu. Sie war aphrodisierend und ihre Kurven machten mich wahnsinnig.

Ava keuchte leise, als ich kleine Küsse auf ihrem Hals verteilte und mich an der Stelle über ihrem Schlüsselbein festsaugte. Ich vergrub meine Nase an ihrem Hals und atmete tief ein. Ava stöhnte auf und rieb ihre Hüfte an mir. Es kostete mich alle Selbstbeherrschung, die ich aufbringen konnte, sie nicht wieder auf meinen Ständer zu ziehen. Mit einer Hand fuhr ich unter den Bund ihrer Schlafanzughose und grub meine Finger in ihre runden Arschbacken. Ihre Haut war warm und zart und ich wollte mit der Zunge jeden Zentimeter ihres Körpers erkunden, jede einzelne Stelle mit Küssen bedecken und ihre geheimen Orte schmecken. Fuck, ich sollte aufhören, an Avas nackten Körper zu denken. Doch das war unmöglich. Ich fühlte sie, ich roch ihren Duft, ich sah sie an. Sie war überall. Auf mir, an mir, in mir.

Ava kratzte mit ihren Fingernägeln über meine Brust und ich spannte meine Muskeln an, um nicht versehentlich etwas Unüberlegtes zu tun. Ava raubte mir jegliche Art von Disziplin. Meine Eier zogen sich fest zusammen und ich war so hart wie noch nie in meinem Leben. Ich griff um ihre Hüfte herum und versuchte, meinen Schwanz von meinem Hosenbund wegzudrücken. Aber auch die neue Position verursachte mir einen unangenehmen Druck. Ich versuchte es mit angewinkelten Beinen, doch das half ebenso wenig.

»Ava, ich muss mal eben aufstehen«, flüsterte ich gegen ihre Lippen.

Sie hörte nicht auf, mich zu küssen, und ich spürte, wie sich ihr Mund zu einem Schmunzeln verzog.

»Bitte, Baby«, wisperte ich und knabberte an ihrer Lippe.

Schließlich rückte sie doch ein Stück nach unten und lehnte sich mit dem Rücken gegen meine angewinkelten Beine.

*Fuck!* Das sah so verfickt heiß aus, wie sie da auf mir saß, die Lippen von meinen Küssen geschwollen, die Haare zerzaust. Ihr Oberteil war verrutscht und, wie ich jetzt entdeckte, ich hatte ihr einen Knutschfleck direkt über ihrem Schlüsselbein verpasst. Ich atmete tief ein und spürte das primitive Verlangen, ihren ganzen Körper mit Knutschflecken zu übersähen, damit jeder Pisser, der in ihre Nähe kam, wusste, dass sie mir gehörte.

»Was ist?«, fragte sie scheinbar unschuldig, doch der neckische Funken in ihren Augen verriet, dass sie ganz genau wusste, was gerade los war. Sie fuhr mit ihren Fingern über meine Brust und wanderte langsam seitlich meinen Körper herab.

Ich war zwar nicht kitzlig, nicht sehr jedenfalls, aber ich zuckte unter ihren Berührungen dennoch zusammen. Ava sah zu mir auf und klemmte die Unterlippe zwischen ihre Zähne, als sie über meinen Hüftknochen strich. Mein Herz pausierte ein paar Schläge und ich atmete tief ein, um mich zu beherrschen. Sie hielt unterhalb meines Bauchnabels an und setzte ihren Weg nun senkrecht nach unten fort.

»Du musst damit aufhören!«, fluchte ich, konnte den Blick aber nicht von ihrer Hand nehmen, die jetzt über die Knopfleiste meiner Jeans fuhr.

»Und wenn ich nicht möchte?«, flüsterte sie und strich zaghaft über das Zelt in meiner Hose.

Ich schloss die Augen und warf den Kopf nach hinten. Ich konnte nicht anders und stöhnte laut. Mein Schwanz zuckte und ich war dermaßen scharf, dass ich fürchtete, allein von ihren unschuldigen Berührungen kommen zu müssen. *Shit!* Was war mit mir los? Noch nie hatte mich ein Mädchen dermaßen angeturnt. »Baby, vorsichtig!«, forderte ich sie mit rauer Stimme auf.

Teuflisch funkelte sie mich an und wiederholte die Geste.

Automatisch hob ich die Hüfte und presste mein steinhartes Glied fest gegen ihre Hand. »Gott! Hör damit auf!«, beschwerte ich mich.

Ihr freches Grinsen war verschwunden. Stattdessen stand ihr jetzt pure Lust ins Gesicht geschrieben. Avas Lippen waren leicht geöffnet, ihre Wangen vor Erregung erhitzt und ihre Augen strahlten ohne ihr Zutun. Dieser Anblick brannte sich für immer in mein Gedächtnis.

Ich erhob mich, bis wir uns mit den Nasenspitzen berührten. Vorsichtig umfasste ich ihr Gesicht und bedeckte es mit abertausenden Küssen. Ich ließ keine Stelle aus. Ein paar Mal küsste ich ihre Mundwinkel und spürte jedes Mal, wie sie ihren Kopf in meine Richtung drehen wollte, doch ich hielt sie fest. Ihre weichen, kirschroten Lippen hob ich mir bis zum Schluss auf.

Ava holte japsend Luft und ich musste mich von ihr losmachen. Wir waren beide völlig außer Atem und brauchten einen Moment, um wieder etwas runterzufahren. Mir war klar, dass sie gerne weitergegangen wäre. Doch das wollte ich auf keinen Fall.

»Ich will, dass wir damit warten«, flüsterte ich daher und küsste sie unter ihrem Kinn.

Ava schluckte schwer.

»Und ich will, dass du dir dann absolut sicher bist.« Ich strich mit meiner Nase an ihrer entlang und legte einen Kuss auf ihren offenen Mund. Ava lehnte sich augenblicklich vor, doch ich streifte mit den Lippen an ihrer Wange entlang.

»Ich werde nichts tun, solange du noch nicht soweit bist«, hauchte ich ihr schmunzelnd ins Ohr und spürte, wie sie eine Gänsehaut bekam. Ich küsste ihre Ohrmuschel. »Und wenn du mir dann sagst, dass du soweit bist, werde ich mir Zeit nehmen. *Viel* Zeit.« Ich strich mit meinen Lippen über die feine Linie ihres Kiefers hoch zu ihrer Stirn und gab ihr einen Kuss auf die kleine Falte, die sich zwischen ihren Augenbrauen gebildet hatte. Ich musste wieder schmunzeln, denn mein Mädchen war damit anscheinend ganz und gar nicht einverstanden. »Bis dahin«, ich küsste ihre Nasenspitze, »werde ich jeden Zentimeter deines Körpers erforschen.«

Avas Lippen öffneten sich einen Spalt und ihre Atmung wurde wieder unregelmäßiger.

»Ich werde herausfinden, was dir gefällt«, ich hauchte ihr einen Kuss auf die Oberlippe. »Und was dich verrückt macht vor Lust.«

Ava umfasste mein Gesicht und tauchte mit ihrer Zunge in meinen Mund. Sie vergrub ihre Hände in meinen Haaren und zog fest daran. Der leichte Schmerz schoß direkt in meine Hoden und ein erster Lusttropfen kündigte sich an. Ich hielt die Luft an und versuchte, an die neue Spielstrategie zu denken, die uns der Coach als Hausaufgabe mitgegeben hatte. Doch das half alles nichts, denn Ava wurde immer ungeduldiger und ich hatte anscheinend keinen Funken Kontrolle mehr.

*Fuck, konzentrier dich!*

Sie zerrte an meinem Shirt. Ich ließ sie los und griff hinter mich, um es über den Kopf zu ziehen. Sofort spürte ich ihre Lippen wieder auf meinen und griff in ihre dicken Locken. Ihre Küsse machten süchtig und ich bekam einfach nicht genug von ihr. Ava legte ihre Hände auf meine Brust und versuchte, mich nach unten zu drücken. Widerwillig löste ich mich von ihr und sah sie abwartend an.

»Leg dich hin!«, forderte sie mich auf.

Langsam ließ ich mich nach hinten fallen und sah dabei die ganze Zeit in ihre Augen. Zu spät bemerkte ich, dass sie den Saum ihres Shirts packte und es sich in einer geschmeidigen Bewegung auszog. Fassungslos blickte ich sie an. Ich wusste bereits, dass sie keinen BH trug. Das hatte ich bemerkt, als sie vorhin in meine Arme gesprungen war. Aber die Tatsache, dass sie nun halb nackt auf mir saß, schockierte mich endgültig.

Ich schloss die Augen und legte den Kopf gegen die Lehne des Sofas. Ich atmete tief ein. »Bitte, Baby, zieh dein Shirt wieder an!«, flehte ich.

Ich spürte, wie sie sich vorbeugte und wollte mich schon bedanken, doch dann fühlte ich ihre erhitzte Haut auf meinem nackten Oberkörper. Der Druck in meinen Eiern erreichte ein bisher nie dagewesenes Level. Ich tastete mit geschlossenen Augen auf dem Boden nach ihrem Shirt und als ich gerade einen Zipfel davon erreichte, lehnte sie sich zur Seite und riss es mir aus der Hand. Ich öffnete entsetzt die Augen und sah, wie sie es wegwarf.»Was machst du denn?«, fragte ich entgeistert.

Ava stützte ihre Hände links und rechts neben meinem Gesicht auf die Sofalehne und beugte sich zu mir runter. Ich sah an die Decke und hielt erneut die Luft an.

»Wenn du dein Shirt ausziehst, finde ich es nur fair, wenn ich das auch mache.« Sie gab mir einen Kuss aufs Kinn und fand sich offensichtlich ziemlich clever.

Ich schloss die Augen und atmete ruhig durch die Nase ein und aus den Mund wieder aus. *Sie* hatte sich ihr Shirt ausgezogen, nicht *ich!*

»Ich will, dass du mich berührst, Aiden.«

Ich stöhnte und warf mir den Arm übers Gesicht.

Ava zog jedoch sofort daran und ich ließ sie gewähren. Sie verschränkte ihre Finger mit meinen und stützte sich neben meinem Gesicht ab.»Ich will dich überall auf meiner Haut spüren«, flüsterte sie.

Ich presste meine Augen fest zu. Sie fuhr mit ihren weichen Lippen über meine und küsste meinen Mundwinkel. Ich hob sofort den Kopf und drehte mein Gesicht in ihre Richtung. Wenn es darum ging, von Ava geküsst zu werden, war ich einfach zu schwach.

»Und ich will, dass du dir dabei Zeit nimmst. *Viel* Zeit«, wiederholte sie meine Worte und küsste meine Ohrmuschel.

Meine Nackenhaare stellten sich auf und ich bekam am ganzen Körper eine Gänsehaut. Shit, wenn sie so weitermachte, würde ich gleich kommen. Nur durch ihre gehauchten Worte.

»Und während du dir Zeit mit dem Erforschen meines Körpers nimmst«, sie nippte an meinem Ohrläppchen und fuhr mit ihrer Zunge an meiner Halsschlagader entlang,»werde ich das Gleiche mit deinem Körper tun.«

*Fuck. Herr. Im. Himmel!*

Ava küsste meinen rasenden Puls. Wilde, ungestüme Lust schoss meine Wirbelsäule entlang und ich spürte, wie meine Schwanzspitze feucht wurde. Ich hielt es nicht mehr eine einzige Sekunde aus. Ich erhob mich, packte Ava an den Hüften und warf sie rücklings auf das Sofa. Überrascht schnappte sie nach Luft und blickte mich mit ihren hypnotisierenden Augen an. Ich beugte mich zu ihr und leckte über ihre Lippen. »Genug jetzt!«

Ich bedeckte ihren Hals mit feuchten Küssen und wanderte immer weiter nach unten. Ich knabberte an der Haut über ihrem Schlüsselbein und bemerkte, wie sie unter mir bebte. Ich lachte leise und machte weiter, bis ich an ihrem Brustbein ankam. Ich hob den Kopf und wartete, bis sie ihre Augen auf mich richtete. Mit der Hand streichelte ich seitlich über die Schwellung ihrer Brust. Ava warf den Kopf zurück und stöhnte leise. Ohne hinzusehen, fuhr ich mit dem Zeigefinger unterhalb ihrer Brüste entlang und explodierte fast, als Ava ihre Zähne tief in ihre Lippe bohrte. Mein Mädchen war angeturnt.

»Ava, sieh mich an!«, befahl ich ihr und ohne Umschweife öffnete sie ihre Augen. Ich beugte mich über sie, bis unsere Lippen direkt übereinander schwebten. »Ich werde heute nicht mit dir schlafen!«

Ihre Augenbrauen zogen sich zusammen und sie fing an zu protestieren. »Aiden, i…«

Ich verschloss ihren Mund mit meinem. »Aber ich kümmere mich um dich, okay?«

Ava riss die Augen auf und ließ für einen Moment durchblicken, dass sie doch nicht so knallhart drauf war.

»Sieh hin, Baby. Ich will, dass du siehst, was du mit mir machst.«

Einen Moment lang sah sie mich verunsichert an, doch dann nickte sie kurz.

Ich setzte mich auf und blickte das erste Mal auf Avas nackten Oberkörper. Dass Avas Brüste größer waren als die der meisten Mädchen in ihrem Alter, war mir natürlich nicht entgangen. Aber, *fuck!*, sie hatte die schärfsten Titten überhaupt! Sie waren voll und rund und ihre kleinen rosa Nippel streckten sich mir steif entgegen. Ich fuhr mir mit der Zunge über die Unterlippe und sah wieder zurück in Avas Gesicht. »Baby, das sind die schönsten Titten, die ich je gesehen habe.«

Avas Mundwinkel zuckte und ihre Wangen färbten sich tiefrot. Ich beugte mich vor und gab ihr einen Kuss. Einfach, weil ich nicht anders konnte. Dann setzte ich mich wieder auf und fuhr mit der Hand ihre Kehle hinunter zwischen ihren Brüsten entlang zu ihrem festen flachen Bauch. Wieder zuckte sie zusammen, als ich in die Nähe ihrer Taille kam. »Kann es sein, dass du extrem kitzlig bist?«, fragte ich amüsiert und kniff sanft in ihre weiche Taille.

Sofort zuckte sie zur Seite und ich musste wieder lachen. »Bitte nicht«, flehte sie, als ich meine Hand auf ihre Hüfte legte. Dieses Mal verstärkte ich den Griff und Ava holte laut Luft. Langsam bekam ich ein Gespür dafür, wie ich sie reizen und wie ich ihr Lust bereiten konnte. Sie sah mich empört an.

»Keine Sorge, Baby, mir ist jetzt nicht nach Spaß«, versicherte ich ihr. »Nicht nach dieser Art von Spaß jedenfalls.« Ich gab ihr noch einen Kuss und fuhr dann mit dem Zeige- und Mittelfinger um ihre Brust, bevor ich sie ganz in die Hand nahm. Sie passte geradeso in meine große Hand. Ava schnappte nach Luft, als ich mit dem Daumen um ihren steifen Nippel kreiste. Ich sah fasziniert zu ihr. Sie hatte den Kopf nach hinten geworfen und rekelte sich unter mir. Ich wiederholte die Prozedur mit ihrer anderen Brust und wieder keuchte Ava laut auf. *Interessant.* Ob ich sie so wohl zum Orgasmus bringen konnte?

Um die Sensation für uns beide zu steigern, beugte ich mich vor und legte meine Lippen um ihre Brustwarze. Ich war augenblicklich high. Sie schmeckte noch besser, als ich es mir je hätte erträumen können. So, als hätte sie in Honig gebadet. Ich küsste abwechselnd ihre Brüste, leckte über die untere Wölbung, saugte an ihren Nippeln und wieder stöhnte Ava laut auf. Ein leichter Schweißfilm legte sich auf meine Stirn und ich kämpfte mit meiner Fassung. Vorsichtig zwirbelte ich ihre Nippel zwischen Daumen und Zeigefinger und Ava fing an, sich an meinem Bein zu reiben. Lange würde ich das nicht mehr aushalten. Was machte dieses Mädchen nur mit mir? Ich spürte die brennende Hitze ihrer Pussy an meinem Oberschenkel und als ich meine Zähne entblößte und vorsichtig in ihre Brustwarze biss, bäumte sich Ava unter mir auf.

»Oh!«, stieß sie aus und dann fing ihr Unterleib an zu beben.

Ich machte immer weiter, bis die erste Welle ihres Orgasmus über ihr einbrach. Ich ließ von ihrer Brust ab, legte meine Lippen stattdessen auf ihren Mund und ertrank in ihrer Lust.

Nachdem sich Avas Atmung wieder beruhigt hatte, lehnte ich mich ein Stück zurück und sah in ihr unglaublich schönes Gesicht. Sie öffnete die Augen und erwiderte meinen Blick schüchtern.

»Hi«, flüsterte ich.

»Hi«, antwortete sie verlegen, was mich wiederum schmunzeln ließ.

»Besser?«

Ava kaute auf ihrer Lippe und nickte schließlich. Sie sah sehr niedlich dabei aus.

»Gut.« Ich gab ihr noch einen Kuss und legte mich hochzufrieden neben sie.

Ava krabbelte auf mich und schmiegte ihr Gesicht dicht an meinen Hals. Ich schlag meine Arme um ihren Rücken und hielt sie fest.

Obwohl wir anschließend noch eine ganze Weile zusammen auf dem Sofa lagen, wollte sich mein Schwanz keineswegs damit abfinden, dass er nicht ein Wort mitreden durfte. Noch immer war er hart wie ein Brett. Wahrscheinlich waren meine Eier mittlerweile blau angelaufen. Es fühlte sich jedenfalls ein wenig danach an.

Ava setzte sich auf und rutschte unbewusst genau auf meinen Ständer. Ich verzog das Gesicht schmerzverzerrt und atmete keuchend aus. Erschrocken sah sie auf und wollte sich erheben.

Ich schüttelte den Kopf. »Einen Moment. Ich brauche noch ein bis zwei Minuten.«

Fragend runzelte Ava die Stirn. Ich grinste sie schief an und schaute nach unten. Sie folgte meinem Blick und dann schoss ihr Kopf wieder nach oben.

Ich zuckte mit der Schulter. »Das geht gleich vorbei.« Hoffte ich zumindest.

Ava rutschte dankenswerterweise noch ein Stück zurück und saß jetzt auf meinen Knien. Sie beugte sich vor und gab mir unvermittelt einen Kuss. Überrascht öffnete ich meinen Mund und Avas Zunge glitt zwischen meine Lippen. Und mit jedem ihrer feuchtheißen Zungenschläge zuckte es erneut in meinem Schritt. Irgendwann bemerkte ich, dass Ava an den Knöpfen meiner Jeans zugange war.

Ich löste meine Lippen von ihren und sah sie einen Moment lang an. Dann schüttelte ich den Kopf. »Das wird nicht passieren, Ava. Erst, wenn du soweit bist.«

Sie lächelte mich an und hauchte mir noch einen Kuss auf den Mund. »Ich weiß, Aiden. Vertrau mir, okay?«

Ich spürte ihre Lippen wieder auf meinen und schluckte schwer. Ich hatte keinen blassen Schimmer, was sie vorhatte und zögerte.

»Vertraust du mir?«, fragte sie und blickte mir tief in die Augen.

Fuck, man. Natürlich vertraute ich ihr. Aber ich musste gleichzeitig höllisch aufpassen, dass sie mich nicht wieder überrumpelte. Ava hatte etwas an sich, was mich alle Vernunft vergessen und nur noch instinktiv handeln ließ.

Sie öffnete meine Hose und zog diese über meine Hüften. Eine Weile sah sie einfach nur auf das Zelt in meiner Boxershorts und ich fragte mich, ob sie jemals einen Schwanz live gesehen hatte. Doch bevor ich dazu kam, sie zu fragen, fuhr sie mit ihrem Finger von meiner Eichel runter bis zur Wurzel. Als mein Schwanz vor Verzückung heftig zuckte, sah sie mich schon beinahe fasziniert an. Ich lächelte und wartete gebannt darauf, was sie als Nächstes tat. Ava wurde mutiger. Sie rieb mit der flachen Hand über meine Shorts und umschloss meinen Penis.

Ich warf den Kopf zurück, als ich den ersten Schwall Sperma vergoss. »Oh fuck!«, stöhnte ich.

Sie kreiste mit ihrem Daumen über meine Eichel und spürte die Feuchtigkeit. Dieses Mal blickte sie mich nicht an, sondern schob den Bund der Shorts nach unten und umfasste meinen Ständer. Mir blieb augenblicklich die Luft weg. Ihre kleinen Finger passten kaum um mich herum. Sie strich mit der geschlossenen Faust an mir hinauf und blickte mich verunsichert an. Ich konnte spüren, dass ihre Hand leicht zitterte.

»Baby, das fühlt sich fantastisch an«, wisperte ich atemlos. Ich legte meine Hand auf ihre und zeigte ihr, was sie machen musste. Ich schwoll noch weiter an und der Druck in meinen Eiern wuchs ins Unermessliche. Gemeinsam rieben wir meinen Schwanz, doch irgendwann zog sie meine Hand weg und machte alleine weiter.

»Ein bisschen fester, Baby,« forderte ich sie auf und sie gehorchte sofort. Ava spannte ihre Faust an und schob meine Vorhaut vor und zurück. Meine Schwanzspitze prickelte und ich spürte, wie der Orgasmus auf mich zugerast kam. Ich wollte unbedingt, dass sie mir in die Augen sah, wenn ich für sie kam. »Sieh mich an, Baby, sieh, was du mit mir machst«, keuchte ich atemlos.

Ava hob den Kopf und ihr lusterfüllter Blick brannte sich für immer in mein Gedächtnis.

Ich legte meine Hand wieder über ihre und drückte ihre Finger fest um meinen pulsierenden Schaft. Ich versuchte krampfhaft, die Augen aufzuhalten, aber der Orgasmus traf mich wie eine Dampflok und knockte mich fast aus. Ich presste die Augen so fest zusammen, dass ich Sterne hinter meinen geschlossenen Lidern tanzen sah. In einem endlosen Schwall ergoss ich mich heiß über Avas Hand. Erschöpft zog ich sie an meine Brust und hielt sie fest. »Fuck, Ava, was machst du nur mit mir?«, flüsterte ich nach einer Weile.

Sie sah zwischen uns nach unten.

Ich folgte ihrem Blick und bemerkte ihre Hand, die noch immer meinen Schwanz umfasste und voll mit meinem Sperma war. »Warte, ich mach das weg.« Ich griff nach meinem Shirt und wischte damit, so gut es ging, über ihre Hand. Dann stand ich mit ihr in meinen Armen auf und brachte sie ins Bad. Ich startete das Wasser und wusch sorgfältig ihre Hände mit Seife. Anschließend säuberte ich mich selbst und zog meine Hose wieder an. Erst jetzt wurde mir bewusst, dass Ava immer noch halb nackt war. »Ist dir kalt? Warte eben.« Ich lief zurück in den Wintergarten und holte ihr Shirt.

Zurück im Bad half ich ihr beim Anziehen. »Eigentlich schade«, seufzte ich.

Fragend sah sie mich an.

Ich grinste und gab ihr einen Kuss. »Du hast die schönsten Titten, die ich kenne.«

Ava verdrehte die Augen und sprang vom Waschtisch. »Was habt ihr Jungs nur immer mit Brüsten?«

»Moment!« Ich hielt sie am Arm fest. »Was meinst du damit?«

»Es sind doch nur Brüste. Jeder hat welche. Sogar du!«

Darüber konnte ich nur den Kopf schütteln. »Du bist unfassbar, Miss Prince. Erst zwingst du mich, sie mir anzusehen und jetzt beschwerst du dich, dass ich nicht genug bekommen kann?«

Ava zuckte mit den Schultern.

»Sorry, Baby, selbst Schuld. Ich werd sie mir jetzt jeden Tag ansehen!« Ich riss sie an mich und gab ihr einen sehr unanständigen und sehr erregenden Kuss. Blöd war, dass ich damit nicht nur sie an den Rand des Wahnsinns brachte, sondern mich gleich mit.

Aiden stapelte den zwanzigsten Pancake auf den Teller und drehte das Gas vom Herd ab. »Voilà, die besten Pancakes, die du jemals in deinem Leben essen wirst!« Stolz präsentierte er sein Werk und stellte den Teller zwischen uns auf den Tisch.

Ich beäugte den Berg vor mir mit Skepsis. Aidens Pancakes waren bedeutend größer als die von Magda. Ich war mir plötzlich nicht mehr so sicher, ob es eine gute Idee gewesen war, ausgerechnet Aiden herauszufordern.

»Sehe ich da etwa Panik in deinen hübschen Augen?« Aiden grinste mich frech an.

»Pfft! Träum weiter.« Ich gab mich siegessicher.

»Soll ich nicht doch lieber einen Eimer bereitstellen?«

»Wenn, dann höchstens für dich. Ich werde keinen brauchen.« Hoffte ich zumindest.

»Na gut. Bevor wir anfangen, müssen wir allerdings noch festlegen, um was es geht.«

Ich überlegte kurz. »Der Sieger darf dem Verlierer beim Aufräumen des Chaos zusehen, welches du da veranstaltet hast.« Ich deutete hinter Aiden und er sah sich kurz um.

»Wenn ich das gewusst hätte, hätte ich dir noch mehr zum Wegräumen hingestellt«, seufzte er und grinste mich wieder an.

»Du scheinst dir deiner Sache ziemlich sicher zu sein.«

Aiden lehnte sich über den Tisch und drückte mir einen Kuss auf die Lippen. »Beschwer dich hinterher nicht. Ich hab dich gewarnt. Allerdings finde ich, dass der Verlierer zusätzlich noch eine Sache nennen muss, die ihm am Sieger gefällt«, schlug er vor und ließ seinen Blick über mein Shirt wandern.

»Zu einfach. Ich weiß jetzt schon, was du sagen wirst«, erwiderte ich augenrollend.

»Hä, wieso ich? Baby, die Wette habe ich so gut wie gewonnen!«

»Abwarten! Wenn du mir allerdings sagst, dass du meine Brüste schön findest, zählt das nicht. Es muss etwas sein, was keiner von uns bisher gesagt hat. Eine Eigenschaft, oder so etwas in der Art. Nichts Offensichtliches allerdings!« Mir war bewusst, dass ich noch gar nichts Nettes zu Aiden gesagt hatte. Ich war aber weiterhin überzeugt, dass ich eine reale Chance hatte, die Wette zu gewinnen. Pancakes waren meine Leibspeise und, auch wenn ich es ihm gegenüber niemals zugeben würde, sie dufteten schon jetzt himmlisch.

»Deine Titten sind nicht nur schön, deine Titten sind der Hammer! Ich glaub, ich muss sie mir eben noch einmal kurz ansehen.«

Aiden zupfte an meinem Shirt und ich schob seine Hand weg. »Finger weg! Außerdem hast du sie heute schon gesehen und du wolltest sie dir nur einmal am Tag ansehen.«

»Was? Nein, nein, nein! Davon war nie die Rede. Ich habe lediglich gesagt, dass ich sie mir ab heute *jeden Tag* ansehen werde. Von wie oft hat niemand gesprochen«, verteidigte sich Aiden und verschränkte die Arme vor der Brust.

Der *nackten* Brust, sollte ich vielleicht noch hinzufügen. Verdammt, das hatte ich nicht bedacht. Sein blanker Oberkörper mit der durchtrainierten Brust, den starken Armen und dem deutlich ausgeprägten Eightpack, könnte mich ablenken. *Mist.* Aidens Shirt war zusammen mit der Decke vom Sofa und meinem Schlafanzug in der Waschmaschine gelandet. Er hatte sich geweigert, solange ein T-Shirt von meinem Dad zu tragen und lief seitdem einfach oben ohne herum. Ich war mir sicher, dass er das mit voller Absicht tat. Denn es war arschkalt im Haus.

»Wollen wir jetzt hier nur rumquatschen oder anfangen, solange die Dinger noch halbwegs warm sind?«, kam ich in ernstem Ton wieder auf das eigentliche Thema zu sprechen.

»Wenn du nicht so viel quasseln würdest, hätten wir das längst hinter uns bringen können«, neckte er mich verschmitzt grinsend.

Ich schnaubte und fing an, zehn Pancakes auf meinen Teller zu packen.


»Meine Fresse, hätte ich das vorher gewusst, dann hätte ich mich nie darauf eingelassen.« Aiden hielt sich den vollen Bauch und ließ sich stöhnend zurückfallen.

Fassungslos starrte ich auf seinen Teller und dann wieder auf meinen. »Wie zur Hölle hast du das gemacht?«, wollte ich wissen und schaute zur

Vorsicht unterm Tisch nach, ob er nicht ein paar der Pancakes einfach auf den Boden hatte fallen lassen. Aber der Boden war sauber. Diego lag auch noch immer auf seiner Decke, der wäre anderenfalls sofort hier gewesen, um die Reste aufzuschlecken.

Langsam breitete sich ein dickes fettes Grinsen auf Aidens Gesicht aus. Ich war zu geschockt, um überhaupt irgendwie zu reagieren. Mit offenem Mund starrte ich ihn an.

»Ich hab's dir gesagt. Mich kann man nicht schlagen. Für Pancakes würde ich *töten*.« Er zwinkerte und nahm einen großen Schluck aus seinem Wasserglas.

Ungläubig schaute ich wieder auf meinen Teller und dann zu Aiden. Sein Teller war blitzeblank leergefegt, während auf meinem noch *sechs!* Pancakes lagen. Er hatte in der Hälfte der Zeit etwas mehr als die doppelte Menge verputzt. Ich blickte wieder in sein Gesicht und nahm seinen mehr als zufriedenen Ausdruck wahr.

»Du siehst so niedlich aus, wenn du sprachlos bist.« Aiden stand auf und kam um den Tisch herum zu mir. Er beugte sich runter und drückte mir einen Kuss auf den Mundwinkel. »Viel Spaß beim Aufräumen«, flüsterte er.

Meine Augenbrauen zogen sich sofort zusammen und ich blickte zur Arbeitsfläche in der Küche, die komplett verdreckt und zugemüllt war.

»Ich schau derweil nach der Wäsche. Was dagegen, wenn ich kurz dusche?«

Der hatte ja wohl einen Knall!

»Ich werde auf keinen Fall dein Schlachtfeld aufräumen! Das ist fies und gemein und das hast du extra gemacht!«, beschwerte ich mich. Ich verschränkte die Arme vor der Brust und schob schmollend die Unterlippe vor.

Aiden sah mich einen Moment lang an und dann wandelte sich sein amüsierter Gesichtsausdruck langsam in Mitleid. Er ließ die Schultern sinken und kam zu mir zurück.

HA! Ich hatte meine Superkraft entdeckt: *Schmollen!* Damit kam er anscheinend nicht klar. Ich machte noch zusätzlich große Augen und sah ihn von unten durch meine Wimpern hindurch an. Aiden beugte sich zu mir und küsste nur meine vorgeschobene Unterlippe. Dieses Mal konnte ich das Seufzen nicht unterdrücken und schloss für einen Moment die

Augen. Es traf mich immer noch wie ein Blitzschlag, wenn Aiden mich küsste.

An meinen Lippen flüsterte er:»Spielschulden sind Ehrenschulden, Engel. Sorry, aber so war der Deal.«

Bevor ich protestieren konnte, zog er mich zu sich und küsste mich so leidenschaftlich, dass ich irgendwann völlig vergaß, was ich eigentlich wollte. Atemlos ließ er mich zurück und verschwand in der Wäschekammer. Diego folgte ihm.

»Hmpf«, machte ich und stand widerwillig auf. Ich *hasste* Aufräumen.

»Hallo, Ava, hast du Besuch?«

Ich brachte gerade den Müll nach draußen, als Magdalena aus ihrem Wagen stieg und auf Aidens Porsche deutete, der vor der Garage stand.

»Dreimal darfst du raten, wer sich mal wieder selbst eingeladen hat.«

Ich warf den Müll in die Tonne und lief schnell wieder ins Haus. Wie kalt sollte es eigentlich noch werden?

»Dachte ich es mir. Schicker Wagen. Ist das seiner?« Magdalena folgte mir in die Küche und stellte die Einkäufe auf der Theke ab.

»Ich glaub schon.«

»Wow. Wie kommt ein junger Mann wie Aiden an so einen Wagen?«

»Seinen Eltern gehört das Autohaus in Providence. Die verkaufen nur solche Schlitten.«

»Ach, stimmt. Das hatte Lilly mal erwähnt. Wo ist er? Geht er wieder mit Diego spazieren?« Magdalena sah sich suchend um.

Wieso eigentlich *wieder?*

»Sag mal, wann ist Aiden am Samstag hergekommen?«

Magda schaute etwas verlegen drein, bevor sie mir antwortete.»Er war schon da, als ich kam.«

Bitte? Dann hatte sie ihm also nicht den Code für die Tür gegeben. Woher hatte er ihn dann?

»Und du hast die Polizei nicht gerufen, weil …?«, hakte ich genervt nach. Magdalena wusste ganz genau, dass ich keinen Freund hatte, und schon gar keinen, der einfach hier herumlungerte, wenn ich nicht zu Hause war.

Seufzend schloss sie den Kühlschrank und drehte sich zu mir um.

»Ava, er ist Lillys Bruder. Warum sollte er nicht hier sein dürfen? Lilly ist doch auch ständig zu Besuch.«

»Schon vergessen, dass Aiden und ich uns nicht leiden können?«Gut, das hatte sich ein bisschen geändert in den letzten Tagen. Ein bisschen *sehr* sogar. Verdammt, ich durfte jetzt nicht an unsere Aktion von heute Morgen im Wintergarten denken. Ich widmete mich also wieder meiner Wut auf meine Haushälterin, weil sie ohne nachzudenken einfach wildfremde Menschen ins Haus gelassen hatte.

Magdas Gesichtsausdruck wurde hingegen ganz weich und sie sah lächelnd zu mir. »Ich finde, ihr versteht euch eigentlich ganz gut. Immerhin ist er bis jetzt jeden Tag hier gewesen. Es kam mir nicht so vor, als hättest du ihn nicht hier haben wollen.«

Ich schnaubte wütend. »Ja, aber am Samstag konntest du das noch nicht wissen! Ich habe dir doch erzählt, wie gemein er immer zu mir war. Du wusstest, wie sehr wir uns hassen! Wie konntest du mir nur so in den Rücken fallen?« Obwohl ich Magdalena Vorwürfe machte, verließ das warme Lächeln nicht ein einziges Mal ihr Gesicht. Und das irritierte mich total.

»El odio es lo contrario del amor«, antwortete sie auf Spanisch und ich verstand nur die Worte Liebe und Hass.

Sofort wurde mir ganz flau im Magen. »Hör auf Spanisch zu sprechen! Sprich in meiner Sprache!« Wütend funkelte ich sie an. *Liebe?* Pah! So ein ausgemachter Blödsinn!

Magdalena streichelte über meine Wange und ich lehnte mich von ihr weg. Das quittierte sie mit einem leichten Stirnrunzeln. »Es momento de reabrir tu corazón.«

Was sollte das jetzt wieder heißen? Magdalena ging aus der Küche und ich wollte ihr hinterherlaufen, stoppte aber abrupt, als ich Aiden im Türrahmen stehen sah. Und sein Gesichtsausdruck verhieß nichts Gutes. Wie viel hatte er von unserer Unterhaltung mitbekommen? Ich kaute nervös auf meiner Unterlippe. Ich wagte nicht, etwas zu sagen. Stattdessen sah ich ihn einfach nur an und hoffte, dass er den Anfang machte. Nach unerträglich langen Minuten atmete er laut hörbar aus und stieß sich vom Türrahmen ab. Ich wollte ihm schon entgegengehen, doch Aiden kam nicht zu mir, nein, er drehte sich um und verließ kommentarlos die Küche. Mist. Riesengroßer Mist.

Ich stand ratlos auf der Stelle und überlegte fieberhaft, was ich jetzt machen sollte. Am liebsten wäre ich nach oben in mein Zimmer gerannt, um mich in mein Bett zu verkriechen. Doch das ging jetzt nicht. Es wäre nicht fair. Aiden gab sich wirklich große Mühe, und ich war ihm gegenüber noch immer verhalten. Außer, wenn er mich berührte oder küsste. Er brauchte mich doch nur mit seinem blöden Grinsen anzusehen, oder diesen verträumten Gesichtsausdruck bekommen, wenn er mich von Kopf bis Fuß abcheckte, und ich war Wachs in seinen Händen. Wenn ich ehrlich zu mir war, mochte ich Aiden von Tag zu Tag mehr. Ich fing ja sogar schon an, von ihm zu träumen. Und wenn er nicht da war, vermisste ich ihn und seine blöden Sprüche und die bekloppten Versuche, mich zum Lachen zu bringen. Und seine Diebstahlküsse. Und seine Berührungen. Und sein schiefes Lächeln. Und seinen unwiderstehlichen Duft. Und die Umarmungen. Und den Anblick, wenn er sich auf die Lippe biss, um sein bescheuertes Grinsen zu unterdrücken.

*Ja, verdammt! Ich vermisste alles an ihm, wenn er nicht da war!* So, jetzt war es raus.

Ich sah mich um, aber ich stand immer noch mutterseelenallein in der Küche. Blöd, dass das gerade alles nur in meinem Kopf stattgefunden hatte. Jetzt musste ich doch zu ihm gehen und mich irgendwie entschuldigen.

Ich fing in Wohnzimmer an und sah sofort die angelehnte Terrassentür. Aiden musste mit Diego in den Garten gegangen sein.

Draußen schneite es unermüdlich. Ich verschränkte die Arme vor der Brust, um den eiskalten Wind etwas abzuhalten, als ich auf die Terrasse trat und nach Aiden Ausschau hielt. Aber weder Diego noch er waren zu sehen. Ich entschied mich, hier auf ihn zu warten, und setzte mich, in eine warme Decke gewickelt, in einen Loungesessel. Hier, in der hinteren Ecke der Terrasse, die etwas windgeschützt lag, konnte ich den Garten gut überblicken. Wahrscheinlich war Aiden mit Diego irgendwo auf dem Grundstück und warf Schneebälle für ihn. Diego liebte Schnee genauso sehr wie Aiden. Im Sommer war es ihm immer viel zu heiß und er hielt sich am liebsten im Haus oder irgendwo im Schatten auf. Spazierengehen wollte er dann nur frühmorgens und spätabends, wenn die Sonne weg war und die Temperaturen merklich sanken. Es sei denn, ich nahm ihn mit zum Surfen. Diego war eine absolute Wasserratte. Ich hatte ihm im Sommer beigebracht, mit mir zusammen auf dem Surfbrett zu stehen, und als er den Dreh raus hatte, hatten wir es sogar geschafft, eine erste kleine Welle zu surfen.

Ich fragte mich, ob Aiden vielleicht auch surfen konnte. Wenn nicht, könnte ich es ihm ja zeigen und er könnte mir dafür beibringen, wie man Schlittschuh fährt. Dann hätten wir etwas, was uns beiden Spaß macht.

Plötzlich wurde mir mit Schrecken bewusst, dass ich gerade schon Pläne für mich und Aiden für den nächsten Sommer gemacht hatte. Was hatte das zu bedeuten? Ich konnte mir ja noch nicht einmal vorstellen, Lilly oder meinen Eltern von ihm zu erzählen. Was würde Lilly wohl denken? Und Daniel erst? Was machte ich bloß, wenn das Ganze hier doch nur eine kranke Idee von Aiden und Daniel war? Wenn es so war, worauf wartete Aiden dann noch? Dass wir miteinander schliefen? Oder dass ich ihm die drei magischen Worte sagte? In dem Tempo, das wir gerade drauf hatten, würde das alles nicht mehr lange dauern. Konnte ich Aiden wirklich trauen? Ich wusste es nicht. *Wollte* ich Aiden denn trauen? Diese Frage konnte ich nur mit Ja beantworten.

»Was machst du hier draußen?«

Aidens tiefe Stimme riss mich aus meinen Gedanken und erschrocken sah ich zu ihm auf. Seine Haare waren windzerzaust und seine Wangen von der Kälte gerötet. Er trug keine Jacke und hatte nur einen Kapuzenpullover an. Die Hände hatte er tief in den Taschen seiner schwarzen Jeans vergraben. Ich hatte nicht bemerkt, dass er mit Diego zurückgekommen war. Aber jetzt spürte ich das mittlerweile vertraute Kribbeln in meinem Bauch. Aiden sah mich aus unergründlichen Augen an. Normalerweise konnte man an seinem Blick ablesen, in welcher Stimmung er gerade war, doch in diesem Moment konnte ich gar nichts erkennen. Er sah mich zwar an, doch sein Blick war irgendwie leer. Das ließ alle Schmetterlinge und Ameisen gleichzeitig von der Decke meines Bauches auf den harten Boden der Tatsachen krachen. Ich wollte nicht, dass er mich so ansah. Dann lieber mit Abneigung und Verachtung. Aber nicht mit dieser Gleichgültigkeit.

Der Abstand zwischen uns war mir mit einem Mal viel zu groß. Ich stand auf, ließ die Decke auf den Boden fallen, und ging auf ihn zu. Aiden blickte zu mir runter, machte ansonsten jedoch nichts. Ich wollte nicht, dass er so zu mir war. Hatte ich den Bogen jetzt etwa endgültig überspannt? Ich legte meine Stirn gegen seine breite Brust und schlang meine Arme um seine Taille. Zitternd holte ich Luft. »Es tut mir leid, Aiden«, flüsterte ich leise und versteckte mein Gesicht in seinem Pullover. Auf einmal hatte ich Angst, dass er jetzt nichts mehr mit mir zu tun haben wollte. Dass er jetzt die Schnauze voll hatte und gehen wollte. Ich schlang meine Arme fester um ihn und krallte meine kalten Finger in den Stoff seines Pullovers. Ich zitterte und ein bedrückendes Gefühl von Einsamkeit überkam mich, wie ich es schon ewig nicht mehr gespürt hatte. Wenn Aiden jetzt ging, hatte ich niemanden mehr. Natürlich gab es Magda und Lilly. Und meine Eltern kamen auch bald wieder. Aber die konnten mir nicht das geben, was Aiden mir gab.

Ich sah wieder zu ihm und fühlte heiße Tränen in meinen Augenwinkeln brennen. Aiden erwiderte meinen Blick. Ich legte meine Hände in seinen Nacken und zog ihn zu mir runter. Zögerlich ließ er es zu und als ich mich auf Zehenspitzen stellte und ihn küsste, tat er nichts. Er legte seine Arme nicht um mich und er erwiderte den Kuss nicht. Er machte einfach gar nichts. Langsam löste ich meine Lippen wieder von seinen und sah, dass er die Augen geschlossen hatte. Wollte er das nicht mehr?

»Bitte geh nicht«, flehte ich heiser und spürte, wie die erste Träne über den Rand meines Lides trat und über meine Wange rollte. Ich wischte sie schnell weg. »Bleib bei mir.«

Aiden sah mich wieder an und seine Kiefermuskeln zuckten. Ich wusste nicht, was er in meinem Blick suchte, aber ich sah nicht weg. Irgendwann legte er endlich seine Arme um mich und zog mich an sich. Ich spürte, wie er mir einen Kuss auf den Scheitel gab und tief einatmete. »Lass uns reingehen, hier ist es zu kalt für dich. Du hast ja nicht einmal Schuhe an.«

»Bleibst du?«, fragte ich schon fast flehentlich.

Aiden dirigierte mich nach drinnen und schloss die Terrassentür hinter uns. Als er sich zu mir umdrehte, lächelte er mich traurig an und zog die Schultern nach oben. Ich sah, dass das Lächeln seine Augen nicht erreichte und spürte, wie meine Knie wieder anfingen zu zittern.

»Hab ich eine Wahl?«, fragte er mich und ich schüttelte sofort den Kopf. »Dann muss ich wohl bleiben.«

Ich nickte. Ich griff nach seiner Hand und zog ihn zur Treppe. Magdalena kam gerade mit einem Korb frisch zusammengelegter Wäsche um die Ecke und als sie uns entdeckte, lächelte sie uns an. Ich zuckte nur mit den Achseln und ging mit Aiden im Schlepptau nach oben. Ich steuerte direkt auf mein Bett zu und spürte, wie Aiden einen Moment zögerte. Ich ließ seine Hand los und kroch unter meine Decke. Unschlüssig stand er neben dem Bett und sagte kein Wort. Ich klopfte sachte neben mich auf die Matratze und hoffte, dass er meiner Einladung folgte. Wieder vergingen quälend lange Sekunden, bis Aiden schließlich seine Schuhe und den vom Schnee feuchten Pullover auszog und sich neben mich ins Bett legte. Sobald er lag, robbte ich ganz nah zu ihm, legte meinen Kopf auf seine Schulter und griff nach seiner Hand.

»Ach, Ava. Was soll ich nur mit dir machen?«, seufzte Aiden und sah mich an.

»Mich küssen?«, erwiderte ich schüchtern.

Endlich schlich sich wieder mein geliebtes schiefes Lächeln auf seine Lippen und um mein Herz wurde es ganz warm. Aiden ließ meine Hand los und ich sah ihn erschrocken an. Er legte seinen Arm um meinen Rücken und rutschte etwas herunter, sodass unsere Gesichter auf einer Höhe waren. »Du willst, dass ich dich küsse?«, fragte er und ich nickte wieder sofort. »Du musst mich nicht fragen, Ava. Tu es einfach.«

»Das habe ich vorhin gemacht. Aber du hast den Kuss nicht erwidert.« Ich wandte den Blick ab und sah stattdessen auf seine ruhig pochende Halsschlagader.

Sanft legte er einen Finger unter mein Kinn und hob es an. »Weil du Angst hattest«, flüsterte er und kreiste mit seiner Nasenspitze um meine.

Verwirrt sah ich ihn an.

»Du hast mich nicht geküsst, weil du mich küssen wolltest. Sondern, weil du Angst hattest, dass ich gehen könnte.«

Ich bekam eine Gänsehaut, als Aiden das aussprach, was ich eben noch unten verspürt hatte. Konnte er tatsächlich Gedanken lesen? Ich schluckte und Aiden sah mich weiter intensiv an.

»Hab ich recht?«, hakte er nach.

Wieder konnte ich nur nicken.

Aiden gab mir einen Kuss auf die Nasenspitze. »Baby, wie soll ich denn jetzt noch gehen? Ich schaffe es ja kaum, nur ein paar Stunden ohne dich zu sein.«

Aidens Worte trafen genau den Nerv, der es mir seit Tagen unmöglich machte, klar zu denken. Er *wollte* bei mir sein. Und ich glaubte ihm endlich.

»Sch, nicht weinen, mein Engel.«

Ich hatte gar nicht bemerkt, dass sich neue Tränen ihren Weg gebahnt hatten. Aiden lehnte sich vor und küsste sie weg. Ich hob mein Kinn und suchte nach seinen Lippen. Erleichtert atmete ich aus, als er seinen Mund endlich auf meinen legte und mich küsste.

Aiden blieb über Nacht und am nächsten Tag gingen wir nach dem Frühstück mit Diego eine große Runde Gassi und kuschelten uns im Anschluss gleich wieder unter meine warme Bettdecke. Mein ganzer Körper vibrierte und ich bekam das glückliche Grinsen gar nicht mehr aus dem Gesicht.

»Musst du da ran?«, fragte Aiden irgendwann.

Verwirrt blickte ich zu ihm.

»Dein Telefon. Irgendwer ruft dich an.«

Da erst hörte ich es ebenfalls. Im ersten Moment wollte ich es einfach klingeln lassen, doch dann fielen mir meine Eltern ein. Vielleicht gab es Änderungen wegen ihres Fluges und heute hatte ich auch noch nicht mit meiner Mom telefoniert.

»Ja, muss ich.« Ich wollte aufstehen, doch Aiden drängte mich zurück aufs Bett und stand auf, um es für mich zu holen.

»Ist für dich«, sagte er und übergab mir das Telefon.

»Sehr witzig. Du wirst nur leider nicht besser«, antwortete ich mit einem Augenrollen.

Er grinste doof und legte sich wieder zu mir. Ich nahm das Telefonat an, ohne aufs Display zu sehen.

»Hallo?«

»Ebenfalls Hallo! Meine Fresse, weißt du eigentlich, wie oft ich schon versucht habe, dich zu erreichen?«

Es war Lilly. Genau in diesem Moment fiel mir wieder ein, dass wir heute verabredet waren. »Wie spät ist es?«, fragte ich und Aiden hielt mir seine Uhr vor die Nase.

»Vier. Wir sind in einer Stunde verabredet und ich weiß nicht, was ich anziehen soll!«, jammerte Lilly in den Hörer.

Aiden verdrehte die Augen und gab mir einen Kuss, bevor er sich erhob. Mit zusammengekniffenen Augen beobachtete ich ihn und er lachte still, als er zu meinem Bad zeigte. Erleichtert ließ ich mich wieder in die Kissen fallen und hörte Lilly aufmerksam zu.

»Ich hab mir überlegt, dass wir ins Kino gehen könnten. Es läuft immer noch der Film, den wir unbedingt sehen wollten.«

»Kino? Ich weiß nicht. Hast du gesehen, was für ein Sturm draußen tobt? Bei dem Wetter will ich ungern so spät noch mit dem Auto unterwegs sein.«

»Ja, so etwas in der Richtung hat Mom auch schon gesagt. Hast du denn noch Filme, die ich nicht kenne?«

»Dad hatte zuletzt seine Horror-Phase. Da dürften einige dabei sein, die wir beide noch nicht gesehen haben.«

»Horrorfilme? Die sind ja eigentlich nicht so mein Fall.«

»Und Liebesschnulzen sind überhaupt nicht mein Fall!«

»Ach, papperlapapp. Warte mal ab, bis dich die Liebe so richtig erwischt. Dann wirst du uns verstehen. Aber okay, heute darfst du den Film aussuchen. Beschwer dich allerdings nicht, wenn ich unter deiner Decke schlafen will.«

»Das sind doch nur Filme, Lilly«, lachte ich.

»Das weißt du nicht! Woher willst du wissen, ob du dem Teufel nicht schon einmal über den Weg gelaufen bist? Der kann sich in alles verwandeln. Der spielt solange mit den Menschen, bis sie verrückt werden. Denk nur an *Rendezvous mit Joe Black!*«

Just in dem Moment kam Aiden aus dem Bad und ich musste das Lachen unterdrücken, welches sich in meiner Brust zusammenbraute. Eigentlich glaubte ich doch an den Teufel und Dämonen.

Aiden sah mich fragend an und krabbelte zu mir aufs Bett. Er küsste meinen Hals aufwärts und ich musste die Luft anhalten, damit ich nicht in den Hörer stöhnte und Lilly erklären musste, warum ich das tat. Ich versuchte, Aiden von mir wegzuschieben, was ihn jedoch dazu veranlasste, mich festzuhalten und mir sanft in den Hals zu beißen. Ich keuchte laut auf und klatschte mir die Hand auf den Mund.

»Was war das?«, wollte Lilly wissen.

Fieberhaft suchte ich nach einer Ausrede und spürte, wie Aidens Körper vor lauter Lachen anfing zu beben. Böse funkelte ich ihn an und drehte mich weg. Er ließ es zu und ich setzte mich auf. »Diego. Der will spielen und ist aufs Bett gesprungen und hat mich fast getroffen.«

»Ach so. Okay, wo waren wir? Ja, richtig: Wann holst du mich ab? Mom und Dad sind noch in Providence und Daniel ist mit Paul in Kingston. Wo Aiden steckt, weiß mal wieder keine Sau. Ich bezweifle allerdings, dass der mich zu dir gefahren hätte. Er hat neulich schon wieder versucht, mich davon abzubringen, mich mit dir zu treffen. Er hat so fiese Sachen gesagt, dass ich beinahe …«

»Ich komm dich holen.« Ich ließ Lilly nicht weitersprechen. Auf keinen Fall durfte Aiden hören, was Lilly sagen wollte. »Ich muss vorher aber noch etwas erledigen«, erklärte ich ihr.

»Was musst du denn noch erledigen?«, wollte sie prompt wissen.

Auch Aiden sah mich jetzt fragend an. Ich sah hektisch um mich und dann fiel mein Blick wieder auf meinen Hund. »Ich muss noch mit Diego raus.« Erleichtert atmete ich aus.

»Das können wir doch nachher zusammen machen.«

»Nee, nachher ist es zu dunkel und er war heute noch nicht wirklich draußen. Wenn ich hier losfahre, melde ich mich, okay?«

»Na gut. Beeil dich aber. Ich sterbe vor Langeweile.«

»Mach ich. Bis später.«

Ich warf das Handy aufs Bett und rieb mir übers Gesicht. Mist. Lilly hatte ich völlig verdrängt.

»Was ist?«, wollte Aiden wissen und zog mich zu sich.

Ich kuschelte mich an seine Seite und atmete seinen herrlichen Duft ein. »Ich hab vergessen, dass Lilly und ich verabredet sind.«

»Okay.«

»Ich muss sie abholen. Aber das hast du ja mitbekommen. Vorher müsste ich noch duschen.«

»Ich will nicht, dass du bei diesem Wetter Auto fährst. Es ist wirklich schweineglatt draußen.«

»Ich hab auch keine Lust zu fahren. Aber solange Lilly keinen Führerschein hat und ihr idiotischer Bruder sich weigert, sie zu mir zu bringen, bleibt mir wohl nichts anderes übrig.«

»Idiotischer Bruder? Damit kannst du ja nicht mich meinen.«

»Hm«, machte ich und tippte mir mit dem Finger gegen die Lippen. Sofort warf mich Aiden auf den Rücken und fing an, mich zu kitzeln. Ich kreischte und versuchte, ihn von mir zu werfen. Aber gegen seine 1,95 m und gefühlten 100 Kilo pure Muskelmasse hatte ich mit meinen 1,67 m und nur 62 Kilo absolut keine Chance. »BITTE AUFHÖREN!«, kreischte ich, als Aiden immer wieder in meine Seiten pikste.

Ich wehrte mich mit Händen und Füßen. Aber ich war ihm chancenlos ausgeliefert. Er pinnte meine Hände aufs Bett und hielt mich fest. Plötzlich wurde mir heiß und kalt, als er so über mich gebeugt saß. Mein Puls stieg an und mein Herz raste in meiner Brust. Ich versuchte, meine Oberschenkel zusammenzupressen, um den Druck etwas zu lindern, was Aiden leicht nach vorne fallen ließ. Aus seinen Augen war jeglicher Humor gewichen und er sah mich nun mit glühendem Blick an.

»Dafür haben wir jetzt keine Zeit mehr«, hauchte ich atemlos.

Aiden lehnte sich zu mir und gab mir einen Kuss. »Aber heute Nacht«, flüsterte er. »Ich werde Lilly nachher anrufen und ihr sagen, dass ich sie abhole. Danach komme ich wieder und dann machen wir genau da weiter, wo wir gleich aufhören.« Aiden wanderte mit seiner Hand zum Saum meines Shirts und wollte es nach oben schieben, doch ich stoppte ihn. Fragend sah er mich an.

»Lilly schläft hier«, erklärte ich mit Bedauern in der Stimme. Ich liebte Lilly wirklich über alles. Aber heute wäre es mir lieber gewesen, wenn ihr Bruder und nicht sie bei mir bliebe.

»Fuck!«, stöhnte Aiden und ließ sich neben mir aufs Bett fallen. »Kannst du sie nicht nach Hause schicken, weil du plötzlich ganz fürchterlich krank wirst?« Er rollte sich auf die Seite und spielte mit einer Locke von mir.

»Wenn ich auf einmal ganz fürchterlich krank werde, will sie ganz bestimmt nicht gehen, sondern mir Suppe kochen, einen Verband anlegen oder mich operieren. Außerdem will ich jetzt auch nicht so werden, dass ich keine Zeit mehr für meine beste Freundin habe.«

»Warum nicht? Willst du etwa keine Zeit mit deinem festen Freund verbringen?«

Mein Herz setzte aus und mit weit aufgerissenen Augen sah ich Aiden an. Das hatte er jetzt nicht wirklich gesagt?

»Was? Schockt dich das?«, fragte er amüsiert.

Ich schluckte.

»Gewöhn dich dran, Baby. Mich wirst du nicht mehr los.« Er gab mir noch einen Kuss und stand dann auf. Als hätte er nicht gerade etwas unfassbar Unglaubliches gesagt, tippte er seelenruhig eine Nachricht in sein Handy und steckte es zurück in seine Hosentasche.

Ich fühlte mich wie ein verfickter König, als ich Avas Haus verließ und mich auf den Weg zu Steven machte. Ich wusste auch nicht, was über mich gekommen war, Ava als meine feste Freundin zu bezeichnen. Aber ab dem Moment, in dem ich es ausgesprochen hatte, fühlte es sich richtig an.

»Hey, Beauty, hab dich vermisst. Wie geht's deinem Mädchen?« Steven stieg zu mir ins Auto, warf seine Tasche auf den Rücksitz zu meiner und schnallte sich an.

»Danke der Nachfrage. *Mir* geht's gut«, antwortete ich beleidigt.

»Ist das so?«, fragte Steven mit einem dämlichen Grinsen auf den Lippen. »Hast du dich also bei ihr entschuldigt?«

»Wieso?«

»Es kann ja nur deine Schuld sein.«

»Warum?«

»Alter, du bist der Typ! Wir Typen haben immer Schuld! Gewöhn dich dran.«

Ich schnaubte verächtlich und fuhr los.

»Nein, jetzt mal ehrlich, habt ihr alles klären können?«

Ich nickte kurz. »Alles geklärt.«

Wobei, das fiel mir jetzt erst auf, eigentlich hatten wir überhaupt nichts geklärt. Ich wusste noch immer nicht, warum Ava aus heiterem Himmel so komisch geworden war und sich komplett zurückgezogen hatte. Gut, ich konnte mir denken, woran das gelegen hatte, aber ich sollte sie bei Gelegenheit doch noch einmal danach fragen. Und wenn ich schon dabei war, sollte ich sie gleich mal alles andere auch fragen. Ich wusste eigentlich rein gar nichts über sie. Außer, dass sie den Winter hasste, ihren Hund liebte und in der Lage war, ihren Namen blind rückwärts zu schreiben. Ich schmunzelte in mich hinein, als ich an Avas niedlichen Gesichtsausdruck nach dem Pancake-Wettessen zurückdachte.

»Ich mag sie.«

Ich beäugte Steven misstrauisch von der Seite.

»Hey, glotz nicht so blöd. Ich mag sie nicht *s o*. Ich bin doch nicht bescheuert und komme meinem besten Freund in die Quere.«

Das beruhigte mich nicht ein Stück.

»Guck nach vorne, Loverboy! Ich mag sie, weil sie die Erste ist, die sich von dir nichts gefallen lässt. Das ist es, was du gebraucht hast.«

»Weil?«, hakte ich genervt nach.

»Weil dir deine Schönheit sonst irgendwann aus dem Arsch gekrochen wäre. Und dein Ego hätte sich in kleinen regenbogenfarbenen Dampfwolken über die ganze Welt verteilt.«

Ich rollte mit den Augen. »Soll das heißen, dass ich jetzt hässlich werde oder was?« Ich war stolz auf meinen Body. Für den arbeitete ich gerne hart. Für mein Gesicht konnte ich nichts. Da sollten sich die Leute bei meinen Eltern beschweren.

»Ja, das soll es!«, antwortete Steven allen Ernstes.

»Ist richtig, Mann.«

»Sorry, aber Ava ist bei Weitem heißer als du. Neben ihr siehst du aus wie ein hässlicher Ork.«

Ich holte aus und schlug Steven auf den Oberarm.

»*Fu c k*, Westerfield! Hör damit auf!«

Zufrieden bog ich auf den Highway und drückte das Gaspedal durch.

»Hör du auf, so über mein Mädchen zu reden, und ich hör auf, deinen kleinen Wichsarm zu schlagen.«

»Wenn du so weitermachst, muss ich bald wirklich Rechtshänder werden.«

»Du weißt, was du tun musst«, sagte ich.

»Und ob. Ich werde der beste Freund von Ava und verrate ihr all deine dreckigen Geheimnisse. Und wenn du mir Schläge androhst, hetze ich sie dir auf den Hals!«

Ich verdrehte die Augen und schüttelte Kopf. »Vorher hetze ich dir Diego auf den Hals. Der kann dich nicht leiden und ist gnadenloser als Ava. Und für dich zur Info: Ava kann mir nicht widerstehen. Ich freu mich jetzt schon auf ihre ›Rache‹, wenn sie dich verteidigen soll.«

Steven schüttelte ebenfalls lachend den Kopf. »Verfickter Glückspilz! Ich bin wirklich happy für dich.«

Ich atmete tief durch. Ich war auch happy. Und scheiße, war das ein Gefühl.

Wir fuhren nach Providence. Am Sonntag war ein wichtiges Spiel und wir hatten heute dort in der Halle Training. Ehrlich gesagt, brauchte ich die körperliche Auslastung jetzt mehr denn je. Wenn ich schon die Nacht über nicht bei Ava sein konnte, wollte ich wenigstens so fertig sein, dass ich schlafen konnte.

»Wo bist du nur mit deinem Kopf, Mann?« Lucas hatte es zum wiederholten Mal geschafft, an mir vorbeizurauschen, ohne dass ich ihm den Puck abjagen konnte. »Wenn du Sonntag genauso spielst, können wir einpacken. Reiß dich jetzt verdammt noch mal zusammen!« Er gab mir einen Stoß gegen den Helm und fuhr an mir vorbei zurück zum Mittelkreis.

»Ey, Jungs, lasst uns aufhören. Wir sind schon seit drei Stunden hier und ich hab Hunger.« Steven kam aus dem Tor und öffnete den Verschluss seines Helms.

»Auf keinen Fall!«, motzte Lucas sofort. »Wir hören erst auf, wenn Aiden anfängt, mitzumachen. Wir reißen uns hier alle den Arsch auf und er ist der Meinung, dass er einfach mal nichts machen muss. Darauf hab ich keinen Bock.«

Lucas hatte Recht. Es ging ums Halbfinale und das Sieger-Team spielte nächste Woche gegen Boston um die Pokalmeisterschaft. Wir hatten es bis hierher geschafft und eigentlich hatten wir ein klares Ziel vor Augen. Was allerdings gar nicht klar war, war mein Kopf. Ich konnte mir aber einfach nicht helfen. Ich musste permanent an Ava denken. Was machte sie gerade? Dachte sie an mich? Sollte ich doch heute Nacht einfach zu ihr fahren?

»Lass ihn, Lucas. Aiden hatte eine kurze Nacht. Der Tiger braucht nur seinen Schönheitsschlaf und dann ist er topfit.« Steven blieb neben Carter stehen, der gerade seine Handschuhe auszog.

»Ich kann mir denken, was ihn so fertig gemacht hat. Seine Lady ist zwar klein, aber sie sieht nicht danach aus, als würde sie sich von unserer Beauty Queen irgendwas gefallen lassen. Ich will gar nicht wissen, was er alles machen musste, um sie wieder gnädig zu stimmen.« Carter kicherte und klopfte mir auf die Schulter.

Ich quittierte das mit einem finsteren Blick. Doch der prallte an Carters guter Laune einfach ab.

»Ist mir scheißegal, was Aiden für Sorgen mit seiner neuen Tussi hat. Wenn er seinen Kopf nicht im Spiel hat, bin ich raus!«

Ava mit irgendeiner Tussi zu vergleichen, ließ mein Blut binnen Sekunden heiß aufkochen. Sie war alles, aber bestimmt keine meiner ›Tussis‹.

»Oh fuck«, hörte ich Josh hinter mir stöhnen, als ich im Begriff war, mich auf Lucas zu stürzen.

Doch ich kam leider nicht weit. Carter und Steven packten jeweils einen Arm von mir und hielten mich fest.

»Nimm das zurück!«, presste ich mühsam durch meine Zähne.

»Was soll ich zurücknehmen? Dass du wegen dieser Ava plötzlich keinen Bock mehr auf Hockey hast? Dass es dich auf einmal nicht mehr interessiert, ob wir gewinnen oder verlieren? Hier geht es um uns alle, Arschloch! Nicht nur um ihre Muschi.«

Ich sah rot. Meine Sicherungen brannten alle gleichzeitig durch. Ich schüttelte Steven und Carter von mir ab und raste ungebremst auf Lucas zu. Ich packte ihn an seinem Trikot, schmetterte ihn gegen die Glasbande und holte mit der rechten Faust aus. Wieder waren es Steven und Carter, die mich von hinten packten und von Lucas wegzogen.

»*Lasst mich los!*«, brüllte ich und versuchte erneut, die Jungs von mir zu schieben.

Lucas sah mich weiter wütend an. Mein Puls raste und mein Herz pumpte das Blut wie einen Wildwasserbach durch meine Adern. Meine Muskeln waren zum Zerreißen angespannt und ich hatte die Hände zu Fäusten geballt. Wenn Steven und Carter nicht gewesen wären, hätte ich Lucas erledigt.

Josh fuhr zu Lucas und redete auf ihn ein. »Hey, Mann. Das ist nicht cool. Du weißt ganz genau, dass Ava ihm etwas bedeutet. Hör also auf, ein Arschloch zu sein! Aiden wird beim Spiel wieder tausend Prozent geben. Wie in jedem anderen Spiel auch. Wieso regst du dich deswegen so auf? Wir wollten ein bisschen Spaß haben. Hier geht es um nichts. Sieh es doch mal so: Wenn Aiden seinen Kopf heute im Training gehabt hätte, hättest du nicht vier Tore schießen können. Niemand kommt an unserer Wand vorbei. Schon vergessen? Wann hat Aiden das Team je im Stich gelassen?« Josh redete ganz ruhig mit ihm und ich sah, wie Lucas immer mal kurz zu mir blickte.

Joshuas Worte schienen langsam zu ihm durchzudringen. Trotzdem war es nicht in Ordnung, dass er so über Ava gesprochen hatte. Niemand zerriss sich das Maul über sie. Schon gar nicht in meiner Anwesenheit.

»Entspann dich, Aiden. Lucas hat sich mitreißen lassen. Du weißt selbst, was ihm das Spiel bedeutet«, versuchte wiederum Steven mich zu beruhigen.

Ja, das wusste ich. Das wussten wir alle. Lucas hatte die Chance auf ein Sportstipendium für die University of Montreal und sowohl am Sonntag als auch nächste Woche kamen Vertreter diverser Universitäten zu den Spielen.

»Das ist trotzdem kein Freifahrtschein, so über Ava zu reden!«, knurrte ich extra laut, sodass Lucas mich verstehen konnte.

»Er hat es nicht so gemeint«, murmelte Carter leise neben mir. »Wenn doch, bekommt er von mir auch in die Fresse. Glaub mir, Mann, wir lieben Ava alle. Auch Lucas«, fügte er hinzu.

Ich schnaubte. »Ihr kennt sie doch gar nicht.«

»Na, und? Müssen wir auch nicht. *Du* liebst sie, *wir* lieben sie. So einfach ist das!«, stellte Carter klar.

*Liebte* ich Ava? Konnte es so schnell gehen? Ich mochte sie. Sehr sogar. Ich dachte ständig an sie und mir fiel es immer schwerer, nicht bei ihr zu sein. Aber war das schon Liebe?

»Lucas wird sich jetzt bei dir entschuldigen. Und bei Ava, wenn er sie sieht. Stimmt's, Lucas?«, rief Carter zu ihm rüber und wartete auf seine Antwort.

Josh redete weiter auf Lucas ein, ich konnte aber nicht verstehen, was genau er zu ihm sagte. Ich erkannte allerdings, dass der Frust und Ärger langsam aus Lucas Gesicht verschwanden und irgendwann hob er entschuldigend den Kopf.

»Ich hab mich aus der Fassung bringen lassen. Das war nicht cool.«

Josh trat zur Seite. Lucas fuhr auf mich zu und streckte die Hand aus. Ich mahlte mit den Zähnen und sah meinen Freund, den ich seit dem Kindergarten kannte, misstrauisch an.

»Es tut mir leid, Aiden. Ich kann es nicht mehr zurücknehmen, aber ich entschuldige mich in aller Form. Auch bei Ava. Ich war ein Arsch. Sie hat es nicht verdient, dass ich so über sie rede.«

Ich wusste, dass Lucas ein Hitzkopf war. Er bekam die meisten Verweise in der Saison, weil er sein loses Mundwerk nicht im Griff hatte. »Rede *nie wieder* so über Ava! Haben wir uns verstanden?« Mit zusammengekniffenen Augen funkelte ich ihn finster an.

»Werd ich nicht.«

»Sie hat nichts als Respekt verdient, verstanden?«

»Natürlich.«

»Und wenn ich die Worte ›Ava‹ und ›Muschi‹ noch ein einziges Mal in einem Satz höre, *bring ich dich um!* Klar?«

»Kommt nicht wieder vor.«

»Das gilt für euch alle!«, setzte ich nach und fuhr zurück zu den Spielerbänken, um meine Schlittschuhe auszuziehen. Trotz der drei Stunden auf dem Eis war ich nicht ein Stück erschöpft. Ich ging in die Kabine und holte mein Handy aus der Tasche. Mehr als enttäuscht stellte ich fest, dass Ava mir nicht geschrieben hatte. Vermisste sie mich etwa überhaupt nicht? Ich schickte ihr eine Nachricht.

**Hey, Baby. Ich hoffe, du hast Spaß und kommst nicht auf dumme Gedanken. Bleib zu Hause. Das Wetter ist die Hölle. Überall Schnee. Also definitiv nichts für dich. Ich werd dich heute Nacht vermissen. Aiden**

Ich wartete einen Augenblick, aber wieder blieb mein Telefon still. Es war jetzt halb zehn. Vielleicht sahen sie und Lilly gerade einen Film und hoffentlich gingen sie dann anschließend gleich schlafen. Ava müsste eigentlich auch ziemlich müde sein. Ich schüttelte den Gedanken ab, dass sie mir eventuell nur etwas vorgemacht hatte, und schmiss mein Handy zurück in meine Sporttasche.

»Fuck, Mann. Ich kann nicht mehr. Lasst uns fahren.« Carter hing schlaff in seinem Stuhl und stützte seinen Kopf mit den Händen.

Wir waren nach unserem Training ins Orgies gefahren und die Jungs hatten sich ordentlich die Kante gegeben. Ich hatte gehofft, etwas von Ava zu hören. Doch jetzt war es bereits kurz nach Mitternacht und mein Telefon war, zumindest was Ava betraf, stumm geblieben.

»Fahr einfach zu ihr.« Steven gab mir einen freundschaftlichen Schlag auf die Schulter und setzte sich neben mich.

»Geht nicht.«

»Warum nicht? Lässt sie dich zappeln? Fuck, das ist so großartig!« Steven grinste und nahm einen Schluck aus seiner Bierflasche.

Ich warf ihm einen genervten Blick zu.

Steven verdrehte die Augen. »Weil sie kein Mädchen ist, das dir nicht zu Füßen liegt, sondern den Ton angibt«, beschwichtigte er.

Ich zuckte nur mit den Schultern.

»Alter, eigentlich ist es eine abgefuckte Schweinerei, das ist dir klar, oder?«

Ich antwortete ihm nicht. Wozu auch? Steven hörte sich gerne selbst reden.

»Du kannst wirklich jede haben. Und du musstest nie etwas dafür tun. Die Tussis haben dich ein einziges Mal gesehen und es war um sie geschehen. Mit deinen süßen Grübchen.« Steven stach mir in die Wange und kassierte einen finsteren Blick, was ihn aber nur noch breiter grinsen ließ. »Deinen wunderschönen blauen Augen und diesem super soften Wuschelhaar.« Er fasste mir tatsächlich in die Haare und ich schlug seine Hand von meinem Kopf. »Und erst recht mit deinen ganzen Muckis hast du sie alle verrückt gemacht, ohne etwas dafür tun zu müssen. Sie sind dir ständig überall hinterhergelaufen.« Er trank noch einen Schluck. »Und jetzt? Jetzt rennst *du* einem Mädchen hinterher. Das ist so verfickt großartig, ich könnte mich bepissen vor Lachen.«

»Ich renne ihr nicht hinterher!«, stellte ich sofort klar.

Steven grinste mich an und nickte zu meiner Hand, mit der ich in der Hosentasche mein Handy umklammerte.

»Du starrst alle fünf Minuten auf dein Telefon. Und jedes Mal, wenn du es wegsteckst, steigt dein Frust wieder um ein Prozent.«

Er könnte damit recht haben, dass mich Avas Schweigen irritierte. Aber ich wollte ihr Zeit geben. Ich wollte nicht so ein anhänglicher Schwanzlutscher werden, der es keinen Tag ohne seine Freundin aushielt. Das waren nämlich genau die Typen, über die wir uns ständig lustig gemacht hatten.

»Allein dafür, dass sie es geschafft hat, dass du mies drauf bist, liebe ich sie jetzt schon mehr als du.«

Mir riss der Geduldsfaden. »Was redet ihr eigentlich immer die ganze Zeit von Liebe? Wer hat gesagt, dass ich Ava liebe?«

»Weil es so ist!«

»Sagt wer?«

»Das braucht man nicht zu sagen, Junge. Das sieht man. Glaubst du wirklich, du kannst so etwas vor uns verstecken? Wir kennen dich unser ganzes Leben lang. Natürlich sehen wir, was mit dir los ist.«

Mein Frust wuchs stetig weiter und ich war kurz davor, Steven eine reinzuhauen. »Ich habe euch gerade mal vor drei Tagen von Ava erzählt. Wie kommt ihr darauf, dass ich gleich in sie verliebt bin?«

Steven grinste mich dämlich an, als wäre die Antwort so offensichtlich. »Genau deswegen. Du hast uns noch nie von deinen Eroberungen erzählt.«

Ich sprang auf und krallte mir Steven. Ich rammte ihn gegen die Bar und hielt ihn an seinem Hemdkragen fest. »Vergleiche Ava nie wieder mit den anderen!«

Der Wichser wehrte sich nicht ein Stück. Ganz im Gegenteil, er fing an zu lachen. »*Das*, mein Freund, nennt man Liebe.«

Lange starrte ich ihn an und versuchte, das Chaos in meinem Kopf unter Kontrolle zu bekommen. Aber ganz gleich, wie sehr ich es versuchte, ich bekam keinen klaren Gedanken. Ich ließ Steven los und ging zum Parkplatz. Mir war es egal, wie die Jungs nach Hause kamen, und wenn sie sich ein Hotelzimmer hier in Providence nehmen mussten. Ich wollte jetzt so schnell wie möglich hier weg und fuhr nach Hause.

Um niemanden zu wecken, schlich ich so leise wie möglich in die Küche. Da ich kaum etwas gegessen hatte, wollte ich mir noch ein Sandwich machen. Ich schaltete das Licht ein und bekam fast einen Herzinfarkt. »Pumpkin! Was machst du hier?«

Lilly schrie heiser auf und fasste sich ans Herz. »Scheiße, Aiden, du hast mich erschreckt!«

»Wieso bist du hier? Ich dachte, du pennst bei Ava?«

Lilly verzog das Gesicht. »Woher weißt du, dass ich bei Ava schlafe?«

Fuck. Ich suchte fieberhaft nach einer Antwort, und dann sagte ich einfach das Erste, was mir einfiel. »Mom hat's mir erzählt.« Das schien irgendwie zu klappen.

»Aha«, sagte sie nur und widmete sich wieder ihrem Sandwich.

»Also?«, hakte ich nach, weil sie keine Anstalten machte, mir zu antworten. Wenn Lilly zu Hause war, wo war dann Ava? Hatte sie es sich doch anders überlegt? Mein Herz schlug immer schneller.

»Wieso interessiert dich das?«, wollte sie wissen und sah mich über ihre Schulter hinweg an.

»Nur so. Es überrascht mich halt.«

»Was überrascht dich?«

Alter, warum war sie auf einmal so merkwürdig drauf? »Dass du hier bist und nicht bei ihr. Es ist mitten in der Nacht. Habt ihr euch gestritten?«

»Pfft. Ava und ich streiten nie!«

Ich biss mir auf die Zunge und hatte Mühe, sie nicht zu packen und zu schütteln.

»Entspann dich, Aiden.«

»Ich bin entspannt«, presste ich frustriert durch meine Zähne.

»Klar. Sieht man. Wenn du so weitermachst, müssen Mom und Dad morgen mit dir zum Chirurgen, um dir neue Beißerchen zu besorgen.«

Ich versuchte, meinen Kiefer zu entspannen, und kaute auf der Innenseite meiner Wange.

»Stört es dich etwa, dass ich hier bin und nicht bei ihr?«

»Was? Nein, wieso?«

»Na, weil es sonst immer umgekehrt war. Sonst hat es dich gestört, wenn ich da war und nicht hier. Und jetzt bist du schräg drauf, weil ich hier bin und nicht da.«

»Ich bin überhaupt nicht schräg drauf! Und, nur falls es dich interessiert: Mir ist es egal, wo du bist.« Ich drehte mich um und zog meine Jacke und meine Schuhe aus.

Lilly folgte mir mit ihrem Sandwich in den Flur und stellte sich an die Treppe. »Das ist ja was ganz Neues. Sonst benehmen sich Daniel und du immer wie meine persönlichen Wachhunde.«

Ich zog mir meinen Hoodie aus und warf ihn die Treppe runter. Lilly blickte mich an und starrte plötzlich auf mein T-Shirt. Sie kniff die Augen zusammen und kam einen Schritt auf mich zu. Fragend sah ich an mir herunter und fragte mich, was sie plötzlich für ein Problem hatte. Hatte ich irgendwo einen Fleck oder ein Loch? Ich konnte nichts erkennen und sah wieder nach oben. Lilly blieb dicht vor mir stehen und drehte mein Kinn zur Seite.

Ich entzog ihr mein Gesicht und lehnte mich weg. »Was machst du da?«, fragte ich verärgert und sah sie genervt an.

Lilly blickte mir eine Weile in die Augen, und irgendwann schlich sich ein leichtes Schmunzeln auf ihre Lippen. Verwirrt sah ich sie an. Was zur Hölle hatte das zu bedeuten? Ich sah wieder an mir herunter, konnte aber noch immer nichts Ungewöhnliches entdecken.

»Du solltest mal in den Spiegel gucken.« Sie reckte das Kinn in meine Richtung und blickte über meine Schulter.

Ich drehte mich um und schaute in den großen Spiegel neben der Eingangstür. Ich sah aus wie immer. Dunkle Jeans, weißes Shirt, müde Augen und ungekämmte Haare.

»Dreh deinen Kopf zur Seite«, forderte sie mich auf.

Ich folgte ihrer Anweisung und dann entdeckte ich ihn. Ava hatte mir einen dicken, fetten, dunkelroten Knutschfleck verpasst. Ich fing an zu grinsen und biss mir schnell auf die Lippe, als ich Lilly hinter mir im Spiegel sah.

»Ava hat Migräne«, flüsterte sie und verschwand nach oben in ihr Zimmer.

Ich sah ihr mit offenem Mund hinterher und überlegte, ob Lilly vielleicht irgendwas wusste. Hatte Ava ihr womöglich von uns erzählt? Aber warum dann diese Frage-Antwort-Nummer gerade? Wenn Lilly hier war, dann hieß das, dass Ava alleine zu Hause war. Ich griff nach meinen Schuhen und meiner Jacke und lief zurück zum Auto.

Ich gab den Code in das Tableau neben dem Eingang ein und wartete, bis das mittlerweile vertraute Piepen ertönte und die Tür sich öffnen ließ. Ich ging ins Haus, aktivierte die Alarmanlage wieder und lief auf Socken die Treppen zum Dachboden hinauf. Das Zimmer war stockdunkel. Ava hatte alle Vorhänge zugezogen und ich konnte im ersten Moment absolut nichts erkennen. Ich tastete mich blind durch das Zimmer, bis ich an ihrem Bett ankam. Meine Augen gewöhnten sich langsam an die Dunkelheit und ich konnte Avas Silhouette unter ihrer Bettdecke erkennen. Sie schlief und dicht neben ihr lag Diego. Er hob den Kopf und als er mich erkannte, klopfte sein Schwanz aufgeregt auf das Bett.

Ich musste lächeln und setzte mich neben ihn. »Hey, Buddy, hast du meinen Platz warmgehalten?« Ich kraulte ihm den Kopf. Diego drehte sich sofort auf den Rücken und streckte mir die Pfoten entgegen. Ich kraulte ihm kurz die Brust und sah zu meinem schlafenden Engel. Ava hatte sich auf die Seite gedreht und ihr Kopf lag auf meinem Kissen. Also, nicht meinem, aber dem Kissen, auf dem ich die letzten Nächte geschlafen hatte. Ihre langen dicken Locken fielen wie ein Wasserfall über den Rand der Matratze. Ich strich ihr ein paar verirrte Strähnen aus der Stirn und beugte mich herunter, um ihr einen Kuss auf ihre weichen Lippen zu geben. Ava zuckte leicht zusammen, wachte aber nicht auf. Ich küsste sie noch einmal und wurde von Diego angestupst, weil ich mich zu sehr auf ihn stützte. »Sorry, Buddy, du musst jetzt hier leider verschwinden.«

Als ich versuchte, ihn aus dem Bett zu schieben, knurrte er mich an. Verwundert sah ich zu ihm runter und versuchte es noch einmal mit Autorität. »Diego, runter! Geh auf deinen Platz!« Aber wieder brummte er, als ich ihn von der Decke schieben wollte. Was war nur los mit ihm?

Ich schaltete das kleine Licht auf Avas Nachttisch an und betrachtete sie genauer. Ging es ihr nicht gut? Ich streichelte über ihre Wange und flüsterte ihren Namen. »Ava? Wach auf, Baby.« Ich gab ihr noch einen Kuss, und dieses Mal rührte sie sich.

Sie fing an zu grummeln und einen Moment später schlug sie die Augen auf. »Mach das Licht aus!«, stöhnte sie und drehte sich weg.

Ich war überrascht von ihrem harschen Ton und ging ums Bett herum. »Baby, was ist?«

»Licht. Mach das Licht aus!«, wiederholte sie und vergrub ihr Gesicht im Kissen.

Ich beugte mich über sie und machte die Lampe wieder aus. »Besser?«, fragte ich, und weil sie mir nicht antwortete, legte ich meine Hand gegen ihre Stirn. Hatte sie Fieber? Doch ihr Kopf fühlte sich normal an. »Ava, was ist mit dir?« Langsam stieg meine Sorge um sie. War sie krank?

»Migräne«, antwortete Ava mit gedämpfter Stimme.

Oh Shit. Sie hatte also wirklich Migräne und sie nicht nur als Grund vorgeschoben, mich zu sehen.

»Brauchst du etwas? Kann ich dir irgendwas holen?«

»Tabletten. Schublade. Bad.«

Ich sprang auf und rannte in ihr Bad. »Tabletten, Schublade«, wiederholte ich und suchte nach den Tabletten. Nur blöd, dass ich nicht wusste, welche das sein sollten. Ich nahm einfach alle mit, die ich finden konnte und lief schnell zu ihr zurück. Ich kniete mich neben das Bett.

»Welche sind die Richtigen?«

»Rote Packung«, flüsterte sie.

Ich ließ die übrigen Packungen auf den Boden fallen und nahm eine aus der roten. Ich griff nach Avas Hand und gab ihr die Tablette.

»Wasser«, hauchte sie und ich stand sofort wieder auf, um ihr ein Glas Wasser aus dem Bad zu holen.

»Hier. Warte, ich helfe dir.« Ich stützte sie mit meinem Arm und hielt ihr das Glas an den Mund.

Sie nahm einen Schluck und spülte die Tablette damit runter. Danach ließ sie sich wieder ins Kissen fallen und drehte sich um. Das machte mir wirklich Sorgen. Normalerweise hatte sie immer einen Spruch auf den Lippen. Aber jetzt gerade war sie kaum ansprechbar. Ihr ging es wirklich nicht gut. Auf keinen Fall würde ich sie in dieser Verfassung hier alleine lassen. Ich ging kurz ins Bad, wusch mich provisorisch und putzte mir die Zähne. Dann zog ich mich bis auf die Boxershorts aus und legte mich zu Ava und Diego ins Bett. Da Diego ihr nach wie vor nicht von der Seite wich, blieb mir nichts anderes übrig, als mich auf die andere Seite hinter Ava zu legen. Vorsichtig zog ich sie zu mir und vergrub mein Gesicht in ihrem Nacken. »Hoffentlich geht es dir schnell besser. Schlaf gut, mein Engel.«

Ich wachte erst sehr spät am nächsten Morgen auf. Die Migräne hatte bereits am Nachmittag zuvor angefangen und ich hatte den Moment verpasst, meine Tabletten rechtzeitig zu nehmen. Eigentlich konnte ich den Unterschied spüren, ob es lediglich Kopfschmerzen waren oder ob tatsächlich eine Migräne im Anmarsch war. Aber irgendwie war gerade so viel los in meinem Körper, dass ich die Warnsignale einfach übersehen hatte. Während des Films fing das Bild vor meinen Augen zu flimmern an und mir wurde speiübel. Lilly kannte das mittlerweile und wusste, dass ich dann alleine sein wollte. Das Einzige, das einigermaßen half, war zu schlafen. Lillys Dad hatte sie gegen Mitternacht abgeholt und ich ging ins Bett.

Nach dem Aufwachen lag Diego immer noch neben mir. Er wich mir bei Migräneattacken nie von der Seite. Vorsichtig öffnete ich versuchshalber ein Auge. Im Zimmer war es zum Glück dunkel, da ich die Jalousien und Vorhänge zugezogen hatte. Mein Kopf fühlte sich zwar noch wie in Watte gepackt an, aber ich konnte nichts von dem stechenden Schmerz hinter meiner Stirn spüren. Ich öffnete beide Augen und als immer noch nichts passierte, rutschte ich zum Kopfteil meines Bettes und rieb mir über den Nacken. Dieses Mal hatte die Attacke anscheinend nur eine Nacht gedauert. Diego gähnte herzhaft neben mir und streckte sich.

»Hey, Buddy. Danke, dass du mir mal wieder zur Seite gestanden hast. Was würde ich nur ohne dich tun, hm?« Ich rutschte wieder nach unten und kuschelte mich an meinen Hund. Dabei bemerkte ich das leicht feuchte Fell unter seinem Bauch. Magda musste ihn rausgelassen haben. Wie spät war es eigentlich? Ich suchte nach meinem Handy. Insgeheim hatte ich gehofft, dass Aiden sich noch bei mir melden würde. Doch bis auf jeweils eine SMS von Lilly und meiner Mom gab es keine Nachrichten. Auch nicht von Aiden. Besonders nicht von Aiden. Hatte er meine Nachricht überhaupt erhalten? Wenn ja, warum fragte er nicht wenigstens, wie es mir ging? Dass er nicht hergekommen war, fand ich nicht schlimm. Ich wäre sowieso keine gute Gesellschaft gewesen. Ich warf mein Handy wieder neben mich auf das Laken und ging ins Bad. Während ich auf der Toilette saß und verträumt durch mein Badezimmer schaute, fiel mir die Zahnbürste von Aiden auf. Hatte ich die nicht gestern versteckt, damit Lilly keine komischen Fragen stellen konnte? Ich wusch mir die Hände und nahm die Bürste in die Hand. Es war definitiv die von Aiden, das erkannte ich an dem rosa Griff. Und sie war feucht. Also benutzt. War er doch hergekommen? Sofort schlug mein Herz schneller und in meinem Bauch fing es an zu kribbeln. Aufgeregt beeilte ich mich mit meiner Dusche und zog mich in Windeseile an.

Ich blickte auf mein zerwühltes Bett. Aidens Seite war nach wie vor unberührt. Die Tagesdecke lag noch genau so da, wie ich sie gestern hinterlassen hatte. Hatte er vielleicht nicht im Bett, sondern auf dem Sofa geschlafen? Doch auch das Sofa sah noch exakt so aus wie gestern Abend. Enttäuscht atmete ich aus und griff nach dem Türknauf. »Diego, komm, wir gehen nachsehen, was Magda macht.«

Diego erhob sich und sprang vom Bett. Der war total groggy.

»Was ist los, Buddy? Wieso bist du so schlapp?«

Er gähnte und trabte müde aus dem Zimmer.

Wir liefen die Treppen runter und ich hörte mehrere Stimmen, die aus der Küche kamen. Ein Lächeln schlich sich auf meine Lippen. Als ich um die Ecke bog und Aiden mich entdeckte, erhellte sich sein Gesicht.

»Hey Baby, wie geht's dir?«

Er kam mir entgegen und ich konnte mein Grinsen nicht mehr verstecken. Ich freute mich wirklich, dass er hier war. Er öffnete die Arme und ich ging, ohne zu zögern, direkt zu ihm.

»Hi.«

»Hi«, flüsterte ich zurück und erwiderte sein Lächeln.

Aiden beugte sich zu mir runter und ich kam ihm die letzten Zentimeter auf Zehenspitzen entgegen. Er gab mir einen langen zärtlichen Kuss und ich schmolz praktisch dahin. Hätte er mir nicht die Arme um die Taille geschlungen, wäre ich womöglich einfach umgefallen. Aiden küsste zum Abschluss meine Nasenspitze und sah mich wieder an. »Ich hoffe, wir haben dich nicht geweckt. Was macht dein Kopf?«

»Wir?«, fragte ich, sah an Aiden vorbei und entdeckte Carter und noch zwei Freunde von ihm, deren Namen ich aber nicht kannte. »Carter, Lucas und Joshua«, antwortete er und legte seinen Arm um meine Schulter.

»Hey, Babe. Schön, dass es dir besser geht.« Carter stand auf und umarmte mich kurz. Aiden ließ mich dabei nicht los und zog mich nach nur zwei Sekunden von Carter weg. Der fing an zu lachen und zwinkerte mir zu, als Aiden ihn böse anfunkelte. »Ich liebe es, ihn auf die Palme zu bringen.«

Ich musste ebenfalls schmunzeln und schüttelte den Kopf.

»Ich bin Joshua. Hi, Ava«, begrüßte Aidens Freund mich mit einem freundlichen Lächeln.

Ich spürte, wie mir wieder warm wurde. Joshua sah unverschämt gut aus und hatte etwas Spitzbübisches an sich. Ich senkte schnell den Blick, bevor er mitbekam, dass ich rot wurde.

»Und ich bin Lucas. Nett, dich kennenzulernen.«

Lucas hielt mir seine Hand hin und mir entging nicht, dass sein Blick kurz nervös zu Aiden huschte. Fragend sah ich ihn an, doch Aiden verzog keine Miene.

»Hi, Lucas. Nett, dich kennenzulernen. Was macht ihr alle hier?«, wollte ich wissen und ging zu Magda, die aus allen Poren strahlte.

»Guten Morgen, Ava. Geht's dir besser?«, fragte auch sie mich.

»Danke, viel besser. Dieses Mal hat wohl nur eine Tablette gereicht. Vielleicht wird es ja endlich besser mit dieser verfickten Migräne.« Leises Kichern ertönte hinter mir und ich drehte mich erschrocken um. Ich hatte vergessen, dass eine Horde Jungs in meiner Küche stand und mir zuhörte. »Ups, ich meinte natürlich *blöde* Migräne.«

»Ist klar, Babe«, lachte Carter.

»Ich hab die Jungs beim Gassigehen getroffen. Ich hoffe, es ist in Ordnung, dass sie hier sind?« Aiden sah mich verunsichert an. »Ich kann sie auch wieder rausschmeißen«, bot er an, weil ich nicht sofort antwortete. Er gab mir einen Kuss und wartete darauf, dass ich etwas sagte.

Ich war mir der Anwesenheit seiner Freunde mehr als bewusst und sah verstohlen zu ihnen. Aiden drehte sich um und antwortete anscheinend auf eine Frage von Magda, die ich allerdings nicht mitbekommen hatte. Keiner von Aidens Freunden sah mich und Aiden an. Sie hockten vor meinem Hund, der sich eng an Carters Beine schmiegte und sich das Fell kraulen ließ.

»Was habt ihr mit meinem Hund gemacht?«, fragte ich ungläubig.

»Keine Ahnung, mit was für Arschlöchern du vorher zu tun hattest, wir sind einfach nur nette Jungs von nebenan.«

Ich spürte, wie sich Aiden hinter mir versteifte, als Carter von anderen Jungs sprach. Ich ignorierte ihn, weil ich mich nicht rechtfertigen wollte. Soweit sollte es gar nicht erst kommen in unserer Bezie… Freundschaft. Ich war noch nicht bereit, das Ding zwischen uns offiziell zu machen. Irgendwas hielt mich noch zurück.

»Essen ist fertig. Setzt euch an den Tisch. Ich bringe die Teller«, sagte Magda und deutete zum Esszimmer.

»Soweit kommt das noch. Das können die Jungs schön selbst machen«, erwiderte Aiden.

Erstaunt sah ich, dass Magda tatsächlich für alle Essen gekocht hatte. Carter übernahm die große grüne Schüssel von ihr und Joshua trug einen Korb mit herrlich duftendem Knoblauchbrot zum Tisch.

»Fuck, das riecht scheiße lecker!«, schwärmte Carter, als er die Schüssel auf den Tisch stellte.

Aiden räusperte sich und Carter sah verlegen zu mir und dann zu Magda.

»Sorry, ich meinte: Das riecht sehr gut und sieht köstlich aus. Danke, Magdalena.«

»Geht doch, Wichser«, murmelte Aiden und kassierte einen Hieb von meinem spitzen Ellenbogen zwischen seine Rippen. Er keuchte schmerzerfüllt auf und hielt sich die Seite. Fassungslos starrte er mich an.

»Was für ihn gilt, gilt auch für dich! Hier gibt es nur eine, die flucht, und das bin ich. Denn das ist schließlich mein …«

»Dein Haus«, antwortete Aiden für mich und schüttelte lachend den Kopf. »Ich glaub, ich muss mir mal einen Grundbuchauszug zeigen lassen.«

Das konnte er gerne machen. Er würde staunen.

»Esst, solange es noch warm ist.«

Magda war ganz in ihrem Element und genoss es sichtlich, so viel Besuch im Haus zu haben. Dass es sich dabei auch noch um vier unverschämt gutaussehende Jungs handelte, steigerte ihre gute Laune immens.

»Danke, Magdalena«, sagten die vier unisono und ich musste lachen.

Aiden hielt mir den Stuhl und schob ihn unter meine Knie, als ich mich setzte. So gute Manieren hätte ich ihm nie im Leben zugetraut.

Joshua füllte mir auf und ignorierte den Teller von Carter, als er sich selbst den Teller volllud.

»Hey, Egoist, hier haben noch mehr Leute Hunger!«, beschwerte sich Carter und griff nach dem Löffel.

Doch Aiden war schneller.

»Es ist noch mehr da. Kein Grund zum Streiten«, strahlte Magda uns an.

»Du bist die Beste, Magda!«, sagte Lucas und nahm einen ersten Bissen.

Ich musste wieder lachen. Er kannte Magda doch gar nicht.

»Ich bin in der Küche. Wenn ihr noch etwas braucht, ruft mich einfach.«

»Setz dich doch und iss mit uns«, schlug Carter vor und deutete auf den Platz neben sich.

Magda legte ihre Hände auf seine Schultern. »Vielleicht beim nächsten Mal. Heute habe ich schon gegessen und ich muss noch einiges vorbereiten für morgen. Esst ihr mal in Ruhe.«

»Können wir dir bei irgendwas helfen?«, fragte Joshua.

»Hör auf zu schleimen, Josh. Das hier ist eine einmalige Sache. Ava mag es nämlich überhaupt nicht, wenn sich Leute einfach selbst einladen. In *ihr* Haus.« Aiden zwinkerte mir zu und fing ebenfalls an zu essen.

»Wenn ich es mir recht überlege, hast du dich auch schon wieder einfach selbst eingeladen.«

Er sah zu mir und schüttelte den Kopf. »Ich brauch keine Einladungen mehr. Ich kann meine Freundin besuchen, wann immer ich will.« Er gab mir einen Kuss und konzentrierte sich wieder auf sein Essen.

Ich war leicht überfordert. Wir saßen hier mit seinen Freunden am Tisch und er tat nicht einmal so, als würde er das Ding zwischen uns vor ihnen verheimlichen wollen. Er hatte sogar keine Probleme damit, mich vor ihnen zu küssen oder in den Arm zu nehmen.

Ich sah Aiden von der Seite an und spürte, wie sich ein ziemlich großes Stück meines Schutzwalls einfach in Luft auflöste. Wenn er so

weitermachte, hatte er die meterdicke Wand um mein Herz im Rekord-
tempo abgebaut und freien Zutritt, wann immer es ihm passte. So, wie
er sich schon jetzt rausnahm, in mein Haus zu spazieren, wann immer
ihm danach war.

Nach dem Essen gingen wir in unser Heimkino im Keller und schau-
ten einen Zombiefilm. Dabei vernichteten die Jungs vier Portionen von
Magdas Popcorn. Ich hatte keine Ahnung, wo die das hinsteckten, denn
ich war noch immer pappsatt vom Mittagessen.

Als der Abspann des Films anfing, ekelte Aiden seine Freunde aus dem
Haus. »Und jetzt könnt ihr euch verpissen«, erklärte er und schaltete
den DVD-Player aus. Lucas lachte und nahm die leere Popcornschüssel
mit.

»Ich habe keine Ahnung, wie du es mit diesem Pisser aushältst«, sagte
Joshua und ging zur Treppe.

Aiden trat hinter mich und legte seine Arme um meine Körpermitte.
Er stützte sein Kinn auf meinen Kopf und wiegte mich hin und her.
»Was machst du am Sonntag?«

Ich legte den Kopf zurück und sah zu ihm hoch. »Lilly und ich sind
zum Shoppen verabredet. Wieso fragst du?«

»Wo geht ihr hin und wie lange werdet ihr brauchen?«

Ich zuckte mit den Schultern. »Keine Ahnung. Du kennst deine
Schwester. Wenn die erst mal im Rausch ist, ist alles möglich. Wir wollten nach Providence.«

Aiden fing an zu strahlen. »Perfekt. Wenn ihr fertig seid, kommt ihr zu
unserem Spiel.«

»Ist das so?«, fragte ich und er nickte.

»Jepp. Es geht um sieben los.«

»Und wenn ich gar keine Lust auf Eishockey habe?«

»Dann kommst du trotzdem.«

»Du musst kommen, Ava!«, sagte nun auch Carter.

Ich seufzte und rollte mit den Augen. »Mal sehen.«

»Ach, komm schon«, schaltete sich Joshua ein. »Das macht echt Spaß.
Warst du schon einmal bei einem Spiel?«, wollte er wissen.

Ich schaute nervös zu Aiden. Wusste er, dass ich mir mit Lilly seine
Spiele angeschaut hatte?

»Ja, war sie. Und sie wird am Sonntag auch dabei sein«, sagte Aiden und beantwortete damit auch gleich meine Frage.

Aiden stand neben mir, als seine Jungs sich an der Tür von uns verabschiedeten.

»Bye, Babe. Bis Sonntag. Und sei bloß pünktlich. Der Junge kann sich sonst nicht konzentrieren und wir *müssen* gewinnen!« Carter gab mir einen Kuss auf die Wange und erntete dafür von Aiden einen Hieb auf den Arm. »Hey, Wichser, sie gehört dir nicht alleine. Wir teilen *alles*, schon vergessen?« Carter zwinkerte mir zu und wich Aiden geschickt aus, als dieser erneut ausholen wollte.

»Bis bald, Ava. Und es tut mir leid, dass ich so dummes Zeug über dich geredet habe.« Fragend sah ich zu Lucas. »Was meinst du damit?«, wollte ich wissen.

Lucas verzog verlegen das Gesicht. »Ich war gestern ein Arsch zu Aiden, weil er sich beim Training nicht konzentriert hat. Und ich war genervt, weil er anscheinend nur an dich denken konnte. Aber jetzt verstehe ich, warum es ihm so ging. Du bedeutest ihm wirklich eine Menge.« Lucas gab mir ebenfalls einen Kuss auf die Wange und lief den anderen beiden hinterher.

Ich stand noch einen Moment sprachlos an der Tür, die Aiden nach ein paar Sekunden schloss. »Was meinte er damit?«, fragte ich ihn.

Aiden senkte den Blick und atmete tief durch.

»Aiden?«

Er seufzte und rieb sich über den Arm. »Lucas ist extrem angespannt. Für ihn geht es am Sonntag um alles. Er hat die Chance auf ein Stipendium und Vertreter der Unis kommen zum Spiel.«

Ich zog eine Augenbraue hoch und sah Aiden abwartend an. Doch der fing jetzt an zu grinsen und kam auf mich zugeschlendert. »Was hast du vor?«, fragte ich nervös und ging einen Schritt zurück. Mein Puls schnellte in die Höhe und als ich sah, dass Aiden seine Zähne in die Unterlippe bohrte, drehte ich mich auf der Stelle um und rannte zur Treppe. Ich hörte, wie Aiden laut anfing zu lachen und mir nur wenige Sekunden später nachlief.

Ich schrie laut auf, als er mich auf der Empore einholte und über seine Schulter warf. »NICHT!«, kreischte ich, weil er angefangen hatte, mich zu kitzeln.

Er trug mich in mein Zimmer und warf mich aufs Bett. Ich versuchte sofort, von ihm wegzukrabbeln, doch Aiden packte meine Fesseln und zog mich wieder zurück.

»Du kannst mir nicht weglaufen, Baby«, grinste er und senkte seinen Körper auf meinen. Mit den Händen strich er meine Haare zur Seite und beugte sich vor, um mir einen Kuss zu geben. »Du siehst sehr niedlich aus, wenn du böse guckst«, flüsterte er und wanderte küssend an meinem Hals herab.

Ich erschauderte und griff in seine Haare. »Dann muss ich mir etwas anderes überlegen, um dich einzuschüchtern«, antwortete ich atemlos, weil Aiden mit seiner Zunge langsam über meine Halsschlagader leckte und mich damit völlig durcheinanderbrachte.

»Glaub mir, nur weil du niedlich aussiehst, weiß ich dennoch, dass ich dich besser nicht unterschätzen sollte«, wisperte er und legte seine Lippen wieder auf meine.

»Sieben Uhr. Keine Minute später, klar?«

Aiden küsste mich am Sonntagmorgen zum Abschied an der Haustür und wartete auf meine Antwort. Er hatte das ganze Wochenende bei mir verbracht. Gestern waren wir mit seinen Freunden Steven und Matthew in Princeton im Kino und hatten uns *Signs* angeschaut. Davon durfte Lilly nie im Leben erfahren, weil sie mir sonst den Hals umdrehen würde. Sie lag mir schon seit Wochen damit in den Ohren, dass sie diesen Film unbedingt mit mir zusammen sehen wollte.

»Wie soll ich Lilly erklären, dass ausgerechnet *i c h* zu einem Hockeyspiel von ihrem blöden Bruder gehen will?«, fragte ich.

Aiden gab mir noch einen Kuss. »Heute spielt nicht Daniel, sondern mein Team.«

Ich rollte mit den Augen. »Ich habe nicht vom großen blöden Bruder gesprochen.«

»Ich bin der größere von uns!«

»Dann eben der größere, jüngere und blödere Bruder von Lilly.«

»Sie wird sowieso da sein. Meine ganze Familie kommt.«

Ich sah ängstlich zu ihm auf. Wollte Aiden seiner Familie heute von uns erzählen? Oh Gott! Nein, das ging auf keinen Fall. Daniel würde das nie akzeptieren. Und noch nicht einmal Lilly wusste Bescheid. Als sie meinen Knutschfleck entdeckt hatte, musste ich mir eine abenteuerliche Geschichte ausdenken. Sie hatte meine Story, dass Diego für die Verletzung verantwortlich war, zu meiner Überraschung einfach so hingenommen.

»Hey, keine Panik, mein Engel. Wir werden es ihnen nicht heute sagen. Aber bald. Ich will nicht, dass du das Gefühl hast, dass ich nicht zu dir stehe, okay?«

Ich schluckte und nickte zögerlich.

»Ich kümmere mich um Daniel. Mach dir seinetwegen keine Sorgen.« Wieder legte er seine Lippen sanft auf meine und ich konnte nicht anders und atmete erleichtert tief ein. Aiden schmunzelte an meinem Mund und gab mir zum Schluss einen Kuss auf die Stirn. »Ich kann es kaum abwarten, dich nachher zu sehen. Heute Nacht gehörst du wieder mir«, flüsterte er mir ins Ohr und mir wurde sofort heiß und kalt.

»*Ava!*«

Ich zuckte zusammen, als Lilly plötzlich den Vorhang meiner Umkleidekabine zur Seite schob und in die Kabine spazierte.

»Gott, Lilly, hör auf damit! Was ist, wenn ich eine Waffenerlaubnis hätte und dich mit meiner Knarre einfach umnieten würde, wenn du so was machst?«

Lilly rollte mit den Augen und hielt mir ein blaues Stück Stoff unter die Nase. »Guck mal, was ich gefunden habe. Ist das Kleid nicht der Hammer?«

»Das hast du bei den letzten drei Kleidern auch schon gesagt.«

»Ja, aber das hier habe ich für dich gefunden. Sieh doch mal. Es hat sogar eine Minischleppe. Ist es nicht zauberhaft?« Sie stand vor dem Spiegel und hielt sich den Kleiderbügel unters Kinn. »Das gibt es leider nicht in meiner Größe, sonst hätte ich es mir auch gekauft.«

Ich schob den Vorhang wieder zu und zog das Kleid aus, das Lilly mir davor gebracht hatte.

»Hier, probier es mal an. Ich wette, es wird hammermäßig an dir aussehen. Mit deinen Brüsten und Kurven werden die Jungs sterben, wenn sie dich darin sehen.«

»Ich wüsste gar nicht, wann ich das anziehen sollte.«

»Na, zur Silvesterparty im Blue Pearls. Du hast mir versprochen, dass du deine Eltern fragst, ob du noch nachkommen kannst.« Lilly sah mich mit ihren großen blauen Kulleraugen an, die denen ihres Bruders so sehr ähnelten.

Ich räusperte mich und sah schnell wieder zu dem Kleid, welches sie noch immer in der Hand hielt. »Ich weiß noch nicht, ob das klappt, Lilly. Meine Eltern müssen zu dieser Gala. Ich kann nicht einfach gehen, wann es mir passt.«

Verständnisvoll sah Lilly mich an und legte das Kleid zur Seite. »Es tut mir leid. Daran habe ich gar nicht mehr gedacht.« Sie nahm mich in ihre Arme und drückte mich an sich. »Du freust dich bestimmt, dass sie bald endlich wieder da sind, oder?«

Ich nickte nur und versuchte, den plötzlich aufgetretenen Kloß in meinem Hals loszuwerden. »Sehr sogar«, wisperte ich heiser. »Ich hab sie sehr vermisst.«

»Das glaub ich dir. Ich würde mich auch freuen, wenn meine Eltern nach so langer Zeit endlich wieder nach Hause kämen. Obwohl wir uns jetzt für unsere spontanen Partys einen anderen Ort suchen müssen.«

*Unsere* spontanen Partys war die Verfehlung des Jahrtausends. Es waren immer noch *ihre* spontanen Ideen, mit denen sie uns beide in irgendeinen Schlamassel manövriert hatte.

»Ich finde deine Eltern unfassbar inspirierend. Du hast wirklich Glück, solche Eltern zu haben.« Lilly ließ mich wieder los und hob das blaue Kleid auf, das ich bereits anprobiert hatte.

»Du hast es doch selbst auch nicht schlecht. Ich mag deine Eltern. Die sind so herzlich und lieb miteinander und zu euch sowieso.«

»Und an dir haben sie einen großen Narren gefressen. Meine Mom redet ständig von dir. Wie hübsch du bist und wie klug und wohl erzogen und dass du die perfekte Schwiegertochter wärest, bla, bla, bla.«

Mir stockte der Atem und ich verschluckte mich bei dem Versuch, die Panik herunterzuwürgen.

Lilly bemerkte davon anscheinend nichts, sondern betrachtete sich weiter im Spiegel. »Ich glaub, ich nehme das hier«, verkündete sie und verschwand aus der Kabine.

Ich musste mich erst einmal hinsetzen und ein paar Mal tief durchatmen. Das war alles zu viel für mich. Ich sah mich in der Kabine um und das Chaos um mich herum machte es zusätzlich schwer. Ich zog mir meine vertraute Jeans und den Kapuzenpullover mit dem Logo der Stanford University, der eigentlich meiner Mom gehörte, wieder an und verließ die enge Kabine.

»Welches wird es?«, wollte Lilly wissen. Sie trug das blaue Kleid und betrachtete sich in dem überdimensionalen Spiegel, der sich an der gegenüberliegenden Wand befand.

Ich bewunderte meine wunderschöne Freundin. Ihr Gesicht strahlte mit ihrem goldenen Haar um die Wette. Manchmal war ich davon überzeugt, dass ich ihre Aura tatsächlich sehen konnte. Lilly war so voller Selbstzweifel, und das war überhaupt nicht notwendig. Man konnte nicht an ihr vorbeigehen, ohne ein zweites Mal hinzusehen. Denn beim ersten Mal konnte man es einfach nicht fassen, wie zauberhaft sie war.

»Es steht dir perfekt. Aber es ist völlig egal, was du anziehst. Du siehst immer schön aus.«

»Oh, Ava.« Lilly drehte sich um und warf ihre Arme um meinen Hals. »Ich lieb dich so. Und nur so am Rande: Du bist das schönste Mädchen, das ich kenne!«

Ich rollte mit den Augen, drückte sie aber fest an mich. »Du alte Schmeichlerin. Los, nimm es. Mir stand es sowieso nicht.«

»Und du nimmst das da?«, fragte sie hoffnungsvoll und zeigte auf das Kleid in meiner Hand.

Ich atmete laut aus und nickte schließlich.

»Fabelhaft! Dann lass uns zahlen. Wir müssen uns nämlich beeilen.«

»Beeilen?«, fragte ich und im selben Moment fiel mir wieder ein, warum.

Aiden hatte mich in der letzten Stunde ungefähr minütlich daran erinnert, dass wir *unbedingt* kommen mussten.

»Das habe ich vielleicht vergessen zu erwähnen«, fing sie an. Lilly kaute auf ihrer Unterlippe und sah ihrem blöden Bruder damit wieder so verdammt ähnlich, dass ich schnell wegsehen musste.

»Was hast du vergessen?«, fragte ich dennoch und suchte nach meiner Kreditkarte.

»Raste nicht gleich aus, okay?«

Ich sah sie an und tat so, als wunderte ich mich, was sie wohl von mir wollte.

»Ich hab uns Tickets besorgt.«

Ich machte weiter mit: »Was für Tickets?«

»Für den Signs Film. Der läuft um sieben im IMAX. Gleich gegenüber. Nur fünf Minuten zu Fuß. Unsere Sachen können wir vorher noch schnell ins Auto bringen.«

*Kino? Um sieben?* Um sieben war doch aber das Spiel von Aiden! Wir konnten jetzt nicht ins Kino gehen. Ich hatte Aiden fest versprochen, zu seinem Spiel zu kommen. Ich überlegte fieberhaft, wie ich Lilly von diesem Film abbringen und stattdessen ins Stadium, welches ebenfalls nur einen kurzen Fußmarsch von hier entfernt lag, bekommen konnte.

Lilly beobachtete mich und ich sah, wie sich ihre Augen zu immer schmaleren Schlitzen verzogen. Wenn sie sich jetzt in den Kopf gesetzt hatte, ins Kino zu gehen, war es eigentlich unmöglich, sie davon abzubringen. Ich sah auf die Uhr. Noch zwanzig Minuten, bis es losging. Ich blickte wieder zu Lilly, die mich immer noch mit Adleraugen fixierte.

»Kino, Lilly? Ich wei…«

»*Ich wusste es!*«, platzte es aus ihr raus.

Ich erschrak mich fürchterlich, als Lilly plötzlich laut wurde.

»Ihr habt gedacht, ihr könnt mich verarschen!«, schnaubte Lilly verächtlich. »Diego hat dich beim Spielen verletzt. Am *Hals!*«

Mir klappte der Unterkiefer herunter und ich riss meine Augen vor Überraschung weit auf.

»Findest du es nicht auch äußerst seltsam, dass Aiden seit ein paar Tagen kaum noch zu Hause ist?«

Ich schluckte und sah sie weiter hilflos an.

»Und ist es nicht auffallend merkwürdig, dass du ebenfalls seit ein paar Tagen kaum noch erreichbar bist?«

Ich sagte noch immer kein Wort. Ich stand vor meiner besten Freundin, der Schwester meines Quasi-Freundes, hielt meine Kreditkarte in der einen und das blaue Kleid in der anderen Hand.

»Und dann diese plötzlichen Fragen von Aiden zu deinen Eltern oder wo du steckst und wie es dir geht und so weiter.«

Ich versuchte zu blinzeln, aber alles an mir war wie erstarrt. Lilly war dahinter gekommen. Wie auch immer sie das gemacht hatte. Lilly wusste Bescheid. Oder sie war gerade auf dem Weg dahin. Ich sollte jetzt irgendwie reagieren. Sie auslachen oder anschreien, mich über Aiden aufregen oder was auch immer. Ich sollte *irgendwas* machen, aber ich konnte einfach nur dastehen und meine beste Freundin anstarren.

»Und dann kommt der neulich Nacht doch tatsächlich mit einem Knutschfleck nach Hause. Zufall? Du hast einen. Er hat einen. Ob er den auch von Diego hat? Wenn ja: Wie kommt er in Diegos Nähe? Dafür hätte er ja in deiner Nähe sein müssen. Und warum sollte er in deiner Nähe gewesen sein? Wo ihr euch doch angeblich so sehr hasst?« Lilly hatte mittlerweile die Hände in die Hüften gestemmt und funkelte mich an.

Ich schloss meinen Mund, befeuchtete meine Lippen, um etwas zu erwidern, brachte aber keinen Ton heraus.

»Ava!«, jammerte sie dann plötzlich und zog mich an sich. »Warum hast du nichts gesagt?«

Ich war noch immer wie gelähmt.

Lilly lehnte sich zurück und sah mich wieder an. »Dachtest du, ich würde das nicht okay finden? Hattest du Angst, ich könnte damit ein Problem haben?«, wollte sie wissen.

Dann löste sich mit einem Mal die Starre in mir. Ich spürte, wie sich der pochende Schmerz hinter meiner Stirn langsam wieder bemerkbar machte und eine bleierne Müdigkeit überkam mich. »Ich weiß selbst nicht, was plötzlich los ist«, gab ich kleinlaut zu. »Letzte Woche hasst er mich noch und seit Samstag werde ich ihn nicht mehr los. Er war jeden Tag bei mir. Er hat sich mit Magda angefreundet und mit Diego und er hat sich den Code fürs Haus besorgt und kommt einfach, wann es ihm passt und bleibt dann, als wäre es sein Haus. Es ist unmöglich, ihn wieder loszuwerden.« Ich ließ mich auf den Boden sinken und versteckte mein Gesicht hinter meinen Händen. Der ganze Stress und Druck der vergangenen Tage krachte über mir zusammen und ich wollte nur noch nach Hause in mein Bett.

»Ach, Ava. Warum hast du es mir nicht schon viel früher gesagt?« Lilly hockte sich neben mich und strich mir übers Haar.

»Weil ich selbst nicht weiß, was das alles zu bedeuten hat«, antwortete ich ehrlich. Ich sah sie wieder an und mir war zum Heulen zumute.

»Habt ihr … ich meine, ist es zum …«

Ich unterbrach sie augenblicklich, bevor sie ihren Satz vollenden würde. »Nein, um Gottes willen, nein.« Ich war Aiden mehr als dankbar, dass er es bisher noch nicht soweit hatte kommen lassen. Denn ich musste dringend erst einmal das Gefühlschaos in mir beseitigen.

Lilly atmete erleichtert aus.

Fragend sah ich sie an. »Warum hast du das gerade gemacht?«

»Was?«

»Na, erleichtert ausgeatmet!«

Sie lächelte mich an. »Weil ich sichergehen wollte, dass er es ernst mit dir meint.«

»Warum?«

»Weil ich ihn sonst umbringen müsste.«

»Warum?«

»Nicht böse werden, okay?«

Skeptisch sah ich zu ihr. Wenn sie so etwas sagte, kam normalerweise nichts Gutes dabei heraus.

»Ich hab mir immer gewünscht, dass ihr irgendwann mal zusammenkommt.«

»*Was?* Wie kommst du da drauf? Wir hassen uns! Wir können uns nicht leiden. Er ist ein arroganter, egoistischer, selbstverliebter Arsch!«

Das brachte Lilly wieder zum Lachen und dafür kassierte sie einen meiner bösen Blicke. Leider prallten die bei Lilly ab wie Wasserperlen auf Lotusblättern.

»Fast das Gleiche hat er immer über dich gesagt: Du bist eine eingebildete, egoistische und von sich selbst überzeugte blöde Kuh.«

Pah! *Blöde Kuh?* Was für ein Arsch!

»Du müsstest jetzt mal dein Gesicht sehen.« Lilly grinste mich blöde an und ich schob schmollend die Lippe vor. »Süße, das klappt bei mir nicht. Bei Aiden bestimmt. Aber nicht bei mir.«

Sofort zog ich die Lippe wieder ein. Ich wollte nicht, dass mich jeder wie ein offenes Buch lesen konnte.

»Ich werde wohl ein ernstes Wort mit meinem Bruder reden müssen.«

»Warum?«, fragte ich zögerlich.

»Weil er ein Arsch ist! Und ich werde ihm gleich sagen, dass er dich teilen muss. Dass er dich für sich alleine bekommt, kann er mal gleich vergessen.«

»Ich gehöre niemanden! Ich entscheide immer noch selbst, wann ich mich mit wem treffe!«

»Hahaha!«, lachte Lilly laut los.

»Warum lachst du da?«

»Süße, du kannst weder mir noch ihm widerstehen. Versuch es gar nicht erst. Wenn du denkst, ich bin bestimmend und besitzergreifend, dann kennst du Aiden noch nicht.«

Soweit sollte es noch kommen. Ich stand auf und wollte das Kleid wieder weglegen.

»Na, na, das wird gekauft! Und wir sollten uns wirklich beeilen, damit wir pünktlich zum Spiel kommen.«

Ich hatte allerdings gar nicht mehr vor, hinzugehen. Ich würde ihm und Lilly heute Abend beweisen, dass ich den beiden sehr wohl widerstehen konnte. Es war an der Zeit, dass sie lernten, wie hartnäckig *ich* sein konnte. »Ich werde nicht zum Spiel gehen!«, erklärte ich daher.

Wieder fing Lilly an zu lachen. »Ist klar, Ava. Komm, wir haben keine Zeit mehr.«

»Nein, ich will jetzt nach Hause. Du kannst ja mit deinen Eltern später zurückfahren.«

»Jetzt verstehe ich, warum Steven mich vorhin angerufen hat.«

»Steven?«, fragte ich überrascht.

»Steven«, antwortete Lilly grinsend.

»Warum hat er dich angerufen?«

»Um mir zu sagen, dass ich zum Spiel kommen soll und dich unbedingt mitbringen muss.«

»Warum?«

»Kannst du eigentlich nur noch Warum-Fragen stellen?«

»Nö.«

Sie schüttelte den Kopf und verschwand in der Umkleidekabine. Keine Minute später tauchte sie wieder auf, klemmte sich mein Kleid unter den Arm und ging zur Kasse. Ich lief ihr hinterher.

»Und ich dachte, er lädt mich ein, weil er mich nett findet.«

»Warum?«

»Warum er mich nett findet?«, fragte sie irritiert.

»Ich wollte einfach noch mal eine Warum-Frage in den Raum werfen.«

Lilly rollte mit den Augen und zückte ihre Kreditkarte. »Dabei finde ich Steven, ehrlich gesagt, schon länger wirklich heiß. Es hat eine Weile gedauert, aber seit er aus der Pubertät raus ist, wird er von Jahr zu Jahr heißer.«

Ich dachte kurz an Steven und musste ihr insgeheim zustimmen, dass er mehr als passabel aussah. Er würde wirklich gut zu Lilly passen. Und er war nett. Und er war Aidens bester Freund. Und damit könnten wir vier dann …

»Erde an Ava!«, rief Lilly und wedelte mit der Hand vor meinem Gesicht herum.

»Was ist?«, fragte ich und verbot mir, weiter an Aiden zu denken. Irgendwie musste ich Lilly loswerden.

»Vergiss es, du kommst mit!«, sagte Lilly mit zusammengekniffenen Augen und nahm die Taschen von der Kassiererin entgegen. Sie griff in meine Jacke und zog mich mit zum Ausgang.

Der Coach gab letzte Anweisungen in der Kabine und alle hörten aufmerksam zu. Fast alle. Ich stand hinter Carter und schaute auf mein Handy. Ava hatte sich noch immer nicht gemeldet. War sie schon hier? Ich wollte ihr gerade eine Nachricht schreiben, als mein Telefon plötzlich aus meinen Händen verschwand.

»Was soll der Scheiß, Westerfield?«, zischte Jake. »Hör gefälligst zu, wenn der Coach spricht!«

Jake war nicht nur unser Torwart, sondern auch der Mannschaftskapitän. Trotzdem funkelte ich den Wichser wütend an und griff nach meinem Handy.

»Entspann dich, Aiden. Sie wird da sein. Sie hat es versprochen«, schaltete sich Carter ein und legte seine Hand auf meinen ausgestreckten Arm. »Und wenn sie nicht kommt, dann wird es einen triftigen Grund geben. Und der wird nichts mit dir zu tun haben. Die Kleine ist dir völlig verfallen.« Er gab mir einen freundschaftlichen Klaps auf die Schulter und wandte sich wieder dem Coach zu.

»Miller, Westerfield! Was gibt's da zu tratschen?«, bellte der Coach und sowohl Carter als auch ich sahen ertappt nach vorne. »Wenn ihr etwas Konstruktives beitragen wollt, dann los. Ansonsten sperrt ihr eure zuckersüßen Ohren auf und hört gefälligst zu. VERSTANDEN?«

»Ja, Coach«, antworteten Carter und ich wie aus einem Mund. Carter hatte recht. Ich sollte mich wirklich entspannen. Sie hat es mir versprochen. Ich schaltete also alles in meinem Kopf aus und konzentrierte mich nur noch auf das bevorstehende Spiel.

»Ich liebe dich, Mann! ICH LIEBE DICH!!!«, brüllte Lucas in mein Ohr und ich spürte, wie mir die restlichen Teamkollegen auf den Helm klopften.

»Wir haben es geschafft, Loverboy!« Carter sprang auf meinen Rücken und wir fielen zu Boden.

Die restlichen Jungs warfen sich jubelnd auf uns und ich bekam kaum noch Luft. Aber das war scheißegal. Wir hatten es geschafft. In allerletzter Sekunde. Der Wichser, der mich das ganze Spiel über aus der Reserve locken wollte, hatte sich für sein letztes Foul die falsche Ecke ausgesucht. Der Schiedsrichter hatte endlich abgepfiffen und es gab ein Face off. Ich blendete alles um mich herum aus und fixierte die schwarze Scheibe. Ich sah, wie sie in Zeitlupe auf das Eis fiel, hakte meinen Schläger hinter den Puck, raste über das Eis auf das Tor zu und schoss in die linke obere Ecke. Der gegnerische Torwart riss seinen Arm noch nach oben, aber da war der Puck bereits im Netz. Game over!

Ich fuhr an der Bande entlang und hielt Ausschau nach Ava. Doch es war zu voll und ich konnte nur meine Eltern erkennen, die mich zu sich winkten.

»Glückwunsch, mein Sohn! Das war hervorragend gespielt.« Dad drückte mich und klopfte mir auf den Rücken. »Ich bin sehr stolz auf dich!«

»Danke, Dad.«

»Aiden, was für ein aufregendes Spiel! Es war der Wahnsinn! Ich bin sehr stolz auf dich, mein Liebling!« Meine Mom kam ebenfalls zu mir und drückte mir einen Kuss auf die Wange. Ihre blassblauen Augen glitzerten feucht.

Ich grinste sie kopfschüttelnd an und sie zuckte nur mit den Schultern.

»Nicht schlecht, Loser. Hätte gar nicht gedacht, dass doch so etwas wie Talent in dir steckt.« Daniel boxte mir spielerisch in die Seite.

Ich war mir sicher, dass er fester zugeschlagen hätte, hätten Mom und Dad nicht neben uns gestanden.

»Mom, wo ist Lilly?«, fragte ich und sah mich wieder um.

»Die ist mit Ava irgendwo da oben, bei Steven und noch ein paar Freunden.« Sie zeigte hinter sich und ich folgte ihrer Hand.

Bislang hatte ich immer nur in den unteren Rängen nachgesehen. Als ich nun den oberen Rang absuchte, klopfte mein Herz aufgeregt und ein fettes Grinsen breitete sich auf meinem Gesicht aus, als ich sie endlich gefunden hatte. Da saß sie. Mein Engel. Sie trug wieder diesen bescheuerten Teppich um den Hals und ihre schwarze Strickmütze. Sie war in ein Gespräch mit Steven und Lilly vertieft und sah nicht runter.

»Warum grinst du so bescheuert?«, wollte Daniel wissen und folgte meinem Blick.

Natürlich sah Ava genau in diesem Moment zu mir nach unten. Als sie Daniel neben mir entdeckte, schaute sie jedoch sofort wieder weg. »Was will die denn hier?«, stöhnte Daniel leise, damit unsere Eltern ihn nicht hörten. »Ich geh mal hin und kläre das.« Daniel wollte sich gerade umdrehen, doch ich hielt ihn an der Jacke fest. »Was ist?« Daniel sah auf meine Hand und ich ließ ihn zögerlich wieder los.

»Lass sie einfach.«

»Bitte?«, fragte er ungläubig. »Steigt dir euer Sieg gerade zu Kopf?«

»Daniel, bitte geh und sag Lilly Bescheid, dass wir demnächst aufbrechen wollen«, mischte sich meine Mom plötzlich ein.

Fuck! Wenn meine Eltern Lilly mitnahmen, würde das bedeuten, dass Ava alleine nach Hause fahren musste. Das Wetter war immer noch beschissen und man brauchte mindestens eineinhalb Stunden für diese Strecke.

»Geht klar, Mom. Ich fahr mit Paul und komme irgendwann später.«

Ich hörte nicht mehr hin und machte mich sofort auf den Weg zu den Kabinen.

Plötzlich kam ein hysterisch kreischendes Mädchen wie aus dem Nichts auf mich zugestürmt und sprang mir in die Arme. »Aiden, das war das beste Spiel, das ich je in meinem ganzen Leben gesehen habe! Du warst der Wahnsinn!« Es war Kimberley.

Aus Reflex hatte ich sie aufgefangen, ließ sie aber schnell wieder los. »Danke«, murmelte ich und wollte mich umdrehen.

Doch sie vergrub blitzschnell ihre Hände im Schulterschutz meiner Ausrüstung und zog mich an sich.

Ich reagierte zu langsam und war vielleicht auch zu perplex. Deswegen konnte ich nicht mehr verhindern, dass sie mir ihre kalten, klebrigen Lippen auf den Mund presste. Angewidert stieß ich sie von mir und sah sofort zu den oberen Rängen. Ich betete inständig, dass Ava nichts davon mitbekommen hatte. Erleichtert stellte ich fest, dass sie bereits gegangen war. Ich richtete meinen Blick auf Kimberley. »Tu das nie wieder! Verstanden?«, knurrte ich wütend und wischte mir angeekelt über den Mund.

»Aber Aiden«, fing sie an und sah mich mit großen Augen an. »Ich dachte … wir beide … nach dem letzten Wochenende …«, stammelte sie und nestelte nervös an ihren Haaren. »Wir haben die ganze Nacht zusammen verbracht«, murmelte sie und klang dabei mehr als irritiert. Sie verstand es einfach nicht. Ich beugte mich zu ihr runter, bis sich unsere Nasenspitzen beinahe berührten. Ich hatte große Mühe, sie nicht anzuschreien, und sprach durch zusammengepresste Zähne. »Nur, weil wir einmal gefickt haben, heißt das noch lange nicht, dass du irgendeinen scheiß Anspruch auf mich hast! Oder habe ich dir irgendwann eine verfickte Beziehung versprochen?« Ich konnte es einfach nicht fassen, dass diese dämliche Kuh mich einfach ohne mein Einverständnis geküsst hatte.

»*Einmal?* Wenn ich mich recht entsinne, haben wir es mehr als einmal getan. Oder willst du dich jetzt plötzlich nicht mehr an Samstagnacht erinnern?«

Ich wollte noch etwas entgegnen, doch dann fiel mir eine Bewegung hinter ihr auf. Lilly und Ava kamen zum Spielfeld. Ich versuchte, den Schock so gut es ging zu verbergen, und lehnte mich erneut zu Kimberley. »Verpiss dich! Und ruf mich nie wieder an!«, knurrte ich und fuhr zur Bande.

Doch als Ava sah, dass ich auf sie zukam, flüsterte sie Lilly etwas ins Ohr und verschwand in der Menschenmenge. Ich sah ungläubig hinter ihr her und dann zu meiner Schwester. Und ich begegnete ihrem missbilligenden Blick. Wusste sie Bescheid?

»Fuck«, fluchte ich leise.

»Wer war das?«

»Geht dich nichts an. Wohin will Ava?«

»Stimmt es?«, fragte Lilly wiederum.

Ich versuchte, Ava zwischen den vielen Menschen auszumachen, die nun scharenweise aus der Halle drängten. Doch ich konnte sie nirgendwo sehen. »Wo ist sie?« Ich sah meine kleine Schwester genauso böse an wie sie mich. Ich hatte jetzt keine Lust auf ihre Mätzchen.

»Hast du mit dieser Schlampe geschlafen?« Lilly wurde immer angepisster, was meine Vermutung verstärkte, dass sie über mich und Ava tatsächlich Bescheid wusste.

»Beantworte meine Frage!«, forderte ich sie jetzt wütend auf.

»Ava hatte noch andere Pläne und ist gegangen.«

Sie hatte bestimmt etwas von der Unterhaltung mitbekommen. Fuck.
*Fuck!*

»Warum interessiert es dich plötzlich so sehr, was Ava macht?«, wollte Lilly wissen und ich konnte in ihren Augen genau erkennen, dass sie die Antwort bereits kannte.

»Pumpkin, hör auf damit! Sag mir jetzt, wo Ava ist!«

»Hast du mit dieser Schlampe geschlafen, oder nicht?«

Ich hatte keine Lust mehr auf meine nervige Schwester und ihre Spielchen und stieß mich von der Bande ab. Ich musste zu Ava. Ich fuhr zu den Spielerbänken, griff nach meinen Sachen und lief in die Kabine. Ich riss mir die Schlittschuhe von den Füßen, schob mir die Schutzhose von den Hüften und sprang in meine Jeans. Ich ließ die Schnürsenkel meiner Schuhe offen und griff nach meinem Handy. Ava hatte nicht einmal eine Mailbox eingerichtet. Es klingelte und klingelte, doch sie ging nicht ran. Obwohl sie meinen Namen auf ihrem Display lesen konnte. So schnell ich konnte, rannte ich aus der Kabine zu den Parkplätzen. Ich hatte keine Ahnung, wo Avas Auto stand, also rief ich meine Schwester an.

»Was ist, Aiden?«, fragte sie gereizt.

Warum war sie eigentlich gereizt? »Wo habt ihr geparkt? Wo steht Avas Auto?«

»Du solltest sie lieber anrufen und fragen, ob sie jetzt überhaupt Bock auf dich hat.«

»Hab ich schon, Klugscheißer! Sie geht nicht ran.«

»Aiden, ich weiß nicht, ob ich dir das sagen sollte.«

Ich nahm mir vor, meiner Schwester den Hals umzudrehen, sobald ich nach Hause kam. »Hör mit dem Scheiß auf! Es geht dich nichts an, was zwischen mir und Ava ist. Ich klär das mit ihr und jetzt sag mir verfickt noch mal endlich, WO IHR AUTO STEHT«, schrie ich die letzten Worte frustriert in den Hörer.

*Klick.*

Fassungslos nahm ich das Telefon vom Ohr und sah auf das dunkle Display. Sie hatte aufgelegt. Diese kleine Mistratte hatte einfach aufgelegt! Frustriert brüllte ich meine Wut in die kalte Winterluft und machte mich auf den Weg zu meinem Porsche, um zu Ava zu fahren.

Als ich bei Avas Haus ankam, war alles dunkel. Das war an sich nicht unbedingt ein schlechtes Zeichen. Trotzdem hatte ich ein komisches Gefühl, als ich hinein ging. Auf dem Weg hierher hatte ich weiter versucht, sie zu erreichen. Aber Ava hatte meine Anrufe alle ignoriert. Ich schaltete das Licht ein und wartete ein paar Sekunden. Nichts geschah. Ich pfiff nach Diego. Doch wieder passierte nichts. Ich wurde immer nervöser. »Diego? Hey Buddy, komm runter«, rief ich.

Vielleicht war Ava mit ihm am Strand? Allerdings tobte draußen ein mittelschwerer Schneesturm und ich konnte mir beim besten Willen nicht vorstellen, dass sie bei diesem Wetter freiwillig einen Fuß vor die Tür setzte.

Ich flog die Treppen zu ihrem Zimmer hoch und riss die Tür auf. Doch Ava war nicht da und ihr Bett unberührt. Ein beklemmendes Gefühl machte sich in meiner Brust breit. Hoffentlich war ihr nichts zugestoßen. Sie musste ungefähr eine viertel Stunde vor mir losgefahren sein, doch ich hatte auf dem Weg hierher nichts Ungewöhnliches feststellen können. Ich zückte mein Handy und rief erneut Lilly an.

»Was ist jetzt schon wieder?«

»Wo ist sie?«, fragte ich und konnte das wütende Zittern in meiner Stimme nicht unterdrücken.

»Aiden, was willst du von mir? Ich werde dir nicht sagen, wo Ava ist.«

Ihre scheinbar gleichgültige Antwort war der letzte Funke, der meine Selbstbeherrschung zum Explodieren brachte.

»ES REICHT JETZT! SAG MIR SOFORT, WO AVA IST!« Mein Hals wurde ganz wund vom Brüllen und ich raufte mir frustriert die Haare. »Sie ist nicht zu Hause angekommen. Und Diego ist auch nicht hier. Was hat das zu bedeuten?«, fügte ich heiser hinzu. Ich konnte kaum noch aufrecht stehen. Die Angst, dass Ava etwas passiert sein könnte, nahm mir die Luft. Lilly schien zu merken, dass ich meinen Reizpunkt überschritten hatte.

»Sie ist in Boston.«

»*Boston?*«, rief ich irritiert.

»Ja, Boston.«

»Was zur Hölle macht sie da?« Was hatte das zu bedeuten? Wieso fuhr Ava nach Boston und warum hatte sie mir davon nichts erzählt?

»Was hast du mit dieser Schlampe am Samstag gemacht?« Lilly wurde ebenfalls lauter.

»Jetzt nicht, Pumpkin. Hast du mit ihr gesprochen? Wo genau ist sie?« Ich lief wieder nach unten zu meinem Wagen. Wenn Ava in Boston war, blieb mir nichts anderes übrig, als zu ihr zu fahren. Ich musste ihr erklären, dass Kimberley gar nichts bedeutete.

»Ja, wir haben gerade telefoniert. Sie ist heil angekommen und sie wird auch heute nicht mehr zurückkommen. Du kannst also nach Hause fahren, Aiden.«

Ich blieb abrupt stehen. Ava hatte mit Lilly gesprochen, nahm aber meine Anrufe nicht entgegen? Shit. »Warum nicht? Was ist in Boston?«, wollte ich wissen.

»Okay, hör mir jetzt genauesten zu, verstanden?«

»Was soll der Scheiß, Lilly?«

»Ich weiß nicht, was genau zwischen dir und Ava bisher passiert ist. Aber ich schwöre dir, wenn du Ava verarschst, ihr wehtust oder nur mit ihr spielst, *bring ich dich um!* Sie ist meine beste Freundin und sie hat es nicht verdient, dass du sie benutzt wie die anderen Schlampen!«

»Sag mir endlich, was sie in Boston macht!« Ich krampfte meine Hand um das Telefon und schrie meinen Frust heraus.

»Sie holt ihre Eltern vom Flughafen ab.«

Ich musste mich verhört haben und fragte vorsichtshalber noch einmal nach. »Wann? *Jetzt?*« Bei dem Schneetreiben hätte keine Maschine landen können.

»Nein, irgendwann am Dienstag. Ava hat sich ein Hotelzimmer genommen, damit sie morgen nicht die ganze Strecke fahren muss. Du kannst also nach Hause fahren, sie wird heute nicht mehr kommen.«

Einen Scheiß würde ich tun. Natürlich blieb ich hier. »Was ist mit Diego? Hattet ihr den etwa dabei?«

»Der ist bei Magda«, antwortete sie kurz angebunden.

»Wenn du mit Ava sprichst, sag ihr, dass sie mich anrufen soll.«

»Ich soll dir sagen, dass du nicht bei ihr warten sollst.«

Ich riss den Kopf hoch und starrte mit leerem Blick aus dem bodentiefen Fenster im Wohnzimmer. »Sie hat *was?*«

Lilly seufzte tief. »Sie hat mir gesagt, dass ich dir sagen soll, dass du nicht bei ihr warten sollst.«

»Warum?«, fragte ich ungläubig.

»Das erkläre ich dir, wenn du hier bist.«

»Moment, warte …«

Doch Lilly hatte nun schon zum zweiten Mal an diesem Abend einfach aufgelegt.

Ich setzte mich auf die unterste Stufe der Treppe und griff in meine Haare. Was hatte das alles zu bedeuten? Und warum sollte ich Platz machen, nur weil ihre verkackten Eltern nach Hause kamen, um einen auf happy Family zu machen? Bisher hatten die sich einen Scheiß darum geschert, was in Avas Leben los war.

Unschlüssig, was ich als Nächstes tun sollte, ging ich in den Wintergarten und setzte mich auf das Sofa. Alles, was ich in diesem Moment wollte, war Ava hier bei mir zu haben. Sie im Arm zu halten und ihr zu sagen, dass Kimberly absolut bedeutungslos war. Ich wollte, dass sie wusste, dass es für mich nur noch sie gab. Ich hatte überhaupt kein Interesse mehr an irgendeiner anderen. Ich wollte nur noch sie.

Ich fuhr am nächsten Tag direkt von Ava aus zu Steven, weil ich keinen Bock hatte, auf irgendwen aus meiner Familie zu treffen. Ich hatte gehofft, dass Ava doch noch nach Hause kommen würde, musste aber enttäuscht feststellen, dass meine Schwester nicht gelogen hatte und Ava wohl wirklich in Boston war.

»Okay, entweder du erzählst mir jetzt, was mit dir los ist oder ich rufe deine Schwester an.«

Mit gerunzelter Stirn sah ich zu Steven, der sich vorm Fernseher aufgebaut hatte und mich eindringlich ansah.

»Wieso willst du Lilly anrufen?«, fragte ich irritiert.

Steven schüttelte seufzend den Kopf. »Weil es offensichtlich um Ava geht und ich niemanden sonst kenne, der wissen könnte, was gestern passiert ist.«

Ich stand vom Sofa auf und griff nach meiner Jacke.

»Was hast du jetzt wieder vor?«, fragte er skeptisch.

»Ich fahre nach Hause und rede selbst mit Lilly«, antwortete ich und ging zur Tür.

Bis eben hatte Steven mich in Ruhe gelassen. Und das, obwohl er mitbekommen hatte, dass ich ständig auf mein Handy gestarrt und etliche Male versucht hatte, Ava zu erreichen.

»Ist das dein Ernst? Die Jungs sind schon auf dem Weg. Die müssten jeden Moment hier sein.«

»Kein Interesse«, sagte ich und ging.

»Was ist zwischen dir und Ava vorgefallen?«, rief Steven mir hinterher.

Ich mahlte mit dem Kiefer und atmete tief durch. »Nichts«, antwortete ich und stieg in mein Auto.

»Aiden?« Steven war mir gefolgt und hielt die Autotür fest.

Ich sah kurz in die Augen meines besten Freundes und schüttelte den Kopf. »Nicht jetzt«, sagte ich leise und warf die Tür zu.

»Pumpkin?« Als ich Lillys Zimmertür öffnete, hatte ich eigentlich erwartet, dass sie bereits schlief. Schließlich war es schon nach Mitternacht.

Doch Lilly war noch wach und blickte auf. Als sie erkannte, dass ich es war, stürmte sie auf mich zu. »Happy Birthday!«

Mir blieb die Luft weg, als sie in meine Arme sprang. Ich hielt sie fest, damit wir nicht umfielen, und setzte sie vorsichtig wieder ab. »Was hat Ava zu dir gesagt?«, fragte ich ohne Umschweife. Geburtstage waren mir scheißegal. Und neunzehn war auch kein Alter, das man besonders feiern musste.

»Zu deinem Geburtstag?«, fragte sie und zwinkerte.

»Hör auf damit und erzähl mir endlich, was los ist!«

»Herrgott, entspann dich mal.«

»Warum will Ava nicht, dass ich bei ihr auf sie warte?« Ich hatte mir diverse Szenarien ausgedacht, warum sie damit ein Problem haben könnte. Durfte sie vielleicht keinen Freund haben? Kannten ihre Eltern mich vielleicht von irgendwoher? War ich ihr peinlich oder unangenehm? Oder war es ihr gar nicht so ernst mit uns wie mir?

»Okay, du gibst ja eh nicht auf. Setz dich.«

Ich biss vor lauter Frust die Zähne fest zusammen. »Ich stehe lieber. Schieß los!«

Lilly verdrehte die Augen und ging zurück zu ihrem Bett. Aber sie setzte sich nicht hin, sondern drehte sich zu mir um. Herausfordernd sah sie mich an. »Wie ernst ist es dir mit Ava?«

Meine Augenbrauen zogen sich zusammen. »Lass den Scheiß und rede!«

Lilly schüttelte den Kopf. »Liebst du sie?«

Sofort geriet mein Herz aus dem Takt. »Was habt ihr alle immer gleich mit Liebe?« Konnte man einen Menschen nicht erst mal einfach nur mögen, bevor man ihn liebte? Und woher zum Teufel sollte ich wissen, was Liebe überhaupt war?

»Ja oder nein?«

»Was weiß ich!« Frustriert warf ich die Hände in die Luft.

»Aiden, so schwer ist das nicht.«

»Lilly, lass es einfach.«

»Auf keinen Fall! Wenn ich nicht weiß, was das zwischen euch ist, dann weiß ich auch nicht, ob ich dir erzählen kann, was ich erzählen möchte.«

Was hatte das wieder zu bedeuten? »Was zwischen mir und Ava ist, geht nur sie und mich etwas an.«

»Und mich!«, wandte sie ein.

»Wieso sollte dich das angehen?«

»Weil Ava so etwas wie meine Schwester ist. Weil sie meine beste Freundin ist. Weil *ich* sie liebe!«

»Na, Gott sei Dank ist sie nicht deine Schwester!«, platzte es aus mir heraus und Lilly musste anfangen zu schmunzeln. Mir war jetzt allerdings überhaupt nicht nach ihren Mätzchen. Ich wollte endlich wissen, wo Ava war, ob es ihr gut ging und warum sie meine Anrufe ignorierte.

»Ja, Gott sei Dank! Denn mit seiner eigenen Schwester zu schlafen, ist in unserem Bundesstaat verboten!«

»Ich hab nicht mit ihr geschlafen!« Kam sie noch klar? Ich funkelte Lilly wütend an.

Langsam verwandelte sich ihr Schmunzeln in ein breites Grinsen. »Dann liebst du sie!«

»*Was?*«

»Soweit ich weiß, hast du noch nie bei einem Mädchen gewartet.«

»Woher willst du das wissen?«

»Ich habe meine Quellen.«

Meine Schwester brachte mich zur Weißglut. Und sie wusste ganz genau, dass sie am längeren Hebel saß. Wenn ich jetzt einfach ging, wonach mir absolut war, würde ich nichts mehr über Ava erfahren. Also ging ich nicht auf ihre Anspielungen ein und wartete, bis sie mir endlich erzählte, warum Ava sich nicht bei mir meldete.

»Bist du sicher, dass du nicht sitzen willst?«, fragte sie erneut und ich sah sie weiter genervt an. »Okay, deine Entscheidung. Also, es ist folgendermaßen: Ich glaube, Ava liebt dich auch.«

Mir entfleuchte plötzlich die ganze Luft aus meinen Lungen. So als hätte sie mir mit der Faust in den Magen geschlagen. Ich spürte, wie ich taumelte, und stützte mich an der Wand hinter mir ab. *What the fuck?*

»Wie kommst du da drauf?«, stotterte ich. Lieben? Ava sollte mich *lieben?*

»Ich habe es gesehen. In ihren Augen.«

Ich schnaufte wütend. »Pumpkin, hör damit auf. Sag mir endlich, was hier los ist.«

»Ich hab keine Ahnung, wann ihr beiden damit angefangen habt, euch plötzlich zu mögen, wo ihr doch ständig aneinandergeraten seid. Ist es jetzt auf einmal okay für dich, dass sie meine beste Freundin ist?«

Ich wusste nicht, worauf sie jetzt schon wieder hinauswollte. Aber es hatte definitiv nichts damit zu tun, warum Ava nicht wollte, dass ich bei ihr auf sie wartete. Oder warum sie mich nicht gefragt hatte, ob ich sie nach Boston begleite. Oder warum sie mir in erster Linie überhaupt erst gar nichts davon erzählt hatte.

»Naja, egal. Bist du sicher, dass du nicht sitzen willst?«

Ich nickte knapp und sah sie weiter auffordernd an.

Lilly atmete tief durch, erwiderte meinen Blick und fing an zu erzählen. »Ava möchte mit ihren Eltern erst einmal alleine sein. Sie hat sie lange nicht gesehen und sie will die Feiertage in Ruhe mit ihnen verbringen. Dieses Weihnachten ist für sie und ihre Eltern sehr wichtig und hat eine große Bedeutung.«

Ich stöhnte, weil ich absolut keine Lust hatte, mir das Gequatsche über Weihnachten und dass das die Zeit für die Familie war und man nett zueinander sein musste, bla, bla, bla, anzuhören.

Lilly schoss mir einen ihrer giftigen Blicke entgegen. »Ich schwöre dir, Aiden, wenn du mich nicht ausreden lässt, sag ich gar nichts mehr. Dann kannst du zusehen, wie du zurecht kommst!«

Ich atmete tief ein und dachte sofort an Ava. Was machte sie wohl gerade? Schlief sie? War sie schon am Flughafen? Warum, verfickt noch mal, hatte sie mich nicht gebeten, mitzukommen?

»Avas Mom hat Krebs im Endstadium.«

Mein Kopf schoss hoch und ich sah meine Schwester entgeistert an. Ich wollte plötzlich doch nicht mehr stehen und rutschte mit dem Rücken an der Wand herunter. *Heilige Scheiße!* Lillys ganze Mimik hatte sich verändert. Wo eben noch Biestigkeit zu sehen war, war nun ein tieftrauriger Ausdruck in ihr Gesicht getreten. Ich schloss meinen Mund und schluckte schwer. Lilly fuhr leise fort. »Es fing alles vor ein paar Jahren an. Ihre Mom hat schon diverse Chemotherapien hinter sich und den Krebs scheinbar immer wieder besiegt. Doch vor knapp zwei Jahren kam er zurück. Dieses Mal schlimmer und aggressiver als je zuvor. Die Ärzte wollten eigentlich gleich wieder mit der nächsten Chemo beginnen, doch Avas Mom entschied sich dagegen. Die Chancen auf Heilung stehen auf Null und die Therapie hätte nur eine Verlängerung des Leidens bedeutet. Ihre Mom will die letzten Momente ihres Lebens ohne den Stress, ohne die ewig langen Krankenhausaufenthalte, ohne den Schmerz und die Strapazen der Behandlung erleben. Die Ärzte haben ihr jetzt noch ein knappes halbes Jahr gegeben.«

Ich hörte, wie Lillys Stimme zitterte und dann beim letzten Satz endgültig brach. Ich sah zu ihr und erkannte, dass sie angefangen hatte zu weinen. Schwerfällig stand ich auf. Ich setzte mich auf ihr Bett und zog sie zu mir. Als ich meine Arme um sie schloss, fing Lilly so bitterlich zu weinen an, dass es mir fast das Herz zerriss.

»Es ist schlimm, Aiden. Wirklich, wirklich schlimm. Avas Mom wird sterben.«

Ich wusste nicht, was ich sagen sollte. In mir war völlige Leere und gleichzeitig so großes Mitgefühl für Ava und ihre Familie. Und ich fühlte mich wie das größte Arschloch dieser Welt.

»Avas Mom wollte unbedingt noch ein letztes Mal zurück nach Frankreich. Ihre Eltern stammen aus Marseille sie hat in ihrer Kindheit viel Zeit dort verbracht. Und weil ihre Zeit so knapp ist, sind sie während Avas Schulzeit gefahren. Sie wollten, dass Ava mitkommt, aber sie ...«

Lilly stockte und krallte ihre Finger fest in meinen Pullover.

Ich hatte mit einem Mal einen dicken Kloß im Hals und große

Schwierigkeiten, ihn loszuwerden. Ich zog Lilly noch enger zu mir und drückte ihr einen Kuss auf die Stirn. »Erzähl weiter, Pumpkin«, flüsterte ich.

Lilly fuhr mit belegter Stimme fort. »Ava wollte hierbleiben. Damit ihre Eltern ein letztes Mal Zeit für sich haben. Zeit, um ein letztes Mal einfach nur Amelie und Chester zu sein. Ohne Kind. Ihre Eltern, besonders ihre Mom, waren dagegen. Aber sie hat darauf bestanden hierzubleiben und weiter zur Schule zu gehen. Schließlich haben ihre Eltern eingewilligt, sind aber nur für einen Monat gefahren und nicht, wie geplant, für länger. Es ist alles meine Schuld, Aiden.«

Ich wusste nicht, was ich sagen sollte. Mein Bild von Avas Eltern hatte sich mit einem Mal völlig gewandelt.

»Es ist nicht deine Schuld, Pumpkin. Wie kommst du denn darauf?« Gott, ich fühlte mich beschissen. Und wie sollte sich Ava erst fühlen? Die Sehnsucht nach ihr wurde unerträglich. Ich wollte jetzt einfach nur bei ihr sein, für sie da sein.

»Dass sie ihren Eltern Zeit zu zweit schenken wollte, ist nicht der einzige Grund, warum sie hiergeblieben ist. Sie ...«

Lilly wurde vom Klingeln meines Handys unterbrochen. Ich musste sie loslassen, um an das Scheißteil zu kommen und als ich den Namen auf dem Display las, setzte mein Herz aus.

»Wo bist du? Kann ich kommen?«, fragte ich sofort.

»Ist es Ava?«, wollte Lilly wissen.

Ich nickte ihr kurz zu, und war schon auf dem Weg nach unten, um meine Schuhe anzuziehen und loszufahren. Scheißegal, wo sie jetzt war, ich würde sofort zu ihr fahren.

»Es tut mir leid, dass ich einfach so gefahren bin.«

»Nein! Engel, das ist in Ordnung. Ich ...« Gott, wie sagte ich jetzt nur das Richtige? »Ich hab mit Lilly gesprochen. Sie hat es mir erzählt.« Es war für einen Moment still in der Leitung. »Ava?«

»Alles?«, fragte sie und ich nickte, was sie natürlich nicht sehen konnte.

»Das, was ich wissen muss. Wo bist du, Baby? Ich komm sofort zu dir. Schick mir die Adresse.«

»Aiden, es geht nicht. Ich kann mich nicht mehr mit dir treffen.«

Fassungslos blieb ich stehen. »Was? Was redest du da?«, fragte ich.

»Ich weiß nicht, was Lilly dir alles erzählt hat.«

Ich konnte hören, wie Ava zitternd einatmete.

»Meine Mom ist krank. Sehr krank. Ehrlich gesagt, wissen wir nicht, wie lange sie noch leben wird. Ich kann mich jetzt nicht auf andere Dinge konzentrieren.«

Was redete sie denn da für einen Scheiß? »Ich verstehe, dass du gerade durcheinander bist. Aber wir kriegen das hin. Ich bin für dich da. Ich will für dich da sein. Lass mich bitte für dich da sein.« Mir war es egal, dass ich verzweifelt klang. Denn ich war verzweifelt. Ich wollte nicht, dass sie das alleine durchstehen musste.

»Nein, Aiden, ich bin nicht durcheinander. Nicht mehr. Nicht nach Sonntag.«

Ich schloss die Augen und rieb mir übers Gesicht. »Ava, wenn es um das Mädchen von Sonntag geht: Sie bedeutet nichts! Wirklich, das musst du mir glauben! Ich weiß, dass dir das wahrscheinlich im Moment zu viel ist, aber ich schwöre dir, dass ich genauso überrascht war, sie zu sehen wie du.«

»Ich will nicht eine von vielen sein.«

Das knockte mich eiskalt aus. Sie hatte allen Grund, so zu denken.

»Das bist du nicht!«, keuchte ich hilflos in den Hörer. »Baby, ich will dir das nicht am Telefon sagen. Bitte, gib mir deine Adresse. Ich komme zu dir und dann reden wir, okay?« Ich fing an zu zittern und hatte Mühe, das Telefon ruhig am Ohr zu halten. Ich hörte Ava schniefen und das zwang mich beinahe in die Knie. Ich sprang in mein Auto und fuhr los. Bis nach Boston dauerte es normalerweise eineinhalb Stunden. Bei dem Wetter musste ich mit mindestens zwei rechnen.

»Ich bin im Auto und komme jetzt zu dir. Und wenn du mir nicht sagst, wo du bist, fahre ich zu jedem Hotel und suche solange, bis ich dich finde. Und ich werde dich finden! Also kannst du mir auch gleich die Adresse geben. Du stehst das nicht alleine durch. Hörst du? Ich werde an deiner Seite sein. Die ganze verfickte Zeit!« Meine Hilflosigkeit wandelte sich in Frust. Frust auf mich, weil ich so viel Zeit damit verschwendet hatte, Ava zu hassen, anstatt sie zu lieben.

Ich saß auf dem Hotelbett und mir liefen die Tränen in Sturzbächen die Wangen herunter. Mit zittrigen Fingern umklammerte ich das Telefon und bekam mit, wie Aiden immer frustrierter wurde. Was sollte ich bloß machen? Ich wollte nicht, dass er herkam. Und doch vermisste ich ihn so schrecklich und wollte nichts sehnlicher, als jetzt in seinen Armen zu liegen und alles zu vergessen, was um uns herum passierte. Aber Aiden war eben *Aiden*. Und ich hatte mein Leben, mit dem ich klarkommen musste. Als ich ihn am Sonntag mit diesem Mädchen gesehen hatte, war mir bewusst geworden, dass man jemanden wie ihn nicht ändern konnte.

»Bitte, Aiden, tu das nicht. Ich brauche die Zeit mit meiner Mom. Ich kann mich jetzt nicht auf andere Dinge konzentrieren. Es geht einfach nicht. Respektiere das bitte.« Ich musste all meine Kraft aufwenden, um diese Worte auszusprechen. Denn mein Herz wollte etwas ganz anderes.

»Ich weiß, Baby. Glaub mir, ich weiß das. Du musst dich um nichts kümmern, was mich betrifft. Ich mach das schon. Ich will nur bei dir sein.«

Wie sollte ich Aiden bloß von seinem Vorhaben abbringen? Ich war mir sicher, dass er tatsächlich jedes Hotel nach mir absuchen würde. Ich musste also deutlicher werden, um ihm das begreiflich zu machen. »Hier geht es aber nicht um dich, Aiden! Hier geht es um mich und meine Familie!«

»Ava, bitte. Ich will für dich da sein.«

»Das will *i c h* aber nicht! Ich weiß, dass du es nicht verstehen kannst, aber diese Zeit, die jetzt kommt, ist alles, was mir noch mit meiner Mom bleibt. Ich kann es mir also nicht leisten, meine Zeit mit anderen Dingen zu verschwenden.« Mir tat es in der Seele weh, so hart zu ihm zu sein. Aber ich würde es nicht verkraften, erst meine Mom und dann auch noch ihn verlieren zu müssen. Und ich wusste, dass es irgendwann so kommen würde. Wie sollte ich mit den vielen Frauen mithalten, die bei Aiden Schlange standen? Ich hatte ihnen nichts entgegenzubringen.

Es war eine ganze Weile still in der Leitung und ich sah vorsichtshalber nach, ob die Verbindung noch stand. »Aiden?«, fragte ich leise nach. Ich hatte plötzlich Angst, dass er einfach aufgelegt haben könnte. Auch, wenn es das Beste gewesen wäre.

»Ich gebe dir heute. Aber mehr kannst du nicht von mir verlangen.«

»Bitte, ich …«

»Vergiss es, Ava! Wir sehen uns morgen. Ich leg jetzt auf, weil ich keine Lust mehr habe, mir mehr von diesem *Bullshit* anzuhören!«

Und er tat, was er sagte. Dieses Mal war die Leitung tot, als ich auf das Display blickte. Am Boden zerstört ließ ich das Telefon auf das Bett gleiten und starrte aus dem Fenster meines Hotelzimmers. Warum tat er mir das an? Warum ließ er mir keine Wahl? Ich wollte es so, weil es der einzig richtige Weg war.

Ich legte mich auf die Seite, vergrub mein Gesicht in dem steifen Kopfkissen und heulte so lange, bis ich vor Erschöpfung einschlief.

Mittlerweile wartete ich seit drei Stunden am Flughafen und noch immer konnte mir niemand sagen, wann die Maschine aus Marseille landen würde. Ich stand wieder einmal am Serviceschalter der Airline, so wie gefühlt hundert andere auch, und wartete auf Neuigkeiten.

»Es tut uns leid, Ihnen mitteilen zu müssen, dass für heute alle Flüge von und nach Boston gestrichen wurden. Wegen der schlechten Wetterverhältnisse ist die Maschine aus Marseille in Kanada am Goose Bay Stützpunkt zwischengelandet und darf erst weiterfliegen, sobald sich der Schneesturm gelegt hat.«

Das durfte einfach nicht wahr sein! Meine Eltern saßen nicht wirklich in Kanada fest? Um mich herum wurde das Gemecker immer lauter. Die Leute beschwerten sich lauthals und forderten Ausweichflüge. Morgen war Weihnachten, natürlich wollten alle bei ihren Familien sein.

Am Flughafen brach Chaos aus, als auf der Anzeigentafel nach und nach der Status eines jeden Fluges auf ›Annulliert‹ gesetzt wurde. Ich zog mein Handy aus der Jackentasche und suchte mir eine ruhige Ecke, um meine Eltern anzurufen.

»Liebling, es tut uns so leid! Wir sind hier irgendwo im Nirgendwo und wir wissen noch nicht, wann es weitergeht. Der Pilot wartet noch auf Anweisungen vom Tower.«

»Hier haben sie gerade gesagt, dass heute gar keine Flüge mehr gehen, weil sie einen Schneeturm erwarten.«

»Oh, Honey, wären wir nur schon früher geflogen. Dad versucht gerade eine Alternative ausfindig zu machen. Vielleicht gibt es hier eine Zugverbindung. Notfalls nehmen wir ein Taxi. Wir geben alles, um so schnell wie möglich bei dir zu sein.«

»Ist schon in Ordnung, Mom. Für das Wetter kann niemand was.«

»Ich vermisse dich so schrecklich, Ava. Es war ein Fehler, so lange von dir getrennt gewesen zu sein.«

»Nein, Mom, hör damit auf. Wir haben schon tausendmal darüber gesprochen. Es war genau richtig so. Ich konnte meine wilde Teenagerphase ausleben, ohne von euch auf den Deckel zu bekommen, und du und Dad, ihr konntet eure ›Wir-sind-jung-und-wild-Phase‹ ausleben.«

»Oh, Ava, du bist das Beste, was mir in meinem Leben passieren konnte. Ich liebe dich wahnsinnig.«

»Ich dich auch, Mom. Noch viel mehr«, antwortete ich mit rauer Stimme.

»Das geht gar nicht.«

»Doch, glaub mir, Mom, das geht.«

»Fahr nach Hause, bevor der Sturm die Küste trifft. Ich könnte hier nicht eine Minute ruhig sitzen, wenn ich wüsste, dass du bei diesem Wetter fahren musst, hörst du? Und ich rufe Magda an, dass sie heute bei uns bleiben soll.«

»Nein, Mom, lass Magda bei ihrer Familie. Ich hab so wenig geschlafen letzte Nacht, dass ich eh nur noch ins Bett möchte.«

»Aber heute ist Heiligabend!«

»Ja und?«

»Schatz, das ist der Abend, den man mit seinen Liebsten verbringt. Du solltest nicht alleine sein.«

»Ich war die letzten vier Wochen alleine, da schaffe ich diesen einen Tag wohl auch noch. Sieh du besser zu, dass Dad euch noch irgendwo ein halbwegs bequemes Nachtlager organisiert.«

»Und du bist sicher, dass ich Magda nicht anrufen soll?«

»Absolut. Ich werde gleich bei ihr vorbeifahren und Diego abholen. Dann kann er mir helfen, den Truthahn zu essen, den Magda für uns gekocht hat.«

»Das würde ihm bestimmt gefallen.«

Es war so gut, die Stimme meiner Mom zu hören. Auch wenn ich Angst davor hatte, sie nach so langer Zeit wiederzusehen, war ich überglücklich, dass sie so gut drauf war und sogar lachen konnte. »Ich liebe dich, Mom.«

»Ich dich auch, mein Schatz. Und wenn wir nach Hause kommen, lass ich dich nicht mehr los. Diese Zeit gehört dann nur uns.«

Ich schluckte, um die aufkommenden Tränen zu unterdrücken. »Nur uns«, sprach ich leise in das Telefon.

»Wir melden uns, sobald es etwas Neues gibt. Vielleicht haben wir ja Glück und der Sturm lässt über dem Meer nach, sodass es nicht ganz so schlimm wird wie befürchtet. Ansonsten besorgen wir uns einen Schlitten und fahren einfach damit heim.«

»Das würde Dad gefallen«, antwortete ich schmunzelnd.

»Und ob. Fahr heim, Liebling. Und ruf an, sobald du zu Hause angekommen bist, ja?«

»Mach ich. Und ihr haltet mich auf dem Laufenden, was euren Flug betrifft.«

»Wir geben alles, versprochen!«

»Bis später, Mom. Und gib Dad einen dicken Kuss von mir.«

»Das mach ich. Bis später, Liebling.«

Ich brauchte über drei Stunden, um nach Hause zu kommen. Das Wetter verschlimmerte sich zusehends und die Straßen waren voller Autos. Als ich endlich zu Hause ankam, war es fast fünf und schon stockdunkel. Diego fing an zu bellen, als wir die Auffahrt zu unserem Haus hochfuhren. Wenigstens einer freute sich, zu Hause zu sein. Ich parkte das Auto in der Garage und sobald ich die Tür öffnete, sprang Diego über mich hinweg nach draußen.

»Hey, das tut weh!«, motzte ich laut.

Ich stieg aus und brachte das Essen von Magda in die Küche. Ich machte mir nicht die Mühe, das Licht einzuschalten, sondern ging direkt hoch in mein Zimmer. Diego kam mir auf der Treppe entgegen und rannte wieder nach unten. Er schnüffelte laut, so als würde er auf der Suche nach etwas sein. Ich konnte mir in etwa denken, *wen* mein blöder Hund suchte. Ich sah zu meinem Bett und musste sofort an Aiden denken. Ich drehte mich weg und ging stattdessen zu meinem Sofa. Doch auch hier wanderten meine Gedanken sofort zu ihm. Wie er hier vor etwas über einer Woche einfach eingebrochen war und mir seine blöde Gesellschaft aufgedrängt hatte. Alles hier drinnen erinnerte mich an Aiden. Verdammt. Er machte mir alles madig.

Ich ging wieder nach unten. Als ich an der Haustür vorbeikam, sah ich Diego, der an der Tür auf seiner Decke lag. Das machte er eigentlich immer nur dann, wenn einer von uns unterwegs war. Selbst mein blöder Hund wartete auf Aiden.

Unschlüssig, was ich als Nächstes machen sollte, wanderte ich eine Weile durch unser viel zu großes Haus und landete letztendlich doch im Wintergarten. Aber ich setzte mich nicht auf das Sofa. Ich sah es nicht einmal an. Ich stand am Fenster und schaute nach draußen. Es war dunkel. Die Schneeflocken wirbelten ums Haus und machten es unmöglich, das Meer zu sehen. Dennoch ließ ich Diego nach draußen, damit er sich noch einmal austoben konnte. Ich ließ die Tür einen Spalt offen und wickelte mich in die dicke Decke vom Sofa. Weil es so kalt war, vergrub ich mein Gesicht im flauschigen Stoff und hatte prompt Aidens Duft in der Nase.

»Gibt es denn hier in diesem blöden Haus nichts, was nicht nach ihm riecht?«, rief ich frustriert durch die leeren Räume. Ich schmiss die Decke zurück auf das Sofa, pfiff nach Diego und gab ihm sein Futter in der Speisekammer.

Schließlich ging ich in eines der Gästezimmer, weil das ein Raum war, den Aiden weder kannte noch jemals betreten hatte, und legte mich dort ins Bett. Diego rollte sich vor der Tür zusammen und ich lag stundenlang wach.

Wieso dachte ich permanent an Aiden und nicht an meine Eltern? Wieso vermisste ich zwar meine Eltern, aber noch viel mehr Aiden? Er tat mir nicht gut. In keiner Weise. Ich musste mich jetzt auf die noch verbleibende Zeit mit meiner Mom konzentrieren. Ich wollte mich nicht ständig fragen, was er gerade machte, ob er an mich dachte und ob er mich auch so schrecklich vermisste wie ich ihn. Und warum ließ ich die Tür zum Gästezimmer in der Hoffnung auf, dass Aiden mich hier finden würde, falls er heute Nacht doch einfach wieder herkam? Es wäre die dritte Nacht ohne ihn. Seit der Blödmann sich jede Nacht in mein Haus geschlichen und in meinem Bett geschlafen hatte, konnte ich mit einem Mal nicht mehr ohne ihn einschlafen. Letzte Nacht war ich ständig aufgewacht und hatte vergeblich nach seiner Hand getastet. Irgendwann wurde die Sehnsucht so unerträglich, dass ich ihn doch anrief. Mitten in der Nacht. Und noch während ich seine Nummer wählte, wurde mir bewusst, dass ich das mit Aiden beenden musste. Bevor es in einer Katastrophe endete und er mich sitzen ließ, wie all seine anderen Freundinnen, mit denen er seinen Spaß gehabt hatte. Ich würde es nicht überleben, wenn er irgendwann an diesen Punkt in unserer ›Beziehung‹, oder was auch immer das zwischen uns war, ankam. Ich musste mich und mein Herz schützen. Meine Familie hatte die schlimmste Zeit noch vor sich und dafür brauchte ich meine ganze Kraft. Ich musste stark sein. Das hatte ich meiner Mom versprochen.

Ich wurde von einem nervtötenden Ton geweckt und brauchte einen Moment, um das Geräusch einzuordnen. Ruckartig setzte ich mich auf und suchte hektisch nach meinem Telefon.

»Hallo?«, krächzte ich und musste mich ein paarmal räuspern.

»Guten Morgen, Sunshine! Ich sage es nicht am Telefon, sondern nachher persönlich. Ich komme nur ganz kurz vorbei und bringe dir mein Geschenk. Wann passt es bei euch am besten?«

»Wie spät ist es?«, fragte ich und rieb mir über die Augen.

»Gleich elf. Habt ihr etwa noch geschlafen? Ach bestimmt haben deine Eltern Jetlag.«

»Elf?«, fragte ich und blickte ungläubig auf das Display.

»Jepp. Schau lieber nicht raus. Es ist grausam! Schnee, Schnee, Schnee. Überall, wohin man sieht. Deine Eltern haben echt Glück gehabt. In den Nachrichten hieß es, dass gestern alle Flüge storniert wurden.«

Mist! Ich musste sofort mit meinen Eltern telefonieren. Bestimmt hatten sie schon versucht, mich zu erreichen. »Lilly, ich melde mich später. Ich muss eben mit meiner Mom sprechen.«

»Okay. Ist alles in Ordnung?«, fragte sie irritiert.

»Was? Ja, ja, bis später.« Ich legte auf, ohne mich richtig von Lilly zu verabschieden.

»Na endlich! Guten Morgen, mein Schatz. Frohe Weihnachten und Happy Birthday!«, trällerte Mom fröhlich in den Hörer.

Erleichtert atmete ich aus und ließ mich zurück ins Kissen fallen. »Danke, Mom. Wie geht es euch? Gibt es schon etwas Neues? Wisst ihr, wann ihr weiterfliegt?«

»Gute Neuigkeit: Wir bekommen wohl noch heute einen Flug. Schlechte Neuigkeit: Der Flug soll, wenn es klappt, erst heute Nachmittag gehen. Wir sind also erst sehr spät zu Hause.«

Trotzdem fiel mir ein riesiger Stein vom Herzen. »Ehrlich?«, fragte ich und wagte kaum zu hoffen.

»Bis jetzt sieht es gut aus. Der Flughafen hier ist zwar noch total eingeschneit, aber sie beginnen gerade damit, die Pisten zu räumen und die Flugzeuge zu enteisen. Sofern es keinen neuen Sturm gibt, fliegen wir heute noch zu dir.«

»Oh, Mom, das wäre so schön.«

»Wir geben alles. Ich muss jetzt auflegen, mein Akku ist fast leer und Dad hat die Kabel in den Koffer gepackt. Clever, nicht wahr? Ich hab ihn jetzt losgeschickt, mir irgendwoher ein Kabel zu besorgen, damit ich mein Telefon aufladen kann. Bis dahin spare ich Energie, um dich anrufen zu können, wenn es Neuigkeiten gibt.«

»Ist gut. Gib Dad einen Kuss und einen Klaps auf den Hinterkopf, weil er so ein Schussel ist.«

»Das habe ich schon gemacht. Bis später, mein Liebling.«

Das waren endlich mal gute Nachrichten. Ich lief hoch in mein Zimmer und schaltete den Nachrichtensender ein, während ich unter die Dusche sprang. Anschließend ging ich mit Diego eine kleine Runde am Strand spazieren.

Ich packte die Geschenke unter den Baum, den Magda und ihr Mann für uns besorgt hatten, und besah mir gerade mein Werk, als mein Telefon erneut klingelte. »Hey, und gibt es schon Neuigkeiten?«

»Neuigkeiten?«

»Oh, ich dachte, du wärst meine Mom.«

»Wieso sollte deine Mom dich anrufen?«, fragte Lilly skeptisch.

»Ähm.« Mist.

»Ava?« Lillys Stimme nahm einen bedrohlichen Ton an.

»Ja?«

»Sag mir jetzt nicht, dass deine Eltern gestern doch nicht angekommen sind.«

Es hatte ja doch keinen Sinn. Früher oder später würde sie es sowieso rausbekommen. Und ich hatte keine Lust, dass sie mir damit ewig in den Ohren hing. »Sie sind irgendwo in Kanada und wenn alles gut geht, sind sie heute Abend hier.«

»Bitte *was?*«, schrie Lilly ins Telefon, sodass ich den Hörer von meinem Ohr weghalten musste.

»Schrei doch nicht so! Meine Ohren«, beschwerte ich mich.

»Willst du mich auf den Arm nehmen? Du bist seit gestern alleine zu Hause? An Weihnachten *und* deinem Geburtstag?«

»Technisch gesehen hab ich den ganzen Tag lang Geburtstag, auch wenn ich frühmorgens das Licht der Welt erblickte. Und wenn meine Eltern nachher kommen, bin ich heute also nicht alleine.«

»Wir kommen dich holen«, sagte sie und legte auf.

»Was? Lilly? Hallo?« Was war nur verkehrt mit dieser Familie, dass sie alle immer einfach auflegten?

Ich warf das Telefon auf das Sofa und blickte mich nervös im Haus um. Natürlich würde Lilly jetzt dafür sorgen, dass mich jemand abholte. Ich konnte mir denken, zu wem sie als Erstes lief. Meine Nerven fingen an zu flattern und mein Magen kribbelte aufgeregt. Nein, nicht aufgeregt, nervös. Er kribbelte *nervös*. Ich überlegte kurz, zu türmen, aber mir fiel kein Ort ein, an dem ich mich ausgerechnet an Weihnachten hätte verstecken können. Die einzige Alternative wäre irgendwo in der Wildnis gewesen, und dafür war es mir definitiv viel zu kalt.

Ich setzte mich auf das Sofa und wartete darauf, dass jeden Moment der laute Porsche eines gewissen großen, brünetten, gutaussehenden, nervtötenden, gutriechenden, aufdringlichen, zärtlichen, arroganten, liebevollen und völlig verblödeten Blödmanns draußen vor der Tür zu hören war. Vermutlich würde er mich dämlich grinsend begrüßen und mir sagen, dass er von vornherein gewusst hatte, dass ich ihm nicht würde widerstehen können und mich, ob ich nun wollte oder nicht, mit zu sich nach Hause nehmen.

Als es klingelte, sah ich überrascht zur Tür. Hatte Aiden etwa entdeckt, dass wir auch eine Klingel besaßen? Als es ein zweites Mal läutete, fing Diego an zu bellen. Ich öffnete mit laut klopfendem Herz die Tür und hatte arge Probleme, meine Mundwinkel unter Kontrolle zu bringen. Doch beim Anblick der Person vor meiner Haustür gefror mir mein Grinsen auf den Lippen.

»Hallo Ava und Happy Birthday!« Cary Westerfield stand vor mir und strahlte mich an.

Aidens Dad war hier? Nicht er selbst? Hatte Aiden nicht eigentlich gesagt, dass er mir einen Tag gibt? Dann hätte er aber schon längst hier sein müssen. Hatte er mich vielleicht nicht gefunden, weil ich im Gästezimmer geschlafen hatte? Sollte ich vorsichtshalber noch einmal im Haus nach ihm suchen? Allerdings hätte Diego es sofort bemerkt, wenn Aiden hergekommen wäre.

»Hallo, Mr. Westerfield.« Ich fand meine Stimme wieder. »Darf ich reinkommen? Es ist doch ziemlich kalt draußen und der ganze Schnee weht sonst ins Haus.«

»Aber natürlich. Kommen Sie rein.«

»Und nenn mich bitte Cary. Wir kennen uns doch nicht erst seit gestern.«

Ich trat zur Seite und ließ ihn ins Haus.

»Wow, Ava, das ist ein wunderschönes Haus. Und die ganze Kunst!« Cary Westerfield verrenkte sich den Hals und sah sich um.

Ich folgte seinem Blick auf die Gemälde und Skulpturen, die überall verteilt waren. Ich sah sie schon gar nicht mehr. Für mich gehörten sie zum Inventar.

»Meinem Dad gehörte eine Kunstgalerie und meine Mom war Leiterin eines Auktionshauses. Das sind ihre liebsten Stücke, die sie selbst behalten haben.«

Er ging durch das Foyer und besah sich die Gemälde an der Wand. »Ich interessiere mich auch ein bisschen für Kunst. Vielleicht sollten wir deine Eltern einmal zum Essen einladen. Ich finde das Thema unheimlich spannend.«

Ich hob überrascht die Augenbrauen. Aidens Dad wollte meine Eltern zum Essen einladen? Natürlich meinte ich *Lillys* Dad. »Ich kann sie ja fragen, wenn sie wieder da sind«, sagte ich etwas zögerlich und schluckte meine Nervosität herunter.

»Liebend gern. So, ich bin allerdings mit einem ganz anderen Auftrag hier. Ich soll dich höflich bitten, mit zu uns zu kommen. Und wenn du dich weigerst, habe ich den Befehl, dich zu kidnappen. Versuche gar nicht erst, dich zu wehren. Nicht umsonst haben sie den größten und stärksten Mann der Familie geschickt!« Er lächelte mich verschmitzt an und sah seinem jüngsten Sohn dabei so verdammt ähnlich, dass es mir eiskalt den Rücken herunterlief.

Ich versuchte, nicht darüber nachzudenken, warum er und nicht Aiden hier war. Hatte Aiden nun endgültig die Nase voll von meinem sprunghaften Verhalten?

»Ich schätze, ich habe keine andere Wahl?« Mir fiel absolut nichts ein, was ich als Ausrede hätte vorschieben können,
um nicht mitfahren zu müssen. Eine Migräneattacke wäre nun ganz gut gewesen.

»Sorry Liebes, aber nein. Angela hat bereits ein weiteres Gedeck auf den Tisch gelegt und das Essen ist jeden Moment fertig. Wenn wir also keinen Ärger bekommen wollen, sollten wir jetzt losfahren.«

Ich sah mich hilfesuchend um, dann fiel mir mein Hund ins Auge. Die Rettung! »Ach blöd«, sagte ich und Mr. Westerfield sah mich fragend an. »Ich kann Diego nicht so lange alleine lassen. Er scheint irgendwas mit der Blase zu haben und muss ständig raus«, seufzte ich und hob die Schultern.

»Ach, blöd«, wiederholte Mr. Westerfield und grinste mich an. »Den sollst du übrigens mitbringen.«

»Diego?«, fragte ich perplex.

»Wenn wir beide von deinem Hund sprechen, dann ja.«

»Mit zu Ihnen nach Hause?«

»Auch für ihn wurde schon eine Schale Wasser bereitgestellt. Und ich bin mir sicher, dass wir genug Fleisch haben, damit auch er satt wird.«

»Ich soll meinen Hund mit zu Ihnen nehmen? Aber er muss doch ständig«, log ich. »Und außerdem mag er Männer nicht besonders. Das wäre viel zu stressig für Diego.«

»Man sagte mir bereits, dass du es mir nicht leicht machen würdest.«

Und dann tat Lillys Dad etwas Unglaubliches. Er beugte sich zu Diego und ließ ihn an seiner Hand schnuppern. Dabei bewegte er sich kein Stück, schaute Diego nicht an und sagte keinen Pieps. Diego war genauso überrascht wie ich und hob instinktiv die Nase, um an der ihm dargebotenen Hand zu schnuppern.

Fassungslos musste ich mitansehen, wie Diego den Geruch von Mr. Westerfield aufnahm und sich immer weiter in seine Richtung neigte. Seine Nackenhaare legten sich wieder und je mehr er an ihm schnupperte, desto aufgeregter wedelte er mit dem Schwanz. Ich stand kopfschüttelnd daneben und wurde Zeuge, wie Mr. Westerfield meinen Hund verhexte. Diego lehnte sich mit seinem ganzen Körper gegen Mr. Westerfields Beine und forderte ihn, auf ihn weiter zu streicheln.

Mr. Westerfield fing leise an zu lachen und strahlte mich an. »Ich denke, er mag mich. Oder, was meinst du, Diego?«

Was war bloß mit meinem Hund los? Wo war seine gewohnte Skepsis Männern gegenüber abgeblieben? Ich musste ein ernstes Wort mit Aiden reden. Irgendwie hatte er meinen Hund kaputtgemacht.

»Brauchst du noch irgendetwas oder können wir gleich los?«

Ich schüttelte den Kopf und starrte noch immer ungläubig auf meinen verräterischen Hund.

»Prima, dann lass uns fahren. Ich habe nämlich Hunger und Angela macht das allerbeste Roastbeef.«

Je näher wir dem Haus der Westerfields kamen, desto unruhiger wurde ich. Ich wusste von mindestens einer Person, die mich absolut nicht in der Nähe haben wollte. In meinem Magen zog und pikste es unangenehm und ich wäre am liebsten aus dem Auto gesprungen, um mich bis zum Frühling im Schnee zu vergraben. Leider verriegelten sich die Türen im Porsche automatisch und konnten erst wieder geöffnet werden, wenn das Auto stand.

»So, da wären wir«, sagte Mr. Westerfield und stieg aus.

Ich zögerte und Diego fing an zu winseln. »Ich mach ja schon«, murmelte ich und stieg ebenfalls aus. Diego sprang aus dem Wagen und zog mich wie selbstverständlich die Treppe zur Tür hinauf.

»Liebling, wir sind zurück!«, rief Mr. Westerfield und hielt mir die Tür auf.

»HAPPY BIRTHDAY!«

Etwas sprang mich an und ich wäre umgefallen, wenn mich Mr. Westerfield nicht aufgefangen hätte. »Na, na, nicht so stürmisch, Lilly. Lass sie doch erst mal reinkommen.« Lachend schloss er die Tür.

Im selben Moment tauchte Mrs. Westerfield auf. »Ava, Liebes! Wie schön, dass du hier bist. Alles, alles Liebe zum Geburtstag und frohe

Weihnachten.« Mrs. Westerfield streichelte über meine Wange und herzte mich für einen Moment.

Ich war gerührt von dieser Geste und fühlte, wie sich mein Hals langsam zuschnürte. »Danke, Mrs. Westerfield«, flüsterte ich ergriffen.

»Ava, hör endlich auf, mich so alt zu machen. Ich möchte, dass du mich endlich Angela nennst«, sagte sie, als sie mich von sich hielt und liebevoll anlächelte.

Ich nickte ihr nur zu. Meiner Stimme traute ich gerade nicht.

»Setzt euch doch schon mal hin, das Essen ist gleich soweit. Liebling, sagst du Aiden bitte Bescheid? Der Junge ist schon wieder in sein Zimmer verschwunden.«

»Wird erledigt. Ladies, ab ins Esszimmer!«

»Wie geht's dir?«, flüsterte Lilly.

Ich zuckte nur mit den Schultern.

»Warum hast du mich nicht angerufen? Dann hätten wir dich gestern schon geholt!«

»Ich weiß nicht genau. Lass mich kurz überlegen«, zischte ich wütend. »Vielleicht, weil Weihnachten ist? Ich sollte jetzt nicht hier sein. Das ist euer Fest!«

»Tss! Soweit kommt es noch, dass ich meine beste Freundin an ihrem Geburtstag und an Weihnachten alleine lasse. Mom und Dad haben übrigens darauf bestanden, dass wir dich holen, als ich ihnen erzählt habe, dass du alleine zu Hause bist. Die wollen dich genauso hier haben!«

»Ja, die vielleicht. Aber das gilt bestimmt nicht für deine Brüder!«, flüsterte ich ihr böse zu, weil sie mich wieder einmal in eine unmögliche Situation gebracht hatte.

»Wieso sollte Aiden was dagegen haben? Ich dachte, ihr habt das geklärt?«

Doch ich kam nicht mehr dazu, ihr zu antworten. Plötzlich wurde ich mit einem Ruck von ihr weggezogen. Ich hatte Diego noch an der Leine und als ich nachsehen wollte, was sein Problem war, sah ich, wie Lillys Dad gerade die Treppe von unten hochkam und direkt hinter ihm folgte Aiden. Ich bekam schlagartig eine Gänsehaut und meine Knie wurden weich. Aiden sah müde aus. Seine Haare standen in alle Richtungen und unter seinen Augen lagen dunkle Schatten. Wahrscheinlich hatte er mit seinen Jungs gestern zu lange und heftig seinen Geburtstag gefeiert.

Diego bellte und sofort schoss Aidens Blick nach unten auf das schwarze Monster, welches jetzt auf ihn zustürmte. Leider zog es mich an der Leine hinter sich her und ich stolperte direkt auf Aiden zu. Diego sprang aufgeregt an ihm hoch und versuchte dabei an sein Gesicht zu kommen. Er winselte und fiepte laut. Fehlte nur noch, dass er wie ein Welpe vor Aufregung auf den Teppich pinkelte. *Meine Güte, er hatte Aiden jetzt gerade mal drei Tage nicht gesehen!*

Das Tragische an der Sache war, dass mein Herz fast genau das gleiche Theater vollführte wie mein Hund. Es stolpert in meiner Brust und schlug heftig gegen meine Rippen. Ich hielt den Atem an und wagte nicht in Aidens Gesicht zu blicken. Ich hatte Angst, was ich darin sehen würde. Wollte er, dass ich hier war? Wollte er mich noch?

Diego ließ keine Ruhe und schließlich beugte sich Aiden zu ihm nach unten und ließ sich ausgiebig von Diego begrüßen.

»Hey, Buddy. Ich hab dich auch vermisst.«

Ich blickte weiter starr auf den Boden und sah aus dem Augenwinkel, wie er meinen Hund an sich drückte und ihm einen Kuss auf den Kopf gab. Diego versuchte, mit seiner Zunge an Aidens Gesicht zu kommen, doch Aiden reckte den Kopf nach hinten und dabei fiel sein Blick genau auf mich. Seine eisblauen Augen nahmen mich gefangen und es war unmöglich, wegzusehen. Wie ein unsichtbarer Magnet zogen sie mich an und es kostete mich alle Mühe, die ich aufbringen konnte, nicht nach vorne in seine Arme zu fallen. Aidens Gesichtsausdruck war erst überrascht und dann wandelte er sich langsam in etwas anderes. *Sehnsucht?*

»Was war das für ein Bellen?«, ertönte eine andere, unangenehme Stimme und ich löste meinen Blick sofort von Aiden.

Ich schloss für einen Moment die Augen. Ich hatte Angst, was als Nächstes passieren würde. Aiden konnte schon gemein sein, aber Daniel toppte das um tausend Prozent. Gequält sah ich auf die Tür zur Küche.

»Wem gehört der Hund?«, fragte Daniel und tauchte plötzlich neben mir auf. »Was zur Hölle?«, keuchte er, als er mich erkannte.

»Avas Eltern stecken irgendwo in Kanada fest und wir haben sie zu uns geholt, damit sie nicht alleine ist. Schließlich ist heute nicht nur Weihnachten, sondern auch ihr Geburtstag!«, mischte sich Lillys Mom ein, nicht wissend, was für ein Gewitter sich gerade über ihrem Haus zusammenbraute.

Aidens Blick schoss zu mir und fragend riss er die Augenbrauen in die Höhe.

»So, Kinder, nun geht doch bitte ins Esszimmer. Dad bringt gleich das Roastbeef. Daniel hilf mir bitte mit dem Wein.« Sie scheuchte uns drei anderen ins Esszimmer, während ihr Daniel, immer noch geschockt, in die Küche folgte.

»Du hast heute Geburtstag?«, wollte Aiden wissen und ich nickte nur einmal kurz. »Wieso hast du mir davon nichts erzählt?«

Ich zupfte mit den Zähnen an meiner Unterlippe und blinzelte die aufsteigenden Tränen weg.

»Warum hast du mich nicht angerufen?«

Ich schluckte und setzte mich schnell neben Lilly.

»Du warst die ganze Zeit alleine zu Hause?« Aiden folgte mir und blieb neben meinem Stuhl stehen.

Ich fühlte mich plötzlich klein und schutzlos und wollte nur noch nach Hause. Ich wollte mich nicht Aidens Fragen stellen und schon gar nicht Daniels Hass aussetzen. Ich blickte verschüchtert auf meinen Teller und hoffte, dass das Essen schnell über die Bühne ging, damit ich wieder verschwinden konnte.

»Warum hast du mich nicht angerufen, Ava?«, knurrte Aiden wütend und Lilly räusperte sich.

Eine Sekunde später erschienen Mr. und Mrs. Westerfield mit Daniel im Schlepptau. Ich wagte einen kurzen Blick zu Daniel, der mich hasserfüllt ansah.

»So, ihr Lieben, fangt gleich an, damit es nicht kalt wird.«

Aiden stand noch ungefähr drei Sekunden neben meinem Stuhl und setzte sich dann ausgerechnet mir gegenüber. Ich wagte nicht aufzusehen und heftete meinen Blick auf meinen Teller.

Nach dem Essen gingen wir alle eine kleine Runde mit Diego spazieren. Diego folgte Aiden anschließend wie selbstverständlich in die Garage, während wir anderen nach oben gingen, um uns aufzuwärmen. Mrs. Westerfield kochte heiße Schokolade und danach sahen wir uns den Weihnachtsklassiker und einen meiner Lieblingsfilme *Die Griswolds* an. Ich ertappte mich dabei, wie ich ein paarmal lachen musste und völlig vergaß, wo ich war. Was ich allerdings nicht vergessen konnte, war, wer neben mir auf dem Boden lag.

Lillys Familie hatte es sich bereits auf dem Sofa gemütlich gemacht, als ich von der Toilette kam. Der einzige freie Platz wäre der neben Daniel gewesen, und da wollte ich absolut nicht sitzen. Trotz der Proteste von Lillys Eltern schnappte ich mir ein Kissen und setzte mich auf den Boden neben Diego. Mitten im Film war auch Aiden kurz rausgegangen und als er zurückkam, legte er sich auf die andere Seite von meinem Hund und kraulte ihm das Fell. Je länger wir da saßen, desto nervöser wurde ich. Ich konnte mich auf nichts mehr konzentrieren. Vom Film bekam ich schon lange nichts mehr mit. Dafür konnte ich jede Bewegung von Aiden aus dem Augenwinkel sehen. Ich spürte seine Wärme, roch seinen unwiderstehlichen Duft und als er seinen Arm um Diegos Hals legte, berührte er mich mit den Fingern an der Hand. Der altbekannte Stromschlag durchschoss meinen Arm und ich zog meine Hand instinktiv zurück. Für den Rest des Filmes blieb ich steif auf meinem Kissen sitzen und betete, dass der Abend schnell vorüberging.

»Ich weiß nicht, was ihr Kids jetzt noch vorhabt, aber wir gehen ins Bett«, gähnte Mrs. Westerfield und streckte sich ausgiebig.

»Wir auch«, antwortete Lilly und zog mich an der Hand vom Boden hoch.

Froh, endlich nach Hause zu können, stand ich auf und wartete, wer mir zur Tür folgte.

Doch Lilly griff nach meiner anderen Hand und ging zur Treppe, die ins Obergeschoss führte.

»Lilly, was hast du vor? Ich muss nach Hause!«, flüsterte ich.

»Nach Hause? Spinnst du? Du schläfst heute bei mir.«

»Aber ich kann nicht hier schlafen. Ich habe überhaupt keine Sachen dabei.«

»Die brauchst du auch nicht. Du bekommst was von mir. Komm schon.«

Widerwillig folgte ich ihr, aber dann fiel mir mein Hund ein. »Ich muss aber noch mit Diego raus!« Ich drehte mich um und sah, wie Aiden seine Jacke überzog und Diego aufgeregt um ihn herumtänzelte.

»Das macht Aiden schon. Los, komm jetzt.«

Ich war so scheiße sauer auf Ava, dass ich vor Wut bebte. Wie konnte sie nur? Warum hatte sie mich nicht angerufen, nachdem sie wusste, dass ihre Eltern nicht kommen und sie alleine zu Hause sein würde? Warum verfickt noch mal wusste ich nicht, dass sie heute Geburtstag hatte? Warum zur Hölle war dieses Mädchen so verdammt stur?

Als sie am Sonntag den kläglichen Versuch unternommen hatte, mit mir Schluss zu machen, war ich bereits kurz vorm Ausrasten. Doch je länger ich über ihre Worte nachdachte, desto klarer wurde mir, dass Ava einfach Angst hatte. Angst, ich könnte es nicht ernst mit ihr meinen. Und so sehr ich mir auch wünschte, sie würde anders denken, war mir klar, dass ich es mir selbst zuzuschreiben hatte, weshalb sie so dachte. Sie hatte erwähnt, dass sie nicht *eine von vielen* sein wollte. Das würde sie nie sein.

Als ich mit Diego von der Gassirunde zurückkam, war es im Haus dunkel und totenstill. Ich war viel länger unterwegs gewesen, als ursprünglich geplant. Doch in meinem Kopf herrschte absolutes Chaos und ich hatte versucht, etwas Ordnung in meine Gedanken zu bringen. Es war mir nicht gelungen. Stattdessen waren eine Million neue Fragen hinzugekommen.

Ich hoffte, dass Ava noch wach war, wenn ich hochging, um Diego zu ihr zu bringen. Vielleicht konnte ich sie überreden, mit mir in den Keller zu kommen. Aber als ich die Tür öffnete, war es auch in Lillys Zimmer stockdunkel und die Mädchen schliefen bereits.

»Na los, Diego, geh zu Ava. Wir sehen uns morgen wieder«, flüsterte ich leise. Doch Diego sah zu mir hoch und hechelte mich verständnislos an. »Was ist? Willst du nicht zu ihr?« Diego guckte mich weiterhin treudoof an. Ich zog die Tür wieder zu und wandte mich ab. Diego folgte mir sofort. »Ah, so ist das also. Du willst bei mir bleiben, hm?« Ich ging die Treppe wieder runter und Diego trabte neben mir her. Als wir im Keller ankamen, untersuchte er ausgiebig mein Zimmer und fand schließlich einen Platz zum Schlafen. Mein Bett.

Ich lachte kurz und schüttelte den Kopf. »Wenigstens einer von euch kann mich leiden«, seufzte ich und verschwand im Bad.

Ich löschte das Licht und legte mich zu Diego. Ich schlang meinen Arm um ihn und vergrub mein Gesicht in seinem samtigen Fell. Als ich tief einatmete, nahm ich neben seinem Geruch auch einen Hauch Ava wahr. Die Sehnsucht nach ihr wurde unerträglich, sogar so schlimm, dass ich Magenschmerzen bekam. Sie schlief nur zwei Stockwerke über mir und war zum Greifen nah. Sie hätte jederzeit herkommen können, doch sie blieb lieber bei meiner Schwester. Ich wollte wissen, was ich machen musste, damit sie sah, dass ich genauso für sie da sein konnte wie meine Schwester.

Diego atmete einmal tief durch und ich musste leise lachen. »Ich hör ja schon auf«, versprach ich ihm und drehte mich schließlich auf den Rücken.

Eine Bewegung hinter mir weckte mich. Im ersten Moment war ich verwundert, doch dann fiel mir Diego wieder ein, der schnarchend neben mir lag. Ich drehte mich um und stieß mit dem Knie gegen etwas Hartes. Sofort öffnete ich meine Augen. Und als mein Blick auf die Person vor mir fiel, setzte mein Herz für eine Sekunde aus, nur um dann mit doppeltem Tempo weiterzuschlagen.

»Ava.«

»Ich wollte dich nicht wecken«, flüsterte sie entschuldigend.

Sofort zog ich sie in meine Arme. »Fuck, ich hab dich vermisst«, flüsterte ich, als ich mein Gesicht in ihrem Haar vergrub und tief einatmete. Ich drückte ihr einen Kuss auf die Stirn und schloss die Augen. Mein Herz seufzte tief zufrieden und ein warmes Gefühl breitete sich in meiner Brust aus. »Baby, es tut mir so leid, dass ich so ein Arschloch war. Ich wol…«

Ava legte ihre Lippen auf meine und stoppte meinen Redefluss. »Nicht jetzt, okay? Halt mich einfach nur fest«, flüsterte sie und schmiegte sich eng an mich.

Wie hätte ich ihr diesen Wunsch verwehren können? »Für immer, mein Engel«, wisperte ich und streichelte über ihren Rücken.

Ich horchte eine ganze Weile auf ihren Herzschlag und wusste, dass sie immer noch wach war. Irgendwas ließ sie nicht schlafen. Ich streichelte über ihre Wange und legte einen Kuss auf ihren Mundwinkel. »Was ist mit deinen Eltern?«, fragte ich sie.

Ava seufzte und drängte ihr Gesicht in meine Halsbeuge. »Sie konnten heute doch nicht fliegen, weil es immer noch schneit.«

»Das tut mir leid, Baby.« Und das tat es wirklich. Ich war so traurig für sie, dass mir selbst das Herz schwer wurde.

»Für schlechtes Wetter kannst du ausnahmsweise mal nichts.«

Es dauerte einen Moment, bis ich richtig verstand, was sie da gerade gesagt hatte. Ich lehnte mich zurück und sah in ihr Gesicht. Sie erwiderte meinen Blick. Ich schob meinen Mundwinkel nach oben. »Machst du dich über mich lustig?«, fragte ich und kniff die Augen zusammen.

»Ich?«, erwiderte sie und klimperte mit den Augen.

Ava war nach Spaß. Doch mir war klar, dass sie eigentlich nur versuchte, von sich abzulenken. Sie redete nicht gerne über ihre Eltern, das war mir mittlerweile klar geworden. Jetzt verstand ich auch endlich, warum das so war.

»Komm her.« Ich strich mit dem Zeigefinger ihren Kiefer entlang zu ihrem Mund und umfasste ihr Kinn. Ganz sanft hauchte ich ihr einen Kuss auf ihre kirschroten Lippen und legte meine Stirn gegen ihre. »Ich muss dir was sagen«, flüsterte ich und fuhr mit dem Finger über ihre Schläfe. Ava hob den Blick und meine Brust drohte zu explodieren mit all den Gefühlen, die ich für sie empfand. »Ich liebe dich, Ava.«

Ich konnte sehen, wie meine Worte sie erreichten, wie diese in ihr Bewusstsein eindrangen und ihr Herz berührten. Avas Pupillen weiteten sich für den Hauch einer Sekunde und dann füllten sich ihre Augen mit Tränen. Bevor die erste über ihre Wange rollen konnte, küsste ich sie weg und auch die nächste und die danach. Ava sagte noch immer kein Wort. Aber sie sah auch nicht weg. Still weinte sie und ich wusste, dass sie genauso empfand. Ich spürte es. Mir war es egal, ob sie die Worte laut aussprach oder mir einfach nur durch ihre wunderschönen Augen sagte, was sie für mich empfand. Ich küsste ihr ganzes Gesicht. Als ich wieder über ihrem Mund schwebte, griff sie in mein Haar, zog mich zu sich und öffnete ihre Lippen. Dieses Mal war Ava die Ertrinkende, die sich an mir festhielt.

Avas Hand wanderte an meinem Hals herab, streichelte über meinen Bauch und fuhr schließlich am Bund meiner Boxershorts entlang.

Ich hielt für einen Moment die Luft an und unterbrach unseren Kuss.
»Was machst du da?«, fragte ich und griff nach ihrer Hand.
Ava mied meinen Blick und sah stattdessen auf mein Kinn. Ich hob
ihr Gesicht mit dem Finger an. Als sie ihre blauen Augen auf mich richtete, kaute sie nervös auf ihrer Lippe und zuckte leicht mit der Schulter.
Gott, sie war so süß, wenn sie verlegen war. Ich lächelte sie an und
beugte mich wieder zu ihr, sodass sich unsere Lippen beim Sprechen berührten. »Ich werde nicht mit dir schlafen, Baby. Nicht heute.« Ich gab
ihr einen Kuss und zog sie wieder an meine Brust. Ihre Hand, die ich
noch in meiner hielt, legte ich direkt über mein Herz. Ich atmete tief ein
und schloss für einen Moment die Augen.

Was hatte ich mir den Kopf zerbrochen, wie schwer es werden würde,
den richtigen Zeitpunkt abzuwarten, um ihr zu sagen, dass ich sie liebte.
Warum hatte mich allein der Gedanke daran nervös gemacht? Es fühlte
sich unbeschreiblich an, diese Worte laut auszusprechen. Es fühlte sich
an, als würde ich auf Wolken schweben. Ich stand normalerweise absolut
nicht auf diesen ganzen Schnulzenscheiß. Mir wurde regelrecht schlecht,
wenn ich von irgendwelchen Kids diesen ›Ich-Liebe-Dich‹ Scheiß gehört
hatte. Auf keinen Fall war es nun so, dass ich plötzlich Verständnis für
diese Leute hatte. Absolut nicht, denn meine Liebe zu Ava bedeutete viel
mehr, als nur eine Phase, durch die man in seinem Leben ging. Seitdem
ich wusste, dass ich Ava liebte, war es für mich absolut selbstverständlich, dass es für immer so sein würde. Nach ihr würde es keine mehr geben. Sie war es für mich.

Ava wollte ihre Hand von meiner Brust wegziehen, doch ich verstärkte meinen Griff, um sie davon abzuhalten. »Was ist?«, fragte ich erneut
und sah zu ihr.

»Schlaf mit mir«, forderte sie mich flüsternd auf.

Mein Herz blieb stehen und ich sah sie ungläubig an. »Warum?
Glaubst du vielleicht, dass das mein Ziel war? Dass ich dir deswegen gesagt habe, dass ich dich liebe?«

Ava schüttelte den Kopf und sah mich mit großen Augen an.

»Das war nicht der Grund, mein Engel. Ich wollte einfach nicht noch
länger warten. Ich wollte, dass du es weißt. Mehr nicht.«

Ava rutschte ein Stück nach oben und fing an, kleine Küsse auf meiner Wange und meinem Hals zu verteilen. Ich musste schwer schlucken

und versuchte die Augen offen zu halten, obwohl mich ihre warmen Lippen an einen verbotenen Ort locken wollten. Sie zog weiter an ihrer Hand, doch ich umschloss diese noch fester, damit sie nicht über meinen Körper wandern konnte. Als Ava merkte, dass ich sie nicht loslassen würde, sah sie zu mir auf und flehte mich mit ihrem Blick förmlich an.

»Bitte, Aiden, schlaf mit mir«, wiederholte sie und ich schloss gequält die Augen.

Wie sollte ich ihr künftig jemals etwas abschlagen, wenn ich jetzt nicht stark blieb? Ich spürte Avas Lippen an meiner Halsbeuge. Mit der Zunge leckte sie über meinen rasenden Puls und ich presste meine Augen noch fester zusammen.

»Bitte«, hauchte sie erneut und biss sanft in die Haut über meinem Schlüsselbein.

Mein Schwanz mischte sich in die Diskussion ein und war sofort auf Avas Seite. *Gottverdammter Verräter!* Ich schluckte und biss die Zähne zusammen. Ich bekam mit, dass Ava sich bewegte, merkte jedoch zu spät, was sie vorhatte. Als ich ihr Gewicht auf meinem Schoß spürte, jubelte mein Schwanz siegessicher und fing an sich zuckend aufzupumpen.

»Bitte, Aiden.«

Ava presste ihre heiße Mitte genau auf meine Latte, und als ich meinen Mund öffnete, um zu protestieren, glitt sie mit ihrer Zunge zwischen meine Lippen. Ihr Geschmack erfüllte mich und vernebelte mir für einen Moment die Sinne. Ich ließ ihre Hand los und griff in ihren Nacken. Mit den Daumen streichelte ich über ihren Kiefer und küsste sie, so sanft ich konnte. Ich erhob mich, sodass wir uns gegenüber saßen. Mein Herz schlug mir bis zum Hals und mein Kopf fühlte sich schwindlig an. Ich drückte sie sanft ein Stück zurück und wartete, bis sie mich ansah.

»Nicht heute, mein Engel«, flüsterte ich und lehnte mich mit geschlossenen Augen gegen ihre Stirn.

Es war das eine, ihr zu widerstehen, wenn sie mich berührte und ich sie überall spürte, aber ich wusste, dass es unmöglich war, ihr zu widerstehen, wenn ich ihr dabei in die Augen blickte.

Ava fuhr mit ihren Fingerspitzen über meine Arme und umfasste meine Handgelenke. Dann legte sie meine Hände auf ihre Brüste und presste sich mit ihrem Oberkörper dagegen. »Bitte, Aiden«, flehte sie erneut.

Ich spürte ihre Zunge an meiner Unterlippe und dann umschloss sie meinen Mund mit ihren wahnsinnig weichen Lippen. Gleichzeitig ließ sie ihre Hüfte auf meinem Schoß kreisen und ich war kurz davor, den Verstand zu verlieren. Avas Küsse wurden drängender, ungeduldiger und ihre Hände krallten sich fest in meine Haare. Ich erwiderte den Kuss und versuchte dabei, wieder etwas Tempo rauszunehmen. Doch plötzlich stöhnte Ava laut auf. Ich öffnete die Augen, um zu nachzusehen, was passiert war, und bemerkte erst da, dass ich mit den Daumen über ihre steifen Brustwarzen fuhr. Erschrocken über das, was ich unbewusst tat, riss ich meine Hände zurück und sah sie an. »Entschuldige! Ich ... das wollte ich nicht«, stotterte ich.

»Hör nicht auf«, bat sie und rieb sich an meinem steifen Schwanz.

Ich schüttelte den Kopf. »Ich kann nicht, Ava. Das geht alles zu schnell. Du bist noch nicht soweit. Und ich will nicht, dass du es hinterher bereust. Lass uns noch ein bisschen warten, solange bis du ...«

Ava unterbrach mich erneut mit einem Kuss. »Alles, was ich bereuen würde, wäre, wenn wir heute nicht miteinander schlafen. Es gibt keinen perfekteren Moment als jetzt. Bitte, Aiden.« Sie küsste mich wieder und wieder und ich schüttelte weiter den Kopf. »Doch, Aiden, doch!«

»Nein, nicht, wenn du den Kopf mit viel wichtigeren Dingen voll hast. Deine Mom geht jetzt vor. Ich kann warten. Gott, es wird mir schwerfallen und ich werde bestimmt ein paar Mal in Versuchung geraten, aber ich werde warten.«

»Deswegen wünsche ich mir, dass es *jetzt* passiert. Bevor ich keinen Kopf mehr für irgendwas anderes habe. Bevor ich nur noch an meine Mom und ihre Krankheit denken kann. Ich brauche es, um nicht den Verstand zu verlieren, Aiden. Ich will, dass es mich festhält im Hier und Jetzt. Ich brauche es. Ich will es. Ich will dich. Alles von dir. Bitte. Gib mir nur das. Gib mir alles von dir.« Ihre Stimme brach am Ende und ich sah, wie sich ihre Mundwinkel nach unten bogen und sich neue Tränen in ihren Augen sammelten. *Fuck!*

»Gott, Ava, du weißt nicht, was du da von mir verlangst«, flüsterte ich ergriffen. »Natürlich gehört dir alles von mir. Ich möchte nur unbedingt verhindern, dass du die falsche Entscheidung triffst. Es würde mich umbringen, wenn du es hinterher bereuen würdest. Ich könnte nicht mehr damit leben, wenn du mich wieder hasst. Ich will dich nur noch glücklich machen. Ich will für dich da sein. Ich will, dass du mich willst.«

»Ich *will* dich!«, weinte Ava und verwehrte mir den Blick in ihre Augen. »Ich will nur dich, Aiden«, wiederholte sie flüsternd.

»Fuck!«, stöhnte ich. Ich wollte ihr alles geben, was sie verlangte. Alles, was sie brauchte. Ich umfasste ihre Hüfte und hob sie ein Stück an, um sie sanft auf den Rücken zu legen. Vorsichtig legte ich mich zwischen ihre geöffneten Oberschenkel. Als ich ihre warme Mitte durch den Stoff meiner Boxershorts spürte, hörte ich auf zu atmen. Das war schon zu viel für mich. Wie sollte ich das länger als dreißig Sekunden aushalten?

Ava spürte, dass mein Widerstand bröckelte, und rieb ihren Schoß ungeduldig an meinem. Ihre Hände fuhren über meine Schultern zu meinem Nacken und sie zog mich zu sich.

Ich würde ihr geben, was sie so sehr wollte, aber das bedeutete noch lange nicht, dass ich irgendwas überstürzte. Ich griff erst die eine, dann ihre andere Hand und verschränkte unsere Finger miteinander. Dann beugte ich mich langsam zu ihr und nahm ihre Lippen zwischen meine. Ganz langsam fing ich an sie zu küssen. Ich stützte unsere Hände zu beiden Seiten ihres Kopfes ab und raunte ihr leise ins Ohr: »Du hast bestimmt, *wann* ich das erste Mal Liebe mit dir mache. Aber ich bestimme, *wie* wir das erste Mal Liebe machen. Verstanden?« Ich biss sanft in ihr Ohrläppchen und fuhr dann mit der Zunge über ihre wild pochende Ader zu ihrer Halsbeuge, wo ich an ihrer Haut saugte. Gott, sie schmeckte fantastisch. Ich wanderte weiter nach unten, und als ich an ihren wahnsinnig scharfen Brüsten ankam, knabberte ich durch ihr Shirt hindurch an ihren Brustwarzen. Ava bäumte sich auf und stöhnte laut. Ich ließ ihre Hände los und strich über ihre Taille zu ihrer Hüfte. Ganz langsam schob ich das T-Shirt nach oben und bedeckte die freigewordene Haut mit feuchten Küssen. Mit der Zunge tauchte ich in ihren Bauchnabel ein und zupfte sanft an ihrem Piercing. Wieder rekelte sich Ava ungeduldig unter mir und brachte mich zum Lachen.

»Du bist ziemlich ungeduldig, mein Engel. Daran müssen wir unbedingt arbeiten.« Ich zwinkerte ihr zu und senkte meine Lippen wieder auf ihren sinnlichen Körper. Meine Hände berührten ihre nackten Brüste und sofort überkam mich eine Gänsehaut. »Du bist so perfekt, Ava.

Alles an dir ist perfekt. Wie für mich gemacht. Du bist mein wahr gewordener Traum.«

Ava stöhnte und ich spürte, wie sie ihre Knie fest an meine Hüften presste. Sie hob die Arme, als ich ihr das Shirt über den Kopf zog, und sofort im Anschluss vergrub sie ihre Fingernägel in meinem Nacken. Ich ließ zu, dass sie mich zu sich zog und wieder küsste. Ava trug jetzt nur noch einen Slip, und ich hielt meinen Körper wenige Zentimeter über ihren. Meine Muskeln zitterten, mein Körper vibrierte. Und mein Herz hämmerte wie verrückt in meiner Brust. Mich nicht ganz auf sie zu legen und meinen Schwanz an ihr zu reiben, war das Härteste überhaupt in diesem Moment. Sie fühlte sich so schon unglaublich an. Aber ich wollte es langsam angehen lassen.

Ich strich seitlich an ihren Brüsten entlang und vergrub meine Hand in ihren weichen Seiten. Mein Schwanz drückte gegen den Bund meiner Shorts und hatte nur noch ein Ziel. Und Ava war seine stärkste Verbündete. Sie kratzte mit ihren Fingernägeln über meinen Rücken, schlang ihre Beine um meine Hüften und biss mir in die Lippe. Sofort schoss mein Schoß vor und Ava keuchte laut auf, als ich sie in die Matratze presste.»Vorsichtig, Baby«, warnte ich sie und zwickte in ihren Nippel.

»Aiden!«, keuchte sie und erregte mich damit noch mehr.

Meinen Namen aus ihrem Mund zu hören, war jedes Mal wie ein warmer Schauer, der über meinen ganzen Körper regnete.»Shit, Ava, du machst mich wahnsinnig.« Ich nahm ihre unwiderstehlichen Titten wieder in Besitz und leckte und küsste sie, bis Ava nur noch ein keuchendes Durcheinander war. Ich fuhr die Innenseite ihrer weichen Oberschenkel hinauf und strich mit der Rückseite meiner Hand über ihren Slip. Ich spürte etwas Feuchtes auf meiner Haut und sah an ihr herunter. Ihr Slip war bereits durchtränkt von ihrer Lust und wenn das mal nicht der schärfste Anblick meines Lebens war.»Gott, Baby, du bist so heiß. Weißt du, dass du mich so wahnsinnig anturnst? Dass ich alleine von deinen Küssen und deinen Berührungen kommen möchte? Ich bin so verdammt hart für dich. Deine Kurven, deine Hüften, dein Arsch, deine Titten, alles an dir ist sexy.«

Ava drängte sich noch enger an mich. Ich spürte ihre feuchte Muschi und mein Schwanz zuckte ein paar Mal gefährlich. Mir wurde klar, dass ich nicht lange durchhalten würde, wenn wir so weitermachten. Ich gab ihr noch einen Kuss und dann rutschte ich von ihr weg ans Ende meines Bettes. Ava erhob sich und sah fragend zu mir. Ich stand auf, ging zu meinem Schreibtisch und holte dort aus der untersten Schublade ein Kondom. Für eine Sekunde riss sie die Augen weit auf und starrte auf die silberne Verpackung in meiner Hand. Ich schmunzelte. War mein ungeduldiger Engel plötzlich schüchtern?

Ich ging zurück zum Bett und legte das Kondom neben sie auf die Matratze. Ganz langsam kam ich mit meinem Körper über sie. Ich fuhr dabei mit der Hand von ihrem Fußgelenk über ihr Schienbein zum Knie, weiter hoch zu ihrer Hüfte und stoppte am Saum ihres weißen Slips. Ich hakte meine Finger unter das Bündchen und begann ganz langsam damit, ihr den Slip auszuziehen. Dabei hielt ich die ganze Zeit Augenkontakt zu Ava. Ich wollte sicher sein, dass sie es immer noch wollte. Sobald ich den geringsten Hauch eines Zweifels in ihren Augen gelesen hätte, hätte ich gestoppt. Auch, wenn es mir verdammt schwergefallen wäre.

Als Ava die Hüfte hob und ich den Slip über ihren Po streifte, erhaschte ich ihren Duft. *Fuck.* Ich biss die Zähne zusammen und schloss die Augen. Ich war ihr so nah und versuchte, einfach nur das Richtige zu tun. Aber mein Instinkt war stärker. Nachdem ich ihr den Slip über die Füße gestreift hatte, schob ich ihre Oberschenkel mit den Händen sanft auseinander. Ich musste sie wenigstens einmal kurz schmecken, bevor ich ihr gab, was sie von mir verlangte. Ich ließ ihren Blick nicht los, ich wollte sicherstellen, dass sie genau sah, was ich vorhatte. Ich senkte meinen Oberkörper auf die Matratze zwischen ihre Schenkel und öffnete meinen Mund, als ich über ihrer Pussy schwebte. Ava bohrte ihre Zähne in die Unterlippe und sah zu mir. Ich leckte durch ihren weichen Saum. Als mich ihr Geschmack auf der Zunge traf, schloss ich doch die Augen, weil es mich schlichtweg überwältigte. Ava stöhnte laut und keuchte meinen Namen. Ich sah wieder zu ihr, doch sie hatte ihren Kopf in den Nacken gelegt und die Augen fest geschlossen. Ich wiederholte das Ganze noch einmal und sah fasziniert zu ihr. Ihre Hüften zuckten wild bei meinen Berührungen. Ava stöhnte erneut, dieses Mal ein bisschen lauter. Das war es. Ich würde sie zuerst auf diese Weise kommen lassen. Es war einfach zu reizvoll, sie so erregt zu erleben.

Ich umfasste ihre Seiten und presste meine Lippen auf ihre heiße, pochende Pussy. Ganz langsam fuhr ich mit der Zunge von ihrem Eingang hoch zu ihrem Kitzler, umkreiste ihn und nahm die kleine Perle zwischen meine Lippen. Zärtlich saugte ich daran. Avas Becken bebte und sie schrie heiser auf. Angeturnt von ihrer Reaktion machte ich genau so weiter. Wieder und wieder, bis ich spürte, wie ihr Kitzler ganz heiß wurde und plötzlich wild anfing zu zucken. Ich ritt jede Welle ihres Orgasmus mit der Zunge mit und Ava zitterte unter mir. Es war ein großartiges Gefühl, dass sie sich mir so hingab. Dass sie mir vertraute. Ich küsste sie ein letztes Mal auf ihren Venushügel und legte mich neben ihren warmen Körper. Ava lag mit geschlossenen Augen neben mir und rang immer noch nach Atem.

Ich gab ihr einen Kuss auf ihre geöffneten Lippen. »Das war das heißeste Erlebnis, das ich jemals hatte. Zuzusehen und zu erleben, wie du kommst, ist wahnsinnig erregend.« Ich küsste ihre heißen Wangen, ihren Kiefer, knabberte an ihrem Hals und leckte wieder über ihre Lippen. »Ich warte, bis du soweit bist, mein Engel. Es muss nicht heute sein, okay?« Mein Schwanz schrie laut protestierend nach Erlösung. Allein ihr beim Kommen zuzusehen, war für mich Befriedigung genug.

Doch mein Engel hatte andere Pläne. Ava griff nach dem Kondompaket und riss es vorsichtig auf. Sie hielt es mir mit schüchternem Blick hin und ich wollte sie schon fast fragen, ob es ihr erstes Mal war. Doch natürlich wusste ich, dass sie vor mir bereits Sex gehabt hatte. Ich verbot mir allerdings, weiter an irgendwelche Arschlöcher zu denken, die mit meiner Ava geschlafen hatten. Und es war auch völlig egal, wer ihr Erster gewesen war. Denn ich werde definitiv ihr Letzter sein.

Ich zog meine Boxershorts aus und nahm das Kondom entgegen. Ich rollte es mir über und senkte meinen Schoß zwischen ihre Schenkel. Mein Schwanz schwebte vor ihrer heißen, feuchten Mitte. Ich stützte mich mit den Händen neben ihrem Körper ab und sah zu Ava, die ihre Augen geschlossen hatte. Ihre dicken Locken ergossen sich über mein Kissen. Ava umfasste meine Handgelenke und ihre die Wangen, die noch von ihrem vorherigen Höhepunkt gerötet waren, glühten in der Dunkelheit.

Ich beugte mich vor und gab ihr einen Kuss. »Ich will, dass du mich ansiehst, Baby.« Sofort öffnete sie ihre Augen. Ich bewegte meine Hüfte ein Stück vor und die sensible Spitze meines Schwanzes zuckte, als ich ihre heiße Mitte berührte. Ich schob mich, so sanft ich konnte, in sie hinein. Ich spürte, wie sich Avas Pussy um mich zusammenzog und atmete tief ein. *Fuck, reiß dich zusammen!*

Als ich mich zurückzog, schloss Ava erneut die Augen. Ich beugte mich vor und küsste sie langsam, soft, geduldig. »Augen auf«, flüsterte ich.

Sie stöhnte, als ich mich wieder in sie schob. Mit jedem Seufzer von ihr fiel es mir schwerer, meine Bewegungen zu kontrollieren. Ava hatte ebenfalls Schwierigkeiten, ruhig zu bleiben. Ich küsste ihre Stirn, ihre Nasenspitze, ihre sinnlichen Lippen, berührte jede Stelle ihres Körpers, fühlte sie, schmeckte sie. Ava zog mich dichter zu sich und ich presste mich noch fester in sie hinein.

»Gott, du fühlst sich unglaublich an, Ava. Jeder Zentimeter deiner Haut, alles an dir ist überwältigend.« Ich nahm ihre Lippen wieder in Besitz.

Ava wurde zusehends ungeduldiger und kam mir mit ihren Hüften immer wieder entgegen. Unsere Bewegungen wurden eins und ich spürte, wie sich ein leichter Schweißfilm auf meinem Rücken bildete. Ich stützte mich mit einem Arm ab, um sie nicht mit meinem Gewicht zu erdrücken, und wanderte mit meinen Lippen ihren Hals hinab. Ich leckte über ihre Haut, die leicht salzig schmeckte. Als Avas Atmung immer kürzer wurde, bewegte ich mich etwas schneller. Sie wurde so verdammt heiß und ich konnte fühlen, wie sie noch feuchter wurde. Ich richtete mich auf, umfasste ihren Hintern und hob sie ein Stück an, um noch tiefer in sie zu gleiten. Nach wenigen Stößen seufzte Ava meinen Namen und ich spürte, wie sich ihre Mitte fest um mich zusammenzog. Ihre Pussy pulsierte heiß und wild und schubste mich völlig überraschend in die tobenden Wellen meines Höhepunktes. Ich küsste sie und ertrank in unserer Lust.

Als unsere Herzen wieder ruhig schlugen und unsere Atmung leise und regelmäßig ging, küsste ich sie ein letztes Mal und zog mich vorsichtig aus ihr heraus. Ich wickelte das Kondom in ein Taschentuch und warf es auf den Boden neben dem Bett. Dann legte ich mich zu meiner Ava, zog ihren nackten und verschwitzten Körper, so dicht es ging, an meinen und deckte uns beide zu. »Ich liebe dich, Ava, so sehr.« Ich gab ihr einen Kuss auf die Stirn und legte meine Wange auf ihren Kopf.

Sie schlang ihren Arm um meinen Rücken und ich spürte ihr Lippen an meinem Hals, als sie mir statt Worten einen Kuss gab. Sie drängte ihr Knie zwischen meine Beine und ich atmete tief durch. Ava kraulte über meinen Rücken und seufzte schließlich leise. »Das war wunderschön, Aiden.«

Ich zog sie noch enger zu mir und schluckte schwer. Ava hatte jetzt die absolute Macht über mich. Ich hatte keine Ahnung, ob ihr das bewusst war. Ich legte meinen Mund auf ihre von unseren Küssen geschwollenen Lippen. Völlig ineinander verschlungen schliefen wir beide schließlich ein.

Ich wachte mitten in der Nacht auf, weil ich zur Toilette musste. Sofort machte mein Herz einen Satz, als mir klar wurde, wo ich mich befand. Ich drehte den Kopf und sah zu Aiden, der dicht neben mir lag und tief und fest schlief. Glückshormone durchfluteten meinen Körper und ich war sofort hellwach. Ein breites Lächeln stahl sich auf meine Lippen. Ich musste mir eine Hand auf den Mund legen, damit ich nicht laut seufzte. Ganz vorsichtig hob ich Aidens Arm, der über meinem Bauch lag, und schob mich unter ihm durch zur Bettkante. Ich tapste durch das dunkle Zimmer zu seinem Bad. Dabei lief ich an Aidens Sessel vorbei, in dem es sich Diego bequem gemacht hatte.

Meine Muskeln fühlten sich an, als hätte ich die halbe Nacht Sport gemacht. Nun, in gewisser Weise hatte ich das ja auch. Es war allerdings kein unangenehmes Gefühl, sondern das komplette Gegenteil. Ich konnte noch immer seine Hände und Lippen spüren. Überall kribbelte es auf meiner Haut. War das wirklich alles passiert?

Ich wusch mir die Hände und betrachtete mich anschließend im Spiegel. Ich hatte erwartet, nach dem Sex mit Aiden irgendeine Veränderung an mir vorzufinden, aber ich sah noch immer aus wie ich. Ich kniff die Augen zusammen und legte meinen Kopf schief. Ich fand doch eine kleine Veränderung. Der alte Knutschfleck, der bereits verblasst war, hatte eine Auffrischung erhalten und leuchtete jetzt wieder dunkelrot, fast violett an meinem Hals. Ich fuhr mit den Fingern über die Stelle und konnte Aidens Lippen noch deutlich spüren. Auch an der unteren Schwellung meiner Brust entdeckte ich einen dunklen Fleck. Mein ganzer Körper wurde warm, als ich an die schönste Nacht meines Lebens zurückdachte. Aiden war unsagbar zärtlich und vorsichtig mit mir gewesen und ich wusste, dass es ihn einige Mühe gekostet hatte, so zurückhaltend zu bleiben. Die drei magischen Worte und seine liebevolle Art hatten die Mauer, dich ich um mich erbaut hatte, endgültig zum Einsturz gebracht. Er hatte sich tief in meinem Herzen verankert und ich war mir ziemlich sicher, dass er dort auch für eine lange Zeit bleiben würde.

Ich lächelte mein Spiegelbild an und schüttelte den Kopf. Mir war immer noch absolut schleierhaft, wie es diesem blöden Idioten überhaupt gelungen war, sich in mein Herz zu schleichen. Vielleicht war das noch eine von seinen Superkräften.

Ich suchte in seinem kleinen Bad nach einer Ersatzzahnbürste, doch ich fand nichts dergleichen. Mein Blick fiel auf seine Zahnbürste, die auf dem Waschbecken lag. Sollte ich? Ich zuckte mit der Achsel und griff danach.

Leise schlich ich zurück in sein Zimmer. Diego hob müde den Kopf, als ich an ihm vorbeiging. Ich gab ihm einen Kuss auf die Schnauze und krabbelte zurück unter die warme Decke. Aiden lag auf dem Rücken, einen Arm hatte er neben sich ausgestreckt, der andere lag über seinem Kopf auf dem Kissen. Ich schmiegte mich ganz dicht an ihn, legte meine Hand über seinen Waschbrettbauch und bettete mein Gesicht an seiner Schulter. Selbst im Schlaf wandte er sich mir zu und zog mich fest an sich heran.

Als ich etwas Warmes auf meinen Lippen spürte, wachte ich auf. Ich öffnete langsam die Augen und sah direkt in Aidens türkisblaue Iris.

Er grinste mich schief an und küsste mich erneut. »Stell dir vor, hier ist jemand eingebrochen und hat meine Zahnbürste benutzt! Sonst fehlt nichts. Nur ein wenig Zahnpasta. Was für ein kranker Mensch tut so was?« Gespielt schockiert sah er mich an.

»Ehrlich? Das ist ja total gestört! Du solltest das FBI einschalten und das Ding verbrennen.«

Aiden gab mir noch einen schmatzenden Kuss und legte sich hinter mich. »Ich weiß, dass du mich wahrscheinlich nie wieder mit denselben Augen sehen wirst, aber ich habe sie trotzdem benutzt.«

»Was? Aiden, wie konntest du nur? Was ist, wenn dir jetzt alle Zähne ausfallen?«

»Damit kann ich leben.« Aiden seufzte und legte sein Gesicht in meinen Nacken. Er schlang seine Arme um mich und griff nach meiner Hand, die vor meiner Brust lag. »Das war die schönste Nacht meines Lebens«, flüsterte er mir ins Ohr und zog mich noch dichter zu sich.

Mein Herz schwoll an. »Meine auch«, antwortete ich leise.

Aiden verstärkte den Griff um meinen Körper und legte sich ganz eng an mich. Ich spürte ihn von Kopf bis Fuß hinter mir. Als ich so dalag, vollständig von ihm umfangen, durchströmten mich erneut die Gefühle, die seine Berührungen in der letzten Nacht in mir ausgelöst hatten. Ich bekam eine Gänsehaut. Dies entging Aiden natürlich nicht.

»Ist dir kalt?«, fragte er mich.

Ich schüttelte den Kopf.

»Aber du hast überall Gänsehaut. Warte, ich hole dir ein Shirt von mir.« Er wollte meine Hand loslassen, doch ich schloss meine Finger fest um seine. »Wa…?«, fing er an, brach aber mitten im Wort ab. Aiden stützte sich mit einem Arm auf, um mich ansehen zu können. Ich schluckte. »Dir ist nicht kalt, Baby?«, fragte er.

Ich wagte nicht, ihn anzusehen, und schüttelte wieder den Kopf.

»Ah, ich verstehe«, flüsterte Aiden mit einem Schmunzeln in der Stimme und drehte mich auf den Rücken. Er schob die Decke bis zu meinem Bauchnabel und sah meinen entblößten Körper an. Er tat dies mit so viel Liebe im Blick, dass ich nicht das Bedürfnis verspürte, meine Nacktheit vor ihm zu verstecken. Ich wollte, dass er mich so ansah. Ich wollte, dass mein Körper ihm Lust bereitete. Ich wollte, dass er nicht genug von mir bekommen konnte.

»Gott, ich weiß nicht, womit ich dich verdient habe. Du bist wahnsinnig scharf.«


»Wie spät ist es?«, fragte ich.

Aiden griff nach seinem Handy und kniff ein Auge zu, als er nach der Uhrzeit sah. »Halb neun. Viel zu früh. Lass uns noch ein bisschen schlafen.« Seine Stimme war vom Schlaf noch ganz rau und kratzig.

Halb neun? Verdammt, ich musste los!

»Was hast du?«, fragte er müde, als ich aus dem Bett stieg.

»Ich muss nach Hause. Mom und Dad sollten jetzt auf dem Weg sein.« Ich suchte nach meinem Handy. Dabei fiel mir ein, dass das noch bei Lilly im Zimmer lag. »Verdammt!«, fluchte ich leise.

Aiden stand ebenfalls auf und kam zu mir. »Was suchst du?«, wollte er wissen und hielt mich an der Hand fest.

»Ich hab mein Handy oben bei Lilly im Zimmer liegen gelassen. Ich muss es holen. Und ich hab gar kein Auto hier, weil mich dein Dad gestern abgeholt hat. Wie soll ich denn jetzt nach Hause kommen? Ich hab ja nicht einma…«

Aiden zog mich an sich und gab mir einen Kuss. »Stopp. Ich fahre dich. Hol deine Sachen und ich spring schnell unter die Dusche«, flüsterte er an meinen Lippen.

»Aber soviel Zeit habe ich nicht«, jammerte ich.

»Ich brauche keine zwei Minuten. Je länger du jetzt hier rumstehst, desto mehr Zeit verstreicht. Lauf schnell hoch und wir treffen uns an der Haustür.« Aiden hob sein Shirt vom Boden, das er gestern getragen hatte, und zog es mir über den Kopf. Ich schob meine Arme in die viel zu großen Ärmel und versank komplett darin. Er lächelte mich schief an und zuckte mit der Schulter. »Immerhin bedeckt es deinen heißen Arsch.« Er gab mir noch einen Kuss und schob mich zur Tür.

Ich lief möglichst leise die knarrende Holztreppe nach oben. Das Haus war vollkommen still. Die Westerfields lagen offensichtlich alle noch in ihren Betten. Als ich die letzte Stufe der Treppe in den ersten Stock erreicht hatte, öffnete sich die Tür zum Dachboden und Daniel kam aus seinem Zimmer.

»F u c k!«, fluchte er laut und griff sich an die Brust, als er mich entdeckte. Doch Daniel erholte sich schnell von seinem Schock und musterte mich von Kopf bis Fuß.

Verdammt! Warum hatte mir Aiden ausgerechnet ein Shirt von sich gegeben? Natürlich erkannte Daniel sofort, was ich am Leib trug und überrascht schoss sein Blick in mein Gesicht. Ich spürte die Hitze in meinen Wangen aufsteigen und sah schnell auf den Boden.

»Sieh mal einer an. Dieser kleine verlogene Drecksack«, spottete er. Daniel kam einen Schritt auf mich zu und wieder blieb sein Blick an dem Shirt hängen.

Da ich darunter nackt war, verschränkte ich meine Arme instinktiv schützend vor der Brust. Dadurch rutschte der Saum allerdings ein Stück nach oben und gab noch mehr von meinen nackten Beinen frei.

»Verrate mir, wie hast du es geschafft, jetzt auch noch Aiden um deinen Finger zu wickeln, hm? Was hast du gemacht, du kleine falsche Schlange?« Daniel machte noch einen Schritt nach vorn.

Ich versuchte, mich nicht einschüchtern zu lassen, und blieb auf der obersten Stufe stehen.

»Wenn du glaubst, dass Aiden echte Gefühle für ein Mädchen wie dich hat, täuschst du dich. Ich kenne ihn besser als jeder andere. Du bist für ihn nur ein kleiner Fick zwischendurch. So, wie die ganzen anderen Weiber, mit denen er Woche für Woche vögelt.«

Seine Worte trafen einen Nerv, der mir unangenehm durch Mark und Bein zog.

»Was, wusstest du das etwa nicht?«, fragte er mit süffisantem Grinsen. Doch, leider wusste ich das.

»Noch an seinem Geburtstag hat er eine aus dem Blue Pearls mitgenommen. Ich glaub, er wusste nicht einmal ihren Namen.«

Ich schluckte und versuchte mir einzureden, dass Daniel log. Er wollte mich aus der Reserve locken.

»Du bist eine von vielen, Ava Prince. Von *sehr* vielen!«

Er kam noch näher und stand direkt vor mir. Daniel war vielleicht fünf Zentimeter kleiner als Aiden. Aber in diesem Moment hatte ich das Gefühl, dass er fünf Meter groß war.

»Lass meine Familie in Ruhe, sonst erfährt die ganze Welt von deinem kleinen dreckigen Geheimnis!«, zischte er mir zu.

Ich lehnte mich ein Stück von ihm weg und schloss die Augen, damit er meine Tränen nicht sehen konnte. Warum hasste er mich so sehr? Und welches Geheimnis meinte er?

»*Daniel!*«

Wir zuckten beide zusammen, als plötzlich Mrs. Westerfields Stimme hinter uns ertönte.

»Was ist denn in dich gefahren?«, schimpfte sie und trat um ihn herum.

Daniel sah sofort zu seiner Mom, und dieses Mal konnte ich in seinem Gesicht einen leichten Anflug von Panik erkennen.

»Ava, Liebes, warum gehst du nicht wieder ins Bett? Und du, Daniel, kommst mit mir ins Wohnzimmer.«

Ich nickte, ohne vom Boden aufzusehen, und huschte an den beiden vorbei in Lillys Zimmer. Als ich die Tür hinter mir schloss, lehnte ich mich mit dem Rücken dagegen und holte das erste Mal, seit Daniel vor mir aufgetaucht war, richtig Luft. Meine Knie zitterten und ich hatte Mühe, mich auf den Beinen zu halten. Mein Herz raste noch immer und ich brauchte ein paar Sekunden, um mich zu beruhigen. Das Vibrieren meines Handys ließ mich erneut vor Schreck zusammenfahren. Ich stieß mich von der Tür ab und eilte zu meinem Telefon. Es war eine Nachricht von meiner Mom.

**Mom: ENDLICH! Wir sind zu Hause! Melde dich, wenn du wach bist. Dad holt dich sofort ab! Ich kann es kaum abwarten. Tausend Küsse, Mom**

Wieder fing mein Herz an zu rasen. Dieses Mal vor Aufregung. Meine Eltern waren endlich zurück! Ich sammelte in Windeseile meine Sachen zusammen und schlüpfte in meine Klamotten. Ich lief zur Tür und schloss diese leise hinter mir, damit Lilly nicht aufwachte. Als ich mich umdrehte, erschrak ich mich wieder halb zu Tode. Aiden lehnte an der gegenüberliegenden Wand und wartete bereits auf mich.

»Hey, alles in Ordnung?« Aiden sah mir besorgt in die Augen und kam sofort auf mich zu. Er zog mich zu sich.

Doch dann kamen Daniels Worte zurück in mein Gedächtnis und ich lehnte mich augenblicklich von ihm weg.

»Ist was mit deinen Eltern? Sind sie doch noch nicht zurück?«, fragte er. Er umfasste mein Kinn und zwang mich, ihn anzublicken. Seine Brauen waren zusammengezogen und er suchte nach einer Antwort in meinen Augen.

Ganz gleich, was Daniel behauptet hatte, ich war mir ziemlich sicher, dass er mich nur verunsichern wollte. Dennoch schlichen sich leise Zweifel bei mir ein. Ich spürte das große Verlangen, so schnell wie möglich nach Hause zu kommen. In die sicheren Arme meiner Eltern. »Doch, sie sind gerade eben angekommen«, flüsterte ich daher.

»Dann lass uns schnell fahren.« Er griff nach meiner Hand und rannte mit mir die Treppe nach unten.

An der Haustür legte Aiden Diego gerade das Halsband um, als Daniel und Mrs. Westerfield aus dem Wohnzimmer kamen. Daniels Gesicht war knallrot vor Zorn und er stampfte wutentbrannt die Treppe hoch. Seine Mom sah nicht minder wütend aus.

Aiden stand auf und sah überrascht zu ihr. »Ist alles in Ordnung, Mom?«, fragte er sie und griff gleichzeitig nach meiner Hand.

Seine Mom sah Aiden einen Moment lang an und als ihr Blick auf unsere verschlungenen Finger fiel, lächelte sie.»Alles gut, Liebling. Fahrt vorsichtig«, war alles, was sie sagte und verschwand in die Küche.

Aiden sah zu mir und schob seinen Mundwinkel nach oben.»Ich glaube, meine Mom ist mit ihrer zukünftigen Schwiegertochter wohl einverstanden.« Er zwinkerte mir zu und grinste blöd, als er mein erschrockenes Gesicht sah.

Bis wir im Auto saßen, bekam ich meinen Mund nicht mehr zu. *Zukünftige Schwiegertochter?* Bei Aiden schienen alle Sicherungen auf einmal durchgebrannt zu sein. Ich schloss den Mund und schüttelte seine verrückten Sprüche aus meinem Kopf. Der hatte doch nicht mehr alle Tassen im Schrank.

Je näher wir meinem Haus kamen, desto größer wurde die Sehnsucht nach meiner Mom. Ich konnte nicht stillsitzen und rutschte die ganze Zeit nervös auf dem Sitz umher. Ich wusste nicht, was ich mit meinen Händen machen sollte. Ich strich mir durch meine Locken und nestelte an meiner Jacke.

»Alles wird gut, mein Engel.« Aiden griff nach mir und legte unsere verschlungenen Hände auf seinem Oberschenkel ab.»Ich beeile mich, okay? Es ist nur wirklich glatt, also kann ich nicht so schnell fahren. Ich will nicht, dass dir was passiert.«

Ich sah zu Aiden, der sich auf die Straße konzentrierte.»Dir soll aber auch nichts passieren«, flüsterte ich und sofort huschte sein Blick zu mir.

Er lächelte kurz, ehe er sich wieder auf den Verkehr konzentrierte. Aiden hob unsere verschränkten Finger an seinen Mund und hauchte mir einen Kuss auf den Handrücken. Die Geste war so liebevoll, dass ich für einen Moment den Atem anhielt. Daniel schien eben doch nicht alle Seiten von Aiden zu kennen. Denn wenn das hier nur gespielt war, wäre Aiden ein heißer Anwärter für den nächsten Oscar.

»Ich bringe dich noch bis zur Tür«, durchbrach er die Stille im Auto, als wir die lange Auffahrt zu unserem Haus hochfuhren.

Diego fing an zu winseln und tänzelte unruhig auf dem Rücksitz. Er schien ebenfalls zu spüren, dass etwas los war. Aiden parkte direkt vor der Haustür. Ich stieg mit zittrigen Knien aus dem Wagen und fühlte, wie mein Herz mir bis zum Hals schlug. Plötzlich hatte ich Angst, hineinzugehen. Ich hatte meine Mom vier lange Wochen nicht gesehen. Dad hatte mir zwar ständig Bilder geschickt, aber trotzdem sah die

Wahrheit live und in Farbe immer noch anders aus. Auch, wenn ihr nach der letzten Chemotherapie im Sommer wieder Haare gewachsen waren, konnte man deutlich erkennen, dass sie krank war.

Ich blieb wie angewurzelt neben dem Auto stehen und konnte nicht mehr richtig atmen. Ich hörte, wie Aiden Diego aus dem Wagen ließ, der sofort um das Haus herum nach hinten in den Garten lief. Und dann spürte ich Aidens vertrauten Arme, die er um mich schlang.

»Komm her, mein Engel. Alles wird gut. Deine Mom wird sicherlich genauso aufgeregt sein wie du. Lass sie nicht noch länger warten.«

Ich drehte mich zu ihm und sah hoch in sein Gesicht, in seine türkisblauen Augen, die so klar waren, wie das Meer der Arktis. Je näher wir uns kamen, desto tiefer ließ er mich in seine Seele blicken. Eine unglaubliche Ruhe überkam mich, als er meinen Blick erwiderte. Ich schlang die Arme um seine Taille und legte mein Gesicht auf seine Brust. Ich hörte, wie sein Herz laut und kräftig schlug. Ich konzentrierte mich ganz und gar auf dieses rhythmische Klopfen und seine leise ruhige Atmung.

»Sieh mich an.« Aiden hob mein Kinn an und sah mir wieder in die Augen. »Ich bin immer für dich da, okay? Ruf mich an oder texte mir und ich bin sofort bei dir. Egal, wie spät es ist. Ich lass alles stehen und liegen und bin hier.«

Ich spürte die ersten Tränen in meinen Augenwinkeln. Dass ich ihn so sehr bei mir haben wollte, zeigte mir, wie falsch es war. Ich sollte mich in nächster Zeit auf nichts anderes konzentrieren als auf meine Mom. Aiden lenkte mich zu sehr ab und ich hatte plötzlich Angst, dass ich Momente mit meiner Mom verpassen könnte. Wenn Aiden mich wirklich liebte, würde er dann auf mich warten? Doch das konnte und wollte ich nicht von ihm verlangen. Es musste aufhören, bevor es richtig begann.

Ich stellte mich auf die Zehenspitzen und zog Aidens Gesicht zu mir. Er zögerte nicht einen Moment und legte seine sanften Lippen auf meine. Dieser Kuss war nicht leidenschaftlich, nicht erotisch oder drängend. Er steckte voller Liebe. Er war mein Abschied.

Aiden spürte sofort, was ich tat. »Nein, Baby. Wir schaffen das. Zusammen«, flüsterte er gequält gegen meine Lippen. Er zog mich so eng an sich, dass mir kaum Luft zum Atmen blieb. »Nein, nein, nein, nein«, wiederholte er immer wieder. Er umfasste mein Gesicht und drängte seinen Mund noch fester auf meinen. Und als er seine Zunge zwischen meine Lippen schob, ließ ich es zu. Ich konnte jetzt die ersten Tränen auf meiner Wange fühlen.

»Tu mir das nicht an, Baby. Bitte. Tu es *uns* nicht an«, flehte er und brachte mich ins Wanken.

Ich musste von ihm weg. Solange er mir so nah war und ich ihn mit allen Sinnen wahrnahm, konnte ich nicht klar denken. Ich löste meine Lippen von seinen und drehte den Kopf zur Seite. Sofort zog mich Aiden an seine Brust und ich schmiegte mein Gesicht an seinen Hals. Ich liebte diesen Ort. Genau so wollte ich Aiden in Erinnerung behalten.

»Ava!«

Die Stimme meiner Mom durchbrach mein Gefühlschaos. Aiden ließ mich sofort los und ich rannte zu meiner Mom und fiel in ihre offenen Arme.

Sie umfing mich und zog mich zu sich. »Oh, mein Liebling. Mein wunderschöner Engel. Ich hab dich so vermisst!«, flüsterte sie ergriffen.

Ich vergrub das Gesicht in ihrem weichen Pullover und sog ihren Duft ganz tief in mich ein. Geborgenheit. Liebe. Zuhause. Das war das, was dieser Duft für mich bedeutete.

»Ich dich auch«, flüsterte ich an ihrem Hals und drängte mich dicht an ihren viel zu schmalen Körper.

Meine Mom ließ mich nach einer Weile los und hielt mich ein Stück von sich weg. »Ich habe keine Ahnung, wie dein Dad und ich es geschafft haben, so ein wunderschönes Kind auf die Welt zu bringen.« Sie beugte sich zu mir und gab mir einen Kuss auf die Stirn. Ich schloss die Augen und atmete erleichtert aus. Wir waren endlich wieder zusammen.

»Ava?«, flüsterte sie leise.

»Ja?« Ich hob meinen Kopf und sah in ihre blassblauen Augen.

»Wer ist dieser unverschämt gutaussehende Junge da hinter dir?«

Erschrocken sah ich sie an. Aiden hatte ich für einen Moment völlig vergessen. Ich drehte mich um. Aiden stand bei seinem Wagen, die Hände tief in den Hosentaschen vergraben, und blickte etwas verunsichert zu uns. Ich bekam ein schlechtes Gewissen, weil ich ihn einfach so hatte stehen lassen. Ich drehte mich zurück zu meiner Mom, die mich jetzt neugierig ansah.

»Und? Ich glaube, ich habe ihn irgendwo schon einmal gesehen«, flüsterte sie immer noch und blickte wieder zu Aiden.

»Das ist Lillys Bruder Aiden«, antwortete ich ebenfalls im Flüsterton.
»Meine Güte. Was geben die Eltern ihren Kids bloß zu essen?«, fragte sie und grinste mich verschmitzt an. »Ist er nur Lillys Bruder?«, wollte sie wissen.

»Nein, sie hat noch einen Bruder. Daniel«, antwortete ich, ohne ihre Frage wirklich verstanden zu haben.

Meine Mom fing an zu lächeln.

»Was ist?«, fragte ich.

»Ach, Liebling. Glaubst du etwa immer noch, du kannst irgendetwas vor mir geheim halten?« Sie gab mir noch einen Kuss auf die Stirn und ließ mich dann los. »Aiden, komm doch rein. Hier draußen ist es fürchterlich kalt.«

»Mom!«, zischte ich.

»Was denn? Sollen wir den armen Kerl hier draußen erfrieren lassen? Das wäre einfach zu schade.«

»Vielen Dank, Mrs. Prince. Aber ich wollte nur sichergehen, dass Ava schnell und sicher nach Hause kommt.« Aiden trat einen Schritt zurück und sofort überkam mich Panik. Wann würde ich ihn wiedersehen?

»Ach, so ein Quatsch. Komm rein. Habt ihr schon gefrühstückt? Ich mache gerade Pancakes.«

Aiden war verunsichert und sah erst meine Mom und dann mich an. Als sich unsere Blicke verhakten, überkam mich sofort Sehnsucht. Gott, ich war total durcheinander.

»Nun komm schon. Falls sie dir nicht schmecken sollten, sagst du es mir hinterher bitte nicht. Ich bin ziemlich empfindlich, wenn es um meine Kochkünste geht. Man nennt mich hier nämlich nicht umsonst die *Pancake-Queen.*«

Aiden sah wieder zu mir, so als wartete er auf meine Erlaubnis. Er war einfach so verdammt schön und lieb und rücksichtsvoll. Meine Gefühle für ihn überrollten mich und der unsichtbare Bann über mir löste sich mit einem Mal auf. Ich nickte und sofort kam er auf uns zu. Er streckte meiner Mom die Hand entgegen und war ebenso überrascht wie ich, als sie ihn in ihre Arme zog.

»Danke«, flüsterte sie leise und ich hatte keine Ahnung, wofür sie ihm dankte.

Aidens fragendem Gesichtsausdruck nach zu urteilen, war er ebenso ratlos.

Wir folgten meiner Mom in die Küche, wo sie bereits alle Zutaten bereitgestellt hatte.

»Setzt euch und seht zu, wie ich die allerbesten Pancakes der Welt zubereite.« Ich musste kurz lachen, da Aiden ebenfalls davon überzeugt war, dass er die weltbesten Pancakes machte.

Mit hochgezogenen Augenbrauen sah er mich an. »Was?«, wollte er wissen. »Haben dir meine etwa nicht geschmeckt?«

»Aiden hat dir Pancakes gemacht?«, fragte meine Mom überrascht. Sollte ich ihr erzählen, dass Aiden die komplette letzte Woche sozusagen bei uns gewohnt hatte? Würde sie das okay finden? Immerhin hatte ich noch nie einen Freund mit nach Hause gebracht.

»Sorry, Mrs. Prince. Aber ich werde sie erst probieren müssen, um zu entscheiden, ob Ihnen der Titel zusteht. Bisher bin nämlich *ich* der Pancake-König hier in Newport.« Er sah meine Mom mit seinem Killerlächeln an und ich konnte praktisch zusehen, wie sie ihm Stück für Stück verfiel.

»Sieh mal einer an«, raunte sie mit einem geheimnisvollen Lächeln. »Er sieht gut aus, er ist charmant und er kann auch noch kochen. Ava, wo hast du den her?«, fragte sie mich. »Oder sollte ich lieber dich fragen?« Sie sah nun wieder Aiden neugierig an. »Wie hast du meine misstrauische und verdammt sture Tochter in so kurzer Zeit aus ihrem Schneckenhaus gelockt?«

»Sture Tochter? Die Rede kann nur von Ava sein.«

»Daddy!« Ich sprang aufgeregt von meinem Hocker und rannte zu meinem Dad, der gerade an der Treppe erschien. Er trug seinen grauen Morgenmantel, eine schwarze Pyjamahose und die hässlichen Pantoffeln, die er vor Jahren mal bei Target gefunden hatte.

Dad hob mich in seine Arme und wirbelte mich im Kreis. »Hey, Baby Girl!«, rief er erfreut.

Ich drückte ihn, so fest ich konnte. »Hey, Daddy«, flüsterte ich ergriffen und kämpfte gegen meine Tränen.

Er hielt mich fest an sich gedrückt und meine Füße hingen in der Luft.

Dad war ungefähr so groß wie Aiden und trotz seiner vierundvierzig Jahre noch verdammt gut in Schuss.

»Du warst surfen!«, beschwerte ich mich, als er mich wieder runterließ.

»Sorry, aber du hättest mal die Wellen sehen sollen. Ich habe es versucht. Wirklich. Aber am zweiten Tag, als der Wind immer mehr zugenommen hatte, konnte ich nicht anders.«

Ich schlug ihm auf die Schulter. »Das ist unfair. Du hast es mir versprochen!«

Dad legte seinen Arm wieder um mich und gemeinsam gingen wir zurück in die Küche, wo sich meine Mom angeregt mit Aiden unterhielt.

»Wer zum Teufel bist du und was machst du in meinem Haus?« Mein Dad erhob die Stimme und sah finster zu Aiden.

Aidens Kopf schoss herum und er sah meinen Dad für einen Moment unsicher an. Nach einer Schrecksekunde fasste er sich jedoch gleich wieder, stand auf und ging mit ausgestreckter Hand auf ihn zu. »Aiden Westerfield. Ich bin Lillys Bruder.« Aidens tiefe Stimme klang trotz seines souveränen Auftritts nervös.

»Lillys Bruder?«, fragte mein Dad und sah Aiden weiter prüfend an.

Ich wusste, dass es gemein war. Aber Aiden mal kleinlaut zu erleben war eine winzige Wiedergutmachung für die Situationen, in denen er mich verunsichert und nervös gemacht hatte.

»Lass den Quatsch, Liebling.« Meine Mom mischte sich nun ein und ging um die Kochinsel herum. Sie stellte sich neben Aiden und legte ihre Hand auf seinen Arm. »Das ist nicht nur Lillys Bruder, sondern auch Avas Freund«, erklärte sie und zwinkerte mich an.

Sofort riss ich die Augen auf und sah meine Mom entgeistert an.

Neben mir versteifte sich mein Dad und fing an zu stammeln. »Freund? Du? Er? *Freund???*«

Ich hielt die Luft an und wagte nicht, in Aidens Gesicht zu sehen. Oder in Dads. Meine Mom hingegen konnte ihr Grinsen gar nicht mehr verstecken und hielt sich die Hand vor den Mund.

»Wie alt bist du? Womit verdienst du dein Geld? Kannst du meiner Tochter ein Dach über dem Kopf bieten? Ihr Kleidung und Essen kaufen? Wie viel ist deine Familie bereit, für Ava zu zahlen?«

»Ähm …«, fing er zögernd an. Hilfesuchend sah Aiden zuerst mich, dann meine Mom an.

»Ach, ich mach doch nur Spaß!« Dad hob den Arm von meiner Schulter und gab Aiden die Hand. Dabei machten sie irgendeinen Gang-Handshake-High-Five-Whatever und das Eis schien geschmolzen.

»Avas Freund, hm?« Dad sah sich Aiden genauer an. »Nun, Ava, kann der auch auf dem Brett stehen?«

Ich zuckte mit den Schultern. »Er spielt Eishockey. Keine Ahnung, ob er auch was Richtiges kann.«

Aiden schnaubte verächtlich und schüttelte den Kopf. »Du kannst ja nicht einmal auf dem Eis stehen, geschweige denn gehen, ohne ständig auf die Nase zu fallen.«

»Pah! Das war ja wohl eindeutig Diegos Schuld!«, rechtfertigte ich mich sofort.

»Ja, wo steckt der eigentlich?«, fragte mein Dad und sofort rissen Aiden und ich die Köpfe nach oben.

»Oh nein, der ist noch im Garten!«, rief ich und lief sofort zur Terrassentür.

Diego stand davor und schlabberte die Scheibe ab.

»Hey, Buddy, sorry, dass wir dich vergessen haben.« Doch Diego war überhaupt nicht beleidigt. Er schoss an mir vorbei und lief schnurstracks in die Küche, um meine Eltern zu begrüßen.

Es fühlte sich unwirklich an, mit meinen Eltern und Aiden an einem Tisch zu sitzen und gemeinsam zu frühstücken. Meine anfänglichen Bedenken, dass meine Eltern Aiden vielleicht nicht mögen könnten oder andersherum, lösten sich immer mehr in Wohlgefallen auf. Entgegen meinem ersten Eindruck von Aiden mauserte er sich immer mehr zu einem höflichen, freundlichen und sehr zuvorkommenden Menschen. Er und mein Dad fanden gleich ein gemeinsames Thema: Basketball. Beide waren nicht nur Fans der *Lakers*, sondern spielten auch in ihrer Freizeit gerne selbst. Ich erwischte meine Mom ein paar Mal dabei, wie sie Aiden mit offenem Mund anstarrte und immer, wenn ich sie ertappte, formte sie das Wort ›Wow‹ mit den Lippen. Ich verdrehte die Augen. Ja, ja, der erste Schein und so. Bei Aiden musste ich allerdings eine Milliarde Mal hinsehen, bis sich meine Meinung über ihn geändert hatte.

Meine Mom erzählte mir von ihrer Reise nach Marseille und in die Camargue. Und auch wenn sie alles dafür tat, dass ich die Angst und Verzweiflung in ihrem Blick nicht sah, erkannte ich sie dennoch. Das kostete mich wiederum viel Kraft, denn ich wollte ihr nicht zeigen, wie groß meine eigene Angst war. Es sollte ihre letzte Reise nach Frankreich gewesen sein. Dessen waren wir uns alle bewusst. Dennoch hatten wir uns vorgenommen, nie mehr zurückzusehen, sondern jeden Tag aufs Neue zu begrüßen und das Beste aus ihm zu machen.

Nach dem Frühstück waren wir ins Wohnzimmer gegangen, um unsere Weihnachtsgeschenke auszutauschen. Aiden saß derweil hinter mir auf dem Sofa und streichelte unentwegt über meinen Nacken. Ich konnte mich nicht wirklich auf irgendwas konzentrieren, weil mich eine Gänsehaut nach der nächsten überrollte.

»Hey, Baby Girl, ist es in Ordnung, wenn deine Mom und ich uns für ein paar Stunden hinlegen?« Mein Dad sammelte das letzte Geschenkpapier vom Boden und sah mich an.

»Natürlich«, sagte ich und stand sofort auf. »Ihr müsst ganz schön kaputt sein nach dem Trip. Ich werd wohl auch noch ein Nickerchen machen. Ich hatte eine ziemlich kurze Nacht.« Und das hatte nicht nur mit der Sorge um meine Eltern zu tun. Ich spürte sofort, wie meine Wangen heiß wurden, und sah überall hin, nur nicht in Aidens Gesicht.

»Aiden, es war nett dich kennenzulernen. Ich gehe davon aus, dass wir uns jetzt öfter sehen werden.« Meine Mom nahm Aiden wieder in die Arme. Er flüsterte ihr etwas zu und sie lachte laut los.

»Was hat er gesagt?«, fragte ich meine Mom.

»Du kannst zwar alles essen, Kind, aber musst nicht alles wissen«, antwortete sie und zwinkerte Aiden zu.

»Was hast du zu ihr gesagt?«, wandte ich mich an Aiden und funkelte ihn böse an. Doch irgendwie hatte mein Blick seine Kraft verloren. Denn, anstatt eingeschüchtert zu wirken, grinste er blöde und gab mir einen Kuss mitten auf den Mund. Vor meinen Eltern! Ich schnappte entrüstet nach Luft und stieß ihn vor mir.

»Gewöhn dich besser gleich dran, Aiden. Die Prince Damen haben einen verdammt dicken Schädel.« Mein Dad klopfte Aiden beim Rausgehen auf die Schulter.

»Haben wir gar nicht!«, antworteten meine Mom und ich im selben Moment empört.

»Siehst du?«, sagte mein Dad und hob die Hände.

»Das glaub ich Ihnen sofort, Mr. Prince. Ich musste schon das ein oder andere Mal Bekanntschaft mit Avas Sturkopf machen. Und das war kein Spaß«, stimmte ihm Aiden zu.

Ich warf ihm noch einen finsteren Blick zu. Als Aiden mich zu sich ziehen wollte, ging ich auf der anderen Seite des Tisches entlang zur Treppe. »Tschüss, Aiden! Du kennst ja den Weg«, rief ich über meine Schulter und lief nach oben.

»Das hab ich irgendwie schon ein paar Mal gehört«, stöhnte Aiden.

Als ich auf der Empore ankam und hinter mich blickte, konnte ich Aiden nirgends sehen. Ich ging zur Brüstung und schaute ins Wohnzimmer. Aiden stand noch immer unten an der Treppe und sprach mit meinen Eltern. Ich wartete einen Moment, während Mom und Dad sich von ihm verabschiedeten und dann ebenfalls nach oben kamen.

»Bis später, Liebling. Und mach es ihm nicht zu schwer. Er scheint ein wirklich netter Junge zu sein.« Meine Mom nahm mich noch einmal in die Arme und folgte dann meinem Dad ins Schlafzimmer. Ich wartete ein paar Sekunden, ehe ich mich wieder umdrehte.

Aiden stand immer noch unten. Worauf wartete er denn noch?

»Ich lasse dich jetzt etwas Schlaf nachholen. Meldest du dich bei mir?«, fragte er und sah zu mir hoch.

Er wollte gehen? Mir wurde ganz komisch bei dem Gedanken. Ich wollte nicht, dass er jetzt ging. Aber andererseits brauchte ich Zeit, um in Ruhe über alles nachzudenken.

Mir wurde mit einem Mal ganz mulmig. Da meine Eltern nun zurück waren, würde das Aiden sicherlich davon abhalten, hier einfach jederzeit hereinzuspazieren. Wann würde ich ihn wiedersehen? Sollte ich ihn überhaupt wiedersehen? Meine Augen füllten sich mit Tränen und mein Hals schnürte sich zu. Ich konnte nicht mehr klar denken. Aiden sah immer noch abwartend zu mir.

»Ava?«

Ich sah ihm wieder in die Augen, bewegte mich aber kein Stück.

»Ja?«, hauchte ich leise.

»Meldest du dich?«, wiederholte er. Dieses Mal jedoch mit deutlicher Verunsicherung in der Stimme.

»I… ich weiß es nicht«, stotterte ich.

Hatte ich die Kraft, beides hinzubekommen? Die Krankheit meiner Mom und eine Beziehung mit Aiden? Wahrscheinlich nicht. Und das machte mich unendlich traurig. Ich wünschte, ich hätte ohne Zweifel ›Ja, natürlich!‹ sagen können, aber ich wusste es einfach nicht. Mein Blick verschwamm und ich spürte, wie mein Kinn anfing zu zittern. Mein Herz wog so unendlich schwer bei dem Gedanken, ihn nicht mehr jeden Tag zu sehen.

Binnen Sekunden war Aiden die Stufen hochgerannt. Ich lief ihm entgegen und krallte meine Finger in seinen Pullover. Ein tiefer Schluchzer drang aus meiner Kehle und erschütterte meinen Körper.

Gott, ich war so ein egoistisches Arschloch. Warum musste ich Ava ausgerechnet jetzt so unter Druck setzen? Heute hatte ich lernen müssen, wie falsch ich lag, was ihre Eltern betraf. Als ich vorhin allein mit Avas Mom in der Küche gewesen war, erzählte sie mir, dass Ava darauf bestanden hatte, dass ihre Eltern die Reise nach Frankreich ohne sie antraten. Weder sie noch ihr Mann waren damit einverstanden, doch Ava hatte nicht nachgegeben. Letztendlich willigte ihre Mom nur deswegen ein, weil sie nicht wollte, dass Ava jeden Tag an ihren Tod erinnert wurde. Dass sie weiter am Leben teilnahm und für eine Weile frei und unbeschwert sein konnte.

Ich bewunderte Avas Mom für ihren Mut, so offen über ihre Krankheit und die brutale Realität zu sprechen. Sie hatte nur noch wenige Monate zu leben. Ich fühlte mich fürchterlich, dass auch ich die Verantwortung dafür trug, dass Avas Leben noch schwerer gewesen war, als ohnehin schon. Hätte ich doch bloß vorher davon gewusst. Dieses Mädchen war so unfassbar stark und ich hatte sie absolut nicht verdient. Und sie so jemanden wie mich erst recht nicht. Ich schämte mich in Grund und Boden, jemals schlecht über sie oder ihre Eltern gedacht zu haben.

Ich verstand endlich, warum es Ava so verdammt schwergefallen war, sich mir gegenüber vollständig zu öffnen. Sie hatte ganz andere Sorgen, als sich einen Kopf um meine Befindlichkeiten zu machen.

Ich hielt Ava fest in meinen Armen und legte meine Wange auf ihren Kopf. »Es tut mir so leid, dass ich so ein abgefucktes Arschloch bin.« Ich zog sie noch näher zu mir und küsste ihre Stirn.

Ava schlang ihre Arme um meine Taille und ich konnte spüren, wie sie am ganzen Leib zitterte.

»Ich verstehe dich jetzt. Und ich werde auf dich warten, mein Engel. Egal, wie lange es dauert.« Ich spürte, wie es mir die Kehle zuschnürte und sich alles in mir sträubte, diese Worte laut auszusprechen. Ich wollte sie nicht ziehen lassen. Aber hier ging es nicht um mich. Hier ging es um Ava und ihre Familie. Das Einzige was ich machen konnte, war allen Respekt zu zollen und mich zurückzuziehen.

Ich musste mich mehrmals räuspern, bevor ich weitersprechen konnte. »Ich bewundere dich, Ava. Ich bewundere deinen Mut und deine Stärke und deine Kraft. Und ich hoffe, dass ich mich irgendwann für all das entschuldigen kann, was ich dir an den Kopf geworfen habe.« Ava vergrub ihr Gesicht in meinem Pullover und weinte leise. Ich war mir sicher, dass sie mein schwer schlagendes Herz hören konnte und hoffte, dass es ihr zeigte, wie sehr ich sie liebte und mit ihr fühlte. Ich griff hinter mich, um ihre Hände zu umfassen. Sanft legte ich diese oberhalb meines Herzens ab. Langsam hob Ava ihren Kopf und sah mich mit ihren wunderschönen Augen traurig an. Ich wischte ihre Tränen mit dem Daumen weg und beugte mich zu ihr. Ihre Lippen waren weich und soft, wenn sie weinte. Ich küsste sie und lehnte meine Stirn gegen ihre. »Ich liebe dich, Ava. Mein Herz gehört dir. Egal, was passiert, ich werde auf dich warten«, schwor ich ihr und drückte sie noch einmal an mich. Widerwillig löste ich mich von ihr und ging zurück nach unten. Als ich an der letzten Stufe ankam, drehte ich mich um und sah zu meinem Engel hoch. Doch Ava war nicht mehr da.

Zwei verschissen lange Tage und noch längere Nächte war es her, dass ich Ava zuletzt gesehen hatte. Jede Faser meines Körpers sehnte sich nach ihr. Wenn ich im Bett lag, nahm ich überall ihren Geruch wahr. Selbst das Shirt, welches ich ihr übergezogen hatte, damit sie schnell hoch zu Lilly laufen konnte, duftete nach ihr. Ich brachte es nicht über mich, es in die Wäsche zu legen.

Lilly war ein paar Mal bei mir gewesen und wollte wissen, was passiert war. Doch ich wollte weder mit ihr noch irgendjemand anderen sprechen. Ich ließ in den letzten beiden Tagen sogar das Training sausen und auch heute war mir absolut nicht danach, auf dem Eis zu sein. Morgen fand das Spiel statt, auf das wir die ganze Saison hingearbeitet hatten. Das Finale der Amateurliga. Doch ich hatte keinen Kopf für irgendwas. Alles, woran ich denken konnte, war mein tapferer Engel. Ich fragte mich, was sie wohl gerade machte und wie es ihrer Mom und ihrem Dad ging. Wie konnte diese Familie trotz der bevorstehenden Tragödie immer noch die Kraft aufbringen, weiterzumachen? Wie konnten sie fröhlich sein, Scherze machen, sogar noch in den Urlaub fahren? Okay, das mit dem Urlaub hatte ich mittlerweile auch verstanden. Ich war immer noch gerührt von Avas Geste, ihre Eltern alleine wegfahren zu lassen. Woher nahm dieses kleine siebzehnjährige, umwerfende und wunderschöne Mädchen nur die Kraft, so eine erwachsene Entscheidung zu treffen?

Ich hatte gesehen, wie nervös Ava gewesen war, als sie ihre Mom nach so langer Zeit wiedergesehen hatte. Ich war dabei, als ihre Mom ihr einziges Kind in die Arme geschlossen und sie mit so unendlicher Liebe angesehen hatte. Und Avas Dad erst. Man hatte sofort gemerkt, dass Ava ein Papa-Mädchen war. Die beiden verband mehr als nur die Liebe zum Surfen. Ich hatte keine Ahnung, wie alt er genau war. Ich schätzte ihn auf Anfang bis Mitte vierzig. Mein Dad war zwar selbst noch nicht alt, achtundvierzig, aber der war eher der ruhige, gelassene Typ. Avas Dad hingegen strotzte vor Energie und Kraft. Wir hatten uns über alle möglichen Sportarten unterhalten und ich war erstaunt, dass er selbst noch so viel Sport trieb. Wenn er nicht gerade surfte oder Basketball spielte, trainierte er im eigenen Fitnessraum im Keller, ging laufen oder schwimmen. Er hatte mich sogar gefragt, ob er mal mit zum Hockey kommen könnte. Das war eine der wenigen Sportarten, die er immer bewundert, aber noch nie selbst ausprobiert hatte. Ich schämte mich noch mehr, derart schlecht über diese Familie gedacht zu haben.

Nun lag ich hier und fragte mich, ob ich einen Riesenfehler gemacht hatte und ob Ava wirklich zu mir zurückkommen würde. Ich wünschte mir nichts sehnlicher, als dass sie sich bei mir melden würde, weil sie mich so sehr brauchte wie ich sie.

»Ich hab keinen Bock mehr, dass du meine Nachrichten ignorierst. Los, steh auf, Mann. Wir waren verabredet.« Steven stand plötzlich in der Tür und schaltete das Licht an.

»Verpiss dich«, antwortete ich und drehte mich auf die Seite. Sofort stieg Avas Duft in meine Nase und ich schloss gequält die Augen.

»Vergiss es. Ich hab dir zwei Tage gegeben. Es reicht. Morgen ist das Spiel und wir müssen deinen schlabbrigen Arsch in Form bekommen. Der Coach ist stinksauer und überlegt ernsthaft, ob du morgen überhaupt spielen darfst.«

»Du bist nicht mehr im Team. Was interessiert es dich also? Geh jemand anderen nerven.« Gott, wer hatte den Arsch hier nur reingelassen?

Steven setzte sich in den Sessel neben meinem Bett. »Aiden, ich weiß, wie hart es im Moment für dich ist. Aber meinst du nicht, dass es Leute gibt, die es noch viel schlimmer getroffen hat und die trotzdem weitermachen?«

Ich stöhnte und drehte mich wieder auf den Rücken. »Was willst du hier?«, fragte ich genervt und rieb mir übers Gesicht.

»Erstens will ich, dass du duschen gehst. Du stinkst, Beauty. Zweitens will ich, dass du deinen Arsch hier raus bewegst und an die frische Luft gehst. Und drittens will ich, dass du aufhörst, so ein jämmerlicher Lappen zu sein. Das ist unerträglich.«

Lappen? Hatte der sie noch alle? Ich sah ihn düster an. »Niemand hat dich gebeten herzukommen.«

»Falsch. Und deswegen stehst du jetzt auf.«

Was meinte er mit ›falsch‹? Ich sah ihn weiter an und wartete auf seine Erklärung.

Steven seufzte und beugte sich vor. Er stützte seine Ellenbogen auf den Knien ab und faltete die Hände. »In Ordnung. Raste nicht gleich aus, okay?«

Skeptisch blickte ich ihn an.

»Ich war gestern im Kino. Und da hab ich zufällig deine Schwester getroffen.« Steven machte eine Pause und sah mich unsicher an.

Ich zog meine Augenbrauen noch weiter zusammen.

»Lilly hat mir erzählt, dass du seit Donnerstag nicht mehr aus deinem Zimmer gekommen bist.« Steven setzte sich zurück und rieb seine Finger an der Hose.

Ich konnte meine Irritation nicht mehr verbergen und spürte, wie sich langsam Wut in mir aufbaute. Was wollte der Pisser mir sagen? »Spuck's aus, Jenkins! Je schneller du es los bist, desto schneller kannst du gehen und ich hab wieder meine Ruhe.«

»Lilly war nicht alleine im Kino«, fuhr Steven fort und beobachtete mich dabei ganz genau.

Ich sah ihn an und spürte, wie mein Herz anfing wild zu klopfen. Ich strich durch meine Haare und setzte mich auf.

»Als Ava kurz zur Toilette war, hat Lilly mir erzählt, was passiert ist. Alter, warum hast du dich nicht bei mir gemeldet? Du weißt doch, dass du mit mir über alles reden kannst.«

Steven klang gekränkt, aber darauf konnte und wollte ich jetzt nicht eingehen. Mit fehlten immer noch die Worte. Ava war gestern im Kino? Mit Lilly? Wieso sprach sie mit Lilly, aber nicht mit mir? Das konnte doch nicht wahr sein! Warum meldete sie sich nicht bei mir? Hatte ich die ganze Situation etwa so falsch eingeschätzt? Ich dachte eigentlich, dass Ava ähnlich empfand wie ich. Hatte ich mich wirklich so sehr getäuscht? Irritation überkam mich. Wie konnte sie nur einen Tag nach unserer Trennung wieder ins Kino gehen und so tun, als sei nie etwas passiert?

Ich presste die Fäuste auf meine Augen und versuchte, den Wutschrei zu unterdrücken, der sich einen Weg nach oben bahnen wollte. *Verdammte Ava Prince!* Warum war sie nur so scheiße eigensinnig?

*Doch Moment mal.* Hatte Steven nicht gerade erwähnt, dass jemand ihn gebeten hatte, herzukommen? Ava vielleicht?

»Hat Ava dich anger…«

»Lilly«, unterbrach er mich sofort. »Lilly hat mich heute angerufen und mir gesagt, dass sie es nicht mehr aushält, dich so zu sehen.«

Enttäuscht ließ ich die Schultern hängen.

»Und sie kann es genauso wenig ertragen, Ava so zu erleben.«

Ich sah wieder zu Steven, der anfing zu grinsen.

»Deswegen hat sie mich als Lockvogel losgeschickt, damit ich deinen süßen Arsch aus dem Bett hole und wir Hockey spielen.«

*Bitte, was?* Hockey? Ganz bestimmt würde ich jetzt kein Hockey spielen. Ich wollte zu Ava fahren. Ich musste sie sehen. Sofort.

»Ich glaube, wenn wir uns beeilen, können wir noch eine Runde mit Diego auf dem Eis drehen. Lilly und Ava sind vor zehn Minuten zum Lily Pond aufgebrochen.« Steven sah von seiner Uhr auf und zwinkerte.

Mein Herz blieb für eine Sekunde stehen und dann fing es mit einem Ruck an wie wild zu rasen. Sofort sprang ich auf und lief ins Bad. Steven fing leise an zu lachen und ich hörte etwas, das wie ›Pussy‹ klang. Doch ich hatte keine Zeit zu verlieren. Ich duschte in Windeseile und suchte meine Hockeysachen zusammen.

Als wir endlich am See ankamen, waren die anderen Jungs bereits auf dem Eis. Ich hielt Ausschau nach einem schwarzen Hund und zwei Mädchen, konnte aber kein bekanntes Gesicht ausmachen. Es waren einfach zu viele Menschen unterwegs und überall liefen Hunde herum.

»Komm schon. Vom Eis aus haben wir einen besseren Überblick.«
Steven klopfte mir auf die Schulter und lief zum Ufer vor.

Ich versuchte, meine Nerven zu beruhigen, und atmete ein paar Mal tief durch. Was sollte ich ihr sagen? Wollte sie mich überhaupt sehen? Zweifel schlichen sich bei mir ein, weil sie sich mit Lilly traf, aber nicht mit mir. Warum fiel es mir so scheiße schwer, ohne sie zu sein? Sie machte doch auch weiter, ging ins Kino oder mit ihrem Hund spazieren und traf sich mit Freunden. Woher nahm sie nur die Kraft? Vielleicht empfand sie doch nicht so wie ich? Vielleicht hatte ich mich getäuscht, als ich meinte, Liebe und Zuneigung in ihren Augen erkannt zu haben. Ava hatte schließlich viel wichtigere Dinge im Kopf.

»Kommst du jetzt freiwillig mit oder muss ich dich tragen, Loverboy?«, rief Steven.

Ich atmete noch einmal tief durch und ging schließlich hinter ihm her. Wir zogen die Schlittschuhe an und warfen unsere Boots in Stevens Tasche. Mit unseren Hockeyschlägern bewaffnet machten wir uns auf den Weg in die Mitte des Sees, wo unsere Jungs bereits ein Spielfeld freigelegt hatten und sich den Puck zuschossen.

Als wir näherkamen, fiel mir auf, dass jemand dabei war, der nicht so sicher auf den Kufen stand. Ich wurde automatisch schneller, um nachzusehen, wer dieser Typ war. Mir blieb fast die Luft weg, als ich Chester Prince erkannte. Was machte der denn hier? Ich suchte das nähere Umfeld ab, konnte aber weder Avas Mom noch Ava oder Diego entdecken. War er zufällig hier? Aber wie groß konnte der Zufall sein, dass ausgerechnet er hier mitten auf dem See auf meine Jungs traf?

»Aiden, grüß dich!« Avas Dad kam auf mich zugefahren und hielt sich an meiner Schulter fest, um anzuhalten. »Whoa! Daran muss ich wohl noch ein bisschen feilen. Wie geht's dir? Wir dachten eigentlich, dass wir dich jetzt öfter sehen. Wo bist du die letzten Tage gewesen?«

Völlig überrumpelt von seiner Frage konnte ich ihn nur dämlich anstarren.

»Hi, ich bin Steven Jenkins. Nett, Sie kennenzulernen.« Steven sprang für mich ein und hielt Avas Dad die Hand hin.

»Hi, Steven. Nenn mich Chester oder Chess.« Er gab Steven die Hand und sah dann wieder mich an.

»Hey«, war alles, was ich rausbekam. Ich verstand die Welt nicht mehr. Wo war Ava? Ich sah mich um und Avas Dad folgte meinem Blick.

»Die Damen drehen gerade eine Runde mit Diego. Ich hab keine Ahnung, was ihr mit ihm gemacht hat, aber der liebt euch ja abgöttisch! Er war kaum zu halten, als wir hier zum See kamen und er Carter entdeckt hat.«

Ich schluckte. Ava war hier irgendwo.

»Was ist, Aiden, Lust auf ein Match? Deine Jungs haben mir gezeigt, wie es geht und ich denke, dass sollte ich hinkriegen.«

Ich sah wieder zu ihm und zuckte mit den Schultern. »Warum nicht.«

»Perfekt. Aber ich warne dich lieber gleich vor. Nur, weil du mit meiner Tochter zusammen bist, bekommst du noch lange keinen Sonderbonus!« Er boxte mich in die Schulter und fuhr auf wackligen Beinen davon.

Wir spielten ungefähr eine halbe Stunde. Avas Dad war erstaunlich talentiert und hatte von Minute zu Minute mehr Halt auf den Schlittschuhen. Er fiel zwar noch häufig hin, stand jedoch sofort wieder auf und machte einfach weiter. Der Typ war Sportler durch und durch. Wir hatten zwei Teams gebildet. Steven, Josh und ich spielten gegen Lucas, Carter und Chester. Matthew stand im Tor.

»Alter, was gebt ihr diesem Jungen nur zu essen?«, fragte Chester und wischte sich den Schweiß von der Stirn.

Ich hatte gerade mein achtes Tor geschossen und fuhr zurück zu unserem provisorischen Mittelkreis.

»Rohe Rinderherzen und Hühnerblut«, antwortete Carter und zog sich die Mütze vom Kopf.

Auch wir anderen waren schweißgebadet. Es war mir sogar gelungen, für einen Moment nicht an Ava zu denken.

»Du bist aber auch nicht schlecht. Bist du sicher, dass du noch nie auf dem Eis gestanden hast?«, fragte Josh und nahm einen Schluck aus seiner Wasserflasche.

»Naturtalent«, erklärte Chester vollkommen ernst.

»Schade, dass du so ein alter Sack bist. Jemanden wie dich könnten wir gut im Team gebrauchen. Seit Steven nicht mehr dabei ist, fehlt uns ein ordentlicher Defensiv-Spieler.« Matthew grinste und duckte sich schnell weg, als Chester ausholte.

»Ich tue so, als hätte ich das nicht gehört, Junge! Kommt ihr erst mal in mein Alter und seid so fit wie ich. Dann reden wir weiter.«

Ich konnte nicht anders und musste lachen. Chester war verdammt cool.

»Wer nennt meinen Mann hier alt?«

Mein Kopf schoss nach rechts und ich sah Avas Mom, die von Lilly auf der einen und Ava auf der anderen Seite gestützt wurde. Mein Herz drohte zu zerspringen. Fuck, ich bekam nicht richtig Luft. Ava schaute mich nicht an, sondern konzentrierte sich auf Diego.

»Hi, Aiden. Wie schön, dich wiederzusehen. Wie geht es dir?«

Avas Mom zog mich in ihre Arme. Ich erwiderte die Umarmung kurz und bemerkte, wie Ava erschrocken zu mir aufsah. »Gut, Mrs. Prince. Wie geht es Ihnen heute?«, fragte ich und löste meinen Blick von Ava.

»Aiden, nenn mich Amelie, das habe ich dir doch schon gesagt.«

»Entschuldige, Amelie.«

»Ach, kein Problem. Wer könnte dir schon böse sein?« Sie seufzte und lächelte mich freundlich an. »Und, bekommen wir jetzt noch ein bisschen Action oder hat euch Chess schon platt gemacht?« Sie sah uns alle der Reihe nach an und schmunzelte.

»Fast, Liebling. Ich glaube, der da«, er zeigte auf Carter, »kann noch eine Abreibung vertragen. Und Aiden ist wahrscheinlich noch nicht einmal warm geworden. Der Junge ist eine Maschine auf dem Eis. Nicht halb so gut wie ich, aber schon recht in Ordnung.«

Ich schnaubte durch die Nase und schüttelte den Kopf, als ich Chesters breites Grinsen sah. »Träum weiter, alter Mann«, murmelte ich. Ich blickte kurz zu Ava, die aber wieder auf den Boden starrte.

»Na, dann lass uns herausfinden, wer der Bessere von uns ist.« Chester lief zurück aufs Feld und die Jungs folgten ihm.

Avas Mom setzte sich auf einen der Stühle, die Lucas für sie bereitgestellt hatte. Lilly und Ava nahmen direkt daneben Platz. Diego kam auf mich zugeschossen und begrüßte mich stürmisch.

»Hey, Buddy, wie geht's dir? Hast du mich wenigstens vermisst?«, flüsterte ich in sein Fell.

Ava drehte den Kopf leicht in unsere Richtung. Doch sie sah weiterhin nicht zu mir. Ich richtete mich auf und fuhr zu ihr. Ich blieb vor ihrem Stuhl stehen und stützte mich mit den Händen auf den Lehnen ab. Als unsere Gesichter auf einer Höhe waren, blieb ihr nichts anderes übrig, als mich endlich anzusehen. Und sobald sie ihre blauen Augen auf mich richtete, erkannte ich die Sehnsucht darin.

Ich lehnte mich vor und gab ihr einen Kuss auf ihre weichen Lippen. »Ich liebe dich, mein Engel«, flüsterte ich leise und gab ihr noch einen Kuss. Ohne ihre Reaktion abzuwarten fuhr ich wieder weg.

Wir spielten noch eine halbe Stunde und zur Überraschung aller war es Chester gelungen, zwei Tore zu schießen. Wir beendeten das Spiel 15:7 für mein Team.

»Verdammt, Jungs, das war großartig! Das müssen wir unbedingt öfter machen.«

Avas Dad lief zwischen mir und Carter, als wir zurück zu den Autos gingen. Die Mädchen waren irgendwann während der zweiten Spielhälfte gegangen, weil Avas Mom angefangen hatte zu frieren. Diego hatte sich geweigert, mitzugehen, und war bei uns geblieben.

»Wer bringt Chess und Diego nach Hause?«, wollte Joshua wissen.

»Heute läuft das Spiel der Bruins gegen die Montreal Canadiens. Was haltet ihr davon, wenn ihr alle mit zu uns kommt? Wir haben ein Heimkino und können das Spiel zusammen gucken. Ich bin mir sicher, wir finden auch noch irgendwo warme Milch und Cookies für euch und für mich ein kühles Bier und ein Steak.« Er sah uns so freudig aufgeregt an, dass man ihm gar nicht absagen konnte.

»Ist Magdalena auch da?«, fragte Carter hoffnungsvoll.

»Du kennst Magda?«

»Und ob! Sie hat die besten Maccaroni meines Lebens gekocht. Nur allein deswegen würde ich sie heiraten.«

»Sorry, aber sie hat schon einen Mann«, lachte Chester.

»Ich weiß. Aber man wird ja wohl noch träumen dürfen«, seufzte Carter.

»Magda ist da. Also?«

Alle sahen nun zu mir und ich zuckte mit den Schultern. Als ob ich etwas dagegen haben würde, zu Ava zu fahren.

»Cool!«, jubelte Carter und klatschte mit Josh ab.

»Wir nehmen die beiden mit. Bei euch ist ja kein Platz im Auto«, sagte Lucas und öffnete den Kofferraum.

Diego sprang, ohne zu zögern, hinein und dann fuhren wir alle zu Ava.

Als Magda die Tür öffnete, strahlte sie uns glücklich an. »Kommt rein!«, forderte sie uns auf und trat beiseite.

Carter und Joshua gaben ihr einen Kuss auf die Wange und ließen sie damit rot anlaufen.

»Macht man das hier so?«, fragte Matthew und gab ihr ebenfalls einen Kuss.

Magda sah mich mit leuchtenden Augen an.

»Hi, Magda. Wie geht es dir?«, fragte ich und drückte sie an mich.

»Sehr gut, sehr gut.« Sie erwiderte die Umarmung kurz und wuselte zurück in die Küche.

Die Jungs folgten Chester ins Wohnzimmer. Diejenigen, die das Haus noch nicht kannten, verrenkten sich fast die Hälse, als sie sich das zuge-gebenermaßen spektakuläre Design ansahen.

Lilly und Avas Mom saßen im Wohnzimmer auf dem riesigen Sofa und tranken Tee. Von Ava fehlte jede Spur. Als Lilly mich erblickte, zeigte sie mit dem Finger nach oben. Ich nickte und lief die Treppen hi-nauf.

»Ava?«, fragte ich leise und trat in ihr Zimmer. Ich sah sie nicht, konnte aber Geräusche aus ihrem Ankleidezimmer hören. Ich öffnete die Tür und entdeckte sie auf dem Fußboden. Sie hatte die Beine an-gewinkelt und ihren Kopf auf die Knie gelegt. »Hey, Baby, was machst du hier alleine?«

Ava zuckte beim Klang meiner Stimme zusammen. Ich setzte mich zu ihr und hob sie auf meinen Schoß. Ava verbarg ihr Gesicht hinter ihren Händen, ließ aber zu, dass ich sie an meine Brust zog.

»Was ist los? Warum weinst du?« Ich schlang meine Arme um ihren Rücken und streichelte über ihre Wirbelsäule. Nach einer Weile schmiegte sie sich schließlich an mich und ließ ihre Hände sinken. Mein Herz seufzte und ich verstärkte meinen Griff um sie. Ava holte zitternd Luft und ich küsste ihre Stirn. »Was ist?«, fragte ich noch einmal. Da sie weiter schwieg, umfasste ich ihre Schultern und hielt sie ein Stück von mir weg. »Sieh mich an«, forderte ich sie auf und fuhr mit dem Daumen über ihre vollen Lippen.

Avas Kopf folgte meiner Bewegung und sofort schlug mein Herz höher.

Ich gab ihr einen sanften Kuss auf den Mundwinkel. »Fuck, ich vermisse dich, mein Engel. Jeden Tag. Jede Minute. Jede verdammte Sekunde«, hauchte ich gegen ihre Lippen. Ich schmeckte das Salz ihrer Tränen und küsste deren Spur an ihrer Nase entlang hoch zu ihren Augen und legte meinen Mund auf die Stelle zwischen ihren Brauen. Dort verharrte ich für einen Moment und atmete Avas unvergleichlichen Duft tief ein. Ich vermisste diese Momente mit ihr schon jetzt. Wie sollte ich das die nächsten Wochen und Monate bloß aushalten?

Ich hätte sie so gerne gefragt, warum sie sich nicht bei mir gemeldet hatte oder ob sie mich auch vermisste. Aber ich wollte sie nicht drängen. Ich wollte, dass sie sich nur auf sich und ihre Eltern konzentrierte.

»Es macht mir Angst, wie sehr ich dich brauche«, flüsterte Ava und vergrub ihr Gesicht an meinem Hals.

Ich war wie erstarrt. Hatte ich das gerade geträumt? Oder sollte es tatsächlich das erste Mal gewesen sein, dass sie ihre Gefühle für mich preisgab? Mein Puls raste und ich bekam einen trockenen Hals. Ava schlang ihre Arme um mich und mein Herz drohte zu platzen. Es war unbegreiflich, dass ich jeden Tag ein bisschen mehr Liebe für dieses Mädchen entwickelte. »Ich liebe dich, Ava.« Ich konnte es gar nicht oft genug sagen.

Ava hob ihren Kopf und sah mir in die Augen. Sie fuhr mit ihren Fingern über meine Stirn, an meiner Wange entlang und folgte der Linie meiner Lippen. Ich schloss die Augen und genoss das Gefühl ihrer Hände auf meiner Haut. Automatisch öffneten sich meine Lippen und als Ava sich zu mir beugte und mir einen Kuss gab, atmete ich überrascht ein. Ihre zarten Finger umrahmten mein Gesicht und sie neigte ihren Kopf, als sie mit ihrer Zunge um Einlass in meinen Mund bat. Alle Sinne in mir erwachten auf einen Schlag und ich musste mich zurückhalten, sie nicht vor mich auf den weichen Teppich zu legen und komplett auszuziehen.

Avas Kuss fing zunächst zurückhaltend an. Doch sobald unsere Zungen aufeinandertrafen, entbrannte ein Feuer zwischen uns. Ihre Hände wanderten unter meinen Hoodie. Als ihre kalten Finger auf meine erhitzte Haut trafen, zog ich zischend Luft durch die Zähne. Ich legte meine Hand auf ihren Hinterkopf und drängte mich dichter an sie. Mit der anderen Hand fuhr ich ihre Taille herab und umfasste ihre volle Hüfte. Ava schob mein Shirt noch ein Stück hoch, sodass ich mir schließlich den Hoodie samt Shirt über den Kopf zog. Sofort krachten Avas Lippen wieder auf meine und ihre Finger gingen auf Entdeckungstour. Jeder Muskel, den sie berührte, spannte sich an. Ich stöhnte, als sie mit ihren Fingernägeln über meine Haut kratze und dabei meine Brustwarzen berührte. Ich umfasste Avas Arsch und drängte sie noch fester auf meinen Schoß. Ich war sofort für sie bereit. Mein Schwanz war angespannt und drückte unangenehm gegen die Knopfleiste meiner Jeans. Doch ich kümmerte mich nicht um ihn. Hier ging es um ausschließlich um Ava. Und wenn sie nur ein bisschen rummachen wollte, war das völlig in Ordnung für mich.

Es zeigte sich allerdings immer deutlicher, dass mein Engel etwas anderes im Sinn hatte. Als ich unter ihren Pullover fasste und ihre samtig weiche Haut hinauf streichelte, presste sie ihre Brüste gegen meine Hände. Ich sah zu ihr auf und war überwältigt von ihrem Anblick. Ihre Lippen waren leicht geöffnet, die Augen vor Lust geschlossen und die Wangen gerötet. Mein Baby war angeturnt. Ich lächelte und zog ihr den Pullover aus. Als Nächstes öffnete ich den Verschluss ihres BHs. Langsam strich ich die Träger von ihren Schultern und warf den BH zur Seite. Und dann sah ich sie mir einfach nur an. Ava hatte die schönsten Titten überhaupt. Sie waren rund und voll und ihre pinken Nippel richteten sich unter meinem Blick steif auf. Mit der Hand fuhr ich einmal um ihre linke Brust und kreiste mit dem Daumen über ihre harte Brustwarze. Sofort warf sie ihren Kopf nach hinten und stöhnte laut auf. Ich biss auf meine Lippe und wiederholte das Ganze mit der anderen Brust. Wieder presste sich Ava fest auf meinen Schoß und bog den Rücken durch. Ich lehnte mich vor und küsste ihren Nippel. Mit der Zunge kreise ich darum und saugte ihn dann in meinen Mund.

»Aiden«, keuchte Ava verloren und krallte ihre Finger in meinen Nacken.

Abwechselnd streichelte ich eine Brust, während ich die andere mit meinem Mund liebkoste. Avas Stöhnen wurde immer lauter. »Willst du, dass ich dich so zum Orgasmus bringe, Baby?«, flüsterte ich und zwickte in ihre harte Knospe, während ich gleichzeitig in die andere sanft hinein biss.

»Oh Aiden«, wimmerte Ava und zog an meinen Haaren.

Ich wollte nichts überstürzen und ließ mir Zeit, mein Baby immer weiter an diesen Punkt zu bringen, von dem es kein Zurück mehr gab. Doch Ava hatte andere Pläne. Ich merkte, dass sie mich zurückdrängte, und sah zu ihr auf. »Was möchtest du?«, fragte ich sie.

Ava umfasste mein Kinn und gab mir einen langen, sinnlichen Kuss. »Ich will, dass wir zusammen kommen«, hauchte sie gegen meine Lippen. Ohne den Blick von mir zu wenden, begann sie damit, meine Hose zu öffnen. Als sie den letzten Knopf erreichte, hob ich das Becken und sie zog die Jeans bis zu meinen Knöcheln runter. Mit den Füßen schob ich den Rest von mir und wartete, was mein Engel als Nächstes vorhatte.

Mit zittrigen Fingern griff Ava in meine Boxershorts und umfasste meinen Schwanz. Sofort zuckte dieser und ich vergoss einen ersten Lusttropfen. Gott, ich war so ein Teenie, wenn es um dieses Mädchen ging.

Ganz langsam fing sie an, meine harte Länge zu massieren. Ich legte den Kopf in den Nacken und stöhnte laut. »Baby, das fühlt sich unbeschreiblich an.« Avas Bewegungen wurden immer schneller und ich musste sie stoppen, bevor ich mich nicht mehr zurückhalten konnte. Sie wollte mit mir zusammen kommen und den Wunsch wollte ich ihr nicht verwehren.

»Lass uns in dein Bett gehen. Da ist es bequemer für dich«, flüsterte ich und wollte mich mit ihr in den Armen erheben.

Doch Ava schüttelte den Kopf. Fragend sah ich sie an. Anstelle einer Antwort stand Ava auf und zog sich ihre Jeans und den Tanga aus. Bevor sie sich wieder auf mich setzte, zupfte sie an meinen Shorts und ich hob erneut das Becken. Als wir beide nackt waren, senkte sich mein sexy Baby ganz langsam zurück auf meinen Schoß.

Fasziniert starrte ich dabei auf ihre feucht glitzernde Mitte und, kurz bevor ich in ihr versank, schaltete sich mein Hirn wieder ein. Ich hielt sie am Becken fest. »Baby, ich hab keine Kondome dabei. Wir können nicht.« Ich schluckte schwer.

»Ich nehme die Pille«, flüsterte Ava schüchtern und sah mich mit großen Augen an.

Mir lief es eiskalt den Rücken runter. Sie nahm die Pille? Warum zur

Hölle nahm sie die Pille? Ich dachte, also ich war mir sicher, dass Ava vor mir zuletzt vergangenes Jahr …

»Wegen meiner Migräne«, erklärte sie und unterbrach damit meine wilden Gedanken. »Sie hilft mir, dass ich meine Migräne besser in den Griff bekomme.«

Erleichtert atmete ich aus und küsste ihren Hals, während ich in sie glitt. *Ihre Migräne. Gott sei Dank!*

Und dann machte ich Liebe mit dem Mädchen, das ich liebte. Ich erfüllte ihren Wunsch. Wir kamen beide zur selben Zeit und sahen uns dabei tief in die Augen.

Erschöpft lag ich auf dem Boden meines Ankleidezimmers in Aidens Armen und rang nach Luft. Mein Herz raste noch immer und auch Aidens Herz klopfte heftig gegen seine Rippen. Ich fühlte mich das erste Mal seit Tagen wieder lebendig. Ich hatte ihn schrecklich vermisst. Aber jetzt, umfangen von seinen starken Armen, fühlte ich mich unendlich geborgen und beschützt. Mit dem Finger zeichnete Aiden kleine Kreise auf meiner nackten Haut und ich schloss die Augen, weil es sich einfach unbeschreiblich gut anfühlte, wenn er mich berührte.

»Wir sollten dir etwas anziehen. Du zitterst, mein Engel«, durchbrach Aiden die Stille.

»Mir egal«, antwortete ich und kuschelte mich noch enger an ihn.

»Mir aber nicht. Wieso sollte ich wollen, dass du frierst?«

Aiden machte Anstalten, aufzustehen, und ich legte schnell meinen Arm über seinen Oberkörper. »Du sollst mich wärmen.«

Aidens Brust vibrierte, als er leise lachte. »Irgendwann musst du aber etwas anziehen. Oder willst du für immer so nackig durch die Gegend rennen?«

»Mhm«, machte ich und drehte meinen Kopf, damit ich ihn ansehen konnte.

Sofort richtete er seine eisblauen Augen auf mich und lächelte mich liebevoll an. »Das wird viele Tote geben, Baby. Oder glaubst du, ich lasse auch nur eine Person am Leben, die dich nackt sieht?«

Ich zuckte mit den Schultern. »Niemand sagt, dass wir diesen Raum jemals wieder verlassen müssen.«

»Du willst mich also als deinen Gefangenen nehmen? Darf ich denn wenigstens Klamotten tragen oder muss ich auch nackt bleiben?« Aiden nahm meine Hand, die langsam seine Brust herunterwanderte und legte sie wieder über seinem Herzen ab.

Ich seufzte und drehte mich auf den Rücken. »Solange du deinen Körper weiter so trainierst, musst du nackt bleiben. Wenn du einen Bauch bekommst, wirst du dich wieder anziehen müssen.«

Aiden rollte sich plötzlich auf mich und stützte sich mit den Armen ab, damit er mich nicht erdrückte. »Du willst mich also nur wegen meines Körpers? Gibt es nichts, was ich dir sonst bieten kann?«, fragte er und tat, als sei er schwer getroffen von meiner Oberflächlichkeit. »Ich kann nichts dafür. Es ist deine Schuld, dass du so gut aussiehst.« Aidens Blick wurde ganz weich und er beugte die Arme, um mir einen Kuss zu geben. »Danke für das Kompliment. Ich glaub, das ist das Netteste, was du jemals zu mir gesagt hast.« Er streckte die Arme wieder durch und sah mich weiter verschmitzt an. »Du siehst selbst auch nicht schlecht aus. Vor allem finde ich die hier«, er beugte die Arme wieder und leckte über meine Brüste. »Und das hier«, dieses Mal stützte er sich auf nur einen Arm und kniff mir sanft in die Hüfte. »So unfassbar sexy, es macht mich ganz verrückt, wenn ich dich dort berühre.« Aiden streckte wieder beide Arme durch und schwebte über meinem Körper.

Ich wand mich und sehnte mich nach seiner Wärme und seinen Berührungen. Mit der Rückseite meiner Hände fuhr ich über seine Rippen und kratzte mit den Fingernägeln sanft über seinen Rücken wieder hoch bis in seinen Nacken. Fasziniert beobachtete ich seine Reaktion. Er schloss die Augen, senkte den Kopf und schüttelte sich vor Wonne. Ich gab ihm einen Kuss auf seine leicht geöffneten Lippen. Sofort ließ sich Aiden nieder, umfasste mein Gesicht und küsste mich leidenschaftlich. Mit einer sanften Bewegung drang er in mich ein und brachte mich ein zweites Mal zum Höhepunkt. Wieder folgte er mir nur eine Sekunde später und hielt mich dabei fest in seinen Armen.

»Wir sollten langsam wieder nach unten gehen. Bevor sie jemanden hochschicken.«

»Ist mir egal. Hier werden sie uns nicht finden.«

»Diego schon. Und den werden sie nämlich losschicken.«

»Schließ die Tür ab.«

»Aiden, los, komm schon. Mir wird jetzt langsam wirklich kalt.« Das stimmte zwar nicht, aber irgendwie musste ich ihn ja von hier wegbekommen.

Sofort erhob er sich und zog mich auf die Beine. Woher nahm der Typ nur seine Kraft? Ich hätte eigentlich noch mindestens zehn Minuten gebraucht, um mein Vorhaben in die Tat umzusetzen.

»Was dagegen, wenn wir noch schnell zusammen duschen?«, fragte er und gab mir einen Kuss auf die Stirn.

»Zusammen?«, wiederholte ich mit viel zu hoher Stimme und erntete dafür ein schiefes Grinsen von Aiden.

»Keine gute Idee?«

»Ich weiß nicht. Dann wissen doch gleich alle, dass wir … also, die denken dann bestimmt …«, stammelte ich völlig überrumpelt. Mir wurde total heiß und meine Wangen glühten, was Aiden nur wieder zum Lachen brachte.

»Ist schon gut, Baby. Dann geh du eben schnell und ich warte auf dich, okay?«

Ich nickte und ging schließlich mit zittrigen Knien in mein Bad. Aiden stellte das Wasser für mich an und hielt seine Hand unter den Strahl. Als die Temperatur seiner Meinung nach warm genug für mich war, hielt er mir die Glastür auf. »Bitteschön.«

Ich lächelte und gab ihm einen Kuss. »Danke.«

Aiden sah mich überrascht an.

»Was ist?«, fragte ich und sah an mir herunter. Hatte ich irgendwas übersehen?

»Ach nichts«, antwortete er und schüttelte den Kopf.

»Sag's mir, sofort!« Ich verschränkte meine Arme und sofort schoss Aidens Blick zu meinen Brüsten. Ich folgte seinem Blick und musste anfangen zu lachen. »So so, Mister ›Ich-Bin-So-Perfekt‹ verliert die Fassung, wenn ich meine Brüste zusammenquetsche?« Ich kicherte und Aiden starrte weiter auf meine Oberweite.

»Sorry, Baby, aber du hast einfach so hammermäßige Titten, da kann ich nicht weggucken«, antwortete er, ohne mir ins Gesicht zu sehen. Aidens Stimme war leicht belegt. Er räusperte sich und strich mir dann mit den Daumen über die Brustwarzen. Sofort zogen diese sich zu festen Knoten zusammen und ich widerstand dem Verlangen, die Augen zu schließen.

Die anderen fragten sich bestimmt schon längst, wo wir abgeblieben waren. Je länger wir hier oben blieben, desto offensichtlicher wurde es, was wir gemacht hatten. Bevor es also noch weiter eskalieren konnte, stellte ich mich schnell unter den warmen Wasserstrahl und schloss die Glastür.

»NEIN!!! Das darf doch nicht wahr sein! Diese ARSCHGEIGEN!«

Ich wünschte, ich hätte sagen können, dass es einer von Aidens Jungs war, der laut durch den Raum brüllte, weil die Mannschaft der Canadiens ein Tor kassierte. Aber leider war es mein Dad.

Die anderen lachten und klopften ihm tröstend auf die Schulter.

»Vielleicht holen sie im letzten Drittel noch auf«, sagte Joshua und griff in die Schale Nachos, die sicherlich Magda hingestellt hatte.

Zum ersten Mal war unser Heimkino voll besetzt. Natürlich waren wir schon öfter mit mehreren Leuten hier unten gewesen. Aber noch nie hatten so viele gutaussehende, sportliche und riesengroßen Typen auf dem lang gezogenen, U-förmigen Sofa gesessen.

Mom saß neben Dad am äußeren linken Ende. Er lehnte sich zu ihr und sie gab ihm einen Trostkuss. Aiden bemerkte die Szene ebenfalls und drückte meine Hand.

Wir quetschten uns zwischen Carter und Lucas und Aiden zog mich auf seinen Schoß. Niemand nahm wirklich Notiz von uns. Alle schienen auf die große Leinwand fixiert zu sein. Doch ich täuschte mich. Carter öffnete eine Dose Cola für mich, die ich dankbar entgegennahm, und Lucas schob die Schüssel Nachos zu uns. Das alles geschah so beiläufig, als wäre es das Selbstverständlichste auf der Welt.

»JA, MANN!«, brüllten die Jungs, als der Torhüter der Bostoner Mannschaft einen Pass der Kanadier mit dem Schläger abwehrte.

»Fuck, dieser Dafne ist der scheiß beste Torhüter der Liga!«

»Hey, Matt, es sind Ladies anwesend! Hüte deine Zunge«, beschwerte sich Lucas und bewarf ihn mit einem Nacho.

Matthew fing diesen gekonnt auf und schob ihn sich in den Mund.

»Sorry, Mama Amelie«, entschuldigte er sich bei meiner Mom, die ihm lachend zuzwinkerte.

»Kein Problem. Ich bin es nicht anders gewohnt«, sagte sie und deute-te auf meinen Dad, der sie jetzt unschuldig ansah.

Nach dem Spiel (die Bostoner hatten haushoch gewonnen) gingen wir alle wieder nach oben, wo es herrlich nach Essen duftete.

Magda kam aus der Küche und strahlte uns an. »Ich hoffe, ihr habt alle Hunger?«, fragte sie und zeigte zum Esszimmer.

»Und wie! Gibt es wieder Mac and Cheese? Bitte, sag, dass es wieder Mac and Cheese gibt«, flehte Carter und legte seinen Arm um sie.

»Heute nicht, mein Lieber. Beim nächsten Mal, okay?«

»Oh, alles klar. Es riecht trotzdem köstlich!«, antwortete er und setzte sich an den großen Tisch.

»Können wir dir helfen, Magda?«, fragte Aiden und ließ das erste Mal, seit wir aus meinem Zimmer gekommen waren, meine Hand los.

»Nein, nein. Setzt euch einfach hin. Ich bringe das Essen.« Magda verschwand wieder in die Küche und kam wenige Minuten später mit einer riesigen Pfanne zurück. Mein Dad und auch die Jungs, die von ihren Plätzen aus zur Tür blicken konnten, sprangen sofort auf, um ihr zu helfen.

»Oh man, riecht das lecker!«, rief Matthew.

»Was ist das?«, wollte Joshua wissen und beugte sich über die Pfanne.

»Paella. Ein Familienrezept von meiner Großmutter. Lasst es euch schmecken, ihr Lieben.« Magda strahlte über beide Ohren und man sah, wie stolz sie auf ihr Werk war.

»Das ist sehr lieb von dir, Magda. Und danke noch einmal, dass du heute länger bleibst.« Meine Mom griff nach Magdas Hand.

Magda lächelte mein Mom liebevoll an. »Das mache ich sehr gerne, Amelie.«

»Iss mit uns, Magda!«, forderte Carter sie auf, doch diese schüttelte den Kopf.

»Nein, ist schon gut. Esst ihr in Ruhe.«

»Auf keinen Fall! Wenn du dieses Mal wieder nicht mit uns isst, essen wir auch nicht!«, verkündete Carter und legte sein Besteck zurück auf den Tisch.

»Ich hab aber echt Hunger«, grummelte Lucas und hob seine Gabel an den Mund. Carter hielt seinen Arm fest und blickte ihn böse an. Lucas schnaufte und ließ die Hand wieder sinken. »Magda, bitte iss mit uns. Sonst wird uns Carter alle verhungern lassen«, flehte er sie an.

Nun fielen alle anderen mit ein und schließlich ließ man ihr keine Wahl. Carter bot ihr seinen Stuhl an und mein Dad lief in die Küche, um einen weiteren Teller zu holen. Magda hatte sich kaum hingesetzt, da fielen die Jungs wie hungrige Wölfe über die Paella her.

Mein Dad und die Jungs unterhielten sich angeregt über alle möglichen Sportarten und Dad berichtete von seiner Zeit an der San Diego Universität und dass er dort im Basketballteam gespielt hatte. Es war laut, weil alle gleichzeitig redeten. Es war chaotisch, weil immer wieder jemand aufstand und irgendwelche Fotos auf dem Handy zeigte und weil ständig die Plätze getauscht wurden, um sich besser unterhalten zu können. Es war herrlich, weil es sich normal anfühlte. So, als schwebten an diesem Abend keine rabenschwarzen Wolken über unserem Haus. Ich entspannte mich mehr und mehr und konnte mir langsam vorstellen, dass es vielleicht doch funktionieren könnte: eine Beziehung mit Aiden und die letzte Reise meiner Mom.

Ich beobachtete sie dabei, wie sie sich das Geschehen um den Tisch herum ebenfalls ansah und traurig lächelte. Auch mein Dad bemerkte es. Er legte seinen Arm um sie und gab ihr einen Kuss auf die Schläfe. Niemand sonst bekam es mit und das war auch gut so. Mom wollte nicht, dass man sie anders behandelte. Sie wollte mitten aus dem Leben verschwinden und nicht, dass das Leben um sie herum verschwand.

Ich wusste nicht, was Aiden seinen Jungs über unser Schicksal erzählt hatte. Ich war mir fast sicher, dass sie es wussten, weil sie sich so liebevoll um sie bemühten. Sie schäkerten mit ihr, machten ihr Komplimente für ihr junges Aussehen, nahmen sie in Schutz, wenn mein Dad witzige Anekdoten über ihre früheren Surfversuche zum Besten gab. Es ließ mein Herz überschäumen vor Glück, weil ich meine Mom schon sehr lange nicht mehr so herzlich hatte lachen hören.

Aiden hatte während des gesamten Dinners meine Hand unter dem Tisch gehalten und gestreichelt. Ich war vollgestopft mit Glückshormonen und als Aiden mich anlächelte, beugte ich mich zu ihm und gab ihm einen Kuss auf den Mundwinkel. Das Strahlen, das daraufhin auf Aidens Gesicht ausbrach, erwärmte mich bis auf die Knochen.

Ich widmete mich wieder meinem Dessert und bekam gerade noch mit, wie Steven nach einem Stück Brot griff. Dabei berührte er Lilly scheinbar unbewusst am Arm. Sofort stahl sich ein Lächeln auf ihre Lippen und ich sah verwundert zu ihr. Wenige Sekunden danach beugte sich Steven wieder zu ihr, um ihr dieses Mal etwas ins Ohr zu flüstern. Doch dabei strich er Lilly mit den Lippen über die Wange und küsste ihre Schläfe.

*Oh mein Gott!* Lilly und Steven? Wie konnte ich das verpasst haben? Ich sah mich verstohlen um, doch niemand nahm Notiz von den beiden.

Im nächsten Moment wanderte Stevens Hand ebenfalls unter den Tisch und ich war mir ziemlich sicher, dass er ihre Hand hielt wie Aiden meine. Die beiden sahen sich zwar nicht an, aber ich konnte spüren, dass es gewaltig zwischen ihnen knisterte. Ich musste dringend mit Lilly sprechen. Ich freute mich so für sie! Sie hatte mir ja gerade erst neulich erzählt, wie heiß sie Steven fand. Auch wenn ich ihn erst wenige Tage kannte, wusste ich, dass er niemand war, der es nicht ernst mit der Schwester seines besten Freundes meinen würde. Steven kannte Aiden sicherlich am besten, wenn es um den Beschützerinstinkt gegenüber Lilly ging. Gerade die Schwester des besten Freundes war prinzipiell tabu. Zumindest hatte ich das irgendwann einmal gehört oder davon gelesen. Oh Gott, was, wenn Aiden damit nicht einverstanden war?

»Baby, was ist? Du bist auf einmal so angespannt. Ist alles in Ordnung?« Aiden beugte sich zu mir und flüsterte mir ins Ohr.

Erst jetzt bemerkte ich, dass ich seine Hand fest umklammerte, und ließ sofort locker. »Sorry, ich war in Gedanken. Alles gut«, versicherte ich ihm.

»Sicher?« Besorgt huschte sein Blick über mein Gesicht und ich gab mein Bestes, mir nichts mehr anmerken zu lassen.

Ich nickte und lächelte ihn an. Ich sah, dass er mein Lächeln zwar erwiderte, aber es erreichte seine Augen nicht. Er war mir auf die Schliche gekommen.

Wir standen mit meinen Eltern an der Tür und verabschiedeten die Jungs. Zurück blieben Lilly, Steven und Aiden. Ich hielt Aidens Arm fest umschlungen. Fragend sah er mich an und verschränkte seine Finger mit meinen.

»Soll ich Lilly nach Hause bringen und dich später abholen?«, bot Steven an, als er von unseren verschlungenen Händen hoch in Aidens Gesicht sah.

Aiden blickte mich lange an und ich flehte stumm, dass er bei mir blieb. Ich wollte nicht, dass er nach Hause fuhr.

»Ich melde mich bei dir«, antwortete Aiden, ohne den Blickkontakt zu mir zu unterbrechen.

»Geht klar, Mann. Bis morgen, Babe.« Steven umarmte mich und nach nur einer Sekunde zog Aiden an meinem Arm, sodass ich zurück gegen seine Brust fiel.

»Hört das jemals auf?«, fragte Steven und grinste seinen besten Freund an.

»Niemals. Und jetzt sieh zu, dass du meine kleine Schwester heil und gesund nach Hause bringst. Fehlt ihr auch nur ein Haar, bist du tot. Verstanden?«

Oje. Ich befürchtete, dass es eine Menge Arbeit werden würde, Aiden davon zu überzeugen, dass Steven der perfekte Freund für Lilly war.

Stevens Blick huschte für den Hauch einer Sekunde zu Lilly, doch Aiden schien davon nichts mitzubekommen. Lilly sah verlegen zu Boden.

Als ich sie an mich zog, flüsterte ich ihr ins Ohr: »Warum muss ich so davon erfahren? Ich erwarte, dass du mir morgen alles erzählst!«

»So, wie du mir immer alles erzählt hast?«, antwortete sie mir ebenso leise.

»Ey, was gibt's da zu flüstern?«, fragte Aiden und drängte uns auseinander.

»Hör auf, immer den großen Bruder zu spielen, Aiden. Das fängt langsam an zu nerven!« Lilly drückte ihrem Bruder einen Kuss auf die Wange und verschwand mit Steven auf den Fersen aus dem Haus.

Meine Eltern verabschiedeten sich ebenfalls ins Bett und dann stand ich mit Aiden alleine in der Eingangshalle.

»Und jetzt?«, fragte er und strich mir die Haare aus dem Gesicht.

»Und jetzt könnten wir mit Diego kurz zum Strand gehen?«

Aiden zog mich zu sich und legte seine Arme um meinen Rücken. »Ich vermisse es, neben dir einzuschlafen. Und morgens mit dir aufzuwachen«, flüsterte er und gab mir einen Kuss.

Ich seufzte und kuschelte mich eng an ihn. »Ich auch.«

»Ich will dich nicht drängen. Wirklich nicht. Aber darf ich noch einen Moment bleiben? Wenigstens bis du eingeschlafen bist?«, fragte er.

Ich sah in sein hoffnungsvolles Gesicht. Ich wollte ihn immer bei mir haben. »Wenn du noch da bist, wenn ich wieder aufwache, ist das okay für mich.«

Als Aiden lächelte, erreichte es dieses Mal auch wieder seine Augen.

Ich lag schon im Bett, während Aiden noch unter der Dusche stand. Ich dachte darüber nach, wie fürchterlich leer und kraftlos ich mich heute Morgen noch gefühlt hatte und wie glücklich ich jetzt war. Der ganze Tag war einfach nur wundervoll. Ich hatte meine Eltern schon sehr lange nicht mehr so ausgelassen und fröhlich erlebt. Fast wie in alten Zeiten. Bevor dieser dunkle Schatten über uns kam, der einfach nicht mehr verschwinden wollte.

Ich hatte Angst, wenn ich an die Zukunft dachte. An ein Leben ohne meine Mom an meiner Seite, ohne ihre Liebe, ihre warmen Umarmungen und ihre tröstenden Worte. Sie würde nicht an meiner Seite sein, wenn ich irgendwann einmal heiraten oder mein erstes Kind bekommen würde. Sie würde nie mehr einen Sommer in San Diego erleben. Mit jedem Tag, der verging, wurde das Atmen schwerer, die Kraft weniger und das Leid unerträglicher. Ich gab mir wirklich allergrößte Mühe, nicht aufzugeben, doch es war so verdammt schwer.

Und mitten hinein in dieses Drama, was mein Leben war, war Aiden geplatzt und hatte seitdem alles auf den Kopf gestellt. Lange hatte er dafür gesorgt, dass alles noch anstrengender und noch komplizierter wurde. Dabei wollte ich einfach nur für Lilly da sein. Ich hatte ihr mein Versprechen gegeben, niemandem etwas zu erzählen. Bis zu einem gewissen Zeitpunkt konnte ich ihre Angst, sich ihrer Familie anzuvertrauen, nachvollziehen. Aber je näher ich Aiden kam, je besser ich die Familie kennenlernte, desto unverständlicher wurde ihr Verhalten für mich. Ich konnte mir beim besten Willen nicht vorstellen, dass auch nur ein Einziger von ihnen schlecht über Lilly denken würde.

Mir war bewusst, dass Aiden nach wie vor davon ausging, dass ich für den ganzen Schlamassel verantwortlich war, in den uns Lilly wieder und wieder gebracht hatte. Bisher hatte er dieses Thema noch nicht angesprochen, doch ich fürchtete jeden Tag mehr, dass es bald soweit sein könnte. Und was sollte ich ihm dann sagen? Ich konnte Aiden nicht mehr anlügen. Nicht, ohne mich selbst danach zu hassen.

»Hey, woran denkst du?« Aiden kam zu mir ins Bett und legte sich hinter mich.

»An nichts. An alles. Das war ein sehr schöner Tag heute. Danke dafür.«

»Du wirst immer besser im Dankesagen, Baby. Ich hätte nicht gedacht, dass das in dir steckt«, neckte er mich und ich rollte mit den Augen.

»Ich kann mich bei Leuten, die ich mag, sehr gut bedanken. Bei Leuten, die ich nicht so mag, fällt es mir schwer oder ich mache es nur, wenn ich gezwungen werde.«

»Hat dich also jemand gezwungen?«, fragte Aiden und gab mir einen Kuss auf die Schulter.

»Nicht ganz. Aber es fällt mir immer noch schwer«, seufzte ich.

»Hey, das ist gemein! Ich geb mir hier wirklich allergrößte Mühe«, beschwerte er sich und drehte sich von mir weg.

Mir fehlte seine Wärme augenblicklich. Ich folgte ihm und drängte mich wieder dicht an seine Seite.

Aiden legte seinen Arm um mich und streichelte über meine Taille.

»Erinnerst du dich noch an unser Pancake-Wettessen?«

»Ja, warum fragst du?«

»Eigentlich war der Wetteinsatz nicht nur das Aufräumen, sondern auch, dass der Verlierer etwas Nettes über den Gewinner sagen sollte.«

Natürlich erinnerte ich mich daran. »Hm«, machte ich. Mein Puls schnellte in die Höhe.

»Nun, da wir beide wissen, dass du die Wette verloren hast, frage ich mich die ganze Zeit, was du Nettes über mich zu sagen gehabt hättest.«

Aiden strich mir eine Locke aus der Stirn.

Ich sah lange schweigend in seine faszinierenden Augen und mir gingen tausend Sachen durch den Kopf. Ich griff schließlich nach seiner Hand und spielte mit seinen Fingern. »Ich mag deine Hände.«

»Meine Hände? Warum?«, fragte er verwundert.

»Ich mag es, wenn du mich mit ihnen berührst.«

Aiden wurde ganz still und sein Blick brannte sich in meinen. »Ava«, raunte er. »Und ich mag es, dich zu berühren. Die Gefühle, die dein Körper, deine Haut in mir auslösen, sind … ich kann es nicht in Worte fassen. Ich liebe es, dich anzufassen.«

»Ich mag deine Arme«, setzte ich fort und zog seinen Arm fester um mich. »Sie sind stark und kräftig und sie geben mir das Gefühl von Geborgenheit. Ich fühle mich sicher, wenn du mich in deinen Armen hältst. Als könnte mir nichts passieren.«

»Baby«, keuchte Aiden mit belegter Stimme.

314

Ich hob meine Hand und strich ihm mit den Fingern über den Mund. Aiden spitzte die Lippen und küsste meine Fingerkuppen. Lächelnd sah ich ihn wieder an. »Ich mag deinen Mund«, flüsterte ich.

Dieses Mal musste Aiden schlucken und sah mich mit einem brennenden Verlangen im Blick an.

»Deine Lippen sind weich und soft, aber auch leidenschaftlich und drängend. Als du mir das erste Mal so nah warst, im Blue Pearls, konnte ich deinem Mund nicht widerstehen. Ich wollte unbedingt wissen, wie er sich anfühlt. Unser erster Kuss? Der hat mich total aus der Bahn geworfen. Dein Kuss hat mich verzaubert und so ist es noch immer, wenn du mich küsst.«

Aidens Blick ruhte auf mir und ich spürte, wie mein Herz immer heftiger gegen meine Rippen schlug.

»Du sagst so liebe Sachen zu mir und gibst mir das Gefühl, dass ich etwas Besonderes bin. Ich fühle mich wohl bei dir. Wenn du nicht da bist, vermisse ich dich. Und wenn du bei mir bist, möchte ich am liebsten in dich reinkriechen.«

Aiden fing an zu zittern und sein eisblauer Blick brannte sich in meine Seele.

»Mit deinen Umarmungen, mit deinen Worten und mit deinen Küssen schaffst du es, mich an einen anderen Ort zu bringen. Einen Ort, an dem ich mich geborgen und geliebt und absolut sicher fühle. Und genau das ist es, was mir so wahnsinnige Angst macht, Aiden. Meine Mom wird bald nicht mehr da sein. Und an dem Tag, an dem sie für immer von mir und meinem Dad geht, werde ich zerbrechen.«

Aidens Körper spannte sich an.

Ich redete schnell weiter, damit er mich nicht unterbrechen konnte. Ich musste es jetzt loswerden. Ich holte tief Luft und spürte die ersten Tränen in meinen Augen. »Wenn ich darüber nachdenke, auch dich irgendwann zu verlieren … ich weiß nicht, wie ich das packen soll, wie ich …« Meine Stimme brach und ich konnte nicht mehr weitersprechen. Ich hatte es mir bisher streng verboten, überhaupt so weit zu denken. Und nun hatte ich es sogar laut ausgesprochen.

Aiden stützte sich auf den Ellenbogen und streichelte mein Gesicht. »Ava, du wirst mich nicht verlieren. Niemals. Ich kann nicht ohne dich sein. Ich weiß, dass es völlig verrückt ist. Wir kennen uns so richtig erst seit wenigen Wochen. Aber trotzdem war ich mir noch nie mit irgendwas so sicher. Du bist mein erster Gedanke am Morgen und der letzte, wenn ich abends meine Augen schließe. Und dazwischen? Ich frage mich ständig, wie es dir geht, wo du bist, was du machst. Und ich will bei dir sein. Shit, die letzten Tage ohne dich? Das war die Hölle! Ich will nicht mehr ohne dich sein. Noch nie habe ich so klar gesehen wie heute. Du schaffst es, trotz deines Schicksals so viel Kraft für andere zu haben, und das gibt mir Hoffnung. Du gibst mir Hoffnung! Und ich weiß, dass ich dich absolut nicht verdient habe. Und es macht mir eine Scheißangst, dass du das irgendwann genauso erkennst und gehst. Du hast so viel mehr Kraft als ich. Ich würde es nicht über mich bringen, jemals von dir wegzugehen. Ich wüsste nicht, wie das jetzt noch möglich sein sollte. Ich liebe dich, Ava, so sehr.«

Mein Blick auf Aiden verschwamm. Als ich sah, dass auch seine Augen feucht glitzerten, hielt mich nichts mehr. Ich setzte mich auf seinen Schoß. Aiden erhob sich ebenfalls und ich schlang meine Beine und Arme um ihn. Wir hielten uns, so fest wir konnten, und Aiden küsste jede meiner Tränen weg. Ich lehnte mich an ihn und schmiegte mein Gesicht ganz nah an seinen Hals. Hier spürte ich seine Wärme und fühlte seinen Herzschlag. Das war mein Lieblingsort.

»Ich liebe dich, Aiden«, flüsterte ich.

Ein Ruck ging durch seinen Körper und er zog mich so fest an sich, dass ich kaum noch Luft bekam.

Ich fiel. Ich flog. Mein Herz spielte verrückt. Das Gefühl wollte nicht aufhören und es war einfach nur großartig. Ava liebte mich! Noch nie in meinem Leben war ich so glücklich wie in diesem Moment. Die letzten Tage waren grausam. Sie hatte mich die ganze Zeit immer ein Stück auf Abstand gehalten. Obwohl ich wusste, dass Ava stärkere Gefühle für mich hatte, als sie zugeben wollte, war ich dennoch verunsichert. Denn, während ich ein nutzloser Haufen Nichts war, hatte sie einfach weitergemacht.

Aber das zählte nun alles nicht mehr. Ich hielt sie in meinen Armen, streichelte über ihr wunderschönes Gesicht, küsste ihre weichen sinnlichen Lippen, spürte ihr tapferes Herz in ihrer Brust schlagen und wusste, dass es genauso für mich schlug wie meines für sie. Gott, dieses Mädchen machte mich fertig. Und ich genoss dieses Gefühl in vollen Zügen.

Wir lagen lange wach und sahen uns einfach nur an, solange, bis sie in meinen Armen einschlief. Und ich betrachtete das Mädchen, das mich liebte, und konnte mein Glück noch immer nicht fassen.

»Guten Morgen«, wisperte Ava und legte ihre weichen Lippen auf meinen Mund.

Ich spürte ihr Gewicht auf meinem Körper. Als ich die Augen aufschlug, blickte ich in Avas wunderschönes Gesicht. Wenn das mal nicht die perfekte Art war, aufzuwachen. Sofort rührte sich mein Schwanz und ich rieb mich beim Strecken genüsslich an ihr. »Morgen, mein Engel. Wie spät ist es?«, fragte ich und gab ihr einen Kuss auf ihre unwiderstehlichen Lippen.

»Halb neun. Ich weiß nicht, wann du losmusst und ob du vorher noch frühstücken möchtest. Mom und Dad haben mich hochgeschickt, um dich zu fragen.«

Erst jetzt fiel mir auf, dass Ava bereits angezogen war. »Wie lange bist du schon wach?«, wollte ich wissen und rieb über mein Gesicht.

»Seit einer Stunde. Diego hat genervt und musste raus.«

»Du warst schon mit Diego draußen?«, fragte ich erstaunt. Wieso hatte ich nicht mitbekommen, dass sie aufgestanden war?

»Nur kurz runter zum Strand.«

»Warum hast du mich nicht geweckt? Dann wäre ich mitgekommen.«

»Weil du geschlafen hast wie ein Baby. Ich wollte dich nicht wecken.«

»Wie ein Baby, hm?«, wiederholte ich mit zusammengekniffenen Augen.

»Jepp. Hat nur noch gefehlt, dass du am Daumen nuckelst«, neckte sie mich und wollte aufstehen.

Doch ich packte sie an den Schultern und warf sie auf die Matratze. Ich rollte mich auf sie und presste meinen Schwanz gegen den Saum ihrer Jeans. Befriedigt sah ich, wie ihre Augen zurückrollten und sie sich auf die Lippe biss, um nicht laut aufzustöhnen.

»Dafür haben wir jetzt keine Zeit mehr, Aiden«, wisperte Ava, als ich küssend an ihrem Hals hinunter wanderte.

Ich rieb mich noch einmal an ihr und wieder keuchte Ava.

»Dann hättest du mich nicht so spät wecken dürfen, Baby.«

»Ich wecke dich doch nicht, nur damit wir Sex haben!«, sagte Ava entrüstet und brachte mich damit zum Lachen.

Sie war doch nicht so erfahren und selbstbewusst, wie ich immer gedacht hatte. Das beruhigte mich ungemein.

»Du musst noch viel lernen, mein Engel. Wenn du Lust auf mich hast, egal wann oder wo, nimm mich einfach. Ich stehe dir immer zur Verfügung.«

»*Aiden!*«, rief Ava entrüstet.

»*Ava!*«, ahmte ich sie nach und lachte laut, weil sie mich böse anfunkelte.

»Das werde ich ganz bestimmt nicht tun!« Und sie wurde noch roter.

»Du bist so niedlich, wenn du verlegen bist«, sagte ich und kniff in ihre Brustwarze.

Sofort bäumte sie sich auf und streckte mir ihren Oberkörper entgegen. »Ich bin nicht schüchtern!«, protestierte sie dennoch.

»Und ob. Und weißt du was? Ich mag das. Sehr.«

»Du bist dermaßen eingebildet!«

»Und du so sexy!«, antwortete ich und fing an, ihre Brust sanft zu massieren. Als ich mich an ihrer Mitte rieb, hob sie ihre Hüfte ein Stück an, um den Druck gegen ihre Pussy zu verstärken. Ich sah in ihr Gesicht und konnte den Wechsel von Entrüstung zu Verzückung beobachten. Ich nutzte die Gelegenheit und gab ihr einen langen feuchten Kuss. Nach wenigen Minuten Zurückhaltung griff sie in mein Haar und zog mich zu sich.

»Genau so will ich den Rest meines Lebens aufwachen.« Ich streckte mich und stand schließlich auf.

»Mhm«, seufzte Ava und drehte sich auf die Seite, um mich anzusehen. »Ich glaub, ich könnte mich daran gewöhnen«, murmelte sie leise und erschöpft in ihr Kissen.

Ich beugte mich zu ihr und gab ihr einen Kuss auf die Wange. »Lass uns frühstücken. Ich hab plötzlich tierischen Hunger.«

»Geh schon mal vor. Ich komme in ein, zwei Tagen nach«, antwortete sie und brachte mich wieder zum Lachen.

»Ich spring schnell unter die Dusche. Wenn ich fertig bin, erwarte ich dich vollständig bekleidet an der Tür. Wenn nicht, gehe ich ohne dich runter und erzähle deinen Eltern, was du mit mir gemacht hast.«

Ava hob den Kopf und funkelte mich an. »Das würdest du nicht tun!«

»Forderst du mich heraus?«, fragte ich sie und hob eine Braue.

»Du bist ein fieser Fiesling! Und ein Blödmann!«

Ich kniete mich noch einmal auf das Bett und gab ihr einen Kuss. Hatte ich schon einmal erwähnt, dass ich nicht genug von ihr bekommen konnte?

»Und du liebst mich trotzdem«, flüsterte ich.

Ava öffnete die Augen und sah mich einen Moment lang an. Mein Herz fing nervös an zu flattern. Sie hatte es noch nicht wieder gesagt. Ich musste wissen, ob ich es nur geträumt hatte.

»Ja, ich liebe dich«, antwortete sie schließlich und ich atmete erleichtert aus.

»Ich dich auch, Baby.«


Wir frühstückten mit ihren Eltern und gingen anschließend alle gemeinsam mit Diego spazieren. Ausnahmsweise schneite es mal nicht und die Sonne strahlte vom blauen Himmel auf uns herab. Noch vor zwei Wochen wäre es für mich absurd und undenkbar gewesen, nicht nur mit einer Freundin im Arm spazieren zu gehen, sondern auch noch ihre Eltern dabei zu haben und mich nicht ein Stück unwohl zu fühlen. Sowohl Amelie als auch Chester waren total locker drauf und wirkten eher wie Freunde als die Eltern meiner Freundin.

Total überrascht war ich, als die beiden mir von ihren außergewöhnlichen Jobs erzählten. Avas Dad hatte eine Kunstgalerie besessen und Avas Mom war Leiterin eines großen Auktionshauses. Die Liebe zur Kunst hatte die beiden irgendwann zusammengebracht. Amelie fand Chester anfangs allerdings überhaupt nicht cool. Er war ihr zu aufgekratzt, zu protzig und viel zu arrogant. Chester hingegen fand Avas Mom von Anfang an faszinierend und war ihr sofort verfallen.

Als Amelie die niederschmetternde Diagnose erhielt, verkauften sie alles. Avas Mom liebte Rhode Island und deswegen hatten Ava und ihr Dad zugestimmt, als sie nach Newport ziehen wollte. Sie wollten ihr keinen Wunsch mehr verwehren und ich verstand immer mehr, dass man für den Menschen, den man liebte, einfach alles tat.

Nach dem Spaziergang rief ich Steven an, damit er mich abholte. Ava hatte vorgeschlagen, mich nach Hause zu bringen, doch ich wollte nicht, dass sie alleine über die verschneiten Straßen fahren musste. Ich kassierte wieder ihren berühmten finsteren Blick, weil ich mich so machomäßig verhielt, küsste ihren Groll aber einfach weg.

»Ist wieder alles in Ordnung bei dir und Ava?«, fragte Steven und bog auf die Hauptstraße.

»Jepp«, antwortete ich und schloss die Augen. Ich war schon wieder hundemüde. Am liebsten hätte ich den ganzen Tag mit Ava im Bett verbracht.

»Das freut mich, Mann. Ehrlich, ihr habt es beide verdient.«

Ich schnaubte und spürte Stevens Blick auf mir. »Ich weiß nicht, ob sie mich verdient hat. Ich war die ganze Zeit das größte Arschloch überhaupt zu ihr.«

»Nicht ganz. Daniel ist schlimmer.«

Ich blickte Steven überrascht an.

»Ich hab ihn gestern Abend getroffen, als ich Lilly nach Hause gebracht habe.«

Ich ahnte nichts Gutes. »Und?«

»Er wollte wissen, wo du bist. Hat sich sofort Lilly geschnappt und sie ausgefragt.«

Dieser Pisser!»Und, was hat sie gesagt?«

»Sie hat ihm gesagt, dass es ihn einen Scheiß angeht und er sich um sein eigenes Leben kümmern soll. Danach dann ist er ein wenig ausfallend geworden.«

Ich sah zu Steven, der seine Hände jetzt fest ums Lenkrad krallte. In mir fing es an zu brodeln.»Was hat er gesagt? Hat er sich über Ava ausgelassen?« Wenn Daniel nicht endlich aufhörte, sich das Maul über Ava zu zerreißen, müsste ich ihn mir bald mal zur Brust nehmen. Die Dinge hatten sich schließlich geändert. Gewaltig sogar.

»Zuerst ging es um dich. Was für ein Verräter du doch bist und dass du sie nur verarschst und er dich am besten kennen würde, bla, bla, bla.«

Damit konnte ich leben. Sollte er über mich doch denken, was er wollte.

»Aber dann hat er angefangen, schlecht über Ava zu reden.«

Mein Blut fing an zu kochen und ich ballte meine Hände zu Fäusten.

»Fahr mich nach Hause, Steven«, forderte ich ihn auf.

»Keine Sorge, ich hab mich um ihn gekümmert.«

»Was hast du gemacht?«

»Ich hab ihm klargemacht, dass er keine Ahnung hat, wer Ava wirklich ist. Und dass er, egal was er gehört hat, falsch liegt. Er wollte sich mit mir anlegen, aber ich hab mich nicht darauf eingelassen. Und außerdem war ich zu sehr damit beschäftigt, Lilly zu beruhigen und sie in ihr Zimmer zu bringen, bevor sie Daniel die Augen auskratzen konnte. Man, das Mädchen hat Feuer!«

»Ich werde wohl mit Lilly reden müssen.«

»Lilly? Warum?«, fragte Steven jetzt verwundert.

»Diese ganzen Gerüchte um sie und Ava, ich weiß auch nicht, aber ich kann mir mittlerweile überhaupt nicht mehr vorstellen, dass Ava tatsächlich so viel damit zu tun gehabt hat. Sie verträgt so gut wie keinen Alkohol und wollte in den vergangenen Tagen nicht ein einziges Mal auf irgendeine Feier oder sich mit irgendeiner Freundin treffen. Ich hab auch nicht mitbekommen, dass sich jemand bei ihr gemeldet hat. Sie hat auch überhaupt keinen Kopf für solche Sachen. Sie wollte nicht mit mir zusammen sein, weil sie Angst hatte, dass sie Zeit mit ihrer Mom verpasst. Lilly hingegen hängt ständig am Telefon und erzählt von irgendwelchen Feiern. Andauernd kommt jemand bei uns vorbei und sie hängen stundenlang in ihrem Zimmer rum. Irgendwas ist da gewaltig faul.«

Ich hing meinen Gedanken nach und dachte daran zurück, wann und wo wir Lilly und Ava in der Vergangenheit aufgegabelt hatten. Ava war jedes Mal nüchtern gewesen. Immer war sie diejenige, die alle Schuld auf sich genommen hatte. Ausnahmslos. Egal, was wir ihr vorwarfen. Sie hatte alles sofort zugegeben.

Mittlerweile wusste ich, dass Ava ganz anders tickte.

Ich würde noch heute mit Lilly sprechen. Ich wollte nicht mehr einen Tag vergehen lassen, an dem etwas zwischen mir und Ava stand.

»Soll ich mal mit Lilly sprechen?«, bot sich Steven an und unterbrach meine Gedanken.

Ich sah überrascht zu ihm. »Wieso sollte sie ausgerechnet dir was erzählen?«

»Keine Ahnung. War nur ein Vorschlag«, antwortete er achselzuckend und blickte stur auf die Straße.

Ich zog meine Augenbrauen zusammen und beobachtete meinen besten Freund. Entging mir hier gerade irgendwas? Das würde Steven nicht wagen, oder? Er würde doch nichts mit meiner Schwester anfangen, ohne vorher mit mir zu reden? Der Gedanke war so abwegig, dass ich nicht weiter darüber nachdenken wollte. Nein, das würde der Fucker nicht machen.


»Glückwunsch, Junge! Das war, ohne Scheiß, das aufregendste Spiel, das ich je in meinem Leben gesehen habe!« Avas Dad klopfte mir anerkennend auf die Schulter.

»Dann hast du noch nicht viel gesehen«, antwortete ich und wischte mir den Schweiß vom Gesicht. Ich suchte nach Ava, doch bevor ich ihr etwas zurufen konnte, schubsten mich die anderen weiter in die Tunnelgänge der Arena.

Das Spiel war von Anfang an in unserer Hand. Keine Ahnung, ob die anderen keinen Bock hatten, gegen uns zu spielen. Mir flogen die Pucks nur so zu und ich hatte einen nach dem anderen im gegnerischen Tor versenkt.

»Alter, das war magisch!«, jubelte Josh und stieß Jake gegen die Wand. »Du bist der Beste, Mann! Der Beste!«

Jake schüttelte seine schweißnassen Haare, als er seinen Helm absetzte, und grinste Josh an.

»Was für ein scheiß geiles Spiel!«, brüllte Carter und sprang auf Matthews Rücken.

Unser Team feierte ausgelassen in der Kabine und von unserem Coach hagelte es ausnahmsweise mal ausschließlich Lob und keine Kritik. Aber was wollte der Penner denn auch anderes sagen? Wir hatten es bis an die Spitze der Amateurliga geschafft.

»Was geht heute noch?«, wollte Finley wissen, nachdem er aus der Dusche kam und sich ein Handtuch um die Hüften wickelte.

»Wir gehen ins Blue Pearls«, antwortete Josh.

»Cool, Jake und ich kommen mit.«

»Ja, Mann! Heute lassen wir die Sau raus!«, rief Matthew und bewarf Carter mit seinem nassen Handtuch.

»Fährst du bei Steven mit?«, wollte Josh von mir wissen.

»Ich weiß noch nicht, was Ava vorhat. Wenn sie nach Hause will, fahr ich zu ihr.«

»Was, dein Ernst, Alter? Du gehst nicht mit uns feiern?«, fragte Jake fassungslos.

Ich zuckte gleichgültig mit den Achseln. Es war mir egal, was er von mir hielt. Mein Leben hatte sich eben verändert.

»Du machst deine Entscheidungen jetzt nicht wirklich von einer Tussi abhängig? Wann sind dir deine Eier abgefallen?«

»Lass ihn in Frieden, Jake. Wenn Aiden nicht will, ist das seine Sache«, mischte sich Carter ein und setzte sich neben mich, um seine Schuhe zuzubinden.

»Aiden, du warst immer mein Vorbild! Ich hab zu dir aufgesehen! Wie du die Schnecken reihenweise flachgelegt hast, das war …«

Matthew gab ihm einen Schlag auf die Schulter und als Jake ihn böse anfunkelte, schüttelte Matthew nur den Kopf. Es war eine Warnung. Doch Jake war nicht sonderlich klug.

»Wer ist die Kleine? Die muss ich unbedingt kennenlernen. Diese Pussy muss ja ganz besonders magisch sein.«

Das war genug! Ich sprang auf und ging auf Jake zu, der mich dämlich angrinste. Mein Körper war zum Zerreißen angespannt und ich hatte große Lust, dem Wichser die Fresse zu polieren. Doch meine Jungs waren schneller. Carter hielt mich am Arm zurück, während sich Joshua um Jake kümmerte. Matthew stellte sich zwischen uns und hielt die Arme in beide Richtungen ausgestreckt.

»IHR PISSER SEID DIE GRÖSSTEN!«, rief Steven, als er in die Kabine kam. Doch als er sah, was hier gerade vor sich ging, erstarb das Grinsen auf seinem Gesicht.

Steven war bis zu seinem Ausscheiden unser Mannschaftskapitän und die Jungs respektierten ihn alle noch immer.

»Was zur Hölle ist hier los?«, fragte er lautstark und sah von mir zu Jake. »Aiden?«

Mein Blick war weiterhin auf Jake fixiert.

»Jake hat Ava beleidigt und sich über Aiden lustig gemacht. Aber wir haben alles im Griff. Haben wir doch, oder Alter?« Carter sah mich an und ich mahlte mit dem Kiefer.

»Nicht cool, Jake. Gar nicht cool. Du solltest deine Fresse halten, wenn du weiterleben willst, verstanden?«, erklärte er ihm.

Jake riss sich von Josh los und drehte sich abrupt um. Er warf seine Ausrüstung achtlos in seine Tasche und verließ wutentbrannt den Raum. Ein erleichtertes Aufatmen ging durch die Kabine und nach einer Weile kümmerte sich wieder jeder um sich selbst.

»Alles gut, Mann?«, erkundigte sich Steven leise, als er neben mir auf der Bank Platz nahm.

Ich nickte einmal und zog meine Schuhe an.

»Lilly und Ava sind auf dem Weg ins Blue Pearls. Ich schätze, dass wir dann auch fahren?«

Ich schnaubte. Als ob das eine ernst gemeinte Frage wäre.

»Deine Eltern stehen übrigens bei Avas Eltern und die vier schmieden Pläne für ein gemeinsames Abendessen. Alter, wenn ihr in dem Tempo weitermacht, muss ich mir wohl demnächst einen Anzug kaufen, hm?«

Ich rollte mit den Augen.

»Ich mein ja nur. Binnen zwei Wochen verdreht dir dieses Mädchen komplett den Kopf. Du lernst ihre Eltern kennen, deine kennt sie schon, ihr verbringt jede freie Minute miteinander, und du darfst bei ihr ein-

und ausgehen, als gehörst du schon ewig zur Familie. Mann, schon mal darüber nachgedacht, dass das alles ein bisschen schnell geht?«

»Ich verstehe dein Problem nicht«, antwortete ich und schnappte mir meine Tasche.

Steven stand ebenfalls auf und lief neben mir. »Ich will dich nicht verlieren. Ich hab doch nur dich.« Steven tat so, als wischte er sich eine Träne aus dem Auge.

»Du bist so ein Loser.«

»Aber trotzdem, wirst du mich immer lieben?«, fragte er.

Ich seufzte. »Immer, Wichser.«

»Ich dich auch, Beauty.«

Das Blue Pearls war übervoll. Wir quetschten uns durch die Menge in den hinteren Teil des Lokals, wo Matthew und Carter einen Tisch für uns klargemacht hatten. Es dauerte eine Weile, bis wir dort ankamen, weil uns immer wieder jemand anhielt, um zu gratulieren. Ein paar von ihnen wollten mit uns anstoßen, doch ich wollte erst Ava sehen.

Ich schaute in die Gesichter an unserem Tisch und stellte enttäuscht fest, dass sie nicht dabei war. Wo war sie? Die Mädchen hatten eine ganze Weile vor uns die Arena verlassen.

»Wo sind die Mädchen?«, fragte Steven und sah sich ebenfalls suchend um.

»Keinen Plan. Ich geh mal eben raus und rufe Ava an«, rief ich in sein Ohr und ging wieder nach draußen.

Ich holte mein Handy hervor und wählte Avas Nummer. Es klingelte pausenlos, doch sie ging nicht ran. Frustriert steckte ich es zurück in meine Hosentasche und durchsuchte den Parkplatz nach dem Jaguar von Avas Mom. Ich bekam langsam Panik, weil ich das weiße Auto nirgendwo entdecken konnte. Ich rief dieses Mal bei Lilly an.

»JA?«, brüllte sie mir ins Ohr und ich atmete erleichtert aus, als ich im Hintergrund die gleiche Musik hörte, die aus dem Blue Pearls dröhnte. Sie waren also irgendwo drinnen. »Aiden? Ich kann dich nicht hören! Wo bist du? Texte mir, okay?«, schrie sie und legte einfach auf.

Genervt starrte ich auf mein Handy. Ich öffnete das Textfeld und wollte gerade eine Nachricht eintippen, als mich jemand ansprach.

»Aiden? Aiden Westerfield?«

Ich hob den Kopf und sah eine junge Frau, die auf mich zukam. Sie war in Begleitung von noch zwei Frauen, die alle neugierig zu mir aufblickten.

»Du bist es! Das gibt es ja nicht!«, kreischte sie und rannte auf mich zu.

»Judie?«, fragte ich, weil ich mir nicht sicher war.

»Ja, ich bin's, Süßer! Wie geht es dir? Mein Gott, du siehst jedes Mal besser aus. Die Mädchen müssen dir reihenweise vor die Füße fallen.« Ich lachte und schüttelte den Kopf. »Die Zeiten sind vorbei«, antwortete ich und nahm sie in den Arm.

»Das glaub ich dir kein Stück. Hey, das sind meine Mädels Megan und Alexandra.« Stolz stellte sie mir ihre Freundinnen vor.

Ich nahm meinen Arm von ihrer Schulter und schüttelte den beiden die Hand. »Nett, euch kennenzulernen. Ich bin Aiden, Stevens bester Freund.«

»Von dir haben wir schon einiges gehört«, antwortete Megan geheimnisvoll.

»Bestimmt nur Gutes. Ich wüsste nicht, was man Schlechtes über mich zu erzählen hätte«, antwortete ich schmunzelnd und zwinkerte Judie zu.

»Mir fallen da gleich ein paar Dinge ein«, fing Judie an und ich zwickte sie in die Seite.

Sofort schrie sie auf und schubste mich von sich. »Hör auf damit, sonst fang ich wirklich mal an, aus dem Nähkästchen zu plaudern«, drohte sie mir und griff nach Megans Hand.

»Ich denke, dann lasse ich es besser. Heute ist einfach nicht der richtige Tag für so was.«

»Stimmt, denn heute will ich meinen Girls mal zeigen, wie wir hier in Newport feiern!«

Ich hielt ihnen die Tür auf und ging ebenfalls in den Laden zurück. An der Bar bestellte ich eine Runde Vodkashots für unseren Tisch und balancierte das Tablett über die Köpfe der anderen hinweg zu unserem Tisch. Sofort brach Jubel aus, als ich das Tablett abstellte. Wir hoben die Gläser, prosteten uns zu und kippten den scharfen Vodka auf ex herunter. Ich holte mein Handy erneut hervor und schrieb Ava, wo wir waren. Bisher hatte sie sich noch nicht bei mir gemeldet.

Nach der dritten Runde Shots stand ich wieder auf, um nach Ava und

Lilly Ausschau zu halten. Der Laden war zwar groß, aber nicht so groß, dass man sich innerhalb einer Stunde nicht über den Weg lief. Ich tippte dieses Mal eine Nachricht an Lilly und wenige Sekunden später antwortete sie mir, dass sie vor der Tür stand. Ich ging sofort nach draußen und erkannte meine Schwester bei einer Gruppe Mädchen an der Brüstung zum Wasser.

»Wo ist Ava?«, fragte ich Lilly und zog sie von den anderen weg.

»Die wollte auf die Toilette gehen. Wo warst du die ganze Zeit?«

»Ich? Ich bin die ganze Zeit mit den anderen an unserem Tisch! Ich hab Ava schon ein paar mal getextet, wo wir sind.«

»Deswegen!«, stöhnte Lilly und fasste sich an die Stirn. »Ava hat ihr Telefon zu Hause vergessen. Du solltest doch mir antworten, du Idiot! Ava war schon verunsichert, warum du dich nicht mehr meldest. Ich hatte ihr ein paar Mal angeboten, euch zu suchen, aber sie wollte, dass du mit deinen Jungs in Ruhe auf den Sieg anstoßen kannst.«

»Warum hat sie ihr Handy vergessen?«, fragte ich genervt. Hätte ich das gewusst, hätte ich gleich Lilly geschrieben.

»Keine Ahnung, Aiden! Ich bin ja aber auch nicht ihre Nanny, die ihr die Tasche packt, wenn sie irgendwo hinfährt.«

Ich sah meine kleine Schwester einen Moment lang forschend an und beugte mich zu ihr runter, bis wir auf Augenhöhe waren. »Wenn du heute wieder irgendeine Scheiße baust und Ava vorschickst, kriegen wir ein Problem, verstanden?«, flüsterte ich leise, aber deutlich.

Lillys Augen weiteten sich. *Interessant.* Meine Vermutungen bestätigten sich langsam und ich kam der Wahrheit immer mehr auf die Spur.

»Ich hab keine Ahnung, wovon du sprichst«, antwortete sie mir trotzig und wollte sich wegdrehen.

Ich hielt sie am Arm fest. »Und ob du eine Ahnung hast, Pumpkin! Die Zeiten, in denen du mich verarschen kannst, sind vorbei. Und morgen setzen wir beide uns hin und dann reden wir. Ich denke, es gibt da einiges, was du mir erklären musst, nicht wahr?« Ich suchte in ihren Augen nach der Wahrheit und erkannte, dass es tatsächlich etwas gab, was sie vor mir verbarg. Lilly wollte den Blick abwenden, doch ich hielt sie am Kinn fest. »Klar?«, wiederholte ich und schließlich nickte meine Schwester.

Plötzlich warf sie ihre Arme um meine Taille und presste ihr Gesicht an meine Brust.

Überrascht blieb ich einen Moment steif stehen, doch dann zog ich sie fest an mich. Es gab wohl eine Menge zu klären. Ich gab ihr einen Kuss auf den Scheitel und drückte sie noch einmal kurz. »Und jetzt hab Spaß, Pumpkin. Aber vergiss nicht, dass ich dich im Auge behalte.« Ich ließ sie stehen und hörte noch, wie ihre Freundinnen laut seufzten.

»Gott, hast du ein Glück, Aiden als Bruder zu haben.«

»Ich wünschte, er wäre mein Bruder.«

»Ich nicht. Denn, was ich mit ihm machen möchte, würde definitiv unter Inzest fallen.«

»Iiih! Wie eklig seid ihr denn? Das ist mein Bruder!«, beschwerte sich Lilly lauthals, was mich zum Lachen brachte.

Ich lief direkt zur Treppe, die zu den Toiletten führte. Als ich an der Stelle stehenblieb, an der Ava und ich uns zum allerersten Mal geküsst hatten, fing ich an zu schmunzeln. Hier hatte alles begonnen.

»Aiden, läufst du mir etwa nach?« Judie kam gerade von der Toilette und lief auf mich zu.

Ich blieb auf der Stufe stehen. »Nicht wirklich.«

»Die Zeiten sind vorbei, weißt du. Ich bin jetzt eine ehrenhafte Lady.« Judie wanderte mit ihren Fingern über meine Brust runter zu meinem Bauch.

Ich lachte und griff nach ihrer Hand. »Ich weiß, Süße. Und wenn das mal nicht eine Schande für die Männerwelt ist.«

»Ach, weißt du, ich finde es gar nicht so schade. Du wirst aber auch noch irgendwann dahinterkommen, glaub mir. Bis dahin werden wohl aber noch ein paar wilde Jahre vergehen und viele Mädchenherzen brechen, was? Wenn ich so daran denke, was Steven über dich erzählt. Boy, du scheinst ein Wildfang zu sein!«

Ich wusste, dass Steven nichts über mich erzählt hatte. Aber Judie kannte mich eben. Mit ihr hatte ich mein erstes Mal. Sie war damals bereits dreiundzwanzig, ich gerade mal fünfzehn. Danach hatten wir uns noch ein paar Mal getroffen, wenn sie zu Besuch in Newport war. Doch mittlerweile hatte sich einiges geändert. Sie war auch in einer Beziehung. Mit Megan.

»Meine wilden Zeiten sind genauso vorbei wie deine, Süße.«

Erstaunt blickte sie mich an. »Nicht dein Ernst? Aiden Westerfield ist weg vom Markt? Aber warum? Du bist noch so jung!«

Ich zuckte mit den Schultern. »Wenn die Richtige kommt, ist es vorbei. Das müsstest du doch am besten wissen.«

Judie seufzte und ein verträumtes Lächeln trat auf ihre Lippen. »Ja, da hast du recht. Wow, wann bist du so erwachsen geworden?« Judie warf ihre Arme um meinen Hals und zog mich zu sich. »Ich freu mich für dich, Aiden. Und will ich unbedingt das Mädchen kennenlernen, das den begehrtesten Typen von Rhode Island klargemacht hat.«

Ich drückte sie kurz und gab ihr einen Kuss auf die Wange. In diesem Moment wurden wir angerempelt und ich wollte mich gerade beschweren, als mir jedoch das Herz in die Hose rutschte. »Shit!«, fluchte ich laut. Ich ließ Judie sofort los und rannte hinter Ava her.

»Ich schätze, ich habe sie soeben kennengelernt«, murmelte Judie hinter mir.

Ich konnte nicht fassen, was da gerade geschehen war. Ich musste hier raus. Wie hatte ich nur so dumm sein können und mich von Aiden blenden lassen? Gottverdammt! Ich wusste, dass es irgendwann so kommen würde. Aber so schnell?

Als ich vorhin auf dem Parkplatz gesehen hatte, wie Aiden diese Frau in den Arm nahm, war ich noch davon ausgegangen, dass es sich um eine Bekannte von ihm handelte. Außerdem wollte ich kein eifersüchtiges Miststück sein, das ihrem Freund vorschrieb, mit wem er befreundet sein durfte und mit wem nicht. Doch als sie ihm auf *der* Stufe um den Hals gefallen war und er ihr auch noch einen Kuss gegeben hatte, brannten alle Sicherungen auf einmal bei mir durch. Die beiden wirkten sehr vertraut miteinander. *Zu vertraut.*

Ich hörte, wie Aiden nach mir rief und rannte, so schnell ich konnte, zurück ins Blue Pearls. Zum Glück war es dermaßen voll, dass ich in der Menge schnell untertauchen konnte. Ich versteckte mich in einer dunklen Ecke und hockte mich auf den Boden, weil meine zittrigen Knie mich nicht mehr tragen wollten. Mein Herz raste, meine Hände waren schweißnass und meine Augen füllten sich mit Tränen. Tränen der Wut und Scham. Warum hatte ich mich mal wieder von Lilly überreden lassen, herzukommen? Ich hätte mit Mom und Dad nach Hause fahren sollen.

Wer war diese Frau? Sie musste um einiges älter sein als Aiden. Ich hatte sie noch nie gesehen. Aiden schien sie jedoch sehr gut zu kennen. Warum tat er mir, nach allem, was in den letzten zwei Wochen zwischen uns passiert war, das an? Stand er eigentlich auf ältere Frauen? Weil sie reifer und erfahrener waren?

Meine Gedanken drehten durch und immer wildere Szenarien entstanden. Ich musste mich dringend beruhigen. Mir war klar, dass ich nicht mehr rational an die Sache ranging. Das musste aufhören. Ich versuchte also als allererstes, meinen Puls wieder runterzufahren. Ich schloss die Augen, massierte meine Stirn und atmete ganz ruhig und langsam ein und wieder aus. Je länger ich dort auf dem Boden hockte und über

Aiden und mich nachdachte, desto bewusster wurde mir, dass ich möglicherweise ein klitzekleines riesenbisschen übertrieben hatte. Denn egal, was geschehen war, und egal was Daniel mir einreden wollte, war ich mir zu hundert Prozent sicher, dass Aiden mich wirklich liebte. So, wie ich ihn liebte.

Wahrscheinlich kannten die beiden sich einfach nur schon sehr lange und gingen deswegen so vertraut miteinander um. Trotzdem blieb die Frage, warum er sie geküsst hatte. Auch, wenn es nur ein vermeintlich harmloser Kuss auf die Wange war, hatte es mir nicht gefallen. Ich wollte nicht, dass mein Freund anderen Frauen so nahe kam. Ich wollte auch nicht, dass andere Frauen meinen Freund anfassten oder sich ihm an den Hals warfen.

Oh Gott! Ich war doch eifersüchtig!

Ich vergrub mein Gesicht in den Händen und atmete tief durch. Ich benahm mich wie eine eifersüchtige Zicke. Wäre ich Aiden egal gewesen, dann wäre er mir nicht nachgelaufen. *Mist.* Ich hatte es wirklich total vermasselt und mich unmöglich benommen. Ich musste sofort zu ihm. Er drehte wahrscheinlich gerade durch, weil ich weggelaufen war und er mich nicht finden konnte.

Ich erhob mich und kämpfte mich zurück durch das Blue Pearls. Ich reckte den Hals, um irgendjemand Bekanntes auszumachen, blickte aber nur in lauter fremde Gesichter. Ich beschloss, zum Parkplatz zurückzugehen. Vielleicht war Lilly noch mit Susan und Lindsay draußen.

»Ava?« Jemand hielt mich am Handgelenk fest und mein Herz machte einen Satz. Aiden hatte mich gefunden.

Unsicher blickte ich hoch, doch da stand jemand ganz anderes vor mir. »Collin?«, rief ich überrascht.

Collin beugte sich zu mir. »Können wir irgendwo reden? Ich muss mich bei dir entschuldigen.«

»Entschuldigen? Wofür?«, wollte ich wissen. Ich gab meine Suche nach Aiden kurz auf und sah neugierig zu Collin.

»Können wir vielleicht rausgehen? Hier drinnen ist es so laut«, sagte er und nickte zum Ausgang.

Ich überlegte, ob das so klug war. Was, wenn Aiden uns dort sah?

»Bitte, Ava«, flehte er mich an.

Ich seufzte. »Na gut. Aber ich hab nicht viel Zeit.«

»Das geht schnell, versprochen.«

Mit Collin als Schutzschild vor mir waren wir binnen Sekunden ohne Gedrängel aus dem Blue Pearls raus. Er zog mich an der Hand in eine windstille Ecke und als er bemerkte, dass ich nur einen dünnen Pullover trug, zog er seine Lederjacke aus und legte mir diese über die Schultern.

»Danke«, murmelte ich.

»Hey, hör mal, ich muss mich für den Abend vor zwei Wochen entschuldigen. Es tut mir echt leid, dass ich dir nicht geholfen habe.«

Verwirrt blickte ich ihn an. »Was meinst du?«

Er trat nervös von einem Bein aufs andere und steckte die Hände in die Hosentaschen. »Ich war total zugedröhnt. Ich schwör, es war das erste und vor allem letzte Mal. Das kannst du mir mal glauben. Mason hat diese Melissa angeschleppt und sich mit ihr die ganze Zeit dieses Zeugs reingeschmissen. Ich war so voll, dass ich nicht mitbekommen hab, dass sie mir davon etwas in den Drink gemischt hatten. Erst, als die Wirkung bei mir einsetzte, haben sie es mir erzählt. Ava, es tut mir wirklich leid. Das musst du mir glauben.« Collin stand wie ein Häufchen Elend vor mir und sah mich hilflos an.

»Ist schon okay, Collin. Du musst dich nicht bei mir entschuldigen. Es ist ja nichts passiert.«

»Lilly hat gemeint, dass du ins Krankenhaus musstest.«

Ich erzählte ihm in groben Zügen, was an diesem Abend wirklich passiert war.

»Also hat Mason dir nichts getan? Er hat zwar gesagt, dass Melissa dir ein Veilchen verpasst hat, aber ich traue dem Arschloch mittlerweile alles zu.«

»Nein, es war wirklich Melissa.«

»Ich wünschte, ich hätte schon eher davon erfahren. Was musst du jetzt von mir denken?«

Ich legte ihm tröstend eine Hand auf den Arm. »Du kannst nichts dafür, Collin. Und ich weiß, dass du mich ansonsten auf jeden Fall beschützt hättest.«

Collin zog mich in eine Umarmung. »Es tut mir trotzdem leid.« Als er sich von mir löste, hob er den Blick und sah über meine Schulter. Sofort veränderte sich sein Gesichtsausdruck und sein Körper spannte sich an.

»Was hat der Wichser jetzt schon wieder für ein Problem?«, murmelte er und ich ahnte nichts Gutes.

Ich drehte mich um und sah Aiden auf uns zustürmen. Steven und Lilly waren direkt hinter ihm und riefen laut seinen Namen. »Collin, es wäre besser, wenn du jetzt gehst«, raunte ich ihm zu. »Was? Bist du irre? Ich weiß noch, wie er dich beim letzten Mal behandelt hat. Das lass ich nicht noch einmal zu.« Collin zog mich an der Schulter zurück und stellte sich wieder vor mich. Doch er konnte ja nicht ahnen, dass die Dinge mittlerweile anders lagen.

Aiden war nur noch wenige Meter von uns entfernt und sein eiskalter Blick war auf Collin gerichtet. Ich überlegte fieberhaft, wie ich ihn jetzt stoppen konnte und tat das Erste, was mir einfiel. Ich ließ Collins Jacke auf den Boden fallen und rannte auf Aiden zu. Überrascht fing er den Aufprall ab und hielt mich an der Taille fest. Ich legte meine Arme um seinen Nacken und zog mich an ihm hoch. Sofort legte Aiden seine Hände unter meinen Po und hielt mich fest.

»Was zur Hölle, Ava?«, knurrte er durch zusammengepresste Zähne.

»Ava?«, fragte Collin überrascht hinter mir.

Aiden brummte und wollte mich wieder absetzen, doch ich krallte meine Finger fest um seinen Nacken.

»Alles gut, Aiden, wir haben uns nur unterhalten. Lass ihn in Ruhe«, redete ich möglichst ruhig auf ihn ein. Aidens tödlicher Blick war wieder auf Collin gerichtet, also legte ich meine Hände auf seine Wangen und gab ihm einen Kuss. »Wir haben nur geredet, okay?«, flüsterte ich gegen seine Lippen. Ich zwang ihn, mir in die Augen zu blicken und als er mich endlich ansah, gab ich ihm noch einen Kuss. »Okay?«, flüsterte ich.

Collin mischte sich wieder ein und dieses Mal antwortete Lilly. »Die beiden sind zusammen.«

»*Was*? Ava und dieses Arschloch? What the fuck?!«, rief Collin aufgebracht.

»Hey, zügel deine Zunge!«, mahnte ihn Steven.

Aidens Arme spannten sich wieder an.

»Hey, sieh mich an!«, befahl ich ihm. Ich zog sein Gesicht zu mir und als er seinen Blick wieder auf mich richtete, konnte ich den Tornado sehen, der in seinen eisblauen Augen tobte. »Es tut mir leid«, flüsterte ich.

Nun blickte er mit gerunzelter Stirn zu mir.

Ich löste meine Beine von seiner Taille und er ließ mich nach ein paar Sekunden runter. Als ich auf dem Boden stand, glitt ich mit meinen Händen von seinem Hals herunter zu seinem Brustkorb und legte sie über sein rasendes Herz. Die ganze Zeit hielt ich seinen Blick fest. »Ich hab vorhin überreagiert und die Situation mit deiner Freundin falsch interpretiert. Das tut mir leid«, erklärte ich leise.

Sofort trat ein gequälter Ausdruck in sein hübsches Gesicht.

»Und jetzt erwarte ich, dass du mir genauso verzeihst, dass ich mit Collin gesprochen habe. Es ist nichts los, Aiden. Wir haben nur geredet.«

Aidens Kiefermuskeln zuckten wild.

»Wieso solltest du dich bei ihm entschuldigen, Ava? Das ist doch krank! Wir sind Freunde und können uns so viel unterhalten, wie wir wollen!«, rief Collin hinter mir, doch ich drehte mich nicht zu ihm um.

Aiden hingegen wollte sofort wieder auf Collin losgehen.

Ich drückte ihn mit aller Kraft ein paar Schritte zurück. Zögerlich ließ er es zu und, als wir außer Hörweite waren, forderte ich wieder seine Aufmerksamkeit.

»Es tut mir leid, dass ich weggelaufen bin. Ich war gerade auf dem Weg zu dir, als ich Collin getroffen hab. Er wollte sich bei mir entschuldigen. Er hat erst gestern erfahren, was auf Lillys Party passiert ist.«

Fragend sah er mich an und kniff die Augen zusammen.

Ich atmete tief durch. »Du weißt schon. Das mit dieser Melissa und dass ich im Krankenhaus war.«

»*Lillys* Party?«, fragte Aiden und sah mich noch genauer an.

Hatte ich Lillys Party gesagt? *Shit!*

»Ich wollte sagen: Meine Party, auf der auch Lilly war. Du weißt doch, was ich meine.« Gott, ich fühlte bereits, wie mir langsam Hitze den Hals heraufkroch. Ich hasste es, Menschen anzulügen, die mir wichtig waren. Bei Fremden war es mir herzlich egal, aber das hier war Aiden!

»Du hast aber Lillys Party gesagt. Wieso schmeißt meine Schwester bei dir zu Hause eine Party?«

»Meine Party, Lillys Party. Ist doch egal jetzt!« Ich rollte mit den Augen und wollte mich von ihm abwenden. Ich konnte ihm nicht in die Augen sehen, wenn ich ihn anlog.

Doch Aiden hielt mich fest und zog mich wieder zu sich. Er studierte eine Weile mein Gesicht und ich versuchte, mein wild schlagendes Herz zu beruhigen. »Die ganze Zeit hieß es immer ›Ava will da hin. Ava fährt dort hin. Ava gibt eine Party. Das ist Avas Drink. Das sind ihre Pillen‹. Kann es sein, dass ihr uns die ganze Zeit verarscht habt? War es nicht viel eher Lilly, die *dich* angestiftet hat und nicht, wie ihr uns weismachen wolltet, du sie?« Aidens Stimme wurde bedrohlich leise und er beugte sich immer näher zu mir. Ich schluckte und sah überall hin, nur nicht in sein Gesicht.

»Ava? Einfache Frage, einfache Antwort«, flüsterte er mit trügerischer Ruhe. Er umfasste mein Kinn und drehte mein Gesicht wieder zu sich. Ich schloss die Augen und schüttelte den Kopf. Mein Herz drohte aus meiner Brust zu springen und meine Hände waren schweißnass.

»Antworte mir«, forderte er mich mit kalter Stimme auf und klang schon fast wieder wie der alte Aiden.

»Nein, es war genau so, wie Lilly es dir gesagt hat. *Ich* war diejenige, die sie auf die Partys geschleppt hat.« Ich versuchte, meine Stimme möglichst überzeugend klingen zu lassen.

Aidens Kiefer fing wieder an zu mahlen und er presste die Lippen so fest zusammen, dass sie ganz weiß wurden. Er schüttelte den Kopf. »Lügnerin!« Er spuckte mir das Wort vor die Füße. Dann ließ er mein Kinn los und drehte sich auf dem Absatz um. Ohne ein weiteres Wort ging er zurück ins Blue Pearls.

Ich blieb schockiert auf der Stelle stehen und sah ihm mit rasendem Herzen hinterher.

»Ava.«

Lillys Stimme ertönte leise hinter mir, doch ich packte es nicht, sie jetzt anzusehen. »Nicht jetzt«, antwortete ich und ging hinter Aiden her. Ich musste das mit ihm klären. Auf der Stelle.

»Es tut mir leid!«, rief Lilly.

Plötzlich wurde mir alles zu viel. Ich blieb stehen, atmete tief durch und ballte die Hände zu Fäusten. Langsam drehte ich mich zu ihr um und ging zwei Schritte auf sie zu. Und dann platzte es aus mir heraus. »Weißt du was, Lilly? Das *sollte* es auch! Ich hab nämlich die Schnauze voll! Erzähl ihnen verdammt noch mal endlich, was passiert ist! Ich hab genug eigene Probleme und ich hab es so satt, weiter meinen Kopf für dich hinzuhalten. Da passiert mir mal eine gute Sache und sieh dir an, was daraus geworden ist. Und das ist allein *deine Schuld!*«, schrie ich meinen ganzen Frust heraus.

Lilly stand mit weit aufgerissenen Augen vor mir und schloss langsam ihren Mund. In diesem Moment tat es mir schon wieder leid. Sie hatte es sich nicht ausgesucht. Wenn sie jemand verstehen müsste, dann ich. Doch ich war emotional völlig am Ende. Ich konnte nicht mehr.

Steven kam auf uns zu und sah uns nacheinander fragend an. »Was ist hier eigentlich los? Worum geht es?« Er legte schützend einen Arm um Lilly. Sofort drehte sie sich zum ihm und fing an seiner Schulter an zu weinen.

»Frag deine Freundin, was hier los ist. Ich bin weg«, sagte ich und ging ins Blue Pearls, um meine Sachen zu holen.

Meine Eltern lagen im Wohnzimmer auf der Couch und hoben überrascht die Köpfe, als ich, ohne etwas zu sagen, direkt nach oben in mein Zimmer lief. Ich warf die Tür heftig hinter mir zu und schmiss mich aufs Bett. Ich fühlte mich fürchterlich. Aiden fehlte mir und ich hasste mich, weil ich ihn angelogen und Lilly angeschrien hatte, und überhaupt war alles scheiße.

Es klopfte an meiner Tür.

»Liebling, kann ich reinkommen?«, fragte meine Mom leise.

»Komm rein«, seufzte ich und drehte mich auf den Rücken.

»Was ist passiert?« Sie setzte sich zu mir und sofort krabbelte ich auf ihren Schoß. Sie strich durch meine Haare und ich schloss die Augen.

»Hattest du Streit mit Aiden?«, wollte sie wissen.

»Und mit Lilly. Und Steven und der halben Welt«, übertrieb ich maßlos. Doch genau so fühlte es sich gerade an.

»Du musst mir nicht erzählen, was passiert ist. Aber ich bin hier, wenn du reden möchtest«, sagte sie mit sanfter Stimme.

Ihre Worte trafen mich so unvermittelt, dass ich für einen Moment die Luft anhalten musste.

Ja, *jetzt* war sie hier. Aber unsere Zeit war so gut wie abgelaufen. Und ich war noch nicht soweit. Ich war noch nicht bereit, meine Mom gehen zu lassen. Wie sollte ich jemals ohne sie leben? Meine Kehle schnürte sich zu und ich klammerte mich an sie. Ich wünschte, ich hätte die Zeit für immer anhalten können. »Ich habe solche Angst, Mom«, flüsterte ich und als sie ihre viel zu dünn gewordenen Arme fester um mich schloss, konnte ich die Tränen nicht mehr zurückhalten.

Sie legte ihre Wange auf meinen Kopf und ich spürte, dass sie ebenso zitterte wie ich. »Ich auch, mein Liebling«, hauchte sie mit gebrochener Stimme und küsste mich auf die Stirn.

Ich wusste, dass ich es ihr hätte erzählen können. Vielleicht hätte ich es sogar machen sollen, aber ich brachte es nicht über mich. Ich wollte sie nicht noch mehr belasten. Und sie fragte auch nicht mehr nach.

Als unsere Tränen nach einer Weile versiegten, strich sie mir übers Gesicht und sah mich mit einem aufmunternden Lächeln an. »Sprich mit ihnen, Ava. Geh auf sie zu und biete ihnen die Hand. Weglaufen oder Verstecken ist keine Lösung. Unsere Zeit ist viel zu kostbar, um sie mit Streit zu füllen. Und ich bin mir sicher, dass es Lilly und auch Aiden ebenso leidtut wie dir.«

Ich zuckte mit den Schultern. »Das glaube ich eher nicht. Ich bin ja schuld an der ganzen Misere.«

»Ach, mein Liebling. Zu jedem Streit gehören immer mindestens zwei. Man kann nicht mit sich selbst streiten.«

»Ich kann das ganz gut, denke ich.«

»Noch ist es nicht zu spät. Lass den Tag niemals im Streit enden, Ava. Du weißt nie, was der nächste Tag bringt.«

»Vielleicht hast du recht«, antwortete ich und meine Mom fing leise an zu lachen.

»Du kennst meine Antwort darauf, Liebling«, kicherte sie.

Ich rollte mit den Augen. »Ja. Und leider hattest du bisher meistens damit recht«, grummelte ich.

»Meistens?«, lachte sie wieder und sah mich an. »Ich habe *immer* recht!«

»Ich hab dich lieb, Mom.«

»Ich dich auch, mein Kind.«

Ich lag noch eine Weile unentschlossen auf meinem Bett und überlegte, was ich jetzt machen sollte. Mein Handy piepte und ich stand sofort auf, um nachzusehen, wer mir geschrieben hatte. Mein Herz zog sich vor Kummer zusammen. Denn es war nicht Aiden, sondern Lilly.

**Lilly: Kann ich vorbeikommen?**
**Ava: Bist du zu Hause?**
**Lilly: Ja, Steven hat mich gerade abgesetzt.**
**Ava: Ich komm zu dir, okay?**
**Lilly: Mom könnte mich fahren.**
**Ava: Ich bin schon auf dem Weg.**
**Lilly: LoveU4AVA :-(**
**Ava: Dito <3**

Lillys Mom öffnete mir die Tür und strahlte mich trotz der späten Stunde an.»Ava, wie schön, dich zu sehen. Komm rein, Liebes.«

»Danke, Angela«, murmelte ich und fühlte mich komisch, sie beim Vornamen zu nennen.

»Willst du zu Aiden oder Lilly?«, fragte sie und lächelte mich immer noch freundlich an.

»Zu Lilly«, antwortete ich zurückhaltend. Ich war mir nicht so sicher, ob Aiden mich überhaupt sehen wollte. Er hatte sich immer noch nicht bei mir gemeldet, was mich mehr und mehr verunsicherte.

»Die ist oben in ihrem Zimmer. Geh ruhig rauf. Sie ist eben erst nach Hause gekommen und sicher noch wach.«

Ich wollte schon fragen, ob Aiden auch da war, ließ es aber bleiben. Ich zog meine Jacke und Schuhe aus und lief zu Lilly nach oben.

»Es tut mir wahnsinnig leid, Ava. Du hast mit allem recht. Ich weiß, dass ich es nie mehr gutmachen kann.« Lilly kam auf mich zugeschossen und fiel mir in die Arme. Sie zog mich in den Raum und warf die Tür hinter uns zu.»Möchtest du etwas trinken oder essen? Ich könnte Mom bitten, uns was zu machen.« Sie war sichtlich nervös.

Ich griff nach ihren Händen und zwang sie, stillzustehen.»Lass uns einfach nur reden, okay?«

Lilly nickte und wir setzten uns auf ihr Bett. Ich holte tief Luft und wollte gerade anfangen mich zu entschuldigen, als Lilly jedoch losbrabbelte.

»Ich werde mit Mom und Dad reden.«

Mein Mund klappte auf und ich konnte sie nur anstarren. Gott, es tat mir so leid, dass ich meinen ganzen Frust an ihr ausgelassen hatte. »Oh Lilly, ich wollte dich zu nichts drängen. Es ist okay, wenn du noch nicht soweit bist. Ich war heute einfach völlig neben der Spur. Es tut mir leid, dass ich es an dir ausgelassen habe.« Lilly schüttelte den Kopf. »Ich hab heute Abend das erste Mal wirklich realisiert, wie viele Menschen ich damit verletze. Und ich will, dass das aufhört. Ihr habt es alle nicht verdient. Dass du heute mit Aiden meinetwegen Streit hattest, hat mir gezeigt, wie falsch das ist. Ich möchte nicht, dass du noch mehr leidest. Ich war so egoistisch im vergangenen Jahr und hab einfach nur daneben gestanden, wenn Daniel und Aiden dich fertig gemacht haben.« Lillys Stimme zitterte, aber sie sprach dennoch tapfer weiter. »Es tut mir leid, dass ich das nicht schon viel eher gesehen habe. Ich bin eine schreckliche Freundin, die nur an sich denkt und niemals daran, wie schwer dein Leben schon ohne meine ganze Scheiße ist. Steven hat mir heute die Augen geöffnet.«

Ich riss erschrocken den Kopf hoch und blickte fassungslos in ihr Gesicht. »Du hast es Steven erzählt?«

»Nein, natürlich nicht!«, platzte es aus ihr raus. »Erst werde ich mit Mom und Dad reden und dann mit meinen Brüdern.«

»Und was hat Steven dann damit zu tun?«

»Ich hab ihm erzählt, dass ich Mist gebaut und dich mit allem allein gelassen habe. Er wollte natürlich wissen, was passiert ist, aber ich habe ihm nichts gesagt. Er weiß nur, dass du mit dem ganzen Scheiß, der passiert ist, überhaupt nichts zu tun hast. Danach hat er mir dann erzählt, dass Aiden wohl das Gefühl hat, dass du ihm immer noch nicht voll vertraust und dass das wohl daran liegt, wie er früher zu dir war und dass er ...«

»Steven hat dir erzählt, ich leide noch unter dem Verhalten von Aiden?«, unterbrach ich Lilly.

Sie zögerte einen Moment und ich verstand nur noch Bahnhof.

»Naja, nicht Wort für Wort. Aber das brauchte er auch gar nicht. Ich kann mir denken, dass du immer noch Zweifel hast, ob Aiden es ernst mit dir meint.«

Ich klappte meinen Mund zu und stand vom Bett auf.

»Ava, das ist doch aber auch verständlich. Nach allem, was du durchgemacht hast. Aber glaub mir, Aiden liebt dich wirklich!«

»Das weiß ich«, flüsterte ich und sah aus ihrem Fenster. Es hatte mal wieder angefangen zu schneien.

»Du weißt es? Hat er es dir etwa gesagt?« Lillys Stimme wurde eine Spur schriller.

»Ja, hat er«, antwortete ich leise und sehnte mich plötzlich ganz schrecklich nach ihm. War er zu Hause? Lilly warf ihre Arme um mich und drückte mich ganz fest. »Ich hab es gewusst! Ich hab es immer gewusst! Oh, Ava, ich bin so glücklich und freue mich für euch!« Lilly ließ mich plötzlich los und sah mich an. »Hast du es ihm auch schon gesagt? Dass du ihn liebst? Liebst du ihn?« Lilly konnte ihre Aufregung nicht mehr zurückhalten.

Ich sah in das Gesicht meiner besten Freundin und konnte den Glanz in ihren Augen sehen. Sie war atemberaubend schön. Es gab nicht einen Makel an ihr. Ihre Gesichtszüge waren absolut symmetrisch. Sie hatte mandelförmige, blaue Augen, eine gerade Nase und perfekt geschwungene Lippen. Ihr blondes langes Haar schimmerte wie Gold und reichte ihr fast bis zum Steiß. Sie war äußerlich das komplette Gegenteil von mir und ich bewunderte sie für ihre natürliche Schönheit. Sie war das perfekte Mädchen. Niemand, der sie so sah, konnte ahnen, mit welchen Dämonen sie zu kämpfen hatte. Ich bewunderte sie, weil sie es geschafft hatte, weiterzumachen. Und jetzt war sie endlich bereit, mit ihrer Familie zu sprechen. Ich konnte sehen, wie viel Hoffnung und Zuversicht in ihr steckten. Und das gab mir selbst auch Hoffnung.

»Ja, ich hab's ihm gesagt«, antwortete ich und nickte gedankenverloren. »Ich liebe ihn so sehr, dass es weh tut, wenn er nicht bei mir ist. Ich kann es gar nicht fassen, dass er auch so empfindet. Und es treibt mich in den Wahnsinn, wenn er auch nur neben einem anderen Mädchen steht oder sich mit ihr unterhält.« Ich drehte den Kopf und sah zu Lilly, deren Augen so hell leuchteten, dass ich den Blick schnell wieder abwandte. »Ich hab heute etwas so Dummes gemacht und ich ärgere mich, weil ich mich dazu habe hinreißen lassen.« Ich sah wieder aus dem Fenster, ohne jedoch meinen Blick auf irgendetwas zu fokussieren.

»Was hast du denn gemacht?«, wollte Lilly wissen und lehnte sich gegen die Fensterbank neben mich. »Ich dachte mir schon, dass irgendwas passiert sein musste. Aiden stand völlig neben sich, als er dich gesucht hat.«

»Ich bin eifersüchtig, Lilly!«, gab ich offen und ehrlich zu und ich fühlte mich schrecklich. Lilly fing an zu lachen. Ich drehte mich zu ihr und sah sie verständnislos an. »Was gibt's denn da zu lachen?«

»Ach, Ava, das ist doch völlig normal!«

»Eifersüchtig zu sein ist nicht normal, Lilly! Das ist krank und gestört. Es gab ja wahrscheinlich noch nicht einmal einen Grund.«

»Was hat er denn gemacht? Und bevor du etwas sagst: Aiden ist ein Idiot!«

»Ich hab ihn heute zweimal mit einer Frau gesehen.«

»Was für eine Frau?«, fragte Lilly und war sofort voll bei der Sache.

»Ich kenn sie nicht. Könnte auch nicht sagen, dass ich sie schon einmal hier irgendwo gesehen habe. Aiden schien sie jedoch zu kennen.« Und zwar ziemlich gut.

»Wie sah sie aus?«, wollte Lilly wissen.

»Wie ein Model. Groß, schlank, blonde kurze Haare. Und sie muss älter sein. Mitte Zwanzig vielleicht?«

»Oh oh«, machte Lilly und sofort schrillten meine Alarmglocken.

»Kennst du sie?«

»Wenn es die ist, an die ich denke, dann ja.«

»Und wer ist sie?«, fragte ich und hasste mich dafür, dass ich gleich wieder Schweißausbrüche bekam. Ich wollte nicht eifersüchtig sein.

»Das muss Judie Jenkins gewesen sein. Die Cousine von Steven.« Lilly lief zu ihrem Regal und zog ein Fotoalbum heraus. Sie blätterte eine Weile und hielt mir dann ein Bild hin.

Ich betrachtete das Foto genauer. Es wurde am Bailey's Strand aufgenommen, was ich am Clubhaus im Hintergrund erkennen konnte. Auf dem Bild war eine Gruppe Jugendlicher, die nebeneinanderstanden und sich die Arme um die Schultern gelegt hatten. Als Erstes fielen mir Aiden und Carter auf. Daneben standen Steven und ein Mädchen, das ich nicht kannte. Dann fiel mein Blick auf eine blonde junge Frau, die der Frau von heute Abend sehr ähnlich sah. Ich nickte lediglich. Mein Hals war wie zugeschnürt.

»Das ist Judie. Aiden und sie kennen sich schon lange.« Lilly packte das Album wieder weg und setzte sich zurück aufs Bett. Sie tippte etwas in ihr Handy und warf es neben sich auf die Matratze.

»Und?«, fragte ich und konnte es kaum noch aushalten. Ich war kurz vorm Platzen.

»Willst du dich nicht setzen?«, fragte sie mich und ich wäre ihr am liebsten an die Gurgel gegangen.

»Lilly!«, jammerte ich.

Sie seufzte und fing an, mit den Fransen ihres Kissenbezugs zu spielen. »Ich hab mal gehört, dass die beiden angeblich was miteinander hatten. Aber das ist schon mindestens zwei Jahre her.«

Mein Herz pumpte wie wild und ich spürte, wie mein Blut durch meine Ohren rauschte. Aiden hatte mal was mit ihr? »Aber sie ist älter als Aiden!«, war das Einzige, was ich dazu sagen konnte.

»Es war nichts Ernstes, Ava. Aiden hatte noch nie eine Freundin. Bis du kamst, waren ihm Freundinnen ein Graus. Er hat Mädchen nur als Mittel zum Zweck benutzt, wenn du verstehst, was ich damit meine.«

Das beruhigte mich nicht ein Stück. Aber ich wollte vernünftig an die Sache rangehen und nicht gleich wieder überreagieren. Ich holte mein Handy raus, um Aiden anzurufen, damit wir das wie zwei Erwachsene klären konnten. Doch als ich seinen Namen anklickte, starb der Akku und das Display wurde schwarz. »Verdammt«, fluchte ich.

»Was ist?«

»Mein Akku ist tot.«

»Hier, nimm meins.« Lilly hielt mir ihr Telefon hin, aber ich lehnte ab.

»Meinst du, Aiden ist schon zu Hause?«, fragte ich stattdessen.

»Keine Ahnung. Als Steven mich hergebracht hat, war er noch im Blue Pearls. Soll ich ihn nicht einfach anrufen?«

»Nein, lass. Ich geh runter in sein Zimmer und schau nach, ob er vielleicht schon da ist.«

»Ava?«

»Ja?« Ich drehte mich an der Tür noch einmal um.

»Ich bin glücklich, dass du mich damals am Strand gefunden hast.« Lilly stand neben ihrem Bett und sah mich mit traurigen Augen an.

Mein Bauch zog sich bei ihrem Anblick zusammen und sofort überkamen mich wieder große Schuldgefühle, weil ich sie vorhin so angeschrien hatte.

Ich ging zu ihr und umarmte sie, so fest ich konnte. »Und ich erst, Lilly. Ich lieb dich für immer«, flüsterte ich.

»Und ich dich.«

Als wir uns voneinander lösten, grinste sie mich an.

»Was ist?«, fragte ich.

»Ich bin einfach happy. Ich weiß auch nicht, aber seit ich mir vorgenommen habe, mit Mom und Dad zu sprechen, geht es mir besser.«

»Ich bin wirklich stolz auf dich, Lilly *Pumpkin* Westerfield.«

»Das habe ich alles nur dir zu verdanken.«

»Wann willst du mit ihnen reden? Morgen?«

»Nein, aber gleich nach Silvester. Ich will meiner Familie das Fest nicht versauen. Ich will das Jahr ohne weitere Lügen starten und alles hinter mir lassen.«

»Ich bin immer für dich da«, sagte ich und drückte ihre Hand in meiner.

Lillys Lippen verzogen sich zu einem Lächeln. »Und ich gebe dich frei, Ava. Ich will nicht mehr, dass dir meine Fehler im Weg stehen. Ab jetzt werde ich für dich da sein, okay?«

»Ach, Lilly. Es tut mir leid, was ich heute gesagt habe. Ich weiß, ich kann es nicht mehr zurücknehmen. Aber ich wollte nicht, dass du dich zu irgendwas gezwungen fühlst. Nicht, wenn du noch nicht bereit dafür bist.«

»Hey, sieh mich an«, forderte mich Lilly auf und ich sah in ihre Augen.

»Ich bin bereit, Ava. Wirklich.«

Ich konnte in ihrem Gesicht sehen, wie entschlossen sie war und das machte mir Mut.

»Und das hat vielleicht auch etwas mit einem gewissen Steven Jenkins zu tun?«, fragte ich sie und bemerkte sofort ihr geheimnisvolles Lächeln.

»Ich *wusste*, da geht was!«

Lilly sah verlegen auf ihre Decke und fummelte wieder an den Fransen vom Kissen. Schließlich zuckte sie mit den Schultern. »Ich kann noch nicht sagen, ob da was geht.«

»Wieso?«

»Weil bisher noch nichts passiert ist.« Lilly schob das Kissen von sich und verschränkte die Arme vor der Brust.

»Nichts? Gar nichts? Nicht mal ein Kuss?«, fragte ich überrascht.

»Zählt ein Kuss auf die Wange?«

»Wow, das hätte ich jetzt nicht erwartet.«

»Steven ist sehr zurückhaltend. Also, was das betrifft. Dass er mich mag, hat er mir schon gleich am Anfang gesagt. Aber irgendwas hält ihn noch zurück.«

Ich konnte mir denken, *wer* ihn noch zurückhielt. Ich musste dringend mit Aiden sprechen und vielleicht auch gleich noch mit Steven.

»Steven ist eben ein Gentleman und keiner von diesen Losern, mit denen du deine Zeit bisher verschwendet hast.«

»Na, vielen Dank auch!« Beleidigt schob Lilly die Unterlippe vor.

»Genieß einfach mal die Langsamkeit des Kennenlernens. Das ist die spannendste Phase in einer Beziehung.«

»Wenn du und Aiden schon in der Phase des Streitens seid, bedeutet das, dass ihr die Langsamkeit des Kennenlernens schon hinter euch habt?«

Ich spürte, wie ich rot wurde und schluckte.

»Und was kommt eigentlich zwischen der Phase des langsamen Kennenlernens und des Streitens?« Lillys Augen wurden immer kleiner, während meine immer größer wurden.

»Ich muss jetzt los. Es ist schon spät und …« Mir fiel nichts ein, was ich hätte sagen können.

Lilly fing leise an zu kichern. Sie hatte mich längst durchschaut.

»Ich wusste es von Anfang an. Ihr zwei seid füreinander bestimmt!«

Ich rollte mit den Augen und verließ ihr Zimmer.

Ich ging die Kellertreppe nach unten und spürte gleich, dass Aiden nicht da war. Ohne das Licht anzumachen, ging ich durch sein Zimmer, warf meine Jacke auf Aidens Sessel, stellte die Schuhe daneben und legte mich in sein Bett. Sein Kissen roch so wunderbar nach ihm, dass ich tief einatmete und die Luft anhielt. Gott, ich war ein hoffnungsloser Fall. Ich schloss für einen Moment erschöpft die Augen und dachte an die Ereignisse dieses langen Tages zurück. Sein Bett war so gemütlich und überall duftete es nach ihm und ehe ich mich's versah, war ich eingeschlafen.

Ich wachte auf, als sich die Matratze hinter mir senkte und eine Sekunde später legte sich Aiden zu mir.

»Ich hab dich überall gesucht«, flüsterte er mir ins Ohr und vergrub sein Gesicht in meinem Nacken.

Sofort bekam ich eine Gänsehaut.

»Ich war bei dir zu Hause und hab auf dich gewartet. Kannst du dir vorstellen, wie dein Dad geguckt hat, als er mich in deinem Zimmer gefunden hat?«

Erschrocken drehte ich mich zu ihm um. »Du warst bei mir?«, fragte ich überrascht.

Aiden schob einen Mundwinkel hoch und gab mir einen Kuss auf die Nasenspitze. »Bis eben hab ich bei dir auf dich gewartet. Ich bin eingeschlafen und hab nicht mitbekommen, dass Diego an der Tür gekratzt hat. Dein Dad hat ihn reingelassen und mich in deinem Bett gefunden.«

Ich riss die Augen auf.

»Alles gut, Baby. Zum Glück sind deine Eltern cool drauf. Dein Dad hat mich natürlich gefragt, wie ich reingekommen bin und ich musste ihm mein Geheimnis verraten. Und dann hat deine Mom mir erzählt, dass du bei Lilly bist und ich bin sofort hergefahren.«

»Aiden, es tut mir leid, dass ich …«

Aiden lehnte sich vor und gab mir einen Kuss. »Können wir einfach so tun, als wäre heute Abend nicht passiert? Bitte. Ich bin heilfroh, dass ich dich jetzt bei mir habe. Ich bin fix und fertig und will dich einfach nur in meinen Armen halten, bis wir beide einschlafen. Können wir das so machen?«, fragte er mit müder Stimme.

Ich sah in das Gesicht des größten Blödmannes, den es auf der Welt gab und wusste, dass er in das Gesicht einer bockigen, unreifen Zicke guckte und nickte ihm grinsend zu. »Einverstanden.«

»Ava?« Aidens Stimme war ganz rau vor Müdigkeit.

»Ja?«, flüsterte ich in die Dunkelheit.

»Ich liebe dich.«

Sofort wurde mir warm ums Herz. »Ich dich auch, Blödmann.«

Aidens Brust vibrierte, als er lachte. Er strich über meinen Unterkiefer und blieb mit den Fingern an meinen Lippen hängen. Ich reckte das Kinn und bot ihm meinen Mund. Aiden gab mir einen sanften, süßen Kuss. Dann zog er mich wieder zu sich und atmete erleichtert aus. Ich kuschelte mich an ihn und schloss die Augen. Doch nach wenigen Minuten stand Aiden plötzlich wieder auf. Fragend sah ich zu ihm hoch.

»Ich hab keine Lust, in meinen Klamotten zu schlafen«, erklärte er und zog sich bis auf die Boxershorts aus. Danach half er mir aus meiner Hose und zog mir den Pullover samt Shirt über den Kopf. Aidens Augen wanderten über meinen Körper und er hatte dabei so viel Wärme im Blick, dass ich mich sicher und geliebt fühlte. Mit wenigen Handgriffen hatte er den Verschluss meines BHs geöffnet und zog mir die Träger über die Schultern. Ich hielt den Atem an, als er mich wieder ansah. Er klemmte die Unterlippe zwischen seine Zähne und griff nach dem Shirt, das er heute getragen hatte. Ich war überrascht, als er es mir langsam überstreifte und darauf achtete, meine nackten Brüste nicht zu berühren. Regungslos saß ich da und spürte mein Herz heftig gegen meinen Brustkorb schlagen.

Aiden legte sich wieder hin, zog mich zu sich und warf die Decke über uns. »Gute Nacht, mein Engel.«

Ich brauchte noch ungefähr eine Million Stunden, bis ich endlich einschlafen konnte.

Ava und ich wachten erst gegen Mittag am nächsten Tag auf. Sie zeichnete mit den Fingern die Konturen meines Gesichtes nach und ich genoss das Gefühl ihrer sanften Berührungen. Langsam aber sicher entwickelte sie immer mehr Vertrauen und das ließ mein Herz anschwellen.

»Guten Morgen, Baby«, raunte ich ihr zu und drehte mich auf den Rücken.

Sie legte sich halb auf meinen Oberkörper und gab mir einen Kuss aufs Kinn. Ich öffnete die Augen und sah sie an. Ihre Locken waren von der Nacht noch ungezähmt und umrahmten ihr zartes Gesicht. Ich strich ihr die Haare aus der Stirn und beugte mich vor, um sie zu küssen.

»Gut geschlafen?«, fragte ich und streichelte über Avas Rücken zu ihrer Taille. Sie zuckte sofort zusammen. »Du bist schrecklich kitzlig«, neckte ich sie und kniff ihr sanft in die Seite.

Sofort kreischte sie laut los und zappelte in meinen Armen. »Bitte nicht. Ich mag das nicht«, flehte sie mich an und rutschte vom Bett.

»Hey! Wo willst du hin?« Ich stand ebenfalls auf und folgte ihr.

Sie lief schnell in mein Bad und warf die Tür hinter sich zu. »Wehe du kommst rein!«, drohte sie mir.

Ich blieb wie ein braver Welpe vor dem Bad stehen. »Baby, es gibt wirklich nichts an dir, was ich noch nicht gesehen habe.«

»Mir egal. Es gibt einfach Momente, da möchte ich alleine sein. Und jetzt verschwinde!«

Ich lachte und lehnte mich gegen den Türrahmen. »Es ist so niedlich, wenn du schüchtern bist.«

»Ich bin überhaupt nicht schüchtern!«, protestierte sie und betätigte wenig später die Spülung.

»Darf ich jetzt reinkommen?«, fragte ich amüsiert.

»Noch nicht!«

Ich konnte hören, dass sie den Wasserhahn aufdrehte.

»Ich darf dir noch nicht einmal beim Händewaschen zusehen?«, fragte ich durch die geschlossene Tür. »Ava?« Sie antwortete mir nicht, also ging ich hinein. Als ich Ava am Waschbecken entdeckte, zog ich die Augenbrauen hoch und verschränkte die Arme vor der Brust.»Ich glaub, ich hab den Zahnpastadieb soeben auf frischer Tat ertappt.«

Ava putzte sich mal wieder mit *meiner* Zahnbürste die Zähne.

Sie zuckte nur mit den Schultern und machte ungeniert weiter.

»Wenn du keine Zahnbürsten für Gäste hast, selber Schuld«, nuschelte sie und beugte sich über das Waschbecken, um sich den Mund auszuspülen.

Ich ging zu ihr und legte meine Arme um ihren Bauch. Ava sah in den Spiegel und wir blickten uns für einen Moment in die Augen.

»Ich hab keine Übernachtungsgäste. Wozu dann eine zweite Zahnbürste?«

»*Ich* bin dein Gast!«

»Du bist kein Gast, Baby. Du gehörst zu mir. Und ich mag es irgendwie, wenn du meine Sachen benutzt.« Ich gab ihr einen Kuss auf die Schulter und ging zur Toilette.

Ava musste am nächsten Tag schon früh nach Hause und ich wollte sie bringen. Da sie jedoch mit dem Wagen ihrer Eltern hier war, bestand sie darauf, selbst zu fahren.

»Die paar Yards werd ich schon schaffen, Aiden.«

»Erstens sind es nicht nur *ein paar Yards*, sondern fast 3 Meilen!«, sagte ich und küsste ihre Nasenspitze.»Und zweitens will ich dich am liebsten gar nicht weglassen. Du fehlst mir jetzt schon. Wie soll ich den Abend ohne dich überstehen? Und die Nacht erst? Ich weiß gar nicht, ob ich überhaupt noch ohne dich in meinen Armen einschlafen kann.« Ich schien das Richtige gesagt zu haben, denn Avas Augen blitzten auf und dann stürzte sie sich auf mich, sodass wir auf das Bett zurückfielen.

»Dafür, dass du eigentlich ein Blödmann bist, kannst du trotzdem manchmal echt romantisch sein«, wisperte sie an meinen Lippen und küsste eine Spur an meinem Hals abwärts. Unweigerlich rührte sich mein Schwanz und ehe wir uns versahen, waren wir beide wieder nackt und Avas Abfahrt verzögerte sich um eine weitere halbe Stunde.

»Guten Morgen, ihr Lieben. Gut geschlafen?«, begrüßte uns Mom, als wir es irgendwann geschafft hatten, mein Zimmer zu verlassen.»Musst du schon los, Liebes? Ich habe Muffins gebacken. Bleib doch noch und probier einen, ja?«

»Danke, Angela. Aber ich hab wirklich keine Zeit mehr. Ich fahre mit Mom und Dad heute Abend zur Charity Gala nach Providence und wir wollen zeitig los, weil das Wetter so bescheiden ist.«

»Nach Providence? Liebes, es soll heute noch einen Schneesturm geben!«

»Ich weiß. Deswegen müssen wir ja auch eine Menge Zeit für die Fahrt einplanen. Wir bleiben über Nacht dort und kommen morgen wieder zurück.«

»Bei diesen Witterungsverhältnissen sollte niemand unterwegs sein. Mir ist schon die ganze Zeit unwohl, weil die Kinder heute alle aus dem Haus sind.«

Ich rollte mit den Augen und gab meiner Mom einen Kuss. »Wir sind doch nur am Hafen, Mom. Was soll denn da passieren?«

»Ich weiß, aber ich bin eben eine Mutter und es gehört zu meinen Aufgaben, mir Sorgen zu machen.«

»Ihr seid doch selbst unterwegs«, sagte ich zu ihr und stibitzte mir einen Muffin.

»Leider«, seufzte sie.

Meine Mom war heute wirklich schräg drauf.

»Meinen Eltern ist diese Veranstaltung heute sehr wichtig. Es wird wahrscheinlich die letzte sein, die meine …« Ava stoppte und ich nahm sie sofort in den Arm.

»Ist gut, Baby. Wir verstehen das.« Ich gab ihr einen Kuss auf die Schläfe und sah meiner Mom in die Augen. Ich konnte darin die gleiche Hilflosigkeit sehen wie bei mir.

»Es wird bestimmt ein wundervoller Abend werden, Ava. Grüß deine Eltern bitte recht herzlich von uns.«

»Danke, Angela, das mache ich.«

Ich brachte Ava zu ihrem Wagen. Mir war vor lauter Sorge um sie ganz schlecht, weil sie alleine durch dieses Wetter fahren musste. Ich beugte mich zu ihr runter und umfasste ihr Kinn. »Sei vorsichtig! Und ruf mich an, wenn du zu Hause bist. Verstanden?« Ich küsste ihre weichen Lippen.

»Mach ich«, versprach sie mir und rieb sich ihre kalten Finger.

Ich griff nach ihren Händen und nahm sie zwischen meine. »Wir sehen uns wirklich erst nächstes Jahr wieder?«, fragte ich und hauchte warme Luft auf ihre Finger.

»Sorry, aber anders schaff ich es einfach nicht mehr. Bis zum Rest des Jahres ist mein Terminkalender total vollgestopft.«

Ich vermisste sie schon jetzt und konnte es kaum abwarten, sie morgen wiederzusehen.

»Bis morgen, mein Engel.«

»Bis morgen, Aiden.«

Ava fuhr los und ich sah ihrem Auto solange hinterher, bis es im dichten Schneetreiben verschwand.

Als ich zurück ins Haus lief, prallte ich beinahe mit Daniel zusammen, der hinter der Tür gestanden hatte. »Pass doch auf, Idiot!«, motzte ich. Ich ging zurück in mein Zimmer und bemerkte erst unten, dass Daniel mir gefolgt war. »Was willst du hier?«, fragte ich und schaltete den Fernseher ein, ehe ich mich wieder ins Bett legte.

»So, du und Ava?« Daniel klang genervt und ich sah mit zusammengezogenen Augenbrauen zu ihm.

»Und?«, erwiderte ich im gleichen genervten Ton und sah wieder zum Fernseher.

»Ich wundere mich nur, woher dein plötzlicher Sinneswandel kommt.«

Ich zuckte mit den Schultern und schenkte ihm keine weitere Beachtung.

»Komm schon, Mann. Erklär es mir. Noch vor zwei Wochen hast du Ava die Pest an den Hals gewünscht und von einem Tag auf den anderen rennst du ihr wie ein liebeskranker Vollidiot hinterher?«

Ich hatte keine Lust, mich jetzt mit Daniel über Ava oder irgendwas anderes zu unterhalten. Also ignorierte ich ihn einfach weiter, bis es ihm hoffentlich irgendwann zu langweilig wurde.

»Ist dir unsere Schwester jetzt plötzlich egal geworden? Ist dir jetzt auf einmal egal, dass Ava Lilly immer tiefer in die Scheiße reitet? Hast du etwa schon vergessen, was sie Lilly alles besorgt hat und wie oft wir Lilly irgendwo abholen mussten, weil ihre kleine feine Freundin einfach ohne sie nach Hause gefahren ist?«

Ich spannte meinen Kiefer an, um nicht zu explodieren, und starrte stur auf den Fernseher.

»*Ich* nicht, Aiden! Ich hab nicht vergessen, dass wir Tabletten und Gras in Lillys Zimmer gefunden haben. Ich hab nicht vergessen, wie oft wir Lilly mitten im Nirgendwo aufgabeln mussten, völlig zugedröhnt und weggetreten. Ich hab nicht vergessen, wie Lilly vor zwei Wochen ausgesehen hat, als sie bei Ava im Haus zusammengeschlagen wurde!«

Mir reichte es. Möglichst ruhig erhob ich mich und setzte mich an die Bettkante. »Daniel, ich weiß, dass du es nicht verstehst. Und ich erwarte auch gar nicht, dass du es verstehst. Nimm es einfach hin oder lass es. Es ist mir egal, was du davon hältst.«

»Was für einen Scheiß hat sie mit dir abgezogen? Ist sie etwa so gut zu ficken?«

Ich sprang vom Bett auf und packte Daniel am Kragen seines Hemdes. Ich drückte ihn mit voller Wucht gegen die Wand. »Ich warne dich, Daniel! Redest du noch einmal schlecht von Ava, dann ...«

Daniel schubste mich von sich weg und richtete sein Hemd. »Was dann, Aiden? Dann legst du dich mit deiner Familie an? Soweit ist es schon?«, antwortete er kopfschüttelnd.

Ich sah meinem Bruder in die Augen. »Rede nicht von Dingen, von denen du keine Ahnung hast.«

»So, wie du keine Ahnung hattest, bevor du sie gefickt hast? Muss man erst mit ihr ins Bett, um sie zu verstehen?«, pöbelte er mich an.

Ich holte aus und verpasste meinem Bruder, zu dem ich bisher immer aufgesehen hatte, einen Kinnhaken. Ich war außer mir und brüllte meinen Frust heraus.

Daniel hielt sich das Kinn und ich schüttelte gerade meine schmerzende Hand aus, als plötzlich meine Zimmertür aufgerissen wurde und Dad hereinstürmte.

»*Was zum Teufel ist hier los?*«, schrie er und sah von mir zu Daniel. »Aiden?«, fragte er schließlich mich und ich schnaubte.

Das war mal wieder typisch. Daniel, der schleimige Streber, hatte natürlich nie Schuld an irgendwas.

»Es ist nichts, Dad«, knurrte ich und ließ Daniel dabei keine Sekunde aus den Augen.

Dad sah mich noch eine Weile an und wandte sich dann an Daniel. »Und warum brüllt ihr durch das ganze Haus?«, wollte er wissen.

Daniel atmete ebenso heftig wie ich und rieb sich noch immer übers Kinn. Er öffnete den Mund und wollte gerade anfangen Dad zu erzählen, worum es bei unserem Streit ging, als Mom im Zimmer erschien und ihn böse anfunkelte.

»Daniel, geht es etwa schon wieder um Ava?«, fragte sie mit strengem Ton und ich hob überrascht den Kopf.

»Liebling, was hat das zu bedeuten?«, mischte sich mein Dad ein. Es war offensichtlich, dass ihn die ganze Situation völlig überforderte.

Alle Aufmerksamkeit im Raum war nun auf meine Mom gerichtet und ich fragte mich, was sie wusste.

»Was ist mit Ava, Liebling?«, hakte Dad nach.

Meine Mom sah kurz zu mir, schloss für einen Moment die Augen und atmete tief ein. »Daniel, ich dachte, ich hatte mich beim letzten Mal klar ausgedrückt. Oder etwa nicht?«, wandte sie sich erneut an Daniel.

Der hatte die Hände zu Fäusten geballt und bebte vor Zorn.

»Oder etwa nicht, Daniel?«, wiederholte sie etwas lauter und wartete auf seine Antwort.

»Ja, Mom«, presste er hervor und schenkte mir seinen finstersten Blick.

»Dann ist ja gut«, antwortete sie leise. Mom seufzte und schüttelte kaum merklich den Kopf. »Ich dachte nicht, dass ich das noch einmal sagen müsste, aber geh bitte in dein Zimmer und lass deinen Bruder in Ruhe.«

Daniel stürmte augenblicklich aus dem Raum.

»Angela?«, fragte mein Dad, doch sie überging ihn ein weiteres Mal.

»Kann ich kurz mit unserem Sohn alleine reden, Cary?«

Dad sah eine Weile auf ihren Hinterkopf und wandte sich schließlich zur Treppe. Dort drehte er sich noch einmal um. »Ich hoffe, es gibt eine gute Erklärung für das alles hier.«

»Ich spreche eben mit Aiden und dann komme ich zu dir.«

Als die Tür ins Schloss fiel, ging meine Mom zu meinem Sessel und nahm Platz. »Setz dich, Liebling«, forderte sie mich auf und ich ging wie ferngesteuert zu meinem Bett.

Mom sah mich eine Weile nur an, dann seufzte sie. »Du solltest versuchen, es ihm nicht noch schwerer zu machen, Schatz.«

Fassungslos starrte ich sie an. Das konnte nicht ihr Ernst sein!

»Hab ein bisschen Verständnis für Daniels Situation.«

»Was für eine Situation? Mom, könntest du dich vielleicht ein wenig klarer ausdrücken? Ich verstehe nur Bahnhof!« Gott, ich war genervt. Am liebsten wäre ich jetzt zu Ava gefahren. Der Tag kotzte mich bereits an.

»Aiden, falls es dir noch nicht aufgefallen sein sollte, Daniel ist eifersüchtig.«

»*Was?*« Ich hatte Mühe, meine Stimme zu zügeln. Ich stand auf und lief durch mein Zimmer.

Meine Mom lächelte mich wissend an.

»Wie kommst du auf so was?«, fragte ich und drehte mich wieder zu ihr.

»Eine Mutter spürt so etwas einfach.«

Ich schnaubte und schüttelte den Kopf. »Glaub mir, Mom, dieses Mal liegst du falsch.«

»Das glaube ich nicht.«

Und *wie* sie sich täuschte.

»Sieh es mal so, Liebling, bevor du mit Ava zusammengekommen bist, hast du die meiste Zeit mit deinem Bruder verbracht. Ihr habt euch beide dazu berufen gefühlt, auf eure Schwester aufzupassen. Ihr teilt euch ein Studentenzimmer und ihr spielt beide für euer Leben gern Eishockey. Ihr hattet so viele Gemeinsamkeiten. Und dann war da eure gemeinsame Abneigung Ava gegenüber.«

Ich sah sie erschrocken an.

»Sieh mich nicht so an, Aiden William!«, tadelte sie mich.

Ich hasste es, wenn sie mich so nannte.

»Glaub ja nicht, dass Dad und ich nicht mitbekommen haben, wie ihr euch ständig über Ava aufgeregt habt. Wir haben Ava von Anfang an gemocht. Sie ist ein so liebes Mädchen. Lilly war in einer schwierigen Phase, bevor sie Ava kennengelernt hat. Irgendwas muss in der Schule vorgefallen sein. Sie wollte nie darüber reden und Dad und ich haben uns große Sorgen um sie gemacht. Aber dann kam Ava und plötzlich blühte Lilly wieder auf. Sicherlich wissen wir, dass beide ab und an über die Stränge schlagen. Aber wir wissen eben auch, dass du und Daniel immer auf die beiden aufpasst.«

Ich verstand noch immer nicht, was das mit Daniels abnormalen Verhalten zu tun haben sollte.

»Du hast die Rolle des großen Bruders abgelegt, was Ava betrifft. Und Daniel eben nicht. Auch, wenn es den Anschein macht, dass Daniel Ava nicht mag, weil sie Lilly angeblich ständig in Schwierigkeiten bringt, sehe ich das ganz anders. Ava hat etwas Faszinierendes an sich. Sie ist keines von diesen lauten, schrillen Mädchen, wie die anderen in ihrem Alter. Sie ist ruhig, hat einen starken Willen und einen wunderbaren Charakter. Und dass sie wunderschön ist, brauche ich dir ja nicht zu sagen, oder?« Sie lächelte mich an und ich konnte ihr Lächeln nur erwidern.

Ja, verdammt, Ava war das schönste Mädchen auf diesem Planeten.

»Aber vielleicht solltest du ab und an daran denken, wie sich Daniel jetzt fühlt. Du hast angefangen, dich zu verändern. Das passiert, wenn man in einer Beziehung ist. Man passt sich an, man will dem anderen gefallen. Es ist klar, dass viele Außenstehende das im ersten Moment nicht verstehen. Aber das gehört eben dazu. Daniel wird noch dahinter kommen, wenn er irgendwann seine Ava findet.«

Meine Mom lag dermaßen daneben. Aber ich wollte ihre Illusion nicht zerstören. Ich legte den Arm um sie und drückte sie an mich. »Danke, Mom.«

Sie stand auf und drehte sich zu mir. Mit der Hand streichelte sie über meine Wange. »Ich sehe in deinen Augen, wie glücklich du bist, und das macht mich und deinen Dad sehr glücklich. Wir freuen uns für euch.«

»Dieses Miststück.«

Daniel.

Und mit ›Miststück‹ konnte er eigentlich nur Ava meinen. Die sollte allerdings auf dem Weg nach Providence sein.

Ich zog mir hastig eine Jogginghose an und lief die Treppe hoch. »Was ist los?«, fragte ich Daniel, der auf dem Weg in den ersten Stock war. Ich lief ihm hinterher. Doch anstatt in sein Zimmer zu gehen, riss er Lillys Zimmertür auf und begann, ihre Schubladen auszuräumen. »Was machst du da?«

Daniel wühlte in Lillys Unterwäsche und ich fragte mich langsam, ob er den Verstand verloren hatte. »Ich hab keinen Bock, mich mit dir zu unterhalten«, knurrte er und riss die nächste Schublade auf.

»Wo ist Lilly?«, wollte ich wissen.

Daniel ging in Lillys Ankleidezimmer. Er schien nach irgendwas zu suchen.

»Daniel, was soll das, verflucht noch mal?« Ich hielt seinen Arm fest, als er gerade anfangen wollte, Kisten auf dem Boden auszukippen.

Fluchend drehte er sich zu mir um und hielt mir eine Tablettenpackung hin. »Kommt dir das vielleicht bekannt vor?«

Ich besah mir die Schachtel genauer. Das Label war bedruckt und ich kniff die Augen zusammen, um die kleine Schrift lesen zu können.

*Verschreibungspflichtig - Prince, Amelie - Oxycodon.*

Mein Puls beschleunigte sich und gleichzeitig überkam mich ein kaltes Gefühl. »Woher hast du das?«, fragte ich, obwohl es offensichtlich war.

Daniel schnaubte und sah mich wütend an. »Was glaubst du wohl? Deine feine Freundin war vorhin noch einmal hier.«

»Ava? Wann?« Ava war noch einmal hier gewesen? Warum? Und warum hatte sie sich dann nicht bei mir gemeldet?

»Ungefähr vor einer Stunde. Sie war bei Lilly und die beiden hatten Streit.«

What the fuck? Das konnte nicht stimmen. Daniel musste lügen. Ich schloss meine Hand um die Packung und lief zurück in mein Zimmer. Ich holte mein Handy vom Bett und rief bei Ava an. Ich ließ es ewig klingeln, doch sie ging nicht ran. Frustriert warf ich das Handy zurück und zog mich an, um zu ihr zu fahren.

»Willst du gar nicht wissen, worum es ging?«, fragte Daniel verächtlich. Er war mir in mein Zimmer gefolgt.

»Ich will's lieber von Ava erfahren und nicht von dir. Du erzählst doch sowieso nur Scheiße.«

Daniel schnaubte. »Die beiden haben ziemlich laut diskutiert. Ein Wunder, dass du von der zarten Stimme deiner Prinzessin nicht aufgewacht bist.«

Ich zitterte am ganzen Körper und hatte Mühe, mir die Schuhe zuzubinden.

»Als es nach einer Weile wieder leise wurde, dachte ich erst, dass sie sich vertragen hätten. Aber es war zu ruhig. Also bin ich runtergegangen. Und was habe ich da gesehen? Richtig, wie sich Lilly gerade so eine Pille einwirft und dann versucht, die Tabletten vor mir zu verstecken.«

Lilly nahm Tabletten, kurz nachdem Ava hier gewesen war. Tabletten, die Avas Mom gehörten. Das konnte nicht stimmen. Das *durfte* nicht stimmen. Mir schlug das Herz bis zum Hals. Das musste ein verschissenes Missverständnis sein. »Sind Ava und Lilly zusammen weg?«, fragte ich Daniel und schnappte mir meine Jacke.

»Ava ist schon länger weg. Lilly ist gerade eben abgehauen.«

Ich sah zu meinem Bruder. »Du hast Ava einfach so gehen lassen?«

»Nein! Ich hab nicht mitbekommen, dass sie gegangen ist, sonst hätte ich sie mir vorgeknöpft.«

Ich lief die Treppe wieder rauf und zog meine Jacke an. »Wo ist Lilly hingegangen?«, wollte ich wissen und sah über meine Schulter zu Daniel.

Der warf die Hände in die Luft. »Was weiß ich?«

Ich lief nach draußen zu meinem Auto. Wieder wählte ich Avas Nummer, doch ich erreichte sie immer noch nicht. Es war schon sieben und eigentlich sollte sie jetzt bereits in Providence sein. Ich hatte keine Ahnung, wo die Veranstaltung stattfand, doch ich würde mich solange durchfragen, bis ich sie fand.

Beim dritten großen Hotel in Providence hatte ich Glück. Ich besaß allerdings keine Eintrittskarte und der Pisser an der Tür wollte mich nicht reinlassen. »Ich gehöre zu Amelie und Chester Prince!« Nur mit Mühe konnte ich meine Stimme einigermaßen im Zaum halten.

»Sir, und wenn Sie der König von England sind, ohne Karte kommen Sie hier trotzdem nicht rein!«

»Ist es denn so scheiße schwer, mal eben Bescheid zu sagen? Das wird ja wohl möglich sein!«

Plötzlich rief jemand meinen Namen und ich drehte mich um.

Stevens Dad kam aus dem Saal und klopfte mir auf die Schulter. »Junge, was machst du denn hier? Ich dachte, ihr feiert alle in Newport?«

Jack kam im genau richtigen Moment. »Hi Jack, könntest du mir einen Gefallen tun?«

»Natürlich, was gibt's?«

Ich zog ihn ein Stück vom Türsteher weg. »Kannst du bitte Ava Prince herholen?«

»Ava? Die Tochter von Chester und Amelie? Kennt ihr euch?«, fragte er überrascht.

»Bitte, Jack. Es ist nichts Schlimmes. Aber ich muss dringend mit ihr sprechen.«

Er sah mich einen Moment an, zuckte dann aber mit den Schultern und nickte. »Klar, kein Problem. Zufällig sitzen wir mit der Familie Prince an einem Tisch.«

»Danke«, antwortete ich erleichtert. Jetzt würde sich alles aufklären.

Jack war schon auf dem Weg in den Saal, als ich ihn noch einmal zurückrief. »Sag ihr bitte nicht, dass ich hier warte. Sag einfach, dass man sie sprechen möchte.«

Skeptisch betrachtete er mich. »Wirst du Probleme machen, Junge?«

»Nein, Jack. Ich muss nur kurz etwas mit ihr klären«, versicherte ich ihm.

Er fuhr mit der Zunge über seine Schneidezähne und nach einer halben Ewigkeit drehte er sich schließlich um und ging zurück in den Saal.

Erleichtert atmete ich aus und schloss für einen Moment die Augen. Das Ganze konnte nur ein scheiß Missverständnis sein. Ich stieß mich von der Wand ab und tigerte vor dem Eingang auf und ab. Der Türsteher funkelte mich böse an und ich gab ihm meinen besten Fuck-off-Blick.

»Aiden?«

Ich drehte mich auf dem Absatz um und für eine Sekunde verschlug sie mir schlicht den Atem. Ava sah umwerfend aus. Sie trug ein nachtblaues, bodenlanges Kleid aus Seide, das ihre Kurven perfekt umschmeichelte. Ihre Haare hatte sie zu einem eleganten Knoten im Nacken gebunden und an ihren Ohren glitzerten saphirblaue Diamanten. Sie sah aus wie die Königin der Nacht.

Ich musste ein paar Mal blinzeln und versuchte, mich zu erinnern, warum ich hergekommen war. Ich ging zu ihr und zog sie in meine Arme. Ich vergrub mein Gesicht an ihrem Hals und sog ihren Duft tief in mich ein. Sofort beruhigte sich mein zitterndes Herz. Gott, es war beängstigend, wie sehr ich Ava brauchte. Ich küsste sie und merkte, wie sie zögerte. Ich griff nach Avas Hand und ging mit ihr in die leere Hotellobby, wo wir ungestört waren.

Ava sah mich mit unergründlichen Augen an. Ich wollte diesen Moment einfrieren und die Welt, die reale Welt, für immer ausschließen. Doch ich wusste, dass dies nicht möglich war. Noch einmal beugte ich mich vor und legte meinen Mund auf ihre weichen Lippen. Als ich mich wieder aufrichtete, waren Avas Augen noch geschlossen. Ich streichelte sanft über ihre zarte Haut und als sie mich wieder ansah, seufzte mein Herz. Fuck, sie war so verdammt schön.

»Warum warst du vorhin bei uns?«, fragte ich sie und betete, dass es dafür eine plausible Erklärung gab oder Daniel gelogen hatte.

Avas Augen weiteten sich und ich konnte die Panik darin deutlich erkennen.

Ich schluckte nervös. »Ava?« Sie sah zur Seite und ich zog sie am Kinn wieder zu mir. »Warum?« Ich fing wieder an zu zittern. Nervös ballte ich die Hand an meiner Seite zur Faust und knirschte mit den Zähnen.

»Woher weißt du das? Von Lilly?«, fragte sie mit leiser Stimme.

»Warum ist das wichtig? Warst du bei uns, oder nicht?«

»Wo ist Lilly?«, wollte sie plötzlich wissen.

»Warst du bei uns, oder nicht?« Ich erhob meine Stimme und hasste mich dafür, weil ich immer mehr zweifelte.

»Ja, war ich. Aber nur kurz«, gab sie schließlich zu und sah auf den Boden.

»Fuck!« Ich ließ sie los und ging ein paar Schritte von ihr weg. Frustriert fuhr ich mir durch die Haare und zog daran. »Warum? Was wolltest du von Lilly?«, presste ich mühsam hervor.

»Aiden, ich kann dir das alles erklären. Aber können wir bitte morgen darüber reden?« Avas Stimme nahm einen flehentlichen Ton an und sie kam ein paar Schritte auf mich zu.

»Morgen? Warum? Jetzt, wo ich schon einmal hier bin, lass uns das sofort klären.«

»Bitte, Aiden, nicht heute. Der Abend ist so wichtig für meine Mom. Ich komme morgen gleich zu dir und dann erkläre ich dir alles«, bat sie inständig.

Lange sah ich sie einfach nur an und fragte mich, was diese Augen noch vor mir verstecken konnten.

Ava erwiderte meinen Blick und ich erkannte Angst in ihren wunderschönen Augen. *Angst wovor?*

»Woher hat Lilly die hier?« Ich zog die Pillenpackung aus der Tasche und hielt sie Ava hin.

Fassungslos starrte sie auf die kleine Packung. Das blanke Entsetzen stand ihr ins Gesicht geschrieben. Und der Anblick brach mir das Herz. Das durfte alles verfickt noch mal nicht wahr sein! Ich spürte, wie sich mir die Kehle zuschnürte und ich bekam Probleme, vernünftig zu atmen.

Ich sah Tränen in ihren Augen schimmern. Sie wusste, dass ich es wusste.

»Aiden, bitte, es ist nicht so, wie es aussieht. Du musst mir glauben! Bitte!« Ava ging einen Schritt auf mich zu und griff nach meiner Hand.

Doch meine Haut brannte unter ihren Fingern und ich zog instinktiv meinen Arm von ihr weg. »Also stimmt es«, sagte ich kraftlos und wandte mich von ihr ab.

»Nein! Aiden, bitte, ich kann es erklären.«

»Lass gut sein, Ava.« Ich zerquetschte die Packung in meiner Hand.

»Sie hat damit aufgehört! Sie will es euch morgen erklären. Ich habe ihr versprochen, dass ich nichts sage. Sie will es euch selbst erzählen!« Ava fing an zu weinen.

Sie hatte mich die ganze Zeit belogen!

»Aiden, bitte, du musst mir glauben!«, flehte sie erneut. Sie legte ihre Hand auf meinen Oberarm und wieder zuckte ich unter ihrer Berührung zurück.

Langsam drehte ich mich zu ihr und sah sie an. Ihre Augen waren tränenverschleiert und ihre Unterlippe bebte. Mein Herz krümmte sich vor Schmerz und Enttäuschung. Alles in mir schrie danach, ihr zu glauben, sie in die Arme zu nehmen, ihr Trost zu spenden und ihre Tränen zu trocknen. Aber mein Verstand wehrte sich dagegen. Mit Erfolg.

»Herzlichen Glückwunsch, Ava. Du hast es geschafft. Ich bin dir auf den Leim gegangen. Ich hoffe, es hat dir Spaß gemacht.« Ich machte kehrt und verließ ohne ein weiteres Wort das Hotel.

»*Aiden!*«, rief sie mir hinterher und ich hatte Mühe, einen Fuß vor den anderen zu setzen. »Ich habe nichts damit zu tun!«

Ich wirbelte herum. »Woher hat unsere Schwester dann diesen Scheiß hier? WOHER?«, brüllte ich ihr das letzte Wort entgegen und spürte, wie sich meine Sehnen im Hals anspannten.

»Es tut mir leid«, schluchzte Ava und wischte sich die Tränen aus dem Gesicht.

»Mir auch. Mehr noch. Ich bereue den Tag, an dem ich dich kennengelernt habe!« Ich ging zurück zu meinem Wagen und trat mit voller Wucht gegen die Fahrertür. »VERFICKTE SCHEIßE!« Ich schrie meinen Frust in die kalte, schwarze Nacht. Dann stemmte ich die Ellenbogen auf das Autodach und vergrub mein Gesicht in den Händen.

»Ich liebe dich, Aiden.«

Der Wind wehte ihre zarte Stimme zu mir herüber. Ich wurde innerlich zerrissen und der Schmerz ließ mich laut keuchen. Ich kämpfte mit den Tränen und biss die Zähne so fest aufeinander, dass ich es knacken hörte. Wie konnte ich nur so blind gewesen sein? Wie hatte ich nur auf Ava Prince reinfallen können? Ich riss die Wagentür auf und startete meinen Porsche. Ohne mich noch einmal zu Ava umzudrehen, fuhr ich zurück nach Newport.

»Bisher hat sie noch niemand gesehen. Was ist los, Aiden?« Steven rief mich an, als ich gerade über die Brücke nach Newport fuhr.

»Ava hat Lilly die ganze Zeit mit Pillen versorgt.«

»*Was?* Bist du sicher?«, rief Steven entsetzt in den Hörer.

War ich sicher? Mein Verstand war sich sicher, aber mein Herz wollte immer noch nicht glauben, dass Ava mich die ganze Zeit hintergangen hatte. »Wir müssen Lilly finden. Daniel meinte, dass sie sich ein paar von den Pillen reingezogen hat und dann abgehauen ist. Das war jetzt vor vier Stunden. Irgendwo muss sie sein.«

»Ist sie mit dem Auto unterwegs?«, fragte Steven.

Mir wurde bewusst, dass ich keine Ahnung hatte, wie sie von unserem Haus weggekommen war. Sie hatte noch keinen Führerschein und erst recht noch kein eigenes Auto. »Ich weiß es nicht«, gab ich zu und fühlte mich absolut hilflos.

»Wo bist du jetzt?«, wollte Steven wissen und klang besorgt.

»Ich fahr gerade die Claiborne runter. Wo bist du?«

»Ich bin wieder beim Blue Pearls. Lillys Freundinnen sind auch hier und keine hat etwas von ihr gehört. Alter, das gefällt mir nicht. Du musst mir gleich genau erklären, was passiert ist.«

»Ich komm zum Blue Pearls. Bin gleich da.«

Ich fuhr gerade auf den Parkplatz, als mein Handy klingelte. Mein Herz sprang mir fast aus der Brust, als ich den Namen auf dem Display sah.

»WO ZUR HÖLLE STECKST DU?«, brüllte ich ins Telefon.

»Aiden?« Lillys Stimme klang weit entfernt und sie weinte.

»Wo bist du, Pumpkin?«, fragte ich sofort in sanfterem Ton.

»Es tut mir so leid, Aiden. Ich hab Mist gebaut. Es ist alles meine Schuld.«

Ich konnte sie kaum verstehen, weil sie so sehr schluchzte. »Pumpkin, wo bist du? Ich hole dich.«

Steven riss die Tür meines Wagens auf und ich bekam fast einen Herzinfarkt. »Verfickt noch mal, Jenkins!«, schrie ich ihn an.

»Aiden, du musst mich holen«, weinte Lilly in den Hörer.

»Ich bin auf dem Weg, Pumpkin. Du musst mir nur sagen, wo du bist.«

»Lilly?«, fragte Steven leise und ich verstand nicht, was meine Schwester mir antwortete.

»Wo bist du?«, fragte ich deshalb noch einmal.

»Auf der Route 138.«

»Auf dem *Highway*?«, rief ich laut.

»Du musst mich holen, Aiden.«

»Beweg dich nicht von der Stelle, Pumpkin, ich bin gleich da.«

Ich gab Steven das Telefon und setzte den Wagen zurück. Mit Vollgas fuhr ich zurück zur Brücke.

»Lilly, bist du auf dem Highway?«, fragte Steven und übernahm das Telefonat mit meiner Schwester.

Mein Herz raste und ich konnte kaum sehen vor lauter Panik. Meine Schwester stand mitten in der Nacht und bei dieser Kälte irgendwo alleine auf dem Highway. Außerdem hatte sie irgendwelche Pillen geschluckt, von denen wir nicht wussten, welche Reaktionen sie bei ihr auslösten.

»Lilly, ich will, dass du vom Highway runtergehst, hörst du? Stell dich an die Böschung, okay, Baby?«

Ich blendete aus, was Steven zu ihr sagte und konzentrierte mich auf die Straße. Es hatte angefangen zu regnen und binnen Sekunden verwandelten sich die Straßen in spiegelglatte Eisbahnen. Es war kurz vor Mitternacht und die Straßen waren zum Glück ziemlich leer, sodass wir trotz der miesen Straßenverhältnisse relativ zügig vorankamen.

Steven redete weiter auf meine Schwester ein und versuchte, herauszufinden, wo genau sie sich befand. Wir fuhren gerade nach Jamestown, als die Verbindung abbrach.

»Lilly? *Lilly?*«, rief Steven und sah aufs Display. »Fuck man, dein Akku ist leer.« Steven warf mein Handy in das Seitenfach meines Wagens und holte sein Handy raus. Er wählte Lillys Nummer und wartete, dass sie ans Telefon ging.

»Was ist? Geht sie nicht ran?«, fragte ich und wurde immer nervöser. Ein merkwürdiges Gefühl ergriff mich. Mein Magen zog sich kurz und heftig zusammen und mir blieb für einen Moment die Luft weg. Irgendwas stimmte nicht. Ich umfasste das Lenkrad fester und blinzelte mehrmals hintereinander, um wieder klar zu sehen. *Fuck, was war das?*

Je näher wir dem Festland kamen, desto schlimmer wurde das Gefühl in mir. Mir wurde zunehmend schlecht und ich hatte Mühe, mich auf die Fahrbahn zu konzentrieren.

»Alles gut, Mann?«, fragte Steven und sah besorgt zu mir.

»Geht schon«, versuchte ich sowohl ihn als auch mich zu beruhigen.

»Da vorne!«, rief Steven plötzlich und zeigte auf zwei Autos, die mit eingeschalteten Warnblinker am Fahrbahnrand auf der anderen Seite des Highways standen.

Ich bremste und kam mit meinem Wagen sofort ins Rutschen. Auf dem Seitenstreifen kamen wir zum Stehen und ich riss die Fahrertür auf. *Bitte lass Lilly in Ordnung sein!*, betete ich.

Ich kam schlitternd bei den Autos an und als ich hinter den grauen Chrysler trat, blieb mein Herz stehen. »LILLY!«, schrie ich und rannte auf die Männer zu, die meine Schwester versorgten. Ihr goldenes Kleid war zerrissen, ihr fehlte ein Schuh und überall war Blut. Ich fiel neben ihr auf die Knie und zog sie vorsichtig in meine Arme.

»Aiden?«, rief Steven und kam zu mir. Als er Lilly in meinen Armen sah, schnappte er erschrocken nach Luft. »Hat jemand schon einen Rettungswagen gerufen?«, brüllte Steven die Männer an.

Ich konnte nicht mehr sagen, ob oder was sie ihm antworteten. Ich presste den leblosen Körper meiner Schwester an mich und verlor den Verstand.

Ich stand völlig neben mir und handelte wie ferngesteuert. Die Männer versicherten mir, dass sie bereits die Polizei informiert hatten. Ich schickte jeden, der versuchte, auf Aiden einzureden, weg. Mein ganzer Körper bebte vor Angst um Lilly und ich hatte dermaßen weiche Knie, dass ich mich am liebsten hingelegt hätte. Das durfte nicht wahr sein. Wo blieb nur der beschissene Rettungsdienst, wenn man ihn brauchte? Verzweifelt lief ich die Straße rauf und runter und raufte mir immer wieder die Haare. Mein Magen rebellierte und ich überlegte tatsächlich, mir kurz den Finger in den Hals zu stecken. Doch ich war mir ziemlich sicher, dass Kotzen jetzt auch nicht helfen würde.

Dann fiel mir ein, dass ich Angela und Cary Bescheid geben musste. Ich brauchte ein paar Anläufe, um mein Handy aus der Hosentasche zu ziehen und noch länger, um Daniels Nummer zu wählen.

»Was ist?«

»Daniel?«

»Was willst du?«, fragte er genervt.

»Es ist …«, ich schluckte. *Fuck!* Wie sollte ich ihm das bloß sagen?

»Steven?«, fragte Daniel jetzt irritiert.

»Hey, pass auf. Es ist …«, ich holte tief Luft. »Lilly hatte einen Unfall. Ruf deine Eltern an und sag ihnen, sie sollen ins Krankenhaus kommen.«

»WAS?«, schrie Daniel ins Telefon und ich rieb mir über mein Gesicht, das von der Kälte schon ganz taub war. »Geht's ihr gut? Was ist passiert? Wo bist du? Wo ist Aiden?«

In diesem Moment hörte ich die Sirenen und schloss dankbar die Augen. Jetzt würde alles gut werden. »Aiden ist bei Lilly. Ich kann dir noch nicht sagen, was los ist. Ruf deine Eltern an.«

»Welches Krankenhaus?«

»Ich weiß es noch nicht. Aber der Rettungswagen kommt gerade. Ich frag sie und melde mich sofort wieder bei dir.«

»Gott, ich schwöre, wenn Lilly irgendwas zugestoßen ist, bringe ich Ava um!«, knurrte er drohend.

»Ruf deine Eltern an!«, forderte ich ihn erneut auf und steckte das Telefon zurück in meine Hosentasche.

Die Sanitäter trafen ein und scheuchten uns zur Seite. Aiden wollte Lilly nicht loslassen und wir mussten ihn zu dritt von ihr wegziehen. Er brüllte, schlug blind um sich und wollte wieder zu ihr zurück. Schließlich mussten die Officer, die nun ebenfalls eingetroffen waren, Aiden Handfesseln anlegen und in den Streifenwagen setzen, damit er sich wieder beruhigte. Ich fühlte mit meinem besten Freund. Aber ich konnte nichts machen. Auf mich hatte er auch nicht mehr reagiert.

Mein Handy klingelte. Es war Daniel. »Rhode Island Hospital in Providence. Sie fahren gleich los«, sagte ich, bevor er fragen konnte.

»Wie geht es ihr?«, wollte er wissen.

»Ich weiß es immer noch nicht. Sie lassen uns nicht zu ihr. Aber sie bringen sie gerade in den Rettungswagen.«

»Ist sie ansprechbar? Hat Aiden mit ihr geredet?«

Ich konnte hören, wie verzweifelt Daniel war, aber ich wollte ihm keine falschen Hoffnungen machen. »Sie war bewusstlos, als wir hier ankamen, mehr weiß ich auch nicht. Fahrt vorsichtig, Daniel, die Straßen sind spiegelglatt.«

»Wir sind auf dem Weg.«

»Oh, und Aidens Telefon ist tot. Ruft mich an, okay? Wir fahren gleich hinter dem Rettungswagen her.«

»Alles klar.«

Ich legte auf und ging zum Einsatzfahrzeug der Polizei, in dem Aiden immer noch saß und sich die Kehle wund schrie.

»Kann ich kurz mit ihm sprechen?«, fragte ich den Officer, der neben dem Wagen stand.

»Ich fürchte, das geht nicht. Wir müssen deinen Freund mit auf die Wache nehmen, bis er sich wieder beruhigt hat.«

»Warum? Das ist seine Schwester! Verstehen Sie nicht, dass ihm das nahegeht? Das können Sie nicht machen!«, pöbelte ich sofort los.

»Zurzeit ist er eine Gefahr für sich und andere. So können wir ihn auf keinen Fall gehen lassen.«

»Lassen Sie mich bitte noch mal mit ihm reden. Ich bin sein bester Freund. Er wird auf mich hören. Wir kennen uns schon unser ganzes Leben«, flehte ich ihn an.

Schließlich zeigte er doch noch Erbarmen. »Reden. Mehr nicht!« Der Officer öffnete die Fahrertür und trat einen Schritt zur Seite.

Ich beugte mich runter und sah zu Aiden, der mich sofort anschrie.

»SAG DEN WICHSERN, SIE SOLLEN MICH HIER RAUSLASSEN! ICH MUSS ZU LILLY!«

»Aiden, hör mir zu, Mann. Du musst dich beruhigen! Die nehmen dich sonst mit zur Wache und lassen dich erst gehen, wenn du dich wieder unter Kontrolle hast. Also, reiß dich jetzt verdammt noch mal zusammen! Nur dann können wir dein Auto holen und ins Krankenhaus fahren, verstanden?«

Es dauerte länger als fünf Minuten, Aiden davon zu überzeugen, sich zu beruhigen. Aber schließlich sah er ein, dass man ihn sonst nicht gehen lassen würde.

Als der Officer Aiden die Handschellen abnahm, legte er ihm eine Hand in den Nacken. »Ich bin kein Unmensch, okay? Aber du musst dich beruhigen, sonst kannst du deiner Schwester nicht helfen! Du hast niemanden an sie rangelassen, was hätten wir sonst tun sollen?«

Aiden funkelte den Officer wütend an und ich fürchtete, dass er jeden Moment wieder ausrasten würde. Ich packte ihn an der Schulter und schob ihn in Richtung Auto. Als ich mir sicher war, dass Aiden ohne einen weiteren Ausraster zu seinem Wagen laufen würde, drehte ich mich noch einmal zur Unfallstelle um. Ich sah zum Officer, der uns immer noch aufmerksam beobachtete und hob kurz meine Hand. Er schüttelte traurig den Kopf und wendete sich schließlich ab. Unweigerlich musste ich schlucken und atmete tief durch, bevor ich mich zu Aiden umdrehte. Er wollte gerade auf der Fahrerseite einsteigen. »Auf keinen Fall, Bruder, *ich* fahre!« Ohne Widerrede ließ er die Autotür los und lief auf die andere Seite.

Es war totenstill im Wagen. Aiden hatte den Blick auf die roten Lichter des Rettungswagens vor uns fixiert und war völlig apathisch. Als wir von der 138 auf die Interstate 4 wechselten, ging in diesem Moment das Feuerwerk los. Überall erleuchtete sich der Himmel. Abertausende Raketen in den buntesten Farben kündigten den Wechsel vom alten ins neue Jahr an. Ich betete, dass dieses Jahr mit etwas Gutem anfing und Lilly unbeschadet aus der Nummer rauskommen würde.

Ich parkte direkt gegenüber vom Eingang des Krankenhauses und rannte Aiden hinterher, der sofort losgesprintet war. Wir folgten den Schildern bis zur Notaufnahme und als wir durch die Tür traten, standen wir mitten im Chaos. Ärzte und Schwestern rannten hektisch hin und her und riefen sich irgendwelche Sachen zu.

Aiden sah sich panisch um. »Lilly!«, rief er und rannte blindlings los. Die Notärzte von der Unfallstelle kamen gerade aus einem der OP-Räume. Als sie Aiden erkannten, weiteten sich ihre Augen.

»Wo ist meine Schwester?«, brüllte er sie an und ich hatte Mühe, Aiden von ihnen fernzuhalten.

»Aiden. *Aiden!* Sieh mich an!«, rief ich laut und wartete, bis er zu mir sah. »Wir können jetzt nichts für Lilly tun. Wir müssen die Ärzte ihren Job machen lassen! So hilfst du ihr nicht, Buddy. Mach es ihr nicht noch schwerer.«

»Lilly«, keuchte Aiden kraftlos.

Plötzlich stützte er sich auf mich und ich legte meine Arme um ihn. Ich drückte ihn, so fest ich konnte, und hörte, wie sich der erste Schluchzer durch seine Kehle brach. »Komm mit.« Ich legte meinen Arm um seine Schulter und brachte ihn zum Wartebereich an der gegenüberliegenden Wand.

Schwerfällig ließ sich Aiden in einen der Stühle fallen, stützte die Ellenbogen auf die Knie und vergrub sein Gesicht in seinen Händen. Und dann brach mein bester Kumpel zusammen. Ich setzte mich neben ihn und legte meine Hand auf seinen Kopf. »Es wird alles gut werden. Alles wird gut.«

Kurz nach uns trafen Aidens Eltern mit Daniel ein. Es wurde wieder laut. Daniel lief wie ein Bulldozer auf Aiden zu und rammte ihm die Faust ins Gesicht. Aidens Nase fing sofort an zu bluten, doch er sah nur träge zu seinem Bruder und scherte sich nicht um das Blut, das ihm übers Kinn lief und auf den Boden tropfte. Angela schrie erschrocken auf und Cary drängte Daniel von Aiden weg. Ich ging ebenfalls dazwischen und stellte mich schützend vor Aiden.

Kurz darauf kam der Securitydienst und brachte Daniel und Angela nach draußen. Cary versuchte, von Aiden zu erfahren, was passiert war, aber mein bester Freund saß nur schweigend da und starrte ins Nichts. Ich sprang ein und erzählte ihm, was ich wusste.

Ein Arzt kam auf uns zu und teilte mit, dass er mit der Familie über

Lillys Zustand reden wolle. Ich wollte unbedingt dabei sein, musste aber in der Notaufnahme warten. Ich sah noch, wie Cary seinen Sohn mühsam auf die Beine zog und mit ihm zusammen durch die Doppeltür verschwand. Immer wieder wurden neue Patienten in die Notaufnahme gebracht. Ich sah alles wie durch einen Nebelschleier und achtete nicht wirklich auf die Leute oder was sie sagten. Doch als mit einem Mal die Tür aufging und gleich mehrere Verletzte hineingebracht wurden, bekam ich plötzlich eine Gänsehaut. Auf der ersten Trage lag eine Frau. Ein Notarzt hockte auf ihrem reglosen Körper und versuchte, sie mit einer Herzdruckmassage wiederzubeleben. Ein Sanitäter pumpte gleichzeitig über eine Maske Luft in ihre Lungen. Auf der nächsten Trage lag ein Mann. Er trug eine Halskrause und blutete stark aus einer Kopfwunde. Mehr konnte ich nicht sehen, da man eine Rettungsdecke über ihm ausgebreitet hatte. Als ich mir die junge Frau auf der Trage, die dann hereingeschoben wurde, genauer ansah, setzte mein Herz zum zweiten Mal in dieser Nacht aus. Unter Tausenden hätte ich diese Lockenmähne wiedererkannt. Ava!

Das konnte, nein das *durfte* nicht wahr sein! Ich sprang sofort auf. Avas Augen waren geschlossen und ihr Gesicht rußverschmiert. »Warten Sie!«, rief ich und rannte zu der Trage. »Was ist passiert?«, fragte ich die Ärzte, doch man drängte mich sofort zur Seite und schob sie in einen Untersuchungsraum.

Fuck, was sollte ich denn jetzt bloß machen? Mein Herz raste und ich konnte kaum noch atmen. Ich lief vor dem Untersuchungsraum hin und her und raufte mir immer wieder die Haare. Meine Gedanken überschlugen sich. Es gab Streit zwischen Aiden und Ava. Vermutlich wegen dieser Pillen-Nummer. Fuck, was sollte ich jetzt bloß tun? Ich setzte mich zurück auf den Stuhl und lehnte mich zurück. Laut hörbar atmete ich aus. »Shit!«

Ich musste Aiden Bescheid sagen, dass Ava auch hier war. Und ich musste wissen, was mit Lilly war. Doch für die nächste Stunde passierte nichts. Weder kamen Aiden und seine Eltern zurück noch öffnete sich der Raum, in dem sich Ava befand. Ich war so verdammt müde, dass ich dem Gefühl nachgab und meine Augen für eine Minute schloss.

»Hey, du«, rief jemand und ich öffnete mühsam ein Auge, um zu checken, ob man mit mir sprach.

Hatte ich geschlafen? Orientierungslos sah ich mich um. »Ja?«, antwortete ich, als ein Arzt auf mich zukam. Endlich gute Nachrichten von Lilly? Ich setzte mich aufrecht hin und rieb mir übers Gesicht. »Wie geht es ihr?«, fragte ich den Arzt, als er sich auf den Stuhl neben mir setzte.

»Wir konnten sie stabilisieren und sind gerade dabei, sie für den OP vorzubereiten«, antwortete er und ich sackte erleichtert zusammen.

»Gott sei Dank«, murmelte ich und presste die Fäuste auf meine Augen.

»In welchem Verhältnis stehst du zu ihr? Gehörst du zur Familie?«, fragte er mich und ich schüttelte den Kopf.

»Nein, ich bin ihr …«, fing ich an und dann überlegte ich, was ich antworten sollte. Wer war ich? Der beste Freund ihres Bruders? *Ihr* Freund? »Ich bin ein Freund«, antwortete ich vage und nahm mir vor, daraus schnellstmöglich ›ihr‹ Freund zu machen.

Ich hatte mich viel zu lange wegen Aiden zurückgehalten. Aber das sollte sich nun ändern. Ich war schon lange verrückt nach diesem durchgeknallten, wunderschönen Mädchen und jetzt, wo wir uns endlich näherkamen, wollte ich es nicht mehr länger geheim halten. Gleich morgen würde ich mit Aiden reden und ihm erklären, dass Lilly und ich zusammengehörten. Ich wusste, dass er durchdrehen würde, aber das war mir egal. Die heutige Nacht hatte mir gezeigt, wie kostbar unsere Zeit war und das man davon nichts verschwenden sollte.

»Okay, ihr Freund also. Kennst du dann ihre Familie? Jemanden, den wir anrufen können, jemanden, der in der Nähe wohnt?«, fragte mich der Arzt und ich sah verwirrt zu ihm.

»Warum? Ihre Eltern sind doch hier«, antwortete ich irritiert.

Der Arzt lächelte mich traurig an. Er legte seine Hand auf meine Schulter, drückte sie kurz und sagte dann: »Sie haben es nicht geschafft, Kumpel. Wenn das Mädchen aus der Narkose aufwacht, müssen wir ihr erklären, dass ihre Eltern den Unfall nicht überlebt haben. Deswegen müssen wir wissen, ob sie noch jemanden hat, damit sie morgen nicht alleine ist.«

Meine Welt blieb stehen. Er sprach von Ava. Nicht von Lilly.

Mit zittrigen Fingern öffnete ich die Tür zu Lillys Zimmer und hielt den Atem an. Hier sah es noch genauso aus wie vor drei Tagen. Die Schubladen ihrer Kommode waren immer noch herausgerissen und überall lagen ihre Klamotten auf dem Boden. Ich erwartete, dass sie jeden Moment aus dem Bad kam, mich anpöbelte und aus ihrem Zimmer warf. Doch nichts dergleichen geschah. Es blieb still. Wie im Rest des Hauses auch. Ich schloss die Tür leise hinter mir und versuchte, auf den Beinen zu bleiben. Ich zitterte am ganzen Leib und meine Knie wollten nachgeben. Langsam ging ich zu ihrem Bett und strich über ihre Decke. Ein tiefer Schluchzer erschütterte mich. Ich schlug die Hand vor den Mund und brach neben ihrem Bett zusammen. Tiefe, unendliche Trauer überkam mich. Lilly würde niemals wiederkommen. Nie mehr.

Als meine Tränen irgendwann versiegten, atmete ich tief durch. Ich war für das Chaos in ihrem Zimmer verantwortlich. Ich ertrug den Gedanken nicht, dass Lilly irgendwie doch mitbekommen könnte, was ich getan hatte. Ich wischte mir grob über die feuchten Augen und zog mich an ihrem Bett hoch. Dabei rutschte die Matratze ein Stück zur Seite und mein Blick fiel auf ein schwarzes Notizbuch. Ich zog es unter ihrer Matratze hervor und blätterte durch das Buch.

Plötzlich fing ich an vor Aufregung zu zittern. Es war Lillys Tagebuch. Darin würde die Wahrheit stehen. Der Beweis, dass ich mit allem Recht hatte. Ich nahm es an mich und ging damit hoch in mein Zimmer. Dort setzte ich mich an meinen Schreibtisch und öffnete die erste Seite.

»Fuck«, fluchte ich und schob das Buch nach dem Lesen von mir. Konnte es Zufall sein, dass die Einträge genau mit dem Zeitpunkt endeten, als Ava in Lillys Leben getreten war?

Ich vergrub mein Gesicht in meinen Händen, als mich eine unbändige Schwere überkam. Meine Gedanken waren wirr. Ich musste meinen Eltern irgendwie beweisen, dass ich Recht hatte. Ich wollte und konnte den Tod meiner Schwester nicht einfach so hinnehmen.

Vielleicht hatte Lilly ein neues Tagebuch angefangen, als sie Ava kennengelernt hatte? Vielleicht sollte ich zurück in ihr Zimmer gehen und noch einmal nachsehen. Ich raufte mir die Haare und atmete tief durch. Ich nahm das Buch wieder in die Hand und durchblätterte es. Und dann bemerkte ich plötzlich ein paar Seiten, die weiter hinten beschrieben waren. Mein Atem stockte und ich bekam augenblicklich Herzrasen. Mit zittrigen Fingern suchte ich nach den Seiten und als ich die erste Zeile las, brach mir der Schweiß im Nacken aus.

Liebes Tagebuch,

heute ist der 31. Dezember - Silvester. Yeah! Morgen werde ich mein neues Leben starten. Doch vorher muss ich noch etwas loswerden.

Vor eineinhalb Jahren, kurz vor Ende des Schuljahres, war ich mit Shannon und Tanyta bei der Abschlussparty der Footballmannschaft unserer Highschool. Wir haben mit den Jungs Flaschendrehen gespielt. Einer von ihnen hat mich die ganze Zeit angesehen. Anfangs war das Spiel noch ganz lustig, doch dann wurden die Ideen der Jungs immer bescheuerter. Wir sollten uns irgendetwas ausziehen oder einen von ihnen küssen und erzählen, ob wir noch Jungfrau waren. Ich hatte dann keine Lust mehr und wollte nach Hause. Der Junge, der mich die ganze Zeit angelächelt hatte, bot mir an, mich zu fahren. Bei mir vor der Tür hat er mich dann geküsst. Er hat mir gesagt, dass er schon lange auf mich steht und bisher zu schüchtern war, mich anzusprechen. Wir sind ein paar Mal ausgegangen. Eines Tages, seine Eltern waren zufällig gerade nicht zu Hause, wollte er mit mir schlafen. Leider hatte ich behauptet, dass ich bereits mit vielen Jungs geschlafen habe, was aber nicht stimmte. Wir haben es getan und es war schrecklich. Hinterher hat er mir meine Klamotten hingeworfen und mich nach Hause geschickt. Verständlicherweise wollte ich danach nie mehr zu dieser Highschool gehen, doch Mom und Dad ließen mich nicht wechseln.

Ein paar Wochen später habe ich festgestellt, dass meine Periode nicht mehr kam. Ich wusste nicht, mit wem ich hätte reden können. Mom und Dad gingen ja schon mal gar nicht. Und Aiden oder Daniel? Die hätten mich gleich umgebracht. Ich war bei einem Arzt in Fall River und der hat mir gesagt, dass er das Baby wegmachen kann und auch niemandem davon erzählen wird. Er wollte 300 Dollar haben und ich habe mein Sparschwein geplündert und ihn davon bezahlt.

Das war der schrecklichste Tag in meinem Leben. Aber es war auch der beste Tag in meinem Leben. An diesem Tag habe ich nämlich Ava kennengelernt. Ich bin am Strand beim Leuchtturm gewesen und habe die ganze Zeit geheult. Ich fühlte mich noch nie so allein in meinem Leben. Aus dem Nichts kam Diego auf mich zugestürmt und schlabberte mir das Gesicht ab. Ich versuchte, ihn von mir wegzuhalten, aber er kam immer wieder zurück. Ava lief zu mir und nahm Diego von mir weg.

Ich hab bis heute keine Ahnung, wie sie das gemacht hat, aber sie hat irgendwie sofort gemerkt, dass mir etwas Schlimmes passiert ist. Sie hat sich neben mich gesetzt, mich in den Arm genommen und das war's. Ich hab ihr alles erzählt. Von Anfang bis Ende. Sie hat mich nicht ein einziges Mal unterbrochen, sondern einfach meine Hand gegriffen und mir Trost gespendet. Danach hat sie mir dann von sich und ihrem Leben in San Diego erzählt. Es ist unvorstellbar, aber Ava ist fast das Gleiche passiert! Nur, dass sie nicht schwanger wurde. Aber ihr Freund hat sie damals auch nur verarscht. Denn, nachdem sie mit ihm geschlafen hatte, hat er ihr erklärt, dass sie nur eine Wette war und er eigentlich auf dünne Mädchen steht. Dabei ist Ava absolut nicht dick!

Jedenfalls ist Ava seit diesem Tag meine beste Freundin. Ich kann mit ihr über alles reden und sie ist immer für mich da. Sie passt jeden Tag auf mich auf und ich hab es ihr nicht wirklich leicht gemacht.

Leider bin ich dafür verantwortlich, dass sie und Aiden sich gestritten haben. Aber das wird sich morgen alles aufklären, sobald ich mit meiner Familie gesprochen habe.

Wegen der ungewollten Schwangerschaft und dem Stress mit dem Typen habe ich angefangen, zu trinken. Zum Glück war Ava aber immer für mich da und hat mich vor Schlimmerem bewahrt. Ich weiß gar nicht, was ich ohne sie machen sollte.

Mom und Dad haben dann schließlich doch erlaubt, dass ich auf die andere Schule wechsle, weil ich dann mit Ava zusammen in eine Klasse gehen konnte. Da hab ich meinen Ex-Freund Mason kennengelernt. Leider hat sich rausgestellt, dass Mason ebenfalls ein riesengroßes Arschloch ist! Er kennt eine Menge Leute, die Drogen und Alkohol besorgen können. Ich hab mich dazu verleiten lassen, das Zeug zu probieren und wenn Ava nicht gewesen wäre, gäbe es mich jetzt wahrscheinlich nicht mehr. Sie war es, die mich davor bewahrt hat, noch schlimmere Sachen zu nehmen.

Ich war so oft zugedröhnt, dass ich gar nicht mitbekommen habe, wie sehr sie unter meinem Verhalten gelitten hat. Trotzdem hat sie immer zu mir gehalten. Als Daniel und Aiden in meinem Zimmer eine Tüte

Gras gefunden haben, behauptete ich, dass diese Ava gehört. Und sie hat ohne mit der Wimper zu zucken für mich gelogen. Leider habe ich damit nicht nur meine Familie belogen, sondern auch meine allerbeste Freundin in etwas hineingezogen, wofür sie absolut nichts konnte.

Gestern ist mir bewusst geworden, wie egoistisch mein Verhalten die ganze Zeit über war. Ich hab mir nie Gedanken darüber gemacht, wie sehr Ava meinetwegen leiden musste. Meine Brüder haben sie gehasst. Ich wette, hätten sie gewusst, wie schwer Avas Leben sowieso schon war, wären sie nicht so fies zu ihr gewesen.

Das ist aber jetzt egal, denn es ist etwas Wunderbares passiert: Aiden und Ava sind seit Kurzem zusammen! Aiden hat nämlich endlich erkannt, dass Ava nicht die ist, für die er sie immer gehalten hat. Ich sehe, wie verliebt er in sie ist und das macht mich so happy! Man kann aber auch gar nicht anders, als Ava zu lieben. Sie ist so stark und mutig und wunderschön und hat die tollsten Haare der Welt, die blauesten Augen, den sinnlichsten Mund und die aufregendste Figur. Und sie riecht immer so gut. Wenn ich ein Junge wäre, würde ich zu hundert Prozent auf sie stehen! Ich bin Ava so unendlich dankbar. Sie hat mein Leben gerettet und ist mein persönlicher Schutzengel.

Ich hoffe, dass auch Daniel, wenn er erfährt, was ich gemacht habe und wie sehr Ava mir die ganze Zeit geholfen hat, sehen kann, wie wunderbar sie ist.

Ich bereue es zutiefst, dass ich es allen schwer gemacht habe. Ich wünschte, ich hätte anders gehandelt. Und genau deswegen ist heute der Tag, an dem ich alles hinter mir lasse und neu starte. Ich hab mein Zimmer auf den Kopf gestellt und nach der Packung Tabletten gesucht, die ich vor einiger Zeit bei Ava im Haus habe mitgehen lassen. Es sind Tabletten von ihrer Mom und ich fühle mich schrecklich deswegen. Ich werde ihr nachher eine Nachricht schicken, dass ich die Tabletten habe und ihr zurückgeben möchte. Ich hoffe, dass Ava nicht allzu sauer auf mich sein wird.

Und morgen werde ich dann erst mit Mom und Dad und danach mit Daniel und Aiden sprechen und mich bei allen entschuldigen. Denn ich liebe meine Familie über alles und deswegen will ich sie ab jetzt nur noch stolz machen und nie mehr enttäuschen.

Danke fürs Zuhören. Bis ganz bald, Lilly

## Kapitel 30 - Daniel

Fassungslos starrte ich auf die elegant geschwungene Handschrift meiner Schwester und konnte nicht glauben, was ich da gerade gelesen hatte. Fuck, warum hatte Lilly nie mit uns darüber gesprochen? Warum war uns nicht aufgefallen, dass etwas nicht stimmte und dass es ihr so schlecht ging? Wieso hatte sie sich niemandem anvertraut? Und welches Arschloch hatte verflucht noch mal meine Schwester geschwängert? Natürlich wusste Ava über alles Bescheid. Aber ich spürte keine Wut in mir. Nicht mehr. Ava hatte anscheinend alles dafür getan, um Lilly zu helfen und ihr beizustehen. Ava war wirklich nicht das Miststück, das wir immer in ihr sehen wollten, sondern das Beste, was Lilly passieren konnte.

Ich schmiss Lillys Tagebuch durch mein Zimmer. Es landete mit einem dumpfen Knall an der Wand und fiel hinter meine Kommode. Mein Puls fing an zu rasen und ich bekam meine Atmung nicht mehr unter Kontrolle. Irgendwann konnte ich mich nicht mehr beherrschen. Wut, Angst und Hilflosigkeit machten sich in mir breit. Ein Schrei löste sich aus meiner Kehle. Ich warf alles zu Boden, was auf meinem Schreibtisch stand. Als ich neue Tränen in meinen Augen spürte, wischte ich mir schroff übers Gesicht und versuchte, mich zu beruhigen. Doch ich verlor den Kampf. Ich griff nach dem erstbesten Gegenstand, den ich zu fassen bekam, und schleuderte diesen mit voller Wucht durchs Zimmer. Meine Hockey-Trophäe hinterließ ein großes Loch in der Wand. Aber auch das half nicht.

»Daniel?« Meine Mom stand plötzlich in der Tür und sah mich erschrocken an. Dann fiel ihr Blick auf das Chaos, das ich gerade angerichtet hatte, und blieb an meinen geballten Fäusten hängen. Eine Welle von Scham- und Schuldgefühlen überrollte mich. Gott, ich war das größte Arschloch auf dieser Welt.

Mit großen Schritten lief ich zu meiner Mom und zog sie in meine Arme. Ich spürte ihre Überraschung. Als sie mir über den Kopf streichelte, war ich auf einmal nicht mehr zweiundzwanzig, sondern ein kleines, hilfloses Kind. »Mom«, schluchzte ich.

Ich war leer. In mir war nichts. Ich sah nichts. Ich hörte nichts. Ich fühlte nichts. Ich wusste nicht einmal, welchen Tag oder welches Jahr wir hatten. Alles war dunkel und stumm. Ich hatte mich in diesem Gefühl verloren und blendete alles um mich herum aus.

Ich bemerkte das Klopfen an meiner Tür nicht und auch nicht, dass jemand in mein Zimmer kam. Erst als sich die Matratze neben mir senkte und ich eine warme Hand auf mir spürte, kehrte ich für einen kurzen Moment in die Wirklichkeit zurück. Mühsam öffnete ich die Augen.

»Liebling?«

Dumpf drang die Stimme meiner Mom zu mir durch und ich blickte sie an, ohne sie wirklich wahrzunehmen.

»Wir müssen mit dir reden, Schatz.« Ich sah, dass sich ihr Mund bewegte, aber ich konnte den Sinn ihrer Worte nicht erfassen. Es war mir auch zu anstrengend, darüber nachzudenken. Also gab ich es auf. Ich konnte sie nur anstarren.

»Vielleicht ist es besser, wenn wir ihm noch etwas Zeit geben.«

Wer hatte das gesagt? Mein Dad? Daniel? Egal, ich wollte es nicht wissen. All das hier erschöpfte mich. Deswegen schloss ich meine Augen wieder und drehte mich auf die Seite.

»Bitte Mom, lass mich mit ihm reden.«

»Ich weiß nicht, ob das eine gute Idee ist, Daniel.«

»Bitte.«

»Liebling.«

Jemand weinte. Ich vernahm leises Geflüster. Warum gingen sie nicht einfach weg? Sahen sie nicht, dass ich sie nicht hier haben wollte?

Endlich kehrte Stille ein und ich atmete erleichtert aus.

»Ich weiß, dass du mir niemals verzeihen wirst. Aber ich will, dass du weißt, dass ich es zutiefst bereue und alles dafür tun werde, um es wiedergutzumachen.«

Die Stimme meines Bruders war leise und zitterte. Aber ich hatte keine Lust, darüber nachzudenken, was sein Problem war. Ich wollte einfach nur hier liegen und vergessen. Er sollte gehen. Doch selbst das konnte ich ihm nicht sagen. Ich hatte für nichts Kraft.

»Ich habe Lillys Tagebuch gefunden«, fuhr Daniel fort.

Ich presste meine Augen fest zusammen, als er ihren Namen aussprach. Irgendetwas daran klang falsch. Aber ich konnte nicht sagen, was.

»Aiden, du wirst mich noch mehr hassen. Aber glaub mir, niemand verachtet mich mehr als ich mich selbst.«

Was wollte er von mir?

»Es stehen Sachen in Lillys Tagebuch von denen wir alle nichts wussten. Schreckliche Sachen. Unbegreifliche Sachen.« Daniel schluchzte und unterbrach für einen Moment seinen Monolog.

Ich versuchte, ihn wieder auszublenden.

»Aber am Wichtigsten ist, dass ihr alle Recht hattet. Ich war der Einzige, der nicht erkannt hat, wer sie wirklich war. Ich war geblendet von meinem Hass und hab nicht hingesehen. Und ich …« Er stockte und sprach nach einem kurzen Moment weiter. »Ich werde es wiedergutmachen, Aiden. Ich schwöre dir, ich mach es wieder gut.« Wieder weinte er leise. »Ich hab ihr so viel Unrecht getan. *Wir beide!* Am Anfang waren es wir beide!« Seine Stimme nahm einen schärferen Ton an, aber schon in der nächsten Sekunde klang er wieder leise und verzweifelt. »Hätte ich gewusst, dass Ava Lilly die ganze Zeit geholfen hat, dann … dann … Gott, ich hasse mich dafür. Warum hast du mir nie die Wahrheit erzählt?«

Die Frage schwebte durch den Raum, doch ich war nicht in der Lage, sie zu beantworten.

»Ich schwöre dir, Aiden, ich hätte anders reagiert, wenn ich gewusst hätte, was alles in Avas Leben los war. Das musst du mir glauben. Gott, ich weiß einfach nicht, was ich machen soll.«

Wieder hörte ich Daniel weinen. Noch immer verstand ich nicht, was er eigentlich von mir wollte.

»Warum hat Lilly die Tabletten geklaut? Sie wusste doch, wie wichtig die für Avas Mom waren. Wie konnte sie so etwas machen? Fuck, ich weiß einfach nicht, was ich fühlen soll.«

Die Matratze bewegte sich unter mir und Daniels Stimme wurde mal laut, dann wieder leise. Er schien im Zimmer umherzulaufen. »Ich hab Mom und Dad das Tagebuch gezeigt. Sie wissen Bescheid. Gott, Aiden, Mom ist am Boden zerstört. Lilly war schwanger! Sie ist ganz alleine zu irgendeinem Pfuscher gefahren und hat sich das Kind wegmachen lassen. Sie war erst 15, verdammt! Wir hätten ihr doch geholfen. FUCK! Ich werde dieses Arschloch finden und mit meinen eigenen Händen umbringen.«

Ein lauter Knall ertönte, so als hätte Daniel gegen meine Tür geschlagen. Doch ich zuckte nicht einmal zusammen. Noch immer lag ich mit geschlossenen Augen in meinem Bett und versuchte, seine Stimme auszublenden und wieder im Nichts zu verschwinden. Aber je länger er redete, desto mehr drängte sich das Gesprochene in mein Bewusstsein. *Lilly. Schwanger. Tabletten. Ava.*

Ich wollte die Worte ordnen, um den Sinn dahinter zu verstehen, doch wieder strengte es mich zu sehr an und ich schaltete ab.

»Ich werde mit Ava sprechen. Mich bei ihr entschuldigen. Ich weiß, dass es unverzeihlich ist, wie ich sie behandelt habe, aber ich will es versuchen. Scheiße, sie hat alles verloren. Alles!«

Ich wachte aus einem schrecklichen Albtraum auf. Mein Herz raste unkontrolliert und ich war schweißgebadet. Ich setzte mich auf und rieb über meinen Brustkorb. Meine Kehle war staubtrocken. Mühsam hievte ich mich aus dem Bett und schleppte mich ins Badezimmer, um mir das Gesicht zu waschen und etwas zu trinken.

Ich tastete nach einem Handtuch und berührte dabei einen kleinen runden Gegenstand. Als ich meine Finger um das Objekt schloss, keuchte ich laut auf. Ich wusste sofort, was es war. Dafür musste ich nicht hinsehen. Es war das braune Haarband, das Ava am Silvestermorgen hier vergessen hatte. Ein Stöhnen drang aus meiner Kehle und mein Magen krampfte sich zusammen. Die letzten Stunden mit Ava hier in meinem Zimmer durchfluteten meine Gedanken und ich musste mich am Rand des Waschbeckens festhalten, um nicht zusammenzubrechen.

Ich hatte plötzlich ihren Anblick vor Augen, wie sie mich angelächelt und mir gesagt hatte, dass sie mich liebte. Ich fühlte ihre Hände auf meiner Haut, als sie mir über die Wange streichelte. In diesen Stunden war ich der glücklichste Mensch der Welt. Alles war perfekt.

Meine Knie gaben nach und ich sank auf den Boden. Ich erinnerte mich wieder an meinen Traum. Darin stand Ava vor mir und flehte mich an, sie nicht zu verlassen. Sie wiederholte immer wieder, wie leid es ihr tat und dass sie mich liebte. Doch im Traum blieb ich stumm. Ihre Stimme wurde leiser und leiser und dann verschwand sie plötzlich. Ich rief nach ihr, doch sie antwortete mir nicht mehr. Ich rannte hinter ihr her, aber ich fand sie nicht mehr. Dann wachte ich auf.

Aus dem Nichts drangen die Worte von Daniel zurück an die Oberfläche meines Bewusstseins. Ich konnte mich an jedes einzelne erinnern und mein Kopf drohte zu explodieren. Ich legte meine Finger über meine Ohren und presste die Augen fest zu. Doch es half nichts. Seine Stimme in meinem Kopf wurde immer lauter. Ich spürte erste Tränen in meinen Augen brennen, mein Magen rebellierte und ein Schwindelgefühl überkam mich. Das musste aufhören. Sofort.

So schnell ich konnte, rannte ich die Treppen nach oben, nahm immer zwei Stufen auf einmal. Ich riss die Tür zu Lillys Zimmer auf und blieb heftig atmend auf der Schwelle stehen. Sofort merkte ich, dass hier irgendetwas nicht stimmte. Das Zimmer war aufgeräumt. Zuletzt hatten aber überall ihre Sachen auf dem Boden verstreut gelegen. Weil Daniel etwas gesucht hatte.

Hoffnung blühte in mir auf. War das doch alles nur ein Traum? War ich jetzt erst von meinem Mittagsschlaf aufgewacht und Steven würde mich gleich zur Silvesterparty im Blue Pearls abholen? Ich sah mich im Zimmer um und suchte nach einem Beweis, dass Lilly lebte. Dass die Dinge in meinem Kopf nicht der Wirklichkeit entsprachen. Ich ging um ihr Bett herum in ihr Badezimmer. Auch hier war alles aufgeräumt. Lillys Zahnbürste, ihre Cremes, ihr Schminkzeug, alles stand ordentlich aufgereiht auf ihrem Waschtisch. Saubere Handtücher hingen am Haken und ihr Morgenmantel hinter der Tür. Wozu braucht meine Schwester frische Handtücher, wenn sie nicht mehr hier war? Mein Herz schlug immer schneller. Ich ging zurück in ihr Zimmer. Auf ihrem Schreibtisch lagen mehrere Schulmappen und Ordner. Ich hob einen Stapel Blätter auf und las die ersten Zeilen.

*Das System der Kunstpatronage während der Renaissance - Aufsatz von Lilly Westerfield.*

Ich erkannte den Aufsatz sofort. Dieser lag noch vergangene Woche bei Ava auf dem Schreibtisch, weil Lilly sie gebeten hatte, ihr damit zu helfen.

Ich fing so heftig an zu zittern, dass mir die Seiten aus der Hand rutschten und mit einem dumpfen Knall auf dem Boden landeten. Ich setzte mich auf Lillys Bett und legte meinen Kopf in meine Hände. Ich wusste nicht mehr, was Realität und was Traum war. Es fühlte sich alles so verworren an. In meinem Kopf herrschte das pure Chaos. Ich wurde plötzlich wieder unendlich müde. Ich wollte nur noch in mein Bett und nichts mehr mit dieser ganzen Scheiße zu tun haben. Ich wollte nicht einmal darüber nachdenken müssen, ob es nur ein Traum war oder nicht. Als ich aufstand, fiel mein Blick auf ein schwarzes Notizbuch, das neben der Lampe auf Lillys Nachtschrank lag.

*»Ich habe Lillys Tagebuch gefunden.«*

Sofort schlug mein Puls höher und ich bekam Schweißausbrüche. Ich schluckte und griff zögerlich nach dem kleinen Buch.

Geschockt starrte ich auf die Worte, die meine Schwester zu Papier gebracht hatte. Ich konnte nicht glauben, was dort stand. Wieder und wieder las ich die Zeilen und nur langsam begriff ich, was das alles bedeutete. Heilige Scheiße! Mein Hals schnürte sich zu und in meinem Magen rumorte es. Mir wurde schlecht. Ich taumelte in Lillys Bad, stützte mich an der Wand ab und fiel vor der Toilette auf die Knie. Ich würgte, doch es kam nichts. Wie denn auch? Ich hatte seit Tagen nichts gegessen. Als der Würgereiz nachließ, stemmte ich mich wieder auf die Beine und verließ Lillys Zimmer.

Ich ballte die Hände zu Fäusten und kämpfte kein Stück gegen die Wut in meinem Bauch. Im Gegenteil, ich genoss es, wie sie sich immer heißer in mir ausbreitete. Ich trat die Tür zu Daniels Zimmer auf. Erschrocken fuhr er herum und schloss langsam seinen Mund. Ich ging direkt auf ihn zu und packte ihn am Kragen seines Hemdes. Mit voller Wucht rammte ich ihn gegen die Wand, hob meine Faust und schlug auf ihn ein. Daniel wehrte sich nicht. Er verteidigte sich nicht. Stumm nahm er jeden meiner Schläge hin.

»DU VERSCHISSENES ARSCHLOCH! DU HAST ALLES ZERSTÖRT! ALLES!«, schrie ich und prügelte weiter auf ihn ein.

Daniel schwieg und sah mich mit leerem Blick an. Meine Aggression steigerte sich dadurch nur noch mehr und ich hätte bis zum bitteren

Ende weitergemacht, wenn nicht Dad ins Zimmer gestürmt wäre und mich von Daniel heruntergerissen hätte.

»*Nein!*«, schrie Mom im Hintergrund und lief zu Daniel, der blutüberströmt auf dem Boden lag.

»*Aiden, was ist denn in dich gefahren?*«, brüllte mein Dad und schob mich zur Tür. Wütend sah er mich an.

Noch immer bebte mein Körper. Doch ich spürte trotz des zerschundenen Gesichts von Daniel kein bisschen Befriedigung.

»Daniel hat nichts davon gewusst!«, rief Dad in mahnendem Ton und wusste anscheinend ganz genau, worum es ging.

Ich richtete meinen Blick nun auf meine Eltern. Sie wussten also alle Bescheid.

»Wir müssen jetzt zusammenhalten. Es war ein schrecklicher Unfall, für den niemand etwas kann!«

»Bitte, Aiden, beruhig dich wieder. Wir wussten es alle nicht.«

Ich hörte die tränenerstickte Stimme meiner Mom, aber ich konnte den Blick nicht von Daniel wenden. Er lag noch immer auf dem Boden und sah mich mit trüben Augen an. Ich riss mich von meinem Dad los und lief die Treppen nach unten. Ich hatte jetzt nur noch ein Ziel.

Frustriert lief ich durch die Gänge des Krankenhauses und versuchte, mich daran zu erinnern, auf welche Station man Ava gebracht hatte. Aber da war nichts. In meinem Kopf herrschte absolute Leere. Ich konnte mich nicht mehr an diese Nacht erinnern.

Die Arschlöcher am Eingang wollten mir keine Auskunft geben, wo Ava war. Also suchte ich auf eigene Faust. Ich zitterte am ganzen Leib und mein Herz drohte zu explodieren. Angstschweiß lief mir den Rücken herunter und meine Atmung war völlig außer Kontrolle. Seit dem Unfall waren fünf Tage vergangen. *Fünf verschissene Tage!* Gott, was musste Ava nur von mir denken? Mein Herz verkrampfte sich und das Verlangen, sie in meinen Armen zu halten, wurde unerträglich.

Ich hatte keine Ahnung, wie lange ich schon hier war und in wie viele Zimmer ich bereits gesehen hatte, ich konnte Ava oder ihre Eltern nirgendwo finden.

*»Ava und ihre Eltern sind auch hier, Aiden. Hörst du? Ava braucht dich jetzt!«*

Aber was zum Teufel hatte Steven noch gesagt? Ich holte mein Handy hervor und wählte seine Nummer. Warum konnte ich mich nicht mehr erinnern? War Ava verletzt? Wie ging es ihren Eltern?

»Aiden?«, fragte Steven verwundert, als er endlich ans Telefon ging.

»Wo ist sie?«, fragte ich. Ich hatte keine Zeit zu verlieren.

»Aiden.« Steven klang verunsichert.

»Wo?«

»Wo bist du?«, wollte er wissen.

»Im Krankenhaus. Wo liegt sie? Wo sind ihre Eltern?«

Steven sagte nichts. Es herrschte Stille und ich nahm das Telefon vom Ohr, um mich zu vergewissern, dass die Verbindung nicht abgebrochen war. Ich hielt das Handy wieder ans Ohr und wartete ungeduldig darauf, dass Steven etwas sagte. Je mehr Zeit verstrich, desto größer wurde meine Panik.

»Aiden.« Steven räusperte sich und holte tief Luft, bevor er weitersprach. »Amelie und Chester haben den Unfall nicht überlebt.«

Mein Herzschlag setzte aus.

Amelie und Chester waren tot?

Schlagartig wurde mir wieder schlecht. Meine Knie gaben nach und ich rutschte an der Wand zu Boden. Mein Herz brach in tausend Teile. Tränen liefen mir über die Wangen und landeten auf meiner Jeans. Ich konnte kaum noch atmen und wischte mir übers Gesicht.

»FUCK!«, schrie ich und zog an meinen Haaren.

Ich hatte Ava alleingelassen. Ich war nicht für sie da gewesen, als sie mich gebraucht hatte. Ich musste sofort zu ihr. Schwerfällig hievte mich auf die Beine und sah mich taumelnd um. »Wo ist sie, Steven? Sag mir, wo sie ist«, krächzte ich ins Telefon. Ich fing an, kopflos in eine Richtung zu laufen.

»Sie ist nicht mehr da«, sagte Steven schließlich mit kaum hörbarer Stimme.

Abrupt blieb ich stehen. Mir schnürte es den Hals zu. »Was heißt das?«, fragte ich und unterdrückte den Würgereiz, der sich wieder ankündigte.

»Sie wurde heute Vormittag abgeholt. Von ihrer Tante. Ich hab keine Ahnung, wohin.«

Ich hatte noch Hoffnung, Ava zu finden. Sie konnte nicht weg sein. Das wollte ich einfach nicht wahrhaben.

Das große schwarze Einfahrtstor zu ihrem Haus war geschlossen und als ich den Code eingab, tat sich nichts. Kurzerhand kletterte ich über die Mauer und rannte die lange Auffahrt hinauf.

Ich zitterte so sehr, dass ich die Tasten auf dem Tableau neben dem Garagentor nicht richtig traf. Wütend brüllte ich meinen Frust heraus, schüttelte meine Hände und versuchte es erneut. Doch wieder passierte nichts.

*»So eine verfickte Scheiße!«* Ich schmiss mein Handy gegen die Hauswand und trat gegen die Tür. Kraftlos glitt ich an der Wand herab und vergrub mein Gesicht in den Händen. Ich konnte meine Tränen nicht mehr zurückhalten und fing an zu heulen.

So fand mich Steven wenig später. Er setzte sich neben mich und sagte kein Wort.

»Wie geht es ihr?«, fragte ich nach einer gefühlten Ewigkeit.

Steven hob den Kopf und sah in die Ferne, als er mir antwortete. »Sie war leer, Aiden. Völlig leer. Ich hab vorher noch nie jemanden gesehen, in dem so wenig Leben war. Sie hat nicht mehr gesprochen. Ich bin jeden Tag bei ihr gewesen, aber sie hat einfach nur im Bett gelegen und aus dem Fenster gestarrt. Als ich heute ins Krankenhaus gefahren bin, war ihre Tante schon da und hat sie einfach mitgenommen. Die Ärzte, die Schwestern, alle wussten Bescheid. Ava hat es über sich ergehen lassen. Ich schwöre dir, ich hab alles versucht. Ich hab sie angefleht hier zu bleiben. Ich hab ihr gesagt, dass sie bei uns wohnen kann. Meine Eltern hätten sie sofort aufgenommen, bis es dir und deiner Familie wieder besser geht. Aber sie hat nicht auf mich reagiert.«

Ich konnte die Traurigkeit in Stevens Stimme deutlich hören.

»Wo ist sie jetzt?«, fragte ich, ohne ihn anzusehen.

»Ich weiß es nicht. Sie haben mich rausgeschmissen. Niemand wollte mir sagen, wohin man Ava bringt. Ihre Tante hat irgendwann den Sicherheitsdienst rufen lassen, weil ich mich geweigert hatte zu gehen. Ich konnte nichts machen. Es tut mir leid, Aiden. Es tut mir so schrecklich leid.« Steven wischte sich über die Augen und lehnte den Kopf gegen die Tür.

Es war stockdunkel, als Steven aufstand und mir die Hand reichte.

Fragend sah ich ihn an. Wenn er glaubte, dass ich ging, hatte er sich gewaltig geschnitten. Ich war immer noch zuversichtlich, dass das Ganze vielleicht nur eine Falle war. Vielleicht wollten Ava und ihre Tante abwarten, bis wir hier verschwanden und kamen dann zurück, um ihre Sachen zu holen. Ich *musste* sie sehen. Ich konnte nicht zulassen, dass ich auch noch sie verlor.

»Geh ruhig. Ich bleib hier und warte.«

Steven seufzte. »Sie ist weg, Kumpel.«

»Das weißt du nicht!«, antwortete ich zornig. Woher wollte der Pisser wissen, ob Ava nicht doch wieder nach Hause kam?

»Ich bin heute schon einmal hier gewesen, Aiden, und hab mit Magda gesprochen. Sie hat die Anweisung erhalten, Avas Sachen zu packen und den Code fürs Haus zu ändern.«

Sofort durchströmte mich neue Hoffnung. Magda! Natürlich! Sie würde wissen, wo Ava ist. Warum hatte ich nicht gleich an sie gedacht? Ich sprang auf und wollte losrennen, doch Steven hielt mich fest.

»Sie weiß es auch nicht.«

Ich drehte mich zu ihm um und riss mich los. »Woher willst du das wissen? Vielleicht wollte sie es dir nicht sagen. Aber *mir* wird sie es sagen!«

»Magda ist selbst am Boden zerstört. Sie hat Avas Tante angefleht, sie hierzulassen.«

Warum wurde mir alle Hoffnung, jede Chance, die ich hatte, sofort wieder genommen? Warum stahl mir das Schicksal nicht nur meine Schwester, sondern auch gleich noch Ava? Was zur Hölle sollte das?

Steven beobachtete mich und erwartete wahrscheinlich, dass ich wieder explodierte. Aber das tat ich nicht. Mir wurde langsam bewusst, dass ich sie wirklich für immer verloren hatte.

»Komm. Ich hab noch was für dich.«

Was auch immer das war, ich wollte es nicht haben. Ich wollte gar nichts mehr haben. In mir breitete sich Kälte aus. Aber nicht, weil wir seit Stunden hier draußen vor Avas Haus saßen, sondern weil mein Herz aufgehört hatte zu schlagen. Ich hatte aufgehört zu existieren.

Ich ließ zu, dass Steven mich zurück zum Einfahrtstor brachte. Wie ein ferngesteuerter Roboter folgte ich ihm über die Mauer und blieb vor meinem Wagen stehen. Ich starrte auf die Beule in der Fahrertür und er-

innerte mich wieder, wann und warum sie dort hingekommen war. Sofort brannten neue Tränen in meinen Augen.

»Lass den Wagen stehen. Wir holen ihn später.«

Mir war alles egal. Ich stieg in Stevens Auto und schloss die Augen.
Ich sehnte das Gefühl der Leere zurück, das ich in den letzten Tagen
verspürt hatte.

Steven tippte mir auf die Schulter und ich hob erschöpft den Kopf.
Ich musste irgendwann eingeschlafen sein und hatte nicht mitbekommen, dass wir bei ihm zu Hause angekommen waren. Er stieg aus und
öffnete die Beifahrertür.

»Bring mich nach Hause, Steven«, forderte ich ihn mit kraftloser
Stimme auf.

»Gleich. Aber vorher musst du kurz reinkommen. Ich muss dir noch
was geben.«

»Ich will es nicht haben.« Ich wollte verschwinden. Mich auflösen.
Nicht mehr existieren.

Steven gab schließlich auf und ich atmete erleichtert aus, als er um
den Wagen herumging. Ich lehnte mich mit geschlossen Augen gegen
die Kopfstütze und wartete, dass er wieder einstieg und losfuhr. Doch
nichts geschah. Dann erst fiel mir auf, dass er meine Tür nicht wieder
geschlossen hatte. Ich öffnete meine Augen und wollte gerade danach
greifen, als plötzlich etwas Schwarzes aus dem Haus geschossen kam.
Diego.

Er sprang direkt auf meinen Schoß und leckte mir laut winselnd über
das Gesicht. Mir blieb für eine Sekunde die Luft weg und dann atmete
ich keuchend aus. Ich schlang die Arme um seinen Körper und vergrub
mein Gesicht in seinem weichen Fell.

Und dann brachen in mir alle Dämme.

# Epilog

*Drei Jahre später.*

Es war der erste richtig warme Tag in diesem Jahr und das bedeutete leider auch, dass wieder mehr Menschen unterwegs waren. Nicht sehr weit weg konnte ich ein paar Hunde ausmachen und behielt Diego deshalb dicht bei mir. Er mochte es nicht, wenn jemand Fremdes in unsere Nähe kam.

Ich war mit Steven verabredet. Er hatte sich unbedingt hier auf dem Parkplatz am Pond mit mir treffen wollen. Ich fragte schon lange nicht mehr nach den Gründen für seine Ideen. Meine Jungs hatten es sich in den letzten drei Jahren zur Aufgabe gemacht, auf mich ›aufzupassen‹. Sie vertraten offensichtlich die Meinung, dass ich nach den Ereignissen der Vergangenheit nicht mehr in der Lage war, mein eigenes Leben zu leben.

Selbst als ich vor zwei Jahren nach San Diego gegangen war, um dort nach ihr zu suchen, blieb ich nicht lange alleine. Matthew wollte angeblich schon immer an der Westküste leben und zog einfach in das Nachbarapartment.

Es war unmöglich, die Jungs loszuwerden, also stellte ich Bedingungen auf: Kein Wort über sie oder meine Schwester.

Ich wusste, dass es für alle hart war, aber es ging einfach nicht. Ich konnte es nicht.

Mein Handy kündigte eine neue Nachricht an.

**Steven: Wo steckst du, Beauty?**

Steven war viel zu früh. Was für ein Glück für ihn, dass Diego und ich schon eher hergekommen waren.

»Komm, Buddy, lass uns zurückgehen.«

**Wir sind auf dem Weg.**

Ich steckte das Telefon wieder ein und ging zurück zum Parkplatz, wo wir verabredet waren.

Als wir aus dem kleinen Laubwald traten, hob Diego die Nase. Er musste Steven bereits gewittert haben und zog an der Leine.

»Du kannst es wohl gar nicht mehr abwarten, was?«

Da Diego kaum noch zu halten war, vermutete ich, dass Steven noch jemanden mitgebracht hatte. Wahrscheinlich war Carter auch hier. Plötzlich fing Diego an zu winseln und ich hob den Blick. Tatsächlich stand Carter neben Steven. Ich war für einen Moment verwundert, weil auch Lucas, Josh und Matthew gekommen waren. Fragend blickte ich meine Jungs an. Ich wusste nicht, dass Josh in Newport war. Eigentlich sollte der mitten in seinen Abschlussarbeiten stecken. Und Lucas war doch normalerweise mit seinem Team in Europa? Ich überlegte kurz, ob ich etwas verpasst hatte. Doch mir wollte nichts einfallen. Es musste reiner Zufall sein, dass alle hier waren.

Diego drehte vor lauter Freude fast durch und ich erlöste den armen Kerl. Ich hätte wetten können, dass er schnurstracks erst zu Carter rennen und danach die anderen begrüßen würde. Ich zog die Leine unter meinem Arm durch, klemmte den Karabinerhaken ins Leder und blieb kurz stehen. Wie erwartet, schoss Diego direkt auf Carter zu und ich fing an zu grinsen. Bei dem Tempo würde Diego eine Punktlandung hinlegen, die nicht ohne schmerzhafte Konsequenzen für Carter bleiben würde. Ich steckte die Hände in die Hosentaschen und ging weiter auf die Jungs zu, die alle zu mir und nicht auf Diego blickten. Der lief an Carter vorbei, um die Jungs herum und fing dann aufgeregt an zu bellen.

What the fuck? Sofort rannte ich los.

»Hey! Was ist da los? Guckt vielleicht mal einer nach meinem Hund?«, beschwerte ich mich.

Als ich nur noch wenige Meter von ihnen entfernt war, traten sie zur Seite und mein Blick fiel zuerst auf meinen Hund. Und dann auf den Grund seiner Euphorie.

Meine Welt hörte augenblicklich auf, sich zu drehen.

# Danksagung

Wow! Es ist vollbracht. Ich habe mein allererstes Buch veröffentlicht! Wenn mir jemand vor drei Jahren erzählt hätte, dass ich heute an diesem Punkt bin, hätte ich ihn für komplett bescheuert erklärt. Nie, nie, nie im Leben war das mein Plan. Alles fing mit einem Traum an. Ich schrieb ihn auf, schlief weiter und das war's. Dachte ich. Aber er ließ mich nicht in Ruhe. Schnell formte sich in meinem Kopf eine Story, bis die Worte nur so aus mir herauspurzelten und ich mich schließlich an den Computer setzte und anfing zu schreiben.

Die Welt um Ava und Aiden wurde immer komplexer und ich verlor mich regelrecht darin. Solange bis mich meine Besties eines Tages ansprachen, warum man von mir überhaupt nichts mehr hört. Da musste ich dann Farbe bekennen und beichtete ihnen, dass ich dabei war, etwas total Verrücktes zu tun. Ich hatte nie vorgehabt, irgendwem zu zeigen, was ich da zu Papier gebracht habe, aber sie ließen mir keine Wahl. Und so nahm das Schicksal seinen Lauf.

Michi, Doreen und Anna, ihr drei steht seit Beginn meiner Schreibwutphase an meiner Seite und unterstützt mich bedingungslos. Ich kann gar nicht in Worte fassen, wie wichtig ihr für das Buch, aber vor allem für mich seid. Gute Freundinnen gibt es wie Sand am Meer. Aber ihr drei seid die allerbesten von allen. Euch behalte ich bis zum Schluss.

Michi, ohne dich sähe das Ganze wie Buchstabensalat aus. Du hast so viel Zeit und Arbeit in diese Story investiert, das kann ich niemals wiedergutmachen. Ich bin dir bis in alle Ewigkeit dankbar. Und ja, wenn das Ding verfilmt wird, darfst du das Casting leiten.

Doreen, du hast mit Aiden und Ava gelacht und geweint und mich damit zu Tränen gerührt. Niemals hätte ich gedacht, dass meine Worte bei anderen derartige Emotionen auslösen würden. Das überwältigt mich noch heute. Danke für deine emotionale Unterstützung und die vielen guten Ratschläge.

Anna, dass aus dir mal eine Leseratte wird, hätte wohl niemand gedacht. Noch weniger hätte ich allerdings gedacht, dass es ausgerechnet meine Bücher werden würden, die dich zum Lesen bringen. Das ist einfach ohne Worte und macht mich unglaublich happy und auch ein bisschen stolz.

Mona. Ohne dich wäre ich heute nicht an diesem Punkt und ohne dich gäbe es keinen Buchtitel. Als Profi hast du mich völlig von den Socken gehauen, als deine erste Rezension zu Ava und Aiden kam. Ich danke dir für alles. Auf unserem nächsten USA Trip spendiere ich dir eine große Goldene Milch.

Natürlich muss ich auch meinen Testleserinnen Missi, Tanja, Jessi, Nicole und Julia danken. Ihr habt die Geschichte objektiv betrachtet und mir eure ehrliche und konstruktive Kritik mitgeteilt. Wir haben gemeinsam an der Story gefeilt, bis es keine Ecken und Kanten mehr gab. Ich danke euch für eure motivierenden Worte und euren Zuspruch.

Lisa, du bist und bleibst mein allergrößter Schatz. Leider konnte ich dir mein Lesefieber-Gen nicht weitervererben. Umso unglaublicher ist es daher, dass du meine Bücher innerhalb von wenigen Tagen gelesen hast. Damit machst du mich sehr glücklich und wahnsinnig stolz.

Und zu guter Letzt möchte ich jedem von euch danken, der sich Zeit genommen hat, nicht nur die Story, sondern auch diese episch lange Danksagung zu lesen. Was es für einen Autor bedeutet, wenn jemand dessen Buch kauft, es liest und möglicherweise sogar für gut befindet, lässt sich nicht in Worte fassen. Für mich sowieso schon einmal gar nicht. Danke. Danke. Danke.

Auf der nächsten Seite gibt es noch ein kleines Geschenk für euch. Aiden höchstpersönlich hat mir sein Pancake Rezept verraten. Tatsächlich schmecken die gar nicht so schlecht. Das können Anna, Doreen und Michi bestätigen. Denn die Pancakes haben wir bei unseren Buchrunden gerne verputzt.

## »Die weltbesten Pancakes«

Rezept vom Pancake König himself: Aiden

220 gr Mehl
2 El Zucker
1 El Backpulver
½ Tl Natron oder Backing Soda
1 Prise Salz
450 ml Buttermilch
1 Ei
3 Tl Öl (geschmacksneutral)

Mehl, Zucker, Backpulver, Natron oder Backing Soda und Salz in einer Schüssel vermischen

Buttermilch, Ei und Öl in einer anderen Schüssel verrühren und dann zu der Mehlmischung geben. Kurz unterrühren und dann portionsweise in der Pfanne anbraten. Fertig.

Aiden wünscht guten Appetit!

Noch ein Hinweis zum Schluss:

Die Geschichte von Aiden und Ava ist natürlich noch nicht zu Ende. Was aus ihnen geworden ist, ob sie sich wiedersehen und wie es mit ihnen weitergeht, erfahrt ihr im zweiten Teil, der demnächst veröffentlich wird. Die Reise der beiden hat gerade erst begonnen.

Für mehr Informationen folgt mir auf Instagram und /oder Facebook.

Eure Carrie A. Cullen